记无忌 著

大宋悬疑录
貔貅刑

江苏凤凰文艺出版社
JIANGSU PHOENIX LITERATURE AND
ART PUBLISHING

图书在版编目（CIP）数据

大宋悬疑录：貔狖刑 / 记无忌著. -- 南京 : 江苏凤凰文艺出版社, 2024. 11. (2025. 4重印).
ISBN 978-7-5594-8823-7

Ⅰ. I247.5

中国国家版本馆CIP数据核字第2024JR1225号

大宋悬疑录：貔狖刑
记无忌　著

责任编辑	王昕宁
特约编辑	计双羽　王菁菁
出版发行	江苏凤凰文艺出版社
	南京市中央路165号，邮编：210009
网　　址	http://www.jswenyi.com
印　　刷	河北文扬印刷有限公司
开　　本	710毫米×1000毫米　1/16
印　　张	31
字　　数	520千字
版　　次	2024年11月第1版
印　　次	2025年4月第6次印刷
书　　号	ISBN 978-7-5594-8823-7
定　　价	68.00元

江苏凤凰文艺版图书凡印刷、装订错误，可向出版社调换，联系电话025-83280257

凡贪滥不法，鱼肉百姓者；凡囤积居奇，趁灾打劫者；凡营私舞弊，中饱私囊者；无论士农工商，不分高低贵贱，请引颈就首，以受貔貅刑。

目录

楔 子 一　　　/ 1
楔 子 二　　　/ 7
第 一 章　　失踪录 / 11
第 二 章　　书中案 / 28
第 三 章　　酒中局 / 48
第 四 章　　貔貅刑 / 72
第 五 章　　夜半刀 / 97
第 六 章　　假做真 / 121
第 七 章　　彩戏法 / 140
第 八 章　　钓神兽 / 165
第 九 章　　观音土 / 185
第 十 章　　查旧账 / 205
第十一章　　飞头颅 / 224
第十二章　　五岁朝天 / 236

第 十 三 章　　貔貅夺粮 / 251

第 十 四 章　　万焰花烛 / 270

第 十 五 章　　犯案元凶 / 289

第 十 六 章　　福道门徒 / 307

第 十 七 章　　无根之城 / 323

第 十 八 章　　我不成圣 / 349

第 十 九 章　　照妖宝镜 / 377

第 二 十 章　　今夕何夕 / 398

第 二十一 章　　如山铁证 / 421

第 二十二 章　　新桃旧符 / 438

尾声一　　　　／468

尾声二　　　　／472

后记　　　大宋的人间烟火 / 475

主要参考资料 /483

楔子一

北宋熙宁五年（公元1072年），正值春夏之交，碧空中骄阳似火，不见一片白云。东京城内，大相国寺南面不远的一座院子里，一群稚童正在嬉闹玩耍，时而追鸡逐狗，时而翻墙跃瓦。其中一名男童着绛紫长襦，面上扑着厚粉，唇上涂着口脂，在群童中尤为扎眼。玩闹间，突然一个素衣白衫的孩童一脚踩空，从假山上坠下来，"扑通"一声，掉进假山边装满水的大瓮里。

顽童们一阵惊呼，想要上前救人，然而那大瓮高达七尺，盛满水后重逾千斤，想推推不动，想捞够不着。顽童们面面相觑，知道闯了大祸，慌乱中也不知是谁带的头，一个个脚底抹油，作鸟兽状散去，只剩那名紫襦男童留在原地。他本也神色惶急，却紧握小小的拳头，强自镇定心神，见墙角有几块大石，急忙快步跑过去，吃力地搬起一块，蹒跚着脚步，往大瓮那边走去。

"好！"

院子另一侧，忽然有人大声喝彩，继而叫好声响成一片。

原来这院子只有半围，有围墙的一边是布置好的戏台，那帮"顽童"正在戏台上演戏；另一边搭着个凉棚，棚下摆着数张桌椅，已经坐满了看客。这家戏班子最近推出"童子戏"，演戏的都是半大孩童，演的都是家喻户晓的散段杂剧，不用冗长的唱腔，没有繁复的戏步，反倒风靡了小半个东京城。

拐角处那桌坐着个五十多岁的儒士，头戴软脚幞头，灰发微露，一双杏核眼，两撇八字胡，颔下长须未经梳理，微微翘起，仪表略显邋遢。他旁边坐着个锦衣华袍的年轻人，约莫三十出头，鼻翼丰挺，双眉如飞，一派丰神俊朗。另有两个侍从，一个极胖，一个极瘦，护卫在二人身侧。

华服年轻人"哈哈"一笑："爹，这演的不是司马十二丈[①]砸瓮吗？"

邋遢儒士点点头："君实名满天下，虽然远在西京，但不论王公贵族还是平民百姓，都没忘了他。"

年轻人满脸不服气："司马十二丈的文章的确写得妙笔生花，处理实务却是一塌糊涂。照我看，他最好还是乖乖在地窖里编纂《通鉴》[②]，少在政事上指手画脚……"

邋遢儒士双眸瞪了过来，年轻人顿时不敢多说，暗自撇了撇嘴，转头继续看戏。

戏台上，紫襦男童走到瓮边，举起石头往大瓮上砸去，发出"当"的一声巨响。

台下的凉棚里，捧场的托儿抢先喝彩，一个"好"字刚叫出口，便先哑了一半——原来那口大瓮竟没有破。

紫襦男童脸色一僵，重新捡起石头，再次往大瓮上砸去，又是"当"的一声，大瓮却还是没破。

男童急得泪水直流，扑满粉的小脸上留下两道显眼的泪痕。他第三次捡石砸瓮，这次用了吃奶的劲，一声巨响过后，看客们都傻了眼。

——大瓮依旧完好无损，石头却裂成了两半！

席间一片哗然，邋遢儒士一拍桌子："快快救人！那孩子还在瓮里呢！"

一时间，凉棚下惊叫四起，乱成一团。戏班班主急忙站了出来，伸手拦住众人："莫急！莫急！俺家戏班的娃子个个都是水猫子，尤其是掉进瓮里的兔崽子，论挽涛弄浪的功夫，汴河里的绿头鸭都得拜他当祖师爷爷！禁军演习水战的金明池，打小就被他当成澡盆子，区区水瓮比尿壶也大不了几分，又算得了甚？洗脚搓泥都尚嫌不够宽敞哩！"

在班主的安抚下，嘈杂人声渐渐止息，有个怪声却响了起来。班主转头一看，那大瓮中的水竟然不煮而沸！水汽蒸腾，从瓮口冒出，仿佛异兽喷吐的云气。还有一股恶臭随之涌出，渐渐弥散到整个院子里。

[①] 司马光，字君实，是司马池的第二子，但在其族兄弟中排行十二，故称"司马十二"。
[②] 史载司马光穴居地窖，编著《资治通鉴》。

见到这等怪事，凉棚里的众人面面相觑，脸上都露出了惧意。

"鱼蛋！鱼蛋！"班主顿时急了眼，连害怕都顾不上，转身向大瓮冲去。可他刚刚碰到大瓮，就像被针扎了一样，"啊"的一声惨叫，立马缩回了手，翻过来一看，手掌上的皮肉竟被烫得焦了！

砸瓮的男童手足无措，一屁股坐在地上，放声大哭。

看客们纷纷跑出凉棚，胆小的夺路而逃，胆大的则捡石头砸瓮，却根本砸不破。那华服公子听声音不对，惊呼道："班主，你这瓮怎么是铁制的？"

班主哭丧着脸："怎会这样？俺家的瓮是陶土烧制，啥时候变成了铁家伙？"

众人又试图将瓮推倒，但瓮体烫如火炭，触碰不得，只得用厚布和土块垫着手，七八个人一起推，竟依旧推不动。眼见瓮中水很快熬干，水汽也不再往外冒，瓮里的孩子只怕早被煮熟了。恐惧笼罩了整个院落，众人环顾相望，一个个噤若寒蝉。

邋遢儒士面色沉重："去把孩子捞出来。"

他身边的两个侍卫应了一声，待那铁瓮变凉，瘦侍卫踩在胖侍卫肩膀上，探身钻进铁瓮里，捞出一具干瘪的小小尸体来。那尸身蜷缩成一团，上身衣衫已在瓮中脱落，皮肤变成了青紫色，摸起来如干柴一般。

班主上前一把抱住尸体，哭得撕心裂肺："俺的鱼蛋啊！你死得好惨！俺的……啊！"

他怀里的童尸忽然一动，蜷缩的身体舒展开来，露出一张青紫色的脸。脸颊干瘪无肉，七窍溢血，双唇间戳出两根獠牙，全然不似生前模样。

就在此时，童尸的双目突然睁开，直勾勾盯着班主，眼眸竟是血红色，十分阴森可怖，张口大喊："吧！吧！"

"啊！"班主吓得亡魂大冒，将怀里的童尸抛了出去，手舞足蹈地连甩带抖，恨不能将双手都甩丢出去。

童尸尚未落地，就在半空一折，忽然纵身跃起，跳上一丈多高的假山；再一跃，又跳上两丈之外的槐树；第三次跃起，身子像没有重量一样，飘飘荡荡飞过围墙，如同鬼魅般消失不见。

只听"咔嚓"一声响，被童尸踩过的槐树枝丫竟凭空折断，落在了地上。槐树上挂着的一盏盏小灯笼，也突然齐齐熄灭。紧接着，满树的叶子居然干枯变黄，纷纷扬扬飘落下来。片刻之间，原先郁郁葱葱的老槐，只剩下光秃秃的枯枝和树干。

班主失魂落魄地跌坐在地，虽有烈日当头，仍觉坠入冰窟，浑身发冷。

看客们也都惊惧不安。慌乱中，一个须发花白的老头摔倒在地，他颤颤巍巍爬起身，惊慌道："是旱魃！那是旱魃！"

老头言之凿凿，看客们将信将疑，七嘴八舌议论起来。

华服公子和邋遢儒士默不作声地对视了一眼。据传，旱魃是轩辕黄帝请来的神女，曾大败蚩尤手下的风伯雨师，所到之处，定会发生大旱。先秦时，旱魃尚且是位青衣神女，不知为何到了东汉，旱魃在民间就成了死婴变幻的小鬼。大宋开国以来，很多地方仍有"打旱魃"的习俗。

瘦侍卫钻进大瓮查看了一番，回来对邋遢儒士小声道："相公，那铁瓮里没有机关，下面也没有暗道。瓮底沉积着干巴巴的水垢，也不知瓮里的水是怎么沸腾起来的。只是……那瓮里刻着一行字。"

"什么字？"

"熙宁二年九月初四，江宁府造。"

邋遢儒士眉头微蹙，他身旁的华服公子道："爹，您知江宁府时就在酝酿青苗法。熙宁二年（公元1069年）受参知政事后，开始制定法例条令，当年九月初四，政事堂派遣提举官四十余人，将青苗法颁布天下……"他说到这里，面色变得极为古怪。

邋遢儒士双眉紧皱，久久不语。

两日后，大宋皇宫，垂拱殿内。

常朝已经结束，皇帝赵顼把宰相王安石单独留了下来："王卿，前日东京城里发生了件新鲜事，你可曾听说？"

"东京城每日都有新鲜事，不知官家说的是哪一件？"

赵顼冲内侍招了招手："石伴伴，把那首儿歌唱来给王卿听一听。"

边上奉茶的太监走上前来，先向王安石躬身行礼，然后学着小儿的口吻唱道——

陕州司马十二郎，举石砸瓮救人忙；
三投石，瓮未伤，水渐沸，滚如汤；
瓮水干了树叶光，旱魃现世万里荒！

王安石勃然变色，双眸直视那太监："这儿歌是从何处听来的？"

这位"石伴伴"名为石得一，乃赵顼旧日藩邸的随龙宦官，如今已是执掌皇城司的大貂珰①，但在王安石的逼视下，竟也汗如雨下："王相公……这是皇城司逻卒报来的消息。据说是有旱魃现世，很多人亲眼所见，还被编成了儿歌满城传唱，闹得沸沸扬扬。"

"旱魃现世？老臣倒也恰逢其会，亲眼见到了这桩咄咄怪事。陶瓮变铁瓮，童尸变鬼怪，可能只是那戏班子沾染了什么邪祟鬼物而已。"

"有传言说，那铁瓮是新法的化身，黎民百姓像失足的孩童一样被困在瓮中。司马端明三次写信'投石砸瓮'，却被王相公《答司马谏议书》尽数驳回。②眼看着新法的铁瓮熬干了民脂民膏，终于惹得旱魃出世，中原沃土即将进入大旱之年，京师南北转眼就会赤地千里……"眼见王安石神色越来越难看，石得一说话声越来越小，细不可闻。

王安石躬身对赵顼道："官家，子不语怪力乱神，旱魃之说不足为凭！新法大损士族之利，推行起来自然阻力重重，非得有扭转乾坤的魄力才能成功，怎能为区区鬼物邪祟所干扰？自尧舜相禅、禹汤降世以来，历代口含天宪的圣明天子，念的都是黔首众生，忧的都是黎民百姓。官家想要变法图强，就需坚定本心。数年前臣便说过，官家方以道胜流俗，与战无异。只要稍有退却，就会被流俗所胜！"

"以道胜流俗，与战无异……"赵顼喃喃念了一遍，挺胸正色道，"王卿放心，朕变法之心坚如磐石，刚刚所说的儿歌和流言，朕早已吩咐皇城司和开封府去查禁了。"

"官家圣明！"

见赵顼再无要事，王安石起身告退，走出垂拱殿时，已是眉头紧锁。头顶依旧是晴空万里，他却仿佛看见有黑色云气从天际垂落，化作重重迷雾，重峦叠嶂般将东京城笼罩其中。

新法如同逆浪而行的舟，一旦启程，就决不能后退半步。哪怕踏过的将是一片满目疮痍的干裂大地，也要从这腐朽臃肿的万里躯壳中，孵化出一个焕然一新的煌煌大宋！他只能向前，向前，再向前，因为推着他的，是凶年饥岁中千百万

---

① 皇城司是宋代特务机构，"依祖宗法，不隶台察"，直属皇帝，不受三司管辖，常由皇帝信任的宦官执掌。貂珰指貂尾和金银珰，后代指宦官，首领太监被称为"大貂珰"。
② 熙宁三年（公元1070年），司马光给王安石连写三封信，即《与王介甫第一书》《与王介甫第二书》《与王介甫第三书》，试图阻止新法施行。王安石写《答司马谏议书》一一反驳和回击。

记的辘辘饥肠，是丰顺岁月里砥砺而来的烟火人间。

王安石离开后，赵顼负手而立："朝中政争愈演愈烈，连鬼祟之术也纷至沓来，竟到了水火不容的境地吗？"沉吟良久，忽然问石得一："你说……那旱魃是鬼物作祟，还是有人故弄玄虚？"

石得一支支吾吾："奴才不知。"

"听说民间有'打旱魃'驱邪的习俗，你去请一位有道高僧，好生做一场法事……对了，莫让王卿知道。"

"是！"石得一低着头，领命而去。

楔子二

熙宁五年，芒种时节。

汴水蜿蜒穿过东京城，自东水门阒然而出，绕过一座坊市向东而去。河湾的碧水倒映着一座飞阁流丹的楼阁，飞檐下悬着"百福楼"三字匾额。楼上，奉茶小厮摆好了瓜果点心，一帮锦冠绣服的宾客依次落座，身边各有仆童随侍。席间响起的阵阵寒暄，将满堂的富贵雍容之气越搅越浓，连清新馥郁的悠悠茶香都被盖了过去。

百福楼所在处叫作"安济坊"，聚集了数十位名医和数百位学徒，他们以"行百善，积百福"为旨，济世救人，不分贫贱。安济坊原本只是一家大医馆，近年来增设诊堂，兴建药房，逐步壮大到了寻常坊市大小。众多权贵巨贾受到感召，相继捐钱捐物。每有大善主捐出财物，安济坊便在百福楼公开唱卖[1]，遍邀巨贾豪商前来观唱，卖得的钱财均用于救济贫病。

"诸位官人，今日第一件宝物，是一尊八百年前的老物件。"主持唱卖的竹竿子[2]身着灰袍法衣，面上笑容可掬。

---

[1] 北宋已有慈善义卖的雏形。《禅苑清规》中有"唱衣"相关记载，在寺庙中公开拍卖已圆寂僧侣的遗物，所得归于僧众和寺庙。附带拍卖寺院中其他物品，称为"寄唱"；向买家们介绍卖品的用途、来历，称为"唱故衣"。

[2] 竹竿子又称参军色，本意是指剧乐舞演出时的主持人，后来被宽泛化地用来称呼主持娱乐活动的人。

大宋悬疑录：貔貅刑   7

台前案几上，陈放着三样物事，分别盖着一块红绸。竹竿子揭开第一块红绸，露出一尊两尺来高的塑像。那是个满面浓须、面目狰狞的金甲元帅，身跨黑色凶兽，一手执九节钢鞭，一手托着一座金山，那金山竟是由元宝堆积而成。

竹竿子朗声唱卖道："这尊玄坛元帅赵公明像，是一位大善主从金谷园旧址所获，乃西晋巨富石崇供奉数十年的财神像，来历非凡。"金谷园正是石崇所建的别馆。

"财神像？"一名大腹便便的老者面露疑色，"这神祇面相如此凶恶，居然是尊财神？"

有人冷哼："赵公明本是'瘟鬼'，受命布散瘟疫，何时成了财神？"

席间顿时议论纷纷，宾客中颇有博闻广识之辈，知道所谓"玄坛元帅赵公明"本是督驭众鬼的鬼帅，有"行瘟"的职司，被称为"瘟鬼""瘟神"，常人唯恐避之不及。

竹竿子面露尴尬之色，解释道："在下曾听闻一种说法，赵公明被玉帝召为神霄副帅，一边布散瘟疫，一边司掌财运。寻常人只将他当作瘟神，却不知他执掌天下金银流向，当年石崇必是最先得知此秘，才供奉多年，得以财运通天。"

"瘟神？财神？"有人笑道，"石崇确实财运通天，但后来身殁名灭，被诛三族，下场如此凄惨，莫不是几十年瘟神供出来的？"

楼内气氛顿时一滞，宾客们纷纷赞同。他们或是巨商富贾，或是勋贵显宦，对气运之说格外在意，这尊神像"瘟神""财神"难辨，谁敢贸然供奉在家中？

过了许久无人竞价，财神像竟没卖出。竹竿子面上却无丝毫失落，笑容可掬地走到第二件卖品前："这第二样宝物，乃是西晋画圣张墨的画作《斗富图》。"

张墨和卫协并称西晋画圣，张墨传世画作无一不是大名鼎鼎，然而这《斗富图》却不为世人所知。

一时间，台下如蜩螗沸羹，台上竹竿子则小心翼翼展开画卷，一幅栩栩如生的《斗富图》跃然而出，直入众人眼帘。

西晋时，石崇曾和晋武帝的舅舅王恺争奢斗富，这幅《斗富图》所绘的正是石崇大宴宾客的场景。画中宾客个个脑满肠肥，非富即贵。石崇宽袍广袖，居中而坐，一手端着酒樽，一手把玩着一块墨玉把件。他方脸阔额，春风得意的笑靥下，透着一丝似有似无的憔悴。尤其惹人注目的，是他肥硕的将军肚高高鼓起，撑得束腰绦带上的带钩欲崩欲裂，连看画的人都忍不住替他担忧。在石崇身侧，一名绿衣歌姬怀抱玉笛，斜倚一株半人多高的珊瑚树，袖带袭风，裙裾坠地，美得不可方物，正是历史上赫赫有名的美姬绿珠。

金谷园中有一座高达百尺的崇绮楼，是石崇专为绿珠所筑。绿珠艳绝天下，当年正得势的孙秀派人去金谷园索要绿珠，石崇愤然拒绝。孙秀又怒又恨，劝赵王司马伦诛杀石崇。绿珠见石崇因自己而获罪，留下一句："愿效死于君前。"从崇绮楼纵身而下，坠楼而死。不久后，石崇被赵王诛杀，死前痛骂孙秀等人谋财害命。行刑者笑话他，既知钱财是取祸之根，何不早日散财避祸？

竹竿子口若悬河，将诸多典故娓娓道来，话音还没落，竞价声已此起彼伏，《斗富图》的报价节节攀升，最终被一位显贵买下。

众人将目光投向下一样卖品，竹竿子笑呵呵卖了个关子："第三件宝物，诸位官人可从这幅《斗富图》中寻！"

众人的目光皆向《斗富图》望去，猜测声相继响起："难不成是画中的珊瑚树？"

"应该是那支玉笛！"

"依老夫看，多半是画中的古琴！"

……

竹竿子笑而不语，直到有人说："是石崇手中托着的墨玉？"竹竿子连连点头："胡员外说得不错，正是画中的墨玉貔貅！"

"貔貅？"听闻竹竿子的解释，众人纷纷看向《斗富图》。石崇手中把玩的是一只墨玉雕琢成的异兽，额上生角，背插双翼，周身鳞甲附体，威风凛凛，气势迫人。

竹竿子道："貔貅有口无肛，只进不出，喜欢吞食奇珍异宝，是最能聚财的神兽。石崇以'巨富'之称留名青史，其通天的财运想必和这只墨玉貔貅脱不开关系。从这幅画来看，石崇将奇珍异宝视若粪土，连珊瑚树都让姬妾随意倚靠，却将这只墨玉貔貅捧在手心，可见对它格外珍视。"

石崇供养墨玉貔貅之事并不见于史籍，但有《斗富图》为证，宾客们对墨玉貔貅立马充满了兴趣。有眼尖的突然叫道："诸位看看那财神像，赵元帅胯下坐骑，可是一只貔貅？"

众人侧目望向财神像，那赵元帅胯下神兽浑身鳞甲，背生双翅，和《斗富图》中所画貔貅十分相似。传说中赵公明的坐骑是一头黑虎，民间赵公明的塑像都是身跨黑虎。唯独石崇供奉的这尊财神，坐骑偏偏是一头貔貅。

宾客们争相竞买，叫价节节攀升，墨玉貔貅最终被一位胡员外拿到手。宾客们大多相识，纷纷恭喜道贺，还有人催促竹竿子展示宝物。

竹竿子揭开红绸，露出一只镶金缀玉的木匣。他的手指刚触碰木匣边缘，突遭针刺一般缩了回来。只听匣中发出声声怪叫嘶吼，木匣竟不推而动，在桌上晃动跳跃起来，木匣四壁镶嵌的镂金兽首喷吐出腾腾云气，缭绕四周。

"哎哟！"竹竿子惊叫一声，退出一丈之外。

一时间，楼中无人作声，道道目光盯着台上。木匣如同一座狭小而精致的牢笼，封印在其中的猛兽，于红绸揭开的一瞬突然被惊醒，疯狂地左冲右突，嘶吼怒吟，仿佛要撕裂牢笼，破封而出。宾客们按捺不住心中不安，纷纷站起身来，生怕木匣破碎，凶兽冲出伤人。

木匣愈晃愈烈，嘶声越吼越响，吼声到了最高亢的一刻，一切戛然而止，木匣沉寂下来。云气层层淡去，木匣静静躺在原地，仿佛刚才的一切都不曾发生。

竹竿子已遁至台下，不敢上前一步。坊主弥心起身登台，小心翼翼打开木匣，不由面色发白——匣中空无一物，原本在匣中的墨玉貔貅，竟凭空消失了！

"那貔貅……它活了！它走了！"堂下有人惊叫出声，席间一片哗然。

一袭红绸寂寥地坠落在地，空空如也的匣子袒露着胸怀，装不尽满堂鼎沸人声。

第一章
失踪录

熙宁六年（公元 1073 年），腊月初八。

天边的晨曦还未唤醒沉睡的东京城，一簇火苗已顺着房梁爬上了德水书坊的屋脊，在晨光中摇曳起它滚烫的身躯，烧灼着在屋宇间穿行的瑟瑟寒风。滚滚浓烟在烈焰的浇灌下拔地而起，仿佛大地伸出的黑色巨手，抓向清冷高远的湛湛苍穹。

"走水啦！快救火！"

东京城人烟稠密，屋舍民居鳞次栉比，千家万户大多是竹木建筑，一旦火起，动辄将整条街的民居焚烧一空。沿街的百姓听见呼叫后出门观望，眼见烈焰冲天，匆忙将细软财物收拾出来，惊恐不安地四散奔逃。

好在望火楼上的铺兵早已看见，急忙示警传讯，附近的潜火队[①]忙不迭赶来救火。不到半个时辰，这场大火便被扑灭，幸而没有烧及周边民居，但德水书坊中放置雕版和新书的仓库，已然被烧成废墟。

看着这间余烟袅袅的废屋，胡安国脸色阴沉，怒意腾腾；宁管事双目红肿，欲哭无泪。

胡安国做酒水生意起家，在东京深耕数十年，逐步涉足粮食、丝绸等生意，

[①] 宋时，城市基础设施和配套十分完备，并建立了世界上最早的公共性专业消防机构"潜火队"，其成员"潜火兵"还需要接受专业的消防训练。城市各处都建有"望火楼"，居高临下，专门监控火情。

终于成为东京城排得上号的豪商。几年前投钱开了这家德水书坊，主要是为了跟东京城里的官宦士族搭上关系。而宁管事在胡家多年，如今负责处理德水书坊的日常事务。对胡安国而言，损失两间仓库，原是无关痛痒的小事，可《周礼义》的雕版和印好的新书，也一并被焚毁，这就让他伤透了脑筋。

从熙宁五年开始，宰相王安石就透露出要"一道德"的意向，并牵头编纂《三经新义》。士林人心浮动，传闻一两年内，科举便要改革，将以《三经新义》为纲。

如今《三经新义》中的《周礼义》虽已成书，但《毛诗义》和《尚书义》尚在修纂。加上王安石向来精益求精，还要字斟句酌地再三修改，所以国子监至今没有进行官刻。但"一道德"乃重中之重，《三经新义》的印发事不宜迟，太学生们更对《周礼义》十分期待，国子监才找了德水书坊，先印制五千套《周礼义》坊刻书，于腊月二十前交付。

胡安国黑着脸："雕版全没了，印制好的书也都烧了，交付日期马上就到，怎么办？你让我怎么跟张主簿交代？"

宁管事额头冒汗："东家莫急，还有……十二天时间，总会有办法……"

"办法？除非你能请来天上的神仙！"

"小人哪里认得神仙？十二天时间……对了！就小人所知，咱东京城里有一位能人，或许能够办到。"

胡安国双眸逼视过来："被烧掉的那套雕版，你请了二十多个阴阳工，足足刻了两个多月！现在跟我说有人能在十二天内完工，当胡某人是傻子吗？"

"这……只要那人答应，就一定造得出来。"

胡安国满腹怀疑，但见宁管事言之凿凿，不由抱了几分希望："还有这么神的阴阳工？我出百倍的价钱，你去请他来刻制！"

宁管事摇头："那人不是工匠，是知制诰、集贤校理沈括的学生，司天监的司历。"司历乃是司天监属官，掌历法，从八品上。

胡安国不由愕然，大宋的官员加知制诰衔，便意味着有了坐望宰辅之位的资格，是名副其实的金紫重臣。沈括的学生在司天监当司历，当前职位虽不起眼，将来却可谓前途无量，又怎么会去干工匠的营生，给别人造雕版？

"这位司历姓云名济，字知白，并非进士出身，但沈制诰提举司天监的时候，破例举他当了司历，辅助卫朴修历法，还兼任历算科教授。他不知帮过多少人解了燃眉之急，得了个'救急教授'的名头。不论碰到什么难题，只要他答应，便可保你安枕无忧。沈制诰家中很多私刻书，都是出自他手，不仅少有疏漏，而且出印极快。若请得动他，咱们的难题根本不在话下。"

"'救急教授'？"胡安国沉吟道，"只能这样了，死马当活马医吧！"

"小人这就去请。"

"等等！"胡安国伸手将他拉住，"既然是沈制诰的高徒，我亲自去！"

司天监执掌天文观测，并负责推算历法，素来能人异士辈出。二人来到司天监，一提起云济的名字，果然无人不晓，没多久便有小吏请了一名年轻人出来。

此人身量甚高，却十分清瘦，着一身素衣便服，裹一顶交脚幞头，踩一双牛皮软靴。看年纪约莫二十出头，剑眉星目，相貌清癯，比许多女儿家还秀气三分。

胡安国见他如此年轻，不禁有些迟疑，还是见宁管事先打了招呼，才知这就是他们要寻的正主云济，急忙躬身作揖："早听闻云教授大名，没想到如此年轻，胡某失礼了。"

"哪里话？员外不必客气。"云济文质彬彬地回礼，询问他们的来意。

胡安国先讲了一遍德水书坊遭遇火灾的事，又把他来求援的原因说了一遍，满怀志忑地望着云济，想着出价多少才合适。却见云济展颜一笑："原来是碰上了这等倒霉事，难怪员外急得焦头烂额。这书么，小生愿助一臂之力，嗯……十二日时间，倒也足够。"

胡安国和宁管事面面相觑，没想到对方答应得如此爽快，他们连报酬都没来得及提。在别人眼里难如登天的事，这年轻人张口便是十二日完工，胡安国心下顿时生出几分疑虑，不知此人是否靠得住。云济似是看透了他的心思，温文谦逊地一笑："也罢，你们跟我来。"

冬日暖阳洒下的温热被寒风吹得干干净净，河边的树早已秃了枝丫。几人翻过兴国寺桥，跨过熙熙攘攘的西大街，南行二里又左拐，沿着崇明门内大街东行数百步，转入右侧朝南倾斜的小巷，在一座小院前停步。云济伸手推开虚掩的房门："此处便是寒舍，两位请进。"

胡安国随他进门，心中略感诧异，东京城寸土寸金，像这样位置好的宅子更是价值不菲。此地离开封府衙不足三里，甚至还能隐隐听见会仙楼正店传来的嘌唱之声。小院占地有两进，前有堂屋，后有寝舍，中间穿廊相连，寝室两侧除了耳房，还有一间偏院，院里起了一座棚屋，里面顺次陈列着数十个木柜，柜子上摆满了陶瓷印章，整整齐齐，大小相同，竟不下十万个。

"这么多印章？"胡安国不禁咋舌。

云济摇头："这是活字，不是印章。"

他拿起一块陶瓷活字，在底面涂上一层油墨，拓在纸上，立马印出一个"青"字。这字方正平稳，不露筋骨，却又端庄雄伟，气势遒劲，乃是仿唐朝颜真卿的字体。云济解释："千百年来，人们印书用的都是雕版，每次都要重新篆刻。其实有个简洁法子——将每个字都做成活字，要用的时候，把活字排列成版，就能迅速出印了。"

胡安国顿时恍然，活字活字，便是字是活的，省去了篆刻的工序，自然快很多。

宁管事迟疑道："活字印刷的名头，小人也是晓得的，但要印制书页，终究还是雕版更为合适。一是活字需要拣字和排版，比雕版节省不了太多时间；二是活字一般只有几块版面，印完这几张，还要拆了去排下几张，经常拆装，无法长期保留；三是活字很难排得齐整，印出来的字总是深浅不一，甚至歪斜不正。"

"宁管事果然是印书的大行家！"云济伸出大拇指，"不过你放心，在我这里，你这些顾虑算不上什么大问题。第一，拣字和排版你不用担心，我保证比制作雕版快十倍；第二，我这里有二十万个活字，拼几本书出来绰绰有余，不用不停拆装；第三，二十多年前，有个叫毕昇的工匠研制出一种胶泥活字，活字不易排齐的问题已经大为改善。我从老师那里听说此法，在毕昇的基础上更近一步，直接制成陶瓷活字，印制的书籍，比起雕版书也不遑多让。"

宁管事满脸兴奋："竟还有这等诀窍？小人这就去找工匠，过来帮忙排版。"

"不用，我一人足矣。"云济摇头，解释了一句，"我喜欢所有物件都摆放得整整齐齐，不喜欢别人碰我的东西。"

"您一个人拣字排版？"宁管事满脸惊诧。他是印书的行家，他所知道的活字印刷需一人唱版，一人拣字，一人排版，绝非可以独自完成。迟疑片刻，被胡安国推了一把，宁管事急忙堆砌笑容："好，那我去拿《周礼义》的样稿。"

云济又摇头："也不用，经义局的文稿并不对士子保密。王相公亲自笔削《周礼义》，全书二十二卷，共十二万四千四百七十一个字[①]。家师家中也有手抄卷，

[①]《三经新义》包括《毛诗义》《尚书义》《周礼义》，其中《周礼义》由王安石亲自训释。《周礼义》原著二十二卷，今存十六卷，全文字数为杜撰。

小生不久前还拜读过，不会记错。"

"你都能记住？怎么可能？"宁管事满心怀疑，胡安国也忍不住露出一丝质疑，两人相顾讶然。

云济却是说干就干，这大屋中间有一条长桌，他取来二十块底板，在桌上整齐排开。这些底板每块都是书本大小，下面设置有网格，横二十道竖十道，隔成二百个格子。宁管事立刻明白过来，这每个格子都正好能卡进一个活字，如此便能整整齐齐排出一页活字版。①

云济放好底板，开始取活字。最靠前的一排架子上，放着最常用的活字："《周礼义》前二十页，有五十三个'之'字，第一页的第十七个字、第八十一个字、第一百四十七个字，第二页的第六十六、第一百三十二个字……"

他一边说，一边取出五十三个"之"字，放进对应的字格。然后又取四十二个"其"字："前二十页有四十二个'其'字，分别是第一页第九十九个字、第一百二十九个字，第二页……"

胡安国和宁管事面面相觑，他们原以为排活字版时，应该是拿着样稿，先计划好格式字数，然后一个字一个字依次去找活字。哪想到这位云教授一不用样稿，二不用规划，第三点最吓人——活字印刷难点便在拣字，一般活字都是按韵排列放置，工匠排版时按照书的内容去一个个找字。这云教授竟是反过来，随手拿起一个活字，就知道在第几页第几列第几行。

如此拣字和排版，岂不是比想象中快了十倍？

过了约莫一个时辰，这二十块活字版已经完全排好，宁管事被震撼得说不出话来。

"神乎其技！胡某真是叹为观止！"胡安国连连称赞，"云教授博闻强识，对经义如此精熟，若是去治明经科，蟾宫折桂指日可待啊！"

云济黯然摇头："我考不得科举的，明经科也罢，进士科也好，这辈子都别想了。"

"恕罪恕罪，胡某冒昧了。"胡安国急忙致歉，心头却觉奇怪，大宋科举取士不重门第，许多金榜高中的进士都是寒门出身，这一点远胜隋唐。除了严禁大

---

① 宋代时活字印刷未能替代雕版印刷，一大重要原因就是排版不整齐，且工匠必须识字才能参与制版。此处云济对活字材质、排版的改良均为作者杜撰。

逆人近亲、不孝、不悌、工商杂类、僧道还俗、废疾、吏胥、犯私罪等人应试，任何人都能应举。云济有一位知制诰的老师，按理说等闲禁例都能通融一二，若还是考不得科举，也不知是犯了哪一条。大宋崇文抑武，若没有进士出身，往上的路便断了大半，司天监的司历官是从八品上，恐怕难有晋升高位的希望了。

见识过云济的本事后，胡安国再三道谢，又提起酬劳，云济对此倒是淡然，只说随意即可。胡安国做生意多年，凡碰到"随意"的，往往对酬劳颇有期许，于是暗自想了一个不低的价格。他自信不仅能让云济满意，还能让对方小小吃惊一番，对他胡某人的豪气留下颇深印象。

胡安国人情练达，暗中对宁管事比了个手势。宁管事心领神会，从背囊中取出一只木匣，里面装满银饼，正准备全数呈上。却见云济似是想到什么，拱手道："胡员外，胡记粮行的大名，小生如雷贯耳，听闻员外今年几番向乐寿坊捐粮捐物，赈济贫民，您若有意酬谢，不如将酬劳也折成粮食，加到捐赠的粮食里。"

胡安国毫不掩饰地流露出内心的错愕："当真？云教授慈悲为怀，胡某着实佩服。你且放心，胡记本拟年前给安济坊再捐一笔粮，届时多加八百石，以云教授名义捐出。"

此时一石粮已达一贯多，八百石已逾千贯。云济却微微蹙眉，躬身一礼："员外出手好生大方！不过粮食直捐即可，莫要提小生的名号。"

胡安国经商多年，惯爱琢磨人，他细看云济的神情，瞧不出半点虚情假意，竟是真的行善事而不愿扬名，急忙连连应和。心下却暗暗称奇，这位"救急教授"谦逊且不故作姿态，有一种温文儒雅的豪爽，又有一股彬彬有礼的自傲，年纪虽轻，却是个可交之人。

急事谈罢，胡安国告辞离开，留下宁管事主持相关事宜。

宁管事安排了工匠候在门外，云济每制好一批活字版，便立马搬到德水书坊进行印制。云济一边制作活字版，德水书坊一边印制。流水一般地赶工，果然比寻常印制快了许多。

腊月十九，云济排完最后一块活字版，抬头看了看天色，金乌西坠，晚霞灿然。他伸了个懒腰，慢慢悠悠来到德水书坊。

书籍印刷的工序繁多，活字排版之后，还有拼版、打型、印制、装订等工序。德水书坊的工匠都是老手，前些天云济亲自传授了新的印刷方法，改善了多道工序，他到德水书坊时，印刷已经基本完成。然而宁管事还是急得如同热锅上的蚂蚁："印书的纸不够，我们跟多家造纸作坊定制了纸张，本来今早就该全部送到的，但天都擦黑了，最后一批纸还没送来……"

他话音刚落，便听一个工匠喊："来了来了！纸来了！"

"太好了！"宁管事急忙迎了出去，这批纸显然是赶制出来的，还能闻到纸浆的味道，他摸了摸纸面，"嗯，厚度、色泽和其他纸张略有差异，但做得也不粗糙，赶紧赶工吧！"

工匠们丝毫不敢耽搁，一直忙碌到晚上，终于将《周礼义》全数印制完成。宁管事连夜组织人手装订，又差人将装订好的书检查一遍，还请了云济亲自过目。到腊月二十日下午，悉数确认无误。胡安国大喜过望，派人将书送到国子监，五千套《周礼义》如期交付。

印书的事情顺利完成，云济在家中好生休养了两日。到了腊月二十二，恰逢胡安国过寿，特意派人相邀。云济推脱不过，只得前来赴宴。

胡家宅院占地甚广，前厅中庭都是方方正正。青瓦帽着白墙，一尺一弯，像浪涛般起起伏伏。屋宇抱着斗拱，斗拱背着飞檐，飞檐挑着晴空，晴空将整座府邸拥在怀中。院中花木扶疏，景色错落有致，处处刻意显露着大户人家的气派讲究，把青砖小道边的每一颗鹅卵石都衬得贵气堂皇。

客堂和院子里摆了三十来桌，宾客中有不少豪商巨贾，也不乏达官显贵。主桌上甚至还有位姓高的侯爵，是高太后的堂兄，正儿八经的皇亲国戚。他大腹便便，仿佛一座肉山般坐在那里，还未开席，便有好多官宦商贾去跟他搭话。

胡安国一见云济，立马请他上座。云济急忙推辞，自称年纪尚轻，只是晚辈，跟胡安国的子侄坐了一席。

德水书坊发生的事，在胡家早就无人不晓。"救急教授"的名头，胡安国的子侄简直如雷贯耳，等他一落座，就将他围在当中，叽叽喳喳问个不休。

胡安国生有一子一女，女儿十八九岁，生得唇红齿白，眉如远黛。她生性羞涩腼腆，眼角偷瞥云济，却不张口搭话，一头乌发插着翡色步摇，在阳光下熠熠生辉，荡漾出无尽温柔。

胡安国的儿子是个张扬好动的公子哥，虽然只有十岁上下，却肥头大耳，是胡家大院的小魔王，人称"胡小胖"。他是个人来疯，跟席间宾客一点儿都不见外，大呼小叫地招呼下人上菜，不等别人动筷子，便抢先抓了一只鸡腿，啃得满嘴流油。

他吃完一只鸡腿，还想伸手去抓，盘子里已空空如也，转头望去，却见云济面前的桌子上，吃剩的鸡腿骨足足十多个，如点卯阅兵一般，被摆成了整整齐齐的一排。

胡小胖瞪大了眼睛："你这么能吃，咋还这么瘦？天底下怎能有比竹竿儿还瘦的饭桶？"

云济对小孩极有耐心，坦然一笑："这是一种病。"

"还能有这种怪病？"

"那是自然，我小时候生了一场大病，虽然保住了小命，却落下三大顽疾。唉，你知道人生在世，最惨的三件事情是什么吗？"

"嗯……第一是忍不住想吃东西，却被别人骂小胖子；第二是先生让背书，读一百遍都记不住；第三是娘亲管头管腔管天管地，衣服不能乱丢，书册不能乱放，连吸气出气都得细声细气，唠叨得我脸都胖了。"

"这算什么惨？"云济连连摇头，"我羡慕你都来不及。人生三大恨，一恨吃不胖，二恨忘不掉，三恨摆不齐，都让我给赶上了。"

胡小胖愕然："什么意思？"

"我生来清瘦，怎么也吃不胖；凡是见过的东西，怎么都忘不了；凡是眼前的物事，若摆不齐便浑身难受。"云济一边说，一边把胡小胖随手乱丢的鸡腿骨摆得整整齐齐。

"我怀疑你在臭显摆。"胡小胖摸了摸自己肥肉横生的脸庞，眼前的菜顿时不香了，他把盛着果蔬的盘子推到地上，"吃不胖就了不起吗？你把饭变成屎，我把饭变成肉，咱俩谁了不起？"

云济瞠目结舌，一时无法反驳。

"云教授别介意，这孩子总是胡说八道。"胡小娘急忙给云济道歉，吩咐丫环去收拾地上的果蔬，又回头教育弟弟，"小胖！咱们生在富贵之家，不愁吃穿，应该感恩惜福，不能浪费粮食！京西两路去年就开始闹旱灾，到今年百姓食不果腹，许多北方人逃荒过来，据说一路上树皮都快被啃光了。"

胡小胖瞪大眼睛："灾民为什么宁愿啃树皮，都不去河里捕鱼呢？不喜欢吃鱼的话，鸡腿也可以啊！"

一桌人哑然失笑，云济也忍俊不禁："古有晋惠帝'何不食肉糜'，今有胡小胖'鸡腿也可以'。"

胡小胖不懂"何不食肉糜"的典故，却也知云济在笑他，见云济已吃了一碗枸杞烩鱼子，反讽道："瘦饭桶，小心鱼子吃多了，肚子里怀上鱼苗！"

"人肚子里怎能怀上鱼苗？"

胡小胖睁大眼："我家菩萨都能怀上娃娃，你怎么就不能？"

胡惜雪训斥他道："臭小胖！怀什么娃娃？菩萨岂能随意编排？不许胡说八道！"

"谁胡说八道了？寺庙里的菩萨都没本事，只能被高高供在大殿里。咱家的菩萨才厉害，怀娃娃算什么，还会生娃娃呢！"

"啪！"

胡小胖话刚说完，突然一记耳光从天而降，在他胖嘟嘟的脸蛋上留下五根指印。胡小胖抬头一看，却见老爹胡安国横眉怒目，恶狠狠瞪着他："小小年纪不学好，光天化日就跟人吹牛！"

胡小胖满脸委屈："我没有吹牛，我都看见啦，那天……"

"啪！"

胡安国又是一巴掌，顿时将胡小胖后半截话打回肚子里。胡小胖眼泪珠子在眼眶里直打转，却再也不敢出声。

刚训过儿子，胡安国立马满脸堆笑："犬子年幼顽劣，整天胡说八道，云教授可别介意，胡某给你赔罪啦！"说罢端起一杯酒，先自己干了。

"胡员外别这么说，胡少爷童言无忌，我岂会当真？"云济饮了这杯酒，一回头，见胡小胖气鼓鼓地看着他，满脸的不服气。

"那就好。"胡安国哈哈一笑，对着大厅里的宾客道，"诸位大驾光临为胡某祝寿，胡某感激不尽，唯愿各位好友亲朋诸事顺遂，财源广进。这杯'招财酒'，胡某先干为敬！"

胡安国干了杯中酒，宾客纷纷举杯呼应。云济也不例外，陪着喝了一杯。

正在这时，一位客人姗姗来迟，急匆匆步入厅堂。

那是个年方弱冠的年轻人，穿着齐整，仪表堂堂，他向胡安国行了个礼："岳父大人恕罪，小婿来迟啦！自罚一杯，聊表歉意，祝岳父大人福如东海水，寿比南山松。"说罢从旁边桌上拿起一杯酒，一饮而尽。

此言一出，顿时引得众人侧目，一时间不知多少目光落在他和胡小娘身上。云济也是心中诧然："他是胡小娘的夫婿？胡小娘还没出嫁吧？"转头看去，却见胡小娘垂着头，连发梢都透着窘迫和不安，根本不敢直视宾客的目光。

胡安国眼角抽搐，脸上笑容却是不变："原来是郭贤侄，快坐到胡叔叔身边来。你父母去世不久，故而没有派人请你。不过称呼可不能乱，小时候开开玩笑倒也无伤大雅，现在你已成人，在称呼上马虎不得。"

年轻人道："岳父大人，这称呼没什么不对。小婿正是奉了家父的遗嘱，前来跟您提亲的。"

胡安国城府虽深，脸色也不禁一变。在座的宾客都议论纷纷。

年轻人冲众人拱了拱手："诸位亲朋，小可名叫郭闻志，家父郭护，生前曾是开封府延丰仓仓监。我家跟胡家乃是世交，早在家父生前，岳父大人便跟他约定，等我和惜雪长大成人，两家就结成秦晋之好。可惜家父后来因事获罪，我家因此家道败落，家父数月前郁郁而终，他离世之前曾再三叮嘱，要我万万不能忘了这门婚事。如今正逢岳父大人寿诞，小可特地前来提亲，完成父亲遗愿。"

郭闻志这番话一出，宾客们都是恍然大悟。

他当众谈论婚嫁之事，胡小娘面皮薄，恨不能逃之夭夭，但此事关系她终身大事，又怎能弃之而去？不由急得坐立不安。云济一边啃着猪蹄，一边看了她一眼，心道："原来她叫胡惜雪，还有个未婚夫是官宦子弟，只不过如今成了破落户，胡安国连过寿都不请他，看来是不想认这门亲了。"

胡安国打了个哈哈："贤侄，提亲乃是大事，再说你孝期未满，也成不得婚。此事还需从长计议，今天是胡叔叔过寿，咱们不提其他。"

"小婿和惜雪的亲事，是您和家父早就约定好的，我们可待孝期过后再完婚，这应该不会不合礼数吧？都怪小婿来得仓促，没来得及奉上寿礼，莫不是开罪了岳父大人？"郭闻志从怀里掏出一个礼盒，揭开盖子，双手捧到胡安国身前，"岳父大人，这只玉貔貅材质虽然算不上极品，却是个数百年的老物件，据说颇有来历，望您不要嫌弃。"

貔貅又称辟邪，传说它触犯天条，受上苍处罚，以四面八方之财为食，吞万物而不泄。就因它只进不出，神通殊异，渐渐被视为招财进宝的祥兽，很多商贾都会供奉一只。那礼盒里放着的玉貔貅漆黑如墨，长约两寸[1]，似是由墨玉雕成，一看便知价值不菲。

---

[1] 宋时一寸约为3.168厘米。

见到这只墨玉貔貅，胡安国不由双眉一跳。一年多前，他曾在安济坊买下一只墨玉貔貅，只不过那墨玉貔貅竟在众目睽睽之下，从木匣里"遁"走。弥心坊主本拟取消交易，却被他婉拒了，当时他参与竞买，并非为了貔貅，而是为了花钱。他投"钱"问路，虽只买了一只空盒，却换得不少显贵巨贾的认可，所以对不知所踪的墨玉貔貅并不在意。没想到今日这位不请自来的便宜女婿，竟将一只墨玉貔貅当作寿礼。

这只墨玉貔貅，难道和当时丢失的那只有什么渊源？郭闻志又是从何处得来的？长辈寿宴，后辈奉上的贺礼是不能不收的。但郭闻志乘机提亲，这寿礼一收，可就不好回绝了。

"多谢贤侄！"胡安国伸手接过墨玉貔貅，"你和小女的婚事，胡叔叔自然不会忘，你是孔门弟子，胡家也算得上书香传家，咱们就按六礼的规矩来。你且先请了名儒为媒，行'纳采''纳吉'之礼；再备好千两黄金、百匹绫罗、八辆骏马车轿，前来'纳聘'下定。"

郭闻志脸色发白："名儒为媒，千两黄金，百匹绫罗，骏马车轿……"

胡安国拍着胸脯："你尽管放心，我早就给惜雪备好了一份嫁妆，绝对比聘礼多出三倍！"

"你……你……故意用礼数来挤对我！"

"贤侄何出此言？"胡安国满腹的委屈都从脸上溢了出来，"你胡叔叔在东京也算有头有脸，难道'六礼'不要了吗？我胡家千顷良田，百家商铺，不说金玉为堂，也算得富甲一方，聘礼不能太过寒酸吧？"

"你明知我家破人亡，连十两银子都拿不出手，这不是故意为难我吗？"

"十两银子都拿不出手？贤侄莫要说笑了，你若当真落魄到这等地步，刚才那只价值不菲的玉貔貅，又是如何得来的？"

郭闻志张口结舌："我……我在路上碰到了个乞丐，他把墨玉貔貅给了我，让我当作寿礼送给你。"

"乞丐？"胡安国失笑道，"乞丐不跟你要饭，反倒送你一只价值不菲的墨玉貔貅？"

众多宾客"哈哈"大笑，郭闻志羞愤难言，跺了跺脚，掩面而去，连寿宴也不参加了。

这出闹剧来得快，去得也快。胡安国面不改色，仿佛什么都没发生过，继续跟宾客敬酒。一圈下来，胡安国喝了不知多少杯，却是一丝醉意都没有，终于又回到了胡家子侄这桌，他单独给云济敬酒："云教授，这次多亏有你，胡某感激不尽，请！"

云济连忙站起身："胡员外，并非小生推诿，小生实在量浅，酒喝到三杯必醉。刚才已经喝了两杯，若是再喝，家都回不去了。"

"云教授莫要推辞，三杯酒算什么？我家这小兔崽子都饮得七八杯呢。"胡安国"哈哈"一笑，"刚才第一杯，是这兔崽子胡说八道，胡某的谢罪酒；第二杯，是胡某生辰，云教授给面子，喝的祝寿酒；这第三杯，是你救急救难，解了胡家燃眉之急，胡某敬的致谢酒。你若不喝，那定是怪胡某礼数不周……"

云济本是能言善辩之人，但生性不忍拒绝别人，别人凡有所求，他总是能帮就帮，这才得了"救急教授"的名头。胡安国礼数周全，双手奉酒，这番话一说出来，云济顿时推脱不过，只得喝了第三杯。

胡安国眉开眼笑："好！"

却听云济道："胡员外，给你添麻烦了……"

胡安国一怔，刚想问："添什么麻烦？"只见云济迷蒙着双眼，双颊红透，"咣当"一声，一头砸在酒桌上，顿时不省人事。

"喂！"胡小胖凑过来，拧了拧云济的鼻子，抬头看向胡安国："他醉倒了。"

没想到云济说话算话，说喝不过三杯，还真的喝不过三杯。胡安国一时哭笑不得，急忙招呼下人："快快，把云教授扶去休息！"

迷迷糊糊中，云济只听得有人呼唤："瘦饭桶，快跟我走！"

云济睁开惺忪睡眼，看见胡小胖肉乎乎的脸。此时天色已黑，他发现自己躺在一张床上，床边点着灯盏："这是哪里？"

"当然是我家，你醉得跟死猪一样，我爹让人把你送到了客房，这都一觉睡到大晚上了。废话少说，快跟我走！"胡小胖说罢，拉了云济就走，"瘦饭桶，白日里我跟你说过，我家的菩萨怀了娃娃，你信不信？"

他们才认识一天，这小胖子就拿他跟老朋友一样，云济哑然失笑："我信！"

胡小胖气呼呼道："哄三岁小孩吗？你这表情分明就是不信！哼！我才没有吹牛，不信我带你去看！"

胡家宅邸位于东京外城东城厢新宋门大街路。东城厢坐落着许多官邸，有重臣来京任职，按惯例会由开封府安排住所。胡宅虽位置较偏，却比许多重臣的府邸都大，内含几进小院。胡小胖硬拽着云济，穿过重门叠户的院落，到了后宅一座幽深的小院里。星斗寥寥，月暗天高，几株老槐婆娑弄影，发出阵阵萧瑟声响。

院子最里侧是一座佛堂，零星点着几根残烛，灯光甚是昏暗。佛堂正面的神龛上供着一尊观音菩萨像，造得栩栩如生，约有一丈来高。香炉里的檀香正在燃烧，烟雾袅袅升起，仿佛仙气缭绕在菩萨像周围。

胡小胖却不进去，拉着云济躲在一棵槐树后，让他透过门往里面看。

"不就是尊菩萨像吗，跟寺庙里的有甚两样？只不过肚子大了一些而已！胡小胖你别胡说八道了。其实观世音菩萨本是男身，唐朝之后才渐渐流传成了女身。什么菩萨怀孕？你怎不说公鸡下蛋……"

云济话说一半，忽然听到一声女子的呻吟从佛堂传来。然而佛堂里空空荡荡，除了佛像、蒲团、供桌、香炉，别无他物。

隐隐约约的呻吟声，让逼仄的佛堂愈发阴暗。云济只觉心头发毛，拍了拍胡小胖的肩膀："你是不是串通了你姐姐，让她藏在佛像后面作弄人？"

"你眼珠子被鸟屎糊住了吗？佛像后面不到一尺就是墙，怎么藏得下人？"

云济狐疑地往里面看去，却见烟雾缭绕中，菩萨的手竟移到了腹部！他顿时浑身紧绷，先前他往佛堂里看时，这尊观音菩萨是自在天身，左手持莲花，右手结与愿印，身着白衣，端坐在莲花台上。此时的菩萨竟"活"了过来，双手虚抚着肚子，身体往后仰，略带痛苦地发出阵阵呻吟。

更让他目瞪口呆的是，菩萨的肚子就像怀胎八九个月了一般，肚子高高隆起，而且一起一伏，轻微地蠕动着。

云济只觉汗毛倒竖，这菩萨虽然逼真，但坐像都有一丈高，不可能由人假扮，难道真是神佛降临……他心底的念头还没转完，便听"吱呀"一声，院子门忽被推开。

胡小胖对云济比了个手势，两人急忙躲在树荫后，却见来的人是胡安国。他一手提着一盏灯笼，另一手提着个食盒，先将院子的门反锁，才悠悠然走向佛堂："菩萨莫急，弟子来啦！"灯笼幽暗的光芒照射到他脸上，映出一丝又是兴奋又是期待的古怪笑容。

云济瞪大了眼睛，正好奇胡安国来做什么，忽然听到院子外一个女声喊道："爹爹！爹爹！"

这是胡惜雪的声音，却见旁边胡小胖肥嘟嘟的脸顿时抽搐起来，尽是担惊受怕的表情。云济正觉好笑，胡安国从佛堂里走了出来，到院门前跟胡惜雪道："你这丫头，大呼小叫什么？佛堂最忌吵闹，也不怕惊扰了菩萨？"

"爹爹，女儿知道错了。"

"找我何事？"

"是宁管事有急事，他不方便进内宅，才托我来找您。前天交给国子监的那些书出问题了！"

胡安国脸色一变："什么问题？我们校对过三遍，没什么大问题啊！"

"有！校对有问题，有字出错了。"

"哦，不用大惊小怪。"胡安国倒是镇定，"没事的，十万多字的书，十二天时间完成印制，偶尔错一两个字，也并非不能接受。"

"不是一两个字，是错了三四百字！"

"什么？"

这下不仅胡安国惊叫出声，藏在树后的云济也惊愕不已。这些书是他做的活字版，又由他主持印刷，怎么可能出这么大的纰漏？

云济下意识地要走出去查问情况，胡小胖急忙拽住他："瘦饭桶，你为何对我的屁股不怀好意？"

云济错愕不已，他还不曾受过这种冤枉："我何时对你的屁股不怀好意了？"

"我家佛堂是重地，未经我爹允许，谁都不能擅入。他若是知道我带你进来，你是不打紧，我的屁股却非要开花不可！你这样跑出去，定是对我的屁股不怀好意！"

云济一愣，心想自己擅入别人家的私密之地，即便是胡小胖带着，也确实于理不合。胡小胖催促一声："快跟我走！"拉着他从树丛间穿过，悄然来到墙角，拨开草丛，露出一个狗洞。

"这……"云济哭笑不得，胡小胖却当先钻了出去，回头冲他招手："快爬呀！"

碰到这样的窘境，云济鬼使神差般也当了一回顽童，从狗洞里爬出。两人出了佛堂院落，转过两个墙角，爬上一座虹桥，胡小胖才松了口气："好险好险，你这瘦饭桶差点害死我，幸亏小爷我跑得快，否则屁股可要保不住了！"

"臭小子，你说什么呢？"胡安国的声音突然远远传了过来，原来他跟胡惜雪说完话，急匆匆赶过来，正碰上他们俩。

胡小胖面色大变，不知如何解释，没想到胡安国看见云济，急急抓住他道："云教授，大事不好！走走走，宁管事正在客堂等着呢！"二话不说，拉着云济便走。

胡宅的客堂豪华却不媚俗，中堂墙上几幅字画，堂前横陈一条长案，边上两炉炭火烧得正旺，满堂都是融融暖意。宁管事急得焦头烂额，正在里面来回踱步，忽听得脚步声响起，急忙上前相迎。推门而入的，正是胡安国一行人。

宁管事从怀里掏出一套《周礼义》："员外，书我带来了！"

《周礼义》十多万字，分三册装订，出问题的是第二册。

胡安国点头不语，接过那册《周礼义》，顺手翻开。云济等人纷纷凑上前来，胡惜雪心下着急，也挤在其中。云济鼻尖嗅到丝丝脂粉香味，胡惜雪的香肩擦过他的胳膊，云济顿时如受雷击，猛地抖了一下，浑身僵直地退开在一边，绕去了另一侧。胡惜雪若有所觉，诧然看了他一眼，五指捏着襦角，赧然侧了侧身。

胡安国捧着书一页页翻过，最后停在书中一页，众人只齐齐看了一眼，便不由面面相觑。

这本《周礼义》中，果然错了三百多字——这根本不是弄错了字，而是整整错了两页书！

《周礼义》是宰相王安石亲自编撰，又名《周官新义》。出问题的，是第二册第六十三和六十四页，《春官》卷的一段章节。《春官》讲述与宗庙礼仪相关的官职和职责，包括大宗伯以下七十种职官，涉及宗庙祭祀、朝觐、会同、宾客等礼仪。出问题的这两页，却变成了另外一篇文章。

按照排版，每一页是二百字，莫名出现的这篇文章，第一列赫然写着："安定郡王府郡主失踪实录"。

安定郡王名为赵仲琮，跟当今皇帝赵顼乃是堂兄弟，他父亲赵宗晟是英宗皇帝的亲弟弟，承嗣濮王爵位。安定郡王家的郡主，是赵官家的堂侄女，这样显赫的地位，这等尊贵的身份，居然失踪了？

在场诸人，竟都全然不知。

胡小胖虽认得几个字，却还是看不懂文章，急得大叫："写的什么？快说说！"胡安国见这么多人凑在这里，便让胡惜雪将这两页书读了一遍。

大致内容是，安定郡王赵仲琮生有一女，取名为真珠，年方十七。皇帝已封了她为郡主，因其尚未嫁人，所以没加尊号。

熙宁六年正月十五，京城举办灯会，整个东京城烟花满天，如坠星雨。宣德门外更是宝马雕车，灯火辉煌。

真珠当时和众多女眷在府邸门外东首帷幕内，她容貌明艳，服饰华丽，十分耀人眼目。她的姨娘在西首的帷幕内，派人请她过去看灯，说会差小轿来迎。真珠也兴致大好，答应了姨娘，等了没多久，就来了一顶轿子。

真珠坐上轿子时，府上众人也没有在意，谁知过了不久，又来一顶轿子，说是姨娘派来请真珠的。郡王府的人这才急了，先前来的那顶轿子，早已不见了踪影。

郡王府顿时人仰马翻，急忙派人去查。然而大宋商业繁盛，早就取消了冬、春宵禁，加上元宵佳节，更是鱼龙混杂。郡王府搜寻多日，居然查不出半点踪迹。

煌煌帝都，人贩猖獗到这等地步，连堂堂郡主都能被人拐走，简直荒唐可笑。为了宗室颜面，郡王府不敢声张，只能私下搜寻。一连数月，真珠还是下落不明。直到四月份，郡王府终于放弃查找，对外宣称真珠发急病去世，抬了一口空棺，草草下葬。

可怜郡主真珠，被歹人拐走，又被家人所弃，十七年血脉温情，就此封入一口空棺，掩埋在黄土之下。

短短三百来字，胡惜雪很快读完。文中所讲的事情实在骇人听闻，众人听罢都震惊不已。云济心念急转，已然在揣摩这两页文章中的遣词用句——王安石乃是士林公认的儒学宗师、诗文巨匠，论笔力雄健，当世无出其右者。《周礼义》更是他呕心沥血写就，看似朴实古拙，实则一字难易。而这篇《安定郡王府郡主失踪实录》，重在讲述失踪案的来龙去脉，文笔却颇为粗疏，满篇洋溢着激愤悲怒之气，和整卷《周礼义》的篇章相比，文风天壤之别。

胡安国急急看着云济等人，问："怎么办？安定郡王丢了女儿，却秘而不宣，说明涉及宗室颜面。如今这事情被印在书里，在东京城大肆传播，这是要害死德水书坊啊！"

云济沉声问："这批书现在都在谁手里，收得回来吗？"

胡安国道："国子监发了一千多套到太学，又有几百套被转去了开封府府学，另外三千余套都被送去京城各路官宦手上。上到官家经筵上讲课的侍讲，下到京官家中有志于科举的子弟……不知多少人看过了，怎么收得回来？书面上可是印着德水书坊的字号呢！"

云济道："既然收不回来，急有什么用？"

胡安国道:"《周礼义》第一次出印,岂是小事?万一有人拿这个做文章,说我胡家不敬宗室,造谣污蔑郡主,抹黑安定郡王,胡家……要遭灭顶之灾啊!"

云济道:"如今只能等了。"

"等什么?"

"等官家的旨意,等中书的批复。"

胡惜雪满面惊惶:"这事会惊动官家和东府①的相公?"

云济神色肃然:"第一,真珠郡主身份尊贵,事关天家颜面,官家不会坐视不理,宗正更是难逃其责;第二,听说官家和介甫相公在筹划修改官制,《周礼义》是介甫相公亲自编纂,其中讲宗庙祭祀、朝觐等礼仪的篇章,如此庄重肃穆,居然被换成这《安定郡王府郡主失踪实录》,何其讽刺——京城之地,辇毂之下,贵为郡主都能被拐,这不正是礼崩乐坏之相吗?"

云济话音刚落,胡家家丁便来报:有天使登门。

---

① 因其在皇城中的方位,宋朝最高行政机构中书门下称"东府";最高军政机构枢密院称"西府",并称为"二府"。

第二章
书中案

众人相顾无言，虽然早有预料，但没想到会来得这么快。

胡安国急忙带人出迎。来人是国子监主簿张筑，随行的除了国子监的两位直讲，还有一名宫里来的内侍黄门①。此时主持国子监的吕惠卿，堪称王安石的左膀右臂，《三经新义》中另外两篇《毛诗义》和《尚书义》，便是由他和王安石之子王雱负责修纂。而主簿张筑，正是吕惠卿最信赖的下属之一。

张筑点明了要找德水书坊的东家，以及主持坊刻《周礼义》的人。胡安国急忙将云济、宁管事等人一一介绍了一遍。张筑得知这位主持活字印刷的年轻人，竟是司天监的司历，也不由多看了他两眼。

胡安国未曾接过圣旨，慌里慌张地摆好香案香炉，跪迎天恩。

张筑道："这位是童贯童公公，来传陛下口谕。"

童贯和云济年纪相仿，约莫二十出头。他身体格外魁梧强壮，虽是宫中内侍，却颇为谦卑："官家口谕：着皇城司协助国子监，查明《周礼义》印制不当之缘由；着开封府问责承办书坊，依大不敬罪罚铜，责令重印《周礼义》；各类书目，有

---

① 内侍官阶分六品：内东头供奉官、内西头供奉官、内侍殿头、内侍高品、内侍高班、内侍黄门。

言论不当、粗制滥造者，不得入官学、书院、明伦堂，以免误人子弟。"

胡安国长松一口气，这段口谕虽然措辞严厉，但没有将德水书坊印的书冠以"造谣"的名头，甚至没有直接查封书坊，而是让重新印制。可见官家将此事高高举起，又轻轻放下了。

云济问道："请问黄门，郡主失踪一事，官家可有吩咐？"

童贯倒也客气："官家明令开封府并宗正寺清查郡主失踪一案，又命国子监并皇城司清查《周礼义》谬误案。"

云济博闻广识，精于筹算；胡安国老奸巨猾，胸有城府。童贯将这个消息一透露，两人瞬间明白——郡主失踪之事，果然是真的！此事皇家本来秘而不宣，却随着这五千套《周礼义》，被散布得沸沸扬扬。即便宗室否认此事，世人也不会相信。赵官家索性不遮不掩，将事情摆在了台面上。

那么现在，胡安国等人所要面对的，便是"《周礼义》谬误案"了。

皇城司隶属禁军，负责刺探监察官情民事，现在执掌皇城司的是赵顼身边的大貂珰石得一。童贯职位虽不高，却也担任着皇城司的武职，"《周礼义》谬误案"便是由他负责。

一说起案子，童贯神色一敛："《周礼义》中被替换掉的这两页，可是德水书坊有意为之？"

"怎么可能？"胡安国连连摇头，"黄门明鉴，郡主失踪之事，胡某全然不知。再说胡某哪有胆子，敢去编排宗室秘闻？《周礼义》成书之前，已校对了多次，成书之后，宁管事又组织人查勘疏漏。我们交付给国子监时，这两页根本不是这般模样！"

"这倒怪了，难道这两页，是凭空变成这样的不成？"

胡安国哭丧着脸："就是凭空变出来的啊！"

宁管事心惊胆战，小心翼翼道："此事实在蹊跷得很。《周礼义》是在小人眼皮子底下印制成书的，绝不可能出问题。难道有鬼神作祟，把其中两页给换掉了？"

"鬼神之说，不可轻信。"云济郑重道。

童贯沉吟："劳烦将负责篆刻的阴阳工、参与印制的工匠、负责搬运的劳工……只要经手《周礼义》的人，都请来一一查问。"

胡安国不敢耽搁，急忙连夜召集工匠，足足二十九人。童贯领了皇城司的逻卒，

——排查问询。

云济见胡惜雪把书放在案几上，并退至一边，这才上前翻阅。他细看出问题的那两页，又看了眼那两页前后的页面，眉头渐渐锁起。

他轻轻触摸那两页纸，在边缘处摸到一丝细细的粉末，放在鼻尖闻了一下，看了看胡惜雪，不由恍然："胡小娘大晚上也要补涂脂粉吗？你刚刚读过的这本书，沾了些许香粉。"

胡惜雪一愣，掩面摇头道："云教授见笑了，这不是脂粉，是朋友送的'铅华泥'，遮掩疤痕所用。只需涂抹薄薄一层，伤疤和黑痣尽能遮掩得住，而且足足两三日才会干，干了后便化作细粉，轻轻一擦便好。奴家方才试用了一番，这'铅华泥'效用当真是极好的。"

"你脸上原有的雀斑，现在一点痕迹都看不见，整张脸都白净了。"胡小胖很认真地称赞了一句。

"你胡说什么！"胡惜雪窘迫不已，伸手拧了他一把。

云济笑着摆了摆手："女儿家爱美，涂脂抹粉本就是寻常事。请问张主簿，送去国子监的那些《周礼义》，每一套的这两页都变成这样了吗？"

"就我目前见到的，皆是如此。先前一收到官家的旨意，我便传令国子监将发给太学生的书都收上来，但最快也要到明日了。"

"下官也被牵连进此事，能否劳烦张主簿将书收回后，让下官看一看？"

张筑点头："自然可以。"

就在他们说话间，童贯手下的逻卒已经将工匠们全部排查完毕，上报说："这些人什么都不知道，前两天他们两班更替，忙得脚打后脑勺。好不容易在半夜印完，二十日天明前完成装订，印刷过程中没有任何异常，装订后也检查过，当时那两页还是正常的。"

众人满腹疑虑，童贯也是眉头大皱。宁管事面上闪过一丝惧色："没有任何异常，难不成真是神鬼作祟？"

"莫要动辄附会是鬼神作祟。"云济摇头，"再者，谁说没有任何异常？他们忙得脚打后脑勺便是异常，日夜不停便是异常！"

众人的目光齐刷刷看了过来，云济向童贯拱了拱手："黄门请宽限两日，这次《周礼义》是下官主持印制的，一定给黄门一个交代。"

童贯满面堆笑："交代是要给官家的，童贯一个小黄门说了可不算。云教授莫要怪我不近人情，实在给不了两天时间。若是一天内还不能有所进展，便只能请你们去皇城司了。"

宁管事等人神色沉重，童贯虽然笑得和蔼可亲，但其他人只觉不寒而栗。一旦被"请入"皇城司，没有官身庇护的人，哪里经受得住问询？为了给官家交代，想要什么供词，就能有什么供词。

这一晚，胡安国和宁管事都在惶恐中度过，云济在胡家暂住，拿着那本《周礼义》不停翻阅。

第二日一大早，云济等人直奔国子监。

熙宁四年（公元1071年），王安石颁布三舍法，太学随之扩招。此时太学生已超过一千人，人手一套《周礼义》，张筑连夜将三舍生手中的《周礼义》全部收回。开封府府学拿到的几百套，也尽数被召了回来。但其余散播出太学和府学的，并不是一时半会儿能寻回来的。

云济拿过书一本本翻看，忽然道："麻烦一起找找，是否每一套出问题的，都是第二册的第六十三和六十四页？"

张筑差人一起排查，将收回的近两千套书都翻了一遍，果然如云济所说，出问题的都是第二册的第六十三和六十四页。

云济低头在书页间闻了闻，手指在纸面上摩挲而过，若有所思道："奇怪……"

"云教授看出什么了吗？"胡安国问道。

"有几分眉目了……胡员外，那天德水书坊失火，被烧毁的仓库是否已经清理干净？"

胡安国怎会管这种琐碎事，他看向宁管事。宁管事急忙解释："仓库还没清理呢！那日出了事后，都忙着赶制书籍，云教授排的活字出来一版，我们的师傅就印制一版，根本没有工夫去收拾仓库。后来好不容易交了货，全员休息了两日，昨天又忙着拆版取活字……"

云济大喜："如此最好，我们去看看！"

一行人在云济的催促下，直奔德水书坊。这书坊已经被皇城司封禁了，童贯也刚好赶到，让人把他们放了进去。

德水书坊有五间仓库、三座厂房。腊月初八的大火，烧毁了两间仓库，一间存放着《周礼义》的雕版，另一间放着印制好的书和用来印书的纸。众人在一片灰烬中翻翻检检，也不知道应该找什么东西。云济从一个焦黑的架子下面，寻到几块碎瓷片，放在鼻前，依稀闻到一股淡淡的酒味："这是……酒坛？你们仓库里会放这样的酒坛吗？"

宁管事摇了摇头："仓库要保持清洁整齐，怎会有酒坛？难道有工匠偷偷在仓库喝酒？"

云济拿着酒坛碎片仔细端详，突然见一块碎片外侧有红色污迹，用指甲刮一刮，却没有刮下来。

这块碎片半圆弧形，显然是酒坛口部的残片，云济眉头一展："这是……女子的唇印？"

在他疑惑的时候，听见隔壁仓库有人喊："这里有个火折子，这火是人为的！"

云济急忙赶过去，却见童贯拿着个被烧得漆黑的火折子："云教授要看一看吗？"

云济摇了摇头："不用了……只有一个问题，需要问胡小娘。"

"胡小娘？"童贯却不知道"胡小娘"是哪位。

胡安国愕然道："你是说……问惜雪？"

"不错，在下冒昧，须求见令爱，还请胡员外准可。"

"客气什么，这有何不可？"胡安国立马答应下来，按捺住心中的满腹疑惑，带童贯和云济去找女儿。

穿过胡家的客堂，到了后院，最东边的小院里矗着一座小楼，轩窗风月，绣阁烟霞，正是胡惜雪的住所。"吱呀"一声，阁楼的窗户被推开，胡惜雪探出一张娇颜，见胡安国带来一众客人，连忙下楼来迎，仪态端庄地冲众人致了个万福。

胡安国冲云济示意："云教授，有话尽管问。"

胡惜雪茫然看向云济，却见他退后五尺之外，拱手一礼，开门见山道："胡小娘，恕小生冒昧，你是否有一位闺阁密友，她出身高贵，应是将门高第；相貌上佳，并以此为傲；嗜喝好饮，时时酒不离手；身手不错，多半精通武艺……"

他每说一句，胡惜雪的眼睛就瞪大一分，没等他说完，胡惜雪便脱口而出："你怎么知道？"

众人也都惊呆了，纷纷向云济望去。

"这么说，小生猜中了？"云济展颜一笑，"她是什么来历？"

"她叫狄依依，是狄武襄公的孙女，陇州狄知州的女儿，亲友唤她'九娘'。"

众人不由肃然起敬，"狄武襄公"自然就是仁宗朝威震天下的名将狄青，曾官拜枢密使,谥号"武襄"。狄咏是狄青第三子,丰神俊逸,相貌出众,曾是京中数一数二的美男子。

胡安国愣道:"你还有如此家世显赫的闺中密友?我怎么不知?"

胡惜雪含羞低头,像是做错了事,急忙解释:"女儿是两年多前偶然认识她的。咱家卖酒起家,京畿路没有不知道咱'胡家酿'的。九娘最是贪杯好酒,有一日来咱家偷酒喝,吃得半醉,稀里糊涂摸到女儿的阁楼来,钻进了女儿的被窝,我俩这才认识。她性格豪爽,相貌更是极美,女儿和她一见如故。后来,她时不时半夜翻墙而入,爬到女儿阁楼里,女儿备好美酒等她,听她讲西北征战的故事,就这么成了朋友。她家将帅辈出,为国征战。九娘虽是女儿家,却熟读兵法,揽过关山月,吹过沙场风,饮过庆功酒,杀过胡房头,和女儿这深闺中人天差地别……"

"武襄公的孙女……"云济沉吟道,"她应该有一年多没回东京城,不久前才回来吧?"

"云教授这也知道?"胡惜雪咋舌不已。

"我随口乱猜,侥幸猜中罢了。不知这位狄九娘现在何处,童黄门负责的差事,还得着落在她身上。"

"十天前九娘来看我的时候,曾说她住在遇仙楼的客舍里。"

"遇仙楼?狄家在东京城里没有宅子吗?"

"有是有的,两年前,九娘的父亲受上命知陇州,偕家眷去西北边陲赴任,旧宅也租了出去,一时收拾不出来。九娘的伯父倒是在东京任职,但她生性受不得拘束,不乐意在伯父家久住。"

"原来如此……童黄门,不如咱们去寻一寻这位狄家小娘子?"

童贯虽然还没弄清楚案情,却也很干脆地道:"好,咱这就去遇仙楼!"

眼见童贯带着皇城司的人马气势汹汹地出门,胡惜雪放心不下,也急忙随着胡安国跟在后面。一行人很快到了遇仙楼,皇城司的逻卒二话不说就进店找人,店里从厮役到宾客,皆吓得战战兢兢。童贯将店里的人都叫来,打问狄依依的下落。那掌柜翻了翻账本道:"这位姓狄的客官,确实在鄙店住过,腊月初二入住,只待了一日。"

"只住了一日?"童贯甚是疑惑。

"您说的可是一位姓狄的女客官？"一个小厮怯怯地问了一句，见童贯冲他点了点头，便放胆说道，"那女客官还有个同行的长兄。她人长得极美，可酒量也是极大，足足喝了三坛老酒，不小心吐在我家粉壁上，还非要题字。看，就在那里。"

文人们多有粉壁留诗的风雅爱好，遇仙楼墙上满是涂鸦，各种字迹层出不穷，偏生墙上又有一大片污迹，将满墙的题字掩盖了一大块。在那片污迹旁边，又夹着一首歪诗："此酒烈得很，香气又难挨。进吾肚腹中，揭竿而造反。喉咙关不住，忽而冲出来。粉壁干渴久，请他喝一半。"

这歪诗行文随意，墨字忽大忽小，词句忽文忽白，墨色时浓时淡，分明如顽童涂鸦一般。这些字显然是酒后所写，横不平，竖不直，似在冲众人挤眉弄眼。每一个字峥嵘毕露，虽不甚秀美，却充满豪气，颇为洒脱狂放。众人再去看诗尾落款，写的是："此墙惯见酒客痛饮，自己却只吃得墨，未吃着酒，可怜哉！可悲哉！熙宁六年腊月初二，狄依依以腹中酒敬之！"

"喝吐了，居然还好意思写歪诗？"云济不由哑然失笑，细看之下，突然发现这歪诗旁，另有一首五言，笔迹甚新："朱唇喷佳酿，秀口吐醇香。酒气化剑罡，斩断诗千行。"

落款两行小字："腊月初二，某酒鬼吐酒于此，狄钟为其赔礼善后，作《醉鬼砍诗》以记之。"

"这对兄妹倒也有趣。"云济看得饶有兴致。

童贯却没工夫理会这些，问那小厮道："小二，你可知这二人去了哪儿？"

伙计挠了挠头："他们在这里住了一夜。那女客官拿着本册子，说忻乐楼的仙醪酒比我家的玉液酒更多一份清香，小人跟她分辩两家名酒各自的妙处，她对忻乐楼的仙醪酒甚是嘴馋，大呼小叫地拉着男客官便去了。"

童贯眉头微皱，他们要寻的这位狄九娘果真爱酒成痴。他招呼一声："走！"皇城司人马雷厉风行，直扑忻乐楼。

两家店相隔不远，不久到了忻乐楼。跑堂伙计看见皇城司逻卒上门，连忙笑脸相迎。童贯开门见山，张口便问狄氏兄妹的下落。

跑堂伙计苦思着道："狄姓的客官么，俺倒是有印象哩，那小娘子又美又豪爽……那是快十天前吧。他们兄妹俩在小店住了两日。第二日半夜，突然跟俺讨酒喝！还要了笔墨，非要在俺们楼上题字！"

"又有题字？"童贯朝云济看了一眼，"走，去看看！"

一行人顺着楼梯一拥而上。粉壁刷过不久，诗句不多，没费多少工夫便找到了狄依依的留字，果然又是一首歪诗："我有一壶酒，你有两头蒜，咱俩碰一起，便是一桌菜。先烤两头新蒜，你吃一头，我吃一头。再斟两碗老酒，我喝一碗，我又喝一碗。"

看这词句笔迹，显然是那狄依依的手笔，旁边果然落款小字写着："腊月初四，狄依依吃酒不快。"

"这却奇了。"云济皱起了眉头，"为何烤两头新蒜，是'你吃一头，我吃一头'，而斟两碗老酒，却是'我喝一碗，我又喝一碗'？"

他往墙上细看，发现旁边又有几行散句："女大酒鬼，逢酒必吃；吃酒必醉，醉酒必疯；若然未疯，必是未醉；今日未醉，只因酒贵；吝酒一壶，斟得两碗；不舍予人，自饮自干。"

落款是："熙宁六年腊月初四，狄钟陪狄依依吃酒不快。"

"敢情那句'我喝一碗，我又喝一碗'，却是这么来的？"云济忍俊不禁，"这女酒鬼至于吗？好歹买了一壶酒，居然还嫌少，连分给兄长都不舍得。"

胡惜雪也忍不住笑了一声，又觉不好意思。胡安国等人却是心事重重，根本笑不出来。云济开解道："胡员外不用担心，《安定郡王府郡主失踪实录》遣词用句的习惯，跟这两首歪诗如出一辙，可见咱们并未弄错，只需找到她便是。"

胡安国闻言，顿时大松一口气，急忙问那小厮："你可知这两人去了哪里？"

"那女客官离开前问小人，还有哪家的酒好，小人提起了和乐楼的琼浆酒，她掏出本册子翻阅一番，就兴致勃勃拉着男客官出了门。"

"好家伙！"云济叹道，"这女酒鬼，竟然要一家接一家地吃。唐朝诗人孟郊一日看尽长安花，她竟然要一月吃遍东京酒！"

"这样找，要找到猴年马月去？"童贯有些不耐烦了，他将皇城司的逻卒遣出去，一家接一家地寻。过了一个多时辰，有逻卒通报，已找到狄氏兄妹的下落，就在州东宋门外的姜宅园子。

姜宅园子是东京城七十二家正店之一，其出产的羊羔酒极负盛名。即便是寒冬腊月，姜宅园子也是宾客盈门，生意十分红火，丝毫没有受到灾情的影响。童贯等人赶到的时候，便看见酒客们吆五喝六，小厮们来回穿梭，迎客的跑堂一边抑扬顿挫地唱着菜名，一边将众人迎进门。

"楼上甲辰桌两位，果子蜜饯好嘞！"传菜的小二起着调儿发一声喊，从厨房中转了出来，也不见他有三五只臂膀，却稳当当携了七八只菜碟，游鱼般在桌几间穿梭，飞也似的直奔上楼，却连一滴汁水都不曾溅出。小二在一张桌前驻足，桌边坐着一对年轻男女，一旁生着一个火盆，上面架着羊羔肉，正烤得油水直冒。桌上摆满了酒坛，已无处加菜，小二挪来一张小几，蜜饯果子一碟一碟地摆上去，呈在桌子旁边。

整个酒楼里熙熙攘攘，在几十上百人中，童贯一眼便注意到了这一桌。

酒客们认得皇城司的皂衣，童贯等人路过的时候，一桌桌酒客都不禁压低了声音，免得引起注意。只有这对男女，虽然看见皇城司的逻卒，却照旧旁若无人，喝酒的喝酒，吃肉的吃肉，十分扎眼，惹得其他宾客也纷纷往这边看上一眼。

两人都是十八九岁，男的英气勃勃，手持一把短刃，十分熟稔地将羊肉从骨头上剔下来，一会儿工夫，整只羊羔被剔成了一具骨架。女的身段窈窕，着一身雍容大气的绸衫，领口处露出一抹欺霜赛雪的肌肤，乌发梳做流苏髻，简单插一根木簪，发梢垂落肩头，显得又精致又利落。她腰间挂一只羊皮酒囊，酒囊上绘有一幅夸父逐日图，图中太阳是一枚缀在酒囊上的金色宝石，恍如烈日般耀眼夺目。女子姿态豪放，小蛮腰低束长裙，裙角却掀起一边来，一只脚从裙中伸出，不安分地跷在桌上，一只手提着酒壶，斟了满满一碗，一口喝干，叹道："好酒！"

童贯叫了一声，"你们可是狄依依、狄钟？"

那少女轻声念叨了一句："来得真快！"

她这话是跟对面的少年说的，没想到童贯耳朵极灵，听得清清楚楚，脸色一变："狄九娘！我知道你是将门之后，但你肆意妄为，在经义书中私动手脚，妄议宗室，教唆舆情……小心狄知州都保不了你！"

"哼！"那少女将脚从桌子上收回来，转头看向众人。她柳眉微蹙，凤目斜睨，面庞精致白皙，跳动的烛火映衬出其白玉般的光泽，长长的睫毛显得尤为清晰。不仅皇城司的逻卒为她的容光所慑，连胡安国也露出惊艳神色。

"怪不得这么多宾客中，就觉他俩最是显眼，那是其他人有意无意偷偷看她的缘故。胡小娘说她容貌美到了极处……嗯，也确实不算夸张。"云济手托下巴，不动声色地看着他们。

"小女子是叫狄依依。"少女将酒碗往桌上一放，"这位黄门，真不懂你说的是什么。妄议宗室？教唆舆情？小女子家世代都是领兵打仗的，怎会这种文官把戏？黄门查案的时候，是不是找错人啦？"

童贯被她一问，却也不知如何回答，转头看向云济："云教授……"

狄依依也饶有趣味地打量着云济："你就是惜雪说的那位云教授？她家这次印书，就是你帮的忙？她这两天张口云教授，闭口云教授，把你都夸到天上去啦！我倒要看看你有什么本事。"

"依依！"胡惜雪羞得连连跺脚，她耳朵红得比脸还快，"休要胡说……"

"惜雪，你可别被某些草包给迷了眼！"狄依依双眸斜睨，"这世间尽是夸夸其谈之辈。有些人也只会在笔墨间耍风流，其实眼高手低，难成大器……"

云济咳嗽一声道："狄九娘，《周礼义》里那篇《安定郡王府郡主失踪实录》，你应该最清楚不过吧？短短几日，东京城已经传得沸沸扬扬。据小生所知，狄家这两年境况不好，你实在不该给狄知州添麻烦。"

"你这人说话好生莫名其妙，我添什么麻烦了？"

"腊月初八，德水书坊突然走水，烧掉了两间仓库，童黄门在里面找到了火折子，证明这场火乃是人为。那两间仓库放着雕版和印好的书，纵火者显然是想在这批书目中做手脚，但当时那批《周礼义》已经印刷完成，便一把火将雕版和印好的书都烧了，等待他们重新印制。纵火者挑选的时机很巧妙，既让人来不及将那两间仓库中的东西救下来，又不至于烧及其他仓库和周边民居。知道德水书坊印制《周礼义》的人不多，知道具体交付日期的更少。这说明纵火者要么是德水书坊的管事、工匠或杂役，要么是从胡家探听到的，跟胡家人关系很近。"

云济说到这里，众人齐齐点头。

"能够翻越围墙，避开书坊的守卫，先潜入仓库纵火，又从容逃出，可见此人身手极好。我在仓库里寻到一只破碎的酒坛，酒坛口还有女子唇印，可见纵火者是个凌晨都要喝酒的酒鬼，而且是个女酒鬼——只有对自己的容貌十分臭美的小娘子，才会在做坏事的时候，也不忘在嘴唇上涂唇脂。"

果见狄依依两点朱唇娇艳欲滴。她抿了抿嘴唇："这就能认定是我干的？"

"当然不能，但这些足以推断出纵火者是个离开东京已有一年的美貌女酒鬼。而且她对胡员外家很了解，却不是胡家人，也不是德水书坊的管事和工匠。"

"离开东京已有一年，且不是德水书坊的人？这又是从何得出的？"

不仅狄依依，其他人也都纷纷看向云济，均是不明所以。酒店的宾客本就在偷看，此时更是不再遮掩地往这边观望。

云济不慌不忙地解释道:"郡主失踪案牵涉宗室颜面,连她的家人都已经放弃,宣称她是发急病而亡,那么也只有与她极好的朋友才会为她鸣不平了。真珠出事前尚且待字闺中,又是宗室女,家教甚严,她这位至交好友,必定是个女子。而且真珠出身高贵,能结交到的朋友,家世也绝非寻常。真珠是正月十五被人拐走,如今已经是寒冬腊月,为何作案者时隔一年才将此事抖搂出来?只有一个原因——就是真珠的这位朋友这一年都不在东京,不久前才刚刚回京,获知了她失踪的消息!

"此外,在坊刻书上做文章,完全是掌上玩火。一个商贾之家,稍有不慎便有覆灭之忧,胡家自己人想必干不出这等蠢事。同理,纵火者应该也不是德水书坊的人。后来童黄门一一盘查,果不出我所料。"

"好!即便如此,又能说明什么?"狄依依睫毛微颤,"据我所知,这套书在刊印的时候,都是由你云教授全程指挥,那么多工匠忙忙碌碌,我一个外人,怎么做得了手脚?"

狄钟连忙应和:"是啊,即便舍妹身手不错,能够翻墙入户,也最多在一两本书上做手脚,不可能祸害几千本书吧?"

面对这两人的诘问,云济点了点头:"不错,她没有在书上动手脚。"

此言一出,众皆愕然。狄依依眼角上挑:"既然你知道不是我做的,还在这里啰唆什么?"

云济咧嘴一笑:"我说你没有在书上动手脚,可没说你没有动手脚。"

"这……又是什么意思?"童贯也有些糊涂了。

"这批书在印刷完成后,已经再三校对过。交付给国子监的时候,是没有问题的。在交货两天之后,才陆续有人发现,书中有两页变了样。"

张筑脸色难看:"云教授此言何意?你的意思是,书是在国子监手上出的问题?"

"恰恰相反!"云济对张筑歉然一笑,"张主簿莫要误会。下官的意思是,这说明狄九娘是在交货前,而且是印制前动的手脚。"

众人都是一脸茫然,被他越说越糊涂,唯有狄依依眸中闪过一丝惊诧,暗暗瞥了云济一眼。

"其实很简单,狄九娘并非在书上动的手脚,而是在纸上!"云济解释道,"书交到国子监后,立即被分发了出去。五千套书散落各处,这时候要动手脚,比登天还难。印书的时候没问题,交付之后也没问题,那问题便只能出在印书之前了。"

"印书前能出什么问题?"

云济将手中的一本《周礼义》打开,向众人展示:"诸位请看,我们这批书用的是'蝴蝶装'。一页纸单面印刷,再将印有文字的那面朝里对折,如此重复,最后把所有纸张对齐,黏贴在一包背纸上,并裁齐成册。出问题的第六十三页和第六十四页,其实是一张纸对折而成,也就是用的一块活字版,印刷时是整张印刷,一印就是五千遍,而那五千套《周礼义》的这两页,其实都来自同一批纸,也就是最后到的那一批!"

"是了!"宁管事道,"我想起来了,那天有一批纸没有按时到,差点耽误了《周礼义》最后的印制和装订。"

"没错,当时咱们一起接的货,宁管事应该还记得那批纸,跟其他纸略有不同吧?"

宁管事皱起眉头,回忆当时的情况:"那些纸比前几批略厚,而且正面光滑,背面略显粗糙……不过这也没什么,这次所用的纸张都是临时赶制的,几批纸之间略有差异很正常。"

"正是因为这次所用的纸张是作坊赶制出来的,所以我们才不会重视它们之间的细微差异,更没有细想为什么会有这些差异。"云济将手中的书举起,"这批纸比其他纸厚了些,是因为它的表面被抹了一层涂料,之所以要抹这一层涂料,是因为要遮盖涂料下面的东西!"

"涂料下面……"童贯抢先一步说了出来,"字?涂料下面有字?"

"不错,童黄门果然明察秋毫!最后那一批纸,其实早已印制好了《安定郡王府郡主失踪实录》,然后在上面抹了涂料,遮盖了字迹,宁管事和工匠这才看不出来,将其当作普通白纸,又在上面印刷了《周礼义》第二册的第六十三、六十四页!我们印书的时候,都会先区分纸张正反面,然后把字印在纸张正面,背面空白无字,用于包背粘贴。这批纸之所以正反面差别比较明显,一来是因为正面抹了涂料,变得更加光滑;二来也是作案者有意如此,好让工匠轻易分清正反,不仔细去摩挲纸张。"

"可是……就算《安定郡王府郡主失踪实录》本来就在纸上,为什么成书之后,印在上面的《周礼义》的内容却不见了呢?"

"因为《周礼义》那两页印在了那层涂料上,涂料没了,字当然也消失了。"

"涂料没了？怎么会没了？"

"这个问题，你可以问胡小娘。"

"我？问我……"胡惜雪一脸茫然，手足无措道，"云教授说笑了，奴家哪里知道？"

"昨天宁管事拿了书来，胡小娘将那两页读了一遍，我摸到那两页纸的边缘有残留的细小粉末，闻起来有女儿家的胭脂香味，便以为是胡小娘读书时留在上面的。可是今天早上，我们在国子监查点了两千多套《周礼义》，我发现所有《周礼义》的那两页，都残留着同样的香味和细小粉末。记得昨夜胡小娘曾经说过，她的朋友不久前刚送了她一盒'铅华泥'。此泥只需涂抹薄薄一层，雀斑也好，黑痣也罢，丝毫看不出来！"

话到此处，众人都向胡惜雪看去。胡惜雪局促道："不是……我……"

云济继续解释："这种'铅华泥'很有意思，摸上去轻柔光滑，仿佛人的皮肤。但过了三天，就会散成细粉。作案者在纸张上涂抹的涂料，和'铅华泥'同出一源，只不过比'铅华泥'浓稠数倍，甚至能够遮住原来的字迹。这种浓稠数倍的'铅华泥'在三日后化作粉末，随着抖动和翻阅而洒落出去，只有少部分残存在纸张夹缝里，看书的人也不会注意。"

童贯点了点头："原来是这样，胡小娘，请问送你'铅华泥'的，可是这位狄九娘？"

"这……"胡惜雪欲言又止地看了狄依依一眼，她不愿出卖朋友，但又不会当众撒谎。

她虽是什么都没说，但众人一看她的表情，就已知道答案，纷纷看向狄依依。狄依依端起酒碗饮了一口，倒也没有反驳。

云济又道："这样一来，作案者还需要解决一个问题。"

"什么问题？"

"这'铅华泥'涂料三日后失效，作案者需要保证这批纸在三日之内，能够印刷完成、装订成书、校验无误、交付国子监、分发到太学生手里。由于时间紧迫，我们都是每做好一批活字版，就立马印刷，所以作案者这批有问题的纸，是最后一日送到德水书坊的，还特意迟了半天。那天宁管事下午收到纸，连夜安排印刷、装订、校验，这样才能保证按时交付给国子监。"

云济说罢，众人心服口服，童贯更是连连赞叹："好！真是绝了，云教授简直亲眼所见一般……狄九娘，你有何话说？"

"是我干的没错，有什么不敢认的？"狄依依坦然承认，心中却颇为震撼。

正如云济推断的那样，她得知真珠被掳走的事后，又目睹了安定郡王府的毫不作为，义愤填膺之下，想出了这个法子。那篇《安定郡王府郡主失踪实录》是她心中不忿，挥笔写就，又暗中寻人篆刻了雕版，印制了这篇短文。之后火烧库房，将短文混杂在纸张中。果然，只过了几日就闹得满城沸沸扬扬。她原以为自己这法子即便不是天衣无缝，也不至于这么快被寻上门来，如今着实有些措手不及。

云济摇头叹息："何必呢，用这样愚蠢的办法，就是为了让全东京城的人都知道真珠郡主的事情吗？"

"咣当！"

狄依依猛地起身，腰胯撞在案几上，碗筷杯盏倾倒，案几上一片汤汁淋漓："姓云的！你还真是了不起呢！有这样厉害的本事，不去查真珠的案子，却来追究是谁揭露了实情，真是本末倒置！不，你不是本末倒置，你跟他们一样，将什么贞节名誉看得比人命都重，出了事就千方百计地捂盖子，却对一位被拐走的可怜女子不闻不问！"

云济默然不语，其他人也都不作声，酒楼的宾客们本来在偷偷看热闹，此时也都安静下来。只有胡惜雪满脸不安和惶恐，一个劲儿向狄依依使眼色，让她不要冲动。

狄依依对她的眼神视若无睹，转头看向童贯："皇城司的大貂珰，你要治我的罪吗？尽管来就是！所有事情都是我一人所为。胡家是被我利用的，他们什么都不知道。"

童贯微微低头："不敢，童贯不是什么大貂珰，只是一个小黄门。只能奉命行事，将此事调查清楚而已。"

"那好，你可以回去复命了。本姑娘说过的话，请你一句不落地说给官家听，要治什么罪，本姑娘悉听尊便！"狄依依说着，看了狄钟一眼，"此事全是我一人所为，和六哥无关，更和狄家无关。六哥在张子厚先生门下求学，火烧德水书坊那日是腊月初八，六哥恰去昭庆坊拜会师兄种建中，替子厚先生送回信。而重新印制完成前夕，六哥在殿前都指挥使司听令，自是全然不知。"

童贯轻轻点头，话语中不带任何感情："狄小娘所陈，我自会逐句上报。"

听话听音，此事虽是狄依依一人所为，但狄家未必脱得了干系。

"胡说什么呢！我可是狄家男儿，岂能置身事外？"狄钟没好气道，"狄家三代为将，一荣俱荣，一损俱损。此祸非同一般，你担得起吗？我怕的是官家雷霆一怒，即便伯父、父亲搭上前程，都保不住你！"

天威难测，狄依依做的这等事出乎法度，又没有前例可循，即便判她死罪，都大有可能，狄钟才悬心不已。

"东京城中名门望族不计其数，谁家都难免出一两个不肖子弟，勋贵家族为了明哲保身，和子女做切割的先例数不胜数。所以早在动手之前，我就已寄信去陇州，向父亲陈清利害，他再怎么宠爱女儿，也不会视狄家的安危于不顾。"

"你！"狄钟胸口剧烈起伏，气愤不已。她不仅胡作非为，还用狄家的安危逼迫父亲当机立断，在必要时刻弃车保帅。

狄依依又望向胡惜雪，歉然道："惜雪，这次把胡家牵扯进来，我实在过意不去。我原本不想拉胡家下水，实在是没想到……唉，你若是不消气，就罚我喝十坛酒，给你赔罪。"

"喝十坛酒赔罪？岂不是美死了你，你若真心赔罪，就该戒酒十日，以示诚心！"狄钟在一旁仗义执言。

胡惜雪哭笑不得，连连摇头，不仅没有怪罪狄依依，反倒替她担心，向童贯行礼道："依依本是出于好心，还望童黄门在官家面前，替她美言几句，小女不胜感激。"说着解下腰间一块玉佩，想要塞给童贯。

童贯侧步避开："胡小娘不必如此，我自会如实禀告，并说明狄小娘并无触犯宗室之意。"胡惜雪不善交际，见他避而不受，拿着玉佩的手僵在那里，憋得面红耳赤。

"原本不想拉胡家下水？"云济不着痕迹地上前一步，一开口就将众人的注意吸引过去，胡惜雪的尴尬顿时消弭于无形，"我明白了，你放的这一把火，本是想将胡家摘除在外。"

狄依依眉梢一挑，又喝了一口酒，却没有说话。

"德水书坊在腊月八日被烧，剩下的时日根本不够重新印制，只能向国子监坦白致歉。以国子监的脾性，必然会另寻其他书坊，不给德水书坊第二次机会。这样一来，德水书坊就堪堪避过了这场祸事。"

"不错！我本是这么打算的，谁知道半路杀出你这么个'救急教授'，居然成功帮德水书坊赶上了工期。我又不想放弃，只能连累胡家。"

云济不禁赞了一句："果然是将门虎女，你对胡小娘倒也算义气深重。"

"这算什么？我堂堂狄家儿女，岂能让别人替我背黑锅？不论是胡家还是其他书坊，我都不会让他们成为替罪羊。我虽然嗜酒如命，却也不会在纵火的时候，把酒坛子和火折子落在书坊。之所以留下这些证据，就是为了证明事情是我做的，和别人毫不相关。"

胡惜雪震惊之余，颇为感动："依依，你早已做好打算，准备日后自首？"

"那是自然！若不能一人做事一人当，还说什么驰骋疆场，谈什么保家卫国？"狄依依傲然昂起头，瞥了云济一眼，"唯一没想到的是，这才两三天工夫，你们就找上门来。我本打算在自首之前，喝遍七十二家正店的美酒佳酿呢。谁知竟有人横插一脚，破案子比火烧眉毛还要着急，也不让我喝个痛快。"

云济苦笑不已，知道她在挤对自己，但他对狄依依颇为赞许。他不曾见过这等敢作敢当的女子，不仅为好友赴汤蹈火，惹得天子震怒都在所不惜，还事先自留证据，将所有过错一肩承担。论豪爽洒脱，戏台上的关公都要逊她三分。

"狄小娘，狄衙内，童贯这就去复命了。在官家旨意没到之前，还请二位暂留此地，不要离开。"

童贯拱手拜别，安排在酒楼的逻卒也尽数被撤走。然而有心人都知道，皇城司自有耳目在暗中监视。

这案子终究是破了，胡安国和宁管事都松了口气，胡惜雪虽然满腹担心，终究不便留在此处，依依不舍地跟着胡安国离开。

云济走在最后，走出门外没几步，稍一犹豫，还是回头问了一句："狄九娘，你想过没有，堂堂郡主之尊，哪来的人牙子会这么胆大包天，把主意打到她头上？最大的可能便是，人贩子只是想拐一个普通富户家的美貌小娘，根本不知道她是郡主！"

"这又如何？"

"人牙子贩卖少女，或是丢给妓院窑子，或是卖给富户为奴。不知道她的身份也还罢了，如今郡主被拐一事传得沸沸扬扬，买主若知道她是当今官家的侄女，会怎么处理？"

狄依依轻咬着嘴唇，脸上露出担心的神色。不等她回答，云济便道："拐卖郡主可是毁家灭族的大罪，买主当然不会好心将她送回来。但若留她在家里，既怕她私下逃走，又怕迟早被查出来。所以要想掩盖罪行，最好的方法便是——杀人，毁尸，灭迹！"

云济每说一句，狄依依的脸色便难看一分，等他说完，狄依依已是俏脸发白。眼看着他说完话走出酒楼，狄依依突然闻到一股刺鼻的味道，却是火盆上架着的羊骨架，已经被烤得焦了。

"姓云的，你少自以为是！"她走到窗边，向外面大喊，"你以为这事我没想到吗？难道因为怕他们杀人灭口，案子就不查了吗？真珠被拐了去，多半是任人欺辱，受人奴役，活得暗无天日。与其如此，还不如将此事公之于众，若能查出此案，真珠得以逃脱牢笼，自然皆大欢喜；若是不幸查不出结果，也算尽了人事，即便玉石俱焚，也好过被人奴役，苟且一生！"说到这里，狄依依咬紧牙关，"不论如何，敢拐卖她的人牙，敢奴役她的买主，我定要让他们知道，什么叫作恶有恶报！"

云济回头望去，却见狄依依倚窗而立，翠眉秀目，满含愠色。她抓着窗棂的手过于用力，竟将窗框捏碎，鬓间发簪掉落，云髻突然散开，朔风迎面吹过，一头秀发随风飞扬。素静白皙的面庞经风一吹，透出一丝撩人的绯色，清幽而不靡华，如一朵在烈焰熔浆中卓然傲立的红莲。

云济望着她的侧颜，心中大为触动，见她瞪视过来，慌忙道："你的发簪掉了。"他低头捡起掉落在地上的发簪，向楼上抛去："接着！"谁知他使力过弱，竟没抛到窗前，发簪磕在墙上，再次摔落，在一声脆响中，断成了两截。

天地之间，仿佛同时静默了稍许。

那发簪是檀木所制，没想到在自己手里摔断了，云济顿时尴尬不已，抬头一看，却见狄依依哂笑道："云教授好大的力气！"

"狄九娘放心，这簪子我重新赔给你一支。"云济表情僵硬，急忙把那两截发簪揣在袖子里，落荒而逃。

一日后，童贯再次来到姜宅园子。

狄家兄妹两人没有擅自离开，都等在客房。童贯道："官家口谕，狄家女顽劣不堪，需严加管教，命抄《女诫》十遍、《女论语》十遍，呈皇后检阅。"

狄依依脸色一黑，刚想说什么，狄钟急忙按住她的肩膀，龇牙咧嘴地使眼色。狄依依无奈，转头对童贯露出一个无可指摘的笑容："臣女遵旨。"

童贯对她笑容下的咬牙切齿视而不见："狄九娘，按照以往的规矩，即便官家给了旨意，只要是案子，还是得先报地方州府。不过此事官家既然没有追究，也没有苦主检举状告，便不再麻烦开封府了。"

"这都是圣上洪恩！"狄钟连连点头，一副感激涕零的模样。

转眼间，又过了三天。

年关将近，千家万户都在糊窗纸，东京城最繁华的街道上，到处是沿街叫卖的小经济①。来往的商货依旧种类繁多，却较往年少了些许四处洋溢的喜气。

云济来到姜宅园子找狄氏兄妹，小厮将他引到楼上的一间雅室。屋外滴水成冰，雅间里却温暖如春，雅致精巧的铜炉里，无烟的兽炭燃烧出阵阵热流，脱去厚厚的皮氅，只着一件薄袍，仍然感到热意扑面。一张六角梨花桌前，胡惜雪和胡小胖正用着酒菜，狄钟围在胡惜雪身边嘘寒问暖，两只眼珠子跟粘在她身上一般。饶是胡惜雪温雅贤淑，待人恭谦有度，也疲于应付。

"胡小娘？你怎么在这儿？狄九娘呢？"

胡惜雪急忙起身："云教授来啦，奴家是来找依依妹妹的。"

狄钟连连点头："依依被罚抄《女诫》和《女论语》，正在里间忙着呢。胡小娘是她的朋友，便是我狄钟的朋友，怎能有丝毫怠慢……"话没说完，就被胡小胖打断："你哪有怠慢？你见了我姐姐，就跟狗儿见了肉骨头一般，馋得口水直流，恨不得扑上来舔几口……"

"啪！"

胡惜雪耳根发烫，在胡小胖胳膊上狠狠打了一把，对狄钟歉然道："真对不住，小孩子胡说八道。"

"没事没事，童言无忌，童言无忌嘛！"狄钟却是面不改色。

云济问道："狄九娘在里间？"

狄钟双眸直勾勾盯着胡惜雪，哪顾得上跟他说话，很是敷衍地朝里间的门一指。

姜宅园子的客房甚有格调，里间铺着一整张上好的羊毛毯，火炉烧得正旺，整个屋子都被烤得暖洋洋的。狄依依坐在雪白的羊毛毯上，双脚半掩在长长的绒毛里，几根脚趾时不时不安分地抖动两下。她腿上放着个酒坛，早已被喝空了，面前摆着一张矮几，上面放着本《女论语》，脸上一副苦大仇深，正咬牙切齿地

---

① 无铺面的流动小商贩。

埋头苦抄。

云济隔着门向里张望，却将那房间当作雷池一般，不敢迈进一步，迟疑地叫了一声："狄九娘……"

"啊！"狄依依突然一声惨叫，"你这厮好生可恶，害得我这一页又得重写！"

眼见狄依依抓着那张纸，气呼呼冲出房间呈给他看，云济顿时额上冒汗，像见到猛兽一般后退两步，隔开狄依依三尺之外，才紧张地摇头说："你都写到第十列了，错字在第二列，跟我刚才叫你有什么关系？"

狄依依振振有词："就因为你叫我，我才发现第二列有错字，这不得怪你？"

"……"

"你来做什么？别告诉我说要赔我发簪，你新买一个也没用，再怎么相似，也没有一模一样的！"

云济一只手伸进怀里，正准备掏东西，闻言顿时僵住，尴尬道："我……我有事请你帮忙，最近开封府在查郡主被绑架之事，抓捕了不少人牙子……"

"不帮！"

"你就不先问一问是什么事？"

"不帮就是不帮！"狄依依扬起下巴，"最烦你这种瘦弱书生，肩不能挑，手不能提，成天夸夸其谈，做事却百无一用，本姑娘一见就觉得糟心。"

云济被一阵抢白，脸色也沉了下来："那在你眼里，怎样才算有本事？"

"告诉你，本姑娘眼里的好汉子，是上马能领军，下马能安民的盖世英雄。保家卫国，护境安民，北抗契丹，西御党项，踏清风，饮烈酒……"狄依依一脸向往，伸手抱起酒坛，往嘴边一凑，才发现已经空了，不由摇头道，"真倒霉，连酒都喝不痛快。算了，跟你个文弱书生说什么金戈铁马？"

云济想了想道："狄九娘，你瞧不起文人，那我们便在你最喜欢的事情上赌一赌。"

"我最喜欢的？我最喜欢的，当然是喝酒了。"

"好！那小生便跟你斗酒！我若输了，自认无能，任你处罚；你若输了，给我做三十天工，任我驱驰。"

"斗酒我岂会输？"狄依依仿佛听到天大的笑话，"三十天算什么，若是我输了，给你做三年长工。"

"好，一言为定！"

在门口的胡小胖瞪大了眼,盯着云济道:"开什么玩笑,跟她斗酒?就你那酒量……"

云济打断他道:"既然是斗酒,咱们便请胡小娘来当监酒官,公正公平,不偏不倚。"

"好!"在"酒"之一字上,狄依依何曾怕过谁?她当先在酒桌边坐下,豪气干云地道:"小二,上酒!"

第三章
酒中局

　　姜宅园子的雅室里，几人围坐在酒桌旁，云济不着痕迹地坐在狄依依另一侧，和胡惜雪也隔开几尺。小二取来好几坛酒，在桌上一字摆开。

　　狄依依舔了舔嘴唇，自信满满地看着云济："说吧，这酒怎么斗？不管你坐着喝还是站着喝，就算是倒立着喝，本姑娘都一概奉陪到底。"

　　"斗酒嘛……咱们三局两胜，斗酒令，拼酒量，比速度。"云济也在桌前落座，俨然成竹在胸，"第一局，斗酒令！"

　　他一边说，一边示意小二拿酒盏来。

　　云济将酒盏摆成两行，一行十盏，分列在他俩身前："咱们来行酒令，谁输一次，就喝一盏。每人十盏酒，谁先喝完，谁便输了第一局。"

　　狄依依满脸兴奋："好！"

　　云济掰起指头："我知道的酒令有数十种，射覆、猜谜、对联、格律、连诗、和文、填词……"

　　"且住。"狄依依拧着眉头，"什么射覆、猜谜，什么对联、格律，什么连诗、填词，都是文人喜欢的酸腐调调。别以为我不知道，你这厮连《周礼义》都倒背如流，吟诗作对还不是张口就来？"

　　"那还能有什么酒令？这样吧，你选便是，不论是何种酒令，小生一概奉陪。"

　　"胡吹大气，装了不起吗？"狄依依道，"我们江湖儿女，大碗喝酒，大口吃肉，玩的酒令就是拇战，你敢不敢？"

拇战在军中俗称划拳，一人出一只手，各自喊一个数，双方指头数相加，谁说的数对便算谁赢。狄依依自小在军中厮混，不到十岁已经是拇战的行家里手。

"有何不敢？但这般捋拳奋臂，叫号喧争，实在有失风度。我这臭男人倒也罢了，你这般娇滴滴的小娘子，怎么能做此等粗俗之事？还有一种拇战玩法，不用发声叫喊，也不用捋袖子甩胳膊。你我各出一根指头比大小，拇指胜食指，食指胜中指，中指胜无名指，无名指胜尾指，尾指又胜拇指……"

"这个我也玩过！"一提到喝酒和拇战，狄依依便兴奋异常，"来来来，让我来试试你的斤两。"

"好，先不喝酒，玩几把试试。"

两人相对而坐，你来我往，伸指头，比大小，须臾间玩了十几把，双方各有输赢。

又玩了五六把，云济若无其事地道："咱们正式开始吧。不过五根指头比画，经常出好几次也互不沾边，太耽搁时间。咱们再加个规矩，每次出指头，不能跟上一次一样，比如上一次若出了食指，这次便不能再出，以免总是重复。"

狄依依已经急不可耐："就你事儿多！"

"你不会怕了吧？"

被他一激，狄依依气道："谁会怕你？不重复便不重复，快来快来！"

两人正式开始，监酒官胡惜雪发号施令，每叫一次"开"，两人便同时出拳。第一次狄依依出食指，云济出尾指，互不沾边；第二次狄依依出拇指，云济出中指，又不沾边；第三次狄依依出中指，云济出食指，食指胜中指，却是云济赢了一回。

狄依依二话不说，端起一盏酒喝了，豪爽道："再来再来！"

胡惜雪一声令下，二人再战，结果云济连赢了三盏。狄依依把酒喝完，擦了擦嘴唇，气势汹汹道："再来！我还不信了！"

又来一回，狄依依还是输，大觉奇怪——怎么正式开始之后，自己便连输四局，莫不是其中有什么蹊跷？她郁闷地又喝了一盏酒，突然眼睛一瞪："你竟敢耍诈！"

云济两手一摊，满脸冤枉："我何时耍诈了？"

"你刚才加了个规矩，说每次出拳，不能跟上一次一样。譬如我上次出拇指，这次便不能出拇指，而拇指克食指，所以你这次只要出食指，我出哪根指头都赢不了你！你每次出我上次所克的指头，便已立于不败之地，我还怎么赢你？"

她说到这里，怒气冲冲地盯着云济。众人也都恍然大悟，胡小胖拍手笑道："哈哈，狄姐姐真笨，这么简单的套儿也没弄明白！"

"这怎么能算耍诈呢？"云济笑着摇头，"规矩是平等的，我用来克制你，你也可以用来克制我，你自己想不明白，却来怪我？"

"哼！再来！我还有六盏酒，照样能赢你！"

狄依依气鼓鼓地跟云济再战。这次她也摸到了门道，云济上次出什么，她便出它所克制的那根指头。如此一来，她也立于不败之地，两人都赢不了对方，每次出的指头都不沾边。狄依依终于耐不住性子，叫嚷起来："不成不成！这样玩到猴年马月也分不出输赢，这个规矩不能要！"

云济甚是大度："好，那便不要，咱们再来。"

废止了不能重复的规则后，云济立马输了一盏，狄依依气势大涨："哈哈！不行了吧？"

"谁说不行？"云济将酒喝光，"再来！"

然而让狄依依百思不得其解的是，接下来她居然连输五把，终于将面前十盏酒喝得一滴不剩，而云济总共只喝了一杯。

"你又使诈！"狄依依拍案而起。

云济一摊手："我怎么使诈了？"

"你……"狄依依张口结舌，她苦思冥想，也不知其中玄机，但就是心有不服，蹙眉道，"你若没使诈，怎可能又连赢五把？"

"这就是你胡搅蛮缠了，两人押指头比大小，各凭本事。让监酒官评评理，我哪里使诈了？"

胡惜雪茫然摇了摇头，她也没瞧出任何异常。

狄依依满脸不甘心："你这厮最是奸猾，别人连赢五把，我是信的；你连赢五把，我绝对不信！你……你绝不是靠运气！"

"不错，我本来就不靠运气。"

"你们瞧瞧！"狄依依跳脚道，"果然被我说中了！"

胡惜雪姐弟也纷纷看向云济，露出惊讶神色，都在心下揣摩，他果真使诈了不成？怎么丝毫看不出来？

却见云济轻笑摇头："我说我靠的不是运气，可没说我使诈啊！"

"又不靠运气，又没使诈，你凭什么赢我？"

"我靠的是本事！"云济缓缓起身，"各人本性迥异，习惯也互不相同，这种习惯会不知不觉地表露出来，而自己茫然不知。加上酒前试玩的几局，咱俩刚才一共捯战一百〇八回，其中你出拇指三十八次，食指二十九次，中指二十次，无名指九次，尾指十二次。再细分来算，你首次有三成二的可能出拇指，一成八会出食指，一成二会出中指，一成七会出无名指，两成二会出尾指！每个指头出过后，习惯又不一样，你若本次出拇指，下次有四成八的可能出食指，还有一成九会出中指，两成会出无名指……"

云济滔滔不绝地说着，狄依依不由呆在了那里，胡小胖也张大了嘴巴，胡惜雪则是一脸敬服，就连狄钟也顾不上看胡惜雪的侧颜，冲云济连道："厉害！厉害！"

"我便是这么赢你的，有问题吗？"

狄依依终于从呆滞中惊醒过来，对狄钟私语道："这厮果然好本事，捯战不过是游戏而已，他弹指间就能算到这等地步……可惜本事都用在了偷奸取巧上，接下来两局可是实打实的酒上功夫，看他还怎么耍诈！"

狄钟在一旁连连点头，狄依依慨然道："这局是我输了！"

云济笑着摇头："好！第二局，咱们拼酒量！"

胡小胖想到他三杯就倒的酒量，忍不住想笑，见胡惜雪瞪了过来，又急忙捂住了嘴。

云济道："咱们还是一人十盏酒，一人一盏地喝，谁先喝不下，或者谁先醉倒，谁便输了。"

狄依依本来胜券在握，信心十足，但见他胸有成竹，不由狐疑起来。

云济见她神色，便正色道："为了避免有人说不公平，咱们互相给对方斟酒，酒不能溢到桌子上，而喝酒的时候，也必须喝光，一丝一毫都不能剩。"

瞧他表情一本正经，狄依依这才放心："好，我来给你斟酒！"说罢便提起酒壶，将云济面前唯一空着的酒盏倒满，又将其余酒盏都添得满满的。她斟酒手法纯熟，酒液高出盏口一分，却不溢出酒盏之外。

云济忍不住道："狄九娘，你这也太过分了吧，酒都快溢出来了。"

"甭管它是不是快溢出来了，你就说，酒是不是用你这酒盏装的？"

"是。"

"溢出来了吗？"

"没有。"

狄依依得意扬扬："那便是了，刚才可是你自己说的，互相给对方斟酒，酒不能溢到桌上，有什么不对吗？"

"行行行！算你说得对！"云济将酒盏中的酒一饮而尽，"我也来给你倒酒，小二，取十坛茅柴酒来。"

"茅柴酒？"小二顿时有些惊愕。茅柴乃是土酿的劣酒，与此时桌上的羊羔酒相比，实在远远不如。

"怎么？我先前来时，看见你们酒楼外面就放着好多坛。"

"客官莫要见笑，茅柴酒杂质太多，因酿得浑浊，还掺了水，竟有好几坛都结了冰，往日里都是打发穷鬼的，怎能拿来卖给贵客？"

但凡好酒，便是天气再冷，也不可能结冰，这结了冰的酒，实是劣中之劣。云济却不以为意，催促他道："要的正是结冰的茅柴酒，你尽管拿来便是。"

小二不敢推辞，急忙下楼，取了十坛茅柴酒来，一溜儿摆在桌上。这酒果然冻成了冰坨，甚至还有两坛连酒坛都撑破了。云济拿起两只酒坛，相互一撞，将酒坛撞成了碎片，劣酒冻成的冰坨却还完好无损。

"好得很！"云济赞了一声，拿起冰坨放在狄依依的酒盏上，一只酒盏放一个冰坨，很快排成一排。每个冰坨都足有一斤来重，半尺多高，酒盏倒成了冰坨的底座一般。

狄依依莫名其妙道："你这是做什么？"

"这是我为你斟的酒。"

狄依依顿时瞪圆了眼睛："就这冰坨子？你拿这等酒给我喝？"

"这酒再劣，它也是酒！方才的规矩是怎么定的？咱们互为对方斟酒，你斟的酒我喝了，我斟的酒你却瞧不上吗？"

"可你这酒都冻上了！"

"酒冻上了，便不是酒了吗？"

"这……"

"甭管它是冻着的还是化开的，都是用你这酒盏装的吧？"

"是……"

"溢出来了吗？"

"没有……"

"那便是了！有什么不对吗？"

狄依依张口结舌，竟是无言以对。

云济满脸讥诮神色:"刚才说好了,我喝一盏,你喝一盏,喝酒时必须喝光,谁先喝不下,或者谁先醉倒,就算谁输。你现在是想认输,还是想抵赖?"

"胡说!谁抵赖了?"狄依依一气之下,端起一只酒盏,张口去啃那冰坨子。刚啃了两口,只觉唇齿冰凉,舌头发颤。但她生性好强,硬生生将一只冰坨子吃进肚子,看得众人目瞪口呆。

"好酒量!"云济赞了一声,"那我们继续喝?"

狄依依硬吃了一大坨冰酒,肚腹生寒,浑身发冷,转头看向另外九个酒盏上的冰坨,满腔悍勇之气顿时烟消云散。她一张俏脸煞白如纸,不忿道:"咱们第二局比的明明是酒量,你却拿话挤对我,激我啃这冰坨子,这哪里是拼酒量?分明是算计人!惜雪,你是监酒官,你来评评理!"

"这个……"胡惜雪偷偷瞥了云济一眼,为难道,"奴家也不知说得对不对,按照先前的约定,确实该云教授赢。可依依妹妹说得也不错,第二局毕竟是拼酒量,这样未免太投机取巧……"她生性腼腆,身为监酒官,这些话却偏向自己的密友,不由心虚不安,杏眼含烟地冲云济颔首致歉。

她这般仪态,看得狄钟两眼发直,连连附和赞同。云济叹气摇头:"也罢,这一局不算,咱们下一局定胜负!"

狄依依悄悄松了口气,却用鼻子"哼"了一声:"这还差不多!"

"第三局,咱们比谁快。"云济面前十个酒盏,仅有一只空了,他将那酒盏倒满,"狄九娘,我给你倒酒。"

"你又想将冰坨子放在我的酒盏上吗?你喝一盏酒,我吃一坨冰?"狄依依一脸警惕地盯着他,伸手护住了自己的酒盏。

云济失笑道:"你还真是一朝被蛇咬,十年怕井绳。也罢,小二,将狄九娘的茅柴酒拿走,把她的酒盏都换成牛眼盅!"

酒楼小厮一直在边上伺候着,立即按云济吩咐去做。狄依依眼见着自己面前的酒坛酒盏被清理干净,十个牛眼盅摆成了一溜,都被斟满了酒,不由愣道:"姓云的,你又搞什么鬼?"

"你不是担心我使诈吗?咱们这样,你用牛眼盅,我用斗笠盏,各有十个,谁先喝完,谁便获胜,如何?"

姜宅园子所供的酒盏,是汝窑烧制的斗笠盏,形如倒放的斗笠,一盏能盛酒一两多。现在给狄依依换的牛眼盅,盅口有牛眼睛大小,深不足一寸,一盅能盛酒六七钱，比斗笠盏小了整整一大圈。

狄依依仔仔细细端详了三遍，自己的牛眼盅小，云济的斗笠盏大，这怎么看都是自己占便宜。她一脸狐疑地看着云济的眼睛，心想这厮肚子里究竟卖的什么药，难道他当真喝酒极快，不将自己放在眼里？

见她面露怀疑，云济大度道："得！你还是不信我？那么再定一条规矩，只要监酒官一声令下，咱们就开始喝。你不许碰我的斗笠盏，我也不能碰你的牛眼盅，也不许其他人掺和，更不许推人掀桌子！"

狄依依眼珠一转，前前后后默想了一遍，这才拍桌子道："好！这可是你说的！我就不信了，你用酒盏都能比我快？"

两人准备停当，胡惜雪刚喊了一声"开始"，狄依依出手如电，抓起一只牛眼盅，就往自己嘴里倒。她两手左右开弓，转眼之间，已经三盅酒下肚。而另外一边，云济不慌不忙拿起一只斗笠盏，才刚刚送到嘴边。

"哈哈！你喝酒果然很快呢！"狄依依百忙之中，不忘讥讽一句，然后继续猛喝，转眼已经喝到了第八盅。而这个时候，云济才刚刚把他的第一盏酒喝完。

胜负已经没有悬念，狄依依心中大乐，第八盅喝完，又把第九盅往嘴里倒。

突然之间，她瞪圆了双眼："你……你这……咳咳……这是做……咳咳……什么？"因为喝酒时开口说话，她顿时被呛得咳嗽不止。胡惜雪等人也目瞪口呆地看着酒桌，顾不上帮她抚背顺气。

原来就在方才，云济不急不慢，将喝完的第一个空酒盏，翻过来倒扣在她最后一盅酒上！斗笠盏比牛眼盅大，刚好不相接触，却盖得严严实实。

云济一脸无辜："怎么了？"

狄依依气得跳脚："你怎能扣住我的酒？"

"我为何不能扣住你的酒？请问监酒官，这场比赛的规矩是怎么定的？"

胡惜雪回想了一番，说道："依依十小盅酒，云教授十大盏酒，谁先喝完谁胜。比赛开始后，互相不能动对方的酒盏，也不能让旁人动，更不能推人、掀桌子……"她还没说完，众人都已明白过来。

云济笑盈盈地看着狄依依："我碰到你的酒盏了吗？"

"没……"

"我掀桌子、推人了吗？"

"没……"

"你最后一盏酒喝完了吗？"

"没……"

"那我赢了没？"

狄依依很想再说一个"没"字，却又说不出来。她绞尽脑汁，也想不出不碰触斗笠盏，却能喝掉那盏酒的办法，终于气呼呼道："你这厮一肚子歪门邪道，不是好人！"

"你认输就好。"

"有什么不敢认的，不就是给你做三年工吗？狄家儿女言出必行，死都不怕，还怕给人当长工？"

云济摇头："那也不用，我只用你三十天……"

"啰里啰唆，废话什么？"狄依依不耐，"你让我做什么事，快说！"

云济的脸已然红透："第一件，你快给我铺好床，我要睡……"

"什么？"狄依依一听之下，顿时怒气勃发，"本姑娘任你驱驰，可也不是为奴为婢，什么都做！竟然想让本姑娘侍寝？我……"

她话没说完，就见云济往桌子上一趴，转眼间人事不省。杯杯盏盏被打翻，酒水浸湿了衣袖，他都浑然不觉。

狄依依一时愕然："你又搞什么鬼？"她伸手推云济，对方却睡死过去，根本推不醒。

"哈哈哈！"胡小胖手舞足蹈，乐不可支，"我就知道，这瘦饭桶三杯就倒！"

"什么三杯就倒？"狄依依莫名其妙。

胡小胖得意扬扬道："狄姐姐不知道了吧？这瘦饭桶酒量奇差，只有三杯的量，喝够三杯，立马就醉倒过去，前几天还在我家醉了一整日。方才他跟你打赌，前后刚好喝了三杯，我就等着看好戏呢！"

"这……是真的？"狄依依满脸不可置信。

胡惜雪不好意思地点了点头："依依妹妹，云教授确实酒量不济。可是他刚刚帮了我家的大忙，我不好揭他的短，因此没有告诉你。不过云教授也只是跟你开玩笑，妹妹不必当真。"

狄钟神魂颠倒地看着胡惜雪的面颊，连连点头道："惜雪妹妹说得太对了。身为女儿家，知恩图报，是为信；身为监酒官，不因私谊偏袒舍妹，是为公。惜雪妹妹不愧是温良贤淑……"

"闭嘴,你个里外不分的家伙!"狄依依一把推开狄钟,仍旧不敢置信,"也就是说,他刚刚没喝完的那九盏酒,还够他醉三次的?"

胡惜雪和胡小胖齐齐点头。

狄依依一时间难以接受,喃喃又问:"也就是说,他最后那局是用空城计诈我。那些酒,他自己也喝不完的?"

胡惜雪和胡小胖齐齐点头。

狄依依一时咬牙切齿,回想这三局赌斗,云济这厮竟不露半点声色,只怕他提出斗酒的那一刻,整场赌局早已全数盘算清楚,就连醉倒的时机都手拿把掐,可谓"谋定而后动"到了极致。

"这厮一张肚皮盛了三桶坏水,才一会儿工夫,就叫本姑娘上了好几个恶当。他不是说要睡觉,让我服侍好他吗?本姑娘这就好好服侍他!"狄依依说着便伸手,想要揍他一顿,但看着云济贴在桌上的脸,又觉乘人之危不够磊落。

胡惜雪哭笑不得:"依依别生气了,云教授酒醉不醒,就让他在你这儿借宿一宿吧。至于你们的赌注,云教授急公好义,这次应该只是有事请你帮忙,不至于当真让你给他打三年长工。"

狄依依突然笑出声来:"我生气什么?这姓云的本事不小,可堪大用,我高兴还来不及。打长工吗,这有什么大不了?《孙子兵法·虚实篇》有云:'善战者,致人而不致于人。'斗酒是我输了,赌局却是我赢了,谁给谁打工,还不一定呢!"

见她笑靥生花,胡惜雪满腹疑惑:"赌局是你赢了?难道你……"

"我费了那么大功夫,惹了那么大乱子,不就是为了救真珠吗?他说开封府抓了不少人牙子,又说有事请我帮忙,想必是为了查案。《孙子兵法·军形篇》亦有云:'胜兵先胜而后求战,败兵先战而后求胜。'这厮智计百出,从他提出斗酒开始,我就知道他早有成算。既然他如此急迫,我何不将计就计,以输为赢呢?"

狄依依翻开那只倒扣着的酒盏,将最后一盏酒一饮而尽:"此乃'诈败而归,诱敌深入'之计也。我不擅查案,自然得靠擅查案的人。谁做谁的长工不打紧,谁替谁办事才最是要紧,这就叫'兵无常势,水无常形'。"

见胡惜雪吃惊的样子,狄钟在旁边道:"胡小娘莫要管她,别看她大大咧咧,成日酗酒,其实粗中有细,只爱吃小亏,从不上大当。诗词歌赋也好,针绣女红也罢,她都是拿擀面杖吹火——一窍不通,但要说兵法,她是狄家这一辈最厉害的。"

她自小就在家中演练兵法，自称是大将军，将我们当作小兵般颐指气使……"

"废话什么，还不把这醉鬼搬到屋里去？"狄依依脸色一摆，狄钟身为兄长，却如收到军令一般，顿时一个激灵，连忙搀起云济往里屋走去。

云济醒来时，天色幽暗，万籁无声，已是深夜。

他起身下床，脚落在地上，踩到软软的羊毛毯，顿时明白过来，自己是在酒楼的房间。床前是一面山水屏风，淡淡的灯光隔着屏风透过来，云济从侧面绕过，却见窗边支着一张枣木矮几，几上亮着一盏蜡烛，狄依依正趴在几前奋笔疾书，听见身后响动，回头向他看来。

云济茫然看了看四周，终于意识到屋舍内只有他们孤男寡女两人，顿时浑身如棉，冷汗涔涔。他浑身僵硬，不知所措，仿佛一只从老虎窝里醒来的兔子，连呼吸都不会了。

"你怎么了？"狄依依见他举止怪异，起身近前查看。

眼见狄依依上前，云济如见洪水猛兽，浑身猛然一抖，往后连退两步。只听"哐当"一声，屏风被他撞倒在地，同时他脚下一绊，身躯往后跌出，屏风顿时被他撞破。

"都几个时辰了，还没醒酒吗？"狄依依以为他是醉后站不稳，满脸嫌弃地伸手来扶。云济刚刚撑地起身，感到一只纤纤素手搭在肩头，顿时如遭雷击，两腿一软，再度跌倒在地。这下四肢酸麻，呼吸艰难，面皮转眼间憋成酱紫色，心脏发狂跳动，仿佛要破胸而出。

门"吱呀"一声被推开，狄钟快步跑进屋："什么事？怎么这么大响动？"见到屋内情形，急忙过来扶云济。

屋内多出一人，云济仿佛溺水之人被托出水面，终于喘上一口气。他拼尽全力躲开狄依依的手，整个人向狄钟那边倾去，撑着狄钟站起身，面色苍白地道："狄……狄九娘，劳……劳烦你离远一些……"

狄依依后退两步，又觉惊诧，又觉难堪："不就碰你一下，怎么好像我有毒一样？"

"对……对不住！小生……小生自幼怕接……接触女子……"云济结结巴巴，喘着粗气道，"这是老……老毛病了，小生也控……控制不住……"

见他满头大汗，狄依依又退后两步。云济果然好了些，待气喘顺了，才解释道："小生这毛病，身边朋友都知晓的。和女子单独同处一室，便如置身冰窟，又似贴近火炉，浑身不自在；若被女子靠近三尺之内，则汗如雨下，面色发红；若被女子触及身体，则心跳如鼓，呼吸困难。"

他话一说完，狄钟看他的目光就变了，如同看濒死之人，满脸都是同情。而狄依依脸上闪过一丝怀疑之色，继而露出跃跃欲试的表情，向云济近前一步。她一踏入三尺之内，云济顿时浑身一颤，面色发白，跟跄着后退。

"九娘，莫要欺负云教授！"狄钟埋怨一句。狄依依若无其事地哂然一笑，后退一步。

云济缓过一口气，苦笑着摇摇头，刚一迈足，脚下不慎踩到一物。狄依依大叫一声："哎哟！"就要扑上前来。云济脸色大变，不禁浑身发抖，狄依依只得讪讪退后，抱怨道："挪开你的猪蹄子！那是我耗尽心力才结集而成的《酒髓谱》，莫要给踩坏了！"

云济低头一看，脚下踩着的是一本书册。他捡起后顺手翻开，却见里面一页页记录着各大正店的名酒酒谱，丰乐楼的眉寿、和乐楼的琼浆、遇仙楼的玉液、忻乐楼的仙醪、玉楼的玉酝、班楼的琼波、潘楼的琼液、千春楼的仙醇、中山园子的千日春、大桶张宅园子的仙醁、方宅园子的琼酥、姜宅园子的羊羔、梁宅园子的美禄[①]……七十二家正店的名酒，居然无一遗漏。

"这是……这么多名酒的酿酒秘方，你从何处得来的？"云济满脸震惊，各家正店均以名酒为立店之本，酿酒秘方向来被视为机密，不想竟被汇聚于一册。

狄依依一脸得意："有位酿酒师父说'曲乃酒之骨，料为酒之髓'。从五年前起，我就费尽功夫打探名酒秘方，哪家正店酿酒放什么正料辅料，君臣佐使用什么配比，都在这里记着！"

云济恍然："胡小娘说过，你们相识的原因，是你半夜去胡家偷酒喝，我看偷酒是幌子，偷秘方才是真吧？"

"这怎么能算是偷呢？"狄依依振振有词，"酒乃天之美禄，那些酒家把酿酒方子藏着掖着，真是暴殄天物。本姑娘有心搜罗天下美酒佳酿的制法，只不过……两年前我随爹爹去延州那等苦寒之地，也曾尝试按方子酿酒，偏偏怎么酿都不是这个味。譬如这姜宅园子的羊羔酒，每坛用嫩羊肉一斤五两、杏仁四两、

[①] 出自宋朝张能臣《酒名记》。

木香三钱、米曲三两、糯米十斤①。本姑娘记的方子无半点错漏，偏偏酿出来的酒怪糟糟的。"

"空有方子怎么行？除了曲、料、火候、手法等诸多细节，非得酿酒师父秘传不可。"云济哭笑不得，他绕过狄依依走到桌边，诧然问道，"这都好几天了，你书还没抄完？"

狄依依没好气道："你倒说得轻巧，《女诫》《女论语》各十遍，哪有那么容易？"

"十遍而已，这有何难？"云济甚是不解。

狄依依一时气结，郁闷道："若是抄什么诗词倒也罢了，《女诫》《女论语》通篇都是三从四德，统统都是假圣人欺辱女子的鬼话！什么'男以强为贵，女以弱为美'，什么'夫不御妇，则威仪废缺；妇不事夫，则义理堕阙'，这般厚颜无耻的荒唐言语，我看一句都气得胸口疼，抄的时候若不多缓一缓，非得被恶心死不可！"

"我还有事找你办呢，把时间耗费在抄书上怎么能成？"云济叹息一声，"你还差几遍，我来替你抄。"

狄依依闷闷不乐："我也想找人替我抄，可是字迹不一样，别人一瞧就知端倪。"

"这个简单。"云济拿起桌上狄依依写的书稿，一页页看了起来。细细看完一遍后，坐在桌前，提笔便写。

狄依依走近两步，在三尺外站定，见他写的正是《女论语》中的一页，字迹虽不秀美，却筋骨峥嵘，透着一股豪气，跟她的字简直一模一样。云济初时还写得慢，后来熟练了，写得越来越快，而且还不出错，比狄依依快了数倍不止。

"你还能模仿别人的字迹？"虽然不想承认，但云济的本事，实在让她咋舌不已。见他脸庞轮廓坚硬刚毅，额角细汗尚未消退，但聚精会神的模样，还是让她心头一动："这厮虽然一身怪毛病，但本事确实挺厉害，相貌倒也超群拔俗，难怪惜雪那般夸他，就是瘦了些……"

云济一边写字，一边说道："我有个朋友米元章，书画堪称一绝，他擅仿别人的字体，又能从中体悟自己的书道。我就不行，我学谁像谁，唯独出不了自己的字。元章向来崇拜苏子瞻先生②。我曾仿子瞻先生字体，并用其口吻写信给元章，

---

① 酿酒方参考《本草纲目》。
② 米芾，字元章。苏轼，字子瞻。米芾十岁起临苏轼字帖，后苏轼被贬黄州时，米芾特意赶往黄州东坡雪堂拜访，遂成一段佳话。

本是开个玩笑,谁知他竟给子瞻先生回信,还将我的信一并寄到了杭州通判府,当时子瞻先生正任杭州通判。"

苏轼乃天下文人墨客中第一等的风流人物,听到他的名字,连狄依依都眼睛一亮:"后来呢?你冒充子瞻先生写信,他不生气?"

"那倒没有。"云济摇头,"天下给子瞻先生写信的文人墨客何其多也?先生见到元章寄去的信,还以为自己真的给他写过信,于是回了信。米元章后回信说明真实情况,没想到就此跟先生成了书友,还蒙先生指点书法。"

狄依依听得啧啧称奇,心想这厮果真好本事,仿名家字体,居然能以假乱真,连子瞻先生本人都给骗了。

"子瞻先生知道内情后,对我的书法倒也颇有兴趣,元章曾寄了几篇我写的诗文给他。先生看后十分惋惜,特地寄信给我,点评说我还在别人的字体里打转,得走出自己的路,才能自成一家。"说到这里,云济神色不由一黯。

"这已经很了不起啦!"狄依依刚夸了他一句,突然又觉这不该是自己说的话,立马俏脸一摆,"做人可别太贪心,能将经义倒背如流,算学也惊世骇俗,还能模仿别人的笔迹——文人做到你这份上,已算登峰造极,你还不满意,让别人怎么活?"

云济停住笔,脸上难得地露出一丝苦涩:"这是我的病,什么经义文章,什么画风字体,见过的便死活忘不了。先生给出的算题,我一看就知道结果是什么,有时候都算出来了,却想不明白自己怎么算的。"

见他一副痛苦模样,狄依依都惊呆了,心想这人怎能臭美到这等地步。

云济看了她一眼,一边抄写,一边苦笑道:"我所说都是发自肺腑,你若体验过,就会明白这实在是世上最折磨人的刑罚。你以为我是个学富五车的文人,其实我只是个活着的算盘。"

"活着的算盘?"

云济点头:"我自幼愚钝……"

"你这样还自幼愚钝?"

"不是想问题愚钝,是感觉愚钝。"云济解释道,"世间一切在我眼里,都不过是一堆数字而已。《滕王阁序》也好,《岳阳楼记》也罢,对我来说,不是什么优美的文章,而是一堆列队成阵的文字,看过了,便自然而然记在心里,想改都改不了。"

"也就是你所谓的'活着的算盘'？"

"嗯，我总喜欢算来算去，不喜欢那种……依靠感觉的物事。我能模仿历代书法大家的字体，却只是安常习故罢了，并不知它为何而美……子瞻先生曾说得精准，我字写得再好，也是别人的字体，难脱匠气；诗作得再多，也是堆砌的辞藻，索然无味。"

他说话间，手却不停，很快将《女论语》抄完了一遍。此时他对狄依依的笔迹已经了然于胸，《女论语》等文更是滚瓜烂熟，直接闭卷默写，笔起笔落，如行云流水般写了半个时辰。抬头一看，狄钟在一边翻阅兵书，狄依依侧躺在羊毛毯上，玉手支着额头，鼻息轻轻起伏，早已沉沉睡去。

第二日天大亮，狄依依睁开眼睛，看到案几上摆着《女诫》和《女论语》各十份，又有云济写的一张留言，让她交差后去司天监找他。狄依依不由大喜，洗漱完毕，将抄好的经文递送到皇后所在的正阳宫，顿觉卸去了身上枷锁，连走路也轻快起来。

狄依依赶到司天监，云济已经备好了马，指着身边跟着的两人道："这是鲁千手，这是张无舌，都是在司天监当差的。先上马，咱们路上说。"

狄依依还没搞清状况，就莫名其妙地上了马，看着云济身边那两人："他们的名字怎么这么奇怪？"

这两人都二十来岁年纪，一个满脸带笑，一个面无表情。鲁千手嘻嘻笑道："不奇怪不奇怪！回小娘子，咱两个在云教授手下当差，乃是历算科的学生。至于这名字嘛……咱原名叫鲁默，出身工匠世家，自小研习机关术，擅做一些奇技淫巧之物。这两只手总是闲不下来，同时能做好几样事，是以得了个外号，唤作'鲁千手'。"

狄依依恍然点点头，侧目向张无舌看去："那你呢？"却见张无舌一张脸如同木雕一般，没有半分表情，只嘴唇微动，却没半个字出口。

"姑娘姑娘！这厮生性不爱说话，舌头像白长了一般，人称'张无舌'。他少年时曾跟人修道炼丹，可识本草数千种，能造种种药剂。后来入了司天监，也是少言寡语，半天憋不出三个字。咱可怜他这般木讷，就只当他的舌头长进了咱嘴里，总是替他把话给说囫囵了。"

鲁千手的舌头如装了机栝，吐字极快，话语如竹筒倒豆子一般从嘴里蹦出来。尤其每次开口，都急不可耐地重复两声，听得狄依依一愣一愣。她诧然冲这两人点点头,问云济道:"你找我究竟是什么事?"

"你费那么大功夫,不就是为了找到真珠吗?我们当然是去查案。"

"查案?"狄依依精神大振,心下暗自高兴,面上却滴水不漏,装作诧异地道,"没想到你这'三杯倒教授'酒量不大,气量倒是不小。上次我说你只顾帮皇城司查禁文章,不顾真珠的安危,你倒是知错能改。"

云济微微一笑,却也不反驳。

"那我们要去哪里?"

"陈留。"

陈留距离东京城约四十里,春秋时为郑地,为陈所侵,故曰陈留。大宋开国后,陈留县隶属京畿路,由开封府管辖。

狄依依双眸流转,满怀期待道:"找到真珠的下落了?"

云济摇了摇头,还没有开口,鲁千手便已憋不住,叽里呱啦将事情缘由讲了一遍。自从真珠被拐走的事情宣扬开来,拐卖人口的匪徒闻风而动,逃的逃,隐的隐,不敢再轻易作案。开封府为迎合上意,这几日大张旗鼓,到处搜查拐卖妇孺的"黑牙子"。东京城沟渠深广,向来是亡命徒隐匿之所,什么"无忧洞""鬼樊楼"[①],都如兔穴鼠窝般被翻了一遍。严查狠打之下,贼人倒是抓了不少,郡主失踪案却毫无进展。

狄依依听罢,愤愤道:"开封府面子功夫倒是厉害,干实事却是一塌糊涂!不对,你又为什么这么急?"

云济坦然道:"开封府负责查办此案的左军巡使王公讳旭,乃是我的义父。此案上达天听,开封府孙大尹限令二十天内破案。我义父是前任大尹提拔的,和现任大尹颇不对付。这案子又实在难缠,若二十天内还无进展,只怕……"

"我说你为何如此急迫,还以为你良心发现,急着救无辜女子于水火之中呢。原来是眼看你义父官位不保,这才急着破案。"狄依依奚落道,"没想到你不仅是沈制诰的徒弟,还是左军巡使的义子。"

云济喉结一动,却没有解释。他要查这个案子,一来是想为义父分忧,二来也是受狄依依那番话的触动。

---

① 陆游《老学庵笔记》卷六所载,"京师沟渠极深广,亡命多匿其中,自名为'无忧洞';甚者盗匿妇人,又谓之'鬼樊楼'"。

"说吧,咱们……咱们怎么查呢?"

"去陈留。"云济道,"现在整个东京城风声鹤唳,从作案者这边下手,已经不大可行,咱们只能另辟蹊径。"

"还有什么蹊径?"

"拐卖就像一条绳子,有头就有尾,有卖家就得有买家。"

狄侬侬恍然明白过来,兴奋道:"是了,那些买人的妓院!"

"非也非也!"鲁千手抢过话头,"正规妓院的姑娘,都是有妓籍的,寻常卖笑女,想进妓院都进不去。至于勾栏里的暗娼,那就多了去了,官府去查也得费天大的功夫。这两天开封府已经抓了一批干黑活的人牙子,又将他们的买家列了出来,逐一排查。只不过目前有一家,开封府不便明查。"

狄侬侬惊讶道:"还有开封府不方便查的?"

云济苦笑:"你以为现在权知开封府事的,还是当年的包孝肃①吗?"

鲁千手又接腔道:"是哩是哩!东京城藏龙卧虎,河窄水深,从樊楼扔出去十块石头,能有三个砸到官宦显贵。历任权知开封府的大员,都是战战兢兢、如履薄冰,哪能放开手脚去办事?还是王巡使知道咱教授的本事,这才让咱教授私下查访。"

"究竟是什么人,让开封府这么忌惮?"

"未必未必!开封府倒也未必是忌惮,而是不想惹一身骚。因为这一位,可是真正的皇亲国戚……"鲁千手舌如连弩,词句连发,将云济的打算说了一遍。

他们要暗查的这位叫高士毅,乃当今高太后的堂兄,受封寿光侯。高士毅家本在东京,仗着皇亲国戚的身份,大肆敛财,做了很多腌臜事。由于台谏官屡次弹劾,高士毅在东京待得不太稳当,就迁出京城,长住陈留。

"你怀疑是这位国舅爷拐了郡主?"就连胆大包天的狄侬侬,也倒吸了一口冷气,不敢置信地看着云济。

"我觉得不大可能。高士毅虽然经常被御史弹劾,但我查过他,此人很懂分寸,无伤大雅的恶行犯了不少,真正顶天的祸事却从不沾染。"

"那你查他做什么?"

---

① 包孝肃,指包拯,其去世后谥为"孝肃"。

大宋悬疑录:貔狸刑 63

云济还未说话，鲁千手又插嘴道："要查要查！当然要查，按照那些人牙子的供述，高士毅那厮从去年到今年买了不下七八个奴婢，堪称黑牙子的销赃大户。也不知郡主被拐是否跟他有关，但云教授跟咱说，就算他买的都是普通女子，咱们既然知道了，也不能无动于衷。"

听了这话，狄依依不由看向云济，怔怔地没有说话。

云济愣道："怎么了？"

狄依依回过头，撩了撩鬓边的发梢，嘴角露出一丝嫣然笑意："没瞧出来你还有这样的侠义心肠！说吧，让我做什么？"

"我打算把你卖给高士毅。"

"什么？"狄依依声调陡然拔高，双眸瞪了过来。

她眼睛本来就大，此时更是满含杀意，仿佛有一丝凉飕飕的寒气，顺着她的目光扑面而来。

"莫急莫急！"鲁千手插话道，"姑娘莫急，咱云教授找了个人牙子，让他带我们去找高士毅。先把你卖进高家，你再设法去查被拐女子的下落。等你查清楚了，我们扮作开封府的衙役冲进去，将你们一并救出来。"

"'生间者，反报也。'你倒连兵法都用上了。"狄依依气笑道，"你们就不怕我有危险？"

"狄九娘是巾帼英雄，一身好武艺，飞檐走壁轻而易举，冲锋陷阵不在话下，一个小小寿光侯府，怎能奈何得了你？"云济解释，"当然了，必须保证你不吃亏。这只香囊你随身带着，若有什么意外，便从中取出一个小球扔出去，我们立马会赶到。如果实在紧急，香囊都来不及打开，就连香囊一起扔出去。遇事千万不要逞强，什么都不及你自己的安危重要。"

他从怀中掏出一只香囊，绣着一只精灵可人的黄鹂鸟儿，囊口缀着两颗纯白珠儿，伴着一股幽香，沁人心脾。

"算你有点良心！"狄依依伸手接过，感觉那香囊摸起来鼓鼓囊囊，顺手将里面的东西倒了出来。香囊内装的是三个黑色小球，约莫核桃大小，外表光滑如玉，她不由问道："这是什么东西？"

"它叫'悄悄话'，只要将它扔出去，我就能听到你在唤我。"云济嘱咐道，"轻拿轻放，可莫要弄丢了。"

"'悄悄话'？什么悄悄话？"

"不用多问，你只需记着我的话就行……到了！"

原来说话间，他们已经到了安上门。这是南面偏西的一座侧门，门边驻守着禁军，一名门监小吏坐在门前，捧着一卷书，正看得聚精会神。安上门人来人往，他却丝毫不为所扰。

狄依依看见酸腐书生，就忍不住讥讽几句："这里能看进去书吗？"

"莫要小瞧别人！"云济道，"他叫郑侠，字介夫，进士出身，还是王相公的门生，可不是什么小吏。"

狄依依眸中尽是好奇："进士出身，还是宰相门生，这样的身份跑来看大门？"

云济见她不信，便说起一番旧事来——王安石服母丧期间，曾在江宁授课讲学，当时从学者极众，最出众的两人一位名为郑侠，一位名为杨昭。王安石对郑侠十分赏识，不仅亲自为他答疑解惑，勉励他成为良材国士，还多次叮嘱他好生读书，后来郑侠果然考中了进士，并任光州司法参军。

熙宁五年正月，郑侠任满赴阙。王安石做了宰相后主持变法，想要任用他为编修局检讨，然而郑侠目睹新法的弊端，不同意施行新法，就婉辞拒绝。他还多次谒见王安石，陈述新法诸多弊端，希望政事堂改弦更张。王安石终于因此动怒，将他贬为京城安上门的监门小吏。郑侠却不以己悲，安之若素，一边看门，一边读书。

云济解释罢，扬声招呼道："介夫兄！"

正自酣读的郑侠这才惊醒过来，抬头见是云济，脸上露出喜色："知白，可真让我好等。"说罢招呼了身边兵士，请出一驾马车来。马车中跳出两个人，一个是细瘦的中年人，面黑眼小，头发稀疏；另一个十八九岁，器宇轩昂，相貌堂堂，却是狄钟。

狄依依又惊又喜："六哥，早上还不见你人，怎么却在这里？"

狄钟一本正经："云教授跟我说，需要你深入虎穴，刺探寿光侯府。我这个当哥哥的要是不跟着，万一出了什么事，怎有脸回去见爹娘？"

"我能出什么事？我知道了，你是想去高家英雄救美吧？"

"哪有？"狄钟连连叫屈，"我身为兄长，照顾你义不容辞，万不能让你孤身犯险……当然，顺便解救被拐卖的可怜女子，那更是功德无量！"

"德行！我还不知道你？"狄依依双眸看向另外一人。那黑汉子满脸奉承，点头哈腰道："回小娘子，小人叫张黑大，给你们带路的，若有什么事，您尽管吩咐小人。"

这般谄媚的腔调,听得狄依依直皱眉头。云济解释,他是拐卖妇孺的人牙子。不久前被开封府抓获,因他和高士毅家打过交道,才让他来将功赎罪。

大宋厚待儒臣,郑侠身为门监官,倒也不用像兵士一般时刻守着城门,便随几人同行。

几匹马,一驾车,行了约两个时辰,陈留县已然在望。

相比东京城,陈留县城占地不广,城墙不高。城门前的路边搭建了许多简易棚房,一帮衣不蔽体的灾民,正从棚房中蜂拥而出,朝大门口拥去。

云济这两年都在司天监协助卫朴编修历法,没出过东京城,见到这状况十分错愕:"根据各地的奏报,灾情不至于这么厉害啊!京畿路的太康县、白马县等地,旱情应该并不严重。按照白马县的奏报,今年有一锄雨两场,三锄雨一场……"

一锄头下去,入地大约一两寸深,若翻出的土还是湿的,便称为"一锄雨";一犁头下去,入地大约一尺深,若翻出的土依旧潮湿,便称为"一犁雨"。

狄依依呵呵冷笑:"官府的奏报岂能作准?为了掩饰灾情,即便只下了一锄雨,他们也敢报称是一犁雨!我听说去年夏天京城里闹了旱魃,紧接着就是天下大旱,你们都在东京,不会不知吧?"

一旁的鲁千手一听狄依依挑头,又开始滔滔不绝地讲述起来。"旱魃降世"闹得沸沸扬扬,众人自然清楚,顿时议论纷纷。当时云济刚进司天监不久,正忙着修正历法,倒是无暇多问。此时云济听在耳中,再看着城外灾民,不由皱起了眉头。

"半年多没离京,没想到……"云济将半截话咽回肚子里,京郊各路及京畿诸县,只怕都被摊派了安置灾民的任务,以免流民冲击京师。

东京城的城墙颇有神奇之处,城外已是灾民遍野,城内依旧安宁祥和。九州各地的财货食粮源源不断地汇聚于此,河东、河北等地旱情的消息也时时传入东京,甚至引发过好几波抢粮潮。但京城人从心底里,总觉得旱灾离自己还很远很远——这个距离,就是东京城墙让人摸之不透、看之不穿的神奇厚度。

灾民们面黄肌瘦,衣不蔽体,在这寒冬腊月,很多人身上生满了冻疮,众人远远看见,只觉触目惊心。尤其是郑侠,他生来一副悲天悯人的心肠,见到这满目疮痍的景象,更是长吁短叹,忧心忡忡。

施粥放粮的棚子前立起一杆大旗,上面写着个"高"字,施粥的汉子扯着嗓门喊:"施粥啦!施粥啦!大善人寿光侯施粥啦!"

粥棚前立马排起了长队,每人领一碗粥、一个窝头。碗里清汤寡水,米粒寥寥可数,脸蒙面巾都能喝完;窝头又小又黑,有饥民咬不动,拿窝头在石头上一磕,窝头尚好,石头倒裂成了两半。

张黑大蹙眉:"奇怪!奇怪!"

"这有甚奇怪的?"狄依依对他的"奇怪"很奇怪。

鲁千手接口道:"奇怪奇怪,奇怪极了!姑娘有所不知,这位寿光侯向来连菩萨嘴脸都懒得摆。咱打听过了,此公十分吝啬,堪称一毛不拔,往日里别说真让他做善事,就算是装装样子都不可能。今天他家居然派人来施粥了,就算粥稀饭少,可也是实打实的布施,简直比铁公鸡下蛋还稀奇。"

"不会吧?他可是皇亲国戚,真能这么抠?"狄依依讶然。

鲁千手话语不停:"真能真能!这姓高的就是喜欢贪便宜。这么跟您说吧,人牙子这行当,有白道的,也有黑道的。白道的,无非是牵线搭桥,有钱人家雇工招奴,穷苦人家典妻卖女,人牙子在中间赚个利钱,都是要签契约的;黑道的,则是做无本生意,卖的都是拐来的奴婢,买回去就成了黑户,见不得光。您想想,堂堂国舅爷,为啥不光明正大地买奴买婢,非要买这种拐来的黑户?"

"为了省钱?"

"没错没错!这姓高的……"

鲁千手滔滔不绝,话头根本没个休止,云济打断道:"行啦!现在不是说这个的时候。狄九娘,寿光侯府转眼即到,你混进去后,每天夜里子时,我们在高府西南角墙头碰面。只需接连学三声布谷鸟叫,我便知是你来了。你先把自己的衣服撕破一些,再拾掇拾掇妆容,最好看起来灰头土脸,但又不会遮掩住你的容貌。"

"为什么?"

"你见过哪个被拐卖的女子看起来衣衫齐整的?"

狄依依一点就通,不由兴奋起来,立马拾掇了一番,满脸跃跃欲试。

云济大摇其头:"你这副表情怎么能行,哪有被拐的女子如此迫不及待的?"

在他的指挥下,狄依依一连换了好几个表情,却越发不自然。见云济连连摇头,她终于烦躁起来:"本姑娘又不是唱戏的,如何装得像?"

云济皱了皱眉："你就想一想，被卖到高府以后，至少五六天喝不了酒！"

"什么？不能喝酒？"狄依依两眼瞪圆，想到云济说得有理，整个人顿时萎靡下来，又是委屈，又是愁苦。

"好极！"云济一拍手，"这般表情才对！另外，酒囊也不能带。"

狄依依苦着脸解下腰间酒囊，依依不舍地递给云济："这里面装的可是我的命，我的命交给你，你可得保管好了。若有半点闪失，我跟你同归于尽！"

云济隔着三四尺远，一把"抢"过酒囊："放心好了，我在囊在！"

寿光侯的府邸占地甚广，大门更是豪阔。马车停在侧门，张黑大让门子传了话，不久后出来个二十多岁的年轻人，锦衣玉带，狐裘貂氅，皮肤颇为白嫩，看起来文质彬彬，两只发青的眼袋甚是显眼。他手持一只鹅卵大小的把件，不住地把玩着，只看了狄依依一眼，原本懒散的双眸顿时睁大了三分——这女子衣衫不整，钗横髻乱，精神萎靡不振，一双水灵灵的眼睛，写满了怨怼和不甘，却遮掩不住天生丽质，实是我见犹怜。

这公子哥儿喉结不由自主地滚动，手中的把件险些掉在地上，眸中惊色难掩，侧首问道："你们要价几何？"

张黑大对此道甚是精熟，讨价还价数个来回，终于六十贯卖出。年轻人拿出钱袋，掏出一沓楮纸来。楮纸长四寸、宽两寸半，四周环绕一圈祥云纹图案，最上面是横排的眉标，写着"官盐发票"。中间则标记了发盐数量、支盐期限，盖着一方"京师榷货务都盐场朱记"的印，下方绘有茶、盐等货物流通的图案花押。

"盐钞？"张黑大见他数了十张盐钞，迟疑道，"何不用现钱？"

自庆历年间修改盐法之后，允许用钱直购盐钞，商人可凭盐钞支盐。按照盐商的行价是一席盐六贯钱，是以每张标定为一席盐的盐钞，简单算来倒也等同于六贯钱。但实际上在东京城买钞场，每张钞只能贱算到五贯多。

年轻人冷哼一声："爱要不要！"

张黑大脸色一僵，向云济看了一眼，暗骂高家着实是吝啬到家了，连这点苍蝇腿上的肉都要抠。云济苦笑道："盐钞便盐钞吧！"

张黑大一边接过钞，一边小声问门子："这位是谁？贵府超过十贯的支出，不都由你家侯爷亲自经手吗？"

"这是我们二衙内高公净。我家侯爷病了，最近做不得事，家里的事暂由二衙内操办。"

"病了？国舅爷不是一贯身子硬朗吗，怎么突然就病了……"张黑大话说一半，门子已连连摇头，将他推开："请便！请便！"

高公净冷哼了一声，拽着绳子将狄依依拉进了高家大院。

这大院外面看着富丽堂皇，谁知一进门，一股子庸俗气扑面而来。在屋舍厅堂之间，是一畦一畦的菜田，种满了萝卜和大蒜。这两样菜倒是耐寒，冬天也能长，可寻常大户人家，都讲究家舍即园林，不能居无竹，眠无花，赏无兰。在家里置花圃、种修竹的到处都是，种大蒜萝卜的却绝无仅有。

"唔唔唔……"狄依依瞪大了双眼，嘴里含着布团，支支吾吾想说话，偏又说不出来。

高公净回头："怎么？看见这些菜地，觉得俗气？家父说了，竹子和兰花中看不中用，还不如种些菜来得划算。不仅能够省菜钱，长得好了，还能拿去卖。"

听完这话，狄依依直想笑，但有布团在嘴里，又笑不出来。

不多时，来到一座小院，还没进屋，便听见里面传来阵阵粗俗不堪的叫骂声，中间偶尔夹杂着一声痛苦呻吟。高公净走到门前，刚犹豫了一下，里面就有人喊："兔崽子！怎么不进来？"

高公净急忙推门进去，狄依依双手绑着绳子，被他一拽，也跟着进了屋。只见一个肥头大耳的老头躺在床上，床边烧着个火盆，被子被丢在地上。老头身上只着一件单衣，两手捂着高高隆起的肚子，"嘶嘶——"地抽着气。他肚子溜圆溜圆，如孕妇般凸鼓出来，肚皮上爬满了蚯蚓蜈蚣状的肥胖纹，着实养了一副好下水。

狄依依不着痕迹地往屋内看了一圈，最后目光落在床榻上，心头暗忖："这老头便是寿光侯高士毅了吧，他生了什么病吗，怎会这么一副鬼样子？"

高公净急忙捧上一杯茶，一脸关切地道："爹，您怎么样？"

"问个屁！还能怎样？难受死老子了！你……你又买了个女娃子？这年头给把吃食，就有大把的贱民贴上来，还买什么女娃？净花冤枉钱……"高士毅骂骂咧咧地抱怨一通，然而等他的目光落在狄依依脸上时，不由怔了一怔，"这姿色倒也有买头，多少钱？"

"他们要价二百贯，儿子砍价砍到了六十贯……"

"咣！"

高士毅伸手将枕头砸到了地上："你个败家玩意！六十贯？六十贯够买十几亩地了！"

高公净有些委屈："爹，按您说的，不论对面要多少价，见面先砍一半。我都砍到了三成……"

"这样的货色，你可知有多难得？他们竟舍得这个数就卖，你知是为何？"高士毅一脸怒其不争，教训儿子道，"可见郡主失踪的传闻闹大了，东京城里烧的火，把这帮龟孙子都给烧怕了，他们肯定是急着出手！只要他没扭头就走，你就还有还价的余地，如此简单的道理都不晓得？"

"儿子知错了。"高公净乖乖垂下头，狄依依却瞧见他身后握紧的拳头。

"先把她带出去，找人给教教规矩，新来的女娃总想闹出点幺蛾子，让她老实点……哎哟！"高士毅说了没几句，又痛呼起来。

高公净招来府中姓刘的大管事，将狄依依拉了出去。临出门前，她回眸一瞥，却见高士毅满头大汗，整个人抽搐着，不停用手揉着肚子。

寿光侯府宅院很大，屋舍甚多。刘管事将狄依依带进一间厢房，取出一条铁脚镣锁住她的双脚，又将绑着她双手的绳子系在床栏上，这才取下她口中的布团。

一得释放，狄依依便开口问："那胖老头得了什么病？"

凡是被拐卖来的女子，不是哭爹喊娘，就是苦苦哀求放自己回去。只顾着打听主人病情，还称之为"胖老头"的小娘子，刘管事还是首次遇到。他神情错愕，盯着狄依依看了许久，方才恶狠狠道："丫头！在咱们寿光侯府，规矩最是要紧！甭管你是什么出身，从此以后，主子就是主子，你得称呼他为'侯爷'！"

训斥了她一顿后，刘管事施施然出了门，过不久领了个丫环进来，将狄依依丢给那丫环管教，便匆匆离开了。

那丫环将狄依依上上下下打量了一番，目光中不由露出一丝妒意，咳了一声，道："妹子，以后咱们就是一起干活的姐妹了，我叫飞荷，你叫雪柳，这个先记清楚。"

狄依依一愣："你叫飞荷我明白，我为什么叫雪柳？"

"不论你之前是什么名字，以后你就叫雪柳！你是京畿路太康县石沟村人，姓时，乐籍，父母双亡，原主人为你脱了籍，取名叫作雪柳，后来又将你卖给了高家为奴。"飞荷顿了顿，提醒她道，"这个身份是真的，卖身契都在侯爷那里存着。看你的穿着，以前应该也是高门大户家的小娘子。不过我劝你别想逃，高家这等深宅大院,你根本跑不了。就算逃出去了,不出十里,肯定会被抓回来。按照卖身契,你需给高家打十年长工①,不经主家允许私自外出,就是逃奴,高家报了官,官府都得帮忙抓你!"

狄侬侬听得目瞪口呆:"连卖身契都有,你们完全把我当成另外一个人?"

"也不怕跟你说,就是冒名顶替!"

"那……真正的雪柳呢?"

"不要多管闲事。"飞荷起身推开门,回头看了她一眼,眸中闪过一丝怪异神色,"你现在已是新的雪柳了,希望别有下一个!"

狄侬侬仔细看了眼飞荷,却见她面色如常,根本没有将刚刚吐露的秘密当作什么大事,还顺手关上了房门。屋子里没有生火炉,窗户并未糊上新的窗纸,瑟瑟寒风从缝隙里涌进来,将刺骨凉意塞满了整个房间。

---

① 宋朝为防止"终生为奴"的情况,法律规定雇佣奴婢最高为十年。但实际上豪门大户多会通过各种手段规避此限制。

第四章
貔貅刑

"吱呀"一声,房门悄然而开,狄依依蹑手蹑脚,提着脚镣小心翼翼地钻了出来。

寿光侯府占地甚大,下人却并不太多,都在打扫庭除,为元日做准备,一个个忙得脚不沾地。狄依依戴着脚镣,行动十分不便,从一条长廊侧面穿过,居然也没被发现。她悄然潜入高士毅居住的那进院子,刚一进门,便听见一阵阵呻吟传来。

狄依依眉头微皱,这呻吟声和先前的截然不同,痛苦之中,竟带着一丝愉悦,倒不像被病痛折磨,而是……她连忙摇了摇头,不敢进一步细想,伸手提着脚镣,悄悄潜到窗边,透过半开的窗户缝隙,往里面看去。

却见高士毅趴在床榻上,上身衣衫凌乱,下身没穿裤子,露出白花花半身肥肉。而高公净光着上身,正俯身压在他身上,也不知是在做什么。高公净满身是汗,他每动一下,高士毅便抽搐一下,发出一声似是痛苦,又似是愉悦的呻吟。

狄依依急忙捂住自己的嘴,差点叫出声来,心头却有一个念头在翻滚:"老天爷!这高士毅竟然有这等癖好?有断袖之癖也就罢了,居然是跟自己的儿子?恶心死了!"

她正打算偷偷溜走,高士毅长长呻吟了一声,叫道:"好……终于舒服了……你累不累?"

又听得高公净道："儿子不累，爹舒服了就好。"

"上次让你去胡家打听消息，可有什么收获？"

"两天前，胡家请了大夫看病，我找那大夫问过了，说胡安国近日便秘严重。儿子算了算，他患病的时间，大致就是收到那只墨玉貔貅之后。"

狄依依顿时瞪圆了眼睛——胡安国？不正是惜雪的爹爹吗？怎么这父子俩干这等恶心事的时候，居然还说起他来？他们暗中探听胡家的事情，难不成是要对胡安国不利？

"他果然也得了这病，多亏那个贼乞儿，这祸害总算是丢出去了！"高士毅骂了一句，猛地拍着枕头，"可老子为何还不好？老子隔三岔五就施粥，喂饱了不知多少穷鬼，救了不知多少穷命，可还是出恭困难！如今吃泻药都不顶用了，还得让儿子用手帮忙……"

高公净急忙摇头，一脸讨好道："儿子给爹帮忙，那是天经地义的！只要爹能少些痛楚，这点儿累又算得了什么？"

"爹知道你孝顺，可这病怎的还不好？施粥放粮不要钱的吗？自发了旱灾以来，粮价都涨到天上去了，那么多粮食拿出去施粥，半点用都没有，真是心疼死老子了。那贼子是不是在骗老子？"

"这……儿子也不清楚。"

狄依依虽听得莫名其妙，却也明白过来是自己误会了。再看高士毅床边，果然放着出恭用的马桶和夜壶，床头还有一盆洗手的水。怪不得问起高士毅的病情，刘管事一句也不愿多说，敢情是这样难为情的隐疾。

狄依依心神一松，脚镣从脚边滑落，发出一声脆响。她心知不妙，急忙俯下身子，躲在防火用的大水瓮后面。

"谁？"高氏父子齐齐转头看过来。

狄依依只当自己要被发觉了，却听院子外面有人道："是我，侯爷，安济坊坊主弥心先生前来拜访。"

高士毅讶然道："弥心先生居然亲自来了？快快有请……不对，我亲自去迎！"

安济坊前身只是一家医馆，历任三代坊主都是京畿路的名医。七年前，弥心继任，四处筹集善款，逐渐将这座医馆扩展到今日一座坊市的规模。

因致力于"为天下寒苦之人辟一席立锥之地，为九州患病之人觅一道活命之机"，这些年来安济坊不仅成为穷苦百姓心中的求医圣地，也是王公贵族最信赖的医馆。

而作为安济坊坊主,弥心更是受万众敬仰。民间传他是药王菩萨化身,上至公子王孙,下至黔首黎民,无不交口称颂。

高士毅从床上坐起,正手忙脚乱地穿衣服,忽听门外一个声音道:"侯爷不必多礼,老拙已经到了。"

一名家丁领着三个人走了进来,当先的是一位褒衣博带的中年儒生,四五十岁年纪,方脸阔耳,一撇短须,头裹方巾,脚踩芒鞋,手中捧着一只灰不溜秋的瓷盆,像是每个乡寨都能碰到的老学究,又天生携着一股让人春风拂面的暖意。儒生身后是个老和尚,着一身灰白袈裟,戴一串檀木佛珠,面白无须,慈眉善目。他身后亦步亦趋地跟着个小沙弥,手持木鱼和佛珠。

高士毅一轱辘翻身下床,连滚带爬地迎了上去,从一个满嘴脏话的胖老头,瞬间收敛得彬彬有礼。他恭恭敬敬地执弟子礼:"弥心先生远道而来,弟子有失迎迓,还望先生莫要怪罪。"

弥心道:"哪里哪里,侯爷数次为安济坊捐钱捐物,拳拳向善之心,让人由衷感动。"

躲在外面的狄依依大为疑惑,高士毅一毛不拔的性子尽人皆知,这等吝啬鬼居然舍得给安济坊捐钱捐物,岂不是太阳从西边出来了?

她隔着窗向里面看去,却见弥心躬身为礼,将手中瓷盆轻放在案几上。那瓷盆灰不溜秋,毫不起眼,但釉面柔和,色泽莹润,乃是难得的精品。盆中装着黑色沙土,种着一株药草,枝叶已经干枯,软趴趴伏在黑沙上。

狄依依心中好奇,正巧高士毅亦有此惑:"先生,弟子每次得见尊面,都见先生带着这盆枯草,片刻不离身,它有何灵异之处?"

"这唤作'逢春草',生于西域大漠之中,坚韧耐旱,枯而不死。只待天降甘霖,它便起死回生,再发新芽。这株'逢春草',正是老拙一生所悟的道。它新芽萌发之时,便是老拙破障得道之日。"

此话似乎蕴藏着深不可测的天机,高士毅听得云里雾里,脸上却摆出一副虔诚模样。弥心又介绍道:"这位是云池寺的高僧方慧大师,他从南方云游回来,正好和老拙在城外相逢。我二人论及一事,这才携手前来拜访。"

高士毅双手合十,向方慧和尚见礼,诧然问道:"两位光临寒舍,弟子荣幸得很,却不知弥心先生所为何来?"

弥心道："老拙此次冒昧叨扰，是因那逆徒而来。"

高士毅愕然问道："逆徒？什么逆徒？"

"数日之前，是否有一个修行者前来贵府拜见？他身形异于常人，近乎有八尺高，对外声称是出身于安济坊的门徒。"

安济坊所承袭的医道，第一要旨就是扶危济困。这些年不仅有无数去安济坊求医的患者，更有成千上万慕名前去求学求道之人，但最终被收为门徒的不足百人。安济坊弟子除了学医，还要修行"福道"——不娶妻纳妾，不延续子嗣，不求功名，不图富贵，行百善，积百福，才能被称为一名"福道徒"。

"难道先生说的是……邱远邱仙师？"

弥心苦笑："正是邱远。不过他何德何能，可被称为'仙师'？唉，这其实是安济坊的一桩丑事，邱远是老拙的徒弟，但早在两年多前，就被逐出安济坊。他天生聪慧，医书药典一看即通，疗伤治病一学即会，但性格执拗偏激，做出诸多丧心病狂的恶事来。他甚至半夜闯入先贤堂，损坏先师的圣体遗蜕。"

"什么？"高士毅悚然动容。

先贤堂是安济坊中最神圣的所在，里面供奉着神农、黄帝、扁鹊、张仲景、华佗、皇甫谧、葛洪、孙思邈等岐黄先贤的神像。其中最要紧的，却并非这些古老的先贤，而是安济坊历任两代"百善大圣"的"圣体遗蜕"。

安济坊传有一本《百善经》，认为人生行够"百善"，修到至纯至朴，就能脱掉肉体凡胎，跳出三界之外。弥心口中的"先师"，乃是上一任安济坊坊主，姓吴，字仪先，因谐音"医仙"，故人人称其为"吴医仙"。他医术高超，德高望重，六年多前突然悟道，脱胎换骨，飞升成圣，留下一具"圣体遗蜕"，多年来一直不朽不坏，受万人敬仰。

高士毅此时才得知，吴医仙的圣体遗蜕竟受过徒孙的冒犯。但他也曾去先贤堂瞻仰过那具宝相庄严的法体，浑然没有察觉有什么损坏。

"那厮不仅对师祖的圣体遗蜕不敬，还研制禁方，私下卖药给宾客，害得许多病患家破人亡。老拙将他逐出安济坊，结果他怀恨在心，数次阴狠报复，所犯恶行罄竹难书。"

"他……邱远……"高士毅满脸惊容。

"他被逐出师门后，到处招摇撞骗。老拙一直在追查这个逆徒，侯爷既然跟他有所接触，其间发生了什么事，能否告知老拙？"

高士毅脸色有些难堪，见弥心目光中充满慈悲关爱，终于咬牙道："先生可曾记得，去岁安济坊办的一次唱卖会，压轴宝物是一只墨玉貔貅。然而众目睽睽之下，那貔貅竟然活了过来，在木匣中吞云吐雾，喷出滚滚云气，发出声声嘶吼……咱们当时都胆战心惊，后来吼声停止，云雾散去，匣中却空无一物，那貔貅竟在光天化日之下消失不见了。"

他说到这里，一丝惧意透过满脸的肥肉渗了出来。弥心也是脸色微变："老拙当然记得，物主在寄唱之前，曾将那墨玉貔貅取出给老拙掌眼，老拙瞻仰过后，是亲手放回匣中的。"

高士毅刚提及此事时，狄依依满腹好奇，等弥心这般一说，她想象当时场景，竟没来由心中一阵发毛。

"三个月前，弟子偶然得了一只墨玉貔貅，和那日唱卖的墨玉貔貅十分相像。听说貔貅是瑞兽，只进不出，能替主人聚财。弟子一时鬼迷心窍，将它供在家中……唉！"说到此处，高士毅猛拍大腿，一副悔不当初的模样。

他不断唉声叹气，狄依依听得急不可耐，恨不得冲出去将他的嘴掰开，让他一口气说个明白。

好不容易高士毅捡回话头："自从供奉了这只墨玉貔貅之后，弟子就患上了难以启齿的病症，就是……也不怕先生笑话，刚开始只是严重的便秘，出恭比爬泰山还费力。初时用药可以缓解，后来即便服药也无用，只能让人帮忙，用手助我出恭……弟子饱受折磨，无日不想摆脱病症困扰，后来猜想多半是这貔貅在作怪，于是让犬子拿去典当，给了一家当铺，可是……"

说到这里，他脸上肌肉抽搐，露出一丝畏惧神色："好不容易把它当出去，可它……它又自己回来了！"

弥心愕然："自己回来了？"

"是！不瞒先生，弟子也算有几分家财，专门在房里打了个楠木斗柜，用来存放一些异宝奇珍。可头一天把墨玉貔貅典当出去，第二天弟子开柜清点藏品，那鬼东西竟又好端端卧在柜子里，两只眼睛黑漆漆的，像在盯着弟子看。"

"还有这等奇事？"

"先生，那柜子加了锁，只有弟子手里有钥匙，里面藏有二十三件珍玩，每天清晨和晚上，弟子都会亲自清点一遍。"高士毅说着，带弥心来到房里的木柜前。那柜子古朴而厚重，上面挂着一把铜黄大锁，锁面上雕着福禄寿三星，十分精致牢靠。

"会不会是有贼？"

"贼只会偷东西，哪有送东西的？"

"那倒也是……"

"再说了，这把大锁是请制锁名家'椒图王'打造的，还专门让其他锁匠试过，即便是几十年手艺的老锁匠，也甭想把这锁打开。这锁的钥匙弟子随身带着，就算借贼人两只贼手，他也束手无策呀！"

弥心默然点头。

"弟子曾亲自去问，当铺掌柜说，墨玉貔貅在当天夜里确实不翼而飞。这事情太过古怪，弟子也不由有些怯，就让人把貔貅还给当铺，谁知到了第二天……"高士毅说到这里，脸上肥肉微微颤抖，掩不住心中惧意，"到了第二天，那鬼东西又自己回来了！真是请神容易送神难，后来弟子甚至将它丢弃到百里之外，沉到河水里，隔日它还是能自己跑回来。它就像是个妖物，就此缠上了弟子，怎么丢都丢不掉。"

弥心诧然："丢不掉？"

"每次它回来后，弟子的病情就会再度加重，被折磨得消瘦了不少。弟子请了大夫治病，却根本治不好；请了道士驱邪，也全然不管用。终于有一日……犬子支支吾吾跟弟子说，弟子的谷道'长住了'。"

"'长住了'？什么长住了？"

高士毅难为情道："就是……就是谷道中长了肉，秽门像伤口愈合一样，长在了一起，跟消失了似的。"

即便弥心见多识广，也忍不住面露震惊之色："有这等奇事？"

高士毅不禁苦笑，若非逼不得已，这么难堪的事情，他又怎会对别人说？

外面偷听的狄依依也是啧啧称奇，心中直呼痛快。这寿光侯想必是平日不修善果，竟染上了这等怪病。若一个人当真没了秽门，以致无法出恭，岂不是比饿死还难受？

"弟子岂敢胡说？弟子无法出恭，肚子胀得要死，于是不敢吃饭，整天饿得要命。您也看到了，这才多长时间，弟子除了肚子越来越鼓，身上其他地方都瘦脱了形，脸也小了一大圈！"

狄依依听得吃惊，这寿光侯没瘦的时候，只怕不下三四百斤吧？

"先生可知这貔貅刑降在弟子身上后，是何等生不如死吗？弟子每日又饿又撑，整宿整宿睡不着觉，即便睡着了，也连连做噩梦。就算是铁打的汉子，也经不住肚里闹饥荒，弟子醒着的时候不敢吃饭，睡着做了梦，必会梦见自己吃东西。先吃一只熊掌，再来一条象鼻，然后是鹿筋，再然后是驼峰，还有燕窝、竹荪……"

他说着说着，竟流下口水来，伸袖子一擦，脸上又露出恐惧神色："弟子吃着吃着，肚子越来越大，终于'嘭'的一声，炸裂开来，心肝脾肺肾，四处乱飞，肠子断成一截一截，流得到处都是……弟子明知肚子都破了，可还是饿，还是管不住自己的嘴，还在吃啊吃，吃进去的东西，又从破开的肚子里流出来……"

话到此处，高士毅不禁打了个寒战。屋内一片沉默，弥心等人都神色难看。屋外狄依依听在耳中，也觉身上凉飕飕的。

"忘了从哪一天起，弟子夜夜梦见撑破肚子，脏腑横飞……弟子强挨着不敢吃，硬撑着不敢睡，过得比在地狱还要苦！"

高士毅哭丧着脸："弟子又恐惧又难受，真是恨不得找根绳子把自己一挂，一了百了……但事情终于出现了转机，邱远登门拜访，自称是先生的高徒，曾随先生参悟天道，专为解除弟子的苦厄而来。"

弥心脸上闪过一丝怒色："这逆徒！居然还在打着老拙的旗号招摇撞骗！"

"邱远当真是在行骗吗？弟子半点都没看出来。他见到弟子，再看了那墨玉貔貅，便说弟子是被老天惩罚，要受貔貅刑，只能吃，不能泄，而这墨玉貔貅就是监刑官。弟子忍不住痛哭流涕，问他如何能摆脱这刑罚。那厮说，貔貅会认主，它已经跟了弟子，就不会轻易离开，除非……"

说到这里，高士毅不由犹豫了一下，弥心问道："除非什么？"

高士毅有些难为情道："除非能够让它重新认主。"

"重新认主？"

"是，邱远说，貔貅喜爱吞食财气，只有给它找一个财气更旺的主人，它才乐意改换门庭。弟子算了算，若论财力，还真没几个能凌驾到弟子上头。弟子左思右想，终于想到一个人……去年的寄卖会上，那只消失了的墨玉貔貅本已被人拍了去，弟子猜想这应当是同一只貔貅，不如让它物归原主。"

"你说的是……"

高士毅转头看向火盆里跳动的火焰："胡记粮行的主人，大粮商胡安国。"

听到这个名字，躲在窗外的狄依依差点叫出声来。邱远为高士毅想的这个办法，分明是怂恿他祸水东引。狄依依急忙捂住了嘴，听高士毅将后续的事情一一道来。

胡安国的父亲卖酒起家，生意传到他手里，立马风生水起。他先是和开封府的酒监交往密切，上下打点，很快酒水生意遍布京畿。因为酿酒和粮食密切相关，他借此跟京师诸仓的官吏攀上关系，又开起了粮行。短短十多年，已经是东京城首屈一指的粮商。此人世代为商，身份低贱，但善于钻营，精于算计，以泥腿子身份创下这么大一片家业，惹得高士毅甚是眼红。

当时正逢胡安国要过寿，送请柬到陈留来，高士毅便起了嫁祸于人的心思。他想让胡安国来接这块烫手山芋，但墨玉貔貅不能明着送，恰好高士毅知道胡安国有个未成婚的落魄女婿，名叫郭闻志。

他和邱远一商议，邱远声称认识一位诨号"贼乞儿"的千门高手，定能办成此事。于是高士毅通过邱远，将此事托付给贼乞儿。那贼乞儿果真是坑蒙拐骗的好手，他劝说郭闻志去给胡安国贺寿，将那墨玉貔貅当贺礼送出去。说来也是神得很，那墨玉貔貅到了胡安国手里，果然再也没回高家来。

墨玉貔貅送出去后，高士毅谷道闭合的怪症便好了，总算让他摆脱了秽门消失的尴尬境地，但便秘还未转好。

他百般恳求，想让邱远替他治好这遗留的病症，却被邱远训斥一顿，说他不修善果，才有此灾。现在貔貅虽已离他而去，但天降的刑罚尚未赦免，需要积德行善，赈济灾民，以赎己罪。所以最好的法子，便是开仓放粮，给难民施粥。只有想办法减轻罪业，貔貅刑才会渐渐离他而去。

自东京城闹了旱魃，北方渐渐有了旱灾的征兆，高士毅便开始囤积粮食，就等着好好赚上一笔。他听了邱远的说法，只能连日施粥放粮，眼见粮仓一日比一日空，着实心如刀割。

说到这里，高士毅已是涕泪交流，连叫命苦。

"阿弥陀佛！"方慧和尚双手合十，"高檀越施粥赈济灾民，那是天大的恩德，自会有果报。弥心先生宣扬'福道'修行，和佛家虽有不同，但行善本是正理。黄白之物不过虚妄而已，生不带来死不带去，怎比得上高檀越善行的万分之一？"

"方慧大师，您的意思，也是要弟子施粥吗？"高士毅一脸不甘心，仿佛别人要割他的肉一般。

"出家人劝人向善，但不会逼人向善。老衲所求的是檀越能够自己明晓佛理，心甘情愿去救济灾民百姓。"方慧和尚从身后小沙弥手中接过木鱼，轻轻敲击起来，一声又一声，将整个屋子浸透在低沉的梵音里。

过了许久，高士毅又试探着问："您是说……邱远是在恐吓弟子，弟子不用去施粥放粮了？"

方慧和尚手中的木鱼一停，抬头看着他，仿佛看着一块冥顽不灵的石头，苦笑摇头道："貔貅刑的事情，老衲也不知来由。至于檀越的便秘之症，弥心先生今日送上门来，岂不正中檀越下怀？"

"是啊！弥心先生医术通神，必然有办法，弟子怎么忘了？请先生在此处多住几日，帮弟子化解这貔貅刑！"

弥心摆手道："貔貅刑这等诡秘之事，老拙也无能为力。至于身体上的不适之处，老拙自然不敢推辞，倒是可略尽绵力。"

高士毅大喜过望，急忙脱去裤子，让弥心检查。

狄依依只觉不堪入目，对高士毅的怪病更是没有半点兴趣，她不敢待太久，悄悄从院子里退了出来，无声无息地回到房间。

傍晚时分，飞荷送了饭菜过来，白菜豆腐，一碗清粥，没有半点荤腥。狄依依一见没酒，瞬时浑身无力。飞荷见她胃口奇差，劝解道："妹妹，还是认命吧，何必跟自己过不去呢？你以前或许锦衣玉食惯了，但如今只是个下人罢了。当然，你要是早点明白过来，好好做你的雪柳，以你的姿色，多半能被收为侍妾！"

狄依依心头一动，问道："飞荷姐姐，真正的雪柳呢？"

"罢了，这也算不得什么秘密。"飞荷似是刻意跟狄依依亲近，解释道，"原先的雪柳，是侯爷从别人那里买来的。大约在一年前，侯爷去一个富商家做客，当时她还是那个富商的婢女，长得妩媚动人，侯爷一见之下便魂不守舍，觍着脸要将她买下来。富商本也不舍得，但又想奉承咱们侯爷，终究还是将她卖给了高家，还专门签了契书。"

狄依依哂笑道："那富商既然想奉承姓高的，直接送不就得了，为什么还要卖？难不成也是个吝啬鬼？"

飞荷摇头道："那倒不是，那富商人情练达，向来极大方。他之所以选择卖而不是送，是因为咱侯爷名声不好，若直接送女人，别人会说他费尽心机巴结咱侯爷，传出去不好听，所以便三折卖给了侯爷。"

"三折？三折是多少？"

"三百贯。"

"三百……"原来买一名婢女，即便是三折，也都有三百贯。一想到自己只被云济卖了六十贯，狄依依便憋屈得胸口发闷。

飞荷未注意到她愤愤的神色，继续讲道："雪柳被带进了府里，成了侯爷房里的丫环。如此过了几个月，忽有一日，她的脸被火盆烫伤，容貌全毁了。"

"被火盆烫伤？"

飞荷道："听说那天侯爷喝醉了酒，雪柳不知如何触怒了他，被一把推倒在榻上，正好打翻了火盆，脸被烫伤了。你想想，她一个弱女子，不过以色侍人罢了，连容貌都毁了，侯爷怎可能还会宠她？她被毁容后没多久，府上就再也没人见过她了。"

"容貌损毁对女人而言，怕是比死还难受。"狄依依抚摸着自己的脸颊，顿觉心有戚戚，"不过……没了容貌，却也少些纷争，当一个粗使丫环，照样能活得好好的。"

飞荷冷笑一声："想要重新做人，那也不是她做得了主的！咱府上的下人们很多都知道雪柳被毁容的事，却没几个知道她现在在哪里。"

"你知道？"

"我当然知道！"也不知是为了吹牛，还是为了故示亲近，飞荷小声道，"告诉你吧，当时侯爷看她容貌被毁，便心疼起钱来，要把雪柳退回去。"

"退回去？"狄依依怀疑自己听错了话，"还有这种事？这不全怪那死胖子自己吗？"

"你记着！他不是死胖子，他是你的主子！可别仗着有姿色，就肆意妄为。原来的那个雪柳也颇有姿色，可一烫伤了脸，就被弃如敝屣。"飞荷冷哼道，"侯爷说是她自己烫的，还说她有癔症，所以要退货，她又能怎么样？就连卖家，不也照样认栽了吗？"

"这么荒唐的事，卖家居然认了？"狄依依瞪大了眼睛。

"咱们侯爷是谁？那是皇太后的堂兄，先帝钦封的寿光侯！"飞荷神色倨傲，仿佛与有荣焉，"胡安国一个泥腿子，虽然财雄势大，却没有根底，还不是得巴结奉承咱侯爷？"

狄依依心头猛地一跳，那卖家竟是胡安国？

却听飞荷继续道："侯爷一提要退货，胡安国立马把银子送来，把人领了回去。据说当时送回来的银子，比侯爷买雪柳时花的还多出一半，说是给侯爷的补偿。而且侯爷并未把雪柳的身契和籍册还给胡安国，胡安国也当不知道，对此只字不提。"

"这点小便宜都占，也太无耻了吧？"狄依依哭笑不得。

"侯爷可不觉得是小便宜，他有了这东西，新买来的奴仆就有身份可以冒充了。"

狄依依跟胡惜雪是闺中密友，却没听她说起过胡安国有个被毁容退货的婢女。她皱了皱眉道："那雪柳被退回去后怎么样了？"

"这我从何得知？"飞荷没好气地训了她一句，似乎是意识到自己话语里的不耐烦，轻叹了口气，柔声道，"只怕……好不到哪里去，估计连粗使丫环都做不了。"

狄依依愈发好奇："为什么？"

"因为她的脸伤得太过可怕，看她一眼，都能被吓晕过去！"

"有这么吓人？"狄依依有些不信。

飞荷见她这般什么都要问，什么都会疑的表情，没来由心中有气，于是滔滔不绝，讲起高府的旧事来。

雪柳毁容后，高士毅立马不让她在房里伺候，她也总避讳着不见人，后来还搬到了别处独自居住，就连飞荷都不知道她在何处。

高家有两位衙内，大衙内名叫高公洁。因为高母早逝，寿光侯府内的家务事，都由高公洁的娘子吴氏操持。去年高公洁去了南方，一边游学，一边做生意，出门在外一年有余，直到今年秋冬之际才回来。这期间，大娘子吴氏将高府打理得井井有条，无人不称其贤。

高士毅向来信佛，高府建有一座佛堂，严禁下人入内。中秋节后的一日晚间，吴氏路过佛堂，听见里面有异响，以为是下人在偷东西，走进去查看。也不知怎么回事，她进了佛堂不久，突然惊叫出声，当场吓得昏倒过去。

家丁和丫环们听见叫声，纷纷冲进佛堂，却见两个女人横卧在地，一个仰面躺着，正是大娘子吴氏；另一个俯身趴着，衣着比寻常丫环艳丽华贵许多，身子却极为瘦削。下人们唤醒了吴氏，又去扶那丫环。

此时高士毅堪堪赶到，见到那丫环，顿时满脸恼怒，劈头盖脸便骂："你怎么在这里？你……哼！你这贱婢，快快把脸遮住了，莫要吓到别人！"然后指使飞荷说："把你的绢子给雪柳，让她把脸给我捂好了！"

飞荷这才反应过来，原来这丫环便是雪柳，看她此时枯槁瘦削，比几个月之前瘦了整整一圈。

身为高士毅的贴身丫环，飞荷早就知道高士毅刻薄寡恩，但也没想到他绝情起来，如此六亲不认。即便对自己的儿媳妇吴氏，高士毅也甚是刻毒，先是让下人将她泼醒，还当着众多家仆的面，劈头就是一顿痛骂。说她冲撞了菩萨，扰乱了佛堂，还要将她禁足，不许出她住的院子。

吴氏回去后就生了病，连日卧床不起。她身边伺候的下人，都说她变得神神道道，时不时还会发疯病。高公洁远行归来，发现妻子病得这么严重，急忙请了大夫给她看病，却总治不好。大夫开了方子，说她伤了中气，损了神魂，忧虑过重，阳虚气弱，需要用百年以上的老人参温补滋养。

高公洁手里没钱，就去找高士毅支取。高士毅听闻是给大娘子买人参，死活不借给他，还说人参治病都是大夫骗人的鬼话，让他用便宜的药材。飞荷清楚地记得，高公洁当时气得浑身发抖，跟亲爹大吵了一通，随后自己想办法凑钱买药。那时刚刚入冬，很多药材不好找，高公洁只能到处奔波。许是看他辛苦，高士毅终于动了念，去探望自己的儿媳。

那日高士毅到了大儿子院里，恰逢高公洁不在。飞荷等人在外面候着，高士毅进房探看吴氏。谁知没过多久，飞荷就听见他在里面喝骂起来，下人们胆战心惊，也不敢进去。高士毅骂骂咧咧地从大儿子院里出来，气得吹胡子瞪眼，招呼了下人就走。

高公洁回来后听闻了此事，急忙进屋看吴氏，见她哭得涕泪横流，已经上气不接下气。自那之后，吴氏的病情一日比一日重，大夫束手无策。入冬之后，吴氏终于熬不住，就此香消玉殒，魂归地府。

吴氏身为高家大娘子，她的死在寿光侯府震动极大。她过门的时候，就是一副体弱多病的身子骨，心思又十分细腻，别人无意间一句话，她能在心里记好久。下人们偶尔嚼舌根，不敢说高士毅的不是，只怪吴氏太要强。尤其是几位上了年纪的老仆妇，都说女人应该像坚韧的蒲草，要经得住踩躏和踩踏，吴氏却是一株香气馥郁的兰花，高洁又脆弱。

吴氏去世后，高家父子愈发不睦，几乎老死不相往来。给吴氏办丧事时，高士毅请了很多宾客，谁料高公洁突然大闹丧宴，讥讽他借儿媳的丧事敛财。高士毅脸色十分难看，当场让人把他关了起来。从那之后，高公洁就我行我素，每天只在自己院子里读书，极少出门。

当然，也有人说吴氏英年早逝，是受了雪柳的惊吓。而雪柳出了那桩事后，就被高士毅关在了佛堂，每日只让厨房掌厨的铛头给她单独送些饭菜。她不再在众人面前现身，仿佛消失了一般。对于高家的下人来说，这却再寻常不过，没人会去关心，也没人有精力去关心。

倒是年底的时候，偶然听高士毅说起雪柳，飞荷这才知道雪柳早已被退回了胡家。

女人之间拉近关系最快的法子，便是分享秘密。飞荷讲了许多秘闻后，一再叮嘱狄依依不得乱传。狄依依连连点头："姐姐放心，我的嘴最紧了。"

"没有身份的下人，就算被主人家打死了，也根本没人管。要么一张破席一卷，丢到荒郊野岭；要么偷偷运出去，挖个坑埋了做肥料。"飞荷说到这里，突然正色起来，"说了这么多，你也该知道以后能做什么，不能做什么。离家的人就是无根浮萍，要想过得好，唯一的法子，就是讨主人欢心。"

狄依依情不自禁想反驳，但念及此时的身份，又沉默下来。

飞荷拍了拍她的脊背，温和道："不过你也不用怕，咱们做下人的哪个不是苦命人？既然让我教你规矩，也是咱姐妹的缘分，有什么事，姐姐自然会护着你。侯爷喜欢什么，不喜欢什么，没人比我更清楚。你姿色不俗，只要肯听我的指点，多花费些功夫讨好侯爷，必能博得他的欢心。"

先借雪柳的例子震慑恐吓，再刻意拉拢宽慰，这一番话说下来，寻常被拐女子恐怕已将飞荷视为依靠。狄依依心里头暗笑，表面上却很是乖巧："我一定听话，以后还望姐姐多多关照！"

"放心！放心！我一见你就觉得投缘！"飞荷对狄依依的表现很满意，"你的手我就先不绑了。至于你脚上的铁链，这是府上的规矩，新来的都得戴一个月，姐姐也没有办法。侯府屋子多，下人少，咱们两个人住一间，也能说说体己话。不过我今晚值夜，你先自己睡吧。"

吃完饭天色已黑，飞荷出门时将门窗都加了锁。可见她嘴上说得好听，实际上还是防着狄依依逃跑。

又等了一个时辰，天色完全黑了下来。狄依依没费多少功夫，将窗户拆下，翻身跳出窗外，又从外面将窗户放好，恢复成没有动过的模样。

"这样两把锁，难得倒本姑娘吗？"狄依依冷笑着拍了拍手。刚走没几步，突然听见一声大喊："来人啊！快来人啊！"

顷刻间，有七八个人打着灯笼，从各个方向跑了过来，将她围在当中。领头的正是刘管事："真是不服管教！抓起来！"

狄依依稍一犹豫，不想前功尽弃，强忍着没有反抗。她两只手被绑在背后，心中却在揣摩："奇怪，我生怕发出声音，特意提着链子走路，为何还是被察觉了？"

刘管事命家丁把她拖回去，绑住手吊在横梁上，当众训斥了她一顿。狄依依遭此羞辱，脸上青一阵白一阵，只觉一股怒意直冲脑顶，恨不得挣脱束缚，将这些人痛打一顿。

过了没多久，人已散尽。狄依依被吊得手腕作痛，她纤腰一拧，双足高高举过头顶，勾住垂下来的绳子，借腰力将身子提了起来，手攥住绳子，轻而易举地攀上了房梁。

她正想解开绳子，忽然听到外面传来脚步声，急忙从横梁上跳下，重新装成被吊着的模样。

房门一响，一个汉子走了进来，掏出一根蜡烛点上，烛光照着他的脸，却是二衙内高公净。

"我来得迟了，你受罪啦！"高公净的声音中充满担忧，二话不说，便将绳子解开，放她下来。

"你干什么？"狄依依一脸诧异地看着他。

高公净沉声道："小娘子，凡是被拐卖进咱家的，十有八九都会想着逃跑。那些家丁是早就安排好的，只等着给你个下马威呢！被关进大牢的犯人要吃杀威棒，那是监狱的规矩；不听话的逃奴要先吊一晚上，这是高家的规矩。"

"那你为何又放我下来？"

高公净苦笑着摇了摇头："其实家父所为，我早就不以为然。拐卖妇孺实是伤天害理，积德行善才是正途。"

"你说得好听！你家本来没有买奴的打算，是你决定把我买下来的！"

"没错，是我将你买下来的，但我不是为了奴役你，而是为了救你！"

"救我？"

高公净解释道:"我若不将你买下,人牙子还是会继续寻找买主,把你卖给其他人。"

狄依依满脸警惕:"那你何不直接将我放了?"

"家父是一家之主,高家超过十贯的花销都得他同意。我能做主将你买下,已经是万幸,哪有能耐将你放了?"高公净叹息一声,"我最多只能做些力所能及的事,在府里护着你一些罢了。"

狄依依看着他的眼睛,终于放下了戒备:"那可多谢你啦。"她毕竟被吊了许久,手腕被绳子勒出两道红印,又疼又痒,忍不住伸手去搓。

高公净掏出一只小药罐:"还好我早有准备,这药膏能治外伤瘀痕,去肿止痛也有神效。"说着抄过她的手,要给她抹药膏。

"你干什么!"狄依依仿佛被烫到了一般,猛地将手抽回,另一只手瞬间捏成拳,出手如电,一记炮捶便要捣出。眼见高公净的肚子要挨上一击,狄依依反应过来,生生停了手。

"不好意思,是我唐突了。"高公净讪讪一笑,尴尬地将药膏递了过去,对狄依依的拳头却是毫未察觉。

狄依依急忙低下头,悄悄收回拳头。她自己抹上膏药,只觉手腕上一阵清凉,疼痛果然减轻不少,当下挤出一个笑脸:"多谢二衙内。"

"客气什么,没事就好!"高公净搓着手,咽了口唾沫道,"你先休息,千万别再乱跑,否则一旦被抓,定会被打个半死!等明天一早,我再重新把你吊起来,以免其他人知道。"

高公净说完话,终于恋恋不舍地出了门。

狄依依不同于寻常女儿家,在军中刻意讨好她的将领和文官不知凡几,哪个是因为她的身份,哪个是因为她的容貌,她都心知肚明。高公净方才这一出,那见色起意的眼神,她如何感知不到?

等外面安静下来,狄依依又偷偷溜出屋舍。这次她更加小心,好不容易溜到了西南墙角,学了三声布谷鸟叫。只听墙外也是三声啼叫,接着传来云济的声音:"怎么迟了一个时辰?"

"出了点意外,被一帮该死的家仆给算计了。"狄依依抱怨一句,又急急问道,"带酒了没有?"

却听外面先是一静,须臾后才回道:"没有。"

狄依依眉头一拧："我可是替你办事,连口酒都不给喝?兵法有云:'酒要多吃,事要多知。'活人没有酒喝,和尸体有什么区别?"

"又是你狄家的兵法?明明是'酒要少吃,事要多知'。你在别人府上当细作,还敢喝酒?"云济先训了她一通,又疑惑道,"你怎么不出来?在胡安国家都如履平地,如今倒被高家的院墙困住了?"

狄依依无奈道:"脚上拴着铁链子,哪还能飞檐走壁?"

"铁链?"云济沉吟少许,从墙外丢进来一根绳子。狄依依顿时会意,攀着绳子爬了出去。

云济等人提着灯盏候在墙外,见她出来,狄钟急忙凑上前:"找到郡主了吗?高家拐卖来的女子多不多?容貌如何,漂不漂亮?是不是梨花带雨,整日哭个不停?寿光侯府虽是龙潭虎穴,但我狄钟义不容辞……"

"大色鬼,本性难改!"狄依依顿了顿脚,抖得脚上铁链哗啦啦直响。狄钟见她神色,急忙闭嘴躲在一边。

狄依依眉头大皱,又抱怨起云济:"三杯倒,就凭我受的罪,你就欠我三坛酒!"

"你不是自称若没有酒喝,就和尸体一样吗?你一具尸体,能受什么罪?"

"我……我这具尸体脚痛,不行吗?"

云济见她纤细白嫩的足踝上,各有一道青紫色的瘀痕,心头不由涌上一股歉意。他向张无舌微微颔首:"药酒!"张无舌瞬间明白他的意思,默然解下背着的木箱,从中取出一只药瓶递给狄依依。

云济道:"狄九娘,这药酒活血化瘀,你试试看。"

狄依依想到方才高公净想要给自己涂药的事,不忿道:"真没良心!我替你办事,就这么点表示吗?连高家的衙内,都想着替我涂药呢!"她一把抓过药酒,揭开瓶盖,准备涂药,突然闻到一股浓郁的酒味,忍不住抿了抿嘴:"药酒也是酒,我尝尝味道如何……"说着便往嘴里倒。

"使不得!"云济不自觉想要抢回药瓶,但刚上前一步,闻到狄依依身上的女儿香,顿时面色发白,又往后退了一步。他见药酒被狄依依喝了大半,没好气道:"这东西消肿止痛,是外敷用的,不是用来喝的!你……"

狄依依见他畏葸不前,想到他害怕和女子接触的毛病,又是好气又是好笑。她眸子一转,坐在墙角青石上,身子往后一靠,大剌剌将脚伸出:"连酒都不带,还想让我给你探听消息?你要是有点良心,就亲自给本姑娘上药!"

云济脸色一僵，自是想推脱。他害怕接近女子的毛病并非与生俱来，只是儿时的往事历历在目，偏又不愿对他人提起，一时不知如何解释。

"莫慌莫慌！教授您一直教咱遇事要克服万难，百折不挠，这点小事岂能知难而退？学生为了您这顽疾，暗地里不知操了多少心。学生耗尽心力，特意为教授准备了一样宝物，可使您高枕无忧！"鲁千手笑眯眯解下背着的箱子，从中取出一样物事，言之凿凿道，"此物唤作'变身镜'，乃是取两片蚌壳打磨而成，只需您戴上，就能将眼前的女子变为男子。无法接触女子的顽疾，从此便离您而去！"

"女子变为男子？给我瞧瞧！"狄依依大为好奇，伸手抢过那"变身镜"，置于双目之前。两块蚌壳镜片被打磨得薄如蝉翼，能够透光透亮，镜片正中绘着一名威武雄壮的络腮胡大汉，却只有头脸和身躯，没有四肢。隔着镜片看向云济，络腮胡大汉的画像正好挡住他的身形，只露出手脚和四肢。

"狄九娘，你莫要信他！"云济转头摆着脸道，"鲁千手，你整日造些奇技淫巧之物，没一个真正有用的，少在此处丢人现眼。"

鲁千手信誓旦旦道："不会不会！学生保证，这次绝非无用之物，若然无效，学生把脑袋赔您！"

狄九娘连连点头，大赞这"变身镜"妙用无穷。云济满脸不信，却抵不住狄九娘又是挖苦又是催促，只得接过她抛来的"变身镜"戴上。络腮胡的画像遮住了视线，正好挡住狄九娘的身形，只露出她伸过来的一双小腿。

"看见没，狄姑娘已经变作络腮胡大汉，您莫要胡思乱想！"

听着鲁千手的蛊惑，云济虽然明知是怎么回事，却强忍着不适蹲下身。"她是男人！她是男人！"他不停默念，鼓足了勇气，终于伸出颤抖的手，抓住了狄依依的脚踝，将她脚上铁镣往上撩起。狄依依足踝纤细，白腻胜雪的肌肤下隐隐透出淡淡青脉，现在却被勒出一道瘀痕。他伸手托住她的足踝，除去鞋袜，两手在瘀伤处来回搓揉。

狄依依怕痒，尖瘦的纤足顿时一颤，脚弓弯如新月，脚趾不由自主地蜷了起来。

"莫要动！"云济的声音都在颤抖，将瘀青处搓得温热，才将药酒倒在手心，抹在她的足踝上。

狄依依感到他掌心的温热，已是满面羞红，浑身发烫。她想要将脚缩回，但话已出口，又怎能认输？于是一咬牙，将另外一只脚也伸了过去，色厉内荏地道：

"还有这只!"

云济本已强忍着不适,见她又伸来一只脚,终于崩溃,"变身镜"掉在地上,一张脸涨得通红,踉跄着退出三尺之外。张无舌面无表情地打开木箱,取出一粒丹药喂进云济嘴里,他的呼吸才由滞转畅。

狄依依面上大模大样,胸口却跳得厉害。她掩饰住心中慌乱,讥讽云济一声:"真是不中用!"自己拿过药酒涂抹。

好不容易抹完药,云济又跟鲁千手示意。鲁千手从随身木匣中取出一根细铁丝,扯过狄依依脚上铁链,用铁丝在锁眼里捅了两下,那锁就应声而开,脚链也被卸了下来。鲁千手又用铁丝捅入锁眼,摸索了片刻,就取出铁钳、锉刀,又找出一块铁片,在一旁鼓捣起来。

眼见他开锁比吃饭还要简单,狄依依心中暗暗吃惊。云济问起她有何发现,狄依依收敛心神,把这一日的经过讲述了一遍。

等她讲完,云济道:"你将今天探听到的再讲一遍。"

"方才不是已经说过了吗,为何又要说?"

"人在讲故事时,会不知不觉加入自己的臆想,有些细节难免被遗漏,有些事情又难免被牵强附会。让你再讲一遍,也是为了查漏补缺。"

狄依依耐住性子,将所闻所见又讲了一遍,然后道:"那貔貅刑好生诡异,你博闻广识,有听说过吗?"

云济摇了摇头。

"好啦好啦!"鲁千手站起身来,手中拿着一把钥匙,用钥匙捅入锁眼,顿时将锁打开了。原来就在狄依依说话的这段时间,他已经给锁配好了钥匙。

云济叮嘱道:"你回去后,先用铁链把脚锁上,用裙裾遮住,别人便看不出来。等独自行事时,再把铁链摘下来。"

"这还用你说?我自然晓得。"狄依依抿了抿嘴唇,"可惜今日不曾接触太多人,也不知真珠在不在高家,明日定要好生探一探。"

"按你所说,凡是被拐入高家的,都被改名换姓了,即便真珠真的在高家,也不是直接能问到的,小心莫要打草惊蛇。"云济提醒她道,"接下来两天,还有两件事须多加注意:一是设法跟大衙内高公洁接触,他们父子闹翻,我总觉其中另有隐情;二是防备着点二衙内高公净,有机会也摸摸他的底。"

"高公净?为何要防备他?"

"此人表里不一，必然另有所图。"云济肃然解释了一句。

见他如此郑重其事，狄依依心中憋笑："那厮不怀好意，还用得着你说？"

"快回去吧，别被人发现了。一旦事发紧急，来不及应对，就扔个'悄悄话'出来。"

"知道了！"狄依依不耐烦地回了一句。她翻过墙头，先在高府绕了一圈，摸透了各个院落的方位，才回到自己房间里。倒头呼呼睡了一个多时辰，天还没大亮，就听见房门响动。她一个激灵坐起身来，见高公净推门而入："小娘子，再委屈你一下，我得将你重新吊起来。"

狄依依面上不动声色，跟他敷衍了两句，两手并拢，让他将自己重新吊在房梁上。高公净离开不久，刘管事等人便赶了过来，将她从梁上放下，又是狠狠训斥了一番，派了一个打扫院子的活，让她在天黑前干完。

如今年关将至，高家上上下下都在扫尘除垢，家丁丫环忙得不可开交。刘管事带着一帮人囤积年货，高公净带着另外几个管事在前厅收账。交租的、报账的、还账的……往来者络绎不绝，众人几乎没有片刻闲暇。

狄依依草草将小庭院打扫一遍，忽觉困意袭来，自顾自寻了个地方睡觉。谁知没多久，就被派活的婆子发现。那婆子欺生，对她横挑鼻子竖挑眼，狄依依呛了她一句，婆子气得发狠，甩手便是一个耳光。狄依依没料到她当真敢对自己动手，猝不及防之下，竟被打了个正着。

狄依依混迹行伍多年，军中从将领到兵卒，无不对她敬畏三分，何曾受过这等屈辱？她终于按捺不住心头火，伸手抄住婆子的藤条，一把夺了过来，顺手扭住对方腰肋，使了个"地盖天"，将她丢了出去。婆子惊骇之中，只觉一股磅礴大力涌来，腾云驾雾般飞出一丈之外，眼见地在上，天在下，自己在中间，倏忽间天与地卷成一团，顿时人事不省。

"哎哟！"狄依依甫一出手，便醒悟下手过重，但为时已晚，婆子已经昏死过去。她咬了咬牙，准备开溜，路过一只水桶时，俯身照了一眼。透过水中倒影，见自己脸颊高高肿起，五根通红的指头印赫然其上。她胸中羞怒翻腾，扯下婆子身上的方巾，将半边脸包住，这才匆匆溜走。

没过多久，就有人发现了昏倒的婆子，院内顿时一阵鸡飞狗跳。这事很快惊动了刘管事，他招呼一帮护院，大呼小叫着在府里抓人。

慌乱之中，狄依依跑到一进小院外。昨夜云济曾嘱咐她打探大衙内高公洁的情况，今天干活的时候，她旁敲侧击地探听出了高公洁的住处，正是这进小院。

院门从里面反锁着，她攀墙翻了进去。院子里有三间小屋，屋前有个八九岁的小女孩，正摇头晃脑地背《论语》，看见她翻墙而入，不由一个愣神，继而惊叫道："爹爹！爹爹！"

"怎么了？"一名男子从屋里走出，三十岁上下，一身文士打扮。他见到狄依依，愕然问道，"你是谁？"

"我……我叫雪柳，你便是大衙内吗？"

"雪柳？"这男子脸色一变，"不错，鄙人便是高公洁！你就是雪柳？把拙荆吓晕过去的雪柳？"

狄依依心中一怔："我何曾把他娘子吓晕过去？难道……这大衙内把我当成了真的雪柳？是了，大娘子晕倒时他还没回家，根本就没见过真正的雪柳，我脸上又戴着面纱……"

高公洁见她迟疑，急忙道："你不用害怕。"

狄依依看了一眼那个小女孩："这是你跟大娘子的女儿？"

"她是我和发妻的女儿。发妻去世后，我续弦娶了吴氏，下人们便称呼她为大娘子。可惜天不假年，我这第二个浑家也是红颜薄命，才二十岁便撒手人寰，离我而去……"高大衙内眸中藏着深深的苦痛，他怔怔地看着狄依依，脸上闪过极为复杂的神色。

正当此时，外面有人呼喊道："你俩去东边，你俩去西边！把那贼丫头给我逮回来！"

狄依依脸上露出戏谑的表情，看了高公洁一眼："他们在找我，你是不是该叫人来把我抓走？"

"放心，你就在我这院里，谁也别想动你。"高公洁听到外面大呼小叫的声音，双眸流露出毫不掩饰的厌烦。

狄依依心中奇怪，作为高家的大衙内，竟有这等善心，对一个丫环这么好。

"不过我有个条件！"却听高公洁道，"你日后便在这院子里待着，不许出门，更不许逃跑，我好吃好喝供着你，如何？"

"这怎么行？"狄依依脱口而出。

"为何不行？"

"我是被人卖来你家的，你若是有心行善，就想办法将我偷偷送回家！我也非寻常门户出身，自然会有所回报。"

高公洁摇了摇头："若是寻常女子，放也就放了。就因你不是普通人家的女儿，我才不能随便放你。"眼见狄依依满脸不解，他解释道，"普通女子若被我放走，必会感恩戴德。可若是出自高门大户，我将你放回去，怎知等来的不会是你家的报复？"

"你倒是个实诚人。"

"我保证你不受欺负，你保证不会逃跑，安安稳稳过日子，咱们两边都满意。"

狄依依不置可否："不让出去？只有你自己满意吧？"

她话音一落，高公洁的脸突然扭曲起来，他转头进了屋，又很快推门而出，走到她身边，两只眼睛直勾勾盯着她的面庞。

"你干什么？"狄依依正觉莫名其妙，高公洁骤然暴起，从袖子里抽出一把短刀，往狄依依身上捅来，脸上表情异常狰狞："去死！你去死！"

狄依依没料到这人一言不合，便起杀心，还当着自己女儿的面动刀子。不过自吃了那婆子一巴掌，她就对高家人充满警惕，这文弱书生又怎么伤得了她？

高公洁只觉双眼一花，手腕一痛，短刀已经到了狄依依手中，同时脚下被绊了一记，迎面栽倒在地。

"爹爹！爹爹！"小姑娘扑上去，把灰头土脸的高公洁扶起来。

"就这点本事，还想杀人？"狄依依露出一丝不屑，短刀在她手中翻跹翻转，行云流水般挽了个花，悄然滑入袖子里，话头一转，"有酒吗？"

小姑娘怯生生地后退了一步，摇了摇头。高公洁爬起身，脸上的表情渐渐淡去，衬得面色愈发苍白。

狄依依郁闷地看了高公洁一眼："堂堂大男人，宅子里连酒都不存吗？"

不存酒便不算男人？高公洁正觉莫名其妙，忽听院外有人敲门："大衙内！可曾见过一名逃奴？"

这是刘管事的声音，显然他们已查过其他地方，才又搜到了这里。高公洁意味深长地看了狄依依一眼，高声应道："没看见！"没想到狄依依半点不领情，他话音刚落，她就推开门，出现在刘管事等人面前。

"好啊！你果然藏在这里，打了人还想逃？"

高公洁急忙来到门边："刘四，你们都不许动她！"

刘管事脸色一变："大衙内，奴才不守规矩，就得好好教训。如果任由她在府里瞎折腾，其他奴才还怎么管？"

"奴才？"高公洁忍不住讥诮，"我都不敢将她当奴才，你倒是包天的胆子，敢拿她当奴才！"

刘管事表情一僵，眼珠子转了一圈，脸上堆着笑："大衙内说得对，以她这等姿色，高低是做姨娘的命，不是我这样的下人得罪得起的。大衙内尽管放心，既然您开了口，我当然把她好好供着。"说罢瞅了狄依依一眼，"小娘子，这就跟我走吧！"

狄依依"哼"了一声，昂首阔步走出门，脚上的铁链"哗啦啦"直响。

等他们离开，高公洁想起来什么似的，问女儿道："刚才我们的门不是从里面闩上的吗？她是怎么进来的？"

小姑娘想了想，伸手指了指墙头。

"她脚上不是有铁链吗，这都能翻墙进来？"高公洁眉头紧皱，百思不得其解。

刘管事果然说话算数，狄依依被带回去后，竟没有受到训斥。

"小娘子，大衙内说得对，你只要能转过这个弯儿，迟早能做高家的小姨娘。我一个当管事的寻你麻烦，岂不是自讨苦吃？但要想有大好前程，你可不能再折腾胡闹，天底下美貌小娘子多得是，真能尽享荣华富贵的又有几个？多少奴婢都是脑子糊涂，自己把自己折腾死了。"

狄依依撇了撇嘴，心中鄙夷不已，嘴上却没有反驳。

这天晚上，狄依依又被绑住手脚，锁在屋子里。估摸着快到子时，她晃出袖中藏着的短刀，割断手腕上的绳子，又卸下脚上锁链，偷偷溜出门，来到西南墙角，跟云济等人碰了头。

借着羊角灯的微光，云济看见狄依依半边脸上遮着丝巾，甚是诧异。

狄依依见他神色有异，急忙将半边脸遮好。她被一仆妇打了耳光，深以为耻，尤其不愿让云济知道，急忙岔开话头，把这一天发生的事说了一遍，只将自己挨打一事绕过不提。

等她讲完，云济眉头微皱："高家这两位衙内，怎么跟传闻中差别这么大？"

"和传闻中……差别很大？"

原来这两日，云济等人也并未闲着，早已在陈留打听得清清楚楚。

高家长子高公洁素有学问，待人忠厚，品德上佳，结交了不少有才学的文人墨客，二十岁便开始自己做一些生意，堪称高家麒麟子。而高家次子高公净则是个标准纨绔，自小游手好闲，小时偷鸡摸狗，长大坑蒙拐骗，儒林贤士闻之摇头，良家子弟见之绕道。

狄依依听云济一说，不由莫名其妙："不对啊，我看那高公洁喜怒无常，跟'忠厚'二字半点不沾边。他嘴上说要保我不受欺辱，转头就要将我囚禁在他的院子里，甚至提着刀准备亲手杀人。倒是老二高公净，虽然有点毛手毛脚，但我看他亲自帮他爹出恭，不嫌脏不嫌累，孝心实为感人。"

"怪就怪在这里，究竟是发生了什么事，让这两人有如此大的转变？"云济揣摩道，"难道他们都城府极深，在人前装模作样，遮掩了自己的本性？"

狄依依低头沉思，高家两位衙内的形貌在心头来回变换，绕得她头昏脑涨。

"今年去世的大娘子，我也打听过了。她娘家姓吴，和高士毅乃是世交，两年前嫁给高公洁为续妻。她兄长是执掌京师榷货务多年的吴成化，去年年底转到司农寺任职。这女子确实是个多愁多病的性子，但绝非短命相，否则高公洁也不会在死了发妻后，又娶了她。她好端端的，竟然会被一个婢女吓得一病不起，甚至一命呜呼，实在让人意想不到。"

"你是说这里面有隐情？"

"我也不知。"云济摇了摇头，"明日若得闲暇，你再去查一查这两位衙内。另外若能找到人搭话，旁敲侧击地问一问，探听一下被拐卖进来的女子，都各自去了哪里。莫要直接提起郡主，以免府上的人心生警惕。"

"好！"

狄依依不敢久待，商议完后，很快回到住处休息。第二日不到天亮，她便被飞荷叫醒，说是到了刘管事训话的时候。

这日刘管事甚是悠闲，给几名婢女讲高府的规矩，啰唆到日上三竿还没说完。狄依依听得不胜其烦，乘机问道："刘管事，高家只有我一个被拐来的丫环吗？"

"敢情你还在想着逃跑？"刘管事手持戒尺，敲击桌面，"告诉你，全府上下，你这样的有七八个，都是人牙子卖来的！"说罢便举了好几个例子，有个叫青花的，不服管教，被卖给一对猎户兄弟俩作"共妻"；还有个叫乐蓉的，数次逃跑，触怒了高士毅，被罚做重活，有一天累晕过去，淹死在洗衣的池水里；当然也有机灵懂事的，进了高家后乖巧听话，手脚勤快，又会巴结人，如今已经做了侯爷房里的大丫环。

狄依依装作乖巧地听着，心里默默将这些例子都记下来。最让她吃惊的，是那个被刘管事赞不绝口、已经成为大丫环的，居然就是飞荷！原来她也是被拐卖进高府的！

这日下午，狄依依被派到厨房劳作。人活得越是贫贱卑微，就越是钩心斗角。高家的家仆每日活计繁重，见新来了名婢女，都妒她相貌出众，很默契地欺生排外起来，把脏活累活都支给她来做。狄依依前一日打晕了一个婆子，和那婆子相熟的也找上门来，仗着老资历对她指手画脚。

狄依依屡屡被一帮人鸡蛋里挑骨头，终于忍无可忍，正想撂挑子不干，突然发觉有人在偷偷看自己。抬头望去，一个十岁不到的女童站在厨房门口，一袭杏色羊绒小披袄，头上梳着双丫髻，一双水灵灵的眸子晶莹剔透，粉雕玉琢一般，正是高公洁的女儿。

"小妹妹，你唤什么名字？来这里做什么？"

小姑娘怯生生道："我叫艾艾，来取饭。"

"取饭？怎的不让丫环养娘来？"

艾艾轻咬嘴唇："嬢嬢走了，爹爹就不要丫环了，我们自己住。"

狄依依不由诧然，一个大男人带着女儿自己住，还不要丫环伺候？高公洁身为高家嫡长子，竟节俭到了这等地步？

艾艾虽是一个人来的，下人们对她倒也不敢怠慢，急忙准备好饭菜，给她装了起来。

"我帮你送过去吧！"狄依依二话不说，抢过食盒，"艾艾，你整天被关在院子里，不觉得憋闷吗？"

艾艾摇头，仿佛闷嘴葫芦般惜字如金。

"你嬢嬢待你好不好？她走了你伤心吗？"

艾艾想了想说道："爹爹伤心。"

"你不伤心？"狄依依注意到这话中的蹊跷之处。

"嬢嬢生病了，催着爹爹把我赶紧嫁出去，我不要！"艾艾脸上闪过一丝怯意。

狄依依只觉不可思议："你才多大，就急着要把你嫁人？怎会有这般恶毒的女人？"

"爹爹说，嬢嬢是为我好。"

"为你好？"狄依依嗤笑一声，"你才十岁不到，就逼你嫁人，这样也是为你好？"

艾艾气鼓鼓地看着她，伸手道："把食盒还给我！"

"这就生气了？"

艾艾突然尖声叫道："你是坏人！你要害死我们！"

"你胡说什么呢？我何时要害你们了？"狄依依瞪圆了双眼，伸手拽艾艾。

"啊！"艾艾惊叫一声，躲开她的手。狄依依惊疑不定，还想再问，艾艾一把抢过她手中食盒，如同避瘟神一般，迈开一双短腿，飞也似的跑了。

第五章
夜半刀

　　眼见艾艾转过屋角，狄依依心中好奇，远远跟在后面。有粗使丫环见她不好好干活，想要横身阻拦，狄依依胸中恶气正没处发，一脚踹在旁边的石磨上，那近百斤重的磨盘竟被她踹翻下来，沉沉砸在地上，陷入土中一寸多深。

　　一时间，丫环和小厮们都噤若寒蝉。狄依依甚觉快意，步履也轻快起来。转眼来到高公洁院外，她将脚链卸在一边，翻上墙头。堂屋里隐隐传来人声，她顺着墙头摸过去，俯身在屋脊上，揭开屋顶青瓦，向屋内看去。

　　高公洁和艾艾相对而坐，食盒中的菜肴在桌上摆开。高公洁给艾艾碗里夹满了菜，却不见女儿动筷子，诧然问道："怎么不吃？"

　　艾艾咬着筷子头，有些迟疑地问道："爹爹，嬢嬢去世前，要把艾艾嫁人，真是为了艾艾好吗？"

　　高公洁一怔，诧然道："问这个做什么，你嬢嬢是天底下最好的女人，当然是为你好。"

　　"可是……嬢嬢病重的时候，总是说些吓人的梦话……"

　　"艾艾，吃饭吧。"高公洁似是不想聊这些。

　　艾艾却甚是执着："嬢嬢说：'你怎么在佛堂！你怎么在佛堂……求求你，放过他们父女吧，你要报仇，尽管把奴家的命拿走便是！'"

　　听着艾艾稚嫩的嗓音模仿濒死之人的呓语，狄依依只觉寒毛倒竖。

"嬢嬢一直念叨着这些话，半夜也颠三倒四地说，然后就……就去世啦！"泪水从艾艾眸子里簌簌滚落，她看着父亲，"雪柳是不是坏人？丫环们都说，嬢嬢是被她吓死的！"

高公洁放下筷子，擦去女儿脸上的泪水，郑重其事道："你嬢嬢的确是受了惊吓后忧惧成疾，但一个人是好是坏，并非这么简单就能说清楚。不要再想这些了，待会儿爹爹教你画画。"

高公洁有意将话头避开，艾艾终究只是个孩子，高公洁讲了两个笑话，将她逗得咯咯直笑。艾艾和父亲独处时，丝毫不见人前寡言少语的模样，仿佛有说不完的话。父女俩一顿饭吃得温情脉脉，在热闹却又压抑的高家，尤为格格不入。

狄依依悄悄退出院子，魂不守舍地回到厨房，按捺不住繁杂的思绪——艾艾还不足十岁，大娘子沉疴难愈之时，为何急着将她嫁出去？那些颠三倒四的怪话，究竟是什么意思？

由于偷听费了不少时间，狄依依打饭时，连咸菜都没有了，只领到两块硬邦邦的窝头。她怏怏不乐地回到了住处，虽然自小在行伍间厮混，可这窝头又硬又难吃，她只啃了一口，就随手丢在一边，心里暗骂起云济："本姑娘深入虎穴，不知遭了多少难，受了多少苦，也不说每天给送几两美酒！"

正暗自腹诽，门外脚步声响起，飞荷手提餐盒推门而入。只见她笑呵呵地将盒中饭菜摆到桌上，三盘菜、两碗饭、一壶酒。

"有酒！"狄依依顿时眼睛一亮。

飞荷解释道："这是二衙内专门吩咐厨房做的，怕你吃不惯下人的饭菜。"

"多谢！"狄依依眉开眼笑，提起酒壶便"呲溜"吸了一口，当即眼冒泪花，三月不识肉味算什么，三日不识酒味才折磨人！

飞荷见她热泪盈眶，以为她仍在感怀被拐卖之事，便温言宽慰，劝她不要太过伤心。

两人边吃边喝边聊，没过多久，一壶酒全进了狄依依的肚子。

眼见她醉眼迷离，意犹未尽，飞荷道："你等一等，我再打壶酒来！"

飞荷一走，狄依依神色一正，迷离的目光也瞬间清澈起来。这桌酒菜颇为奢侈，即便是高公净吩咐的，飞荷主动来找她喝酒，也十分奇怪。刚才她借机询问高家两位衙内的事情，飞荷对二衙内高公净大加赞赏，对大衙内高公洁却闭口不提。

没过多久，又听见脚步声，却是有两个人。狄依依眸子一转，俯身趴倒在桌上，闭目装睡。

门"吱呀"一声打开,飞荷拿着一壶酒当先走了进来,见狄依依在桌上睡了过去,便招呼后面的人进来。

来者正是高公净。他于桌前落座,伸手推了推狄依依,见她没什么反应,咧嘴笑道:"飞荷,你真是越来越老练啦,本衙内的手段还没施展,你就已经把人放倒了。"

飞荷哂笑道:"什么老练?这整整一壶酒都是她自己喝的,我根本来不及劝!"

高公净一愣:"借酒消愁吗?这小娘子酒量不错呀。"

"二衙内不愧是喜新厌旧的风流公子,新来个美人儿,只顾着怜香惜玉,早将旧人抛过墙啦!"飞荷双臂环胸,冷嘲热讽。

高公净打了个哈哈:"瞧你这飞醋吃的,你才是我的心头肉啊!这高家上下,婢女数十个,就数你最是知冷知热。我恨不得每日疼你一遍才好,可你不是到了来癸水的日子吗,我干看着吃不着,光心里头火热顶什么用?"

"这你可算错啦!我这个月月事没来,还时不时犯困,吃东西又犯恶心,依大夫所言,这是怀孕害喜的症状!"

飞荷此言一出,高公净脸色顿时沉了下来:"不是给你开了药,让你看时辰吃吗?怎么会怀孕?你是不是没吃药?"

他一把抓住飞荷的手腕,声色俱厉,吓得飞荷花容失色:"你干什么!我开玩笑吓唬你的!"

高公净讪讪松开手:"开这等玩笑做什么?你是那死胖子房里的,被当成通房丫环养着。死胖子早就不能行人道,你若是怀孕了,还不被他打死?"

飞荷气道:"打死就打死!我怕什么?我看怕的是你吧!"

却听高公净辩驳道:"我怕?我是提醒你!你可别学之前的雪柳,这等丑事还能被人撞见,简直蠢得要命!在那死胖子房里做事,什么都要注意着!"

"你倒来提醒我?总是忍不住偷自己亲爹的女人,又生怕被人发现。装什么正人君子?"

这两人为何提起雪柳?狄依依趴在桌上装睡,听两人你一言我一语,只觉越来越不堪入耳,心中甚是奇怪,难道雪柳也和这高公净有苟且之事?

"我何时说自己是正人君子了?"高公净觍着脸道,"那死胖子明明不中用了,还偏偏把最漂亮的娘们儿都收在自己房里,花朵一般水灵的小姑娘,白白耗尽芳华，简直是占着茅坑不拉屎……"

飞荷道："呸呸呸！难听死了，你说谁呢？"

"嘿嘿，小心肝儿，死胖子身边这些个女官儿，就数你是个明白人！不仅慧眼识英雄，还最是通情达理！"高公净又是一番甜言蜜语。

"好嘛，我帮着你把新来的美人儿搞到手，才算通情达理，是不是？"飞荷脸色一转，"说吧，怎么谢我？"

"你放心，死胖子毕竟年纪大了，又一身怪病，没多少日子啦！用不了多久，高家就是我当家做主，你想要什么就有什么！"

高公净安抚了飞荷两句，双眸却急不可耐地在狄依依身上来回打量。他舔了舔嘴唇，伸手去搂狄依依的腰肢："这丫头看来是娇生惯养的性子，不过只要体会到我二衙内的好……啊！"

高公净话说一半，突然发出惨叫。"咣当"一声，脑袋受到重击，一头砸进了食盒。伸向狄依依腰间的手，也被死死反扭在背后。

只听一个冰冷的声音道："想欺负本姑娘？就你们两个，还差得远！"

"啊！"飞荷反应过来，转身想跑。狄依依伸脚一绊，便将她跌翻在地，又取出绳子将她绑了，像提小鸡一般抓起来，狠狠丢在床上。

"你……你没有醉？"

"醉？一壶酒都不够我漱口的。知道什么叫'知彼知己，胜乃不殆'吗？这两日下来，我早知道你俩不怀好意。就你们这点心眼儿，还想打我的主意？"

说话间，高公净被狄依依丢回椅子上，双手绑在椅后。

确认两人都没法挣脱后，狄依依迫不及待地抓起飞荷拿来的第二壶酒，也不往杯子里倒，对着壶嘴就吸了一大口。

醇酒入喉，狄依依心情大好，一时间眉开眼笑。

飞荷颤声道："好妹子，你怎么把姐姐也绑起来了？姐姐是为了你好，反正你被卖到高家，肯定逃不出去，还不如跟了二衙内，也不负这老天爷给的好相貌。"

"呸！一对狗男女，一个浪荡猥琐，偷亲爹的丫环；一个淫贱狠毒，骗同屋的女人，都不要脸！"狄依依啐了一声，拿起酒壶又灌了一口，问道，"老实交代，高家到底拐卖了多少可怜女子，都有哪些人？"

高公净还不承认："小娘子莫要胡说，咱高家也算皇亲国戚，岂会做这种伤天害理的事？那都是黑了心烂了肺的人牙子，把人拐来卖，我实在看不过眼，才出钱将你们解救出来……"

"说得好听！你就不是个好东西，连亲爹房里的丫环都敢偷！还有你，自甘堕落，助纣为虐！"

飞荷急忙道："雪柳！你错怪姐姐啦，姐姐虽然灌你酒，可没怎么害你，也没给你下药。这第二壶酒里的药是二衙内下的！"

"你们两个沆瀣一气，谁下的药，还不都一样吗？"狄依依痛骂一通，对着酒壶嘴把酒吸了个精光，突然警醒过来，"你说什么？第二壶酒里下了药？什么药？"

"这……是一种迷药。其实不打紧的，就是喝了之后会浑身酸软，肌肉无力……"

"我……"狄依依心中放声大骂，第一个就是骂自己：狄依依啊狄依依，枉你熟读兵法，居然阴沟里翻了船！怎么一闻到酒味，就立马昏了头？是了，都怪那三杯倒教授，若非他禁我几日酒，以我的机敏，岂能大意失荆州？这狗男女真不是东西，这等好酒怎能拿来下药？实在是煮鹤焚琴，暴殄天物。

她越想越气，五指紧握，一拳打在柱子上，只听得一声闷响，整个屋子仿佛颤了一下，房梁上的灰尘簌簌掉落。

高公净和飞荷惊得脸色发白，没想到这女子一拳之威，竟如此厉害。而狄依依也是脸色一变，自言自语道："不好！力气果真减弱不少，还不到往日三成……"

她心知不妙，待会儿若药劲上来，完全丧失力气，那真就成了俎上鱼肉。她急忙吹熄蜡烛，屋内顿时漆黑一片。刚刚摸到门边，准备溜走，忽而听见门外传来一阵急促的脚步声。

电光石火间，狄依依闪身往门后一躲。只听"嘭"的一声，门被一撞而开，一个人影裹着一阵凉风冲了进来。那人借着门外透入的微光，大致辨明了屋内陈设，直奔床边而去。

此时屋里伸手难见五指，那人刚跑几步，就被绊了个趔趄，手里一物掉在地上，发出金石交鸣的声响。

狄依依自幼在军营长大，听到这声音，顿时辨认出来——是刀！

飞荷躺在床上，正担心狄依依报复她，见有人闯进来，急忙冲那人叫道："救命！"

那人慌慌张张从地上捡起刀，两步冲至床边，一言不发，便将手中刀捅出，

大宋悬疑录：貔狖刑　101

正中飞荷胸口。

"啊！"飞荷一声惨叫，声音中又是不可置信，又是惊骇恐惧。

被绑在椅子上的高公净惊恐欲绝，也忍不住叫出了声，仿佛方才那一刀是刺在他身上的一般："你……你是谁？你莫要乱来，我可是高家二衙内。刚才的事都是那女人干的，跟我无关！"

那人听到高公净的惨叫，也是大吃一惊，这才发现椅子上还绑着一人。紧接着听到高公净的话，他整个人打了个激灵，拔出飞荷胸口的刀，慌里慌张地拔腿便逃。

"站住！"变故陡生之下，狄依依大喝一声，从门后转出，出腿向那人脚上踢去。这一脚本是她的拿手招数，若是往日，断人腿骨轻而易举，但此时药劲汹涌而来，两腿酸软乏力，几乎没有半点威力。不想那人比她预料中还要笨拙，居然被绊个正着，当下跌了一跤，待得跌跌撞撞爬起来，还崴了右脚。

借着屋外庭院的微弱灯光，那人依稀看见狄依依的半边脸庞，错愕道："你……你怎么会……"他攥紧手中钢刀，犹豫了稍许，又向狄依依扑来。

狄依依刚才出手时，便已心中大悔，她浑身酸软无力，几乎站都站不稳，面对持刀的凶徒，根本无力抵抗。念头急转间，想到云济的叮嘱，匆忙伸手入怀，摸到云济给她的香囊，掏出一颗"悄悄话"，向那人扔了过去。

黑暗中，那人也不知她扔了什么，闪身躲避。

"悄悄话"砸中桌角，忽而火光一闪，只听"轰"的一声巨响，窗纸随声而破。

这响声如同雷鸣一般，穿透墙壁，直上九霄。陈留县城占地不广，方圆三里内不知多少人从梦中惊醒，茫然不知所以。而还没有入睡的人，纷纷走出屋子，向高家大院的方向看过去。

狄依依猝不及防，也被吓了一跳，只觉耳朵里嗡嗡作响，不由啐了一声："姓云的，真是吓死我了！"那"悄悄话"里显然装着火药，而且是"雷声大，雨点小"，发出这等巨响，却连桌子腿都没有炸断。

那贼人被这巨响一惊，手中短刀掉落在地，也顾不上去捡，慌忙鼠窜而逃，一瘸一拐地消失在夜色里。

紧接着，又是"轰"的一声，从高家大院的西南角传来。这声音比起先前的巨响沉闷了不少，但屋子的窗框都在震动。没过多久，便听见不远处有人扯着嗓门在喊："狄九娘，你在哪里？"还有几个人跟着喊："高家听着，狄家小娘子给皇后娘娘抄过书，谁都不能伤她！"另有一个声音喊："女酒鬼！你没事吧？女酒鬼！"

狄依依张了张嘴，喃喃自语道："不会吧，竟然这么快？他们怎么进来的？"

话音未落，就有一伙人冲进院子，精准地直奔这个房间。

当头一人一身劲装，风风火火，满面焦急，正是她的兄长狄钟。紧随其后的是云济，身着雪白的貂皮大氅，头戴平整方顶的软脚幞头，玉带环腰，流苏坠地，活脱脱一个富家公子模样，但他身体瘦弱，到这里已经气喘吁吁。再后面是郑侠，他身着官服，一手提羊角灯，一手拿着一卷书，书册打开着，还没来得及合上。张无舌、鲁千手、张黑大等人随后冲了进来。他们都穿着开封府衙差装束，头戴高耸的四角帽，身穿皂青色公服，手持齐眉的水火棍，雄赳赳气昂昂地在院子门口一围。

"女酒鬼！女酒鬼！"狄钟手持一只火把，在屋子里乱叫。

"六哥，我在这儿！"狄依依有气无力地应和一声。

狄钟将火把往她脸上一照，顿时松了一口气："怎么样？你没事吧？可有谁欺负你？"

狄依依伸手想要推开他，胳膊抬到一半，又无力地垂落下去。云济站在三尺外，双手扶着膝盖，盯着她上上下下看了许久，方才气喘如牛道："呼……真是吓死人了！没事没事！看样子……只是中了麻药，四肢不太听使唤。酒气很浓，定是喝酒惹的祸。"

狄依依确实喝酒误事，听他一说即中，不由又有些心虚，顾左右而言他道："你们怎么进来的？又怎么知道我在这里？"

一说起这个，狄钟就一脸兴奋："好家伙！你是没瞧见，刚才我们在墙外，突然听见你放出的'悄悄话'。云教授二话不说，跟张无舌要了个'痒痒挠'，点了炮捻子，甩手扔出去，登时将那堵墙炸塌了半截，我们直接从墙的豁口冲进来的！"

"什么'痒痒挠'？挠痒痒的？"狄依依莫名其妙，向张无舌看过去。

张无舌面无表情，不发一语。

果然张无舌的舌头长在了鲁千手嘴里，狄依依一发问，鲁千手就急不可耐地替他解释："不是不是！'痒痒挠'是张无舌这厮造的大炮仗，只需炮捻子一点，转眼即炸。开山碎石，破墙解甲，根本不在话下。至于教授给你的'悄悄话'，乃是用赤磷和秘制的'火粉'混合制成，外壳用了一层空腔，只需摔在地上就能爆炸，并发出巨响，却不会炸伤人。"

"'悄悄话'和'痒痒挠'？"狄依依埋怨云济，"你的'悄悄话'差点没把我吓死！'痒痒挠'震得地面都在哆嗦！叫这名字合适吗？"

鲁千手又抢话头："合适合适，这名字岂非再合适不过？'悄悄话'就是要听得清晰，于三五里之遥，都如在耳边作响；'痒痒挠'是给土地爷挠痒痒，土地爷舒坦了，大地不得抖上一抖？"

说话间，高家的护院家丁也纷纷赶到。众家丁看见云济和狄钟等人，皆是面面相觑，不知如何是好。

"你们怎么比家丁来得还快？"狄依依仍是一脸疑惑。

云济道："你不是给我讲过高家的布局吗？寿光侯府的各个屋舍，我都已经了如指掌。根据'悄悄话'传来的方位，立马知道是在你住的房间里。你怎么样了，有伤到吗？"

"我倒没甚大碍。"狄依依摇了摇头，"但床上的那位，可就不大妙了！"

云济顺着她的目光看去，却见狄钟手持火把，已抢到了床边，眼见飞荷胸前涌出殷殷鲜血，狄钟急忙伸手按住她的胸口，心疼道："小娘子，你还好吗，坚持住！"

然而鲜血汩汩而出，根本止不住。飞荷整个身子都在抽搐，仿佛一只漏了的风箱，不住地喘气："救我……救救我……"她吃力地转过头，向高公净望了一眼，却已经说不出话，手脚抽搐了几下，终于不动了。

狄钟出身行伍，看她伤口的位置，便知救不活了，痛心疾首道："谁啊，这般美貌的小娘子都舍得杀？没有半点怜香惜玉之心，就不怕遭天谴吗？"

门外又传来一阵脚步声，却是刘管事带人赶到，他看见云济等人，先是一愣："你们是谁？怎么进来的？"

鲁千手上前一步："让开让开！咱是开封府左军巡使王官人手下，特来此地公干。"

"开封府的蓵差？"刘管事看了眼他身上的服饰，蹙眉道，"开封府也不能闯进咱府上来啊！我们侯爷是先帝御旨亲封的寿光侯，咱家的府邸岂是你们说闯就闯的？"

"大胆大胆！侯府就了不起吗？"鲁千手指了指狄依依，趾高气扬道，"这位是狄咏狄知州家的千金，武襄公的嫡亲孙女，在官家那里也是挂了名的！如今年关将近，官家亲自下旨让她抄写《女德》《女论语》，前几日刚呈交给正阳宫审阅。皇后娘娘懿旨还没下来，人居然先弄丢了，现在终于查明，竟是被拐卖到了你们高家！先不说狄知州会如何追究，我且先问，你们准备怎么跟皇后娘娘交代？"

狄依依奉旨抄写《女德》《女论语》本是受罚，在鲁千手口中却成了无上荣耀，更和皇后娘娘扯上了关系。刘管事吃惊地看着狄依依，张口结舌道："这……这……她明明是别人卖到我家的，她叫雪柳，连卖身契都在这儿呢……"

"哈哈！卖身契？你这卖身契，咱也得好生查一查！"

"你……"刘管事的气焰顿时消散，茫然不知所措。

高公净看了看云济，又看了看狄钟，恍然大悟道："我识得你们！当时正是你让张黑大收的银子！这……这不是张黑大吗！你一个人牙子，何时成了开封府的衙差？"

眼见被认了出来，郑侠合上手中书卷，怒然挺身而出："胡说！你竟敢信口雌黄！这位是狄九娘的兄长，怎可能把她卖了？不仅是狄九娘，根据我们的探查，还有其他几名女子，也被你们拐过来当奴婢。至于她……"郑侠指指飞荷，"她死在你们高家，既然我们撞上了，自然也得查个清楚。有人半夜在侯府行凶杀人，难道你们做下人的，就不担心寿光侯的安危吗？刚才你们在现场，有看到凶手的模样吗？是不是高府的人？"

众人将目光转向狄依依和高公净。狄依依摇了摇头，高公净叫道："没看到！我什么都没看到！没看见我被绑着吗？还不快来给我松绑？"

刘管事急忙上前，正要给高公净解绳子，云济伸手拦住他："等等！二衙内，你怎么会被绑在椅子上？高家还有这样胆大包天的人，敢对你动手？"

"这……"一时之间，高公净竟不知道如何解释。

狄依依大声道："这厮跟飞荷沆瀣一气，在酒里下了麻药，意图对我无礼！还好我早有防备，留了一手，将他先绑了起来。"

"原来如此，那凶手是怎么来的呢？"云济说着，从地上捡起短刀，上面俨然还有血迹，他琢磨道，"这刀的刀刃不足三寸，看起来像是切瓜果所用，请这位管事辨认一下，是你们府上的东西吗？"

"这个……"刘管事端详一番，表情甚不自然，支吾道，"我们侯府确实有这样的刀……但这又不是稀奇玩意，能说明什么？"

"凶手能够自由出入高府，来时无声无息，去时无影无踪，若说不是贵府的人，难以说得过去。"云济笃定地摇了摇头，"而且我适才注意到，贵府大小事宜，都由尊驾主持，尊驾却比我料想中来得迟。若我所料不错，尊驾方才一定已经做了一些安排，比如命护院把守大门，应付突发事宜。"

刘管事神色牵强，搪塞道："突然惊天动地般两声巨响，我身为大管事，当然要有所防备。"

云济不置可否，对鲁千手道："先把案情通报给陈留知县，请他派人来调查。"鲁千手领命而去。

说话间，高士毅挺着肥硕的肚子姗姗来迟，身后还跟着安济坊坊主弥心。

看见这阵仗，高士毅皱起了眉头，扯着嗓子道："你们是什么人？吃了熊心豹子胆吗，本侯的府邸也敢乱闯！"他虽然举止粗俗，心头却很是警惕，给刘管事丢了个眼色。刘管事悄悄退到他身边，将事情经过说了一遍。

云济暗忖："这胖子真是活成了人精，看起来粗俗不堪，其实又贼又奸，滑不溜手。"

"原来你是狄知州家的千金，这不巧了吗？"高士毅了解事情经过后，当即哈哈一笑，"我家老二说过，他看你被人贩子绑着，实在可怜得很，这才掏钱将你救了下来。武襄公英雄盖世，能救下他的孙女，也算功德无量。"

眼见这胖子满脸堆笑，堂而皇之地将买卖人口说成解救妇孺，狄依依气得胸口发疼，怒道："救我？给我下药也算是救我？"

"小娘子，你定是误会啦！知子莫若父，我家老二最是良善，连麻药是什么都不知道，拿什么给你下药？不过小娘子姿色过人，那兔崽子心生爱慕，眼巴巴陪你喝酒，这多半是有的。唉……此事确是误会，若真传出去，只怕于你这女娃娃名声有碍。真是可惜，我家老二已经有了婆娘，否则我一定趁此机会，向狄知州提亲，让你来当咱老高家的儿媳妇。"

狄依依听得反胃："想得美！高公净那厮分明就是见色起意，无耻下流！"

"不管怎么说，若非老二将你买了下来，你还不知被卖去哪个泥潭污坑里呢！"

"胡说！胡说！"狄依依对他怒目相视，恨不得起身打人，但又浑身麻痹动弹不得。

高士毅身后，弥心道："狄小娘子，何必执着于本意呢？能救人于水火，便是积德行善。看他人行事,需论迹不论心!"

"弥心先生,您莫要被他骗了!他……"狄依依虽心有不平,但见弥心满面正气,双眸中满是诚恳关切,顿觉难出反驳之言,"既然先生这么说,此事且算了。但高家还有不少奴婢,都是被拐卖来的可怜人,一定要救出来才成!"

弥心面色一变,不敢置信地看向高士毅:"侯爷,此言当真?"

高士毅满脸受尽冤屈的表情:"先生,弟子也曾蒙您教诲,深受什么……'行百善,积百德'之理的感化,怎会做出这等助纣为虐的事情?这里头肯定有天大误会!"

狄依依道:"这位刘管事在给我教规矩的时候,就举了好些例子,说府上有不少丫环,都是人贩子拐来的!"

"怎么可能?"高士毅环视左右,"高家的奴婢,都是正儿八经签了卖身契的,怎可能有人贩子拐来的?你倒是——指出来!"

回忆着刘管事说过的话,狄依依一连说出七八个名字,高士毅听得脸色沉冷,对刘管事挥了挥手:"去,把她说的这几个都找过来。"

刘管事急忙照办,很快带来了八名婢女,在众人面前列成一排。这八名婢女容色憔悴,刚被带来时都有些茫然,一下见到这么多人,如犯了什么大错一般,个个局促不安地蜷缩着身子。

狄依依目光从八名改名换姓的婢女脸上一一扫过,见其中并没有真珠,不由甚是失望。

便在这时,陈留知县于松带着衙役登门。因为听闻高家有炮响,于松特地前来查问,正好与通报案情的鲁千手撞了个正着。于松和高士毅见了礼,得知那两声炮响并非高家私造火炮,这才放心下来,但狄咏之女被拐卖到高家的事,还是让他头大如斗。

郡主失踪案影响甚大,开封府诸县都在整顿,于松身为陈留知县,对此不敢不慎重,当即询问那几名丫环道:"你们几个,可是被拐卖到高家的?"

那几名丫环连忙一个跟一个地摇头,纷纷道:"不是,不是的!"

"县尊明鉴!"刘管事一脸冤枉,"这几人都是正经买来的丫环,卖身契约一应俱全,怎么可能是被拐卖来的?"

狄依依急了,看着那些丫环道:"为何不说实话?你们明明都是被拐来的,卖身契都是假的!现在于县尊就在此处,为你们撑腰,替你们做主,怎么不说实话？"

几个丫环偷偷看向高士毅和刘管事，面上流露出畏惧神色，纷纷摇头说：

"没有的事。"

"不错，我们句句属实！"

"你们！"狄依依顿时明白过来，定是刚才刘管事将她们招来之前，已经恐吓威胁了一番。这几名婢女在高家日久，已被磨没了反抗的勇气，狄依依看着她们畏怯的神情，又是心疼，又是气愤。她除了浑身麻痹，心底更觉无力，仿佛有一根绳索将她牢牢捆缚着，憋闷得难以自已。

于知县双眸在这几个奴婢身上扫过，脸上露出了然神色，打个哈哈道："果然是一场误会，狄小娘子一腔侠义心肠，倒是让本官钦佩得很。至于这一桩命案……敢问可有人亲眼得见？究竟发生了什么事？"

狄依依已经一句都不想多说，把脸转了过去。高公净争着把刚才发生的事讲了一遍，至于他给狄依依下药的事，自然隐去不谈。

"嗯……"于松点了点头，"本县已了解案情，元日将近，凶手这时闯入高家，多半是为了盗窃财物。只不过被偶然撞破，故而暴起杀人，然后夺路逃跑。寿光侯放心，本县这便让人通缉凶手，将罪犯抓捕归案。"

"多谢于县尊！"高士毅双手抱拳，装模作样地躬身一礼。

眼见这县令和寿光侯满面和气，将剑拔弩张的气氛化解得其乐融融，云济挺身道："且慢！于县尊，凶手若是为财，放着高侯爷这样的财主不动手，怎会将主意打到一个婢女身上？所以必是仇杀无疑！而飞荷身为侯爷家中大丫环，平日难得出门，可见仇家不可能是高家外的人。思来想去，凶手定然就是高府中人！"

"这位公子……"高士毅看着云济，"你所说都是推测，可有什么凭据？"

云济早已盘算清楚，条理分明地道："第一，凶手逃跑时崴了右脚，只需将贵府所有人叫来，由县尊遣人排查，谁崴了脚，自是一目了然；第二，据二衙内所说，凶手是个男人，曾两次掉落手中短刀，第一次虽摸黑捡了起来，但当时屋内无灯，他在地上摸索短刀，不慎摸到刀刃，右手曾被割伤。若查出哪个崴了右脚，又割伤了右手，十有八九便是凶手了！"

"伤了手？"高公净蹙眉，"当时天黑，我只能看见他一瘸一拐，确实崴了脚，但是否伤了手，我可不曾瞧见。"

云济手里提着灯，来到屋舍门口，指着地面上一丝血迹道："看到这血迹了吗？

此处距离床边超过一丈，飞荷的血溅不到这般远。凶器遗落之处也距离甚远，因此也不是凶手行凶后从刀上滑落的血。只能是凶手摸刀时，不慎割伤自己，故而留下了血迹。"

"这……"高公净想要辩驳，却又想不到理由。于松诧异地看了云济一眼，咳嗽一声："这位公子说的也对，不知如何称呼？"

"拜见于县尊，不佞是司天监司历云济，兼任历算科教授，和狄氏兄妹是好友。"

得知云济的身份，于松微微动容。司天监司历虽然权力不大，官位不高，却胜在清贵，更何况他年方弱冠，将来必定前途远大。于松不敢怠慢，点头道："云教授所言有理，来人，封住高府各门，将府中家丁统统带来盘查！"

"不仅是家丁，还有衙内也要排查！"云济向于松躬身一礼，补充了一句。

"衙内？"高公净不忿道，"我受人迫害，被绑了起来，怎的我也要排查？"

云济摇头："小生说的不是二衙内。"

"不是我？那是……"高公净突然反应过来，"真是胡说八道！我大哥是何等身份，怎可能来杀一个丫环？"

云济又高又瘦，显得甚是文弱。高公净咄咄逼人，唾沫星子几乎喷到他的脸上。郑侠瞧在眼里，横身拦在他身前，冷冷道："是或不是，查过不就知晓了？"

高士毅轻哼一声，冲刘管事招了招手："你去，将全府上下所有人都带来，谁都不要遗漏，即便是老大……也不例外！"

刘管事见他神色，急忙领命而去，府上男丁陆续到来。高家有护院三十四名，家丁四十二名，大小管事七名，过了一炷香工夫，已来了一大半。这些人经过了仔细盘查，右脚和右手都不曾受伤。

狄依依中迷药之后，药劲渐渐袭来，精神越来越疲倦，明明已经支撑不住，却还直勾勾盯着云济。云济只觉如芒在背，诧然道："你先睡吧，强撑着做什么？"

狄依依打了个哈欠，又在自己大腿上拧了一把，努力将眼睛睁到最大："还我命来！你还我命来！"

云济先是一怔，继而恍然大悟，取出酒囊。狄依依奋力挣起，将酒囊抱在怀里："别以为我中了迷药，你就能'谋酒害命'，想都别想！"说罢拧开酒囊闷了一口，终于心满意足睡了过去。

云济哭笑不得，问高士毅讨了个厢房，让狄钟送她去休息。等狄钟重新赶回时，小院里又多了不少人，都是被召集来的男丁。

便在这时，有人轻呼："大衙内来啦！"众人侧目望去，却见一名文士坐在一辆四轮车上，由一个小女孩推着，向这边缓缓而来。他左脚上缠着绷带，绑着夹板，高高架起在四轮车上。另外两只手也缠着绷带，软塌塌垂在腹部。

"老大，你这是怎么了？"高士毅有些错愕。

高公洁冷哼一声："还能怎么？厨房给送的新水壶，也不知是从何处买来的劣等玩意！刚烧开的热水，我去提，先是烫了手，水壶掉在地上，为躲避沸水，又从台阶上摔下，跌坏了脚。刚让大夫草草处理了伤处，便听父亲大人召唤，儿子不敢不来！"

他这话说得阴阳怪气，可见高家父子矛盾很大的传闻并非虚言。高士毅一张老脸青一阵红一阵，对于松打了个哈哈："真让于县尊见笑，下人没伺候好，犬子受了些伤，难免火气过旺，顶撞长辈，丢人现眼。"

"哪里哪里。"于松笑着摇头，"大衙内乃是高家麒麟子，本县早有耳闻，此乃真性情也。来人，大衙内刚受了伤，还不赶紧送他去医治？"他身边的衙役纷纷应和，准备去推四轮车。

云济横身阻拦："且慢！既已劳烦了衙内大驾，查都没查，就送他回去，岂不是让大衙内白跑一趟？"

"笑话！"高公净嗤笑一声，"你没看到吗？我大哥伤的是左腿，烫伤的是双手，跟凶手全然不同！"

"伤了左脚，不能断言右脚便没有伤；伤了双手，也不能断定只有烫伤，没有割伤。"云济看似文质彬彬，跟人争执起来，却是毫不相让。

听他这么一说，狄钟也明白过来：如果所谓的烫伤和扭伤是假的呢？说不定，他明明是右脚受了伤，却用绷带包扎了左脚；明明是割伤，却又用烫伤遮掩。

"放肆！"高二衙内怒目而视，"怎么着？难道你还要将绷带拆下来，检查我大哥的烫伤是不是真的？我高家也是皇亲国戚，岂能任你欺辱？"

"岂敢岂敢！小生岂有此意？只是想让大衙内再等一等，待高府所有男丁都查完。若抓住了凶手，那自然皆大欢喜；若最后查了一遍，还是大衙内的伤势最有嫌疑，难免会有人说三道四。所以我请大衙内留下来，不是为难他，而是为了证明大衙内的清白！"云济一脸诚恳，又转头问高公净道，"二衙内何必叫嚣得这般厉害？难道你不想为大衙内洗清嫌疑吗？"

高公净冷哼一声，不再言语。

狄钟凑到云济身边，小声问道："云教授，你为何笃定凶手是高大衙内？"

"我没有笃定，但也有六七成把握。至于是或不是，咱们等着看便是。"云济话语中充满自信，别有深意地看向高大衙内。

高士毅大致看了眼人数，蹙眉道："怎么才来了一半？都在磨蹭什么？"刘管事刚刚回来，听出主人的不耐，急忙又去催，放声叫嚷道："快点！都快点！"

过不多久，高府的男丁终于到齐。让人目瞪口呆的是，后面来的这二三十人中，竟有十一个崴了脚，还同时伤了手。而崴了脚的有七个伤在右脚，四个伤在左脚。

狄钟又是吃惊，又是好笑，在云济耳边道："云教授，这下你可看走眼啦！"

高公净顿时得意起来，趾高气扬地道："什么狗屁教授？这么多人都受了伤，每一个都是凶手？"

"这可就奇怪了，高家总共八十多名男丁，居然有十多人同时手脚受伤，天底下有这么巧的事吗？"云济沉着脸发问。

于松捋着短须，问那几个家丁道："你们如何受的伤？"

受伤的家丁面面相觑，沉寂半晌，终于还是厨房的胖铛头先开口："回县尊大老爷，俺就是个做饭的，正睡得天昏地暗，听见大管事召唤，裤子都没提好就往这边跑。刚进东苑的门，下台阶时一脚踩了个空，俺滴个爷爷呀，真他娘坑死人喽。那旮旯儿黑漆咕咚的，连脚尖尖都看不见。一不小心踏空崴了脚，整个人向前跌出去，俺急忙伸手扶地，也不知哪个狗杂种，在地上丢了不少钉子，瞧俺的手被划得！"他一边说，一边举起手让众人看，果然一片鲜血淋漓。

"我也是！"

"没错！俺也是在东苑门口踩空崴了脚！"

"我也是，谁这么缺德？"

……

其他人也纷纷叫嚷起来，竟都是刚刚受的伤。

"这怎么可能？"于松脸色难看，他本意是多一事不如少一事，但这等情况，根本说不过去。身为进士出身的文官，他本就看不起外戚，此时更不能折了文臣傲骨，当即冷哼一声："寿光侯，一两个人摔了跤，还可说是意外，可十多人重蹈覆辙……后面的人都是瞎子吗？"

高士毅脸上挂不住，怒不可遏地指着下人痛骂："一个个都是猪生的吗？坏了一段台阶，能绊倒你们所有人？"

众家丁一个个低着头，不敢言语。这时一名浓妆艳抹的丫环匆匆赶来，也是一瘸一拐，手中拿着一件黑绒皮氅，娇滴滴地来到高士毅身边，将皮氅披在他的肩头："侯爷，您出来时穿得少，当心着凉！"说着眉头一拧，矫揉地道，"也不知是怎么回事，那东苑门前的台阶竟然坏了，害得奴婢不小心踩空，把脚都扭了呢！"

高士毅老脸一僵，这丫环是他房里的贴身婢女，骂也不是，不骂也不是。

"侯爷……"那胖铛头一脸委屈，"刘管事敲着锣，打着鼓，非要半夜点卯，片刻都不许耽搁。俺刚崴了脚，伤了手，都来不及处理，也只能一瘸一拐赶过来，根本来不及提醒后面的人。定是张二匣子那王八羔子，台阶坏了没修好，就撂在那里不管，连钉子撒了一地都没收拾！周边黑灯瞎火，刘管事催得急，俺们才一个接一个都着了道。"

刘管事面色黑沉："怎么说话呢？什么叫我催得急，难不成还能怪我？"

"都给老子闭嘴！"高士毅呵斥一声，转头向于松说道，"情况就是如此，现在伤了脚、伤了手的有十数人之多，依于县尊看，该怎么查？"

于松一筹莫展，双眸不由自主向云济瞥了过去。高公净也一脸幸灾乐祸，不怀好意地看着云济。

狄钟见他们这副表情，不由担心起来，这些人接二连三伤了手脚，绝非意外，必是有人事先预谋，故意混淆视听。

却见云济脸上掠过一丝高深莫测的笑意，问高大衙内身后的艾艾："小姑娘，还好你力气大，推着四轮车居然也能下台阶，比这帮家丁厉害多了。否则崴了脚，栽了跟头可就不好喽！"

艾艾没料到他突然向自己发问，张口结舌道："我……我……"

高公洁接过话道："云教授说笑了，艾艾如何推得动四轮车下台阶？我们知道有台阶，特意绕了远路。"

"那真是吉人天相！若非绕了远路，后果当真不堪设想。"云济一脸庆幸，而后又蹙起眉头，"可这台阶是怎么坏的呢？为何早不坏，晚不坏，恰巧家丁应卯时，它便坏了？"

此言一出，众人静默稍许，又是那胖铛头最先叫嚷起来，他指着一个黑瘦汉子道："张二匣子，俺就问是不是你？马上就元日了，坏了的东西还没补完？"

那张二匣子又干又瘦，哭丧着脸："小人……不能都怪小人……小人大晚上还在点着蜡修台阶。这么大个庄子，家具、木器处处都有破损，就小人一个木匠，哪里干得过来？"

眼见这两人吵得不可开交，刘管事急忙呵斥制止，却听云济的声音道："这是什么？"

众人纷纷侧目，却见云济俯身在屋舍门前，从门框处找出一片布条："快看！这定是凶手身上留下来的，应该是当时跑得匆忙，被门框上的钉子撕了下来……凶手就在咱们这些人当中，破衣服肯定还来不及换，这便是最大的破绽！"

他话音一落，院中众人先是一愣，接着一阵骚乱，一时间议论纷纷。于松心中好奇，上前从云济手中接过布条，盯着瞧了半响，又愕然看着云济的衣角："云教授，这布条不是从你身上撕下来的吗？你瞧，你这衣角破了口子。"

云济低头一看，讪讪笑道："定是刚才搜寻线索的时候，不慎被撕下来的。怪我怪我，没弄清楚便大呼小叫，闹了个大笑话。"

于松脸上掠过一丝疑惑，却终究没有说什么。倒是狄钟悄然凑近，轻声问道："云教授，布条都能弄错，这可不像你啊！"

这布条当然不是云济弄错了，而是他有意为之。方才他说这布条是凶手最大的破绽时，所有人都在东张西望，又是好奇，又是茫然。只有高公洁不曾看别人，而是低头去看自己的衣角。如此一来，凶手是谁便呼之欲出。

云济将方才的试探解释了一遍，狄钟顿时激动不已，正想挺身将凶手揪出，云济突然伸手拽住他："别急，刚才只是打草惊蛇。虽已知道凶手是谁，但一来这并非真凭实据，不可能靠这点蛛丝马迹就给高家衙内定罪；二来堂堂大衙内居然亲自刺杀一个丫环，这等事太过离谱，其中必有缘由，咱们继续看戏便是！"狄钟明白过来，悄然点头。

"来人，先将这个院子封锁起来，其他闲杂人等都散了吧！"于松安排一班衙役封住院子，其他人渐次散去。

因为已是深更半夜，以不便另寻住处为由，云济等人暂时借住在高府。好在马上要过年，高家的客房虽然简陋，却收拾得甚是干净。

不料刚睡下不久，又横生波折。只听见后院一阵锣响，有人大喊："不好了！快捉贼啊！有贼人来府上偷东西啦！"

云济急忙穿衣出门，除了狄依依还在昏睡，狄钟等人都纷纷从屋舍中跑出。各人相视一眼，云济嫌鲁千手嘴碎话多，怕他不慎在高家众人面前说漏他们的来意，就让他留下守护狄依依，自己和狄钟等人向后院赶去。

以刘管事为首的几名管事，还有几个当值护院都到了高士毅所居的小院，其余家丁厮役挤在小院门外，却不敢擅入，还将云济等人也拦在了外面。

陈留知县于松并未走远，就又被高府的锣声惊动，率领一干衙役皂吏匆匆赶回。高士毅从院中迎出，咬牙切齿道："于县尊，还需你多多费心，一定要将贼人捉拿归案！"

"怎么回事？"于松前脚出了高府的门，后脚又收到报案，只得重新赶回来。他和高士毅携手进了院子，云济等人与衙役皂吏一起，紧紧跟在后面。

高士毅的卧房中一片凌乱——里墙边是一张帐床，三面有围子，帐帘左边一半卷起，右边一半垂落在地；正中则是一张围子榻，绘着福禄寿三星图；榻前一张黑漆细腿长桌斜在一边，桌前一架大屏风被推倒在侧，一张黑漆束腰书案压在屏风上，笔墨纸砚散落一地；另有一只被打翻的药罐，白色粉末洒了一地，药罐上写着"大悲散"三个字。

最引人注目的，是一只极精致的红漆枣木匣子，敞开着横陈在地上，里面空空如也。

"瞧瞧，那贼人真是可恶至极。大过年的，刚倒换的上百颗金豆子，就放在这匣子里，竟然被席卷一空！"高士毅心疼得老泪横流，"真的就只一会儿工夫！飞荷出事之前，我还在这屋里服药，听闻飞荷被杀，急忙更衣赶去查看。贴身的随从和值守的护院，都跟着我离开了。谁料那该死的贼人乘虚而入，将这里的细软洗劫一空，我回到这里，见到的便是这般模样。"

高公净满脸愤然："这分明就是调虎离山！贼人知道父亲这边防卫森严，要偷东西比登天还难，于是闯进家奴的房间，杀死了可怜的飞荷，引得全府震动。趁着家丁们都被召唤过去，贼人堂而皇之地潜入腹地，把钱财都盗走了……要不是你们非要排查所有男丁，把人都调走了，岂会发生这等事？"

狄钟道："听二衙内的意思，是在责怪于县尊多管闲事了？"

"岂敢？"高公净道，"于县尊牧守一方，乃是咱陈留百姓的幸事。高家的小事，劳动于县尊大驾亲来调查，高家阖府上下感激不尽。只是贼人可恨，钻了空子。"

于松咳嗽一声，脸色发黑："本官方才问案时，已着人看守高家各门，怎可能会有贼人作乱？"

"或许贼人从角门偷偷进出，值守者难免疏忽，也未可知！"刘管事道，"如今世道不太平，城外足有上千灾民。俗话说'穷生奸计，富长良心'。这帮泥腿子草一样低贱，早就到了山穷水尽的地步，连儿子都能换米吃，还有什么事情干不出来？"

趁着他们说话，云济左右环顾，突然插了一句："侯爷，那柜子里有什么？怎么柜门上挂着一把大锁？"

围子榻旁边，还有一只檀木柜，柜子上刻着福禄寿三星图，福星拿着"福"字，禄星捧着金元宝，寿星托着寿桃。那禄星竟比福星和寿星胖出一大圈。柜子门上，挂着一把铜黄色大锁。

高士毅一愣，转头往檀木柜扫了一眼："这个……这柜子乃是本侯专门请人打造的，用来摆放一些私藏。"

"侯爷的私人珍藏，必定价值不菲，远非那些金豆子可比，难道就不担心被那贼人偷了吗？"

"这……"高士毅笑道，"哈哈哈！云教授说笑了。本侯这把锁，乃是最有名的锁匠'椒图王'所制。若无钥匙，莫说寻常贼人，即便是'椒图王'自己，不用个一天时间也绝对打不开！我离开此地不过半个时辰，那贼人就算有再大的本事，对这把锁也是束手无策。"

云济点了点头："原来如此，那倒是小生多虑了。"

见他退了下来，狄钟连忙凑过去小声问询："云教授，有什么可疑的吗？"

云济小声道："若是你家里招了贼，许多财物被盗，又被翻得乱七八糟，你第一反应是什么？"

"报官？"

云济摇了摇头："如果是我，一定会先查清损失，而后才会想到报官。那柜子中藏着高士毅收藏的宝贝，价值远在失窃的金子之上。他发现家中被盗，不去确认柜子里的宝贝是否还在，只顾着到处跟人说自己丢了上百金豆子，还责怪我们排查家丁，导致贼人乘虚而入……这不合常理吧？"

在一旁的郑侠也贴近二人，小声道："我的看法和知白一样。人之行事，自有习性，即便对那把锁再怎么放心，一旦遇了事，绝不会克制自身的本能。依照高士毅嗜财如命的性子，就算没有贼人，他每日早晚都要将这些宝贝清点一遍，既然遭了盗窃，怎可能不管不顾？"

狄钟沉声道："难道……这是他自己做的戏？只有这样，才根本不会去检查那些宝贝是否被盗！"

"不错，狄兄果然慧眼如炬。"云济目光中充满赞许，"除此之外，还有其他迹象，也说明绝非真的遭遇了盗窃。"

"云教授这是在打趣我吗？"狄钟老脸一红，不禁又凑近屋内，仔细看了一遍。

顺着方才的思路一琢磨，狄钟果然看出更多蹊跷来——寻常人家的陈设，屏风在前，书案在中间，围子榻又在书案后。这屏风向外倒，书案又压在屏风上，说明是有人推倒了书案，书案又压倒了屏风。若是如此，那书案上的笔墨，应该都翻倒在屏风上，而不是跌在另外一边。除非是那人害怕笔墨弄脏了屏风，先将砚台和墨汁丢在另外一边，才去推倒的书案！

当然也有另一种可能，案犯先将书案上的笔墨纸砚都推了下去，掏空了红漆枣木匣子中的金子，最后推倒了桌子和屏风。然而这就更古怪了，贼匪在人家里翻箱倒柜，是为了搜寻财物，既然已经卷走了金银细软，又何必再多此一举，去推倒书案和屏风？

狄钟心中顿时一片透彻。这桩盗窃案显然是高士毅假造的，他之所以故弄玄虚，不外乎为了转移众人的注意，替真正的凶手脱罪。只怕他已经猜到杀死飞荷的真凶是自己的儿子，于是造了这桩盗窃案，想要将嫌疑引到城外的乱民身上。

想通了这一节，狄钟提议道："咱们何不当众揭穿这死胖子的把戏？"

云济摇摇头，冲他一招手，先一步退了出去。几人穿曲苑，绕回廊，上石阶，下虹桥，眼见越行越远，狄钟终于忍不住问："我们去哪里？"

"高士毅那些伎俩，不过是欲盖弥彰，没必要陪他在这里唱大戏，咱们来个长驱直入！"

狄钟当即兴奋起来，紧张地搓着双手："去哪里？"

"回客房呀。"

狄钟双眸顿时瞪圆了："客房？不是要长驱直入吗？"

"对啊，今晚发生这么多事，想要好好睡觉都难，咱们长驱直入，攻进被窝去，被子一裹，便是铜墙铁壁，谁也别想吵醒咱！"

"啊？"狄钟目瞪口呆，眼睁睁看着云济进了客房，过不多久，鼾声便传了出来。

郑侠拍了拍他的肩膀:"狄衙内,咱们也去睡吧。知白如此坦然地去休息,必已胸有成竹,不用你再劳神费心啦。"

狄钟心中迷惑,懵懵懂懂地进了客舍,整夜里辗转反侧,时睡时醒,迷迷糊糊熬到了黎明。

只听得鸡鸣声此起彼伏,红日挣脱了大地束缚,从东方放出万道灼灼华光。狄钟揉着惺忪睡眼走出门,见院子里站着一男一女。男的瘦削颀高,面白如玉,丰神俊朗,身着灰色棉服,外罩狐皮大氅,正是云济。女的娉婷而立,青丝如瀑,身着一袭白绒短襦,脚踩一双牛皮短靴,正不安分地在地上跺着脚。

晨光中,两人并肩而立,竟似一对璧人,却相隔三四尺远。也不知云济说了什么,狄依依忽而咯咯娇笑,仿佛一朵迎风招展的净莲。

"你们说什么呢?怎这般开心?"

狄依依脸上笑意盈盈:"'用兵之道,攻心为上,攻城为下。心战为上,兵战为下'。本将军出马,你就只管作壁上观,看我如何拿下这一阵!"

狄钟见他俩神神秘秘,酸溜溜道:"这才几日,你俩倒是熟得够快,一觉醒来,居然背着我有秘密了?"

"你胡说什么?"狄依依顿了顿足,伸手作势欲打,狄钟表情夸张地闪身躲避。云济何曾见过她轻嗔薄怒的羞涩模样,不由怔了一怔。

却见鲁千手风风火火跑进院子,满脸兴奋道:"醒了醒了!高家大衙内已经在洗漱了!"

"好!"狄依依手拿一张纸,急匆匆直奔高公洁那进小院。

来到院门口,却见两个小厮立在一侧,低眉顺目,大气都不敢出。而高公洁坐在四轮车上,面色发黑,双目圆睁,目光仿佛刀子一般,直戳向两人。即便穿着厚厚的棉衣,那两个小厮还是忍不住打哆嗦。

"大衙内,小人错了!小人就是嘴碎,听别人说两句不着四六的话,就忍不住嘴里闲唠,您可千万别当真……"

高公洁神情严肃,厉声道:"说!究竟是谁造的谣?"

两个小厮相视一眼,脸上都露出为难神色。高公洁是谦谦君子,向来待人宽和,下人即便犯了错,在他面前也并不畏惧。但他现在如此疾言厉色,显然是怒火中烧,两个小厮心下发憷,既不想得罪朋友,又不敢悖逆主人,一时不知如何应对。

狄依依拍了拍手，挺身而出，朗声道："好一个大衙内！仗着身份作威作福，是想要封住所有人的口吗？"

周围众人纷纷侧目，高公洁看见是她，剑眉拧蹙，沉声道："狄家小娘子吗？高某听说了你的事情，既然得脱牢笼，为何还在高家滞留？"

"本姑娘是来替飞荷讨公道的！"狄依依将鬓边头发往后撩起，一副英气勃勃的俊俏模样，"天日昭昭，神明在上，既然做了腌臜事，就别装得跟正人君子一般！飞荷虽然死了，她背后的事情，却是压不住的！"

听罢这话，跟在后面的狄钟一愣，而两个战战兢兢的小厮也竖起了耳朵，悄悄松了一口气，看来他们刚才被高公洁听到的闲言碎语，正是跟此事有关。

便在此时，云济和郑侠一左一右，陪着于松赶到；张无舌、鲁千手等人混在一帮衙差皂吏之间，紧跟三人身后。原来昨日于松被盗窃案折腾到后半夜，也借宿在高家，他大清早刚起，碰上云济和郑侠，几人一边聊一边闲逛，不经意间就到了此处。

此时高公洁门前已聚集了不少人，十多双眼睛都向他望去。高公洁脸色涨红，厉声道："你胡说什么？高某光风霁月，一生坦荡磊落，能和一个小小丫环有什么关系？"

"小小丫环？"狄依依眼角微微上挑，咄咄逼人道，"飞荷虽是下人，却算不得小小丫环吧？她早就是寿光侯的屋里人，虽然还没有被纳为侍妾，但也是令尊的女人。大衙内身为人子，对令尊的女人毫无敬意吗？"

"胡说八道！高某跟她少有接触，连话都不曾说过三五句，谈何尊不尊敬？"高公洁向来温文尔雅，受到这等挤对，有心反驳，但跟一个小姑娘斗嘴，难免有失风度，因而处处受到掣肘。

"少有接触？话都不曾说过三五句？"狄依依仿佛听到极好笑的事，讥诮冷笑道，"大衙内真是好冰冷的心肠，虽说你二人之事见不得光，但若你以为飞荷死了，就死无对证，那也太小看老天爷的安排了！我进高家虽不足三日，却也知道得清清楚楚，我俩同居一室，她半夜里说梦话，总叫着衙内、衙内！那可真是情意绵绵。我一再询问，她才说出，原来你俩早有苟且之事！"

此言一出，旁人顿时议论纷纷，高公洁更是满脸怒容，气愤道："信口雌黄！高某是何等样的汉子，岂能和家父的屋里人不清不楚？况且高某自浑家去世之后，决意不再娶妻纳妾，怎会勾搭一个婢女？"

"这谁说得清楚？有些人面上道貌岸然，背地里却龌龊不堪！看似情深爱笃的模样，其实不仅拈花惹草，还偷自己亲爹的女人！大娘子好端端的，为什么突然重病难治？都说她是被吓出了心病，可我听说大娘子受惊过度，夙夜忧心，导致病情反复，这才迁延不愈，绝非简单的惊吓所致！直到今日早起，无意中想到飞荷曾说过的秘闻，我才明白了个中缘由！"

于松听得好奇，脱口而出："什么缘由？"

狄依依一手叉腰，一手指着高公洁道："原来这位衙内早就和飞荷暗通款曲……唉，我一个女儿家，这些事怎么说得出口？只可怜大娘子，出身名门高第，待自己丈夫如敬神明，却不小心撞破一堆肮脏不堪的事情。这对于一个性情温婉的女子而言，是何等残忍？她定是气愤不过，思来想去，忍不住找寿光侯诉说实情。可更让人难堪的是，寿光侯知晓了此事，不但不信，反而觉得大娘子是在中伤自己的儿子。他既是家主，又是公爹，暴怒之下，什么过分的话都说得出口，大娘子一介弱女子，哪里经受得住？"

经过早上和云济的商讨，狄依依受到启发，来了一出"张冠李戴"，将高家老二做的龌龊事栽赃到老大头上。她本就是个好生事的主儿，此时愈发伶牙俐齿，揪着高公洁一番痛骂，当真如清溪泄水，婉转流畅。她说得抑扬顿挫，听得众人屏息凝神，纷纷侧目向高公洁看去。

眼见一道道古怪鄙夷的目光落在自己身上，高公洁遏制不住心头愠怒，恶狠狠看着狄依依，像是要将她撕成碎片。

"高家大娘子竟是因此事愤懑而死？"于松也忍不住问了一句。

"我虽未亲眼见到，但料想必是如此！"狄依依柳眉一挑，满脸笃定，言之凿凿道，"飞荷跟这位衙内纠缠不清，却不慎有了身孕，因此请求大衙内想个稳妥的处置法子。哪料到大衙内外强中干，面上看似光鲜，实际却是麻绳穿豆腐——提不起来的货色。他唯一想到的，便是买药给飞荷打胎，生怕此事声张出去。飞荷当然不愿，两人因此争吵，几乎反目成仇……"

"胡说八道！放你娘的狗屁！"高公洁怒急攻心，连脏话都脱口而出。

盛怒之下，高公洁忽而感觉到什么，一转头，却见女儿艾艾站在门口，双眸直勾勾盯着他，目光中充满犹疑。他张开嘴，想要说什么，由于一时气急，竟一个字都吐不出来。

艾艾怯生生道："爹爹，嬢嬢……嬢嬢是因为这个才……"

"怎么可能？"高公洁一声怒喝，"他们在血口喷人，这你都信？"

艾艾何曾见过父亲发这么大火？她吓得不禁往后一退，脚后跟绊在门槛上，一屁墩坐倒在地，小嘴儿一扁，想哭又不敢哭，看向高公洁的目光满是陌生和畏怯。

狄依依急忙俯身扶起艾艾，抬头瞪了高公洁一眼："你一个大男人，除了凶女儿，还会做什么？堂堂高家大衙内，亲手杀死飞荷，分明就是为了灭口！可惜人蠢手笨，行凶时被人瞧见，逃跑时又崴了脚，只能装作打翻水壶伤了手脚，还让女儿帮忙遮掩……"

话到此处，艾艾稚嫩的小脸又变了神色，似是想到了什么，眼巴巴朝高公洁看去，仿佛心有怀疑，又不敢相信。

狄依依见到艾艾苍白稚嫩的脸蛋，仿佛被针扎了一般，后半截话顿时说不出来。她心中不由犯起了嘀咕，虽说已经断定高公洁是凶手，但当着他女儿的面，将这一盆脏水泼上去……是不是太狠了些？

高公洁一直洁身自好，身为外戚，却自幼怀一腔抱负，打心底看不起父亲和弟弟。他立志要做出淤泥而不染的君子，哪里受得了这等污蔑？怒不可遏道："好个恶毒婆娘，生得一副好皮囊，没想到竟心如蛇蝎！我高公洁何等样人，岂会做出这般卑鄙之事？"

此刻狄依依心中已有悔意，只是见到他这般凶神恶煞的模样，还是忍不住反唇相讥："若没有这桩腌臜事，平白无故，你为何要杀飞荷？"

高公洁被气得浑身发抖，右手伸出一指，向狄依依连连虚点，却一时说不出话来。

见时机已到，云济迈步而出，摆了摆手道："狄九娘，依小生看，此事你是误会大衙内啦！谁说他要杀的是飞荷？"

高公洁自命不凡，哪有跟人不顾脸面斗嘴的经历？一时间哑口无言，一肚子气发不出来。云济这话直击对方言语中的漏洞，简直说到了他心坎里。他脖子一昂，振声道："不错，谁说我要杀的是飞荷？"

狄依依等的便是这句话，针锋相对道："那你是要杀谁？"

"我要杀的是……"高公洁话刚说一半，陡然间醒悟过来，脸色苍白如纸。

小院门前，众人一片哗然。

第六章
假做真

狄依依兴奋得面红耳赤，跨前一步道："怎的不说了？大衙内真正要杀的人，究竟是谁？"

"我……"高公洁张口结舌，想要否认，却已然来不及了。

狄依依正想乘胜追击，却见艾艾小小的身影从一侧转出，张开柔弱的双臂，将高公洁护在身后，双眸凶巴巴直视狄依依："坏人！你是坏人！"

瑟瑟寒风刺人肌骨，艾艾白嫩的小脸被冻得红彤彤一片，稚嫩的臂膀伸开还不足四尺宽，两滴晶莹的泪珠挂在眼角。狄依依瞧见，不由心生怜意，解释道："艾艾，姐姐不是坏人。姐姐只是为了查出凶手，并非有意针对你爹爹。"

高公洁气急而笑，状若癫狂："并非有意针对我？你平白无故，泼我一头脏水，还说并非有意针对我？高某何时和飞荷不清不楚？高某何时跟她一介丫环有苟且之事？还说什么珠胎暗结，又反目成仇，你信口雌黄之时，就不怕下拔舌地狱吗？"

"我只是想用一出攻心计，让你露出破绽……"狄依依脸露苦笑。她一通胡说，终于将高公洁套了进来，但看见艾艾这般表情，她心中无丝毫快意，反倒是说不出的惭愧。

她正想说什么，云济已经迈步而出，挡在她身前："高大衙内，此事确是我们不对，但出主意的是小生，怪不得狄九娘。众位明鉴，方才飞荷之事，不过是想要激怒大衙内，信口杜撰而成。大衙内和飞荷之间清清白白，绝无半点逾矩。"

"直娘贼！你要下拔舌地狱！"高公洁指着云济，早已顾不得斯文不斯文，连声咒骂，只是他向来温文尔雅，只骂了三两句便已词穷。

"若要下拔舌地狱，也是大衙内先走一步吧？你杀了飞荷，却拒不承认，还费尽心机掩盖罪行，这不该下拔舌地狱吗？"

高公洁哑口无言，脸色甚是难看。

"小生本也奇怪，飞荷一介婢女，也没有什么仇家，为何会有人半夜持刀行凶，将她杀死在屋内？"云济提到的这个问题，正是众人迷惑之处。此时高公洁露出了马脚，反倒更让人不解。

一时间，数十道目光落在云济身上，却听他道："案发之后，小生等人最先赶到，那时屋内无灯，天上无月，眼前漆黑一片，我们拿了火把才看得清路。当时屋内共有三人，什么都看不清的情况下，凶手靠什么认出的飞荷，而且还能一击致命？"

狄钟傻乎乎地问："靠什么？"

"当然是什么也不靠！"云济道，"因为凶手根本就没认出床上的究竟是谁！根据狄九娘的描述，他突然闯进来时，屋里的灯盏恰好都灭了，他甚至笨手笨脚，刚进门就掉落了手中的刀——如此蠢笨的贼，怎可能在伸手不见五指的地方，精准找出要杀的人？当时屋内本有三人，另两人一声不吭，只有飞荷大叫救命，凶手以为屋内只她一人，于是捡起短刃，冲上前去就是一刀，飞荷就此香消玉殒。"

"那他是要杀谁？"

"当然是住在这间屋里的人！"

"他要杀的是……我？"狄依依脸色顿时一变。今日早起时，云济只告诉她凶手是大衙内，具体缘由却未说明。那间屋舍虽然是她和飞荷二人合用，但飞荷身为家主房里的大丫环，一连几日都在高士毅房里陪床。如此说来，这场刺杀竟是冲着她来的。狄依依不由转头看向高公洁："你要杀的是我？为什么？"

高公洁仰头狂笑，却不搭话。

云济一声长叹道："错了，大衙内要杀的，并不是你！"

"不是我？那又是谁？"狄依依愈发困惑。

"你曾跟我说过，你之前碰到大衙内，他将你误认成了真正的雪柳。"

狄依依眼睛一亮："当时我自称雪柳，他神色很是怪异，还想将我关在他院里，不许我出门。原来是一出李代桃僵。"

云济道："令我心中不解的是，大衙内，你对雪柳当真恨之入骨吗？仅仅因为她吓着了大娘子？"

"仅仅？"高公洁面孔扭曲，表情乖戾，尖声叫道，"若不是她，老头子何至于大发雷霆，当着下人的面训斥儿媳？若不是她，拙荆岂会年仅二十便撒手人寰，弃我而去？"

眼见高公洁面容扭曲，似要扑上来咬人一般，于松咳嗽一声："大衙内，你敏而好学，品性出众，本县曾对你寄予厚望，没想到你做出这等恶行，实在让人痛惜不已。你杀的即便是贵府的下人，那也触犯了大宋律法，本县绝不会有半点徇私，只能秉公执法，拿你问罪！"

于松说得义正词严，肚子里却郁闷不已。其实高门大户动用私刑，暗中处死丫环仆从的事并不鲜见。俗话说民不举官不究，这种事只要不闹大，当官的绝不会主动过问。只是高家这位大衙内又荒唐又倒霉，居然亲自动手杀一个丫环，还闹出这么大的动静，只能公事公办。

谁料高公洁听到这话，忽而撕心裂肺道："来啊！快快抓走高某，砍了高某的头！"他哈哈狂笑一通，转而破口大骂，骂天，骂地，甚至痛骂官府，于松一张脸不由黑得如同锅底一般。

艾艾涕泪交流，只身拦在他前面："不许你们动我爹爹！"她故作凶恶，凶巴巴看着对面，一帮衙差皂吏投鼠忌器，不知如何是好。

"唉！"只听得一声叹息，一名宽袍大袖的中年文士穿过长廊，阔步而来。此人慈眉善目，年近半百，手捧一盆枯草，正是安济坊坊主弥心先生。在他身后跟着一位老和尚和一名小沙弥，乃是云池寺高僧方慧和他门下高徒。

高士毅挺着圆滚滚的肚皮，带着两个小厮紧随其后，气喘吁吁地赶了过来。他先向于松等人稽首为礼，转身叱责高公洁道："你个兔崽子！疯疯癫癫，成何体统？于县尊秉公执法，乃是为官者楷模，你也恩荫了七品小官，怎就不知道学着点？还不快快道歉认错？"

于松一听这话，嘴忍不住一撇，心道："这死胖子果然不是好相与的，在这里装模作样骂儿子，明里暗里提醒我他儿子有官职在身。论官职高公洁是七品，还在我之上[①]！说来我虽能依法扣人，却不能拿他问罪。"

[①] 北宋开封府赤、畿县政治地位较高，赤县知县为正七品，畿县知县为正八品，而其他县的知县品级在从八品以下。

高公洁却根本没有借坡下驴的打算，反倒和高士毅针锋相对，直呼其名道："高士毅！你还真是威风凛凛啊！你这点威风，都用在儿子和儿媳身上了吧？妙意身子骨弱，是个极看重名声和规矩的女人。她不就是说错了话惹你不快吗？竟被你两次三番喝骂教训。连她病重时都不肯稍稍宽让，真是好大的威风！"

高士毅脸色一僵，捂着自己胸口道："兔崽子，你果然又中了邪！"说着上前一步，一记耳光打在高公洁脸上，"还不快快醒来！今日是不是没有喝符水？刘四，刘四！上次张道长留的符箓呢？快快拿过来！"

高公洁被这耳光打得一蒙，继而两眼发红，直欲择人而噬。却见刘管事闻声赶来，手中捧着一张黄纸血字的符箓，咋咋呼呼道："大衙内又发邪症了吗？符来啦，符来啦！"他疾奔而至，不待别人说话，便将符拍在高公洁的脑门上。

"你……"高公洁又惊又怒，刚吐出一个字，刘管事另一只手往他嘴上一堵，将一枚丸药送进他口中。高公洁只觉那丸药瞬间在舌尖化开，仿佛吞了满满一口花椒粉，整个口腔一片发麻，舌头更是又麻又痛。

"窝没肉中虾！刘四嫩哥王八当！窝没肉中虾！"高公洁破口大骂，但被丸药麻肿了舌头，说话口齿不清。他两手挥舞试图打人，刘管事早有防备，已远远躲开。

"兔崽子！给老子闭上鸟嘴！"高士毅斥骂一句，向众人解释道，"我家老大自死了婆姨，就生了一场大病，阳气衰弱，被邪祟所侵，性情大变。于县尊你是知道的，犬子以前知书达礼，真是人见人夸，都说他是个谦谦君子！一个多月前突然中了邪，整日暴虐无常，做出许多匪夷所思的行径。先是半夜被邪祟附体，冲进下人房中杀丫环，然后当众忤逆本侯……眼看着他被邪魔所害，本侯身为人父，却是束手无策。"

狄依依目瞪口呆，眼睁睁看着高士毅硬是将高公洁半夜杀人说成"邪祟附体"。当着陈留知县的面，将一桩杀人案定性为"邪魔作祟"。

于松眸子一转，点头道："本官也在奇怪，大衙内品行高洁，怎会突然乖戾无常，好似变了一个人，原来是被邪魔附体。"

"窝没肉中虾！窝没肉中虾！"高公洁嘶声大叫，如癫如狂。

"镇静！"弥心上前一步，忽地伸出食指，点在高公洁眉心，"天道有常，因缘际会，大娘子既已离世，实不该强求她留驻人间。"

高公洁如被施了定身之法，化作木人般定在当场。

"大衙内痴情过甚,牵惹大娘子流连阳间,时日越久,凶戾之气越重,终于幽魂变作鬼祟,附体害人——飞荷被杀就是恶果!"弥心也不知是在向众人解释,还是点拨高公洁,"大衙内,莫要留恋,放她去吧!"

高公洁浑身大震,仿佛受当头棒喝,顷刻间泪流满面:"求先森揍窝!"

弥心仔细分辨,才知他说的是"求先生救我",苦笑着道:"老拙只通些岐黄之术,如何救得了你?不久前老拙曾和方慧大师长谈,他从南方云游三年而归,颇有所得,或有办法。"

方慧和尚先是一怔,见弥心眼神,当即淡淡笑道:"老衲粗通些驱邪之术,或能尝试一二。"

高公洁俯身一拜:"多谢方费大斯,劳大斯费心了。"

"多谢弥心先生!多谢方慧大师!"高士毅双手合十,满脸横肉松弛下来。

"且慢!"狄依依叫道,"杀人偿命,这等滔天罪孽,这么容易就想打发了?"

"一介婢女而已,你这小娘皮还要如何?"高士毅怒道,"我家老大是中了邪,被邪魔附体,飞荷虽是他手里的刀刺死的,却是为邪魔所害,跟我家老大没有任何干系!"

刘管事也如应声虫般附和:"是啊!飞荷死于邪魔之手,与大衙内何干?"

狄依依被气得七窍生烟,正不知如何反驳,只听一个声音冷冷道:"适才大衙内已自认杀人,你们却指鹿为马,说他是被邪魔附体,当我等都是瞎子聋子吗?大宋每年那么多杀人犯,只需说自己杀人是中邪所致,就能脱罪不成?"说话的却是郑侠。

高士毅打听了郑侠的身份,不屑道:"一个看大门的,也敢在老子跟前大放厥词?我家老大被邪魔附体,曾请了多少法师道长来驱邪,他们都是人证!"

郑侠脸色一黑,向于松看去:"于县尊您听听,这简直强词夺理!"

于松嘴角微微抽搐,从狄依依揭开飞荷被杀真相后,他就头疼不已——高家的衙内杀了个丫环,身为陈留知县,不论如何处理,都要惹一身腥。若秉公直断,高家岂能答应?若徇私放过,名声还要不要了?此时高士毅拿出"中邪"这个解释,简直神来妙笔,应对得再好不过。高公洁被邪魔附体后身不由己,半夜杀人自然也非他本意,官府也不用被牵扯进来。本来大家心照不宣,偏偏这不通人情的看门小官横插一杠,这将他置于何种境地?

气氛一时僵住,弥心踱步而出,长叹一声道:"寿光侯,昨日狄小娘子曾提到,高家近年来共买了八名婢女？依老拙看，给大衙内驱邪一事，并非一蹴而就之事。飞荷虽是邪魔所害，但也是邪魔假了大衙内之手。若高家能够替大衙内行善积福，放婢女们回家探亲，可以释解郁郁之气，对侯府大有裨益。"

"先生！哪个婢女不是弟子花钱买来的……"高士毅脸上乖戾神色一闪而过，老脸上的横肉微微颤动，立马又堆砌出丑陋而灿烂的笑容，"弥心先生莫怪，弟子粗人一个，总是在您面前丢人露丑。也罢，都听您的，弟子今日就放她们回家！"

他们所说的"八名婢女"，正是被拐卖到高家的可怜女子。狄依依虽然探听到她们的姓名，但高士毅一概不认，由于没有证据，他们拿高家毫无办法。弥心先生刚才的话，看似顾左右而言他，其实是提出一个破局之法——高家放回这八名被拐女子，而官府也退让一步，认了"中邪杀人"一事，别揪着婢女命案不放。高士毅看似粗俗不堪，实则精明之极，一转念就明白了弥心话外之意，强行克制住自己一毛不拔的吝啬本性，答应了下来。

弥心转向云济等人："于县尊、云教授、郑门监、狄小娘子，你们以为如何？"

"如此甚好！"于松连忙称是。

狄依依也听明白了弥心的言外之意，明明觉得不该如此，却一时想不出应对之法。

郑侠先是一怔，继而满脸义愤，正欲仗义执言，云济急忙按住他的肩膀，开口道："于县尊说得是。"

听到这话，郑侠对他怒目而视，云济苦笑着对他摇了摇头，又向高士毅道："侯爷，尊府这两年买来的，只怕不止这八名婢女吧？尤其今年，可还有其他丫环入府？或者入府后，又转手卖与他人的？"

狄依依顿时明白，云济是在侧面打听真珠郡主的下落。

"其他丫环？"高士毅脸上的肥肉微微一抖，连连摇头，"买丫环不用花钱吗？奴婢够用就行，买那么多不仅要掏钱给卖主和牙婆，还要给她吃给她穿，当本侯傻吗？是了！今年倒是卖出过一个，去年进门的，也唤作雪柳。"

云济若有所思，不再多问。

弥心道："还请方慧大师快快做法，为大衙内驱邪。寿光侯，听闻贵府有一座佛堂，可否借来一用？"

"给犬子驱魔，怎谈得上借？佛堂就在南边，快快有请！"高士毅笑容可掬，亲自在前面带路，引着于松、弥心、方慧等人，前往高家佛堂。

郑侠自命高洁志士，眼里容不得污垢，一气之下便想甩手而去。云济急忙将他拉住，小声劝抚了两句。

"这等装腔作势之事，郑某懒得去看！知白自己去吧，郑某在客堂等你。"

云济不由摇头苦笑，郑侠本就是这副脾性，也勉强不得。他只能招呼了狄家兄妹，跟在高士毅等人身后前往佛堂。

和胡安国家相比，高家的宅邸方方正正，边墙又厚又高，东墙边却凸出一进小院，那便是佛堂所在。踏入院门，是一条直通佛堂的长廊，将整个院子一分为二。西侧是几株蜡梅，迎霜盛开；东侧却是一汪池水，潋滟着冷光。由于连年大旱，这池水几乎见了底，只有薄薄一层，仿佛流淌着的丝绸，羞答答半遮半露，掩不住池底的沙石。此外院中再无其他建筑，只剩一座飞檐斗拱的佛堂，汉白玉砖，琉璃瓦墙，于庄严肃穆中尽显堂皇。

"真瞧不出来，这佛堂简直不像是高士毅所建。"来佛堂，狄依依原本不情不愿，此时却惊讶不已。高家宅邸俗不可耐，这佛堂甚是雅致，反差实在太大。

"是很奇怪。"云济眉头微皱，其实大户人家建佛堂的不少，但花这么大功夫的并不多见。高士毅是守财奴的性子，如何会花这么大的手笔？

鲁千手等人依旧扮作开封府衙差，护在云济等人身边。尤其是张黑大，身着威风凛凛的公服，却一副猥琐神情，他一脸讨好地凑过来道："云教授、狄九娘，您二位有所不知，这佛堂真还有个掌故。"

"掌故？"鲁千手抢过话头，"说来听听！"

"寿光侯是个佞佛之人，他待人吝啬，拜佛却大方得很。有一次，这高胖子做成一笔大生意，大喜之下请了工匠，想修一座小庙。他将修庙的事交给大衙内，自己出远门做生意，回来一看，庙修得高雅堂皇，耗费甚巨。他既心疼钱，又觉得自己造了佛堂，怎么着也得显摆显摆。于是搞了个落成礼，请四村八乡的人来看。不承想来拜佛的人络绎不绝，高胖子瞧着就不痛快了，把佛像关在殿里，跟前来拜佛的人收钱。"

狄依依"扑哧"笑出声来："真是吝啬鬼！与其把钱给他，何不直接去拜官庙的菩萨？"

"就因没人来拜……高胖子拆门筑墙，把小庙封住，就成了高家的佛堂。"几人说笑间，大衙内已经换了装束，锦衣玉带变成麻衣布袍，软脚幞头也换了菩萨巾。方慧和尚送他一卷《金刚经》、一串念珠、一只木鱼，告诫道："老衲为你做三日法事，邪魔可去。但你终究造了杀孽，未必不会再有鬼物来寻，你需在佛堂中吃斋三个月，每日诵经两遍，静心养性，诸邪避易。"

"多谢大师！"高公洁郑重接过，满面感激。他挣扎着从四轮车上下来，勉强在蒲团上跪下，对着端坐在佛堂正中的天冠弥勒佛像，满面虔诚地叩拜。

这座佛堂的佛龛修得极高，弥勒像高达一丈有余，善跏趺坐于莲花宝座上。弥勒头戴五方佛宝冠，左手抚膝，右手竖于胸前，掌心对外，五指舒展，正是"无畏印"的姿势。

云济一边细看，一边暗暗赞叹——这佛像雄伟中不失精巧，静穆中满含庄严，这般细腻的手法，实非寻常匠人所能。

就在他端详佛像的时候，方慧和尚带着两名小沙弥，开始做法事。观礼者们闻着檀香，听着经文，渐觉无聊。高士毅道："这法事还不知得做多久，本侯已经吩咐厨房准备素斋，请诸位前往客堂，都填饱肚子再说。"

高士毅盛情邀请，众人不便推辞，被引到了客堂，推了于松坐主座，余人各分尊卑亲疏落座。唯独郑侠孤身坐在客堂的角落，手持书卷，正看得聚精会神，和交头接耳的众人格格不入。

云济来到郑侠身边，邀他一同入席。郑侠摇头道："城外数百流民饥肠辘辘，高家这些民脂民膏，郑某就算上了桌，也是食不下咽。知白不必管我，你们快些用完餐，咱们还能早些回京！"云济无奈，只得自己回桌边落座。

没过多久，一名丫环来报："侯爷，您的莲香清凉饮已经备好，要送到客堂吗？"

"送客堂做甚鸟用？送卧房去！"高士毅没好气地训她一句，起身向众人告辞，"本侯还未洗漱，失陪片刻。刘管事，你来招呼招呼！"

高士毅离开之后，过了不到一刻钟，掌勺的铛头便亲自送餐过来。虽是素斋，却甚是精致。那铛头正是昨夜点卯时当先站出来说话的汉子，走路仍一瘸一拐，人长得五大三粗，却能说会道。

他为于松等人一一介绍菜品，指着那道主菜道："各位官人，这道素烩唤作'罗汉荟萃'，由鲜蘑菇、板栗、冬笋等十八种食材制成，暗喻佛祖尊前的十八罗汉。"又指着一道白菜豆腐粉丝道，"这道菜叫作'孤云出岫'。选取上佳的莴笋一分为二，伴着久酿的老醋、鲜切的葱花，意为山谷深渊；而这片层叠交错的豆花，白如雪，软如棉，正似去留无意的孤云。"又指着一碗竹笋汤道，"这一道唤作'春江花月夜'，菌菇、青菜、竹笋聚成一团，堆积在碗中央，清汤环绕四周，另有一块皎皎如月的萝卜片，在汤中起起伏伏，正是'江流宛转绕芳甸'的极美意境。还有这一道，唤作'看取莲花净'，蒸豆腐为莲蓬，削苦瓜为莲子，依孟浩然的名句'看取莲花净，应知不染心'。这道菜，吃的是莲花豆腐，养的是不染禅心。"

"好！真好！"看着一桌素菜，于松还没动筷子，已是赞不绝口，"当真人不可貌相，这位着案师父看着其貌不扬，竟能做出这般雅致的素斋来。斋做得好，名字起得好，讲解得更好！"

胖铛头挠了挠后脑勺，憨笑道："县尊说得哪里话，俺就是个粗人，哪里会这些高雅调调？都是雪柳姑娘在的时候教俺的，她将菜谱说给俺听，让俺照着做，不过是些青菜豆腐，她说得比吃得都香！刚才那段说辞，也都是雪柳姑娘所说，俺学来充面子，在人前装蒜的！"

云济诧然问道："雪柳姑娘？"

胖铛头一愣，打了个哈哈道："是俺嘴秃噜啦，瞧俺这笨嘴拙舌，连话都说不清楚，碍着各位官人用斋，这就走！这就走！"说罢扭着一身肥肉，极其灵活地转身便走，一瘸一拐蹿得极快。刚出门口，撞上迎面而来的另一个大胖子，两人一里一外，各自往后跌出。胖铛头捂着脑袋，惊呼道："侯爷！"

"不长眼睛的狗东西，给老子闪开！"高士毅站起身，一把推开一脸谄媚的胖铛头，急呼呼冲进门，放声道："遭贼啦，遭贼啦！于县尊，你可一定要帮本侯把东西找回来！"

于松闻言苦笑一声："寿光侯，你放心便是，本县必定竭尽全力。"他恹恹放下刚夹起的豆腐，忍不住打了个哈欠，伸手揉了揉眼角，心头暗骂："这死胖子，昨晚锣鼓喧天，唱得好一场大戏，害本县一夜未睡。现在人人都知道你是混淆视听了，本县也没揭穿你，还在故弄玄虚地装相，实在招人厌。"

见他心不在焉地应付，高士毅急了："于县尊，我不是装模作样，真丢了！丢的不是几百两金子，是本侯多年来收藏的镇宅之宝！除了一匣二三百席的盐钞，还有二十三样珠宝，每一样都价值巨万，一夜之间，全他娘丢得干干净净！"

"真丢了？"

"都火烧眉毛了，还能有半句假话？走走走！"涉及自家宝贝，高士毅笨重的身躯都变得轻盈起来，拽着于松往门外走。

其他人这才知道又发生了案子，不由面面相觑，纷纷跟了上去。

转眼又来到高士毅的卧房,屋内早已不见昨夜一片狼藉的景象,屏风、书案也已恢复原样,围子榻上还放着刚刚换下的衣袍。里侧的檀木柜子最是惹人注目,铜黄大锁放在柜顶上,柜门敞开着,柜子里分四档横隔,却空荡荡一片,唯独正中的隔板上,卧着一只不足两寸的墨玉貔貅。

"寿光侯,你不是说这柜子固若金汤,根本不用检查吗?"

高士毅急道:"昨夜金子被盗,其实是为了给犬子遮掩,假造了一出遭窃之事,吸引诸位注意。这偷盗既是伪造,我当然不会多此一举地检查柜子,谁知方才开柜检查,发现……发现柜中的盐钞和那二十三样宝贝,统统被卷走了,一样都不剩哪!"

"这不是还剩下一只吗?"于松指着那只墨玉貔貅。

高士毅连连摇头:"这哪是宝贝?这是瘟神!"

"什么瘟神?"于松莫名其妙。

高士毅无奈,只得将"貔貅刑"的事情讲了一遍,说到自己的病情和症状时,只隐晦一提,匆匆带过。讲完之后,他哭丧着脸道:"邱远说,这貔貅乃是天帝派来的行刑官,专门降下貔貅刑惩罚本侯。可本侯想尽办法,好不容易将这尊瘟神送了出去,不知为何,这鬼东西突然又回来了,难道……"

"难道什么?"

"难道柜子里的宝物,被这墨玉貔貅吃了?"高士毅两只小眼睛缝起来,被肥肉挤得几乎看不见,声音中含着丝丝畏怯,"本侯已被折腾得上不着天,下不着地。接连施粥十五日,就算把全城的富户绑一起,都比不上本侯功德无量,有什么罪过也该赎清了吧?好不容易将它送走,为何又回来了?"

人群中的高公净也是脸上变色:"莫不是……这墨玉貔貅认了新主,还会惦记旧主的财物?"

高士毅突然想起什么,盼咐身边家丁:"快!快去请弥心先生来!"

"侯爷莫要惊慌!老拙已到。"弥心迈步而入,看了眼柜子,慎重拿起那墨玉貔貅,摇头道,"侯爷莫要担心,这貔貅带有戾气,将它供奉在佛堂弥勒像前,请方慧大师施法念经,或可用佛法化解。此外,老拙还认识不少仙家高人,这等作祟之物,总能寻到法子解决。"

"这当然是好,可是……那些宝贝怎么办?"

云济趋身靠近，摸了摸那檀木柜，柜面光滑漆黑，十分古朴厚重，柜门严丝合缝，没有被撬的痕迹。他又取过那把铜黄大锁细看，锁正面平雕福禄寿三星图案，背面刻着汉隶所书的"镇安锁福"。整个锁体形如螺蚌，锁柱处乃是一颗狰狞兽首。云济识得这是神兽椒图，椒图乃是龙子，遇到外敌入侵，会紧闭螺壳。锁匠往往借这"紧闭"之意，将椒图的形貌刻于锁上，以示平安稳固。这大锁精巧坚固，锁孔是少见的"工"字形，透过锁孔往里看，隐隐可见金色锁腔内复杂交错的机簧。

云济将那大锁在手中轻轻一掂，摇头道："敢问侯爷，按照这把锁的分量，只怕并非全铜所制吧？"

高士毅神色一窘："不是纯铜又如何？这锁是用精铁打造的，配了铜锁芯，外镀一层黄铜。这锁这般大，若是全铜，岂不太过浪费？"

果然是铁公鸡的本色，云济不由一笑，端详了许久，忽而问道："这锁的钥匙有几把？"

"只此一把，本侯贴身带着！"高士毅撩开棉袍，从腰间取下一串钥匙，其中一把工字钥匙最为显眼。那钥匙是铜铸，柄部镂空成花，形如女儿家香闺的窗格，尾部则凹凸各异，纹路甚是复杂。

云济接过钥匙细看，诧然道："这是什么？"却见钥匙齿纹处，有一丝细微的暗绿色痕迹。他伸出手指轻轻搓揉，竟将那痕迹擦去了，不由恍然道："是锈迹！"

"嘻！"高士毅苦笑道，"这钥匙常年挂在本侯腰间，容易沾染汗渍，久而久之，居然生了铜锈。"

云济先点点头，又摇了摇头："侯爷，这钥匙你经常用吗？"

"废话，当然常用！那一柜子宝贝，是本侯费尽九牛二虎之力，好不容易收罗来的。每日早晚都要清点一遍，每隔两三日，还要亲手擦拭。昨晚睡前清点时，宝贝还在柜子里，后来半夜突然死了人，不得不爬起来处理，折腾了一晚上。今日一大早，本侯刚刚起床，又听说老大那兔崽子跟人起了争执，连洗漱都顾不上，急忙过去处理。等他得方慧大师驱邪祛秽，这才回来洗漱更衣，待本侯打开柜子，里面宝贝竟都没了，反倒凭空多出了这妖物貔貅来！"

鲁千手急问道："怪哉怪哉！会不会是侯爷睡着后，贼人偷偷潜入，将东西盗走了？"

"不可能！昨夜遭逢大变，本侯根本没怎么睡着，屋子里若有甚响动，老子岂能不知？"

"昨天晚上还在，今天就不见了……"云济沉吟道，"如此说来，侯爷只离开过两次，贼人动手脚的机会也只有两次。第一次是飞荷被杀之后，侯爷赶去案发现场；第二次是大衙内自称是杀人凶手，侯爷赶去处理，不在屋内。"

高士毅迟疑道："你是说……并非貔貅作祟，而是贼人偷到本侯头上来了？"

"神鬼之说，不可轻信。"云济沉声道，"现在首先能查的，是在侯爷离开卧房的这两段时间内，谁有时间去作案。"

这话将众人问住了。高士毅第一次离开，是飞荷被杀之后，他们在飞荷的屋外召集了所有家丁。当时能够作案的，只剩房中伺候的婢女了。

众人纷纷往一群丫环身上看去。在高士毅房中伺候的丫环共有五名，飞荷身为大丫环，昨夜已经惨死；剩余四名丫环，姿色都是上佳，虽不及飞荷那般貌美，却也是眉清目秀，赏心悦目。

其中一名丫环道："昨夜是听兰值夜，我和梦竹、慕梅二人都在耳房，同起同睡，就连起夜方便，也都是同去，绝没有动过侯爷的柜子。"她话一说完，另两个丫环连连点头："怀月说得是，听说外面杀了人，我们都害怕得很，又不敢待在耳房，便一起出了门，看见了护院才安心下来！"

剩下的那名丫环，比这三个打扮得出挑些，香腮抹粉，樱唇涂红，两弯柳叶眉显然也精心描过，听她们三个这般说，急躁道："你们……你们言外之意，是我动的手脚？侯爷，您是知道的，奴婢最忠心不过了。昨夜突然两声巨响，您赶去查看，奴婢本来在收拾床铺，见您的皮氅落在屋里，担心您冻着，急忙给您送去。因为走得匆忙，到东院的台阶前，把脚都给崴了呢！"

这丫环便是听兰，她一边说话，一边抱着高士毅的臂膀，在胸前摇来摆去，连蹭了好几下。怀月、梦竹、慕梅三个丫环见了，或默默撇嘴，或暗自咬牙。

听兰这么一说，众人都想起来了，昨夜确实有一名丫环前来给高士毅送皮氅。

"从侯爷赶到凶案发生的房舍前，到听兰姑娘送来皮氅，这中间差了一刻半钟。"云济抿了抿嘴唇。

高士毅诧然："一刻半钟？云教授这都记得清楚？"

"老毛病了，想记不住都不成。"云济咧嘴苦笑，"不过，一刻半钟，足够做很多事情了。"

"我我我……"听兰一听之下，不自觉结巴起来，"侯爷，您可要为奴婢做主，奴婢就是半夜起来，收拾打扮了一番，所以花费了些时间。"

高士毅脸带犹豫，他可不知这话是真是假。而云济向来不敢接近女子，更不会留意一个婢女是否化了妆。此时狄钟突然蹦出来："我可以作证！听兰姑娘昨夜来送皮氅时，确实精心化过妆！那诱人的腮红，那粉嫩的脸颊，那长长的睫毛……啧啧，女儿家就该活得精致！"

"还好有这位公子为奴家作证，否则奴家都要给冤枉死啦！"听兰被他说得又是害羞，又是兴奋，冲狄钟款款一礼。

狄钟顿时浑身骨头都轻了一半，狄依依在旁边连连咳嗽，他却浑然不觉。

"如此说来，时间便能对上了。"云济点点头，"侯爷，您回来之前，曾让人伪造房间被盗，是吩咐谁做的？您当时又在做什么？"

"这……"高士毅脸上露出一丝尴尬，"这事可不光彩，当然是让刘四去做的！本侯当时腹痛，先去了一趟茅房。"

这么算来，刘管事曾单独在屋里一刻半钟。不过伪造现场，就要耗费大半时间，除非他能够在半刻钟内打开锁，否则根本没有时间将宝物盗走！

云济向身后招了招手道："鲁千手，你来试试！"

鲁千手应声上前，打开随身携带的木箱。只见里面密密麻麻陈列着短锯、刨子、羊角锤、八角锤、凿子、木锉、钻头……更有一些常人根本不认识的器具。那铜黄锁此时是开着的，鲁千手先观察一番，把锁锁上，随后尝试开锁。

看见这般架势，众人对鲁千手不禁刮目相看。

只见鲁千手当真长了千手一般，一手托着铜黄锁，一手用八角锤轻敲锁头，一手用一根细长钢丝挑动锁眼中的机簧，一手用粗短钢丝塞入锁眼钩探锁销，一手用短脚镊子扭动锁芯……

众人看得眼花缭乱，原本嬉皮笑脸的话痨陡然间变了一番模样，拿着纤细小巧的器具，如同拿着十八般兵器。过了足足两刻钟，鲁千手放下手中铜黄锁、八角锤、长短钢丝等物，脸色沉重，表情变得和张无舌一般无二："都说'椒图王'制锁之术天下无双，咱这回可是心服口服！"

司天监众多生员中，鲁千手尤其擅长锁具。有一次半夜喝醉了跟人打赌，说东京城内没有他打不开的锁。当时无人信他，他一气之下，只用了一根韭菜，硬生生开了整整一条街的锁，惊得众人目瞪口呆。云济对鲁千手的本事十分信服，连他也打不开，可见这把锁确如高士毅所说，堪称无懈可击。

"窃贼会不会是那位'椒图王'？"于松开口问道。

高士毅摇头:"两个月前,本侯曾找过'椒图王'。只是……那老家伙早在一年之前过世了。"

"那他有无可能在制作这把锁的时候,多造一把钥匙?"

"不会不会!"鲁千手斩钉截铁道,"'椒图王'是大宋第一锁匠,他制成的每把锁都只配一把钥匙,即便主人要求,也绝不配第二把!"

众人静默半晌,于松看向高士毅:"寿光侯,敢问你今早离开卧房多长时间,这期间可有什么人出入?"

"本侯离开后,前前后后约莫一个半时辰。这期间……本侯出门的时候,嘱咐她们几个收拾房间,回来时却一个人都没有。"

丫环怀月道:"侯爷,奴婢几个收拾房间只用了不到两刻钟,刘管事还安排了许多衣物要洗。明日便是除夕,奴婢和梦竹、慕梅半刻都不敢耽搁,就去了洗衣房。"

云济瞥了一眼,却见这三个丫环双手通红一片,怀月的左手上更是生了冻疮,显然是用冷水洗衣冻伤所致。

梦竹补充道:"我们离开前,二衙内来过。当时听兰留在屋里陪他说话,至于说了什么、做了什么,奴婢几个可就不知道了。"

"少在这儿阴阳怪气,老编排我的不是!"听兰瞪了梦竹一眼,转向高士毅道,"侯爷,奴婢昨夜崴了脚,二衙内见奴婢脚上带伤,来告知奴婢药房里存有治瘀伤的灵药,让奴婢自己去支取。"

她一边说,一边蹲下来揉着自己的脚踝,一副娇弱不堪的模样。怀月、梦竹、慕梅眸中满是厌恶,显然和她嫌隙颇深。而按照听兰所说,她并非一直都在房中。

高公净接过话头:"我只在屋里等了半刻钟,见爹没回来,就赶去前院清点米面,安排今日施粥放粮的事。随后就听说我大哥出事了,于是急匆匆赶到佛堂,结果又得知父亲房中失窃,便急忙过来。"

云济目光一闪,瞬间将高公净所说和高家位置对了一遍,心中一个念头急速闪过:高家前院里有马棚、有碾坊,中跨院里全是仓库,左边存米,右边存面,再往后,是带廊子的砖瓦房,高士毅的卧房在内院最深处。高公净安排人放粮施粥,也是在中跨院的位置……想到这里,他顺口问了出来:"放粮时,米面要在前院清点吗?"

"其实在中跨院有专管的账房清点,不过我刚刚开始接管家中事务,所以会等粮食运到前院后，再清点一遍。"高公净急忙解释。

人群中，有两个负责施粥放粮的家丁，听到这话时，忍不住相视一笑。

云济不动声色地观察众人，见到这两人的表情，立马问道："你俩笑什么？"

两名家丁脸色一僵，急忙敛去笑意，齐齐摇头："没、没有笑……"

"怎么没笑？我看得清清楚楚！莫非是高二衙内说谎，你们替他隐瞒？"

"没有没有！这怎么可能？"两人慌忙否认。

"你们支支吾吾不说，难道是想给高二衙内泼脏水？粮食在中跨院的粮仓里清点一遍，高二衙内在前院还要清点一遍，是有什么不为人知的事情吗？"云济脸色一沉，一顶大帽子扣了过去。

那两人脸都绿了，一时惊慌失措，其中一个磕磕巴巴道："年前的日子，高家每日施粥，都得整整一车粮食。咱中跨院藏的都是好米，那帮泥腿子哪里配得上吃，少说也得……十掺二吧？"

狄依依心直口快，问道："什么'十掺二'？"

两个家丁不敢乱说，倒是高士毅神色尴尬。

云济拍了拍狄依依的肩膀，小声道："别哪壶不开提哪壶，这显然是高家暗地里的门道，似乎与案件并无关联。"

按照在场之人的说法，今天早上只有听兰和高公净单独在房内待过。但是他们独处的时间，均不到一刻钟，即便两人加起来也不足两刻钟，并没有时间作案。

案情查问到这里，终于陷入了死局，二十三样宝贝不翼而飞，根本不是人力可为。众人面面相觑，即便这么多人挤在卧房里，还是觉得心头发凉。

高士毅顺手将那大锁放在柜子顶上，好一阵唉声叹气。他望着弥心，胆战心惊道："难道真是这妖物又来戏弄本侯？弥心先生……"

弥心连连摆手道："侯爷无须担心，方慧大师就在贵府，妖邪岂敢在太岁头上动土？"

于松则吩咐了捕快查案，但一时也不可能有什么进展。高士毅絮絮叨叨叫了半天苦，却丝毫没有用处，才想起来吩咐厨房将素斋热一热，请众人重新用餐。

郑侠对高家父子甚是鄙夷，坚决不吃高家的东西。他悄悄避过众人，到中跨院探查。然而高家的粮仓严严实实，即便高府中人也不得随意出入，他身为外人，更是无法靠近半步。

他心有不甘，拉住那管仓的账房，询问今日清点粮食的情况。账房只说这些日来，每日都会从仓中取出五袋存粮，每袋不足一石，今日和往常一样，没有半点异常。

"五袋存粮……"城外数百灾民，每日只供五袋存粮，岂不是杯水车薪？郑侠想起高士毅那满脸油光闪闪的肥肉，只觉恶心不已。他信步来到中跨院，正逢送粮的车从外面回来，赶车的是个五短身材的矮子，人长得格外黝黑。郑侠上前拜问："老哥，高家送了粮食，灾民们够吃吗？"

那黑矮子冷哼道："城外有专门熬粥施粥的人，俺就是个送粮的，如何得知？其实想想都知道，六袋粮食，数百灾民，如何得够？"

"六袋粮食？今日你送出去的是六袋？"

黑矮子错愕道："这有甚奇怪？"

郑侠却不答话，口中念叨着："五袋变六袋！五袋变六袋……"他突然撒开两腿，往客堂跑去。恰逢云济走出门来，他急急将刚才的发现说了一遍，叫道："知白，那二衙内清点了粮食，为何平白无故多出一袋？寿光侯那些宝贝，分明是被家贼偷去了！"

他性子急切，要去告知高士毅。云济赶紧拦住他道："介夫兄莫急，这里面的蹊跷，终究是高家自己的事。俗话说疏不间亲，除非咱们证据确凿，否则可不能随意编排他儿子的不是。"

郑侠心中兀自不服，但云济百般劝阻，他只好强自忍耐了下来。

用过斋饭，云济向高家告辞，弥心特意出门，将云济一行人送出城外。

辞行前，弥心和云济执手告别，沉声道："云教授，郑门监，老拙虚长数十岁，有几句唠叨，还望二位莫要介意。世事难由人意，高家这宗命案如此处理，已经是最好的结果。"

云济对此心知肚明，向弥心躬身一礼："小生明白，多谢先生。"

"哼！"郑侠冷哼一声，毫不掩饰自己的不满。云济尴尬不已，只能再三作揖，和弥心拜别。

"施粥啦！施粥啦！"只听一阵锣响，城门外的数百上千难民一拥而上，将粥棚团团围住，然后又在衙差的斥责下排起了队。前面几个面黄肌瘦的穷汉，很快领到了窝头和粥,也顾不上烫嘴,就开始狼吞虎咽。

一个癞痢头的汉子三两口喝完热粥,吧唧嘴道:"奶奶的!高家可真他娘的不是东西,这粥比昨天还稀,窝头能当榔头使!"

"你懂个屁!"他身边一个老头伸着舌头将碗底舔得干干净净,"老高家施粥,十斤米能掺两斤沙,还有半斤老鼠屎。今天的粥干净多了,看着是比以前稀了,但米量还是差不多!"

"是这么个理!"癞痢头也急忙伸舌头舔着碗底。

云济听着这两人说话,心生奇怪,忽然听见不远处的树林中有人吵了起来。郑侠见状便道:"莫不是有人抢别人的吃食?走,咱快去看看!"

他们赶到野树林,却见一名妇人抱着个七八岁的孩子,正自恸哭:"娃啊!你怎么啦?娃啊……"她怀中的孩子穿着单薄的破烂衣衫,身子骨瘦如柴,肚子却高高鼓起。一名穷郎中伸手解开那孩子的衣衫,露出鼓胀的肚皮,伸手一摸,硬得跟石头一般。

郎中再拨开孩子的嘴,看了看舌头,又翻了翻眼睑,终于叹气道:"大嫂,这孩子撑不过去了,节哀顺变吧。"

妇人脸色一变,伸手来抓郎中:"李先生!俺用的是你教俺的法子,每日用粥中的米,再加一点观音土,搓成两个核桃大小的团子给娃吃。你当时说过的,他可以平平安安度过这一年……"

郎中摇头道:"观音土是能饱腹,但吃得多了,终究难逃一死。按照我给你说的剂量,你这娃儿还能多撑两日,好歹活过元日,可……你眼睛不好使,定是将观音土放得多了。"

"胡说!你胡说!"那妇人尖声大叫,伸手在地上摸索,好不容易抓到一只破碗,将它递给郎中看,"李先生!俺眼睛是看不清了,手脚上可不糊涂,这是寿光侯府施的粥,俺只喝了清水,米粒一颗都没舍得吃,都给俺娃捏了米团子啊!你……你这庸医,还俺娃儿命来!"

"我行医多年,岂会看错?"眼见她如疯如痴,郎中连连退开几步,再次叹了口气,转身去了。

周围的穷人哪里顾得上他人的悲苦,也都纷纷散了,只剩下那妇人抱着垂死的孩子,无助地哭号:"娃儿呀!为何你死了,娘还在?娘眼睛瞎了,又不认字,连墓碑都立不了哇……"

陡然见到这人间惨剧，云济等人均觉心头发堵，郑侠迈步而出："这位大嫂，你娃儿叫甚名字，我来为他写碑！"

　　那妇人嗓子已经哭得哑了，干号道："俺夫家姓王，娃儿便叫娃儿，又有甚名字？"

　　郑侠听罢，心头沉甸甸地难受。鲁千手寻来一截枯木，掏出斧头锯子来，没片刻工夫，就截成了一块墓碑。郑侠取出笔墨，在上面写下"王娃儿之墓"五个字，又用小字写了卒年，再抬头时，已经双目红肿，热泪夺眶而出。

　　"长太息以掩涕兮，哀民生之多艰！眼见百姓过得这般凄苦，偏偏无能为力，我郑侠真是愧对朝廷给的俸禄！"郑侠掩袖抹去泪水，将墓碑放在那妇人身边，久久不肯离去。

　　"介夫，时日不早，咱们快快回去吧。"云济轻拍郑侠后背，不知如何劝慰。

　　郑侠转身对着云济，双眸中布满血丝，嘶哑着嗓子道："知白！以前我只觉和你肝胆相照，意气相投，没想到你竟是如此麻木不仁之辈！飞荷虽然身份低贱，但也是一条人命，他们沆瀣一气，借中邪一说，就替高大衙内遮掩过去，你居然视而不见！"

　　"不是视而不见，而是再三权衡。"云济解释道，"弥心先生出了这个主意，我心中又是钦佩，又觉感激。即便咱们继续追究，高家只需咬定了中邪之说，我们也没法让高公洁伏法。可那些被拐来的婢女就可怜了，原本她们只是沦落在高家，替人为奴为婢，若我们将事情闹大，惹起外戚和文臣的纷争，高家为了自保，会怎么处理那些奴婢？"

　　郑侠没有答话，等着云济细说缘由。

　　"咱们来调查拐卖案，高士毅这等奸猾，不会看不出来。他要防咱们拿此事做文章，必会先清理露出的尾巴，以他这等心肠手段，一旦当真和官府冲突，咱们别想再见到这八名婢女了。"

　　云济此言一出，其他人均是心头一寒。

　　"这就是你的'再三权衡'？"郑侠怒道，"这可是人命案，岂能这么'权衡利弊'？你们将宋律王法当作什么了，一笔交易吗？"

　　云济像是想到了什么，叹息道："当然不能是交易，只是当人命和法规有冲突时，就不得不权衡，不得不做出抉择。"

　　"所以你的选择就是背弃法规？"郑侠盯着云济，冷嘲热讽道，"知白啊知白！你可知我何等失望？你在司天监为官，拜了沈制诰为师，又有王巡使待你如子，养尊处优，没挨过饿，没受过饥，如何能体会人间苦难？是了，我想起来了，你之所以不能考进士，就因为你爹违纪枉法！看来你背弃法规，权衡什么利弊，竟是祖传的！"

这番话仿佛一把利剑，狠狠扎入云济心头。

"介夫！"云济脸色煞白，踉跄着后退两步，伸手扶住马背，涩声道，"介夫，你竟这般想我吗？你刚毅正直，我向来敬你如兄，家父的事我从不曾对别人说过，你可知为何？人命关天啊！当人命和法度只能二选其一时，难道不得权衡一二吗？"

郑侠话一出口，也觉太过伤人，心中微微后悔："你爹……"

云济倚着马车车轮坐下，望着冬日荒芜的农田，终于讲述出一段他不肯吐露的往事。

第七章
彩戏法

　　云济自幼丧母，和父亲云深一起生活。云深是京郊递铺一名传递文书的铺兵。云济九岁时，云深在一次呈送马递①进京途中碰上一场火灾。京中街巷屋舍都是木制的，每次火起都让军巡铺和潜火队心惊肉跳。云深有递送任务在身，本不该多管闲事，但就在他路过时，听见火场中有人呼救。

　　呼救声传出的位置，是一家已经烧了大半的酒楼。众多潜火兵都去了街巷另一头，那边屋舍相连，火情更为紧急，就连民众也都自发去那边救火了。附近没有其他人，若放着酒楼中呼救声不管，便等若见死不救。

　　按照规章，任何事都不能耽误马递，但云深稍作权衡，还是冲进了火场。

　　呼救的是名潜火兵，大腿被一截坍塌的横梁压着，一时动弹不得。场中烟气滚滚，潜火兵身披的防虞蓑衣已经破烂，露出灰黑一片的火背心②。火背心里，竟还裹着一只被烟气毒晕的狸猫。

　　见有人进来，潜火兵不由大喜过望。云深二话不说，寻了根未烧完的椽子，

---

① 宋朝有发达的邮传系统，铺递分三种等级，步递、马递和急脚递。"步递"传递非机密文件；"马递"负责传递官府的紧急机密文件，要求日行三百里；"急脚递"传递紧急军事机密，日行四百里，且保密等级最高。
② 防虞蓑衣、火背心为宋时消防装备，防虞蓑衣通常以苇草制成，用前淋水浸湿，防止烧伤灼伤；火背心是套在身上的外衣，用石棉等材料制成，可防衣物被引燃。

拼尽全力将压在潜火兵身上的横梁撬开。潜火兵挣脱出双腿，艰难站起身来，扶着云深的肩膀，一瘸一拐逃出火场。

脱离险境后，潜火兵瘫躺在地上："兄弟仗义，敢问高姓大名？"

"什么大名不大名，鄙人……"云深话说到一半，脸上表情突然一僵。他刚刚伸手往怀中一摸，装信件的匣子竟然不见了。

云深浑身一个激灵，他在冲入火场前，还专门将信匣往怀中稳了稳，只能是丢在火场里了。

"兄弟，你……"潜火兵喘着粗气，目瞪口呆地看着云深再度冲进火场。

过不多久，云深狼狈不堪地从火场出来，头发和衣服焦黑，却浑然不觉。他手里拿着烧了一半的信匣，失魂落魄地走到潜火兵身前，突然站立不稳，向前扑倒在地。

潜火兵惊叫一声，这才看见他后背上触目惊心的烧伤。眼见云深跌倒后再无力站起，潜火兵想要去扶，但自己也受了过多烟熏，才一起身，就觉头晕目眩，顿时昏迷不醒。

第二日，云深从一家医馆醒来，顾不得伤势，连忙去查看盛放马递的信匣。拨开烧损严重的半截匣盖，里面只剩一丝灰烬，云深不由面色一片惨白。

身为呈送马递的递铺铺兵，他受到的训诫不下百遍——马递一日三百里，稍有耽搁迟滞，都会被再三责问，如今竟然在自己手中损毁，这是何等罪责？

浑浑噩噩中，云深赶到宫城，向通进司汇报，而后失魂落魄般回到家。

他和儿子就住在递铺分的一间不足六尺见方的屋舍里，床只三尺宽，儿子每晚只能挤在他怀里入睡。经年累月之下，床架已经松垮，每次翻身都"咯吱"作响，也不知哪日就会塌了，他想要修一修，但还没来得及请木匠。床上只有一张重衾，年纪比儿子还大，已经又硬又薄，去年冬天儿子接连两次发烧，多半就是被子太薄着了凉。他打算给儿子换衾芯，但卖木棉的小经济这几日一直没上门。儿子天性爱学，递铺的书早被他翻完了，上次有位住宿的官人夜读《范文正公文集》，儿子听得十分振奋，却只能巴巴看着，前几日他才打听到孙老二那里可租到坊印本，可还没来得及去找……

听着儿子细细的鼾声，云深躺在床上没能入睡，对儿子的亏欠就像被单上大大小小的补丁，一层叠着一层，怎么数都数不清。

翌日，官府来人将云深带走；又隔二十余日，被关押多日的云深终于等来判决，被刺配延州。虽说信件是因为救人被毁，但法不容情，责罚比想象中还要严重。

边州苦寒之地，向来被视为狼窝虎穴，这一去前路茫茫，九死一生，还不知有没有命回来。他将儿子托给递铺的老友，驿丞看在他多年劳苦的份上，也答应照拂一二。

那日两进火场，云深肩背处被烫伤，一直不得细心医治，一月来反而更见严重。但负责押解的公人又岂会管他身体如何？云深不得不拖着伤病上路，一路披枷带锁，只出城走了二十里，就觉头重脚轻难以支持。好不容易撑到打尖的酒肆，云深瘫坐在地上，昏昏沉沉中，他看见一个瘦小而熟悉的身影走过来，清瘦的脸上挂着两道泪痕。

是儿子。

是儿子云济！

太聪明的孩子，往往不能让父母省心。云深已经嘱咐过多次，自己要出远门，让儿子乖乖待在递铺。但云济还是从再平常不过的话语中，听出了不同寻常，他偷偷离开递铺，追上了押解队伍。

云深不知道，九岁的云济是怎么打听到他们的行程，又是如何偷偷一路追上来的。但他已经没法再赶儿子回去了。这孩子自小一肚子主意，一旦拿定了一件事，别人说什么都不管用。

刺配的行程无比漫长，路上的艰辛远远超出了父子的预料。云济出行前典卖了家中细软，换来的钱都用来买烧伤药。但烧伤难治，巴掌大的灼伤几度溃烂，云深连日发烧，浑身酸软无力。在递铺干了多年，云深也知道该给公人使钱，但他又哪里有余钱？就连吃饭，也得靠公人手里开支。是以这一路上，没少受公人责难。

就这么坎坎坷坷行了五百里，云深伤势越来越重，伤处溃烂发臭，烧伤药已全然无用，几度耽误行程，引得押解公人动辄发怒。浑浑噩噩间，云深知道生命走到了尽头，他抓着儿子的手，满腹都是不甘和歉疚。

只有他知道，不足十岁的云济怎么跟着押解队走了这五百里路，磨破了几双鞋，脚掌起了多少水泡；只有他知道，每天夜里，云济都要给他擦洗伤口，哭着割掉溃臭的烂肉；只有他知道，为了避免公人的责骂，云济每次都只吃半个馒头，几乎瘦脱了形……

"济儿，教书先生说，你是难得一见的天才，将来必中进士……可爹犯了这等重罪，你这辈子都考不了科举了。爹每一日都在后悔，如今去了九泉之下，都不知如何面对你娘，你……你怪爹吗？"

云济摇头，泪如泉涌。科举是庶民出人头地的唯一出路，他很小就知道。

"爹真后悔啊……"云深长长叹息一声，又叮嘱了最后一句，儿子瘦削凄苦的面容被装进充满眷念的最后一瞥里，随着天边灿灿金光无力地坠落，被沉沉垂下的眼睑关在了另一个世界。

生死相别的这一日，连日阴雨的天气突然转晴，阴湿潮气也被一扫而空，天上云收雨霁，四野春意盎然。阳光不可一世地明媚着，百花肆无忌惮地芬芳着，鸟雀旁若无人地欢闹着，一切都晴朗得让人憎恶生厌。一颗颗泪珠从云济眼眶里挣脱坠落，却倾不尽一肚子凄风苦雨，所有的温暖和美好都变得遥不可及，只有浩瀚如海的苦难汹涌着流向自己。他抓着父亲的手不肯放开，却怎么也留不住他手心里渐渐散去的暖热。

自此之后，晒着晴日却感觉不到温热，看着胜景却体会不到美丽，所有的美好都无法直接感受，需要"算"出来。他茕茕孑立于熙熙攘攘的人间，只有苦难能轻而易举地触动他。

对于死在半道上的罪犯，押解的公人没有半点怜悯，丢下一死一生父子俩继续上路。客死他乡的可怜之处，不仅仅是无法落叶归根，更窘迫的是无地安葬。触目所及都是有主之地，连三尺埋身之所也寻不到。云济乞讨六七日，才终于碰到好心人，用驴车将云深拉到荒郊埋葬，那时尸体已经臭了。

小小年纪便举目无亲，云济在父亲坟边舍不得离开，流连了七八日，山果野草抵不得饿，终于晕死过去。幸在被好心人所救，送到了一家官办的慈幼院，总算没有饿死在荒郊野岭。

这家慈幼院共养育着二十几个孩子，云济算是有了栖身之所。照顾孩童的是四个妇人，日常事务由四十余岁的张娘子主持。云济年岁较大，不仅需要照料更小的孩童，还会被张娘子支来唤去，每日入夜还要被单独训诫。在十岁的年纪，他每日都过得战战兢兢，忧患重重。

慈幼院是当任知县的德政，全靠县衙支钱维持，拨款没有定数，孩子们吃穿用度时好时坏，难免饥一顿饱一顿。两年后知县履新，新任知县对前任政绩不置可否，慈幼院没有进项长达半年之久，几名女使相继离开，张娘子责令云济带着其他孩子上街讨钱过活，反倒成了孤儿们做乞儿养着慈幼院。张娘子暗做手脚，将年岁稍大的孩子先后卖出。当时云济害了病，按理说难寻买主，但他长得清秀，又聪明伶俐，竟很快被好娈童的富户相中，眼见要被卖出为奴，一位东京来的官人找到了慈幼院。

这位官人姓王名旭，是东京城左一厢厢巡检[①]，专为云济而来——他就是当年云深在火场中所救的"潜火兵"。

距离云深损毁马递信件获罪，已经三年有余，当年王旭还是厢典。他本是潜火队教头出身，却因意外被困火场。被云深救出后，就因中炭毒而昏倒，全然不知云深的姓名，更不知他因此获罪一事。这次火情后，王旭因功被擢升为厢巡检。他的炭毒和烧伤共治了三个多月，伤愈后就四处打听恩公消息。但云深获罪、流放、病亡等经历甚是曲折，押解队又直达边州，王旭虽升了厢巡检，也费了极大功夫，才辗转打听到云深父子的下落。

离开慈幼院后，云济凭着惊人记忆，带着王旭去荒野里寻找父亲埋尸之处拜祭。孰料原以为的荒郊，竟也是有主之地，只是三年多前尚在荒废中，此时已被垦成农田，而父亲的尸骨，也不知被抛去了何处。

父亲的坟寻不到了，他连根都没有了。

云济被王旭带回东京时，已经十三岁。王旭收他作义子，供他吃穿，送他读书，对他视如己出，让他脱离了忍饥挨饿、日夜忧惧的日子。

近十年来，王旭官运亨通，一路做到了军巡使。然而东京城鱼龙混杂，罪案频发，王旭职责所在，整日被繁务所困，好在云济聪颖过人，帮了他不少忙。

此次云济主动提出来陈留一趟，一是为寻找郡主出一份力，二是为王旭担一份险——来陈留之前，眼见王旭着急上火，嘴角生了好大一个燎泡，云济怎能无动于衷？但陈留之行一无所获，还惹得挚友郑侠几乎跟他反目……

这段陈年往事在云济口中淡淡道来，听得狄氏兄妹唏嘘不已。郑侠虽早就知道云济不能考科举，却不知其所以然。他刚才和云济置气，恶语出口伤人，心下已然后悔，此时却硬着一张嘴道："知白，原来你儿时这般命苦。令尊去世前再三叹惋，可见悔不当初。朝廷所定的法律规章，既然明知于心，就该严格遵循，

[①] 开封内外城共分八厢，各设"厢公事所"，负责片区治安、消防、缉贼等事务，其主官为"厢巡检"，属员为"厢典"。

岂能因私情而废法？"

众人都知郑侠借喻什么，狄依依虽然也对高公洁被轻易放过耿耿于怀，但见他这般训导的语气对云济，就没来由满心烦躁，反驳道："法规要求驿卒一切以马递为重，难道就该见死不救吗？"

郑侠摇头道："马递一旦发出，就该直陈通进司，其重要性不言而喻。信中所述之事，或能救万民于水火，一人的性命，岂能与之相比？"

"马递所送的信件，也未必……"狄依依刚说了一句，就听云济说道："介夫兄，你可知家父故去前，所留最后一句遗言是什么吗？"

郑侠诧然摇头，云深的临终遗言，他怎么会知道？

"他说：'爹每一日都在后悔，但后悔的是没把马递保护好，而不是后悔冲进火场去救人，你须记着了。'"云济抬头望着天边淡淡云影，"这话就是我爹揣在我心里的马递，这些年来，我一时半刻都不敢放下。"

狄依依怔怔望着云济，突然明白他"救急教授"的名头因何而来——那日在姜宅园子冷嘲热讽骂他一通，他就带着这许多人奔赴陈留，她原以为是自己无意中激将成功，现在才明白，他看似很听人劝，擅长知错而改，其实心中自有坚持。"救人之急"是因为"不忍见人急"，很听人劝则是因为别人正好劝中了他的意。

郑侠想说什么，却终于叹了口气，和云济拱了拱手。君子和而不同，既然观念有别，各有所执，那么彼此尊重就好。

几人策马扬鞭，向东京城行去。

熙宁六年的冬月还未燃尽，熙宁七年（公元1074年）已经款款而来。

　　爆竹声中一岁除，
　　春风送暖入屠苏。
　　千门万户曈曈日，
　　总把新桃换旧符。

这首《元日》写成于熙宁二年，当时王安石初任参知政事，被赵顼委以重任，主持变法。他意气风发，踌躇满志，作了这首七绝，豪言要以"新桃"换"旧符"，立志更新万象，澄清寰宇。

如今五年过去，变法初见成效，大宋府库充盈，军需齐备，各军上下焕然一新。

然而也引起了滔天巨浪，越是穷乡僻壤，越是推行不利。新法仅仅出得京师百里，便已然变味——官吏苛收税务，只求政绩；富绅勾结抵制，阳奉阴违；黔首黎民反而倍受压榨，苦不堪言。

熙宁七年元日，鞭炮声时不时响起，王安石策马而回，百名元随前呼后拥，护卫在他身侧。大朝会好不容易结束，他带着一身疲倦，坐在马背上，正在沉思。新法的种种弊端，他心中早已有数。但新法之纲如军中大纛，丝毫容不得动摇，更容不得更改。只能竭尽心力，从细节上修补完善。

"又卖完了？"

"也太贵了吧！"

"真他娘坐地起价，当心生儿子没屁眼！"

……

路边街角突然传来一阵吵闹声，王安石眉头大皱："怎么回事？"跟在一侧的瘦侍卫连忙应声："回相公，胡记米行的米卖完了，没买到米的正在闹事呢！"

"胡记米行？又是囤货居奇的奸商？"

"爹，这可有几分错怪胡记啦！"说话的是王安石的长子王雱，他也是一身齐整的官服，策马随在王安石身旁，"自旱灾以来，粮价节节攀升，开封府号召平价粜米，粮商们无人响应。等市易司限制粮价，那帮奸商则立马闭门锁仓，升斗小民甚至有钱都买不到粮。胡记已经算得上有良心。据儿子所知，他们这几日来，每日放出一百石粮食，虽不是平价，已比市价低得多了。"

"东京人口百万，一百石粮食，杯水车薪罢了，又济得甚事？"

"粮商这行当的水极深，胡家低价粜米，等同于和其他粮商作对。若粜得多了，怕要引起公愤。每日一百石，已是十分不易。"说起其中干系，王雱愤愤道，"这些吸食民脂民膏的臭虫，若依我看，通通捉来杀头也不为过！这帮粮商在京中势力盘根错节，尤其与宗室、外戚牵扯不清。这些宗室子弟空有官衔爵位，整日里游手好闲，大把精力放在倒卖商货上，净给大宋添乱！"

王安石摇了摇头，他这个儿子才智卓绝，但总有一丝少年得志的轻狂。治大国如烹小鲜，政事之繁杂，岂是喊打喊杀就能理顺？

"爹，如今已过了年关，该考虑再开常平仓啦！自去岁以来，常平仓粜米已有两次，都不过小打小闹，算不得动真格。您总说常平仓是京畿安稳的定海神针，不能轻动。现在东京城外饿莩遍地，可不能再容那帮粮商猖狂放肆了。"宋太祖时设常平仓，以平抑粮价，赈济灾荒，后来各州郡均有设置。

王安石伸手在马鞍上轻敲三下："常平仓前度已经开了两次，三开常平仓势在必行，这次需如决堤放水，摧枯拉朽般荡涤污垢。提举常平司的刘煜大腿上生了恶疮，短期内无法处理公务……开仓放粮之事，也需慎之又慎。寻常人我不放心，就劳烦沈存中走一趟吧。你递个帖子给他，请他明日来府上一会。"

"沈存中么……"王雱捂嘴轻笑，"爹明日邀见他，岂不平白叫他为难？"

王安石一怔，神情诧异。

"爹难道不知？元月初二是要拜岳父的，沈存中这一遭要是不拜妥帖了，家宅不安不说，想出门都难。若儿子猜得不错，他定然在大朝会之后，就已经收拾好东西出门啦。"

沈括惧内的名头早已传遍京城，王安石哑然失笑："也罢，给他留个帖子，事毕后立马来见。这几日老夫跟政事堂几位通通气，先出个章程来，再上报官家。"

父子俩正说着话，行伍突然停下，一辆失控的驴车横冲直撞过来。元随们急忙封堵，好不容易将驴车拦住，驴车上忽然跳下一人，蓦然冲进队伍。

那是个二十来岁的年轻人，身穿一袭皱皱巴巴、黑袖白底的长袍，头上一顶软脚幞头，却戴得歪歪扭扭。这人猛地冲进王安石的仪仗队伍，元随们大惊失色，纷纷攒棒阻拦。呵斥声接二连三响起，只听一人大吼："小心！伞！"众人侧目望去，见前方惊了马，扛着团扇的元随受到冲撞，手中长柄横斜，打在青罗伞上，顿时将那顶青罗伞撞倒过去。

一阵劲风吹来，眼见青罗伞即将倒地，王安石身边的瘦侍卫见机甚快，慌忙舍身往前一扑。身子卧倒在地，险而又险地将伞托起。即便如此，伞盖还是沾到了地面灰尘。

一时间，不论是打伞的元随，还是避路的百姓，都惊得目瞪口呆。

青罗伞是只有宰执才能使用的仪仗礼器，整个大宋加起来也不过两手之数，但凡一把青罗伞倒地，整个华夏大地都要抖一抖。青罗伞受人冲撞，还是大宋开国以来的第一次。

"竖子何人？竟敢冲撞相公的仪仗！"胖瘦两位侍卫扶起青罗伞，怒斥那年轻后生。

"我……"那后生看着那顶迎风招摇的青罗伞，不由两股战战，双膝一弯，跪倒在地，"禀相公，学生……学生郭闻志，家父郭护，生前曾是常……常平司管勾,还担任过延丰仓仓监,学生有天大冤……冤屈,上诉无门,只求王相公替学生做主!"

郭闻志面如冠玉,相貌颇为不俗,然而此时在宰相驾前,却唯唯诺诺、战战兢兢。见他这副姿态,王雱难掩心中厌恶,冷哼一声:"原来是郭护的儿子?我知道你的父亲,小官巨贪,恶心人的蠹虫!你居然敢……"

王安石骑在马上,挥动马鞭,制止儿子:"什么冤屈,状告何人?你且说来!"

"学生……学生状告……"郭闻志伸手入怀,却又顿了一顿,抚着胸脯道,"学生状告……东京粮商胡安国,他……他嫌贫爱富,背信弃义!学生和他女儿自幼定有婚约。家父去岁因事获罪,他撒手离世后,胡安国翻脸不认人,不仅背弃婚约,还当众羞辱学生……"

郭闻志话未说完,王安石拍马便走。

这人拦住日理万机的宰相,竟只为了这等家长里短的小事,王安石怎能不怒?王雱也啐了一口,急忙跟上。

胖侍卫疾走几步,问道:"相公,这厮冲撞仪仗,不拿他下大牢吗?"

"正值元日,何必这般戾气腾腾?"王安石摇了摇头。

郭闻志跪在路中,俯着身躯,眼看着元随的脚步一个个经过,终于人潮散去,这才松了口气。他正要抬起头来,面前突然出现一双奇大的脚,穿一双沾满尘土的旧芒鞋。

他刚抬起头,那人"呸"的一声,一口浓痰"啪"地砸在他脸上。

身前是个穿着百衲衣的乞丐,一脸失望鄙夷地望着他:"真是不中用!你爹怎么死的?还指望着你替他争口气呢,憋了这么久,就憋出个屁来!"

郭闻志顶着脸上的浓痰,讪讪僵笑,擦也不是,不擦也不是。

云济等人终是在年前回到了东京。

云济虽已独自居住,但每年都会回义父家过年。只是王旭公务在身,尽管开封府狱里塞满了干黑活的人牙子,偏偏郡主的下落还是毫无头绪。王家这个年过得忧虑重重。

一连几日,云济都在帮王旭梳理案件卷宗。经过几番筛查,被抓的俱已排除嫌疑,王旭只能再次扩大范围搜捕。然而他们心里有数,人贩拐了富家女子,必是卖到外地去,若从人牙子口中掏不出消息,再想查出郡主的下落,怕是比大海捞针还难。

而狄家兄妹在伯父狄谘家中过了元日,但觉规矩太多,急在京中另租住处。云济家中有空房,正打算寻租,于是腾出两间客舍,请他们来自己家住。两间客舍久不住人,房门长锁,老仆不慎把钥匙弄丢了,云济只好叫鲁千手来开锁,重新配了钥匙。

大年初十,云济和狄家兄妹正围炉清谈,鲁千手风风火火地冲进云宅,高声叫道:"教授教授!出来啦,咱做出来啦!"

"做出什么啦?"狄依依瞬间从折背样[①]上蹦起。

只见鲁千手捧着一只铁锁,锁体铸成憨态可掬的犬形,献宝一样呈到三人面前,面有得色地道:"在这儿在这儿,正是此物!教授总说咱生来是个匠人,创制不出什么有用的物件。哈哈!此物一出,教授定得收回这话不可。"

狄依依一把抓过铁锁,诧然道:"这不就是把锁吗?"

鲁千手摇头晃脑:"非也非也!咱这可不是寻常的锁,这是一把不怕丢钥匙的锁!"

"不怕丢钥匙的锁?"

"正是正是!你们住的那两间房,老仆弄丢了钥匙,不得不找咱开锁。当日回去咱就来了主意,创出这把锁,用任何一把钥匙都能打开。若哪日丢了钥匙,只需随便寻一把钥匙,甚至是一根草叶,只消能塞进锁眼,就能开锁。"鲁千手一边喋喋不休,一边掏出一串钥匙,将其一个接一个捅入锁眼,果然每把钥匙均能开锁。他一脸得意地望着云济,如同等待父母夸奖的稚童。

"任何一把钥匙都能开锁,那……还要锁作甚?"

鲁千手满脸笑意顿时僵在脸上,喃喃道:"还要锁作甚?还要锁作甚……"

眼见鲁千手失魂落魄的模样,狄家兄妹都是诧然不解,一把锁而已,何至于此?云济苦笑着解释,若论世间能工巧匠,鲁千手已是凤毛麟角。只不过"制"和"创"不同,他所造器具多是前人所创,只能称为"制"。这些年鲁千手倒也"创"出不少奇技淫巧之物来,只可惜虽制作精良,却偏偏没半点用处,个个都是堪称鬼斧神工的无用之物。因此,创制有用之物,就成了他的心结。

---

① 宋朝时的一种椅子样式,椅背与扶手等高,扶手前端突出,椅盘呈方形。

鲁千手固然心情低落，云济也是愁眉不展。王旭的办案时限只剩三日，所有卷宗均已查完，筛出来的几个销赃大户，他们翻了个底朝天，也没有什么结果。如今算来，倒是陈留高家最为古怪。

"是不是漏了什么？"云济正自言自语，胡安国派人来请，说是请了戏班子唱堂会，特邀云济等人去看。

狄钟一直对胡惜雪念念不忘，收到邀请大喜过望。狄依依虽一心盼着找到真珠，但见云济整日愁眉苦脸，也不禁劝慰他："你案卷都查完了，光在这里空想有什么用？'以逸待劳，兵之利者也'。若不懂有劳有逸，又怎能成就大功？走走走，去喝几杯'胡家酿'，给脑子开开光，没准就想明白了。"云济推脱不过，只得依她。

胡家宅邸大气雅致，中堂招待贵宾，后堂招待女客。狄依依被婢女接入后堂，云济和狄钟在中庭寻了处位置坐下。桌上早已备好茶盏酒杯，陈列着七八碟果子蜜饯。旁边的铜炉里，兽炭烧得正旺。

小厮为宾客们斟酒，胡安国满面笑容，迫不及待地举杯："新春佳节，诸位亲朋能赏光，是胡某人的荣幸。话不多说，咱们先用餐，后看戏，晚上安排了素斋，望各位都能尽兴！"

去高家这一趟，有好几桩怪事都和雪柳有关，虽已从陈留回来，但云济忍不住时时琢磨，愈发觉得其中藏着蹊跷。他本想找机会询问雪柳被退回一事，却见胡安国一杯酒浅尝辄止，跟众人告了个罪，便匆匆回了内宅。

云济双眉一动，问向左右道："胡员外有什么急事吗？"

在旁边陪客的管事悄悄解释了一句，胡安国最近得了病，身体抱恙，不便长时间陪客。

很快，饭菜上桌。冒着腾腾热气的羊羔肉被摆在正中，然后是石锅烧山鸡、冬笋狍子、豆瓣鲫鱼……各味山珍接踵而至。一张张餐桌已经放不下碗碟，一道道新菜还在接踵而来，小厮只能将没吃完的旧菜换下——城外饥荒遍地的惨象，在这里寻不到丝毫痕迹。

尽管桌上都是玉食珍馐，云济和狄钟两人还是食不知味。云济是因为习惯了什么东西都整整齐齐，但凡有丝毫凌乱，便觉浑身不自在。这桌上杯盏交错，碗筷横斜，菜蔬参差零落，云济如坐针毡，有一半时间都在整理碗筷，另一半时间在揣摩胡安国的病症。狄钟则是心不在焉，一直惦记着胡惜雪，两只眼珠子转来转去，对后堂那道看不见的倩影悬悬而望。

饭未吃完，胡小胖从后堂窜了出来，拽着云济道："瘦饭桶，走走走！跟我去看戏！"云济无奈，只得叫上狄钟。狄钟不情不愿跟着二人来到戏台前，依稀看见了胡惜雪，登时双眸一亮，急急赶上两步："惜雪姑娘，你也来看戏，好巧啊！"

"这就是惜雪家，还巧什么巧？"狄依依半躺半坐在一张竹椅上，手中抓着只酒壶，膝盖上搭一张羊绒毯，穿着牛皮靴的脚一跷一跷。

胡惜雪雪靥酡红，不着痕迹地绕开狄钟，向云济款款一礼，脸颊发烫地指着戏台，道："云教授别见怪，都是小胖胡闹。台上是家严请来的杂耍班子，据说两名彩戏师颇有神通，马上便要上台啦。"

千呼万唤中，彩戏师终于上台。先亮武活，什么接飞刀、抡大斧、举石鼎、爬刀山、蹈火海，都是实打实的硬功；然后是文活，什么"吞刀吐火""划地成流""金刚连环""三仙归洞"，炫目多彩，看得胡小胖目不转睛。

眼见几个戏法结束，胡小胖激动得脸上肥肉不停颤动，抓着云济的胳膊道："以前我以为你已经够厉害了，现在才知道什么叫真厉害。我的娘老子爷哎，天底下还真有神仙啊！"

"什么真有神仙？"

"你看这两位大仙儿，这个能吞刀，那个能吐火！吞刀的这个好生厉害，两尺多长的刀都能吞进肚子里，当然吐火的那个也不差，能把核桃变进碗里。"

云济莞尔道："这只是障眼法罢了。吞刀戏师吞的长刀是假的，刀刃一触碰，便收缩回去。吐火戏师戴的面具内藏着火油，触发机关喷火浇油而已……"

胡小胖的嘴巴越张越大，看看台上，又看看云济，满脸的兴奋渐渐淡去，不由将信将疑起来。

此时耍戏法的是个身高七尺的汉子，头方脸阔，肩宽身窄，行话叫作"使活的"。另有一个五短身材的侏儒，尖嘴猴腮，负责帮衬，行话叫作"量活的"。

使活的汉子双手捧着一只白玉瓷壶，满脸堆笑道："各位官人，诸位娘子，咱家这壶酒唤作'醉美人'，乃是两百年前，钟离权来家师的洞府做客时，喝剩下的半壶残酒。猫儿喝了能变虎，蛇儿吃了能化龙，就连又丑又矮的三寸丁吃了，也能变成亭亭玉立大美人儿！"话说到这儿，那量活的侏儒顿时两眼冒光，垂涎欲滴地盯着白玉瓷壶。

胡小胖顿时叫出声来："胖子喝了能变瘦吗？"

使活的汉子哈哈一笑:"由胖变瘦,再简单不过,小少爷您尽管来试!"

胡小胖看了云济一眼,半信半疑道:"我不来,你又在骗人!"

"小少爷不信吗……得嘞!今天这三寸丁可真占了大便宜,来来,第一口酒,赏给你喝啦!"使活的汉子说着,斟了一盅酒递给侏儒,那侏儒迫不及待一口喝干。众人目不转睛盯着他,都在想他怎么变成美人。这时使活的汉子一拍手:"要施展变化之术,总须转上三圈,你且进来!"

台上恰有一个柜子,高三尺,厚两尺。下面装着轮子,柜顶乃是圆形,顶上装有一个把手。使活的打开柜门,众人都看见里面空空如也。侏儒猫腰钻进柜子,使活的汉子将柜门关上,手拽着柜子顶上的把手,原地转了起来:"一圈……两圈……三圈……急急如律令,变!"

他伸手将柜子门打开,里面的侏儒当真变成了个窈窕美人,一弯身从柜子中钻了出来,向众人款款致礼。这美人着一身粉色的高腰襦裙,皮肤白皙,腰肢柔软。虽不及狄依依姿容绝世,但眼儿媚,声儿娇,身姿又极是妖娆。狄钟两只眼睛直勾勾望着,忍不住咽了口口水,魂魄都被勾走了。

"好!"众多看客大声叫好。

胡小胖瞧得目瞪口呆,歪着脑袋看向云济:"这下总不会是假的了吧?这三寸丁当真变成美貌姐姐啦!"

云济还没说话,狄依依便嗤之以鼻道:"这只是障眼法,哪有真正的变化之术?我看哪,根本不是矬子变成了美女,而是矬子被换成了美女!"

"可那箱子是离地的,下面又有轮子,绝无地道相通。这么多双眼睛盯着,他又是怎么换的人?"

"这……"狄依依自己也一头雾水,被胡小胖一问,顾左右而言他道,"就这点雕虫小技,我都懒得解释,三杯倒教授,你来说给他听!"

云济没有答话,而是呆呆地看着台上出神。

戏台上,从柜子中钻出的美人正俯首弄姿,给众人表演柔术。她身上襦裙齐胸而束,腰腹以下竟自侧线开衩,稍一扭身,便露出半截粉光致致的大腿,腰细腿长,臀丰乳挺,举手投足尽显妩媚,一颦一笑极尽诱惑。男客们看得聚精会神,狄钟更是魂不守舍。

狄依依顺着云济的目光往台上一看,顿时气不打一处来,上牙轻咬下唇,狠狠往他脚上踩去:"登徒子,跟你说话呢!"

"啊！你……"云济猛然惊醒，"那柜子里并没有换人。"

胡小胖道："我就说嘛！"

云济紧接着又补了一句："他换的不是人，而是柜子！"

"换的是柜子？"胡小胖双眸一瞥台上，哈哈一笑，"瘦饭桶，咱们都盯得清清楚楚，连人都换不了，那么大的柜子怎可能换得下来？"

"换下来？谁说柜子是换下来的？"

"没换下来？难道戏台上藏得了两个柜子吗？那汉子的大褂也遮不住啊！"

云济摇了摇头："根本没有藏，从一开始，咱们看到的便是两个柜子——两个背对背的柜子！那美女早就藏在背面的柜子里，只不过柜子是一体的，从中间一隔为二，我们看不到背面，以为只有正面的柜子。矮子从正面的柜门藏进去，使活的推着柜子转几圈，最后却将柜子背面对着我们。他打开的是背面的柜门，出来的当然便是这个美女了！"

这次狄依依站到了胡小胖一边："不可能！我看得清楚，那柜子只有两尺宽、两尺厚，现在柜门也打开着——你们瞧瞧，里头起码也有两尺深，怎可能背面还有暗格？"

"那只是看着有两尺而已！你以为那两格柜子是方方正正的吗？错啦，这矮子身长不足五尺，肩宽不过一尺，钻进柜子后却斜拧着身子，两手抱着腿弯，脑袋埋在裤裆里——这姿势占不到半个柜子，他何必如此委屈自己？那美女就更明显了，她腰肢柔软，两肩瘦削，斜弓着身躯，在柜子右侧约莫入柜一尺半深；她双腿近乎三尺长，两个膝盖上下交叠，右腿叠在左腿上，下巴支在右腿膝盖向下方六寸处，按这个姿势，在柜子中间位置只占了一尺深浅；她两脚并拢，两手抱着脚踝，在柜子左侧只入柜不到五寸。"云济一边讲述，一边摆出姿势，"据此可得出尺寸，柜子内部右侧进深一尺半，中间进深一尺，左侧进深半尺。即这柜子是被斜斜隔开成前后两个邪形柜①，每个邪形短畔半尺，长畔一尺半。"

众人听得呆了，胡小胖更是咋舌不已："可为何……柜门打开时，看着还是有二尺深？"

"因为柜子中间的隔板是用多面铜镜拼接而成，柜子内侧又用毯子遮掩了镜

---

① 《九章算术》中以"邪田"指直角梯形，"箕田"指一般梯形，上下底称为"畔"，斜边称为"邪"。

子的边角，在镜子的反照下，看上去便足有两尺深。"

听他这么一说，狄依依手撑下巴道："就你眼睛最贼！不过……我们都眼睁睁看他转了三圈啊，怎么就调换成背面柜门对着咱们了呢？"

"这才是这把戏的精妙之处，那柜子究竟转了三圈，还是两圈半，你们当真看明白了吗？"

众人听得莫名其妙，云济却又开始怔怔出神，浑然没做半句解释。

胡小胖突然冲上台去，推开那柜子边的美人，叫嚷道："我来瞧瞧你们的柜子！"说罢伸手拽住柜顶上的把柄转了一圈。这次他仔细盯着柜体，登时发现柜顶和柜体并非完全连在一起，而是由机轮咬合。两者同时转动时会微微错开，柜顶转了一周时，柜体的转动还不足一周。只不过柜顶是圆的，柜体是方的，因此，彼此错开时旁观者难以发觉。

"原来如此！"不仅胡小胖明白过来，其他人也都恍然大悟。

眼见他揭开这柜子的秘密，耍把戏的汉子和美人登时急了。但他们知道这是雇主家的公子，打不得，骂不得，一时间面面相觑，笑得比哭还难看。

"云教授一眼就看出其中门道，真乃神人！"胡惜雪仰慕地看着云济，一双剪水双眸中几乎要迸出光来。

狄依依对她甚是了解，只消情绪激烈起伏，耳朵就极易变红。看见她透红的耳垂，狄依依心里莫名不痛快，忍不住讥讽道："他也就这点小聪明了。"

她们两人一夸一贬，云济却仿佛没有听到，反而怔怔地道："我知道高士毅那一柜子宝贝是如何被偷的了。"

狄依依诧然："怎么又扯到高士毅了？"

云济拿起一块莲子糕放进嘴里，喃喃道："可是……还是不对，那么多宝贝，是怎么运走的？"

"神神道道的，在说什么呢？"狄依依大为不满，总觉得这厮有十万心思，却总是藏着掖着，别人问一句，他才吐露一句。

云济惊醒过来，敷衍地笑了笑："没什么。"

此时胡小胖已拽着柜顶转了三圈，柜体转了两圈半，背向的柜门又转回了正向，他高声道："哈哈！让我揪那矬子出来！"

说着在柜子上端了一脚，用力扯开柜门，他刚往里看了一眼，突然惊叫一声，一个屁墩向后跌出。胡惜雪等人坐在前排，望着柜子里钻出的东西，有一个算一个，都猝不及防地打了个冷战，一片人仰马翻。

原来柜门一开，里面竟钻出一只怪物，须发如针，骨头外露，青面獠牙，满面狰狞。这怪物身材短小，躯体并不十分清瘦，却偏有瘦骨嶙峋的骇人模样。胡小胖跌跌撞撞滚下台，扑向胡惜雪，吓得眼泪与鼻涕齐飞。

"莫怕！莫怕！"台上的鬼怪竟也是手足无措，尴尬不已。

云济强忍着受到惊吓后的不适，蹙眉道："旱魃？"

"公子说得不错，是旱魃！不不不……是那三寸丁！"使活的彩戏师急忙解释，"诸位看官莫怕，这是咱们要演的下一出戏，唤作'天女打旱魃'！"

原来"醉美人"和"天女打旱魃"两出彩戏是串起来的，量活的矮子藏进柜子里后，就立马开始变装，在醉美人表演时，用藏好的贴脸软面具，将自己扮作旱魃，准备"破地而出"，谁知被胡小胖突然打开柜子，众人都吃了这一惊。

在他解释之下，众人才明白过来，狄依依兴致勃勃，催他们继续。

台上的美人向众人款款致礼，抬起头时，原本的妩媚神情已然消失，满面庄严肃穆。只一招手，一件霓裳羽衣被掷向空中，她纵身一跃，临空将霓裳穿在身上。那广袖上缠着两根披帛，迎风一抖，袅袅舒展到半空，如烟霞漫天。妩媚妖女瞬间化身为仙气飘飘的天女。

"旱魃"凶相毕露，张牙舞爪向"天女"扑来；"天女"广袖一抖，掏出一条长鞭，向旱魃打去。一时间"旱魃""天女"一丑一美，激烈交锋，台下乐声激昂，叫好声随之响起。

旱情已持续两年多，即便东京城中百姓也惴惴不安。"打旱魃"这出戏最是应景，加上"天女"身姿之美，光辉夺目，宾客们一个个看得兴致盎然。

过不多久，旱魃落败，横"尸"当场，"天女"娉娉婷婷得胜而回。

一阵喝彩声中，狄钟目送那"天女"身影转到台后，才终于恋恋不舍地把双眸收了回来，转到胡惜雪身上。却见她香腮胜雪，痴痴盯着云济侧颜，眉宇间尽是崇拜之情。狄钟肚里泛酸，问云济道："云教授，你在看什么？"

原来云济也痴痴盯着台上，似乎"天女"已去，他还依旧翘首而望。被狄钟一问，他回神道："突然想起京中闹旱魃一事，传闻当时有孩童坠入铁瓮，瓮中水不烧而沸，等孩子救出时，已化为旱魃……我在想，那旱魃会不会是孩童乔装而成的？"

胡小胖睁大眼睛凑上前来："听说水不是被蒸干了吗？那坠入瓮中的娃娃早就被煮熟了，还怎么乔装？"

云济一时无法回答，在座诸人对闹旱魃一事都只是听说，不曾亲眼见过，当日发生之事也是人云亦云，细节处早已被以讹传讹，有多种说法，根本无从知晓详细经过。

转眼到了傍晚，堂会终于唱罢，宾客已走了大半，剩下的人被迎进后堂，一道道素斋端了上来。

一见这些菜，狄依依便觉眼熟。还没来得及想明白，就听云济叫住了上菜的丫环："这些素斋，可有名头？"

丫环致了万福，指着桌上佳肴道："这道素烩唤作'罗汉荟萃'，用的是鲜蘑菇、板栗、冬笋等十八种食材制成，暗喻佛祖尊前的十八罗汉。这道菜叫作'孤云出岫'，选取上佳的莴笋一分为二，伴上老醋和葱花，好似山谷深渊……"

还没等她说完，狄依依顿时想起，这桌菜和高家那顿素斋十分相似，连菜名和说辞都相差无几。

云济淡然一笑，佯做好奇道："这一桌素斋卖相极佳，名头更好，我猜是出自贵府某位才女之手吧？"

提到"才女"，丫环不自觉看向自家小姐。胡惜雪赧然摇头："云教授猜错了，说甚才女，奴家可不敢当！这素斋的名字不是奴家所起，而是铛头自己带到府里来的。"

云济一愣："贵府果真是钟灵毓秀，居然连铛头都这般风雅。"

"云教授说笑了，"胡惜雪迟疑一下道，"这位铛头师傅姓李，原本是安定郡王府的铛头，做得一手好素斋，不知什么缘故，被赶了出来。因为德水书坊印制的书出了岔子，家严亲自去郡王府致歉，恰好碰上被赶出门的李铛头，便将他请到了寒舍。"

"安定郡王府的铛头？"云济顿时来了精神，"吃了这般雅致的素斋，小生实在心痒难搔，想要见见这位铛头，不知可否方便？"

"哪里话，这有甚不便的？"胡惜雪当即着人去请，很快那位李铛头赶了过来。这人腰背挺拔，着一袭灰布长袍，浓眉大眼，仪态端庄，果真是郡王府出来的管事气度。

云济问道："李铛头，敢问你为何离开郡王府呢？"

李铛头憨然一笑，向胡惜雪瞥了一眼，压低声音道："不怕云教授笑话，小的是不慎触怒了王爷，才被赶出来的。"

"哦？"

"郡王府王太妃信佛，每逢元日，都要吃素。当日小的做了这一桌素斋，结果王太妃看后连连垂泪，王爷也勃然大怒，推翻了一桌子菜，命人将小的痛打一顿，赶出了门。唉……其实也怪小的太笨，不该触了王爷的霉头。"

狄依依大为好奇："一桌素斋而已，怎就触了霉头？"

"这一桌素斋，是去岁真珠郡主跟小人一起创制的。真珠郡主不仅锦心绣口，吐属风流，对王太妃更是一片纯孝之心。去岁元日，她专门为王太妃准备了这桌素斋。王太妃吃得身心大悦，直夸郡主孝顺，取的菜名又极有禅意。没想到……去年上元节郡主被人拐走，自此杳无音讯。王太妃几乎哭瞎了眼睛，王爷好不容易下定决心，一口空棺材发了丧。谁知到了腊月，新印制的《周礼义》中冒出一篇郡主失踪实录，闹得东京城里尽人皆知，王爷正窝了一肚子火……也怪小人，前一夜守岁，喝了一肚子猫尿，元日早上都不清醒，居然做了这么一桌子素斋。王爷和王太妃一瞧，难免触景生情……"

李铛头还在絮絮叨叨，云济已经陷入沉思。事情跟他估算的全然不同，年前在高家这一趟，怪事一件接一件，看似杂乱无章，其实都落在那个被胡安国卖给高士毅的姬妾雪柳身上。高家的胖铛头说那一桌素斋，是雪柳指点的，可在这位李铛头口中，这几道素斋，却是真珠郡主所创。

一连串的事好似一枚蚕茧，看戏法时刚刚有了一丝眉目，以为就要拨云见日，结果这桌素斋一上，刚整理出抽丝剥茧的线头，顿时被拍得凌乱不堪，将云济重新推进一片雾水之中。

用过素斋，已是夜色阑珊。

胡惜雪请几人到池边小亭闲坐。云济有意无意道："年前那几天，狄九娘办了一件大事，在陈留寿光侯家大闹一场，还碰到跟你们胡家有关的事。听说一年多前，令尊曾将自己的一名美姬卖给寿光侯。后来那美姬被烫伤了脸，居然又被退了回来。"

云济话头一停，胡惜雪面皮太薄，说得多了难免惹她难堪。

胡惜雪果然面露尴尬，眼眸一转，正欲岔开话头，胡小胖却抢先道："你说的是那个狐媚子吗？我娘说，狐媚子生的都是野种，咱们不能跟她牵扯不清！"

"狐媚子？"狄依依诧然，"她都已经毁容了，还叫她狐媚子？"

胡惜雪拍了胡小胖一下，对云济等人道："莫要听他胡说，这孩子嘴上就没个把门的，听得只言片语，就张冠李戴到处乱说，诸位可别误会。"

胡小胖肥嘟嘟的脸涨得通红："我哪有胡说？就在上个月，那狐媚子刚生了野种，好多人都知道呢！"

"住嘴！"胡惜雪向来温雅贤淑，此刻却疾言厉色道，"忘了爹爹怎么揍你了？"

胡小胖顿时收敛了几分，色厉内荏道："我怕甚？老头子老是打得我屁股开花，现在终于遭了报应，自己屁股想开花都开不了。"

眼见姐弟俩针锋相对，云济急忙阻拦："雪柳竟然怀孕生子了？其实令堂大可不必为此事烦心，雪柳毕竟是被高家退回来的，肚子里怀着孩子，跟令尊又有什么关系？"

"怎么没关系？"胡小胖甚是不忿，"她被送回来的时候肚子平坦坦的，老头子时不时找她聊天，还关着门不让别人听见，后来她的肚子就变大了！别以为我不懂事，男人女人关在一间房，女人肚子才能大起来……"

"你胡说什么？"胡惜雪羞臊得面红耳赤，伸手去捂他的嘴。

狄氏兄妹相顾莞尔。狄依依招呼道："行啦惜雪！小胖知道这么多，都是大人了，可不能让他太没面子！你说是不是，三杯倒教授？"她转头一看，却见云济手持茶杯，若有所思，杯中茶水已经喝干，却还放在嘴边干啜。

"你怎么了？"

云济回过神来："这里面有问题！去年秋天，高家大娘子吴氏在佛堂受了雪柳的惊吓，病重不治而亡。高公洁因此对雪柳心怀耿耿，想要杀她报仇。"

"是啊，有什么不对？"

"按照小胖所说，雪柳被退回胡家时，并未显怀，可见她当时最多只有两三个月的身孕。她生孩子是一个月前，那她被送回胡家的时候，应该是去年四五月间……既然如此，去年秋天，她又怎能在高家佛堂现身，吓得高家大娘子丢了魂魄？难道她有分身术不成？"

狄氏兄妹面面相觑，被问得哑口无言。

"定然还有什么不对之处，被我们遗漏了。"云济站起身，向胡惜雪躬身一揖，"胡小娘，事关一桩人命案，不知能否带我们去见一见这位雪柳姑娘？"

胡惜雪面露为难之色："这……"

云济心中了然，苦笑道："是小生冒失了……"

"不是的！"胡惜雪看了看四周，轻声道，"这位雪柳姑娘相貌极为出众，比依依都不遑多让。家严或许对她有几分情谊，毁了容后照样待她不错。可是后来，家慈感觉不对，便私下探查，才发现她肚子大了起来。奴家算过时间，她重新被接到胡家是四月，生产之日乃是十二月上旬。按理说那孩子定然不是家严的，可家慈偏生不信，说家严必定早就将她在外面养着，等怀了孩子，才接到家里来，因此和家严闹过不少别扭。"

说到这里，胡惜雪瞥了云济一眼，低头道："其实……家慈贤良淑德，不是无德妒妇。她真正介怀的，是家严想纳妾却不跟她通气，甚至孩子都生了，还遮遮掩掩，不肯明说。"

"这倒怪了。"云济眉头微蹙，"还是方才那句话，小生想要亲自见一见这位雪柳姑娘，不知是否方便？"

"奴家要说的就是此事，上次家慈让人查探，被家严发觉了，他便让雪柳搬了出去。现在别说是我，即便是家慈，也不知雪柳被安顿到了何处。"

云济和狄依依面面相觑，没料到竟然是这样的结果。云济心事重重，端起桌上的酒，漫不经心往嘴里一倒，忽而脸色一变："糟糕，我又喝了一杯！"

狄依依仰头喝了一杯："怕什么，你今天总共也就喝了两杯，第一杯还只是抿了一口，剩下大半都偷偷倒了。这等躲酒的把戏，可别想逃过我的眼睛！"

"晌午时，好像有一道'西湖醉虾'吧？"

"好像是有……那道菜可是加了酒的，你吃了？"

云济点点头，两只眼睛如被胶水糊住一般，睁了两下没有睁开，身子一软，往后一靠。谁料椅子支得不稳，他连人带椅摔倒在地，四肢挣扎了一番，没能站起来，竟这么睡了过去。

胡惜雪一声惊呼，急忙跑去扶。狄依依见云济摔出这偌大动静，莫名觉得有些心疼，面上却装作不经意，跷起脚尖在狄钟脚上轻踩："还不去帮忙，惜雪扶得动他吗？"

狄钟如梦初醒，急忙去将云济背了起来。

胡惜雪伸手搭上云济手腕，眉头微皱道："脉象不紧不慢，强弱适中，身体应该并无不适……"

"胡小娘还会把脉？"狄钟又惊又喜。

"奴家因缘际会，数年前曾在安济坊帮工，随弥心先生学了几年医术，就……咦！这脉象怎生突然变得……阳热亢盛，脉急搏促，快而无规……"胡惜雪正觉奇怪，见狄依依看着她的手，面色古怪，一转念想到男女授受不亲之礼，急急放开云济的手腕。

"还看什么看？"狄依依恶狠狠瞪了狄钟一眼。狄钟恋恋不舍地对胡惜雪道："胡小娘，时间不早，我们先告辞了。"

胡惜雪迟疑道："云教授脉象甚怪，或有风险，奴家去熬一碗解酒汤，能护肝养胃，舒缓酒意，不如……让他在寒舍对付一宿？"这话说罢，见到狄钟略显错愕的表情，胡惜雪急忙补充道，"今日和依依姐姐相谈甚欢，好生舍不得她，正好请你们都在鄙处暂住一宿。"

"甚好，甚好！多谢惜雪姑娘！"狄钟顿时眉开眼笑，对狄依依瞪视的目光浑然不觉，屁颠屁颠跟在胡惜雪身后，将云济送进胡家的客房。

星光灿灿，时过三更。狄依依酒足饭饱，睡得正香。

忽听得一阵敲门声，狄依依揉着惺忪睡眼打开房门。却见云济站在门口，手持一盏双鱼琉璃罩小灯："狄九娘，你既知我怕接触女子，怎的不拦着胡小娘给我把脉？"

"我倒是想拦，可怎生开口？再说你当时已经醉倒过去，能知道……"狄依依一顿，突然明白过来，"你……你装醉？惜雪说你脉象突然变得古怪，原来是知道她给你把脉，才浑身不自在？"

"废话！不装醉我怎么在胡家留宿？醉虾我可一只都没吃，区区两杯酒而已，你也太小看我的酒量了吧？"云济傲然一笑。

狄依依摸出腰间的酒囊："要不……再来两口？"

云济见那酒囊，如见毒药，急忙调转话头："闲话少说，先干正事！"

"正事？"

"去佛堂！"

"佛堂？"

云济也不多说，招呼她就走。他对胡家宅院已是了然于胸，避开回廊上、路口处的侍卫，轻车熟路便到了佛堂外。

佛堂院子的门上了锁，云济带着狄依依绕过侧墙，拨开墙角的杂草丛，露出一个狗洞。他弯身钻了进去，冲外面招呼道："快进来！"然而外面并没有应答声，一抬头，只见她骑在墙头，一脸揶揄地看着他："三杯倒教授，你狗洞钻得很娴熟嘛！"

云济苦笑一声，见狄依依从墙头一借力，像一只蝶儿翩跹落在他身侧，当先往前走去。

两人绕过两株老槐，推开佛堂大门，里面亮着一盏长明灯，云济捧着琉璃盏，一步一顿，仔细打量佛堂内的陈设。

胡家宅院远比高家高洁雅致，佛堂却不及高家的华贵庄严。殿内三丈多深，两丈多阔，正中是一尊观世音菩萨像，高约一丈出头，身着白色法衣，呈自在天身，左手持莲，右手结印，端坐在莲花台上，两侧立着等身童男童女像。

"一座佛堂而已，有甚好看？"狄依依抱怨了一句，却见云济紧锁眉头，似是嫌灯光太弱，竟将佛龛四周的灯盏都点亮了。他对着观音像上上下下打量一遍，突然道："这尊观音像和高士毅家的那尊弥勒像，出自同一人之手。"

"你怎么知道？"

"这两尊佛像，从发梢到脚趾，从轮廓到毛发，风格如出一辙，即便师出同门，都做不到这般一致。"

"手艺精湛的塑像匠人比读死书的穷酸措大稀奇多了，高家和胡家请到同一位工匠造佛像，再正常不过了吧？"

"此言倒也有理，不过，这佛像有蹊跷。"云济一边说，一边上下摸索，甚至爬上佛龛，伸手敲打观音像。狄依依看着他怪异的行为，正觉奇怪，忽然听到门外一阵响动。云济正在菩萨怀中摸索的手顿时一僵，错愕之中，狄依依将他从佛龛上拉了下来，吹熄双鱼琉璃盏，矮身躲到童男像背后。一股女儿香萦绕在鼻间，云济脸烫心跳，如坐针毡。他轻轻挣开狄依依扯着他臂弯的手，移步藏到童女像背后，悄悄探头往外看去。

却见一人摸黑从院子里的老槐间穿过，来到佛堂里，并小心翼翼望了眼身后，确定没人后，直奔观音像而来。他的脸被佛龛上的长明灯照亮，竟是宁管事！

更让狄依依看得目瞪口呆的是——宁管事的动作，竟跟方才的云济一模一样，先是盯着观世音像上下打量，然后伸手在观音像上摸索。许久没有收获，又爬上佛龛，伸手往菩萨怀里摸。由于过于专注，狄依依和云济一左一右，就站在童男童女身后探头张望，他竟浑然不觉。

宁管事摸索良久，手指抽动菩萨腰间玉带，突然露出一丝笑意，将那玉带往外一拉。整个观音像突然颤动起来，两只手臂缓缓移动，左手下挪到小腹位置，右手化为无畏印，双手仿佛虚抚着肚子，身体往后仰。

最令人惊奇的是，观音像腰间的玉带忽而往外扩展，下腹部裂开一道口子，两侧边缘向外张开，露出一个幽幽洞口！

狄依依双目圆睁，险些惊呼出声。

只见宁管事俯下身，朝洞口里张望，继而整个上半身都探了进去。也不知在里面摸索什么，过了许久，他才又钻出来，将观音像腰带一搠。观音像再度颤动起来，从无畏印变回与愿印，恢复了原本的姿势。

宁管事叹口气，擦干额头的汗水，整了整衣服，悄然走出佛堂。他和云济一样，取道墙角狗洞离开。

他一出门，狄依依立马从童男像后闪身出来，就要去摸观音像的玉带："让我看看，这塑像里到底有什么。"

云济急忙拦住她："快，悄悄跟着宁管事，莫要被他发现，这尊塑像我来探查。"

狄依依习惯地想反驳两句，但想到宁管事这般怪异，也不由大为好奇，当即冲云济点点头，急忙赶出佛堂，尾随在宁管事身后。

宁管事悄然绕过回廊，穿过虹桥，到了中庭。然后稍稍整理仪容，堂而皇之地从当值护院面前走过。狄依依远远跟着他出了胡家大院，穿过两条街，来到街角最深处的院落。那是一家废弃的熬糖作坊，门上挂着一把锁，他在门前坐下。正月寒风如刀，透肌刺骨，他竟也不寻地方避寒。

狄依依隐在墙角后面，心中愈发奇怪，他身为胡家的大管事，也算薄有家财，怎么天还没亮，就可怜兮兮地候在门外？就算是他的主子胡安国，也未必能让他这般彻夜不眠，在外恭候吧？

等了近乎一个时辰，天色大亮，街上热闹起来。宁管事站起身，去街头买了盐豉汤、酥琼叶、环饼、笋肉馒头，这才回到那家废弃的作坊小院，伸手敲了敲门。

过了许久，一个健壮的仆妇来到门口，隔着门缝往外看了一眼："宁管事，今天又来这么早？"

宁管事看着她，有些失落地叹了口气："小娘子今日可好？"

"瞧您说的，只是孩子哭闹，每隔个把时辰便醒。好在有老婆子照顾，小娘子也不怎么受折腾。"

"那就好！那就好！"

宁管事和那仆妇说话间，不时地隔着门缝朝里看，几句话说罢，才恋恋不舍而去。狄依依心中好奇，见宁管事去了德水书坊，就又折回那家小院，翻墙潜进院子里。

院内有两棵垂柳相对而立，光秃秃的枝条几乎垂落在地，两树之间拉起一根长绳，绳上晾满了小儿衣物。东边的灶房里正烧着火，伴随着羊肉羹的香味，冒出缕缕炊烟。正面的屋舍内传来一阵小儿啼哭。

狄依依揭开窗纸一角，往屋里看去，隐隐见到一个身材纤细的妇人卧在床上，面上罩着白纱。方才在门口见到的健壮妇人，正抱着一个婴孩，低声哼唱着哄睡的歌谣。

正在这时，狄依依忽听得身后传来叫声："什么人？"

狄依依一回头，却见一个四十岁上下的瘦高汉子，跛着一只脚，悄无声息地到了她身后。他左手端着一碗羊肉羹，右手拄着一根镔铁拐杖，自下而上向狄依依肩头斜斜点到。狄依依将身子一转，躲过这一击，伸手擒拿对方手腕。跛脚汉子没料到狄依依竟是个硬手，急忙全力回击，手中端着的羊肉羹"咔嚓"一声掉在地上。

电光石火之间，两人风驰电掣般过了十多招，各自均有几分错愕。狄依依奇怪的是这人竟然是军中路数，干净、利落，毫不花哨；那跛脚汉子则是惊讶于一个女子竟有这等惊世骇俗的身手，巾帼更胜须眉。

"老杨，咋回事？"

屋里健壮仆妇推开门，见到两人在院子里动手，顿时大声嚷嚷起来："来人啊！遭贼啦！"

狄依依见这仆妇已经声张起来，急忙紧攻两招，然后脱身就走，往墙头跳去。

"哪里走？"这跛脚军汉虽有残疾，速度却丝毫不慢，镔铁拐杖如影随形，向狄依依腰眼袭来。狄依依眼观六路，对他早有防备，硬生生将身子一拧，躲过这一杖，却因此没能跳上墙头。

跛脚军汉第二杖接踵而至，狄依依一手攀住墙头，一手在腰间酒囊上一扯。只见一道银光闪过，顿时金铁交鸣，狄依依手中竟多出一把银光闪闪的短刃，将镔铁杖挡至一边。

与此同时，数滴不明液体劈头盖脸飞向跛脚军汉，他急忙侧脸躲避，还是有两滴落在了脸上。跛脚军汉皱了皱鼻子,闻到了酒味。原来狄依依的酒囊乃是特制,内侧藏一把短刀,乃是她的撒手锏。

乘此机会,狄依依翻墙而出。跛脚军汉随后追来,等转过街角,已寻不见她的踪影。

第八章
钓神兽

一轮白日渐渐升至当空，照在云济后背上，在他面前投下一道斜长暗影。

他来到胡安国的居室外，听见胡安国正在责备下人："莲香清凉饮呢？怎么还没好？"

"奴这就去催！"一名丫环匆匆推门而出，险些和门口的云济撞了个满怀。

"云教授，你怎么在这里？胡某真是怠慢啦！"胡安国急忙将云济迎进房内，屋中燃着无烟的石炭，案几上点着香炉，整间屋舍都浸透在绵绵春意中，胡安国脸上却是满满的倦意，两只眼袋又肿又黑，整个人消瘦了不少。

"客气了，胡员外这是没休息好吗？据小生所知，莲香清凉饮是治便秘的饮子，不能随意喝的。"

"不瞒云教授，胡某最近患了怪症，坐卧难安，实在是心力交瘁。"

云济注意到案几上放着一只茶壶、数只茶盏、一只陶罐、一柄汤匙，汤匙中盛了半匙白色粉末。云济问道："这是您喝的药吗？"

胡安国苦笑道："也算不得药，只是……胡某近日辟谷，这药粉唤作'大悲散'，是帮助辟谷的小门道罢了。只需服用指甲盖大一点，便能整日不饿。"

一听到"大悲散"的名头，云济当即想起高家遭窃那日，在高士毅的卧房里，也曾看见一只倾倒的药瓶，上面便贴着"大悲散"三个字。他心中奇怪，开口问道："胡员外好端端的，为何学出家人辟谷？"

"都是胡某身患疑难杂症，不得不然。"

云济开门见山："您这怪症，是跟一只墨玉貔貅有关吗？"

"这……"胡安国一脸惊愕，"云教授如何得知？"

"小生听闻有一种诡异刑罚，唤作'貔貅刑'。行刑官是一只墨玉貔貅，专门寻找家财万贯的豪商巨富。不仅吞噬他身上财气，还散布古怪病症，让他先是无法出恭，然后肚子整日鼓胀，因而不敢吃饭，终日饥肠辘辘，折磨得他生不如死……"

"咣当！"

胡安国手中的茶盏掉落在地，他又惊又喜地看着云济："胡某正是这般症状，被折腾得寝食难安。若是忍着饿睡着了，就会梦见疯狂吃东西，吃得忘乎所以，肚子越来越大，终于'嘭'的一声，炸裂开来，心肝脾肺肾四处乱飞……"

他说到这里，不寒而栗，眼巴巴望着云济道："胡某请了不知多少名医，都对这病无可奈何。安济坊胡某也去了十多次，但坊主弥心先生有事出外，其他大夫都黔驴技穷。胡某束手无策，本以为只能坐以待毙，没想到云教授一看便知。胡安国有眼不识泰山，险些错过了大救星。"

云济摇了摇头："胡小娘精擅医术，还是弥心先生的高徒，何不让她想想办法？"

胡安国一怔，许是奇怪云济缘何知道这么多，向他解释："小女虽好医术，但年岁尚浅，怎及得上真正的名医大家？而且她年纪渐长，不宜抛头露面，胡某早在两年之前，已禁止她再去安济坊帮工和学医了。云教授，你对貔貅刑这般了解，可一定要救救胡某！若能除了这怪症，胡某愿万金相酬……不不！十万金！"

云济笑而不答，反问道："听闻前年安济坊的一次唱卖会上，员外豪掷千金，买下一只墨玉貔貅，那貔貅却在众目睽睽之下消失了？"

"云教授也听说过此事？"胡安国急忙将当时详情一一道来。最后说道，"坊主弥心先生当场宣布，墨玉貔貅是在安济坊丢的，这场交易不能作数，也不让胡某付钱。但胡某本就不是为了收集宝物，而是想为救济贫苦尽一份心意，因此拒绝了弥心先生的好意，照例付了钱，带了一只空木匣回家。"

"木匣？云某可否一见？"

见他如此好奇，胡安国连忙命人去找。那木匣被带回一年有余，丫环费了不少工夫才从角落寻到。云济见木匣六七寸见方，浑身漆黑，入手甚是沉重。匣身雕龙画凤，匣盖镶金缀玉，将原本古朴的木料点缀得富丽堂皇。匣盖上镶着一只狰狞兽首，分明是一只貔貅，匣身上是两龙两凤，龙头和凤首都是古玉雕成，嵌在匣壁上。云济揭开匣盖，在匣中缓缓摸索，摸到匣底有凹痕印记，他对着光细看，竟是一道道抓痕，仿佛一只小兽的爪子所留。

"怎么，云教授可有发现？"

云济刚想说什么，忽有家丁来报："员外，有个修行者求见。"

此时的胡安国便如抓住稻草的落水者，哪里顾得上其他？他头也不抬地道："不见不见！"

"且慢！"云济问道，"修行者是什么来历，多大年纪，相貌如何？"

家丁迟疑道："约莫二十多岁，能比俺高一个头还多，却白白净净的，长得忒俊！他自称是安济坊弥心先生门下的福道徒。"

"可是姓邱？"

"对对！就是邱仙师！"

云济意味深长地笑了笑，看向胡安国："胡员外莫急，你等的及时雨到了。"

胡安国脸露诧然，怔了稍许，才吩咐那家丁道："快快有请！"

瑟瑟长天中，一只孤鹜横空掠过。

邱远在家丁的带领下，踱步穿过长廊。他身披一袭灰不溜秋的修行法衣，衣虽简陋，人却丰神。

他望了眼湛湛晴空，一步踏入胡安国的书斋。

映入眼帘的，是一张云纹乌木长案，案前站着一名清瘦俊秀的书生，手持一杆狼毫笔，正在伏案作画。这书生正是云济，他抬头看了邱远一眼，展颜笑道："邱仙师远道而来，快快请坐。"

邱远心中讶异，他此番来前，对胡安国多有了解，却不曾听闻他有这般文质彬彬的子侄，当下微微颔首。

胡安国坐在床榻上，一副起身都费力的模样，歉然道："仙师远道而来，胡某有失迎迓，实在抱歉得很。"

"居士不必多礼，下愚正是为了助居士摆脱梦魇而来。"邱远双手合十，"下愚见贵府晦气缭绕，财气暗淡，便知居士是遭了貔貅刑。"

"哦？"胡安国听他也说起貔貅刑，忍不住瞥了云济一眼。却见他正低头作画，仿佛浑然不觉。

"敢问胡居士，可曾偶得一只墨玉貔貅？"

听邱远问起，胡安国连连点头，将自己如何收到墨玉貔貅，如何患了古怪病症，而后又如何求医、如何问药的事情细细道来。

邱远昂首道："貔貅本是灵兽，喜欢吞噬财气。因为只进不出，世人都将它当作财兽，认为家里供奉貔貅，能够吸聚财气。其实不然，金银珠宝不能吃，不能穿，只有不断流通，才能发挥价值。若当真只进不出，反倒违背了'财'之一字的根本。于是貔貅代天罚罪，降下刑罚……"

话说一半，胡安国便一脸不忿，忍不住道："邱仙师，您是责备胡某囤粮居奇？须知一行有一行的规矩，自市易法颁布以来，市易司对物价横加干涉，什么都要掺和一脚。可物价贵贱，全在供需，各大米商早已暗中搭伙，朝廷要抑制粮价，米商便暂不售粮，坐等粮价疯涨……在这当口，谁要是敢大肆放粮，就是和所有粮商为敌。胡某人起于微末，能积攒下这点家业，都是靠贵人帮扶。在京城做米商的，不是高官重臣的亲眷，便是宗室国戚的子弟。就连胡家自己的米行，也有外戚的份子。胡某若大肆卖粮，用不了几天，就会被生吞活剥，吃得连骨头渣都不剩！"

邱远虽是方外之人，谈吐却颇有侠士之风："东京城乃天子脚下，谁敢胡作非为？不就是犯众怒吗，有什么好怕的？不过是受些排挤，损失几笔生意罢了，正好不跟那帮吸食民脂民膏的蛀虫同流合污。"

胡安国苦笑。他原也这般认为，可自从上次印书出了疏漏，险些惹来赵官家的雷霆之怒，他才知道自己不过是无根浮萍——狄依依在书里做的小手脚，就让他整整脱了一层皮，若她有心害人，掺杂的是什么大逆不道之言，胡家早就万劫不复了。

见到他不以为然的神色，邱远苦口婆心道："下愚这大半年来，一直在琢磨这古怪刑罚，终于想到一法能帮你摆脱苦海——只需居士广施恩德，平价放粮，便能解除这貔貅刑之患。"

"不是胡某不想放粮，是不能放粮。"胡安国神情坚定，摇了摇头。

邱远一脸失望地看着他，许久之后，方才叹息一声："执迷不悟，可悲，可惜。"话音未落，却听云济道："胡员外，画好了，请员外雅鉴。"说罢，将画在架子上展开。

画中几团祥云锦簇，一只张牙舞爪的黑色巨兽从云中探出身子，身如虎豹，铁背铜肩，头上一根独角，背生双翅，张着血盆巨口，仿佛要吞天纳地——正是一只异兽貔貅。

云济极擅模仿他人书画，曾和好友米芾仿制过不少名家画作。只是他善于将每一丝细节都摹画得清清楚楚，难免匠气浓重，被米芾评价算不得上乘。这只云中貔貅，是他全然照着高府那只墨玉貔貅所画。

邱远神情微动，在云济面上扫了一眼。云济微微一笑，对胡安国道："胡员外，小生虽只会些旁门左道之术，却也有法子，能解貔貅刑之苦。"

胡安国迫不及待道："请云教授教我！"

"方才邱仙师说过，貔貅刑是天降刑罚，墨玉貔貅便是行刑官。只需将这行刑官送走，自然不会再遭这刑罚了。"

胡安国大失所望。他早已怀疑是那墨玉貔貅在作怪，曾派人将它送出去，但第二日，它再次出现在胡家，竟似粘上身的狗皮膏药，怎么甩也甩不脱。

云济一眼看出他的心思，摇头道："请神容易送神难，如果没有寻对路子，自然送不走。貔貅喜嗜财气，只会认财大气粗者为主。员外富甲一方，这貔貅既然跟上了你，要想让它重新认主，还需寻一个比您更有钱的主儿才成！"

邱远嘴唇微动，神色虽不变，心下却暗暗吃惊——这法子，本是他用来给胡安国指点迷津的，没想到竟被捷足先登了。

室内暖意融融，香炉里的香料刚刚燃尽，三个人眼神交汇，气氛莫名凝重。

一时间，谁都没有说话。

临近巳时，狄钟正巴巴地凑在胡惜雪身边，却见云济抱着一只木匣赶来，拉着他便走。

刚出胡家大门，狄依依也急匆匆赶了过来："你猜我看到了什么？"不等云济猜测，她就将今日所见所闻说了一遍，急呼呼道，"宁管事绝对有猫腻，偷偷钻胡家的佛堂且不说，还勾搭有夫之妇，大早上给人家送吃的。"

"你觉得那个作坊里住着的女人是谁？"

"人我没见到，但她有个新生婴孩，多半是那个被退回胡家的姬妾雪柳！还有……那作坊里竟还有个出身行伍的高手，我爹麾下人才济济，有这等身手的也屈指可数。不过那人跛了一只脚，倒是可惜得很。"狄依依说罢，突然想起一事，"快说，那尊观音像有什么问题？"

狄依依眸中满是期待，眼巴巴盯了云济许久，却见他面无表情道："也没什么大碍，就是观音像……怀孕了。"

"怀孕了？"狄依依先是惊奇，继而狐疑地看着云济的脸，"菩萨岂会怀孕？"

"好吧，不逗你了。雪柳怀了高家的孩子，而胡家观音像的肚子里……怀了高家的一个秘密。"

"胡家观音像的肚子里，怀着高家的一个秘密？"狄依依眉头大皱，一时摸不透他话中含义，恼道，"有事能不能别藏着，老是故弄玄虚，跟我打什么机锋？"

云济却全然不顾她的好奇，转过话头道："胡家的事情且放在一边，今天去探望胡安国，来了一出打草惊蛇，就等着看胡安国和邱远有什么反应。至于现在，咱们又得赶路了。"

"赶路？去哪？"

"当然是去陈留！"云济道，"年前咱们在高家一无所获，虽说救出了八名被拐的婢女，但真珠郡主还是杳无音讯，你觉得甘心吗？"

"你有眉目了吗？"事涉真珠，狄依依满心关切，暂且把方才的不满放在一边，"快走快走！我早就看高家没一个好东西！"

听他们两人你一言、我一语说了许久，狄钟还是丈二和尚摸不着头脑："什么作坊？什么女人？什么观音像？"

云济故作神秘地感慨道："狄衙内，你说这世道究竟怎么了？京城巨富蓄养的姬妾，偷偷怀的孩子，不知道是谁的骨肉。身为主人看重的家仆管事，半夜三更钻墙入户不说，出门又跟主人的姬妾暗通款曲，天亮之后才恋恋不舍离开……"

他还未说完，狄钟已是满脸亢奋："还有这等事？"

"且不说人心不古，世道败坏，只说雪柳，她究竟美貌到了何种地步？即便毁了容，也依旧让胡家大娘子醋海兴波，还让宁管事色迷心窍，为她神魂颠倒……听闻她烫伤之后，胡家曾全力寻找治烫伤的良方，难道真被治好了？那该是何等的天姿国色？若不是咱们有要事，定要弄个明白不可！"

狄钟听得心痒难搔，急不可耐道："云教授不用遗憾，你尽管去做正事。此事就交给狄某，我定然探究个清清楚楚！"

云济迟疑道："你不跟我们一起去高家了？"

狄钟把胸脯拍得邦邦响："大事固然要紧，这种鸡毛蒜皮的小事，总也得有人去做，狄某只好当仁不让。雪柳居住的地方在哪里？"

云济道："你只需悄悄跟着宁管事，自然便知。"

三言两语商定后，狄钟兴致勃勃地离开了。

眼看着云济将狄钟指使得团团转,狄依依心中一阵好气。却听云济又道:"高士毅家大娘子姓吴。她兄长吴成化曾执掌京师榷货务多年,如今在司农寺当值,听说可能要升任同判寺了。劳烦狄九娘帮忙打听一下,真珠郡主和高家这位大娘子是否相识。"

"打听这个做什么?"

"你去打听一番便是,我自有道理。"

"这何须打听,她们俩熟识已久,我再清楚不过。"

原来高公洁的续妻名叫吴妙意,出了名的知书达理,做得一手好女红。她家和安定郡王府相隔不远,附近好多名门望族家的女儿,都曾被送去跟她学过女红,真珠和狄依依都在其中。

"果然不出所料。"云济听她说完,让狄依依收拾好行囊,备好车马。他则带着木匣直奔司天监,来到张无舌和鲁千手的廨房,三人关门鼓捣了一个时辰,这才一起赶回云济家。正巧郑侠前来拜访,听闻他们要再去高家,立马决定同行。

待众人收拾好刚上路,狄依依突然翻身下马,急匆匆冲回云济家。郑侠等人正自诧然,却见她手握酒囊,又火急火燎从厨房冲出门外:"你把酒放到何处去了?"

原来她本准备在路上喝的酒,因为馋虫作祟,还没出发就已经"囊中羞涩"。对这等女酒鬼而言,酒干了比血干了更加要命,怎能不急?

云济对此早有预料,告诫她此行事关重大,不能喝酒误事。

"兵法有云:'兵马未动,酒水先行。'酒囊都不装满,怎么干得了活?"狄依依大为不满。

"我只闻'兵马未动,粮草先行','酒水先行'又出自哪本兵法?"

"那是我狄家兵法!"狄依依振振有词。

狄钟急忙别过头去,显然不愿承认有这样的兵法。云济更是丝毫不为所动,在他的催促之下,狄依依恨恨地拔出酒塞,深深闻了一口残留的酒香,这才不情不愿地上路。

她牵着马落在最后,步幅时长时短,每一脚都狠狠地踩在云济的影子上。

赶到陈留时,夕阳余晖刚刚落尽,天地被笼入一片灰蒙之中。城外聚集的灾民又多了不少,到处是影影绰绰的破烂帐篷,依稀可见有人影走动。然而城门早已闭合,城外的悲凉和城内毫不相关。

云济刚将拜帖递进去，便听见不远处传来阵阵哀号，郑侠道："走，去看看！"

云济摇了摇头："观音土吃太多便是这个模样。就算救得了一人，又救得了数百万挨饿受冻的黔首众生吗？"

郑侠横眉怒目，义正词严道："知白，你可知自己在说什么？我辈读书人，纵不能治国平天下，也不该丢了扶危济困之心，岂能如此麻木不仁？"说罢，也不管云济的反应，急匆匆向哀号声处跑去。

过不多久，监门小吏看过拜帖，亲自出门来迎。他面上笑意盈盈，心里却将云济一通臭骂：屁大点官，也不看看时辰，非得闭门后进城，找驿站住一晚也不成？

云济和监门小吏刚聊了几句，郑侠就赶了回来。却见他幞头歪斜，衣衫不整，鞋也丢了一只，脸上甚至青一片紫一片，随身的包裹也不知所踪。郑侠愤愤不已道："岂有此理？居然恩将仇报，抢我的包裹，真是人心叵测，人心叵测啊！"

"吃亏了吧，大圣人！"狄依依幸灾乐祸，"空怀一腔正义，却全然不知世道险恶。让我猜一猜，不会是施救不成，还被灾民抢了吧？"

在她讥讽之下，郑侠反倒镇定下来，怅然道："这也怪不得灾民，能做到渴不饮盗泉水的，天下又有几人？礼义廉耻喂养不了这辘辘饥肠，被逼为贼，百姓何辜？"

众人不胜唏嘘，相携入城。

在陈留的街道上走了不久，狄依依发觉有人跟着他们。早在出东京城时，她就隐隐有一种被人窥视的感觉，但一直无法确认。直到方才门监迎他们入城，她瞥到一个人影混了进来，回想此人在路上已见过两次，这才确定被人跟踪了。

她虽已察觉，但那人警醒得很，没法抓住他。狄依依心头郁郁，将这事悄悄告诉云济，他若有所思道："先不惊动他，让他跟着。"

几人直奔寿光侯府，敲开了大门，自称路过陈留，正好来跟寿光侯拜个晚年。门子通报上去，高公净和刘管事出门相迎。刘管事一团和气，满面热情；高公净却满脸晦气，跟刘管事小声抱怨道："哪有大晚上来给人拜年的？我看拜年是假，借宿是真。有驿站不去投靠，跑来咱家吃白食！"

他声音虽小，却有意让众人听得清清楚楚。狄依依脸色一沉，眼看就要翻脸。云济急忙向她摆了摆手，对高公净歉然道："是我等唐突了，今日太晚，确实不宜再叨扰，不知侯爷身体是否安康？"

"哪里哪里？有劳挂怀，家父这几日身子还好。"高公净敷衍地拱了拱手。

他只露了一次面，将云济等人引进门，就甩手而去。

刘管事安排众人在客舍住下。入夜不久，灯火渐次熄灭。突然一间客房悄无声息开了门，狄依依一身劲装，腰间挂着只随身招文袋，侧身溜出门，遁入院子晦暗的阴影里。她仿佛一只敏捷的猫，时而猫腰前行，时而爬树跳墙，从客房所在的东院到了中庭，驻足在一眼水井边。高家夜间值守的护院对此浑然不觉。

高家宅院内共有三口井，后院靠近佛堂处一口，中庭的粮仓外一口，前厅影壁后一口。其中后院的井通过沟渠直通佛堂的水池，由于大旱，已经封了井口；前厅的井已有数十年，中庭的井则是今年新打的，这两口井都还在使用中。

狄依依满是兴奋和期待，围着中庭新井徘徊了两圈。她搅动井口的辘轳，先查看打水的水桶，还探身到井口中细细摸索一番，又从随身的招文袋中掏出一只黑漆漆的秤砣，用一根细绳坠着，把秤砣沉入井中搅弄了许久，才提上来。

她探完这口井，又悄然穿过中庭，来到前厅古井旁，也像方才一样摸索了一番。不料一无所获，只得郁郁而回，在云济的房门上轻敲了三下。

屋内先是亮起一盏灯，过了许久，云济才披着厚厚的皮氅开了门。不等他邀请，狄依依直接挤进屋内，大刺刺地往案几边一坐，埋怨道："好你个三杯倒教授，是不是又在戏弄我？"

云济敞开门，却怯于和她在屋内独处，站在门口道："我怎么戏弄你了？"

"亏我还信你，半夜三更跑去钓神兽，你分明就是在看我的笑话，是也不是？"

原来就寝前，云济给了她一只招文袋，还说他已经推断出，在高家作祟的神兽就藏身在某口井里。这神兽有个怪癖，竟喜欢吃秤砣，只需夜深人静时，用这秤砣去钓，就能将那神兽钓上来。

云济骗狄钟去监视雪柳时，狄依依就看在眼里。此时听他说得神神秘秘，就知他又想指使自己办事，此中必然有诈。但她自己心中好奇，也不戳破，而是顺水推舟，半夜跑了一趟。如今见一无所获，她立马赶回来兴师问罪。

"冤枉啊！我怎敢戏弄你？这秤砣确实能钓神兽，你既未钓着，那必然是它并未藏在那里。走，咱们一同去看！"

云济说罢，拿着灯出了门，穿过客房所在的东苑，往中庭走去。狄依依本是来兴师问罪的，看他这般行事，不由又将信将疑地跟在他身后。

走不多远，碰到值守的护院盘问，云济说自己半夜醒来，口干舌燥，想要喝茶，而他煮茶必须得用现打的井水才行。这理由实在古怪，护院满脸狐疑，便跟着来到中庭井边。

云济手持灯盏,借着灯光在井口边细看。

"弄什么玄虚?"狄依依见井口附近的地面上,不知何时落了一层细细的煤灰。这煤灰颜色甚深,在黑暗中根本无法察觉,此时灯光照着才勉强看清。

狄依依探头细看,煤灰上还有几排脚印。云济指着其中几个小声道:"这几个是你的!"

狄依依点点头,那几个脚印纤细娇小,是她的脚印无疑。但她还是大为疑惑:"这层灰怎么回事?谁会在井口撒一圈灰?"

"就是你撒的啊,真是骑驴找驴。"

"我?"狄依依莫名其妙。

"我给你的招文袋,袋底开了一个小洞。先放入那只大秤砣,将小洞堵住,而后再装上小半袋煤灰,煤灰只将那大秤砣埋了一半,上面再铺一层铜钱。你到了井边,伸手将秤砣拿出来,招文袋底部的洞便被揭开,煤灰自然从洞中漏出去,撒在井边。"

狄依依没好气道:"你这厮又要这种把戏,既是让我给你撒煤灰,何不直说?"

"我是要让你撒煤灰,却不能让别人看出来你在撒煤灰。"

"不能让别人看出来?别人是谁?我可是半夜三更偷偷来这里的!"

"你瞧这几个脚印,比你的大了差不多一半,显然是个男人的……"

云济还没说完,狄依依便醒悟过来:"你说的是跟着咱们的那人?是了,他已经跟了一路,高家这深宅大院根本拦不住他。我半夜来井边晃悠,他肯定好奇得很……你这厮也太过奸诈,绕一大圈,就是为了确认是不是真有人跟着咱。"

"不,我想确认他的来历。"

"这你都能看得出来?"

"你瞧这几个脚印,有深有浅,左脚虚,右脚实,可见此人是个跛子,支撑脚为右脚。鞋印长八寸一分,脚长应是七寸九分左右,寻常男子身长约为脚长七倍,其身高应在五尺六至五尺七之间。左脚印深不足一分,右脚印深约三分,而你的脚印只有二分深,以你的斤重来估算,此人重一百二十斤[①]上下。"

[①] 北宋中叶时一斤约640克。

他说到此处，狄依依嘴唇微微咧开，尽管对云济的能耐一清二楚，心下还是微微吃惊："这厮果真什么都要算得这般清楚吗？"

却听云济又道："这几个脚印旁，另有零星的斑点状印记，均位处左脚脚印一侧，我猜应该是拐杖所留。斑点间相隔约一尺六寸，若加上左手持杖所需长度，拐杖长度应是三尺两寸，和军中银手刀长短相近。"

他这番话，几乎将此人的形貌画成了像。狄依依猛然惊醒："是那跛脚军汉！可是……他为何要跟着我们？"

"雪柳是胡安国派人安置在作坊小院里的，那跛足高手也必定是胡安国的人。胡安国惨遭貔貅刑折磨，昨天邱远来装神弄鬼，我趁机一语点破，告知胡安国貔貅刑可以祸水东引，转嫁给别人。他要调查貔貅刑，只有两条路子，一条路是查那只墨玉貔貅的来源，也就是郭闻志；另一条便是从我身上寻根问底。他找人来跟踪咱们，也在情理之中。"

云济继续分析："这等身手的人物，居然屈身为胡安国一介商贾效命。早知这位胡员外不简单，却没料到他这么不简单。"

"原来你是想诱他露出马脚？你一个司天监的司历官，居然一肚子歪门邪道。不对，那你为何还要骗我说秤砣可以钓神兽，说到底还是耍我！"狄依依先是赞了一声，忽而脸色一变，大发嗔怒。

"天色已晚，小生需就寝了，告罪告罪！"云济眼见不妙，急忙转身而逃，还不忘自言自语了一句，"方才中跨院东侧是什么来着？是了，好似是酒窖！"

狄依依本拟逮住他算账，但听到"酒窖"二字，顿时被拐走了心思，腹中酒虫几乎应声而起，瞬间席卷了四肢百骸。她被酒虫逼了宫，身不由己地向中跨院摸了过去。

翌日，清晨。

高士毅刚洗漱完，就听说云济已到了卧房外。他慌忙起身相迎，却见除云济等人，他府上的胖铛头提着食盒，也跟随在旁边，不由心中甚是奇怪。

云济拱手作揖："一别十多日，侯爷气色大好，身子也比上次康健不少，真是可喜可贺。小生祝您财源广进，福寿延绵。"

"收藏多年的宝贝丢了，哪来的气色大好？"高士毅苦笑一声，"本侯才听说诸位昨夜前来做客，还想着早起去看望，没想到起得迟了。胖铛头，你这狗东西怎么在这儿，快去备一桌酒席。"

"不用！胖铛头正准备去佛堂给大衙内送斋饭，被我拦了下来，陪我们一道来拜访侯爷。"云济道，"按理说，我们几个外人，只有在客堂等候谒见的份儿，直接来侯爷卧房，着实有些唐突。不过小生这次，却是来医您的心病的。"

"本侯的心病……"高士毅猛然惊醒，"你找到本侯的宝贝了？"

云济摇了摇头："宝贝的下落，还得着落在那盗宝贼身上。请侯爷将那日出入过这座宅院的人都叫来，咱们理一理这桩盗宝案的来龙去脉。"

"好，好！"听闻此事有了线索，见识过云济本事的高士毅精神大振，急忙命贴身丫环去召人。

相关的丫环、家丁、管事都先后赶到，过不多久，卧房被挤得满满当当。连高家二衙内高公净也赶了过来，唯独大衙内高公洁自称要潜心礼佛，不想再沾染凡俗琐事。

众人不知道发生了什么事，议论纷纷，高士毅咳嗽一声道："有劳云教授。"

云济道："侯爷收藏的珍宝，都放在这个柜子里。柜体厚重，背不靠墙，柜门用一把铜黄大锁锁着。钥匙只有一把，侯爷随身携带，柜子也没有被撬动过的痕迹。事发当天，只有寥寥数人在这卧房单独滞留，时间都不超过一刻钟，那么柜子里的宝物，是如何不翼而飞的呢？"

高公净手中把玩着手把件，挑了挑眉："定是那异兽貔貅做的好事！咱府上也不曾闹过别的鬼怪。"

云济斩钉截铁道："不是鬼怪，更不是貔貅，是被人偷了。"

"谁能有这般神通广大？你倒是说说，怎么个偷法？"

"第一步，拿出钥匙；第二步，打开锁；第三步，将宝物取走。"

待云济说完，众人都有些发愣。

丫环听兰扭着妖娆的腰肢走到高士毅身后，为他揉捏肩膀，此时笑出声来："就这么简单？云教授，你是在耍我们吗？钥匙是侯爷贴身带着的，连我这个在他身边伺候的丫环，都摸不着分毫，谁还能从他身边偷走钥匙？"

云济却不回答她的问题，反而调转了话头："两天前，我在京城里看了一出戏法，唤作'醉美人'。使活的师傅推了一个柜子上台，打开柜门将一个侏儒装了进去，在台上转了三圈，再次打开柜门时，侏儒不见了，却出来一个美人。各位猜一猜，他是如何做到的？"

"戏法幻术，有什么新鲜？"听兰高昂着头，不屑道，"定是那耍戏法的使了什么障眼法，偷偷将侏儒换成美人，你没看清楚！"

狄依依见听兰搔首弄姿，又听她讥讽云济，没来由一阵厌恶："那柜子装有轮子，离地悬空，下无地道，又是众目睽睽，怎么凭空换得了人？"

"这……"听兰嘴硬道，"反正他定是偷偷换了人，我又没在场，否则早揭穿了他的把戏！"

狄依依还欲反驳，云济冲她摆了摆手，扬声道："其实那柜子正面和背面，各有一扇一模一样的门，中间用铜镜斜斜隔开。美人早在背面格子里藏好，侏儒钻进去时，进的是正面的门，而美人钻出来时，正对着看客的，却是背面的门。"

众人均是恍然，高士毅更是道："原来如此。"

听兰气恼道："净说些有的没的！查的是珠宝失踪的事，怎么说起不相干的把戏了？"

"窃贼偷走侯爷宝物的手法，跟这个把戏如出一辙！"

"如出一辙？你不会想说，这柜子背后也有一扇门吧？"听兰冷嘲热讽。

云济道："窃贼做的手脚，不在这柜子上。方才说了，那耍把戏的让看客们误以为他偷偷换了人，其实他换的不是人，而是柜子的朝向。这窃贼也是此中高手，寻常人都会觉得，若要偷窃柜子中的宝物，得先偷侯爷那把独一无二的钥匙。相信诸位和我一样，时不时都在揣摩，窃贼究竟如何神不知鬼不觉地偷走了钥匙？"

高士毅急问："如何偷走的？"

"窃贼从来就没有偷过钥匙，他偷的是锁！"

"锁？"众人都愣了，目光纷纷向那把铜黄大锁看去。

大腹便便的高士毅吃力地起身，走到柜子前，将铜黄大锁取了下来，反复端详，疑惑道："这玩意明明还在这里啊！"

云济笑着摇头："它只是在宝物失踪之后，才重新回到了柜门上。而此前的几个月，它根本不在这里！"

"不对！"高士毅道，"这两个月，本侯身体虽然不好，但每日清点宝物的习惯不曾改变过。本侯眼又不瞎，如果铜黄锁被人偷了去，岂能发觉不了？"

"若有人换了一把外表一模一样的铜黄大锁，侯爷，你当真能发觉吗？"

高士毅顿时迟疑了："这……"

"小生曾见侯爷有个习惯，每次开完锁后，会小心翼翼将钥匙挂回腰间，而这把已经被打开的锁,却会随手放在柜子上。这时候若柜子后有人,将铜黄大锁换成赝品,想必侯爷是不会察觉的。"

高士毅被肥肉挤成缝的眼睛,竟然也睁大了些许:"本侯清点宝物,倒也不会背着人……如此说来,还真他娘有可能!"

"有些事情看似遥不可及,只是因为方向不对。那窃贼显然也注意到了侯爷的习惯——要偷钥匙,千难万难;要偷这把锁,却是轻而易举。"云济解释道,"其实窃贼的办法十分简单,早在很久之前,他便找锁匠打了一把镀铜大锁,和侯爷这把看起来一模一样,再趁着侯爷清点宝物时将其调包。侯爷多日以来,都是用假锁锁的柜门,里面的东西对于窃贼而言,还不是如探囊取物一般?直到那天窃贼终于瞅准了机会,先偷走了宝物,又将假锁换回真锁,这才让人怎么也猜想不透,只能以为是神鬼所为。"

"还是不对!"高士毅道,"若当真如你所说,在失窃之前,这真锁就被调包成了假锁,可本侯腰间挂着的钥匙是真钥匙,怎么打得开假锁?"

"真钥匙未必打不开假锁。"云济转头向鲁千手望去,忽而莞尔,"你上次所创的'不怕丢钥匙的锁',其实并非无用之物。"

鲁千手向来话多,只需别人念他一句,他能喋喋不休说个不停,此时却愣在当场,一语不发。

云济继续道:"这就是窃贼的高明之处。都是偷东西,这位窃贼却另辟蹊径——寻常窃贼都是先偷钥匙,他却是先偷锁。寻常窃贼都是想方设法打造一把万能钥匙,恨不得能开世间所有的锁。他却反其道而行之,想方设法打造了一把'无能锁',随便一把钥匙都能打开!"

高士毅恍然大悟:"原来如此!窃贼调包后的假锁,用任何钥匙都能打开。本侯用真钥匙自然也能开,所以察觉不到异常。"

云济点头道:"侯爷的真锁,世间只有一把钥匙能开,只有椒图王那样的能工巧匠才造得出。但这样一把任何钥匙都能开的假锁,对那些平庸的锁匠而言,实在再简单不过。"

众人听罢云济的讲解,都觉茅塞顿开,不由暗暗赞叹。

狄侬侬瞥了鲁千手一眼:"你终于创出有用之物,可喜可贺,怎的还摆着一张臭脸?"

"见笑见笑。"鲁千手苦笑,"有用之物……专给贼人用吗?再说既有人比咱先造出来，就不算咱所创的物件。"

见话题已偏，云济扯回话头："这法子一旦说破，便不值一提。不过法子虽然简单，实施起来却有诸多限制，只有侯爷身边的人，方能做到！"

"不错！除了本侯房里人，其他人要想将锁调包，比耗子捡猫屎还难。书童和小厮，都不常进卧房，至于丫环……"高士毅揉着下巴，往几个丫环身上看去。

高士毅房里几大丫环都颇有姿色，却也各有心机。其中飞荷最得高士毅欢心，早被收作陪房大丫环。听兰则姿色最好，也颇受宠爱，事事和飞荷争风，对其他几个丫环却颐指气使。此时高士毅怀疑到丫环头上，梦竹、慕梅、怀月三人心有灵犀，齐齐向听兰看去，仿佛认定她便是窃贼。

听兰脸色顿时一变，恶狠狠瞪了梦竹等人一眼，又娇滴滴地跟高士毅道："侯爷，这位云教授好生厉害。他凭空猜测，就忽悠得大伙儿疑神疑鬼了呢！"

云济淡然道："当然不是仅靠猜测，小生另有依据。那日侯爷曾让我们看过锁和钥匙，我当时注意到钥匙上带着一丝铜绿。因为钥匙也是铜制，当时没有在意，但后来细想，才察觉其中问题——钥匙侯爷每日使用，怎可能生锈？"

"没准……没准是锁芯上的铜锈，沾到了钥匙上！"

"可锁每天都开，每次开都会和钥匙摩擦，又怎会生出铜锈？"

听兰气恼道："那你说是什么原因？"

"很简单。案发当日，这把真锁刚被换回来，侯爷用钥匙开锁，才会导致钥匙突然沾上铜锈。这说明，这把铜黄锁一定很久没有被动过，而且被放在一个十分潮湿的地方，锁芯才会生了锈。"

"倒也有可能。"高士毅点头。

"不是有可能，是只有这种可能！"

听兰轻轻咬了咬牙："只是推测而已，空口无凭。"

"想要实证，却也简单得很，将那把假锁找出来便是。"

此言一出，房中顿时一静。见他胸有成竹的模样，听兰也不敢再说。唯有狄依依甚是担心，对云济小声道："你当真有十全把握，将那把假锁找出来？可别下不来台。"

高士毅上前一步，迫不及待道："云教授，你当真知道那假锁在哪里？"

"就在此处。"云济伸手一指。

众人纷纷侧目，他指的，正是院子里用来防火的大瓮。大宋诸多房屋都是木石所筑，火灾频起。凡大户人家，多备有防火器具，高家每个院落，都有一两口蓄水大瓮。若是往年，每一口瓮中都会蓄满水，只是今年大旱，水几乎不足吃用，高士毅又生性吝啬，早让人停了给水瓮蓄水的惯例。如今整个高家，只有高士毅这进小院里的瓮，才蓄了大半瓮水，其他院子里的瓮早就干了。

那水瓮近乎一人高，狄依依凑近往里面看了一眼，见瓮水浑浊，深达三四尺，根本看不见底。她眉头一皱："锁在瓮里？这瓮都有我肩膀高了，就算是九尺大汉，也够不到水底，怎么拿得出来？"

云济道："九尺大汉做不到，可你能做到啊！"

"开甚玩笑？你想让我学司马端明，砸瓮取锁吗？"

"哪能用这么笨的办法，昨天不是已经教你了吗？"云济从腰间的招文袋里，掏出一只秤砣抛了过去。狄依依接来一看，正是昨夜那只，上面坠着一根细绳，足有两三丈长。

云济催促道："愣什么，昨晚你怎么钓神兽的？"

狄依依恶狠狠瞪了他一眼，提着绳子将秤砣坠入水瓮。秤砣很快沉底，狄依依提着绳子在瓮里缓缓搅动，突然绳子往下一沉，仿佛被大鱼咬住了一般。她讶然看了云济一眼，拽着绳子，小心翼翼地将秤砣提了上来，惊呼道："酒！"

原来连着秤砣被提上来的，还有一只硕大的酒囊。这酒囊口比寻常酒囊大了数倍，几如碗口一般，不仅塞着木塞，还用细线在瓶颈处扎了一圈。狄依依顿时馋虫大动，拔掉酒囊塞子，解开绕颈长绳，却没倒出酒来。她连抖两下，终于掉出一物，赫然是一把铜黄大锁。

院中一片哗然。

高士毅撑着肥胖的身子蹒跚向前，从狄依依手中接过那只铜黄大锁。许是那酒囊密封不好，略有渗水，铜黄锁摸起来甚是潮湿。高士毅又和自己手中的锁一比，外表果真一模一样。再从腰间取下钥匙，插进去拧了一下，大锁顿时应声而开。

"用这几把再试一试！"云济从腰间取了一串钥匙，大小、形状和高士毅的相差不多。高士毅一一试过，果然每一把都能将那假锁打开，和云济的推测丝毫不差。

"好一条'偷梁换柱'之计！"狄依依感慨一声，向云济瞥了一眼，心中暗暗称赞。

"云教授慧眼如炬，本侯服啦！"高士毅也赞叹不已，转念又问，"你怎知这假锁就在这口瓮里?"

"鼠有鼠道,蛇有蛇踪。窃贼行窃也有自己的习惯。这窃贼先将真锁调包成假锁,在偷走宝物后,又将假锁换回真锁。我推断他两次调包,换下来的锁都藏在同一个地方。"云济道,"然而今年大旱,又是冬天,气候干燥。整个高家上下,经年累月都有水的潮湿之所,又能是哪里呢?"

"有水的地方?除了这口瓮,还有不少地方吧,比如厨房的水罐?不对,每天有那么多人舀水,哪里藏得住东西。庭院中的溪水池塘?也不是,池塘早就见底,溪水也已经干了……"

高士毅算来算去,他家几个月来一直有水,还易于藏物的地方,便只有这口水瓮及中庭前后的那两口井了。当然,佛堂小院的水池里,原本也是有水的,但从去年秋天起,他已经亲自下令,不准别人进入佛堂,所以不可能是那里。

有人疑惑道:"你怎知不是藏在前院和中院的井里?"

"当然是狄九娘告诉我的。"

眼见云济会心一笑,向她看了过来,狄依依这才恍然大悟。云济昨晚忽悠她钓神兽,又是撒煤灰,又是看脚印,其实都是顺手为之。真正的目的,是让她用秤砣去试探假锁有没有藏在井里。

"你这厮心眼比池塘里的莲藕还多!一颗石头打了七八只鸟,还要得我团团转,我还真以为能钓到神兽呢!"狄依依攥紧了拳头。昨日云济忽悠她去钓神兽时,她就知他必然有了成算。但这厮是个闷嘴葫芦,爱把心事憋在肚子里,连身边人也不告知。

云济却是理直气壮:"这锁上雕刻的便是神兽椒图,锁确实也有可能被藏在那两口井里,你没钓上来,只能说明运气不好,可不能算我骗你吧?"

"什么神兽椒图?我还以为你说的是那只作怪的墨玉貔貅呢!害得我大半夜……"狄依依说到一半,突然想到一事,"不对!为什么这只秤砣能钓神兽……不,钓这把锁?"

"给我把刀!"云济伸出手,他身后的鲁千手迅速递来一把短刀。云济将那短刀凑近狄依依手中的秤砣,只听"叮"的一声脆响,短刀被吸在了秤砣上。

狄依依顿时叫出声:"这是个磁秤砣!"

"狄九娘真聪明。侯爷曾说过,这锁的锁芯是铜制,锁体却是铁制,只是在外面又镀了一层铜,所以能被磁石吸住。窃贼曾将真锁藏在这里,一是因为此处隐蔽，难以被发现；二是随用随取，直接进了屋就能调包。但既然是藏在大瓮里，窃贼如何迅速地将锁取出来？思来想去，也就这个法子最便捷，也最稳妥了。"

说到这里，看客们齐齐点头。云济突然道："二衙内，你那枚手把件呢，怎么突然收起来了？"

众人纷纷侧目望去，高公净脸上闪过一丝尴尬，愠怒道："我的手把件放在哪儿，还要你来管吗？"

"二衙内要做什么，小生怎么管得着？只不过二衙内玩的那枚把件，可不同一般，而是磁石制成，上有小孔，可以穿线……"

云济话只说了一半，所有人眼神都变了。高公净有一枚磁石手把件，几乎尽人皆知，宝器珍玩被盗之事，十之八九要着落在他身上。

高公净脸色难看："胡说八道，都是臆测！姓云的，也不瞧瞧我是谁，就乱泼脏水，你见过哪个贼会偷自己家的东西？"

"贼不会偷自己家的财物，但有些混账儿子，却会偷老爹的宝贝。"云济说罢，其他人顿时露出一副深以为然的样子，仿佛都认定高公净便是那个"混账儿子"。

"老二，当真是你吗？"高士毅望着小儿子，眸中又是失望，又是恼怒。

"爹，你别听这姓云的诬陷好人，他跟狄家的小娘们勾勾搭搭，年前就给咱家设套，早就跟我不对付了！"

高士毅目光转向云济，迟疑道："云教授，我家老二虽做了不少混账事，但这小半年来，着实沉稳踏实了许多。不说痛改前非，也算浪子回头，能够独当一面。若说东西是被他偷的，本侯真不敢信。"

听到他的话，高公净仿佛又多了几分底气，握紧拳头，一副受尽了委屈的模样。

云济不慌不忙道："第一，宝物丢失的时间，是头一日夜间到第二日早餐前。除去侯爷在现场的时间，有作案机会的只有听兰、刘管事、二衙内三人。第二，被调包的锁就藏在水瓮里，只有用磁石才能迅速取出，还不会闹出任何动静。最重要的是第三点，只有二衙内有机会和办法，能够将宝物带出高家！"

"你胡说！"高公净面红耳赤。

"案发当晚，高家先是发生了一起命案，于县尊专门派衙差封住了高家各门。虽然天亮时命案告破，于县尊将衙差撤走，但很快又发生了宝物失窃案，侯爷立马重新封锁了大门。衙差也曾在高府各处排查，几乎掘地三尺都没有找到失物。可见，那一匣盐钞和二十三样珠宝，已经不在高家了。"

高士毅点了点头："不错，那么多珠宝，加起来得有三四十斤，就算囫囵一装，也能装一大袋子。我派人整整搜查了三遍，不可能藏得住。"

高公净愤然道："这只能说明那窃贼手段奸诈，而看门的衙役和护院又不中用，凭什么说是我偷的？"

"二十三样宝贝，整整能装一麻袋，哪有那么容易带出去？带着三四十斤的东西，贼人飞檐走壁的本事再好，也不可能逃出戒备森严的高家。要把这一大麻袋宝贝不露行迹地运走，唯一的办法，就是在看门护院的面前，堂而皇之地带出去。"

"堂而皇之地带出去？笑话，看门的护院都是瞎子吗？"高公净放声冷笑。

面对嗤笑，云济摇了摇头："护院当然不是瞎子，却也看不穿装粮食的麻袋！"

"不错！"郑侠越众而出，掷地有声道，"只需叫粮仓账房和看门护院对一对，就能知道端倪。我专门问过，那日在中跨院粮仓里，清点的粮食一共是五袋。经二衙内的手，在前院车棚装车前又清点了一遍，等到出大门的时候，就变成了六袋。那凭空多出的一袋，又会是什么，又能是什么？"

听他说罢，几个家丁神色古怪，高公净则鼻孔朝天，怀抱双臂，一副不屑一顾的模样。

高士毅咳嗽了一声："郑门监，关于粮食多出一袋的事，无须再提。本侯相信不是这兔崽子在搞鬼。"

郑侠执拗道："寿光侯，探案怎能全靠直觉？若非贵公子动了手脚，多出来的一袋粮，又从何解释？"

"从何解释？好！我便来给你解释解释！"高公净表情乖张，"咱高家的粮仓里，存的是上好的米粮。你再看看那帮穷要饭的，一个铜板都拿不出来，只想不劳而获，等着咱家施粥放粮。就凭他们，也配和我们吃一样的米吗？"

"你给灾民吃的，是三年以上的陈米，你们吃的，是……"郑侠刚开口反驳，就被高公净打断："他们配个屁！每日六袋大米，就养这么一帮穷汉？每日从粮仓取粮，取的只有五袋，每袋六十多斤。出了中跨院，将粮食装车之前，我都会掺一些沙子和烂糠进去，这样五袋米就成了六袋。告诉你吧，不光那一日是五袋变六袋，高家施粥二十七日，每一日都是五袋变六袋！"

郑侠瞪大双目，伸手指向高公净，声音都在颤抖："你……真是岂有此理，天降灾祸，百姓何辜？逃难的百姓为了活命，拖家带口千里就食。你们囤货居奇也就罢了，竟在百姓的口粮里掺沙子，还有没有廉耻之心？"

"廉耻心？逃难饿死的穷酸成千上万，有谁救得过来？去看看其他的豪门富户，还有像咱高家这般实打实拿出粮食周济穷鬼的吗？"

郑侠气得浑身哆嗦，高家上下却面无表情。在赈灾粮里掺沙的事情，他们显然都心知肚明。

高士毅道："云教授、郑门监，之所以多出一袋，是因为混杂了糟糠和沙子，确实不是这兔崽子盗运财物。"

"胡乱猜测，污人清白，真是蠢驴！"高公净大为得意，唾沫星子四下飞溅，有不少溅到了郑侠的脸上。

郑侠义愤填膺，却不知如何反驳，脸上的口水都不擦，额头青筋直冒。

忽有一个声音道："侯爷，您错了！这恰恰说明，那日就是令公子盗走了您的宝物！"

第九章
观音土

院子中，一双双眼睛齐往云济脸上看去。

"笑话，你这是信口雌黄！"高公净破口大骂。

"高二衙内，高家每日放粮，你都会遣退左右，避开众人，亲自往里面掺沙子和烂糠吗？"

"亲自动手又如何？更何况，还有我随身的书童帮忙。"

"这就怪得很了。二衙内娇生惯养，衣来伸手，饭来张口，碗都懒得自己端，却会亲自往粮食里掺沙子烂糠？即便有贴身书童帮忙，那也是劳筋动骨！要说这事见不得人吧，可贵府上上下下，简直无人不知，又何必遮遮掩掩？可见数十天来，你一直带着小厮单独动手，就是为了让家丁习以为常。等到有一日你将珠宝混进粮食袋子，也绝不会有人生疑。"

"放屁！谁能证明，我将珠宝放进袋子里了？"

云济一改文质彬彬的气度，针锋相对道："没有人能证明你将珠宝掺进了袋子，但有人能够证明，那一天，你没有把沙子和烂糠掺进袋子！"

高公净脸色难看，凶戾道："谁？让他站出来！"

"城外数百上千百姓！每一个受过你们施舍的灾民！"

高公净神情略松，狞笑道："那你让他们来对峙啊！哪一个看到我没有掺沙子？"

"有没有掺沙子和烂糠，还用得着亲眼看到吗？那日我们出了陈留县城，恰好碰到高家施粥结束。那些抢到粥喝的百姓，都在议论一件事——今天高家居然没往粥里面掺沙子和烂糠，虽然粥比往日稀了，但胜在干净了不少。"

高公净脸色发白，色厉内荏道："姓云的，你凭这个就断定我做了手脚？谁知道是不是你自己记错了？"

"就算我会记错，陈留城外的墓碑难道会记错吗？"云济略显激动，长吸一口气，缓缓道，"你们应该知道'观音土'吧？那是一种白色黏土，在有些山坡上能够采到。无粮可吃时，百姓采来野菜或嫩树叶，掺上观音土，揉成团子，吃起来远比窝窝头顶饱。但观音土不能多吃，也不能常吃。它极富黏性，会在肠胃中凝滞不前，根本拉不出来。最后的结果就是肚子鼓胀得像只冬瓜，敲起来坚硬如石，这时候就该死了。

"灾民中有个三十多岁的妇人，她眼睛不好，还带着个七八岁的孩子，好不容易排队打到了粥，自己只舍得喝煮汤的清水，将汤里的米都滤出来，掺了观音土，捏成饭团给孩子吃。结果那孩子吃完，就肚腹坠胀而死。唉，那孩子本不该那天死的，你们可知是为何？"

高士毅问："为何？"

"灾民里有个游方郎中，他曾跟妇人说过，每日用粥中的米，再加少许观音土，搓成两个核桃大小的团子给孩子吃，他可以平平安安度过这一年。"云济说到这里，苦涩一笑，"其实那郎中说得没错，那孩子肚子高鼓，已经有大量观音土凝滞在肠胃里，按照他吩咐的剂量，好歹能够迟两三日，熬过大年初一再死。可就在腊月二十九那一天，妇人揉成的两个团子中，观音土比往日多了近两倍！"

说到这里，整个房间都安静下来。

郑侠满面悲痛，眼角有泪："那日郑某也在，当时只觉那妇人可怜，以为是郎中算错了，没想到其中还有隐情。"

"因为那天的粥里只有米，却少了沙子和烂糠！粥米柔软，同样是核桃大小的饭团，原本是有七成米、两成烂糠、一成观音土；而那日的丸子里少了烂糠，成了七成米、三成观音土。如此一来，观音土自然加得多了。"云济看着高公净，苦笑道，"真没想到，有朝一日，会因为你高二衙内没往米里掺烂糠，而害死一条性命！"

郑侠瞪着高公净，怆然道："那孩子的墓碑是郑某所写，就在陈留北门外的野树林里，你要不要去看看？"

高公净头皮紧绷，冷汗直冒，已经说不出话来。

"兔崽子！当真是你？敢情在你眼里，亲爹还没有珠宝亲？"高士毅怒目而视，他计较的是被偷的珠宝，哪里顾得上同情吃观音土而死的孩子。

"爹！我……"高公净绞尽脑汁，正想着如何抵赖，却听云济道："高二衙内，我劝你最好还是一一坦白。特别是貔貅刑的内情，若是由我说出来，可就难看得很了。"

高公净脸色大变："你你你……关貔貅刑什么事？休要胡说八道！"

"貔貅刑？"高士毅脸色愈发郑重，沉声问道，"云教授，怎么回事？"

"难道侯爷没想到吗？这窃贼既然能将珠宝从柜子里偷走，自然也能将那墨玉貔貅放到柜子里！"

说起貔貅刑，除云济、狄依依及高家父子等寥寥数人外，其他人均是一头雾水。高士毅在云济的提醒下，却恍然明白过来。

云济继续说道："先前小生已经说过，这把铜黄大锁早在几个月前就已经被调包，窃贼随时能够打开柜子。侯爷收到墨玉貔貅后，将它放在柜子里，结果中了貔貅刑。您以为是墨玉貔貅所致，曾两次三番将它送走，可是每到第二日，它又会重新出现在您的柜子里。其实根本没有什么貔貅作祟，墨玉貔貅也没有活过来，只是有人在半夜偷偷将它放回柜子里而已。"

"是你干的好事？"高士毅不可置信地看向高公净，却见他一脸冤枉道："爹！每次您休息后，儿子便回房间去了，怎么可能偷偷去您的房间放墨玉貔貅？"

云济摇头道："侯爷，不是贵公子放的，而是您身边的一个丫环所为。那丫环早就和这位二衙内勾搭到了一起，将铜黄锁调包也好，偷放墨玉貔貅也罢，都是她干的。"

他话音一落，众人纷纷向听兰看去。只见她脸色一白，"扑通"一声跪倒在地，抱着高士毅的大腿道："这……侯爷，您要为奴家做主啊！奴家忠心耿耿，怎么可能做出这等事来？"

高士毅冷冷瞥了她一眼，不耐烦地踹出一脚。听兰顿时被踹倒过去，银簪坠地，发髻凌乱，半边脸沾满了尘土，哭得梨花带雨。她转头望去，家奴和其他丫环冷冷看着她，目光中隐隐有幸灾乐祸的意味。

听兰正觉心寒，旁边突然伸出一只手，将她扶了起来。抬头一看，竟是狄依依："云教授说的那个丫环，并非听兰。"

"不是她，那还能是谁？"说话的是梦竹，慕梅、怀月紧挨着她，神色也颇为紧张。

"莫要担心，当然也不是你们。"狄依依向她们豪爽一笑，"他说的那名丫环，是已经被杀的飞荷。"

"飞荷？"高士毅微微蹙眉，显然没有想到。

云济也颇为诧异，没想到自己只是提了两句，狄依依已心领神会。

狄依依朗声道："不错！飞荷早就和二衙内有染，甚至助纣为虐，帮助二衙内欺辱府上的其他丫环。腊月二十八日夜里，他俩串通一气给我下药，没想到阴差阳错间，飞荷反而替我挨了一刀，死在大衙内手里。在此之前，也正因为有她帮忙，二衙内才能用墨玉貔貅来装神弄鬼。"

高公净急道："装神弄鬼？我哪有这么大的本事！那只墨玉貔貅神通广大，前年的唱卖会上，就曾在众目睽睽之下挣开桎梏，从木匣之中凭空遁走！"

"像这样吗？"云济招了招手，张无舌应声而出，从行囊里掏出一只黑色木匣，置于桌上。随后张无舌再取出一枚鸡蛋大小的药丸——药丸伸出一条捻子，他用火点着后，放入木匣，盖好扣住。

须臾间，匣中发出声声怪叫嘶吼，木匣竟不推而动，在桌上晃动跳跃起来，仿佛有野兽在匣内冲来撞去。木匣四面所镶嵌的镂金兽首喷吐出腾腾云气，令小半个院子都笼罩在一片烟雾之中。

一时间，众人都吃了一惊。

"这……"亏得高士毅两百多斤的身子，竟能两脚离地，往后蹦了尺许，将一名家丁撞倒在地，"这不是……不是安济坊唱卖会那只装有貔貅的匣子吗？"

他原本还认不出这只木匣。等木匣发出兽吼，喷出云气，他才猛然想起，当时看到的正是这一番景象。

过不多久，兽吼戛然而止，烟雾渐渐散去，张无舌上前揭开木匣，众人纷纷上前观望，只见匣内已空无一物。

鲁千手将张无舌推到一边，迫不及待道："诸位诸位！且听我道来，这匣上的镂金兽首，其实是一种异形的鸣镝，只不过发声和寻常鸣镝不同，倒是和兽吼相似。"鸣镝乃是一种空腔箭头，钻有多个哨孔，射出时能发出巨大响声。

他一边翻动木匣，一边讲解："张无舌放入匣中的药丸，是他创制的'龙吐息'，混有白磷和特制火药，能瞬息间放出大量烟气，可干扰敌人视线，又可呛伤敌人咽喉。沈制诰觉得此物大有用处，还准备推荐给军器监呢。这'龙吐息'生发的大量烟气，从镂金兽首口中迅速喷出，发出兽吼之声，便让人误以为匣中有兽。"

"木匣为何会动？"狄依依甚是好奇。

"匣底、匣壁有几处微小缝隙。除了匣盖上的兽首鸣镝，这些缝隙中也会喷出烟气。因为缝隙分散在木匣各处，喷出的烟气就会从各个方向冲击桌面，木匣自然会不住晃动，像是有活物在匣中左冲右突。"

高公净尤不死心，反驳道："那日我也随爹去参加唱卖，貔貅在匣中喷出的云气甚至带有香味，哪有这般刺鼻？"

鲁千手急不可耐地将他顶回去："可笑可笑！咱只是演示其中原理而已，要想闻起来有香味，只需加入香料即可。张无舌这厮的舌头虽白长了，一身本事可没白学，他摆弄药剂比摆弄手指头还轻松，是制香焚香的大行家，只需让他闻一鼻子，什么香味都造得出来……"

见他喋喋不休说个没完，云济无奈摆手止住他的话头，转身向高士毅拱手道："侯爷，真相显而易见，当时必是有人提前做了手脚，事先偷走匣中貔貅，并在匣内伪造抓痕，而后放入类似'龙吐息'一样生发烟气的火药，点一炷香做捻子。等到香烧完，引燃了火药，正好是唱卖会开到最尽兴的时候，这样就伪造了貔貅当众遁走的假象。"

狄依依自言自语道："若是寻常贼人，偷走墨玉貔貅也就罢了，何须伪造这出异象来？"

"思来想去，当有两种可能——一是贼人和安济坊有仇，制造邪祟异象，来砸安济坊的场子；二是故弄玄虚，演给诸多财大气粗的买主看，让他们对墨玉貔貅又惧又奇，留下极深印象，好进一步兴妖作怪。"云济看了看高士毅，又望向高公净，"侯爷可以回想一番，知晓貔貅刑一事的众人之中，是谁总对邪异之事一惊一乍，最爱提及鬼神之说？表现得最信鬼神的人，才是装神弄鬼的人。"

高士毅心下思索，也将目光投向高公净。

"爹，你别信他，儿子哪有那么大能耐，能在安济坊兴风作浪？"

"你这等处处露马脚的性子，自然没那个能耐，兴风作浪的另有其人，你不过是受其指点，在自己家里煽风点火罢了。"

高公净的额头渗出丝丝细汗，眸子一转："你胡说！我爹曾亲自将那墨玉貔貅丢下山崖，抛入深潭。我就算有再大的本事，也不可能爬下悬崖，将它捞回来吧？"

"根本不用将它捞回来。你只需事先做好几只一模一样的貔貅，每次墨玉貔貅被丢掉，就换回一只新的，常人根本分辨不出来。制造貔貅所用的并非昂贵的墨玉，而是一种产自吐蕃的黑石，在吐蕃并不少见，价值也不昂贵，只不过在中原鲜为人知罢了。"

高士毅点点头，像是接受了这种说法。他关心的却不是这个："如此说来……本侯这几个月受的苦、遭的罪，都是被人害的？可是这症状……"他本想说最严重的时候，连谷道都长在了一起，秽门都消失了，但又觉得太过难堪。

"侯爷这怪病症状诡异，却不是什么天降的惩罚。其实很简单，侯爷若见过灾民吃多了观音土而死的惨状，就会知道自己这怪病，跟那些灾民别无二致。侯爷受貔貅刑后，除了肚腹胀得更大，其他部位已瘦了一圈；胡安国受貔貅刑后，也消瘦了不少。你们都梦见自己饿得受不了，不停吃东西，终于撑破肚子，五脏六腑崩裂而死，其实不然……"

高士毅忍不住喜道："你是说，中了貔貅刑不会死？"

云济摇头："会死，但死不了这般高明，也死不了这般豪壮。"

高士毅表情登时一僵。

"王孙贵胄往往自命不凡，总觉得自己和那些草芥贱民是两等人，不仅生得富贵堂皇，还会死得与众不同。可人人都是光溜溜来到人间，又都是腿一蹬离开人世，纵有敌国之富，最终的结局也和乞丐没什么不同。吃观音土而死的穷人，都是下腹肿胀，四肢却骨瘦如柴。我猜貔貅刑到了最后，也是这般形销骨立的模样。没有饭吃的穷人，和中了貔貅刑的巨富，最终的死法殊途同归——撑着肚子饿死。"

"观音土？云教授莫是在开玩笑吧，本侯虽然勤俭持家，但也不至于节俭到吃观音土的地步。这种穷病，只怕还落不到本侯头上吧？"

云济道："小生前几日去胡安国胡员外家做客，留意过他的饮食，发现您二位有个相同的习惯——吃一种唤作'大悲散'的药粉。每次仅取指甲盖那么大的一小块，用清水冲服。"

听他说起"大悲散"，高士毅顿时惊呆。他自从害了这怪病，曾一连十日不能如厕，肚子胀得几乎要炸开一般。撑得发慌的同时，也饿得发慌，恨不得连自己的舌头都吞掉，却又不敢吃东西。终于有一日，小儿子高公净从外面回来，说碰到个走江湖的，献了一个秘方，叫大悲散。指甲盖大的一块便能吃饱，既不会感到饥饿，又不会撑坏肚子。

起初他也心中存疑，等服用过大悲散后，才知小儿子说得不错。也多亏了这"大悲散"，他才能每日只吃三颗丸子，挺过这么多天。

云济见他神色变化，叹气道："侯爷怕是不知道，这大悲散，归根到底就是观音土。"

"怎么可能？别看本侯天天吃肉，但观音土也是见过的。这两样物事颜色不同，味道不同，效用更不同。"

云济指了指张无舌道："这位是司天监中最擅金石之术的，要知道大悲散的根底，再简单不过。"

迎着众人的目光，张无舌依旧面无表情，一张嘴像白长了一般动都不动。

鲁千手已恢复了嬉皮笑脸的模样，替张无舌道："简单简单！其实大悲散，就是淬炼到极致的观音土。侯爷当然瞧不起那些饿得只能吃土的穷鬼，他们采到的观音土，看起来磨得很细，其实仍十分粗糙。大悲散最早出自一些坑蒙拐骗的游僧之手。上百斤观音土，才能提取出一小瓶。大悲散涩肠止泻的作用①也远胜观音土，极容易导致便秘。诸位可知那些游僧用这东西来做甚？"

见别人都在发蒙，鲁千手叽里呱啦道："曾有游僧装模作样说自己能够辟谷，百日不食，只喝生水，专门上富户家招摇撞骗。其实他的袈裟里，一边缝着肉干，一边缝着大悲散，背地里自有充饥的办法。"

高士毅虽已信了七八成，却还是心有不甘，反驳道："可是……本侯是先得了便秘，连鸡鸭鱼肉都不敢吃，这才服用了大悲散。"

云济道："这不奇怪。若我所料不错，有人先在您的饮食中做手脚，使您犯了便秘，转手又推荐了大悲散，让您饮鸩止渴，病情越来越重。"

他说到这里，高公净已经脸色惨白，口不择言道："姓云的，我爹貔貅刑最厉害的时候，连秽门都没了，可不仅仅是便秘而已！大悲散再厉害，也不可能做

---

① 观音土，是蒙脱石的俗称，一种片状结晶的硅酸盐粘土矿物质。药品蒙脱石散的主要有效成分即提取自蒙脱石，用于治疗腹泻，主要副作用是易致便秘。文中"大悲散"是药理类似蒙脱石散的一种混合药剂。

到吧？"

"那是当然，要想达到这个效果，还需一剂'莲香清凉饮'。"

"莲香清凉饮不是治便秘的药吗？"高士毅诧然道。

"不错，莲香清凉饮不仅能润肠通便，按照适当比例，还能软化大悲散。侯爷喝了清凉饮后，原本凝结在肠道的大悲散就会被软化，虽然还是会黏滞在肠道中，排便却容易了许多。所以病情不重的时候，喝莲香清凉饮，是会有些效用。"

高士毅点了点头，他尝试过多种通便的药物，只有莲香清凉饮有奇效。

云济说了一半，就被鲁千手抢过话头："诸位诸位！医者用药，最重要的便是剂量。少许的观音土，能让百姓免于饿死，可一旦过了量，就会让人活活撑着肚子饿死。少许的大悲散，自然可以用莲香清凉饮化开，但体内沉积的大悲散一旦过量，再用莲香清凉饮，使其在温热的肠胃内发酵，反倒会化为黏性极强的黏土——好比用一份面、三份水，加火一熬，便成了糨糊。"

这边厢鲁千手侃侃而谈，那边厢张无舌掏出一小瓶大悲散，又端过茶几上摆着的莲香清凉饮，勾兑一番，放进药罐子里，再连药罐子放入温水盆中。过不多久，药罐子里的东西果然化作了肉色黏土，轻轻一碰便粘住了手指。

鲁千手嬉皮笑脸道："如何如何？侯爷一定没想到吧，您自己的肠胃，竟会成为一个熬药的罐子，将两种药材熬制成了无法消化的糨糊！"

高士毅面冷如霜，已然想到，自己秽门之所以消失，显然是被这糨糊从肠道内给粘上了！

"怪不得，怪不得……这劳什子魏狴刑折腾得本侯生死两难，发作以后，腚眼子都没了，拉又拉不出，吃又吃不下。你们哪里知道这是何等酷刑，简直就像一片身子被丢进两片地狱，上半截叫你饿死一千遍，下半截却叫你撑死一万遍！"他情绪激动，竟顾不上遮羞，连不堪入耳的话都脱口而出。说到气愤处，猛地一拍案几，一身的肥肉如波浪般抖动，指着高公净骂道："你这兔崽子，老子打断你的狗腿！"

高公净浑身一抖，两腿一软，跪倒在地，放声大哭："爹！儿子是被逼无奈啊！看着爹您每日受苦，儿也是心如刀割，恨不能以身相替……"

"扑哧！"

只听一声嗤笑，狄依依捂着嘴巴，毫不顾忌高家的面子："好一个心如刀割，真是个孝顺儿子！一边给亲爹下药，一边恨不能以身相替！"

高公净恶狠狠瞪了她一眼，却不敢看高士毅，只痛哭流涕道："都怪儿子一直有好赌的毛病。去年九月，儿子被下了套，欠了好大一笔赌债。咱家超过十贯的买卖，都得报知给爹，儿子东拼西凑也还不上债。本想抵赖不还，却被人绑了去，百般威逼利诱。儿子迫不得已，这才做出这混账事来，您要相信儿子……"

"信你娘个屁！"高士毅的恼怒显而易见，腮帮子上的肉微微颤动，"因为一笔赌债，就把亲爹卖了？用这么歹毒的貔貅刑来坑害老子？"

"不是的！爹，刚开始他说只是开个玩笑，让我给您弄点便秘的药，想要看您的笑话。我觉得无伤大雅，这才按照他们说的去做。谁知道有一就有二，我做了一件，他便要求做第二件，如此越陷越深——起先只是下药，然后是用墨玉貔貅来装神弄鬼，再之后竟闹出个貔貅刑来。那时儿子知道不对，却已经深陷泥潭，把柄被他握在手里，再也无法回头了。爹！是他们逼我的，一步一步逼我……"

高士毅厉声道："谁？是谁逼你做出这等禽兽不如的事情来？"

高公净被吓得浑身一抖，慌忙道："主事的是个怪模怪样的乞丐，穿一身打满补丁的衣裳，可出手反倒很阔绰，不停借钱给我去赌，还请我花天酒地……"

"乞丐？"高士毅一愣，"难道是那位贼乞儿？"

贼乞儿是大名鼎鼎的神偷，偷盗了不计其数的金银，却喜欢做乞丐打扮。去年便是邱远推荐这位贼乞儿，设法将那只墨玉貔貅送到了胡安国手里。

"儿子也不知是不是。不过爹爹猜是他，那便多半没错。"

"背后主事的，难道不是邱远吗？"云济却有些愕然。

高公净迟疑道："我也怀疑邱远有问题，但他从没有跟我单独见过面。"

其他人还在揣摩邱远和那乞丐究竟有什么阴谋，而高士毅的心思，已经重新回到了被盗的珠宝上："你为何突然偷盗那些盐钞和珠宝？也是贼乞儿指使的吗？珠宝现在在何处？"

"珠宝？被他们给抢走了……"

"抢走了？不是你们里应外合偷走的吗？"

"这个……其实……"高公净嗫嚅着说不清楚。云济插嘴道："二衙内，偷侯爷的宝物，是你自己的主意吧？贼乞儿应该不会那么蠢，让你在那个时间动手，露出这么多破绽。"

高公净眼珠子乱转，还在想怎么编谎。高士毅猛一跺脚："老实交代！"

高公净浑身一哆嗦，急忙道："是……是我，那贼乞丐只教了我怎么换锁，

大宋悬疑录：貔貅刑　193

怎么偷放墨玉貔貅，却没让我偷宝贝。儿子也是鬼迷心窍，心想那锁随时能开，既然能往里面放东西，何不从里面取东西？"

"狗东西！连亲爹的宝贝都偷！让你偷，让你偷！"高士毅两个耳刮子抽过去，气得直喘粗气。就连方才得知自己被下药，他也不曾这般盛怒难遏。

高公净不敢躲闪，苦着脸道："爹！这都怪那帮贼人太恶毒，儿子时不时被他们勒索，实在苦不堪言。这些日子儿子思来想去，觉得那些珠宝与其被锁在柜子里不见天日，还不如卖了换钱。不仅能还我的赌债，还能买通那贼乞丐，让他不要再害爹吃大悲散了！"

"放屁！这么说，你还是为我好了？"

"爹！儿子是真心想替咱高家破财免灾啊！本来儿子一直犹豫不决，不知该不该偷，直到那日飞荷被人杀死，儿子又不知道凶手是大哥，着实惶恐不安。一来没了飞荷，儿子孤掌难鸣，不知道此时不出手，以后还有没有机会；二来儿子以为飞荷是他们所杀，既然都闯到家里杀人了，难保没有盯上那些珠宝。儿子被逼无奈，才抢先下手，免得被那帮贼人偷了去。"

郑侠讥讽道："真是个孝顺儿子，以偷止偷，高明！"

高公净讪讪道："爹，我是存了私心，但也是为了咱高家的财物！我情急之下把财宝偷出去，是想先在外面找地方藏起来，等过了这阵再偷偷卖掉，谁知道很快就被他们盯上，将宝物抢走了。"

"岂有此理，岂有此理！"高士毅气得在屋里走来走去，肥胖的身躯随着脚步挪动，走了没两步就喘了起来。等他安定下来，这才向云济躬身为礼："云教授，多谢你破解此案，本侯真是感激不尽，不知如何报答才是。"

狄依依阴阳怪气道："不知如何报答？这还不好办？只需每日多捐三倍粮，表一表心意就是了。"

高士毅脸上露出尴尬神色，每日五袋米已经让他心疼不已，狄依依一开口还要多三倍，叫他如何舍得？

"侯爷莫要听她开玩笑，您失窃的宝物并未找到，小生又有什么功劳？况且小生这次来，真正要破的案子，才刚刚开始！"

"真正要破的案子？"

"不错，飞荷被杀案！"

此言一出，不仅高士毅满脸错愕，就连郑侠、狄依依等人也十分诧异。那桩凶杀案年前就已结案，难道另有隐情？难道凶手竟不是大衙内高公洁？

"这桩凶杀案中，还有一件蹊跷事，也该水落石出了。不知能否将大衙内请出来一见？"

只听一个稚嫩的声音道："我爹爹每日都会早起去佛堂念经礼佛，他这会儿在佛堂呢！"说话的是个十岁左右的小女孩，穿着一身新衣，梳着双丫髻，粉雕玉琢一般，由一个养娘陪着，站在人群边缘。

"艾艾！"狄依依看着这小姑娘，想要上前跟她打招呼，却见她仇视地看了自己一眼，往后退了一步。

狄依依只能驻足，又是怜惜，又是难受。她不觉摸了摸腰间挂着的酒壶，恨不得大喝一口，又强忍下来。

云济微微颔首："那咱们就去佛堂，见一见这位大衙内。侯爷，不知可否方便？"

"这有何不便？"

高士毅带着众人来到东墙角院。此时天寒地冻，溪水已经干涸，露出底部沙石。西侧红梅将谢未谢，在光秃秃的树枝上错落而立。飞檐斗拱的佛堂被掩在梅林之中，门口大开着。一阵纯净的木鱼声悠悠传来，将小小院落敲得愈发静谧。

高公洁跪坐在弥勒佛像前的蒲团上，身子挺拔笔直。佛堂中突然进来二三十人，他却浑然不觉一般，嘴唇不停开合，小声地念着经文。香炉中烟气袅袅，佛堂里氤氲着淡淡檀香。

"大衙内，别来无恙。"

高公洁仿佛没听到，依旧双手合十，双目紧闭，坐如磐石。

云济点燃三炷檀香，却没有向这尊弥勒佛行礼叩拜，反倒直视着佛像的双目，朗声问道："大衙内，听说你每日敬香礼佛，忏悔思过，好似当真要皈依了一般。整日装模作样，累也不累？"

高公洁两腮肌肉微微抽搐，终于忍不住开口："末学虽未受戒，却也一心向佛，何时装模作样了？况且末学因被邪祟操控，这才失手杀人，纵有万千罪孽，也能在这木鱼声中寻得解脱。"

云济一改温文尔雅的姿态，咄咄逼人起来："只怕你忏悔前过是假，惶惶不可终日才是真。如果我是你，只怕得每日盯着这尊弥勒佛像，才能够安心！"

高公洁浑身一颤，终于睁开眼睛，转头道："你说什么？"

"飞荷被杀之后，仅仅隔了一夜时间，真凶便被找了出来。大衙内也对杀害飞荷的事供认不讳，这桩命案好像已经尘埃落定。但其中还有个问题——你为什么要杀飞荷？"

高士毅不悦道："云教授，此事无须再提。本侯已经说过，我家老大是被邪祟附体，才失手杀人！"

"侯爷息怒，小生并未质疑中邪之事。不过小生听闻，邪祟操控人行凶，也需有可乘之机。上次小生推测大衙内先是将狄九娘当成了雪柳，又将飞荷当成了狄九娘，这才误杀了飞荷。大衙内曾承认过，是也不是？"

高公洁此时已不承认自己是故意杀人，蹙眉道："拙荆就是因为在佛堂受到了雪柳的惊吓，损伤了魂魄，这才短短数月便撒手人寰。我痛失所爱，对雪柳愤恨不已，一直觉得是她害死了拙荆。虽说末学心底里恨不得杀她而后快，但末学生来向善，自幼遵纪守法。那日是被邪魔附体，心中深怨大恨被激发出来，故而失了自制，执刀行凶……阿弥陀佛，罪过，罪过！"

云济道："我专门让人打听过尊夫人，她出身名门，知书达理，又怎么会被一个女子吓得亡魂大冒，一病不起？"

"这有何奇怪？当时我虽不在陈留，却也听说事发在晚上。拙荆在佛堂猛然见到雪柳——雪柳被烫伤后面貌恐怖，拙荆毕竟是妇人，被吓丢了魂魄，也是再正常不过。"

高公洁愈发激动，说话声越来越大。云济淡然一笑，转头看向高士毅："侯爷，大娘子受惊生病，发生在中秋节后吧？我怎么听说雪柳早在去年春夏之交，就已经被退回胡家了？"

"这……许是你打听错了吧？"

"只怕错不了！毕竟胡员外家宅不睦，正是因为雪柳。胡员外去岁四月将雪柳接回胡家，不久后发现她怀了身孕，胡夫人怀疑是她丈夫的孩子，这才闹出些矛盾。就在年前不久，雪柳诞下一子。算日子，她怀上孩子是在去年二三月。但她显然是在显怀之前被送到胡家的，否则别说她能不能进胡家的大门，就是您，也绝不可能将怀着高家骨血的姬妾送回胡家，您说是不是？"

"高家骨血？雪柳竟然怀孕了？他娘的，哪个狗杂种……"高士毅先是错愕，继而化为恼怒，上下牙关紧咬。他话说到一半便顿住，忽而皱眉道："这贱人既然怀了身孕，胡安国那厮为何不告诉我？难道在打我高家子嗣的主意，想来卖交情？好个胡安国，亏本侯还帮了他那么多次！"

云济虽面不改色，心中却忍不住好笑。高士毅和胡安国彼此算计，彼此提防，都不是什么磊落坦荡的人物。

听到雪柳怀孕的事，高公净将脑袋垂得越来越低，生怕别人注意到他。高公洁却若有所思，木鱼也渐敲渐缓。

"侯爷，大衙内。既然雪柳早在四五月就被送回胡家，那中秋节后，在佛堂里将大娘子吓出一身病的，到底是谁呢？"云济再次开口相询，高士毅和高公洁却闷声不语。他也不以为意，继续道："当天大娘子受到惊吓，失声大叫，引来不少家丁和婢女，应该有不少人见过那吓坏了大娘子的罪魁祸首，她到底是谁？"

云济的目光在一众丫环和家丁身上扫过，下人们一个个低了下头，生怕被问到。他笑了笑："侯爷，我知道高家习惯将被拐女子买来当奴婢，并用以前丫环的户籍冒名顶替，这样新买进来的黑户就有了身份。雪柳被退回胡家时，她的卖身契并未退回，狄九娘被卖到高家后就是顶替了她的身份，成为新的雪柳。侯爷，这应该没错吧？"

高士毅脸上的肥肉抽搐了一下，没有否认。

"之前我以为，狄九娘是贵府的第二个雪柳。其实不是，她是第三个！"

"我是第三个……"狄依依沉吟着，"将大娘子吓得半死的那位，才是第二个雪柳！"

云济所说的线索，狄依依全数知晓，却从不曾像他这般串联起来，她手中把玩着酒囊："第一个雪柳因烫伤了脸，已被送回胡家，佛堂中的雪柳自然是另外一人。这第二个雪柳并不曾被烫伤，她的容貌究竟有多可怖，竟能将大娘子吓成那般模样？"

听到这个问题，众人面面相觑。有个家丁小声说道："出事那天晚上，我们听见大娘子惊叫，急忙冲了进来。当时黑灯瞎火，雪柳趴在地上，她长什么模样，倒没看清楚。后来侯爷来了，称呼她为雪柳，斥骂她毫不知丑，还从怀里掏出丝巾给她遮住了脸。"

云济点头道："果然如此，当时除了大娘子，没人看清那位雪柳的相貌。你们就没怀疑过，她已经不是以前那个雪柳了吗？"

众多家丁和丫环都默然不语。雪柳自从被烫伤后，就开始避不见人，从府上消失了一般。他们也曾听说雪柳被退回卖主的传闻，但何时退回去的，并不大清楚。

云济走到听兰身前，俯身问道："听兰姑娘，你说呢？"

听兰避开云济的目光，瞥了高士毅一眼："这……"

"怎么？这事还有什么难言之隐？"云济进一步逼问。

听兰急忙摇头："你胡说什么？只是个丫环而已，是不是原来那一个，又有甚关系？谁又会去深究？"

"奇怪的地方有三点。第一，这第二位雪柳刚一出现在众人面前，侯爷便要求她戴面纱，她有甚见不得人吗？在那之后侯爷就封了佛堂，将她关在里面，其他人不经准许不得入内。此后再无旁人见过她。那么，她究竟从何而来，又去往何处？"

高士毅急忙解释道："云教授问这些作甚？那丫环容貌丑陋，本侯怕她再吓到人，这才让她戴着面纱。后来将她转卖给了一名岭南商人，此事也无须让府上的人知道。"

"权当您所说都是实情吧！第二，您当时不仅斥责了第二个雪柳，对大娘子更是疾声厉色，全然不像一个长辈该有的样子。大娘子受到了惊吓，为何反遭如此对待？"

"这……老话说爱之深，责之切。本侯一向器重这个儿媳，谁料她私自来佛堂，还被一个丫环吓得大呼小叫，真是不成体统！本侯一生气，难免说话重了些。"

云济直视高士毅双目，也不深究他是否说了真话，紧接着道："第三，大娘子生病后，您还专门去她的住处将她训斥一番。大娘子羞愤难掩，以至于病情加重，终于撒手人寰，大衙内几乎因此和您父子反目。侯爷，明知儿媳忧虑重重，为何还对她横加指责？"

云济说话的语气平淡温和，这接连三问，却一次比一次凌厉。高士毅越发难堪和局促，终于忍不住反驳："这……这是本侯的私事，和你有甚相干？"

"安定郡王府郡主失踪案，云某也牵涉其中，怎能说不相干？"

高士毅脸色一变："这跟郡主失踪又有甚关系？小子，不要在弥勒菩萨面前大放厥词！"

云济对他的威胁不以为意，针锋相对道："侯爷眼光高绝，岂会买相貌丑陋的丫环？小生怀疑，吓坏大娘子的第二个雪柳，正是安定郡王府失踪的郡主！把大娘子吓得魂飞魄散的那张脸，一点儿也不丑陋恐怖，反而琼姿花貌，美得出尘脱俗。吓到大娘子的，不是她的容貌，而是她的身份！"

"放肆！小子，本侯对你礼遇有加，是敬你博学多才，可不是怕你！小小年纪，什么话都敢说，连本侯都敢诬陷吗？"

眼见高士毅神情激动，云济气定神闲道："我猜想，侯爷本不认识真珠郡主，是见她相貌出众，这才从人牙子手中买下，否则以您看似粗犷，实则老练的性情，绝不会招惹这么大的麻烦。等您知道真珠身份的时候，只怕已经做了不少不该做的事。你虽是皇戚，也害怕触犯宗室，知道自己踩了雷池，就急忙设法遮掩。但你没有将她送回郡王府，反倒藏在了佛堂里。去年秋天的一个晚上，大娘子听见佛堂有异响，进去查看，没想到发现了被关在里面的郡主。"

高士毅怒道："胡说八道！"

"侯爷，这只是我的猜测，若是说错了，您大可指出来，小生立马赔罪！"云济继续说道，"大娘子出身名门，她娘家和安定郡王府颇有旧交，她见到堂堂郡主竟然被关在自家的佛堂，怎能不害怕？囚禁郡主是抄家灭族的大罪，即便是高家也扛不住宗室的熊熊怒火。更让她没想到的是，侯爷赶来后，反而气急败坏，当着众多家丁的面将她斥责一番。她又不敢反驳，生怕郡主的身份暴露出去。"

高士毅挥了挥手，想让家仆按住云济，让他住嘴。却见从管事到家丁，都已听得目瞪口呆。

"从那之后，侯爷谎称真珠郡主是雪柳，专门派人看守佛堂。除了送饭的铛头，其他人一概不得入内。大娘子一病不起，多半是因为心病难医。"说到这里，云济微微叹息，"侯爷表面略显粗俗，内里精明缜密，这等秘密被大娘子撞破，即便她是您的儿媳，您也未必放心吧？"

云济说到此处，众人都觉不寒而栗，难道那次争吵，还有什么隐秘？

高公洁拿着木槌的手微微一抖，脸上的肌肉抽了一下，终究按捺不动。艾艾睁着一双水灵灵的眼睛，茫然看着云济，对他所说的话甚是懵懂，心底却生出一丝莫名的惧意。

"那次探望，您特意屏退左右，连飞荷也没让跟着——当公公的如此探望卧病在床的儿媳，只怕于理不合吧？当日您跟大娘子说了什么，是劝说还是恐吓，又甚或是威胁，我们都不得而知。但从那次探望和争吵之后，大娘子病情越来越重，最终不治而亡。"

"大娘子临死之前，应该将自己的心病跟大衙内说过。因此，大衙内才对佛堂里的雪柳忌惮不已。狄九娘刚刚被拐到高家的时候，曾慌不择路跑进大衙内的院子。她当时面纱遮脸，又自称雪柳，大衙内错将她当作了郡主，才对她充满敌意，甚至动了杀机——只要杀了郡主，再毁尸灭迹，高家掳劫郡主的事，便谁也不会知道了。"

他说到这里，众人纷纷向高公洁望去，却见他敲着木鱼，眉宇间有说不清的沉痛。

狄依依看着艾艾，突然想起一事："大娘子病逝前，想将艾艾嫁出去，难道是……"

"不错！"云济道，"大娘子担心高家囚禁郡主的事会暴露，她一心挂念的，就是大衙内和艾艾。所以她在病重的时候，还催着大衙内将十岁不到的艾艾嫁出去。只要过了门，即便将来高家事发，也不会牵连艾艾。"

他这番话说得浅显直白，艾艾虽不过十岁，已能听得明白，想到嬢嬢对她的良苦用心，两只星眸顿时泪水盈盈。其他人都是不敢置信，但仔细一想，又觉云济说得在理。

见此情形，高士毅反而冷静下来，脸上的怒色渐渐散去，眯着眼睛反问："就凭这些推测吗？总不能闻着臭就指责是老高家放的屁吧？如此生拉硬扯，岂不比瞎子当染匠还荒唐？"

"依据自然是有的。第一，就是胖铛头做的菜。记得飞荷被杀的第二日清晨，胖铛头为我们做了一桌素斋，不仅菜做得精致，菜名更是高雅又富有禅意。根据胖铛头所说，他一直负责给看守佛堂的人送菜，这几道菜的菜谱正是雪柳姑娘教他的。不久前，我们又吃了一桌素斋，巧的是菜品一模一样，名头也一模一样，那位做菜的铛头，却是安定郡王府的旧人。据他所说，那一桌素斋，乃是真珠郡主为王太妃贺岁所创的菜品！"

"不过是巧合罢了。"高士毅愈发镇定，"你认定第二个雪柳是郡主，可老子去年把她给卖了。她若真是郡主，本侯岂敢将她卖给外人？"

"这便是小生要说的第二点——第二个雪柳一直都在高府，你只是声称她被卖出去了而已！大衙内自飞荷案后，每日在佛堂念经，连过年都不出佛堂。小生在路上碰到胖铛头去佛堂送菜，可那饭盒里的饭菜，足足有两个人的分量！"

"这有何奇怪？我老高家的人饭量一个顶俩，从来就是擀面杖当筷子，洗面盆当酒杯，大吃大喝惯了！"高士毅昂着头，脖子里的肥肉一层叠一层，随着他的话音一颤接一颤。

"可那饭盒里，不仅饭菜有两份，连碗筷也有两份，这又作何解释？"云济反问了一句。

狄依依上前一步，将胖铛头的饭盒打开，里面果然有两副碗筷。众人一见这等情况，顿时议论纷纷。

"餐具多备一份，不过是怕弄脏罢了。"高士毅一摊手，"这佛堂里面就咱们这些人，你非说本侯把郡主关在这里，那你倒是说道说道，她在何处？"

随着高士毅的发问，众人怀顾四周。这佛堂虽然不小，却只有佛像佛龛，根本不见能够藏人的地方。

云济伸手指向弥勒像："就在那里，在佛像后面！"

"你眼瞎吗？佛像后面明明是堵墙。"别人还没说话，刚才还痛哭流涕的高公净却叫嚣起来。

"墙后面有暗室。"

"暗室？你哪只眼睛看出墙后面有暗室？佛堂盖起来两年多了，我怎么不知道有甚暗室？"

云济气定神闲道："各位还记得我先前讲过的戏法吗？还有那个在镜子反照下，难以看出深浅的柜子。"

"你说这个做什么？这佛堂又不是柜子，更没有铜镜做隔板。"

"道理是一样的。咱们现在站在佛堂里面，从门口到这堵墙，一共四丈五尺深。"云济虽然没有用尺子测量，但他只需看一眼，就估算得清清楚楚。

高公净看了看门，又看了看墙："差不多吧。那又怎样？"

"好，我们从外面再看看。"云济一招手，带着众人走出门去，踏入已经干涸的水池里，从东面看向佛堂。

众人端详了许久，终于有个家丁道："从外面看，好像有五六丈深，怎么以前没看出来？"其他人也纷纷点头，又是惊奇，又是疑惑不解。

云济笑了笑："你们跟我来，从西面再看。"

众人随着云济绕到佛堂的西面，狄依依顿时叫出声来："这面墙看起来只有四丈多长！"

"这就是这座佛堂的巧妙之处。"云济解释道，"其实说起来十分简单，因为这座佛堂并不方正，而是西浅东深。它的东墙有六丈长，可西墙只有四丈多长。我们从佛堂里面看到的房间是方形的，东西两边都只有四丈五尺深——这就说明，在这堵墙的背后，还藏着一间圭形[①]暗室。"

[①]《九章算术》称三角形为"圭田"，圭为一种上尖下方的玉器。

云济踱步至墙边，一边讲解，一边用手指比画演示。众人刚刚亲眼所见，不得不信服。

"这佛堂果真形状古怪。从东边和西边分别看一眼，立马就知道玄机了，之前我怎么就没看出来？"狄依依又是惊奇，又是叹息。

"不是你没看出来，而是建造者不会让你看出来。这院子的东半边是水池，只有站在水池里，才看得到佛堂的东墙。可谁又会平白无故跳到水池里去？现在水池已经干了，我们才得以站在水池里去看。"

众人顿时明白过来，都对云济露出几分敬意。狄依依面上虽不露痕迹，心下却暗暗赞叹不已，固然早已知道云济的过人之处，但他还是一次又一次地让她刮目相看。

云济笑着道："我之前只觉得这佛堂修得怪，多亏看了那个戏法，才悟透其中玄机。侯爷，佛堂后面有密室，密室中藏着人，这已经不言而喻了吧？"

形势愈发不妙，高士毅反而愈发坦然。他还是否认云济的推断："小子，你这些推测，只能说明佛堂背后还有一些空地，并不能说明本侯将它做成了暗室。你且说说，如果有暗室的话，门又在哪里？"

云济伸手往佛堂深处一指："就在那儿。"

一旁的高公净冷笑道："那明明是菩萨！"

"在胡安国胡员外家，我们见过另外一尊菩萨像，和这一尊出自同一位工匠之手。那一尊菩萨的肚子是空的，里面不仅可以藏人，还可以作为通向暗室的密道。"

"笑话！别家的菩萨有机关，就能说明我家的菩萨也有机关？"

"是与不是，一看便知！"云济说罢，向弥勒菩萨像走去。

高公净急忙伸手将他拦住，云济讥讽道："二衙内横加阻拦，是怕什么呢？"

"这……"高公净对佛堂的事全无所知，但此刻就数他最积极，仿佛拼了性命也要维护高家，满脸激愤道，"这佛堂是我高家所有，岂是你一个司天监教授想动就能动的？"

眼见两边起了争执，高士毅摆了摆手："无妨，小子，既然要看，尽管看便是！"

高公净悻悻退到一边，冷眼看着云济爬上佛龛，在佛像上摸来摸去，摸了半天都不见有什么异常，不由冷嘲热讽道："看两边墙宽不同，就非说里面藏有密室，你要是找得着……"

话刚说到一半，只听"咯吱咯吱"一阵响，佛像突然颤动起来。

弥勒菩萨像原本是"无畏印"的姿势。云济一扳动佛像胸前结印的手，佛像竟如活过来一般，左手抬起，右手下垂，双手同时往两侧分开。与此同时，佛像肚子竟然缓缓凸出，从胸口处露出一条缝。云济伸手一拉，居然将佛像的肚子"抽"了出来。

众人悚然动容：这弥勒菩萨像的肚子，赫然变成了一只抽屉！

"这佛像果然大有玄机！那天夜里，定是真珠从里面爬了出来，大娘子陡然看见，才被吓了个半死！"狄依依甚是兴奋，却见云济愣在那里，仿佛木头人一般，不由奇怪道，"还愣着干什么，快进密室救人啊！"

"这……"云济被她的声音惊醒，急忙伸手在那"抽屉"中摸索，不一会儿却失魂落魄道，"怎么可能？怎么没有？"

狄依依终于察觉出不对，诧然道："什么情况？没有什么？"

云济喃喃道："没有门户……"

众人纷纷挤到佛像前。却见这尊弥勒菩萨像仿佛一只人形柜子，肚子是一只巨大的抽屉，抽屉内空无一物，其内壁倒是密密麻麻，写满了符箓和经文——这只抽屉藏人倒是足够，却没有通向其他地方的门户！

"怎么会……"云济等人面面相觑，正各自皱眉思索，却听高士毅道："云教授，你年纪轻轻便如此博学多才，本侯佩服之至。但有些事情，不能全靠推断！我家这尊佛像确实另有玄机，却不是密室的门户。"

狄依依不服气道："那干吗把佛像肚子做成抽屉？"

"菩萨的肚子里，装的自然是无边佛法！"高公洁手持木鱼，脸上尽是缅怀神色，"这佛堂是我督造的，在佛像上留有这个抽屉，是为了藏佛经。先妣笃信佛法，她去世之前，说要将亲手抄写的经文放在佛像肚子里，菩萨才会知道她的拳拳向佛之心。我身为人子，想为她实现这个遗愿，将自己抄写的佛经放进去。惭愧的是这两年为俗事所扰，拖延至今，实在不孝得很……阿弥陀佛！"

云济找来找去，再找不到任何机关。他心中对高家父子一万个不信，正想反驳，忽然听得佛堂外有家丁传话道："侯爷，沈制诰派人来咱们府上拜访。"

"沈制诰？哪位沈制诰？"高士毅莫名其妙，兼知制诰的重臣为数不多，但他一时倒没想起来。

高公洁虽和父亲不对付，却不由开口提醒："应是知制诰、任集贤校理的沈存中。"

高士毅脸上的怒意已然消散，嘴角向两颊咧开，满脸肥肉顿时堆积出一个丑笑："快快有请！"

来人很快被领了进来，正是沈括府上的许管事。他先跟高士毅行礼问好，然后看向人群中的云济，急道："云教授，沈制诰有急事，连夜派我来寻你，你怎么来陈留了？我赶了这一路，骨头都快散架了！"

"这些日子，我一直在追查安定郡王府郡主失踪案，终于有了线索，这才来寿光侯府上……"

"安定郡王府的郡主？昨日已经找到了啊！"

第十章
查旧账

"找到了？"云济尚未搭话，狄依依已快步冲到许管事面前，"真的找到了？真珠还好吗，在哪里找到的？"

许管事被狄依依惊得一蒙，怯怯将他所知的情况说了一遍——昨日凌晨，在汴梁郊外有人发现了一顶轿子，轿子里竟是真珠郡主。开封府的皂吏听到讯息，急忙将她接进城，送回了安定郡王府。

开封府详细询问了郡主失踪的经过，然而真珠对自己的遭遇竟说不清楚，只说是被转卖多次，最后不知被什么地方的一个财主买了去。那家的主母是个悍妇，严防死守不许财主亲近她，见她年轻貌美，还百般欺辱折磨。郡主不堪忍受，终于说出自己的身份，将那一家吓得魂飞魄散。财主夫妇将她装进轿子，摸黑送到东京城外，故意放在容易被人发现的地方。

许管事对此也是道听途说，有关真珠的传闻众说纷纭，真假难辨。但郡主已经被找回的事，千真万确。

"整整一年了，不知她受了多少苦？这帮可恨的人牙人贩！"狄依依一想到真珠所受的苦难，就忍不住咬牙切齿，但想到真珠终于回到家中，又不由得喜极而泣。

云济面无表情，陷入了沉思。

郑侠却是眉头大皱："财主？不是高家吗？"

"高家？跟高家有甚关系？"许管事莫名其妙。

高公净恢复了往日的傲慢，讥讽道："某人刚才还言之凿凿，说郡主是被我爹给囚禁了，真是信口雌黄！"

许管事望了望郑侠，又看了看云济，顿时瞪大了眼珠子，将心里的话用脸说了出来：不会吧，你们怎么想的？

郑侠心有不甘，却自觉理屈，只得闭口不言。

狄依依冷哼道："佛堂里既然没有藏人，为何要给大衙内送两份饭？大娘子既然不是被郡主吓到，你这当公公的为何跟儿媳过不去，还两次斥骂她？第二个雪柳既然不是郡主，大衙内为何对她起了杀心？"

"这些都是本侯自家的事情，不劳挂怀。"高士毅肥胖的身子往旁边一让，摆出一副送客的架势，全然没了先前对云济等人的礼遇。

高公净却上前一步，隐隐将狄依依拦住，两只眼睛在她身上瞄来瞄去，神态甚是无礼："怎么，说话不用负责吗？别人也就罢了，连咱高家也敢诽谤！得亏郡主已经被找回来，否则你们造的谣传出了高家大门，叫世人怎么看我们，怎么看太后娘娘？"

见他这般表情，狄依依就像喝了一口酿坏了的酒，翻江倒海的恶心，吐也吐不出来。她郁闷到了极点，错身挪了三尺，狠狠一顿足，踩在云济的右脚上。

云济顿时疼得龇牙咧嘴，急忙离狄依依远了一步。面对高公净猖狂的责难，他反倒满脸歉然，双手抱拳作揖，咳嗽一声道："对不住，今日是小生太过孟浪，没查清楚便妄下结论，险些让高家名誉受损，实在万分抱歉！还好小生没将所有的推论都说出来，否则影响了高侯爷家的父子关系，那更是万死难辞其咎！"

高士毅眉头一皱："影响我父子关系？这兔崽子吃里爬外装神弄鬼，不仅给本侯下药，还窃取本侯数十年收集的宝贝，本侯恨不得把他塞回娘肚子里去，还有甚可影响的？"

"这……您二位毕竟是父子，有些事小生若是多嘴，导致您父子失和，岂不是枉做了小人？"

"哼！你还知道什么，尽管说来！"

云济犹豫了一下，终于开口问道："侯爷，雪柳被退回胡家的时候，便已经怀孕。据我所知，她怀的不是您的骨肉吧？"

此言一出，高公净脸色剧变，两只眼珠子乱转，众看客纷纷竖起耳朵，唯独高公洁有些发蒙。

高士毅满脸横肉瞬间僵硬，盯着云济的眼睛道："你在说笑吗？雪柳是本侯的姬妾，她怀的不是我高家的种，还能是谁的？"

"她怀的当然是高家的血脉，只不过不是您高侯爷的……"

"放肆！来人，把这个三番五次羞辱高家的家伙打出去！"高公净双目圆睁，眸中布满血丝，连连向身后招手。两个护院相视一眼，按照吩咐往前走来。

狄依依斜跨一步守在云济身前，虎视眈眈地向护院瞪过去。

云济不慌不忙道："二衙内，着急什么？那日你串通飞荷，想要将狄九娘灌醉。当时你得意忘形，可说了不少真话，狄九娘都记着呢！"

被云济一提醒，狄依依顿时恍然大悟："是了！当时你就和飞荷勾勾搭搭，还夸飞荷最是善解人意，通情达理地帮你祸害别的姑娘！你还说'那死胖子明明不中用了，还偏偏把最漂亮的女人都收在自己房里，花朵一般水灵的小姑娘，白白耗尽了芳华，简直就是占着茅坑……'哎哟！这话真是说不出口，羞也羞死人了！"

她嘴上说着"羞死人"，但用高公净的腔调说话的时候，学得惟妙惟肖，半点没有"说不出口"的样子。

感觉到众人的目光都在有意无意投向自己，高士毅的脸色一阵青一阵白，对高公净怒目而视。

高公净支支吾吾想要反驳，却听狄依依又道："更要紧的是，飞荷笑骂二衙内只顾自己快活，却不管女人会不会怀孕。她还说不能学之前的雪柳，做丑事还能给别人撞破，那可了不得……"说到这里，她急忙捂住嘴，装作一副吃惊的样子，"二衙内，雪柳怀的不会是你的孩子吧？"

高公净面色惨白，看向狄依依的目光充满了怨毒，却不回答她的话。

云济负手在后，上前问了一句："二衙内，你这嗜好当真独特，偏爱偷令尊房里的女人。如此说来，你和雪柳之间果然不清不楚，而且还曾被人给撞破了！敢问二衙内，那个撞破你俩丑事的，究竟是谁呢？是某个丫环？某个家丁？某个管事？又或者是……大娘子？"

他一提到"大娘子"，高公洁顿时浑身大震，脸上露出震惊神色；高士毅耸然动容，仿若恍然大悟；高公净却是浑身战栗，看着云济的表情，如同见到了鬼魅。

高家父子反应甚巨，高家众多仆从都觉莫名其妙。云济却了然于胸。他本来只是试探，没想到一语中的，当即乘胜追击："二衙内，要想人不知，除非己莫为。你最好还是坦白从宽，赶紧将私情说出来，毕竟父子一场，即便有再大罪过，侯爷也会宽宥一二。"

春寒料峭，高公净的额头却渗出一丝冷汗。他脸上表情变幻，正是迟疑不决的时候，高士毅一声怒喝："说！"高公净浑身一颤，"扑通"一声跪倒在地，鼻涕眼泪都流了下来："爹！我只是一时糊涂啊……"

"你到底做下多少腌臜勾当，给老子一一说来！"

高公净一副自责不已的模样，一把鼻涕一把泪道："爹，归根到底，还是飞荷那贱女人最可恨！她总是趁您不注意，冲我搔首弄姿，卖弄风情。我当时少不更事，哪里经得住诱惑，就跟她做了不该做的事……"

高士毅的脸一阵抽搐："继续说！"

"真不能怪我！飞荷那贱人一肚子心眼儿，后来雪柳进了咱家，姿色比她好，性情比她温柔，还比她更得宠。飞荷就使了个坏心眼，跟我说雪柳喜欢我，要给我牵线搭桥。她先把雪柳灌醉，跟我做了糊涂事，然后她再跳出来，假模假样要帮我们遮掩，其实是拿住了雪柳的把柄。儿子色迷心窍，明知对不起爹爹，却经不住她的蛊惑，越陷越深。直到去年四月，雪柳说她怀了身孕，我这才冰水浇头，吓得六神无主。那日我买了堕胎药来，想让雪柳将孩子偷偷打掉。雪柳却执意不肯，非要让我想个法子，将她从高家弄出去，她要在外面生下那个孩子。她居然让我哄骗爹爹。这样忤逆不孝的事情，我怎么能够答应……"

高公净一本正经地说了一半，狄依依便忍不住笑出声来："说得当真是大义凛然。"

其他人也都想笑，但看高士毅比锅底还黑的老脸，一个个憋得很是辛苦。

"有甚好笑的？孝之一字，论心不论迹！"高公净讪讪道，"那日我和雪柳起了争执，不承想被嫂嫂撞到。嫂嫂当没看见一般，扭头就走。我和雪柳又是尴尬，又是害怕，便将这事情跟飞荷说了。飞荷很快给我们出了主意，让我们先下手为强。"

高公洁手中的木鱼坠落在地，插嘴问道："怎么个'先下手为强'？"

"这……"高公净尴尬道，"当时大哥你外出打理生意，长期不在家中，嫂嫂撞破了我和雪柳的事，多半会向爹爹告发，与其被她说我们坏话，还不如……"

"还不如你们主动坦白？"郑侠猜测道。

云济脸上露出一丝鄙夷："二衙内若懂得跟父亲坦白己过，早就痛改前非，也不会接二连三犯下大错。我看依他的性子，多半是要抢先发难，倒打一耙。"

高公净气急败坏道："姓云的，说话怎能如此难听？我那也是被逼急了，情急之下，只能出此下策。"

"究竟是什么下策？"高公洁捡起掉落的木鱼，闻言后仿佛猜到了什么，双手猛地抓紧，手指都捏得泛白。

"我……我跟爹爹说，哥哥长年出门在外，嫂嫂春闺寂寞，竟来勾引我……"

"放屁！"高公洁面孔扭曲，额头青筋直跳。

"这都是飞荷出的主意，不关我的事啊！我诬陷了嫂嫂，也是惴惴不安。当时爹爹气得发昏，想要将嫂嫂找来对峙。我急忙劝阻，说嫂嫂长期独居，耐不住寂寞，一时糊涂也是情有可原。千万不能因为我受了点委屈，而折了嫂嫂的颜面，伤了哥哥的心，坏了我们的兄弟情义。"

"你还知道兄弟情义？去死！"高公洁怒喝一声，捡起木鱼向高公净头上砸去。高公净抱头鼠窜，高公洁不顾受伤的双腿，扑上去一阵乱拳狠揍，家丁们好不容易才将他拉开。

高公净发髻被扯，披头散发地坐倒在地，衣襟也被撕破，衣袍上赫然显出几个脚印。他擦了擦嘴角血迹，望着父亲和兄长，眸子里充满怨毒："够了！死胖子，我早就受够你了！从小你就对我挑三拣四，骂我是个废物，比不上老大一根手指头。我拼尽全力讨你欢心，也换不来半句好话。你对儿子比防贼还要吝啬，别说勾栏听曲，就连吃碗热茶，都得跟人赊账。陈留人都说我是个纨绔，我算什么纨绔？你们可曾见过出门身无分文的纨绔？我纨绔恶霸的名头，就是因为吃酒听曲付不起钱，只好恃强赖账，才传出去的！我之所以坏了名声，还不是因为你一毛不拔？什么家财万贯，什么堆金累玉，守着金银财宝，分文不给儿子，你死了棺材里放得下吗？"

高士毅一时气结，却被他逼问得作声不得。高公净又望向高公洁："还有你！都说你是高家麒麟子，若非外戚身份拖累，必得朝廷重用。而我，只不过是读书识字比不上你，就被万般鄙视。你可知你那自命不凡的样子，我看着有多恶心？自小你就瞧不起我，仿佛我人生在世，就是来衬托你的，凭什么？你娶的是名门闺秀，我就只配娶商贾的庶女，凭什么？第一个婆娘被你克死了，这偏心的死胖子居然千方百计和吴家拉关系，生生为你娶来吴家千金，凭什么？"

他被逼到极处，终于撕破了脸，一吐心中淤积的愤懑，反而将高士毅和高公洁骂了个狗血淋头。

那父子俩一时怔住，高公洁伸手指着高公净，声音颤抖："你……你……就算你恨我们，妙意又何曾对你不起，你却这般害她？"

高公净脸上挂着嘲讽的冷笑："看你难受的样子，我真恨不得痛饮三杯！我不过是瞎掰扯几句是非而已，能让她掉一块肉吗？真正斥责她、羞辱她、杀死她的，可不是我！"

"你这丧尽天良的东西……"高公洁再也忍不住，又向高公净扑去，却被家丁急忙拦住。高公洁挣开家丁的拉扯，转头瞪向高士毅："这样颠倒黑白的话，你竟信了吗？"

高士毅脸上肥肉厚如叠嶂，此刻居然透出几分窘迫："这兔崽子言之凿凿，又有雪柳在旁边一唱一和，佐证帮腔。我这才受了蒙蔽，对妙意有了误解。"

"你也不想一想，妙意向来温婉贤淑，怎么可能做这种事？"高公洁激愤之下，先是驳斥了高士毅一句，又斥责高公净道，"你这丧尽天良的狗东西！真是以小人心度君子腹！妙意何等样女子，就算撞破了你的丑事，又岂会跟个长舌妇一般，到处说长道短？"

"是，是！"高公净大声应和，脸上满是嘲讽之色。

此时连云济也有几分不可置信："高侯爷，你两次跟大娘子动怒，甚至当面训斥她，难道就因为此事？"

高士毅看了眼高公洁，满脸惭愧道："俗话说'不痴不聋，不做家翁'，本侯实不该非要论个是非曲直。也怪本侯听信了那逆子的屁话，对妙意百般看不顺眼。这丑事又不能给外人知晓，所以强忍了几个月不曾提起。那日在佛堂的时候，忍不住借着其他由头，当众斥骂了她几句。后来她病重，本侯心里有些过意不去，便决定去探望她。她却询问本侯为何对她心存芥蒂，倒好像是本侯平白无故横挑鼻子竖挑眼。本侯心中气闷，就斥责她寡廉鲜耻，勾引小叔子。她连叫冤枉，竟然哭晕过去……唉，要是本侯没受这逆子挑拨，也不会气伤了妙意。"

"妙意她……"高公洁怒火攻心，脸色僵黑，因为有外人在，他一直强自克制。但一想起妻子，便觉心如刀割，心痛不已，"妙意竟受了这般委屈，却还顾念什么父子情、兄弟义，从没有跟我提起！直到弥留之际，怀恨念叨着雪柳的名字。我一直奇怪她为何对一个已经送走的姬妾耿耿于怀，原来如此！"

狄依依恍然道："大衙内，你对雪柳动了杀心，竟是这个原因？"

"飞荷那贱人挑拨离间，教唆他人，捏砌奸赃，污人名节，比雪柳更加该死！"高公洁身在佛堂，正对着弥勒佛像，却一身戾气，满怀杀心，腾腾恨意比香炉上的烟气还要浓烈，"再过两日，便是妙意去世百日。我已寄信到云池寺，邀请几位大师前来诵经拜忏。我吃斋用饭的时候，都会给妙意准备一副碗筷，总觉得她还在我身边一样……"

云济苦笑："原来如此，这倒是将小生方才的疑惑都解开了。早知大衙内是因为这个原因，才让胖铛头带两份餐具，小生也不会妄加猜测了。"

"也怪不得连知白都会猜错，儿子通奸亲爹的女人，弟弟诬陷哥哥的妻子——这样乌烟瘴气的一家子，真是丢尽了太后娘娘的脸！"郑侠乃是儒门贤士，向来正气凛然，哪里听得惯这样污秽不堪的事？他习惯了直来直去，全然不顾高士毅的身份，张口便是一番痛骂，甚至毫不避嫌地提起了当朝太后。听得众人心惊肉跳，噤若寒蝉。

云济生怕郑侠说错话传到太后耳中，急忙调转话头："许管事，方才你说老师连夜寻我，是有何急事吗？"

许管事看热闹正看得痛快，听他一问，顿时惊醒过来："哎哟！看我这蠢人，险些把正事给忘了！云教授，快快跟我走，沈制诰有急事寻你帮忙！"

"什么急事？"

"查账！快快快，路上说！"

云济等人急忙跟高士毅父子道别，匆匆踏上回程的路。

"三杯倒，你皱着眉头作甚？"狄依依望向云济——其实他只是眉头微微聚拢，还算不得皱眉，但和他来时成竹在胸的模样，已是迥然不同。

"不对，不对……"云济也不知是在自言自语，还是说给狄依依听。

"什么不对？你这人活得也太累了，非得事事算中才能舒心畅意吗？今日破了盗宝案，已经十分厉害啦。"

云济回过神来，苦笑着摇了摇头："你可曾记得，我探查过胡家的佛堂后，曾跟你说过——雪柳怀了高家的孩子，而那尊观音像怀了高家的秘密。"

狄依依顿时满怀好奇："你究竟看到了什么？"

谁知她刚问完，云济又陷入思索，狄依依扯住他的马连连逼问，云济这才惊醒过来。

那日宁管事和狄依依先后离开胡家佛堂,云济按照宁管事的路子,打开了观音像的第一道机关,发现佛像腹内有空腔,能够藏物。又摸索一番,发现了宁管事不曾发现的第二道机关——空腔底部有一隐蔽门户,通入佛堂下方一处密室。云济持灯进入密室,顿时被眼前景象晃了眼——密室约有两丈见方,满地都是金饼银锭,一尺长的玉如意、二尺长的珊瑚树、四指宽的通犀带,随意地丢在金银堆里。

云济顿时明白过来,这密室竟是胡安国的藏宝之地。凡豪门富户,无不藏些钱财珍宝,只是胡家金银之多远超他的想象,"堆金砌玉""金玉满堂"之词竟并非夸张,他下到密室后,双脚甚至陷入金饼堆里。

身处他人藏宝的密室里,云济不由生出一丝"不慎为贼"的慌乱和尴尬,探查一番后,原路回到佛堂,封上佛像的机关,再从狗洞离开。

再回想高家的弥勒像,云济断定它既是藏物的容器,又是通往密室的开关。而高家密室里所藏的,他已经有了八九成把握。于是他迫不及待来到高家,试图揭穿这个秘密,没想到高家的弥勒像虽能藏物,却找不到通向密室的门户,而郡主也已在别处被找到,竟闹了个大笑话。

然而此中另有两个疑点:一是按照高家佛堂构造来看,必有一间密室,入口若不在佛像中,又藏在何处?二是真珠郡主若非第二位雪柳,那大娘子怎会被吓得病入膏肓?高家的铛头又如何从雪柳处学到郡主所创的素斋菜品?

听云济剖析心中疑惑,众人反而愈发困惑,一路上你一言我一语,也没厘清头绪,待到口干舌燥时,东京城已近在眼前。

郑侠得回安上门值守,狄依依急着去安定郡王府探望真珠郡主,云济则受到沈括召唤,要去延丰仓帮忙审计账务。

连续两年大旱,即便过年休沐,宰执们也没有休息。他们商议数日,由司农寺上本进策,三司酌情拟订条承,政事堂核准后上奏皇帝,请开常平仓。

这两年朝廷已经数次开仓,赈济百姓,但都是常规将粮食贷给贫民,对于京城百万人口而言,只是小打小闹。此次开常平仓非同以往,预计放粮七十万石,这不仅是为了赈济百姓,更要震慑奸商,平抑粮价。

然而,执掌常平司的刘煜卧病在床,无法处理这等繁务,王安石便亲自举荐沈括负责。沈括虽以干才著称，但此事并非他的本职，王安石让他插手司农寺和常平司的事务，惹得京中官场议论纷纷。更有人言之凿凿，说王相公已经准备力推沈括去坐三司使的位子。

兹事体大，云济不敢耽搁，一路上都没有停歇，晌午后进了东京城，家都没回，直奔延丰仓。

五年前，青苗法颁布以后，政事堂商议在京扩建常平仓一事。由于东京城寸土寸金，太仓、常平仓一带拆迁极困难，最终决定将外城的延丰仓转作籴粜粮食之用，以承担常平仓的部分职能。[①]

延丰仓位于东京城东南，建在汴河河畔不远。前面是衙署庭院，后面是一座座高大的粮仓。仓廪共十二座，参差错落地围成一圈，圈内圈外种着一株株常青的松柏——这些树种不易燃烧，专为防火而设，万一附近的建筑失火，也不至于烧及粮仓。

云济一路赶来，骨头几乎都要散了架，下马后两股战战，双腿酸软。衙署守门的小吏急忙过来牵走了马，许管事将他引进去，绕过影壁墙，转过一道回廊，很快来到公廨后院。

这是个独立的院落，东西对称，修得十分方正。南北各开一门，东西厢房相对。中间本是个花园，寒冬时节花已凋尽，只剩奇石假山，围绕成环，正中开有一井，约莫一丈来深。当此大旱之年，这口井已然干涸，井底只剩下淤泥。

云济从井边绕过，顺着一条小路来到西侧屋舍前。屋舍门上挂着厚厚的门帘，沈括的书童已经在门口等候，殷勤地帮云济揭开门帘，一股热气扑面而来，让他浑身一暖。

堂屋内横呈着三条枣木长桌，旁边立着灯烛，桌上摆满案牍账本。七八个胖瘦不一的三部勾院专勾官，正埋头审计账务。每张桌子旁架着一个小火炉，烧着无烟的炭火，将屋内烤得温暖如春。

"知白，你可算来了！"沈括从一堆账本中抬起头，额头上赫然还有被红笔不慎划到的印记。他看见云济进来，顿时松了口气，急忙将放温了的茶端过来，往云济手里塞。

[①] 延丰仓曾存储官用、军用、民用存粮，未确定承担过常平仓职能，此处为杜撰。

"听到老师召唤，一刻都不敢耽搁，只是离得太远，路上耗了大半天。"云济受宠若惊地接过茶盏，有些奇怪地道，"老师，您在亲自核验账目？"

"王相公安排的差事，是要在正月十六开仓放粮。我接手时算过日子，时间虽不充裕，却也不算太紧张。谁知刚让延丰仓启出账本，竟有人登门告状。"

"登门告状？"云济不禁愕然，"这儿又不是开封府，来这里告什么状？"

"告什么状？第一，状告延丰仓诸多官员上下勾结，监守自盗，串通商贾，私自倒卖仓中存粮。第二，状告京畿路常平司贪腐成风，收受仓廪官员的贿赂，对延丰仓私卖存粮的事视而不见，甚至替他们遮掩，例行的督查形同虚设。第三，状告常平司、司农寺三次申请赈灾放粮，却伙同延丰仓假造账目，在放粮赈灾时贪墨钱粮！"

云济倒吸一口冷气，大宋从太宗年间开始设置常平仓，用以调节粮价、储粮备荒。提举常平司则是熙宁二年所设，不仅负责管辖仓储籴粜、赈济，还具有监察官员的资格。若这举报为真，京畿路常平司就已经烂到了骨子里，还不知有多大的问题，如何承担得了赈灾重任？若举报是假，在这个节骨眼诬陷常平司和延丰仓数十名官员，闹得人心惶惶，还怎么赈灾？

"这告状的人想把天都捅个窟窿吗？子虚乌有的事，在这个当口儿可不合适深究啊。"

沈括一脸苦笑："为师只是个办差的，怎会愿意深究？实在是告状者披麻戴孝，泣血求诉，还拿出一本账册，说是熙宁六年延丰仓的钱粮实账，要求我们彻查！为师也不愿查，但又不得不查啊！"

"披麻戴孝，泣血求诉？"云济忍不住好奇道，"谁啊？"

"是个年轻书生，名叫郭闻志。他父亲郭护，曾是原京畿路常平司署下的督粮管勾，熙宁五年到六年上半年时，充任过延丰仓的仓监，负责延丰仓实务。去岁七月，因被查到五万石粮食账目问题而下狱，不久便病死在大牢里。"

"是他？"云济不禁愕然。

"怎么，你认识他？"

云济和郭闻志倒也有一面之缘，他第一次去胡家赴宴时，曾碰上郭闻志在胡安国寿宴上当众提亲。

延丰仓的官吏和郭护都是旧日同僚，他们都不曾想到，郭护都病死半年了，其子会突然冒出来，更没想到郭护生前还留了一本账册。郭闻志拿着账册告上门来，说去年郭护是受同僚欺骗，成了他们的替罪羊，因为他一死，就可以把延丰仓的账目给做平。实际上，延丰仓的缺口，远不止暴露出来的五万石。郭护还记着一份流水实账，郭闻志整理遗物时才发现，按照这个账本，延丰仓的账目还有更大问题。

沈括本是朝中少有的能臣，但这当口儿碰上这种事，也是头大如斗。

云济若有所思道："老师，您应该庆幸郭闻志在您查账的时候告了这状。这账若不查清楚，万一延丰仓的账目真有问题，您也会被牵扯进来。"

"谁说不是？我们刚刚封了延丰仓的账，准备审计，郭闻志就闹出那么大阵仗，为师当然要查个清楚。当时距离正月十五还有八日，时间倒也来得及，可是谁知……唉！都是喝酒误事，中间耽误了一日。如今算来只剩两日，我怕核不完账目，所以急忙将你请了来。"

"喝酒误事？"云济甚是惊讶，喝酒误事对狄依依而言再正常不过，但发生在沈括身上，就太过稀奇了。

沈括苦笑道："那是查账的第五日，账目已经初查了一遍。特别是郭闻志带来的账册，里面记载的收入支出，跟延丰仓提供的账目都对得上。他那本账里，很多籴米粜米的记录都不合规矩，其中有几批粮食，是通过十四家粮行转贷给贫民的。不过这是延丰仓应急之策，临时拆借倒换，由粮行转贷粮食，总体说来并没有贪污和私卖。至于那些账目的不规范之处，几乎各个衙署都有，只是小毛病而已。"

"也就是说，延丰仓的账目并无问题？"

"小毛病不少，大问题却没有。"沈括点了点头，"那郭闻志想必是个书呆子，看见那账本上的记录，确实有一些不合规矩的地方就大惊小怪，以为抓住了别人的把柄。但处理事务要懂得变通，只需账目不出差错，根本算不得什么。我们一连查了五日，终于确定郭闻志是小题大做，悬着的心也便放下了。于是我派人从锦林楼请了最好的陈铛头，做了一桌最拿手的石板羊羔肉，好生招待了大家一顿。"

"你们喝酒了？"

"当然，酒是少不了的！那陈铛头自夸锦林楼藏了一坛'三日醉'，乃是百年陈酿，只要喝一杯，便会醉三日。"

"依照老师的性子，定然不信。"

沈括苦笑道："你说得一点儿没错。为师向来只看真凭实据，什么喝一杯醉三日的酒，为师一点儿都不信！随为师来查账的这些专勾官，对那铛头的自吹自擂也都嗤之以鼻。我们总共十一人，人人都尝了这三日醉。"

"难不成……都喝醉了？"

云济瞪大了眼，总共也就一坛酒，十一个人喝，居然全军覆没，这酒量简直连他都不如！

沈括连连摇头："跟酒量没关系，那酒确实有独到之处。闻着香气四溢，喝着醇厚馥郁，暖乎乎一杯下肚，浑身软绵绵、暖洋洋的，忍不住便睡了过去。我们迷迷糊糊睡了一天两宿，等彻底清醒，已经是昨天早上了。"

"睡了整整一天两宿？从十一日晚上，睡到十三日早上？"

"是从十一日下午，睡到十三日早上。"

"这么长时间，难道你们中间就不曾起来过吗？"

"怎么没有？为师又不是六七岁的娃儿，怎可能一觉睡到头？"

沈括一边讲述，一边回忆。自处理开仓事务以来，他们都是封衙查账，一共十一人，吃住都在此处，就连各自的下人也都打发回去，或者留在外院候着。每天早上，厮役们会打来热水，供他们洗漱。

那日酒后睡得很沉，他被厮役叫醒时，已经是第二日清晨。太阳刚刚升起，公鸡也打过了鸣。他起身解手，又洗了把脸，还是浑身困乏，整个人迷迷糊糊，耳听得一阵钟声响起——那是安济坊的福道门徒做早课的钟声，他自知也该继续查账了，可偏偏就是眷念床铺，昏昏沉沉又睡了过去。等他再睁开眼，已经天色昏暗，迷迷糊糊听见暮鼓声声。他立时意识到睡过了头，将下属们都叫起来，出门一看，太阳都已西垂天脚了。

云济疑惑道："在延丰仓衙署能听到安济坊的钟鼓声？"

"当然，别看延丰仓在城内，安济坊在城外，其实只是一墙之隔，相距不到三里。"

"原来如此……您第二次醒来，就已经是十二日傍晚了？酒劲还没过去吗？"

"这酒不仅容易上头，后劲还厉害，嘴里的酒味到第二天都没散。沈制诰让我们连夜查账，但还是没撑住，洗了把脸，忍不住又睡着了，直到昨天日上三竿才醒明白。"搭话的专勾官是个矮个子，四五十岁年纪，名叫张扶老。

云济蹙眉道："老师，你们睡了那么久，账本没被动过吧？"

"这些账本我们初查过一遍，谁想动手脚，又岂会在查完账后再动？"沈括哑然失笑，"初查的时候，我们在那本账册各处都做过标记，别说偷换账本，便是有一丝一毫的修改，也看得出来。"

"这就好。"云济松了口气，放下心来。

"行啦，闲话休提！"沈括咳嗽一声，正色道，"账目虽然经过了初查，但事关重大，延丰仓的账目又繁杂细密，还需复查一遍。知白啊，此时仅剩两日不到，只能将你请来，帮忙一起核实。"

"好说，我这就开始！"

云济午饭都没顾上吃，二话不说就开始查账。沈括命人备了点心和茶水，供他食用。

随沈括来公干的是户部勾院的官员，都和云济不熟，只知道他是沈括的得意门生，却连进士出身都没有。奇怪的是沈括对这个学生十分倚仗，复核账目的时间紧迫，他们十一个人连轴转都赶不及，沈括却寄希望于一名司天监教授，仿佛只要他一到，就能高枕无忧了。

专勾官们心中颇不服气，连连侧目，想看看沈括的这位高徒究竟有何过人的本事。

没过多久，专勾官们面面相觑——这年轻人一手捧着账本，一手拿着点心，咬一口点心，翻一页账本。没过多久，吃完一盘点心，也翻完了一册账本。他看账本比别人看画册还快，既不用算盘，也不用草纸，每页只看两三眼便翻页，让人不得不怀疑他究竟看进去了没有。

"他这是在干什么？还不开始吗？"

"急什么，或许是先大略翻看一下，了解延丰仓的记账方式，再正式核账。"

"只剩两天了，哪有工夫让他来回看？"

长桌另一边的两人停了下来，各取一盏茶润了润口，正自小声交流着。

就在他们喝盏茶的工夫，云济又看完一册账本。他将手中的糕点一放，拿起先前看完的第一册账本，精准地翻到其中一页，用红笔圈出一行记录，又起一行小字做批注。然后再翻到另外一页，也做了批注。

张扶老小声道："这是做什么？"

"他不是随便翻翻吗，怎么又拿笔乱画？"搭话的是张扶老的同年，姓鲁名深，是个关西汉子。此人身高体胖，膀大腰圆，活脱脱一副悍将的体魄，浑没半点文人的秀气。

鲁深做的是细致活，却是个粗鲁性子，大大咧咧走到云济旁边，顺手拿起他刚批过的账本，责备道："云教授，这是延丰仓记的原本，除非真有什么问题，否则不能随意标记！你在上面圈圈画画，以后还怎么留存？"

"老鲁，用不着这么郑重其事！"张扶老打了个哈哈，和稀泥道，"云教授莫要听他胡说，没那么严重。这账本虽是原本，却也是一式两份，涂坏一本也没事，只要以后别随便涂就是了，毕竟……"

"咦！"张扶老话刚说了一半，就听见鲁深惊讶道，"这圈的好像没错啊！咱们初查的时候，这笔账好似也有点问题，快将草账拿来！"

草账便是他们初查时，对一些疑似有问题的账目做的记录。在后续的复核中会多次核对，删去误记的，补充遗漏的，最终整理出核查结果。鲁深拿着草账翻了翻，很快找到对应记录，跟云济圈出来的条目一对，顿时满面惊讶。

张扶老等人也围过来，各自校对一番，啧啧称奇。

沈括出门方便，回来后察觉气氛异样，拿起云济批过的账本，顿时露出一丝笑意："这两点我也发现了，是有点小毛病。知白果然厉害，也不用急，明天早上查完就行。"

"明天早上？"鲁深诧然道，"这些账目一个人查，少说得十来天吧？"

眼见下属们露出不以为然的神色，沈括却毫不在意，力排众议道："没事，他查他的，你们查你们的，互不干扰，明早封账。"

鲁深一脸怀疑，还想说什么，却被张扶老拍了拍肩膀，嘴边的话终于没有说出口。

"鲁专勾指点得是，是小生鲁莽了。"云济却对这个直脾气汉子印象不错，拱手为礼，郑重其事地道了谢。

鲁深重新干起自己的活，但时不时就会转头看云济一眼。

转眼几个时辰过去，天色已暗，夜色渐浓，屋内又多亮了几盏灯烛。云济放下最后一册账本，伸了伸懒腰。

鲁深终于忍不住，起身问道："云教授，你这几个时辰，将这些账本翻了个遍，却啥都没有记，这样查账怎么能行？洒家虽提醒你不要在账本上乱画，但并不是不许你记草账啊！"

"多谢提醒！"云济冲他悠然一笑，找到一本空白册页，拿起桌上的笔，开始埋头记草账。鲁深点点头，对这年轻人的态度甚是满意。

为了补前两天欠的工，众人都顾不上吃饭，只让人送了夜宵来。鲁深专门帮云济拿了两块环饼，本想递给他，可一看到他的草账，瞬时愣在旁边，半天都没有出声。

"老鲁，怎么了？"张扶老奇怪道。

鲁深惊醒过来，愕然道："云教授……你记草账不用对着账本记吗？"

云济正全神贯注地记账，头也不抬道："账本刚刚已经看过，我记在心里了。"

鲁深和张扶老两人目瞪口呆，眼看着云济笔走龙蛇，在草账上记了一行又一行，落笔间几乎没有停顿思索，只花了半个多时辰，草账便已记完。鲁深慌忙将草账拿过来，却见满满记了七八页账，且不是按照走账日期记的，而是按照交易方分门别类，梳理得明明白白。

第一页起头一行，乃是"瑞穗米行"四字，其后记着延丰仓和瑞穗米行籴粜往来中，不符合规矩的几笔账目。而后是聚宝粮庄、裕丰米号、福寿粮行、宏泰粮庄、丰泽粮坊、盛泰米行、福源粮行、瑞丰米号、胡记粮行、吉祥粮栈、聚源粮庄、宝丰米号、富泰粮行、盈满粮坊……

草账中列了整整十四家粮行，四十一笔账目，并细数其中不合规矩之处。整个草账脉络清晰，远比鲁深等人誊抄的层次分明。不仅他们这些行家能够一目了然，即便不通账目的人，也能看懂七八成。

云济见他鲁深看得发愣，解释道："其实这几笔账目也不是什么大问题，正如老师所说，延丰仓先将粮食贷给各大粮行，由粮行转贷给平民，确有不合规矩之处，但也不算什么大过错。延丰仓存粮上百万，要想借贷给千家万户，不通过粮商，很难做到。"

按照青苗法，平民向常平仓借贷，一般都是贷钱买粮。延丰仓这般运作，相当于直接贷出粮食，虽不合常例，但在粮价不断上涨的年岁，已算是让利于民。

"洒家晓得，洒家晓得！"鲁深叫了一声，将自己复核的那部分账目拿过来，和云济的草账细细对比，终于点头道，"云教授，真有你的！如此繁杂的账目，居然记得这么清楚。我看你这草账记得甚全，譬如我刚看完的这两页，也就漏掉了两条而已。"

"哪两条？"

"你瞧，这条……熙宁六年四月，胡记粮行贷出二万三千石……"鲁深颇为热心地给云济解释了一番。

云济听罢，脸上露出一丝笑意："这两条账目确实容易让人误解，但跟前面这笔账一对，就知道其实没什么问题。你瞧瞧这里……"

鲁深听罢他的解释，拿着账本来回翻看，又用算盘核了两遍，愣了半晌，终于拍着云济的肩膀道："云教授，确实没错。老鲁今日算是服你了，怪不得能让沈制诰如此赏识。"

"哪里哪里。"云济连连谦让。

张扶老也在旁边道："来延丰仓这些天，真是长见识啦。天下之大，无奇不有！真是井底之蛙不自知，小觑了天下英雄。"

鲁深哈哈大笑："无奇不有？云教授过目不忘，算学精妙，自然是奇人。你张老儿五十岁了，居然还跟五岁小儿一样尿床，才更令人惊奇呢！"

"好你个鲁大个，闭上你的鸟嘴吧！少说两句，没人当你是哑巴！我那不过是喝汤喝得多了，又睡得沉，没顾得上起夜。你怎么跟谁都要念叨一遍？"张扶老被当众揭短，顿时羞得面红耳赤。

"吃饭吃饭！"沈括打断众人谈话，"我瞧账目复核得差不多了，也没什么大问题，只需明日整理誊抄，便可上报政事堂。各位辛苦了一整日，晚饭都没吃，本官真是抱歉得很。老许，去讨一锅云英面来，请诸位官人吃一碗。"

许管事连忙应了一声，转身出门，吩咐灶房煮面。

饥饿难耐时，吃什么都香，更何况这锅云英面着实地道。众人正吃得唇齿生香，忽听见外面一阵狗吠，一声连着一声，听来得有七八只，在深邃的夜色里显得十分凶悍暴躁。

许管事抱头蹿了进来，连声叫道："这里虽然偏僻，却也在城内，哪来如此多的野狗？"

原来这院子南侧有一偏门，直通外面街道。许管事出门割了几斤羊羔肉回来，半道上被一群狗跟上了。这帮狗走街串巷，见人就眼冒绿光，许管事心中发毛，拔足狂奔，赶进院子时已气喘吁吁。

"汪汪汪！"

群狗不知衙门威严，在门外肆意狂吠，仿佛随时都会冲进院子。鲁深放下碗筷，将袖子一挽，就要出门打狗："奶奶个熊，吃碗面都不叫人安生，开封府的衙差是越来越不中用了，连野狗都这么猖狂！"

在旁边伺候的一个庾吏急忙拦着他："官人且慢，一群没人管的狗而已，看小人吓走它们。"

这庾吏穿着一身黑衣，身材又瘦又矮，喉结却甚是凸显。他跟众人打声招呼，走入院子里，挺胸凸肚，器宇轩昂，隔着南边后门，突然放声怒喝——

"汪汪汪！"

"扑哧——"沈括刚喝的一口茶，忍不住喷了出来。

这庾吏摆得一副好把式，众人还以为他擅长打狗驯狗，谁知是一本正经地学狗叫。偏生他狗叫学得极像，云济、鲁深等人都忍俊不禁，相顾失笑。

然而笑着笑着，众人笑声渐哑，反而面面相觑，啧啧称奇。只因这庾吏所学的狗叫声越来越响，越来越多。起初只是一只狗叫，转而变成两只，继而又变三只，后来又变成十多只狗同时吠叫。他一人仰仗口技，竟化作群狗齐吠，和院外的群狗针锋相对，隔墙骂战，一时间你来我往，好不热闹。

"好本事！"沈括忍不住赞了一声。

云济也连连点头："能学一只狗叫不稀罕，但能学一群狗同时叫的，我还是首次见。只不过一个人舌战一群狗，还是有点吃力啊！"

墙外群狗听见墙内狗叫，还不比它们少，渐渐没了先前的猖狂，但也毫不示弱，怒吠回击。狗群对吠，往往都是先吼叫示威，虚张声势，并不轻易交战。但若时间一久，这庾吏口技再高明，嗓子也经受不住。

果然片刻之后，庾吏的声音开始转弱，墙外狗群顿时猖狂起来。鲁深冷哼道："那几个军汉，给洒家拿枪棒来，打死了这帮畜生，正好烤狗肉吃！"

那庾吏停了下来，不再学狗吠，双手托在腮前，忽而开口作声，圆嘴收尾，吐出一声："喵……"这声音慵懒甜腻，柔软轻细，仿佛挠在众人心头。

"哎？直他娘！怎么又学猫叫了，这是要跟对面的狗群乞饶投降吗？"鲁深错愕之下，甚是不满。

这声猫叫在一片狗吠声中显得甚是薄弱，对面的狗群却似乎愣了一下，稍静片刻，才又放声吠叫挑衅。

"您就瞧好吧！"庾吏回头冲鲁深谄媚一笑，然后对着墙外，又学一声猫叫。先前那一声缠绵悠长，慵懒细软，这一声却短暂急促，声调尖锐。

鲁深瞪直双眸，看着庾吏施展口技，表情颇有些不耐。

云济皱起了眉头——刚才这声猫叫之后，墙外群狗虽然没有停止吠叫，声音却变得稀稀落落。若仔细去听，隐隐约约能听出这声声狗吠中的犹疑。

"喵！"皂吏顿了片刻，又学了第三声猫叫，声调高亢尖锐，仿佛一把尖刀，直直戳入深深夜色里。

墙外的狗吠声戛然而止，过得片刻，忽而有一声低沉的狗吠，紧接着群狗如闻号令，窸窸窣窣脚步渐远，很快整条街巷都安静了。

"怎么回事？"鲁深莫名其妙，提着水火棍出门看了一圈，表情奇怪地回来了，"真他娘出怪事了，那群狗突然跑得一个都不剩……徐老三，你这龟孙子弄的什么玄虚？几声猫叫，就把那一群狗都吓跑了？"

徐老三正是那矮个子庚吏，听鲁深问话，点头哈腰道："不是小人故弄玄虚。小人学的可不是一般的猫叫，而是'黑将军'的叫声。黑将军是咱刘监正家收养的一只猫儿，身子秃了一片，尾巴短了一截。刘监正收养它时，它只剩半条命，等养好了伤，带到东京城，才发现这黑将军生性好斗，霸道得很。来延丰仓半个月之后，它便在京城东南称王称霸。方圆十里的猫狗，见了它都绕着走。天上飞的，地上跑的，它都要斗一斗，东街有十多条恶狗被它抓瞎了眼。因而这一带的狗群畏之如虎，一听到它的叫声就夹着尾巴逃窜。"

众人听得啧啧称奇，鲁深更是兴奋得连连搓手："黑将军？就是那日刘监正抱着的黑猫吗？两只眼睛直放凶光，瞧一眼就知道不是什么善茬儿。除了十分丑，脾气也十分坏，洒家倒是没瞧出来有甚特别。敢情这丑猫竟然这么威风？"

张扶老诧然道："世间的猫儿，开口不都是'喵喵喵'吗，这黑将军的叫声能有甚不同？"

"您说笑了，猫儿的叫声，在寻常人听来确实大同小异，在猫狗耳中，却像人说的话一样，有千变万化。"徐老三一脸讨好地在旁边解释，众人听得纷纷点头。

云济毫不吝言地夸赞道："兽有兽言，鸟有鸟语。徐三哥竟能通猫言，堪称当世公冶长！能分辨出猫叫中的细微区别，已经难能可贵，居然还能学得一模一样，真让人拍案叫绝。"

这一声"徐三哥"，叫得徐老三诚惶诚恐，连连道："多谢云教授夸赞，小人哪能听懂兽言鸟语？公什么冶长的，也不知是哪座府衙的官人，小人哪敢跟人家比？小人打小喜欢摆弄自个儿的舌头，什么猫叫狗吠，什么鸡鸣虎吼，都是学着玩儿罢了。能给各位官人逗个乐子，已经了不得啦。"

徐老三不通文墨，哪里知道公冶长是孔圣的女婿和弟子，听他说"公什么冶长",勾当官都忍俊不禁。

　　说笑间,众人吃过了夜宵,见夜色已深,沈括便命众人回去休息。他们一行人住在西面的厢房里,云济连着赶路和查账,累得头昏脑涨,回到房间后,也来不及洗漱,倒头就睡。

　　这一觉睡得很沉,恍惚到了后半夜,云济被尿憋醒,起床去方便。

　　从茅厕出来,迷迷糊糊回到屋舍前,却见房门是锁着的。他怔了一怔才清醒过来,原来走错了方向,来到了东面的屋舍。他借着皎洁的月光,透过门窗缝隙往里面看,屋里的陈设和西厢相差无几。

　　在这时,背后传来一声猫叫。云济想起徐老三说过的话,循着那猫叫声,往院子当中走去。他在假山间转了一圈,四面都是影影绰绰的奇石。刚一转头,突然看见两只绿油油闪着光的眸子,在最高的奇石上直勾勾盯着他看,仿佛两盏幽暗阴冷的灯。

　　"啊!"云济惊叫出声,不由往后退了一步,右脚被什么物事一绊,整个身子向后栽去。

　　"当心!"旁边突然伸出一只手,将他扶住了。云济转头望去,来人是庚吏徐老三,正一脸关心地看着他,"云教授,您没事吧?"

　　云济回头一看,身后是院子中间的那口井,他方才被井沿绊了脚,只差一步就要掉进去了,不禁后怕道:"没事,幸亏有你,救了我一命。"

　　"云教授这是哪里话?这口井水都没了,里面是一层厚厚的淤泥,就算掉下去,也摔不死人的。"徐老三帮了云济一次,心里也正得意,热心解释道,"前几天夜里,鲁专勾也掉下去过,只是擦破点皮而已。不过您还是别在这井边转悠,这口井邪门得很!"

　　"邪门得很?怎么个邪门法?"

第十一章
飞头颅

"这口井是被鬼神施过法的，有时有底，有时又没底！没底的时候，谁也不知道它会通到哪里去。就像上次，鲁专勾半夜起来方便，不小心掉进井里，好不容易爬出井口，却已在百里之外。"

"百里之外？"云济愕然道，"怎么可能？"

"是真的！鲁专勾自己也惊奇得很，每日都要将他这奇遇讲上一遍。"

云济若有所思，忽然想起先前看到的那两只眼睛，再回头时却找不到了。跟徐老三说了一遍，徐老三失笑道："云教授，您定是碰到黑将军了。它浑身黑漆漆的，唯独两只招子亮得很，半夜里就跟两枚绿色火星子一样。这畜生来无影去无踪，小人今儿个当值守夜，也是听见它叫，这才出来看看，没想到碰上您了。"

云济点点头，与徐老三拜别后，回到厢房继续蒙头大睡。又过了一两个时辰，听见窗外传来悠悠钟鸣，他眯着眼睛从被窝里爬起身，天刚刚擦亮，隐隐还能听到公鸡此起彼伏的打鸣声。

洗漱过后，沈括再度召集众人，将云济和其他人的草账核对一遍，果然云济的记录无一疏漏，反倒是其他人分摊的账务有算错了的。修整完毕后，又指派了专人誊抄，终于在午时前将账务整理完毕。

待到午后，众人用过饭菜，沈括招呼了户部勾院的勾覆官、判官，由他亲自带人再入延丰仓清点存粮，又命云济等人核验运粮的粮车和粮船。为了保证放粮能够及时完成,需要调用的民夫、骡马、粮车、粮船都得事先安排好。这样的琐碎事务,有云济在旁边,就不会有疏漏。

申时过后,诸多琐事了结,云济谢绝沈括的宴请,赶回家洗漱一番,再推窗而望,天已入夜。他正准备出门,狄依依风风火火闯了进来,看见他,眼睛一亮道:"三杯倒教授,你居然赶回来了?走走走,看花灯去!"

"你不是去探望真珠郡主了吗?"

狄依依神色顿时一黯,灰心丧气道:"真珠像是魂儿都没了,别人问她什么,她都不回话,只爱一个人坐着发呆。别说是我,就连……就连王府的王太妃跟她说话,她也痴痴傻傻的,比五六岁的娃娃还不如。"

"怎会这样?"云济眉头紧皱,"许管事不是说,真珠被接回去后,还能把自己的经历告知官府吗?"

"那是郡王府呈报给开封府的,也不知是真是假。"狄依依黯然道,"我也曾向真珠问起去年的事,可她就跟个傻姑娘一样,只知道呵呵地笑。问得急了,她就发起性子来,对人又抓又咬。唉!"

云济宽慰她道:"不论如何,真珠终于还是被找了回来,也算可喜可贺。"

狄依依掏出腰间的酒囊喝了一口:"今日还碰上一桩奇事,真叫人哭笑不得。"

云济见她眉毛一挑,鼻尖微微发红,眼神里带着一丝倾吐欲望,于是应景地搭了句话:"什么奇事?"

"盗墓!"

"盗墓算得甚奇事?"

"盗墓自然不算奇事,可盗自家的墓,你可曾听说过?"狄依依果然谈性大发,将所见所闻讲了一遍。

当时狄依依正陪王太妃和真珠说着话,忽有一伙开封府衙役来到王府,他们绑了两个灰头土脸的闲汉,说是半夜抓到了盗墓贼,盗的是王府郡主的坟,可盘问后闲汉又自称是王府的人。衙役不敢擅自发落,便带来王府询问。

安定郡王又是尴尬,又是愤怒,原来这两人还真是王府的奴仆。郡王舍下面子讨回了两名奴仆,说他们胆敢偷盗主人的坟,非得好生惩戒一番。等到将衙役送走,便将两名奴仆召去私下训话。

狄依依这等跳脱性子,自然心生好奇,便以如厕为借口,潜到后堂偷听郡训话。一听才知，原来这两名奴仆是郡王的贴身仆从，他们去盗墓竟是郡王亲自安排的。

去年真珠被拐，郡王府寻了小半年没找到人，为了宗室颜面，只能谎称郡主离世，给她发了丧。郡王心下有愧，便舍出许多珍玩宝器、金银钱财作为陪葬，甚至连他最珍爱的几幅苏子瞻的书画，也一并埋在假坟里。陪葬规格之高，远超寻常宗女。没想到郡主居然被找了回来，郡王想起假坟里那些陪葬品，不由觉得肉疼，就指使两个心腹家仆连夜去盗。

郡王府的家仆何曾做过盗墓这等勾当，全然不知如何遮掩、如何盗发，行事如狗咬刺猬般笨拙，结果被开封府衙役当场拿获，并扭送到郡王府来。郡王将两名家仆痛骂一番，捂着额头长吁短叹，如今陪葬品拿不回来，还要设法替两名家仆遮掩。

那座郡主坟早已成了郡王府的一大笑柄——郡主尚在，坟茔已立，不久前郡王府还曾专门拜祭过。若郡王府派人盗墓的行径传出去，只怕安定郡王以后要捂着脸才能出门了。

"真是荒唐！"云济哭笑不得，"不过也情有可原。宗室不仅被限制与外臣来往，也不能入朝担任实职。熙宁三年，王相公谏言改用非宗室的大臣执掌大宗正寺，宗室还得受文臣管辖。安定郡王虽地位尊贵，却也得为整个王府的吃穿用度发愁。"

"那也不至于盗墓吧？"狄依依语气中略带鄙夷，这一年来郡王府对待真珠的态度，让她甚是不满。

"这一个月来，东京城变化好大，贫民闹粮荒，王府闹钱荒。"云济苦笑着叹了口气，"你可曾想过，我朝铸币之多，远超隋唐，为何还是缺钱？"

狄依依沉吟道："难道是因为厚葬之风？"

"厚葬确实是一大害，朝中有识之士早已心知肚明，司马端明就曾屡次倡议薄葬，然而厚葬之风还是屡禁不止。东京城多少达官贵人，每一下葬，都要带走大批财富。其实这些墓主才是真正的窃贼，窃走了大宋的钱财，而那些盗墓贼的行为，是以盗止盗的义举，将被盗入坟墓的财富归还人间。"

这等话显然有些惊世骇俗，狄依依双唇微分，颇受震动。

云济又想起那日在胡家密室中，被满地金银珠宝耀花眼睛时的感受，有感而发："除了厚葬耗费，还不知有多少金银钱财，被财主藏在地窖里不见天日，就连寻常百姓，也多会将钱财埋入地里，一辈子舍不得花。可钱只有流通起来才是财富，藏在地底的金银，和废铜烂铁又有何异？

"西晋石崇骄奢淫逸，蜡烛当作柴火烧，锦缎铺地五十里，墙涂赤石脂，手砸珊瑚树……史书将他的铺张奢侈大书特书，引以为后世之戒。其实在我看来，骄奢为害之剧，远远比不上藏钱不花——石崇修建金谷园，日夜宴请宾客，每日花费巨万，却也因此养活了无数靠此赚钱的贫民；高士毅之流囤粮居奇，费尽心机吞占天下钱财，却舍不得花，他家中的大笔金银有进无出，和废铜烂铁无异，后来那些珍宝流失到外界，反倒是将废铜烂铁变成了真金白银。"

狄依依一时满面茫然，云济这番说法和她往日所学截然不同，铺张奢侈反而对天下有利，勤俭持家却无用于百姓？

云济谈兴大起："你可知为何'四海无闲田，农夫犹饿死'？大宋的田，正在一日日变少，因为有官身的士族不用交税，他们的田不是大宋的田，只有百姓的田才是大宋的田。士绅不停兼并土地，长此以往，难免会闹地荒。"

听他感慨不停，狄依依也满腹郁闷："今儿是上元节，烦心事再也休提，咱们看花灯去！"

正月十五是天官大帝诞辰，每逢上元佳节，东京城里一派灯火辉煌。从官府到民间都要造花灯，以待天官赐福。

才一入夜，大街小巷，千门万户，陆陆续续亮起了灯。一轮圆月清辉高照，天上星和地上灯交相辉映，整个东京城很快化作一片灯海。

云、狄二人出了门，信步来到汴河边上。一艘艘船掌着灯从汴河上驶过，河水映照着灯光，仿佛青天托举着白云。无数灯盏将整条汴河点缀成一条流光溢彩的锦缎，在厚重广袤的大地上缓缓流过。

沿河的街巷皆熙熙攘攘，云、狄二人随着人流前行，各式各样的灯看得目不暇接。狄依依把玩着酒囊，一边跟云济说话，一边倒退着走在路上，两只牛皮软靴欢快地踩过路面，不停叫嚷："看这个看这个，真好看！那边那个兔子灯也有趣得很！我的个乖乖，快看那边的白鹤灯，比人还要高！"

云济接连忙碌了两日，听见狄依依在旁边大呼小叫，也是心情大畅，随口吟起卢照邻的诗："锦里开芳宴，兰缸艳早年。缛彩遥分地，繁光远缀天。接汉疑星落，依楼似月悬。别有千金笑，来映九枝前。"

狄依依一路上嘴就没有停过，这时却顿了一顿，抱怨道："好你个三杯倒教授，会吟诗了不起吗？文人就是不爽快，吟来吟去，意思还不是'这盏灯好看！那盏灯也好看！全他娘的好看！'"

云济失笑道："狄九娘说得有理，是我掉书袋了。"

"知道就好！"

两人边闹边走，街上的花灯由稀疏到密集，灿若星河。再往前，是宣德门前的御街，由北到南，康庄笔直地延伸到遥远的天际。一座座巨灯造型各异，于两侧一字排开；大小宫灯争奇斗艳，火树银花，当真如梦如幻。

一路观览着胜景，云济正觉惬意，却见狄依依仰头望月，倏尔落下泪来。云济大为诧异，狄依依性情直率，行事比男儿都要豪爽，何曾显露过这等女儿家的娇柔神情？

她察觉到云济的目光，急忙抹去眼泪："我突然又想起真珠来。一年之前，也是上元节灯会，也是这条御街，她也和先前的我一样，兴高采烈地享受着这满目繁华。可是，也就三五杯酒的工夫，她被一顶轿子拐走，从此沦落到贼人手里。这一年里，她不知受了多少欺辱和委屈……

"昨天我见到真珠时，心就像被谁捏了一把。她好似一只被毁掉洞穴的兔子，无时无刻不在惶恐之中。不仅失去了记忆、失去了智力，就连家也失去了——其实对她来说，王府早就坍塌了。她就像……就像已经被埋葬，却又被盗墓挖回来的陪葬品，像安定郡王羞于见人又不得不寻回来的明器，虽还流光溢彩，却满身都是沉沉死气。"

云济刚想出声安慰，就见她脸上愁云淡去，道："你可还记得咱们初次见面的那天，你质问过我，说我冒冒失失把真珠失踪的事情传播出去，是把真珠置于险地。其实我也曾犹豫过，迟疑过，但现今我还是当初的想法——什么宗室脸面，什么女子贞节，什么郡主名声，这些再怎么重要，也绝不能变成我们向罪恶妥协的理由！"

只听得一声炸响，一朵烟花在半空绽开，照亮了狄依依的侧颜，眸中光彩闪烁："我在《周礼义》中动手脚，惹来了皇城司，有些对不起惜雪和胡员外，但我毫不后悔当初的决定——我要破这个案子，我要抓这个贼人，我要让那帮作恶多端的畜生，得到他们该得的报应！我要让真珠的眼睛，还能看到上元节的满城灯火！"

云济怔怔望着她，一时间晃了神，突然想到一事，恍然大悟道："我居然忘了，这个案子本是你要查的，我也是被你扯进来的……枉我当初斗酒赢了你，让你给我打长工，还沾沾自喜来着。我这些日子虽指使你做这做那，可归根结底，分明是在替你办事！究竟是谁赢了谁，究竟是谁给谁打长工？"

被他戳破此中关节，狄依依也不着慌，理直气壮道："大家齐心合力查案，何必算这么清楚？不论如何，这案子我非查到底不可。今日我狄依依立下军令状：若不能揪出元凶，为真珠报仇，我……我狄依依就戒酒十年！"

云济耸然动容——连"戒酒十年"这等军令状都敢立，是何等坚决？

狄依依话说罢，不禁握紧了酒囊，眼巴巴望向云济："你不会让我十年没酒喝吧？"

"你立的军令状，与我何干？"

"《孙子兵法·火攻篇》云：'合于利而动。'《谋攻篇》又云：'上下同欲者胜。'且不说咱俩谁上谁下，就算为了我的酒，为了你义父的政绩，咱也得同心协力。'齐众聚力，务在破敌'嘛！这桩案子，你可一定要帮我查清楚！"

狄依依滔滔不绝地论起兵法，云济面上不为所动，装作云淡风轻地看着街上灯山。

"你……你不说话，我就替你答应了！"

云济一张冷面瞬时目瞪口呆："你替我答应？你替我答应你自己提的要求？"

狄依依顾左右而言他，催促道："快走，惜雪家的灯山就在前面！"

"胡家的灯也摆在御街上？"云济有些诧异，御街上的灯要么出自各府院监司，要么出自宗室贵胄，胡安国虽然财力过人，但毕竟只是商贾，竟也有这等资格？

狄依依解释道："敢情你也有不知道的事？今年赵官家早已下旨，上元节要与民同乐。除了各衙司，布衣平民也能参与灯会，据说这次官家还要点灯魁。"

"点灯魁？"

"灯会嘛，想要热闹，就要分个高低。点中了灯魁，得了官家的赏赐是小，关键是魁首的名头，听着多光彩？"狄依依说着便冷笑起来，"东京城外，多少灾民无家可归，吃不饱，穿不暖；东京城内，却一片歌舞升平，还要搞什么灯会！"

云济蹙眉道："此事只怕没那么简单。官家显然是有意为之，政事堂的相公、大参对此自有默契。"

狄依依道："我也想过。《孙子兵法·九地篇》云：'将军之事，静以幽，正以治。'抗灾如同一场大仗，百姓都是兵卒，皇帝则御驾亲征。越是大敌当前，就越是要拿出不动如山的气度来。该过节的过节，该歌舞的歌舞，灯会更是不能少！若是皇帝和宰辅一片风声鹤唳，那整个东京城都要人心惶惶了。"

云济跟她一拍即合，也忍不住引用道："不错，苏老泉的《心术》也说：'泰山崩于前而色不变，麋鹿兴于左而目不瞬。'赵官家将开常平仓的日子放到明日，绝对是早有筹谋。我跟你打个赌，今晚的灯会上，他肯定会重申明日开仓放粮之事。延丰仓这次即将放出的七十万石存粮，就是他手中的定海神针！"

"谁要跟你打赌了？"狄依依啐了一口。

"瘦饭桶！依依姐姐！这边这边！"两人说话间，已走到了胡家的灯山前。胡小胖眼尖，远远呼喊他们。胡安国和胡惜雪也上前招手，将二人迎了过来。

大宋的富庶更胜隋唐，各府院的灯都造得气派辉煌。禁中所制的琉璃灯山，更是高大得如同一座城郭，堪称大气磅礴。一股股清水被辘轳汲上灯棚顶端，从灯山飞珠溅玉般泻下，形成一帘流光溢彩的飞瀑，引得看客啧啧赞叹。

胡家是商贾出身，虽然财力惊人，在规制上却不敢有丝毫逾越，所造的灯山比各大府院的略小，形制和涂色都谨守本分。即便如此，也高达两丈有余，加上制作精巧，在一众灯山中颇为显眼。这座灯山是由五座大山组成，云济远远看到时，还以为造的是"五岳"，走近了看，才发现这五座大山竟是"五谷山"——山形上画的是五谷，稻、麦、黍、稷、豆堆积成山，五山攒聚，气魄非凡。山上又有竹纸制成的稻穗、麦穗、黍苗、稷苗、豆萁围绕，灯光流转间，照出一片丰收喜气。

"云教授，您看看这座灯山怎么样？"胡惜雪手里提着一把麦穗编织的灯笼，满面期待地看着云济。

"好！好！好！"云济连声赞叹，"这是谁想出的点子？实在太应景了，赵官家若见了，定会龙颜大悦。"

"真的？"胡惜雪星眸灿灿，"灯是请'灯笼黄'所制，灯山上的五谷图案，是薛待诏的亲传弟子所绘。奴家……奴家不才，只出了个想法。"她纤手指向灯山底部一角，上面印着一个金灿灿的"黄"字，显然是某个工匠的标记。

"原来竟是胡小娘亲自点的灯样？失敬失敬！"

"惜雪可是才女，怎么样，是不是自愧不如？"狄依依与有荣焉，跟云济大声炫耀。她搂着胡惜雪的纤腰，在五谷灯山下，仿佛两朵出水芙蓉，比灯山更加耀眼。

正说着话，人群忽然安静下来。殿前司的班直手持骨朵，从御街上雄赳赳穿过，不用他们放声驱逐，周边的官宦和百姓都纷纷退避。过不多久，皇帝的仪仗在御街上铺展开来，数百内侍手持红纱珠珞灯笼，呼喝"随竿媚来"①，在前方开路，又有诸多近侍打着琉璃无骨灯簇拥在御驾周围。赵顼头戴幞头，身着红袍，斜倚在御辇之上，在后宫嫔妃的陪伴下，观览着两侧灯山。

朝堂重臣全数到齐，他们已在城楼上拜贺过天子，此时也紧随其后，边走边看。

御驾从胡家的灯山前穿过，云济悄悄抬眸望去，却见御辇上的赵顼对着灯山指指点点，正和一名妃子说些什么，面上笑意盈盈，显然心情极佳。

待得御驾又回了宣德楼，游人们纷纷奔赴城门楼下。云济小声说道："胡员外，这次胡家没准能因祸得福。"

胡安国面色诧异："因祸得福？这怎么说？"

"第一，这次既然允了民间参与御街灯会，还特意提了与民同乐，那么钦点的灯魁便不会是各大衙署的灯山，只会在民间的灯山中选。第二，如今大旱已到了第三个年头，这座灯山寓意五谷丰登，不说灯山造得有多好看，关键是忒应景，很容易戳到官家的心坎上。第三，真珠郡主失踪一事总算有了结果，上次印书的事情胡家虽受了罚，但也给官家留下了印象，没准儿官家便想显露一番自己的宽宏大量呢？"

"云教授此言当真？您是说……我胡家的灯山有可能被点作灯魁？"胡安国微微动容，急忙问道。

"这我可不敢妄加猜测……"

两人正说话间，童贯带人赶到，大声道："圣上口谕，这座灯山寓意甚佳，着灯主将灯山移至宣德门前！"

"宣德门前？"胡惜雪和狄依依面面相觑。而胡安国已是大喜过望，对云济作揖："云教授真是点石成金，若被你说中了，胡某可真感激不尽！"

"哪里哪里？若真被点中了灯魁，那也是胡小娘蕙质兰心，圣上独具慧眼，跟小生可没有半点关系。"

胡安国连忙拿出银两，悄悄谢过了童贯，又叫来一伙帮闲搬运灯山。五谷灯

---

① 《东京梦华录》载："驾入灯山，御辇院人员辇前喝'随竿媚来'。"

山巨大而笨重，好在提前已经装好了轮子，移动时也并不费工夫。宣德门呈凹形，共三大门洞，左右两阙各有高台，台上起有楼阁。按照内侍指点，胡家的灯山就摆在中间的门洞正前。

这灯山中另外装了四盏独特的羊角灯，待灯山重新安置稳当，胡安国便命人将灯点着。四道耀眼的灯光亮起，直射向十丈之外，竟在高耸的宫墙上投下四个硕大的光圈。每个光圈中各有一字，纵横各有四五尺，分别是"五""谷""丰""登"。

"好灯！"狄依依忍不住叫出声来，云济也暗暗点头，周围的人更是交口称赞。

宣德门上，金扇执事在御座边一字列开。众多百姓围聚在楼下，山呼万岁，赵顼起身含笑致意。城楼下华灯灿灿，朗夜中月色溶溶，灯光月色交相辉映，好一片祥和之气。

赵顼给身边的大臣赐过了御酒，指着城楼下道："那五座谷山的灯，可有名号？"

大貂珰石得一正准备差人去问，最边上的内侍黄门童贯早有准备，殷勤地回话道："回官家，那是东京城胡记粮行造的灯山。名字是那粮商胡安国取的，便叫作'五谷丰灯'。乃是感慕陛下泽被苍生之情，寓意上天降福，保佑我大宋五谷丰熟，社稷安定。"

"胡安国？可是前段时日，替国子监印了《周礼义》的那户商家？"

"正是他家！虽然印书闹出了乱子，但并非有意惹是生非。值得庆幸的是，真珠郡主不久前被寻回，想必是那贼人得知郡主身份，敬畏天威，弥补己过。"

"好，好！安定郡王的掌上明珠失而复得，也算是一段佳话了。"赵顼抚着短须，转头问道，"朕欲点这座灯山为灯魁，卿等意下如何？"

身为宰相的王安石在群臣中离得最近，点头道："陛下圣明！臣听闻各大粮商都囤货居奇，唯有胡记粮行平价售粮，百姓排队争购，称呼其为'义商'。胡记不与民争利，又心念苍生，祈福我大宋风调雨顺，配得上灯魁的名头。"

"一介商贾，难得有此善心！"赵顼招了招手，从御座上起身，对着城楼下道，"自熙宁五年以来，天下大旱，黄河南北，赤地千里。各地奏报灾民逃荒之事，朕心甚痛。如今粮价暴涨，灾民饥肠辘辘，一想到百姓吃不饱肚子，朕便食不下咽。太宗皇帝开建常平仓，就是用来平粮价、救灾荒。如今连年大旱，朕决定大开延丰仓，于正月十六放粮七十万石！京城的家家户户，都不用再担心买不到粮，吃不起粮！"

赵顼的声音只有城楼上的官宦听得清楚，但早有内侍将旨意大声传颂。宣德门前万民欢呼，彩声如沸。

"这'五谷丰灯'造得极合朕意，特点为灯魁，今日正逢上元佳节，也祝愿我大宋年谷顺成，风调雨顺！"赵顼容光焕发，城楼上的灯笼照得他红光满面。

云济等人挤在城楼下的人群里，远远看见皇帝指向胡家所造的灯山，却听不清他说了些什么。过得片刻，一名内侍敲着锣鼓，自宣德门一路奔出，放声宣告皇帝旨意："圣上点'五谷丰灯'为灯魁！圣上点'五谷丰灯'为灯魁！"

胡安国听到，顿时兴奋得满面通红，伸手拽着云济的胳膊，却支支吾吾说不出话来。眼见云济微微屈膝，给他示意，胡安国这才明白过来，急忙跪在地上，大声谢恩。其实赵顼远在城楼上，根本听不到他在说什么。

一时之间，周围的人纷纷向胡家投来艳羡的目光，摆在宣德门下的"五谷丰灯"更是万众瞩目。

在众人的注视下，那"五谷丰灯"竟然越来越亮，发出的灯光从柔和变得炽烈。只听"咔嚓"一声，稻山底部仿佛被劈了一刀，突然垮塌。继而麦山、黍山相继崩塌，山体倾倒过去，又砸中稷、豆两山。转瞬之间，五座谷山便在众目睽睽之下四分五裂，化作一地支离的废纸。

虽然只是纸和竹子做成的灯山，坍塌时也并未发出多大声响，但这五座"谷山"的崩塌，如同泰山在眼前轰然倾倒，地裂天崩，震动四方。

云济大惊失色，狄依依目瞪口呆，胡家父女更是面如土色。周围不少人捂嘴惊叫，原本或挑剔或嫉恨的目光很快变了味，同情担心者有之，幸灾乐祸者亦有之。

赵官家刚刚金口玉言，说这座灯山象征了五谷丰登，祈愿了风调雨顺。话音才落，被点为灯魁的"五谷山"便崩塌了，这象征了什么？又预示了什么？

胡安国不敢看城楼上皇帝的脸色，大叫一声，疯狂地冲上前去。

灯山的龙骨是一根根粗壮的竹竿搭成的灯架，撑着灯罩的是纵横交织的纤细竹篾。胡安国伸手摆弄那些竹竿竹篾，想要将坍塌的灯山重新撑起来。然而当他推动最粗的那根竹竿时，不知触动了什么机关，突然一声巨响，灯山底座下射出一道烟火，在半空中炸开，绽出一只白鹤，随风振动双翅，环绕飞旋。紧接着又是一响，第二道烟火上天，在空中炸出另一只孔雀……炮声连珠响起，一道道火光直射天际，炸出一只只鸟雀，在长空中随风飞舞。

随着灯山坍塌，四盏特制羊角灯的灯光已然转向，照向半空，将空中的鸟影一一照亮，转眼间，天上近乎有一百只鸟影，炮声终于安静下来。

"原来是藏了一出药发傀儡的烟火戏①呀，我还以为是灯山塌了呢！"狄依依赞叹一声。

云济见胡安国面色古怪，苦笑道："只怕没这么简单。"

此时胡安国满脸惶惑，藏在灯山中的这架烟火他全然不知，突然开始的烟火戏，让他陷入对未知的恐惧中。

就在众人以为这架炮已经放完时，突然又是一声巨响，声音之大，远胜先前的数百响。一道飞影被射向高空，在四盏明灯的照射下，绽出本来面目———只流光溢彩的凤凰，顶着径长两尺的彩球扶摇直上！先前被射上空中的纸质飞鸟随风飘落，将凤凰团团围在中央，竟在碧空之中凑成"百鸟朝凤"的奇景。

"好！"

城上城下，喝彩声接连响起。

凤凰飞到最高处时，终于和彩球分离，凤凰随风在空中翩跹而落，彩球却向宣德门坠下，先撞上箭垛，继而高高弹起，又蹦到了城楼上。彩球外壳由竹篾编成，每次落地，都高高弹起，待到弹力渐小，彩球已蹦到众多后妃、皇子、皇女附近。

"快抢！"只听一声稚嫩的叫声，却是赵顼长女——周国长公主的呼喊。

时下许多庆祝活动，均以抢彩球为乐。彩球不仅是吉祥的兆头，而且抢到者必有奖赏。一时间妃嫔宫女乱成一团，纷纷争抢彩球，更有宫女抱着皇子皇女加入进来，把年幼的皇子皇女兴奋得哇哇大叫。

此时有两名妃嫔同时抓到彩球，两人不由往回拉扯，待意识到失态，又同时将彩球向对方推让，一扯一推间，彩球竟被撕破，竹篾外壳也破了个口子，内胆从球内掉落，在地上滚了几圈，却是个黑乎乎的物事。

"啊——"

惊叫声此起彼伏，刚刚还攒聚在一起的妃嫔宫女，哄然向四周逃散。年仅七岁的长公主也被裹挟在人群中。妃嫔们碍于身份，早算好了即便拿到彩球，也要故意推给长公主，装作被她抢到，此时却弄巧成拙。两名皇子皇女均受到冲击，三皇子还好些，他还不足一岁，被乳母抱在怀里，长公主却不慎跌倒在地，哇哇

---

① 烟火戏，烟火与魔术混合的一种表演，《东京梦华录》中所载。药发傀儡，为宋代烟火戏的一种，别称"架子火"，用花炮将折叠的纸制人物、动物射向空中，借助火药爆炸之力，使纸人纸鸟飞腾、旋转。

大哭。

"莫怕，莫怕！"混乱之中，小黄门童贯逆行而上，扑上前去，将掉在地上的内胆压在腹下。

"慌什么？"赵顼踱步走近前来，他一开口，妃嫔宫女都不敢作声，纷纷镇定下来，急忙整理仪容。唯有摔倒的长公主抽泣个不停，向皇后将她揽在怀中安慰，三皇子听姐姐哭，也跟着哭起来。

赵顼接连有两名皇子夭折，对当前一子一女宝贝得很，此时不由脸色发青，宣德门上，一时静寂无声。

童贯将那物事抱在怀里，用袖子掩住，转身跪伏在地："官家恕罪，奴婢护驾不周！"

"无碍！"赵顼推开前来扶他的石得一，看着这个年轻的内侍黄门，眸中闪过一丝异色，"你很好，彩球里藏的到底是何物，拿给朕看看！"

"这……"童贯的脖子因兴奋而涨得通红，面上却露出为难之色。

赵顼"哼"了一声："怕什么？快拿出来，还能伤着朕不成？"

童贯迟疑了一下，却不敢抗拒圣命："此物三皇子和长公主见不得，还请……"

他话没说完，向皇后已带着皇子皇女远远避开，妃嫔们方才吃了吓，也纷纷跟着皇后撤离。王安石等随驾重臣见妃嫔离开，便靠上前来。班直们各持骨朵，将皇帝环卫其中。

童贯这才揭开遮掩的袖子，将抱在怀里的物事托起。

"咣当！"

赵顼看清了那物事，不禁连连后退，御座发出一声响动，被生生推后了半尺。

童贯手中捧着的，赫然是一颗人头！

大宋悬疑录：貔狸刑　235

第十二章
五岁朝天

　　那头颅鲜血已干，毛发直竖，五官向内紧缩，表情惊恐万状。无边怖意凝固在脸上，仿佛有数不清的不甘和恐惧，从双眸中不断地涌出。

　　城楼之上，重臣显贵悚然动容，纷纷惊呼失声。

　　"哼！"赵顼站直了身子，脸黑得如同锅底一般。他从登基起便厉兵秣马，想要重振大宋雄风，做一名军功赫赫的天子。但如此近距离看见人头，却还是第一次，竟险些在万众瞩目下出丑。这也就罢了，这彩球坠入妃嫔堆里，还好皇子在乳母怀中，公主也没有亲眼看到，否则小小孩童吃这一吓，还不被吓损了三魂七魄？

　　赵顼上前一步，往城楼下望去，目光冷洌如霜："好一座'五谷丰灯'！好一只彩球！这灯里埋着的头颅，是要跟朕示威吗？"

　　内侍将皇帝的问话大声传出。胡安国跪倒在城楼下面，仓皇间却不知说什么，舌头打结了一般，在嘴里冲来撞去，却吐不出一个字，全身都在颤抖。

　　"谁能告诉朕，这颗头是怎么回事？"

　　王安石整了整衣冠，双眸停在那颗头颅上，感觉似曾相识，又想不起在哪里见过。在这时，百官中一人越众而出，正是王安石之子王雱。他躬身禀奏道："回官家，臣若没认错的话，这头颅的主人名叫郭闻志。他父亲郭护做过常平司署下的督粮管勾，还任过延丰仓监正。"

"王卿家认识他？"

王雱躬身道："元日大朝会后，此人冲撞了家严的仪仗，险些掀翻了青罗伞，还要拦轿告状。他状告的正是开封府粮商胡安国，因为胡家的女儿和他早有婚约，他父亲郭护获罪之后，胡安国不仅背弃婚约，还曾当众羞辱他。"

旁边的王安石道："臣想起来了，确有此事。当时臣觉得这不过是两家在儿女婚事上起了争执，懒得浪费时间去断这私人恩怨，没想到今天……唉，老臣失职。"

"王卿哪里话？为了这点鸡零狗碎之事，竟去冲撞宰相的仪仗？王卿平章军国要务，荷负天下之重，岂能将时间耗费在家长里短的小龃龉上？"赵顼对此也甚是恼火，转头问道，"开封府何在？治下发生了这等事，怎不见处置？"

权知开封府的孙永急忙越众应对："官家，臣在！臣这就去！"

"好家伙！那是颗人头！"

"官家刚点了灯魁，这灯魁就塌了，这让官家的颜面往哪里放？"

"官家的颜面？没准人家就是要削官家的颜面呢！"

……

听着身旁嘈杂的议论声，胡安国脸色惨白。举目四顾，整个天地间都是丑恶的面孔，看着他的都是幸灾乐祸的目光。他双眼在身边众人身上扫过，当看到云济时，黯淡的眸子中终于闪过一丝光亮，仿佛溺水之人看见了唯一的稻草。

他深深看着云济，满脸无助，满目哀求，腹中有千言万语，最终只说出几个字："云教授，求你再帮帮胡某……"

变故来得太突然，云济也猝不及防，只露出一副爱莫能助的神色。

开封府的衙差来得比以往快了不知多少倍，二话不说便将胡安国按倒在地。

"爹爹！"胡惜雪和胡小胖齐声惊叫。衙差在一旁听见，连他们两人也没放过，押过来和胡安国绑在一起。衙差们又将众人盘问一遍，凡是跟胡家有牵扯的，统统拘捕起来。衙差认得云济，加上云、狄两人只是来看热闹，才得以置身事外。

"将灯罩给我撕开！"左军巡使王旭随后赶到。他身着官服，四十多岁年纪，神色冷峻。

在王旭的指挥下，衙差和胥吏将灯山庖丁解牛般拆开。灯山里面的构造并不复杂，主龙骨下端连着一个机栝，机栝上装有一只燃烧的蜡烛。灯山底座则是烟火架子，和寻常烟火戏的架子并无太大区别，只是它的烟火是向上射出的，底座上另有一层纸糊住，只有灯山垮塌后，烟火架子才显露出来。

云济在司天监所学极为博杂，他细看一遍灯壳内的装置，立马明白过来——那火烛末端的三分之一加了黏稠的油脂，等灯烛烧到三分之二时，烛火接触油脂，灯光陡然变亮。炽烈的火焰冲高两尺，烧断了捆绑龙骨的绳索，原本绑定的竹竿龙骨随之散架，灯山顿时垮塌下来。灯壳内藏好的机栝正连着主龙骨，胡安国见到灯山崩塌，急忙跑去支撑灯架龙骨。他一动龙骨竹竿，机栝顿时被触发，蜡烛倾倒，点燃烟火架子的引线，开始发射百鸟朝凤的"药发傀儡"，装有人头的彩球就安置在烟火架正中，等着被射向天空。

王旭见到云济也颇为意外，但此时耳目众多，两人不宜攀谈。王旭也不敢耽搁，招呼了带来的铺兵，将整座灯山运了回去。

城楼上，赵顼已拂袖而去，宣德门前的灯会就此不欢而散，人群潮水一般散去。

狄依依心急如焚："快想想办法，把惜雪他们救出来！"

"救出来？"云济摊手苦笑，"怎么救？这事非同小可，胡家这次怕是真要完了。"

"可他们是冤枉的啊！"

"你怎知他们是冤枉的？那颗人头就藏在胡家的灯山里。"

"胡安国若当真想要闹事，怎会在自家的灯山里做手脚？这样也太愚蠢了！"

云济叹了口气，也不跟狄依依争执，城楼上发生了什么，对他们而言依旧云遮雾绕。本想找童贯探听消息，但他已经陪着御驾回了宫，两人正自焦急，忽而听见有人叫喊道："知白！"

转头一看，有两人往这边走了过来。当前一人正是郑侠，后面跟着一个面如冠玉的年轻人，穿一袭锦布棉袍，脸上隐隐带着笑意，仿佛天然有一股从容不迫的气度。

"介夫兄！"云济眼睛一亮，"你也来看灯会吗？这位是？"

"这是我的同窗杨昭。"郑侠给几人相互介绍一番，解释道，"我二人正在等元泽，本来已经约好，灯会之后去姜宅园子小酌两杯，谁知出了这一桩怪事。"

"杨先生，久仰大名，失敬失敬！"云济连忙拱手为礼。

这句"久仰"并非恭维。王安石不仅是一人之下万人之上的宰相，更是一代儒门宗师。他对很多后进儒生都有半师之谊，郑侠和杨昭便是其中佼佼者。早在王安石还没有被宣麻拜相前，郑、杨二人就被称为"王门双璧"。但等王安石做了宰相之后，"王门双璧"的名头，反倒没人再提起——因为这两个得意门生，一个和他政见截然相反，公然反对新法，被贬去安上门做了个监门小吏；另一个脾气更怪，只因中了二甲进士而未中头甲，竟毅然放弃功名，到处求仙问道，对王安石的举荐坚辞不受。

郑侠哈哈笑道："杨九郎可跟郑某不同，他和相公向来情孚意合，马上要被招为东床快婿啦！"

"介夫莫要胡说！"杨昭急道，"小……小弟一心追寻仙道，怎敢攀龙附凤？也不知哪里起的传闻，若是坏了王家小妹的名声，那罪过可大了。"

郑侠见他说得郑重，也不敢再开玩笑。云济却对这两人肃然起敬，他们身为同窗，政见相反，却不影响私交，实是难得之极。

几人寒暄了几句，一名锦衣玉带的官员匆匆赶了过来，正是郑侠口中要等的"元泽"。几人相互见了礼，聊了两三句，郑侠约云济一起吃酒，云济一口答应下来。

"三杯倒！惜雪都被带走了，你怎么没心没肺，还跟人去吃酒！"往常只要说到"吃酒"两个字，狄依依早就兴奋得两眼冒光了，但这会儿挂念着胡家的事，恨不得拉着云济便走。

"元泽姓王名雱，乃王相公之子，官任太子中允，先前他就陪着官家在城楼上。胡家的事情，咱们当前都是一头雾水，还得跟他打听消息呢。至于胡小娘，左军巡使是我的义父，不会让人为难她的。"有他这般细心解释，狄依依才放下心来。

到了姜宅园子，几人挑了窗边的雅间落座。王雱换上便服，要了两壶热酒、几碟小菜。刚饮一杯，云济就将话头转到了宣德门前发生的事上。

王雱"哈哈"一笑，将城楼上看到的事描述了一遍。他虽是宰相之子，却没有其父亲的稳重，性格十分张扬。他将天子的愠怒、开封府孙永的惶恐，都讲得绘声绘色，众人宛如亲见一般。

狄依依是将门之女，丝毫不避男女之嫌，和几人同坐一桌，公然独占一只酒壶自顾自饮。等听到王雱说到郭闻志，这才突然转过头来。

"郭闻志？"云济也甚是震惊，"元泽兄，你说那颗人头是郭闻志的？"

"怎么，云教授也知道此人？说来那胡安国还真是好胆量，跟这女婿反目成仇不说，还割下他的头来，在宣德门前玩了一出'抢彩球'。把悔婚闹得这么大的，王某还是第一次见。"

云济摇头道："不对，这件事恐怕不仅仅是胡家和郭闻志的矛盾，郭闻志牵扯的，还有延丰仓的账目！"

"延丰仓？怎又涉及延丰仓了？"

见众人好奇，云济将郭闻志携账本告状的事情说了一遍。按照郭闻志所说，他父亲郭护被判贪污钱粮，其实只是被推出来的替罪羔羊。实则是常平司、延丰仓官吏沆瀣一气，将延丰仓当作自己的钱袋子，在延丰仓籴粜间大做假账，违规放贷卖粮。

"还有此事？"王雱很是震惊，"怎么样，查出什么问题没有？"

云济摇了摇头："没有。郭闻志那册账本上所记，确实有违规之处。但那几次放贷，在延丰仓衙署的账本里也有记录，贷出的钱粮都及时收了回来，且收回的利息比放出时定的要高，这样算下来并无大的不妥。"

"你是说，这郭闻志大张旗鼓报案，却是个假爆竹。只是声响大，其实并未炸出甚东西来？"

"我亲自查过，延丰仓的账小毛病随处可见，大问题却一个没有。那些小毛病也是所有仓储惯见的，根本不值得深究。郭闻志对于账务显然一窍不通，找到自己父亲藏着的账本，就以为拿捏到了延丰仓的把柄。"云济摇头道，"账虽然清楚了，但郭闻志拿着账本告状的事情，已经给他招惹了无数仇敌。他的头虽然在胡家的灯山里，未必就跟胡家有关。究竟是谁放进去的？为何要闹到宣德门前？这些事情要想一一查清楚，绝不是件简单的事，开封府这次可揽了个大麻烦。"

郑侠嗤之以鼻："就开封府那帮草包，能查出个子丑寅卯来，我把脑袋割下来给他们当夜壶！"话出口后，才想起左军巡使王旭和云济渊源甚深，但他依旧毫不避讳，续道，"遥想当年，包孝肃权知开封府的时候，政事民治何等清明？胆敢犯案的，上至公侯显贵，下至伏莽狂徒，哪个能逃过严惩？孝肃公断案如神，民间甚至传他能驱神役鬼，贯通阴阳两界，作奸犯科者无所遁形，为非作歹者无处藏身。他治下的开封府才是一片朗朗青天，恶徒销声，盗匪匿迹，几可夜不闭户，路不拾遗。"

"介夫兄也信孝肃公有贯通阴阳的神通？"云济搭了一句。

郑侠摇了摇头："不论如何，包孝肃当大尹时无案不破，诸贼胆寒，远非今日开封府碌碌之辈可比。当今之世，要说这破案的本事，我只服知白你一人，甚至可与孝肃公一争长短。"

"哪里话，介夫兄太抬举我啦！"云济面露惶恐之色，急忙谦虚一句。

此时王雱举杯示意，云济已经喝过两杯，酒已到量，不由神色尴尬。

正不知如何推辞，狄依依突然凑了过来，劈手夺过酒杯一饮而尽。在王雱略带诧异的目光下，狄依依冷冷地道："他酒量太差，若是再喝，转头就会睡倒过去，还怎么查案？这杯酒，我替他喝了！"

王雱"哈哈"大笑："狄九娘果然是女中豪杰，王某今日能认识你们这一对璧人，真是一大快事。"

狄依依急忙解释道："谁跟他是一对？我替他挡酒，是不想看他喝醉了，还得费心照料！"

"费心照料？"王雱双眼若有深意地在两人脸上扫过，直看得狄依依脸颊发烫。又羞又恼之间，她提壶斟满酒，端起酒杯道："兵法有云：'先举杯为强，后举杯遭殃。'王中允，我来敬你一杯！"

"这是哪家兵法？"王雱正自诧异，狄依依已经先干为敬，他就跟着饮了一杯。

谁知狄依依连连敬酒，而且总是自己先干了。王雱向来自负，岂能跟女子推脱，当下杯到酒干。他哪料到狄依依本就是酒桶转世，一杯接一杯，竟没休没止。

十多杯酒下肚，王雱才知惹上了麻烦，暗自叫苦不迭。

这时，酒楼小厮将门推开了一条缝隙，毕恭毕敬地道："几位爷，可有哪位贵姓杨的？有名军爷前来寻人，说是王资政家中的帮闲……"

他话还没说完，突然被人在身后一推，一个趔趄跌进了雅间。随后一个军汉闯了进来，铜铃般的眸子在众人脸上扫过一圈，看见杨昭时，双眼一亮："杨先生，可找到您啦！"

杨昭怫然不悦："你来寻人，就该循礼敲门，岂能这般粗鲁？这又不是吐蕃部落里的围帐，这么横冲直撞，就不怕惊扰了其他宾客？"

"杨先生恕罪，小人实在顾不上。您快帮忙去想想办法吧，十三衙内丢了！"

"丢了？丢了是什么意思？"杨昭脸色大变，猛地站起身来，不复方才悠闲从容的模样。

"不久前，小人和几个养娘、乳母，陪着小衙内在御街上观灯。有个灯山做得最讨孩子们喜欢，有能转圈的屋子，有藏着灯的竹马，小衙内和一帮孩子玩得很是开心。俺们一个没注意，小衙内就不见了。等俺们反应过来，急忙四下里找寻，可御街上人挤人，比蚂蚁窝里的蚂蚁还多，就跟大海捞针一般……"

军汉还在喋喋不休，杨昭急急打断他道："报官了没？"

"没，俺们丢了小衙内，吓得魂不附体。等资政从宣德门出来，急忙上报了此事。资政倒是淡定如常，还有工夫闲坐喝茶，说小衙内聪慧，不用报官，他自己就能回来。"

这军汉一番没头没尾的话，倒也让众人知道，他家主人便是刚刚被加授为资政殿学士的王韶。

王韶虽是文臣，却是朝中军功第一。这几年来，他深受赵顼的赏识，率军连败蕃族、党项，拓边二千余里。正是靠着这等军功，才被加授为资政殿学士。按照惯例，资政殿学士乃是宰执重臣出郡时的加衔，因此，东京的官宦们早有共识，若不出意外，今年王韶必将成为宰执中的一员。

然而据这军汉所说，王韶家的十三衙内竟然在灯会上被弄丢了！

云济和狄依依对视一眼，去年真珠郡主也是在上元节被人掳走，开封府在年前刚刚搜捕了许多干黑活的人牙子，年还没过完，居然又丢了资政殿学士的儿子。辇毂之下，御街之上，贼人竟然猖狂到了这等地步！

王雱解释道："杨昭是王资政的内侄，他们所说的'小衙内'，应该是王家排行十三的王寀。他年仅五岁，但生性聪颖，最得王资政疼爱。王资政必定着急得很，但他能强压下心绪，泰山崩于前而面不改色，才是运筹帷幄的将相气度。"

杨昭一屁股坐下来，脸色沉重道："是了，我这是关心则乱。那帮贼人可能只是想拐走寻常富户家的孩子勒索钱财。若知道十三郎竟是资政殿学士的儿子，不免狗急跳墙，做下杀人灭口的蠢事。姑父处置得极是，开封府今天已碰上了大麻烦，十三郎的事还是别让他们去处理了。"

"资政已经派人去通知了各大门监，对于出城者都要细心查探，特别是携带孩童的，更要多加注意。"

王雱猛地一拍桌子："先确保小衙内不被拐出城，咱们有的是工夫在城里找人。东京城就是个王八池子，一堆杂鱼泥鳅在泥里藏着，等网织好了撒下去，我就不信捞不上来！"

杨昭看了他一眼，挤出一个苦涩的笑容。王雱向来口气极大，他说得轻松，可此时真做起来却绝非那么容易。蛇有蛇道，鼠有鼠踪，东京城这个王八池子，宰相和资政殿学士虽然位高权重，也未必搅弄得明白。

"杨先生，小衙内究竟是在哪里丢的？咱们去看一看吧，没准能找出一些蛛丝马迹。"云济在旁边提醒了一句。

杨昭如梦初醒："云教授说得是！走走走，咱们快去看看。"

一群人急忙随军汉回到案发地。这里地处御街南段，摆着许多儿戏之物，香袋儿、绢娃儿、短弩、鹁鸽铃、竹猫儿、虫蚁笼……引得众多孩童流连忘返。一座灯山格外显目，主体是一头巨象，长长的鼻子和尾巴直垂在地上，有阶梯可供小儿攀爬，象背上驮着一顶三四尺见方的小屋，竟然能够旋转。

"这座灯山也不知是谁造的，小人一行带着小衙内到这边的时候，已经有许多娃子在象灯上爬来爬去，玩得开心得很！象背上有个戴着猪头面具的驼子，招呼娃子们去坐那旋转小屋，小衙内也去了。小人亲眼见小衙内钻了进去，猪头驼子拽着屋顶子转圈，小人也没在意，就跟丫环养娘说笑了两句。可等小屋停下来，里面却是空的，竟不见了小衙内的人影，小人这才慌了。小人爬上象灯去细瞧，小屋里根本没人。听那猪头驼子说，刚刚有个娃玩到一半害怕，自己哭着下去了。小人急忙跟丫环养娘四处找寻，却根本找不见。"

听完这军汉啰里啰唆的话，云济眉头一动，只觉这场景似曾相识。

"我去看看！"狄依依也想到了一事。她爬上象灯的脊背，伸手摸了摸那顶旋转小屋。屋顶是八角形，屋子却是方形，约莫只有一顶小轿大小。正门大开，里面是黑色内壁，顶上悬挂着各式铃铛，亮晶晶的，极招孩子喜爱。

她伸手拽住八角屋顶的一角，轻轻一推，小屋便旋转起来。高低错落的铃铛随之晃动，发出"叮叮咚咚"的悦耳声响，仿佛星夜里清风的吟唱。

"那戴着猪头面具的驼子，便是这样转动这小屋子的吗？"

军汉连忙点头："是，是！"

"我知道是怎么回事了。"

众人目光纷纷投了过来，狄依依朗声道："这屋顶和屋身并非完全接在一起，而是有齿轮咬合。屋顶转三圈，你们自然以为屋身也会转三圈，但其实屋身只转了两圈半——你们注意看。"

说罢，狄依依拽着屋顶一个棱角，像推磨一样转了三圈。众人听她的吩咐，直勾勾盯着屋身，果然只转了两圈半，原本正对着众人的门，已经朝向了背面！

"这是个戏法。屋顶做成八角顶，屋身却是方形，就是为了让人看不出屋顶和屋身转动时有细微错位。"狄依依解释道，"这屋子有两扇门，前面一扇门，后面还藏着一扇门；中间一道隔板，将小屋分为前后两间。这屋子转了两圈半后，原本朝前的那扇门变成朝后，而原本朝后的门变成了朝前。那驼子打开原本朝后的门让你们瞧，里面自然是空的。"

听罢狄依依的解释，众人均觉茅塞顿开。狄依依容貌极美，本就惹人注目，此时更让人刮目相看。

王雱连连称赞："这障眼法把我等都蒙住了，没想到被狄九娘一眼看穿，真乃世间奇女子。"

这戏法本是云济揭穿的，听王雱这般说，狄依依脸不红，心不跳，却忍不住偷偷瞥了云济一眼。

那军汉则满脸懊恼，指着那顶小屋道："俺怎会这般马虎，明明都开门去看了，怎就想不到他后面还藏着个隔间！"

云济摇头道："也怪不得你。这屋子里坠着好多铃铛，就是为了遮挡外人的视线，让你看不出屋子有多深，所以常人都不可能猜到后面还有隔间。你们丢了孩子，情急之下哪会细看？见孩子不在屋里，自然急着去其他地方寻找。之后，那驼子见你们离开，多半从背后隔间抱了孩子就走。"

"可是……十三郎聪明得很，即使被藏在背面隔间里，听见俺们唤他，怎不叫喊答应？"

"这还不简单？"狄依依伸手比画道，"法子太多了，比如他关门时注入迷香，将那小屁孩迷倒，又或者在关门时，借身体挡住你们的视线，伸手将孩子拍晕。"

一听孩子可能被弄晕了过去，杨昭便觉心惊肉跳，颠来倒去地念着："太上老君！玉皇大帝！福道仙祖！保佑我十三弟逢凶化吉！"

王雱却是怒气勃发："岂有此理！天子脚下，这帮杀才竟敢这等放肆。咱们这就找人去查这座象灯，能弄出来这么多鬼门道，只怕是经年老手了。"

云济忧心忡忡道："他们既然敢将这盏象灯留在这里，自然不怕你查到什么。我现在担心的是，他们究竟只是想拐个富家子图财，还是早有预谋，就是冲着王资政的公子来的。"

"早有预谋？"众人听见，心头都是"咯噔"一下。开封府还在追捕拐卖妇孺的人牙子，寻常贼人有这等顶风作案的胆魄吗？万一这帮人是想要在太岁头上动土，冲着资政殿学士来的呢？

孩子被拐走，最开始的几个时辰最是关键，时间越往后拖，越难以找寻。但此时线索杂乱，让王雱等人一筹莫展。云济道："孩子被拐走的手段，是效法戏班的彩戏法，可见这伙贼人，必和彩戏班子有所关联！"

王雱眼睛一亮："是了！咱们去查耍彩戏法的戏班，尤其是有个驼子的。"

每逢过年，各地的戏班都拥进东京城。大相国寺附近的巷子瓦舍间，每日都有二三十家戏班轮流开演。东京城里数不清的名门富户，都会请出名的戏班来家里唱堂会。尤其是皇亲国戚、宗室贵胄，更以看戏听书为排场，轮流做东，请有名的戏班连唱三五日也是有的。

好在会耍"醉美人"这出戏法的戏班不多。资政殿学士位高权重，仅私下调动的力量已足够处理许多大事。杨昭等人顺藤摸瓜，很快查到了这家戏班的根底。

上元节的夜晚一波三折，众人很快在忙碌中度过。杨昭带着一帮赳赳武夫，踩着第一缕晨曦踏入大相国寺南侧的巷子里。

这是一座陈旧的小院。院子里搭着凉棚，靠墙则是开放的戏台，台上不仅有戏服、行头，还有假山、水瓮。一棵槐树挺着光秃秃的枝丫，茕茕孑立于台下一角，上面挂着一盏盏破旧的绿色小灯。凉棚的柱子间悬着一根长绳，绳上挂着几个两尺来长的木偶，造得惟妙惟肖，形态各异。

带头的军汉身着劲装，他是王韶身边的元随，原是身经百战的西军精锐，办起事来雷厉风行。这院子本来掩着门，却被他一脚踹开："那戏班子就在这里，叫作'云机园'。小人已经打听过，这里前年夏天闹过旱魃，院子也成了凶宅，看客都绕着走，就此闲置了两年。去岁将近年底的时候，这戏班才重新开了张。即便如此，也没有宾客敢来这里看戏。那戏班子招揽不来生意，只能去豪门富户家唱堂会。"

"闹旱魃？"云济眉头一皱，"难道是前年传得沸沸扬扬的'旱魃现世'？"

看着这座院落，王雱不胜唏嘘："是这里没错！那日我和家严也在这里，亲眼看见扮演司马十二丈的孩童掉进那口水瓮里。结果陶瓮变铁瓮，一瓮水被蒸干。孩子变成了旱魃，轻飘飘跳上假山，飞过了墙头。"

"亲眼所见？此事竟是真的？"云济甚是讶异。

王雱口才极佳，当即将两年前的旧事讲了一遍。虽然已经是清晨，但众人听他描述那孩子尸化成旱魃的样子，还是心头发毛。

云济眉头紧锁，来到那口铁瓮前。上面果然刻着一行字迹："熙宁二年九月初四,江宁府造。"再看铁瓮底部，久不蓄水，已沉积了一层尘土。用树枝伸入瓮底刮划，积尘下还有一层水垢，近乎一寸来厚。

云济心中略觉奇怪，水垢只有烧水的壶、罐、锅才会有，这铁瓮只熬了一次水，就生了这般厚的水垢？

他踱步到凉棚，怔怔看着绳子上悬挂的木偶。却听狄依依问道："你说……那日发生异变的旱魃，会不会是孩童所扮？"

这问题那日在胡家后院，云济也曾有这一问，没想到今日狄依依又问了一遍。云济尚未回答，就被王雱断然否定："不可能。其一，孩童坠入瓮中，水都被蒸干了，那孩童岂能有生机？其二，旱魃发生异变时，身躯比原来缩小了一圈，身长不过两尺，瘦骨嶙峋，身上几无半点儿肉，哪个孩童扮得了？"

众人说话间，军汉们已经砸开院子里屋舍的门。一个五十多岁的老妇人怯生生走出来，军汉粗鲁地进门看了一圈："老婆子，怎么就你一个人在这里，其他人呢？"

"昨天下午给人唱戏，到现在也没回来。明天是王官人家，后天是张官人家，你们要看戏啊，得约到三天后啦……"

"谁问你这些？人都去哪里了？"

"班主只是暂住在这里。他整日去别家串场，一有点闲钱，就跑去酒肆吃酒——就在街头那家！"

"走，去酒肆！"王雱招呼一声，资政殿学士的元随们当先开路，直扑酒肆而去。

垂拱殿内，烛光明灭，照得赵顼的脸庞时明时暗。

上元佳节，为了与民同乐，特意操办了灯会，他又钦点了灯魁，谁知乘兴而去，败兴而归。本是一桩大吉大利的盛事，却硬生生变成了凶案。

赵顼满腹焦躁，心火正盛。忽见大貂珰石得一喜气洋洋地进殿来，自称在东华门外救了一个孩子。

赵顼神色一动，顿时来了兴致，当即宣那孩子来见。

过不多久，石得一带了一个孩童上殿。那孩童生得粉雕玉琢，五六岁上下，穿着锦衣貂裘，头顶小帽镶着五色宝石。赵顼见这孩子穿戴十分讲究，绝非普通人家出身，心中不由奇怪。

"臣拜见陛下！"那孩童见了天颜，既不见惊慌，也没有失礼。在赵顼面前屈膝下跪，稽首叩拜，礼数十分周全到位。

即便是新科进士首次面圣，也不免心惊胆战。这黄口孺子却有条不紊，气度不让朝中大臣。赵顼不由啧啧称奇："你叫甚名字？是谁家的娃儿？"

"回官家，臣姓王，名寀，乃资政殿学士王韶幼子，排行十三。"这小孩一本正经地躬身回话。

"你是王卿家的娃儿？"赵顼一听，愈发惊讶，"堂堂资政殿学士，竟能将儿子给弄丢了？"

"回官家，此事怪不得家严。"王寀大模大样地替王韶分辩。他年纪虽小，却口齿伶俐，能说会道，将整件事从头到尾说了一遍。

原来，他坐进象背小屋后，那戴着猪头面具的驼子给了他一颗糖丸。王寀见其他小孩也在吃，就没有提防。谁知那糖丸嚼了两下，整个腮帮子都麻了，一个字也说不出来。他听见家里的仆人大呼小叫找自己，却根本无法出声回应。等家仆们走远，那驼子立马打开屋门，背着他就跑。

王寀心知不妙，吐掉口中糖丸，装作被吓坏了的样子，伏在驼子背上，也不哭闹。一直到了东华门，正好碰上石得一等人，王寀认得宫中内侍的服饰，那时他嘴上麻劲儿已经下去，当即大喊："救命，有贼人！"那驼子猝不及防，丢下王寀落荒而逃。

"小娃儿，你几岁了？"

"回官家，臣今年五岁。"

"才五岁就这般伶俐，王卿生得好儿子啊！"赵顼又是喜欢，又是艳羡。

石得一在旁边赔笑："官家，今日小衙内虎口脱险，不仅是王家福泽深厚，更是官家恩泽惠民，如雨润万物啊！"

"好孩儿，你且在宫里住上两日。皇后刚受了惊吓，她最喜欢孩子，看见你定然欢喜得很！"赵顼一扫心中晦气，满面喜色。

"官家，臣走失许久，家严必定担心……"

赵顼顿时醒悟："好孩儿，难为你记得不让父母担心。石伴伴，快去王资政家报信。"

石得一忙不迭点头应是，赵顼补充道："你再去开封府一趟，命他们搜城捉贼。连资政殿学士的儿子都敢拐，这等贼子，定要绳之以法不可。不过……上元夜闲杂人等太多，要抓贼人也确实不好办，皇城司也要帮忙探查。"

石得一脸色一僵，却又不敢推脱，只得低头应是。

"官家！"王寀手捧赵顼给他的点心，恭恭敬敬道，"臣有找到贼人的法子。"

"哦？"

"臣被贼人背着时，曾在他后领上别了一根五彩线。那是家慈给臣辟邪的'长命线'，十分容易辨认！"

"好聪明的孩子！"赵顼啧啧称奇，愈发羡慕，只恨不是自己的儿子。转头对石得一道，"有这神童给你指路，还怕捉不到贼人？"

石得一连连称是，急忙带人出宫。

街头那家酒肆占地不大，桌椅也甚是老旧，桌上杯盏狼藉，碗筷各自凌乱地摆放着。几个身穿麻衣的汉子正自聊天吹牛，忽有一群人闯入。当头的是个膀大腰圆的军汉，眸子在酒肆里扫了一圈，目光落在一个驼背酒客身上，顿时眼睛一亮。

"抓住他！"

领头的军汉一声令下，他身后的汉子们一拥而上，将那驼子按在酒桌上。驼子惊慌失措，情急之下大骂起来："干什么？你们是哪里来的赤佬？"

"好你个瘪三，居然敢在太岁头上动土。好叫你知道知道，我们是王资政的府上办事的！给我老实交代，你把小衙内拐到哪里去了？"

那驼子顿时一个哆嗦。资政殿学士的名头重若千钧，沉甸甸压了过来，让他本来就佝偻的腰脊更是弯上许多。他满脸含冤道："小衙内？什么小衙内？"

"装什么装？连王资政的儿子都敢拐，真是吃了熊心豹子胆！"

"冤枉啊！我们从昨日下午就在这里吃酒耍钱，几个骰子摇了一晚上，哪里去拐王资政家的小衙内？酒肆的东家、掌柜、小厮都能作证！"驼子言语里甚是不忿，一张丑脸上五官扭曲，鼻涕眼泪流到桌上，就连按住他的两个军汉，都忍不住嫌弃地松了松手。

云济和王雱等人随后赶来，听到驼子的话，都露出一丝犹疑神色。不知这驼子究竟是在狡辩，还是当真一晚上都在这里喝酒赌钱。

就在此时，一个开封府的胥吏班头领着几个衙役，挎着腰刀，踩着皮靴，气势汹汹闯进门内。紧接着，大貂珰石得一带着十多名皇城司逻卒挤了进来。

石得一和王雱见了面，均是一愣。石得一道："王中允？您怎么在这里？"

"见过大貂珰。王资政家的十三郎被贼人拐走了，我们一路寻到了此处。眼看找到了贼人，却不见十三郎，真是急死个人！"

"您也是为了王资政家的小衙内来的？"石得一神色一动，满脸堆笑道，"王待制放心，小衙内洪福齐天，昨日已经脱险。我也是恰逢其时，正好撞上小衙内呼救，带着他进了宫，官家和皇后娘娘都喜欢得很呢！我已遣人去王资政的府上报平安啦！"

"真的？"王雱和杨昭都是又惊又喜，得知王寀不仅逃离虎口，还得见天颜，一时难以置信。

几人说话间，王家家仆已经将驼子放开，酒肆中喝酒的一干人等，都被开封府的皂吏和皇城司的逻卒拿下。

驼子连天叫冤，大声呼喝道："冤枉，不是小人干的！小人一晚上都在这里喝酒！"

"冤枉？"石得一伸手揪住驼子的后颈，冷声笑道，"你以为丢下孩子混入人群，别人就找不到你了吗？看看你后领上的这根彩线吧！你背着小衙内的时候，他已经在你领子上做好了标记。"

驼子双目圆睁，转头盯着自己衣领上穿着的那根彩线，顿时面如土色。但他嘴上仍不肯认，撕心裂肺道："不是我！我不知道这彩线怎么来的，有人害我！有人害我！"

"给我拿下！"

石得一一声令下，逻卒们立马将戏班里一众人等拖了出去。驼子在皇城司逻卒的押解下，早已瘫软如泥。案子虽然是开封府来办，但皇城司的人反客为主，堂而皇之地拿走了贼人。

杨昭关心自己的表弟，迫不及待地赶回去了。王雱身体单薄，又熬了一夜，见小衙内的事情已了，就赶回家中补眠。

云济则带着狄依依转奔开封府，寻到义父王旭，请他带自己二人去见胡家父女。

开封府的监牢幽暗阴森，即便是白天，也要点着灯盏。王旭走在前面，狄依依一边走，一边看着云济道："你怎么心不在焉的？"

云济猛然惊醒，诧然看着她："你怎知我心不在焉？"

"这还不简单？"狄依依一脸得意，"这大牢里形形色色的犯人，你居然目不斜视，肯定是在想其他什么事！"

"目不斜视有甚不对吗？"

"别人走路目不斜视很正常，但发生在你身上，就是有问题。依照你的性子，刚才一路走过来，路过了几座牢房，关押了多少犯人，每个犯人长什么模样，甚至每座牢房有几根栏杆，都会记得清清楚楚，怎可能目不斜视？"

云济忍不住笑了起来："从刚进大牢到这里，我们已经路过了八座牢房，一共三十七人，每座牢房的栏杆有十二根，最靠墙的那座例外，有十三根。"

狄依依顿时傻眼："你不是都没往旁边看吗？怎么还这么清清楚楚？"

"我不需要一直看，刚进门时扫了一眼，就能记个大概了。不过你说得对，刚刚我确实走神了。"云济若有所思地道，"今天的事大有蹊跷。"

第十三章
貔貅夺粮

"有蹊跷？"

"小衙内是半夜丢的，天刚刚亮，贼人就被捉住了。开封府和皇城司若真这么神通广大，哪里还会发生郡主被拐卖的事？"

"那大貂珰不是已经解释过了吗，贼人这么快被抓，是因为王家小衙内是个神童，不仅懂得如何自救，还事先在贼人衣领上做了标记。"

"这位小衙内确实聪明，就连很多成年人也比不上他。但只靠这些，就能从人牙子手中逃脱吗？拐卖妇孺的惯犯都是穷凶极恶之辈，怎会轻易让一个孩童逃脱？他们必定早就踩了盘子摸清了路，怎会那么巧地撞上石得一这位掌管皇城司的大貂珰？"云济说到这里，顿足停了下来，郑重地道，"最可疑的是，拐卖小衙内的，竟然是个驼子！"

狄依依愕然："驼子有什么不对？跟王资政家的下人所说的一样，可见咱们没抓错人啊！"

"正因为这人是个驼子，才更显得蹊跷。"云济摇了摇头，"试想一下，你若是谋划了一件机密要事，一旦败露，便是抄家灭族的大祸，你会找一个驼子去办吗？"

狄依依被云济一语点破，顿时怔在那里。她脑子里一个念头不停翻滚："这驼子体型和常人迥然不同，如此扎眼，岂不是一抓一个准？"

两人心事重重，跟着王旭穿过幽暗的甬道，来到关押胡家诸人的牢房前。

胡惜雪、胡小胖被关在一起，姐弟俩担惊受怕了一夜，正打着盹儿，相互依偎着蜷缩在墙角。

"惜雪！"狄依依快步来到牢前，望着胡惜雪憔悴的面庞，顿时心疼不已。胡惜雪被她惊醒，扑到牢门边。两女隔着栅栏相拥，一个红了眼眶，一个泪水涟涟。

对面牢房中，胡安国瘫坐在地上，衣衫尚算齐整，整个人却仿佛一夜之间老了十岁。听到她们叫喊，胡安国抬头一看，顿时浑身一震，急忙抓着栏杆爬起身："云教授？云教授救我！救救胡家！"

"胡员外，郭闻志的死跟你究竟有没有关系？他的头为何会藏在你家的灯山里？"云济知道时间紧迫，开门见山。

胡安国连连摇头："自从去年年底胡某过寿，他当众在宴席上送了那只墨玉貔貅，我便不曾再见过他了。"

"此言当真？"云济冷哼了一声，"正月初九，我曾跟你说过貔貅刑的事情。以你的精明才智，难道会就此不闻不问？难道没有去找过郭闻志？"

"这……"

"胡员外，你现在命悬一线，罪在欺君！要想保全一家老小，还是不要对我撒谎的好。"云济别有深意地警告道，"那日我离开贵府，和狄九娘等人一起奔赴陈留，路上一直有人跟踪。那人身手高绝，是个瘸子，应该是你派来的吧？"

胡安国神色尴尬，解释道："云教授，胡某做买卖三十余年，阴风怪浪见多了，难免疑神疑鬼，使些不上台面的手段。其实胡某并无半点恶意，只是想弄清楚貔貅刑的来龙去脉，还请云教授千万别见怪。"

"您也受了貔貅刑，查出什么所以然了吗？"

"我派人找到了郭闻志，当时他在一家赌场里，输得身无分文。据他所说，那只墨玉貔貅是一个叫花子给他的，除此之外，他什么都不知道。"胡安国神色有些恍惚，"我当然不会相信他的鬼话，就让人找了个地窖，将他关起来，准备细细盘问。结果才隔了一天，他就被人救走了，怎么找也找不到。"

"也就是说……郭闻志本来是你派人抓走的，却被他逃了出去，而且再没出现过。直到他的头颅从你家的灯山里蹦出来？"

胡安国脸色难堪地点点头。

"胡安国，我劝你还是老实交代的好！"王旭在旁边冷冷道，"本官已经着人查过了,你的家仆曾闯入西柳巷的赌坊,以讨债的名义将郭闻志带走。从那之后,便再也没人见过他。"

"王巡使,我方才所说句句是实,不信您去问!我真不知道他的头怎么会在我家的灯山里。我和郭闻志是有不少龃龉,但绝不至于杀人,更不可能将他的头颅当众抛上宣德门,惹得官家龙颜震怒啊!"

王旭冷哼一声,虽然对商贾没有丝毫好感,却不得不承认他说得有道理。就算有再大仇恨,胡安国也没有道理拿全家性命,跟九五之尊开这么大的玩笑。

"那座灯山又是怎么来的?有人在灯山里做手脚,你一点都不知道吗?"

胡安国回头看了一眼,一同在牢里的宁管事凑上前来:"灯山是在下找人做的。胡家每年都要找人做灯笼,今年听闻御街上的灯会允许平民参与,员外吩咐我造一座灯山,好在灯会上替胡家扬名。胡小娘出了'五谷丰灯'这个主意,大家都觉得好,于是重金请'灯笼黄'造了这座灯山。员外曾让人点亮试看,满意后,熄灯拆解,着人搬到御街上,才重新点亮灯山里面放置的烛台。"

云济眉头微动:"灯笼黄?"

"那是个匠人,姓黄,家住羊角灯巷子口。他家三代人都做灯笼生意,在东京城名气很大。"王旭接过话头,胸有成竹道,"我已派了人去找灯笼黄。若所料不错,问题就出在这灯笼黄身上……"

话音未落,有个衙差快步赶来,轻声道:"王巡使,羊角灯短巷的灯笼作坊失火了。"

"失火?怎么回事?"

"小人们刚赶到羊角灯短巷,就看见浓烟滚滚。望火楼的哨兵在大呼小叫,不知有多少人跑来跑去。小人急忙赶过去,灯笼作坊已经烧成了平地,原本挂在羊角灯短巷的两百多只彩灯,也都化作了灰烬。"

"人呢?灯笼黄抓到了没有?"

衙差摇头道:"没有,主人不在,只有潜火兵和一帮邻居在救火。"

王旭眉头紧蹙,不知如何是好。云济问胡安国道:"胡员外,除灯笼黄之外,还有别人接触过灯山吗?"

胡安国朝宁管事看去,对方急忙道:"还请了薛待诏的亲传弟子张三笔绘制图案花纹,不过他只在糊好的灯罩上绘画,不可能接触灯罩里面的东西。而且……灯山制成之后,五座山本是分开的。等搬到御街之后,才重新组装起来,当时可是灯笼黄亲自装的。"

"那便只能是他了！"王旭在牢房栅栏上猛拍一把，带着云济等人直奔羊角灯短巷。

开封府的大街小巷，每隔三百步配有一座"军巡铺"，每间军巡铺都有五名铺兵，负责巡逻街巷、防火防贼。再加上高处有"望火楼"监视火情，又有负责灭火的"潜火兵"，羊角灯短巷火势虽大，但很快就被遏制住了。

云济等人赶到时，火已经被扑灭，救火的人众也尽数散去，街巷间只剩一片废墟。尤其是灯笼黄家的作坊，更是满目疮痍。院子正中是一座巨大的灯棚，此时已经一片焦黑，上面悬挂的灯盏骨架还隐隐可见，灯罩却已被烧毁。

狄依依左顾右盼，见云济盯着自己脚下，低头一看："咦，这道车辙痕迹一半在灰烬上，一半又被灰烬盖着，有古怪！"

"很简单——火是人放的，等火从这个车棚烧到对角的屋子，纵火者才驾车逃走。所以这边的车辙在灰烬之上，那边的车辙被灰烬盖着。"

狄依依催促道："既是如此，快去看看这车辙印去哪儿了。"

两人顺着车辙一路追踪，王旭急忙带人跟上，车辙依稀延伸到汴河边，突然消失不见。王旭派人四下查探，很快找到一个皮肤黝黑的脚夫，自称见过那辆车："那是辆驴车，拉着两只大麻袋。车到了河边，也不让俺们帮忙搬，早有一艘船泊在岸边。车上下来个乞丐，将那大麻袋丢上了船，撑着船沿河往东去了。"

"什么样的船？"

"就是汴河上最常见的'千石船'，船屁股又圆又突，像娘们儿的胸脯子。"那脚夫呵呵笑着，挠了挠头道，"倒也有特别的，那艘船桅杆上挂着一面旗。旗是黑色的底，白色的字，那字念个啥来着……"

脚夫话音刚落，便有一艘挂着"丰"字旗的货船，从河面上缓缓驶过。他眯起眼睛看了一眼，连忙道："错不了！那艘船也挂着这样一面旗。"

云济顺着他的目光望去，一时脸色沉重："那是延丰仓安排的运粮船。那个方向……是延丰仓的方向！"

延丰仓正月十六开仓放粮。常平司早已安排好了运粮船，准备直接将粮食运至各个贩米铺面，平价贷给平民。这"丰"字旗，正是运粮船的标志，云济一看便知。他抬头看了眼天色，沉声道："延丰仓马上要放粮了，咱们去追那艘船！"

王旭很快找来两艘小船，众人驾船直追。延丰仓本就建在汴河边，位于东京外城东南角，众人行了有五六里水路，远远看见一艘接一艘挂着"丰"字旗的货船浮在河面上。

　　在晚唐和五代时，民间便有"千里不贩籴"的谚语。只因粮草运输，路途遥远时耗费极大。大宋开国后，东京城水道四通八达，水运节省了极大人力，几乎每一家大米行，都有百十条货船。如今汴河上水运繁忙，船的形制各有不同，东京城里的货船，多是"百石船"和"千石船"。

　　云济等人乘坐船只摇橹而上，小心翼翼地在船只间穿行，每碰到一艘圆臀短尾的千石船，都要求船夫打开舱门，一一查看。

　　就这么行了数十丈，忽听得有人道："钱，钱！"

　　起先云济等人还没注意，然而叫嚷声越来越嘈杂，紧接着连河岸上都有人叫了起来。

　　众人抬头望去，却见一张张楮纸漂在水面上顺流而下，仿佛一片片枯败的落叶。

　　"盐钞！"狄依依惊呼一声。

　　河面上漂着的，赫然是一张张面值五六贯钱的盐钞！虽说盐钞并不是钱，但盐钞不仅可以请盐，还可以在买钞场或者交引铺兑钱。此外，大宋朝廷还能用盐钞买卖货物，江南收购早占米、各州县和买丝绸、河湟边境戍军鬻马……都常常以盐钞为本钱。民间也有将盐钞存蓄在家的习惯，或者直接用于交易买卖。

　　"快捡！"

　　"是我的！"

　　"别抢！"

　　……

　　河面顿时沸腾开来，艄公、脚夫、水手一个个争先恐后地跳下水捞盐钞。楮纸制成的盐钞在河水浸泡下十分脆弱，稍一用力便会四分五裂，但还是引发了众人争抢。

　　"这帮眼里只有钱的混账东西！"狄依依看得心头上火，破口痛骂了一句。她掏出酒囊，想要喝上一口，脚下船板突然一震，一个不小心，酒囊脱手颠了出去："我的酒！"

　　旁边突然伸出一只手，将酒囊捞在手中，正是云济。他身体却已控制不住，眼见就要一头栽进河水里，狄依依急忙抓住他的腰带，猛地将他拽了回来，两人顿时抱了个满怀。

狄依依含羞带怒地骂了一句："你干甚？小心一点！"

怀中一团软玉温香，耳边一句娇嗔薄怒，云济生生蒙了一瞬，继而浑身一抖，如同抱了只滚烫的火炉，急忙松手后撤，连滚带爬翻到了船尾，兀自两腿战战。

狄依依见他这番如避蛇蝎的模样，满怀旖旎顿时化作气恼："怕什么怕？你……船夫没了，会撑船吗？"原来他们这艘船的船工都跳下水去抢钱了，船体失去控制，撞上了其他船只。

云济正自心慌气短，惊魂未定之下，连话都说不出来。

"我来撑船！"接话的正是王旭。他看了狄依依一眼，眸中带着一丝浅浅的笑意，撩开长袍，将衣角扎进腰带，摇着橹橹继续前行。

走了约莫二十丈，他们寻到了这些盐钞的来源——一艘在河中漂荡的千石船，圆臀短尾，没有下锚，也没有系绳，船舷上空无一人。船尾不停有盐钞滑落，仿佛有人不停地从船舱中往外抛撒一般。

不少人注意到了这艘船，一道道目光变得贪婪起来。王旭以船橹击水，发出巨大声响，怒喝一声："都给我闪开！"他身上的官服格外惹人注目，身后的铺兵和衙差更是凶相毕露，人群受到震慑，不敢再往前靠。

王旭跳上那艘千石船，揭开船舱门帘，顿时惊叫一声，险些掉下船去。

"在……在这里了！"王旭拉下船舱上罩着的篷布，将舱门敞开。

众人往船舱里望去，齐齐倒吸一口冷气。

船舱里的盐钞铺了满满一层，上面躺着一具无头尸首。船舱的另一头开着风窗，一缕缕清风穿舱而过，将船舱里的盐钞不停地吹下船去。

"郭闻志？是他吧？"狄依依皱着眉头望着那具尸首，有些不确定地道。

云济一言不发，跟着王旭爬上那艘千石船，对着那具无头尸细看了一遍。尸体身上的衣服旧而不破，虽然沾染了尘土，还是能看出主人穿着十分得体。尸体右手臂弯里夹着只檀木匣子，里面放着一沓盐钞和一串散开的珍珠项链。项链细绳虽断，珍珠也散落在匣子里，但每一粒大小都一般无二，晶莹剔透，极是难得。

"是他。"云济虽只见过郭闻志一次，可还是一眼便认了出来。郭闻志上次在胡安国寿宴上，也穿着这身行头。据说他已经家徒四壁，看来这身衣服是他仅有的体面了。

尸体脖颈处的切口甚是整齐，显然是被人一刀断首——这绝非常人可以做到，除非是知道窍门的惯犯，又或者是天生神力的力士，才能做得这般干净利落。但船上并无血迹溅射，衣服上也不曾沾染血迹。

云济站直身体，往岸边看去。这艘船甚是引人注目，汴河两岸各有不少行人，纷纷往这边观望。云济的目光从一张张面孔上扫过，眸中精光一敛，不动声色道："岸边看热闹的有六十三人，其中有两人我认识。"

"谁？"狄依依瞪大了眼睛东张西望，半天没看出个所以然来。

"一个是常平司的衙役，我前些日查账时曾见过面。他好像是路过，朝这边看了一眼，就匆匆往下游走了。另一个是被逐出安济坊的邱远，我看见他的背影从岸边离开了。"

"只看见了背影？你确定是邱远？"

"邱远身材高大，穿着灰色法衣，我在胡安国家见过他，不会认错的。"

"你怀疑他？"

云济摇了摇头："现在还没有头绪……"话刚说了一半，他突然大喝一声，"站住！"

汴河在这一带水并不深，河中有不少跳下水的人。云济指着其中一个道："义父，那人有问题！"

他指着的人披头散发，蹒跚着从水里往岸边爬。那人听见云济的叫喊声，顿时惊慌失措，紧赶两步往岸上跑去。

"抓起来！"王旭一声令下，衙差们手持水火棍，纵身向岸边跳去。没过多久，那人就被抓了回来。一名衙差撩开那人散乱的头发，兴奋地叫道："官人！我认得他，他就是灯笼黄！"

王旭叫来两个纤夫将这艘船拉上了岸。灯笼黄脸色灰白，被按倒在地，他浑身湿透，裤腿上全是河泥，在刺骨的寒风中瑟瑟颤抖。

"跑甚跑？杀了人，你跑得了吗？"王旭一声怒喝，"你定是携带巨资，驾船出逃。见前面的河道越来越堵，甩不脱后面的追兵，于是将盐钞撒落河中，想要引得民众哄抢，趁乱弃船而逃！"

灯笼黄一个激灵，哭爹喊娘般叫起冤来："冤枉啊！小人才是受害之人，好端端地被人打晕装进袋子里，等小人醒过来，已经在这艘船上了。旁边躺着个没脑袋的尸体，着实吓死人。小人连那么多盐钞都来不及捡，就急忙跳下水了……小人真的什么都不知道啊！"

"还真是死不悔改！"王旭对灯笼黄的话半句都不信。很多罪犯都对自己的罪行拒不承认，反而东拉西扯地狡辩，王旭早已司空见惯。此时他脸上满是喜色："济儿，你又不认得这厮，怎瞧出来他有问题？"

"现在是初春，河水冰寒刺骨，真能跳下水抢盐钞的，都是精通水性的船夫、艄公。他扑腾水的样子甚是笨拙，走两三步喝一口河水，和其他人全然不同。"

"济儿当真目光如炬，咱们能这么快找到真凶，可多亏了你！"

"真凶？"云济摇了摇头，"他多半不是真凶。"

王旭心凉了半截，脸色也顿时变得难看起来："为什么？"

"如果他是凶手，为何要烧自己的房子？"

"当然是为了毁灭罪证。"

"毁灭罪证？那为何不把尸体烧了，反而花费那么大功夫带到船上来？毁尸灭迹，不毁尸，如何灭迹？"

王旭无言以对，倒是狄依依讥讽道："烧房子？运尸体？干出这等蠢事，哪里是毁尸灭迹，这是生怕查案的人不知道吧？"

"生怕查案的人不知道？生怕查案的人……不知道？"云济被这句话触动，喃喃重复了两遍。他呆呆地往前一步，来到尸体旁边，伸手将尸体臂弯里的木匣抱了起来。

尸体已经僵硬，在寒冷的冬日里并没有发臭，颈上血迹也已凝固干涸。这只木匣上没有明显的血迹，匣内散落的珍珠下，压着一沓盐钞。当匣子里的盐钞被拿起时，云济突然怔了一怔。

匣子底部赫然烙印着一个福禄寿三星的标记。福星拿着"福"字，禄星捧着金元宝，寿星托着寿桃。和寻常福禄寿三星图案不同的是，那禄星比福星和寿星都胖一大圈。

"怎么了？"狄依依诧然问道。

"这福禄寿底纹，你也见过的。"

"福禄寿三星谁没见过？"

云济摇了摇头："福禄寿三星很常见，但各有各的画法。这样的福禄寿三星，咱们不久前曾见过，就在高士毅家那个放宝贝的柜子上。"

狄依依努力回想，只能想起高家的檀木柜子上确实有福禄寿图案，但具体是哪般模样，全然没有印象："这有甚问题吗？"

"图案一样,材质也一样……这是否就是高士毅丢失的匣子?"

前方突然传来一阵骚动,很多人都在问怎么回事。没过多久,一艘船顺流而下,船上有人高声叫喊:"都撤了吧!延丰仓今日没粮可放啦!"

延丰仓放粮,乃是昨夜天子在宣德门当众许诺的,这时候说延丰仓无粮可放,很容易被认为是造谣生事。但说话的这人,穿着常平司的官服,站在船头,满面都是惊恐不定的神色,丝毫不像是在妖言惑众。

"官人,怎么回事?"

"昨日说得清清楚楚,让我们前来运粮,怎的又不算数了?"

"咱这船头挂的'丰'字旗也是用钱换来的,粮不能说没就没啊!"

大河上下,一片嘈杂,比方才船夫们下水抢钱还要热闹。过了没多久,一个骇人的消息,像汹涌的浪涛一样掠过了整个河面。

"延丰仓来了只长翅膀的异兽,将钱粮都吃光了!"

"貔貅!听说那是头黑色貔貅,城墙般高矮,脑袋赛着门楼一样儿宽,眼睛赶上灯笼一般儿大!"

"延丰仓都给貔貅吃空啦!"

……

事情越传越离谱,云济和狄依依面面相觑。这次开仓放粮是由沈括亲自主持的,云济作为他的徒弟,已经顾不上继续探查无头尸的案子。河道的拥堵让他们不得不弃船上岸,沿着官道直奔延丰仓。

没走多远,忽而听得有人高声叫道:"知白,知白!"云济转头看去,郑侠骑着一匹枣色大马,正从后面赶来:"知白,传言说天降异兽,将延丰仓百万石存粮毁于一旦,你可知是怎么回事?"

"连你都知道了?怎会传得这么快?"云济蹙眉道,"我还不知是怎么回事,什么'天降异兽',多半只是愚夫愚妇牵强附会吧?"

"我辈孔门弟子,当先天下之忧而忧!"郑侠脸露怒容,"延丰仓过百万石存粮,是整个京师的压舱石,更是东京城百万百姓性命之所系,容不得半点疏漏。这样的消息,即便是讹传,也绝不可等闲视之。"

听到这番义正词严的话,云济不由汗颜:"介夫兄教训得是,延丰仓里存着的是全城百姓的口粮,咱们得尽快弄清楚!"

三言两语后,几人合于一处,加快脚下步伐,直驱延丰仓。

延丰仓的衙署比想象中安静得多，庾吏们都是脸色灰白。不少当值小吏都认识云济，一名小吏迎上前来，领着他穿过整个衙署。后面不远是一座座高大的仓廪，参差错落地排列着，隐隐围成一圈。一株株常青的松柏挺立在仓廪之间，最外围的一圈格外高大，显是树龄久远的古木，将众多仓廪围在中央，仿佛一圈重峦叠翠的绿色帷帐。

云济等人穿过这排古树，到处都是掉落的枝叶，甚至有大腿粗细的枝丫，竟也被折断在地，就像遭受了艨艟巨舰的撞击。他走近断落的枝丫，手指在断面轻轻划过，怔怔许久，直到狄依依不耐烦地催促："发什么呆，快走啊！"

延丰仓的仓廪分为十二座，每座都有四丈多高，六丈多阔，底座呈圆形，顶部起尖角，一周都有飞檐，十分利于防水。穿过一条宽阔的土路，来到最近一座仓廪前，云济和狄依依不约而同慢下脚步，齐齐看着仓廪右侧四五丈远的地方。

那边的地面上，赫然显露出一个巨大脚印——脚印径长四五尺，陷地足有三寸深！

在相隔十多丈的地方，又有两只同样大小的脚印。

云、狄二人对视一眼——脚印都有四五尺长，究竟是一头何等恐怖的庞然大物？

在这座仓廪的顶部，有一个两丈方圆的大洞，仿佛被从天而降的巨锤击破了一般。仓廪的门大开着，沈括垂头丧气地坐在高高的门槛上，鲁深和张扶老等人站在一旁，也是一副如丧考妣的模样。在他们身后，仓廪中空空如也，只有地面上随意而杂乱地铺着一层薄薄的稻谷。

"老师，发生了什么事？"

沈括抬起头来，看见云济瘦削的面庞，脸上露出一丝苦笑："为师从学这么多年，第一次亲眼看见传说中的异兽。"

"真有异兽？"虽然这消息传得沸沸扬扬，但由沈括说来，分量全然不同。在云济心中，沈括学究天人，绝非那些愚夫愚妇可比。既然他说亲眼见到了异兽，那便绝无半点虚假。

沈括神色古怪，苦笑着点了点头，将发生的事讲了一遍。

昨日，他为了安排放粮事宜，连晚上的灯会都没去。今日一大早天还没亮，就带着麾下的专勾官，亲自来监督放粮。谁知还没出延丰仓衙署，就听见一阵声若奔雷的巨吼，从仓廪的方向传来。

他听见这怪声，心中"咯噔"一下，忙不迭带着人往那边赶。他们刚穿过衙署后院，就看到远处一排松柏受到撞击，一株接一株颤动起来。一个巨大兽影从松柏间一闪而过，从顶部钻进这座仓廪里。那巨兽有三丈多高，四丈多长，身形如虎，头颈如龙，背生双翼，头生独角，分明是一头貔貅！

云济问道："老师，您看见的是巨兽本身，还是巨兽的影子？"

沈括迟疑了一下，回想道："当时太阳还没出来，晨曦刚刚将东方的天宇映红了一线，天色还灰蒙蒙的。仓廪的方向正好和晨光的方向重合，我们能够看到的，就是一个巨大的黑色兽影。"

"只是兽影……"云济低声重复了一遍。

"但那是很真的影子！"沈括看着云济的面庞，仿佛能看出他在想什么，沉声解释道，"我们离得虽远，巨兽、仓廪、松柏，在晨光中都看得不十分真切，但那影子大而不虚，绝不是假的！"

"当然不是假的。"接话的是鲁深，他往门前一指，"看见这些脚印了吗？是那巨兽留下的！"

云济质疑道："这样的脚印，用一把铁锹也造得出来。"

鲁深坚定地摇了摇头："云教授，洒家出身行伍，在边军中厮混了六七年，后来得了个机会，才考科举做了文官。洒家向来早睡早起，天不亮就要起来操练一番，今日也不例外。天亮前，洒家刚刚绕着仓廪溜达了一圈，同行的还有负责巡逻的徐老三，那时可没这些脚印。洒家回衙署后院洗漱，突然听说发生了貔貅夺粮的事，就跟着沈制诰一起过来看。这也就是洗把脸的工夫，谁能伪造出这么多脚印来？"

听他这么一说，云济缓缓点头，陷入沉思。

"再说了，那只巨兽，洒家和徐老三可是亲眼见过的！"鲁深又补充了一句。

"亲眼见过？是老师所说的影子吗？"

鲁深摇了摇头："不是影子，是真的巨兽！眼见那巨兽从仓顶跳进粮仓里，洒家都不敢相信。等咱手持兵刃，围在这座仓廪旁边的时候，还能听见巨兽粗重的喘息声。延丰仓这帮看守粮仓的赤佬，都是没见过血的胆小鬼，一个个站在仓外被吓得不敢动弹，还是洒家上去推门……"

狄依依问道："你进去了？"

"没有，门从里面被顶住了。后来洒家从顶部爬进去，才发现是巨兽撞破仓顶时，掉下来的横梁正好将门堵上了。"

"那你怎么亲眼见到的？"

鲁深伸手往上一指："瞧见那扇窗了没有，洒家是爬到窗边往里看，才见到那巨兽的！"

众人纷纷转头望去，仓廪所开的窗只有四个，都是用来通风透光的小窗，仅有一尺多见方。本来就不大的窗户又被窗棂分为九个小格，小格中装着一片片明瓦。

大宋开国后，窗棂逐渐替代了窗口挡风的木板，豪门富户多用透光的油纸糊窗户。除窗纸外，不少富户还喜欢用明瓦——由透光的贝壳或云母制成，比常见的桃花纸更加通透。

鲁深所指的窗距离仓门最近，离地两丈多高，借着门框的棱角，倒是能够攀爬上去。见状，云济打算上去看看，可刚攀了一小半，手指没有抓稳，身子直往下坠。他一颗心骤然紧缩，血液在全身凶猛地奔流。

突然，旁边伸出一只手来，从身下将他一托。云济平稳落在地上，长出了一口气。但发觉托他的是狄依依，不由把吐出的气又倒吸了回去。

"瞧你笨的，闪开些！"狄依依将他拨到一边，身手敏捷地往上爬。她轻而易举地攀到窗边，往里面瞅了瞅，回头问云济道："你要看什么？"

"你不知道要看什么，爬上去作甚？"

"我是看你爬得费劲，才替你上来看看！"

云济不禁莞尔，笑着往门内走去。

狄依依气急败坏地跳下来："你这人！好心帮你爬窗，还不领情！"

"多谢狄九娘，请问那窗户可看得清楚？"

狄依依想了想道："那窗户乃是木格花窗，窗棂分九格，贴的都是明瓦。周边八块都是贝壳，虽然能透光，但看不清里面。正中间那块是空的，应该是这位官人趴在窗边往里看时，把中间那块明瓦揭下来了。"

鲁深连连摇头："洒家不曾揭中间的明瓦！洒家爬到窗边的那当口儿，中间的明瓦还在。不过那块明瓦最是透亮，能够清清楚楚地看到里面，也不知是用甚东西磨制而成的。"

云济进入仓廪，回头望去，透过那扇木格花窗，恰有一缕阳光斜斜照来，将一道光柱从遥远的天际插入这座仓廪深处。细碎的飞灰在光柱中无可遁形，随心所欲地上下飘动着。

这光柱外圈稍暗，中心明亮，云济从光柱外仔细看，果然这扇花窗最中间的一格是空着的。

"鲁专勾，敢问你当时趴在窗口，究竟看到了什么？"

鲁深面上闪过一丝恐惧神色："还能看到什么？当时仓廪内发出种种异响，比牛的喘息还要低沉。洒家趴在窗口，看见里面有一头巨兽，腿比人腰还要粗，肩头比大象还高，眼睛比灯笼还大。胸腹上长满了黑色鳞片，头上顶着根独角，像老树根一样向后弯曲，肩后生出两只翅膀，半贴在脊背上。那怪兽口中叼着一袋粮食，连粮食袋子一起吞进了肚子里，当时整个仓廪中的粮食都空了。徐老三就站在楼梯上面，整个人泥塑般僵在那里，动也不敢动，脸色比哭还难看。"

"当时徐老三在里面？"

鲁深点点头："这几日洒家晨练时，总能碰上他。最近轮到他值夜，天亮前都要巡逻一圈，还会随意抽选一两个仓廪进去查一查……"

说到这里，徐老三正好从门外赶来。他听见鲁深提到自己，忙不迭道："鲁专勾说得是，小人今天来酉字仓巡检，谁知竟有异兽破顶而入！小人僵在那里动弹不得，眼睁睁看着那怪兽巨口一张，数不清的粮食一袋接一袋地飞进它嘴里……当真吓死人了！"

云济问道："徐老三，方才怎么没看见你？"

"这……"徐老三老脸一红，神色甚是尴尬。

鲁深哈哈一笑，丝毫不在意徐老三涨红的脸，朗声道："他方才换裤子去了，你当然看不见他！"

"换裤子？"

"洒家瞧得清清楚楚，这孙子胆子比米粒大不了多少。那巨兽两只眼睛朝他一瞪，这孙子就尿裤子啦！"

徐老三不忿道："鲁专勾莫要笑，小人胆子是小，但那鬼东西舌头比小人睡觉的床板都宽，门牙比小人煮饭的锅盖还大！它猛地一吼，整个房子都在哆嗦。您要是在里头，也难保不尿裤子。"

"胡说！洒家砍过契丹狗，杀过党项猪，脑袋别在裤腰带上蹚过来的，岂能像你这灰孙子一样？"

"得了吧！"张扶老在旁边拆台道，"先前仓廪里巨兽一声吼，你直接吓得从窗口掉下来，屁股都要摔成四瓣儿了。那窗格里的明瓦，估计也是那会儿被你弄掉的。徐老三换裤子怎么了？你在地上捡屁股，能比他好到哪里去？"

鲁深急了："胡说八道！什么捡屁股？这能一样吗？"

两人正在那里吵闹，沈括怒道："都什么时候了，还有心在这里斗嘴？"

一时间，仓廪中噤若寒蝉。

过了片刻，云济问道："那巨兽是如何消失的呢？你说巨兽张口一吸，连袋子吞进嘴里，这地上为何还有这么多粮食？"

徐老三点头哈腰道："回云教授，那巨兽吃得满嘴钱粮，冲小人一咆哮，粮食就从它嘴里喷了出来，像下雨一样淋到小人一头，落得到处都是。小人以为大限已到，要给那畜生塞牙缝了，吓得闭上眼睛。没想到许久没听到动静，睁开眼睛一看，那巨兽又是一声咆哮，化作一道豪光冲天而起，穿过仓顶的大洞，直上云霄去了。"

鲁深连连点头道："不错，我们也看见一个黑影驾着白光直冲到天上，转眼消失不见了。"

云济回味着众人说的话，在仓廪中缓缓转了一圈。这仓廪呈圆形，前后各有一扇门——他进来的门朝南，对着申字仓；后面那扇门朝北，对着戌字仓。

仓内有上下两层，第一层被洒落的粮食铺了一地，还有许多袋残留的粮食；第二层乃是木架，离地近乎两丈。正中间是一架圆形木梯，螺旋而上，直达第二层。粮仓的第二层坍塌了一大半，显然是被巨兽庞大的身躯所破坏。在靠近大门和那扇木格花窗的一侧，更是一片狼藉，到处都是垮塌的木板碎屑。

这种螺旋而上的楼梯甚是少见，乃是由回回工匠传入中土，云济曾在西京洛阳的一座书阁中见到过。他顺着旋转楼梯爬上第二层，从坍塌处往下望去，只能看见一片废墟。再抬头望，透过仓顶上那触目惊心的大洞，看到的是一片深蓝高远的天空。

"老师，发生了这等荒唐的事情，你准备如何应对？"

"还能如何应对？"沈括一脸苦涩，"这等惊天异闻，根本瞒不住人，官家和东府那里，更是耽搁不得。我已经差人往宫里报讯了，准备拟个折子上奏，你待会儿帮我斧正一二。"

云济摇头："老师，您还拟甚折子？出了这等事，您须赶紧进宫面圣，亲自对官家陈述实情。免得官家先入为主，听信别人的一面之词，对您和延丰仓有了误解。另外，要尽快通知开封府和皇城司，疏散运粮车船，严禁流言蜚语，以免闹得人心惶惶。"

沈括如梦初醒，他本是足智多谋的能人，只是碰上这等怪事，又干系东京百万人口的度日之粮，难免乱了方寸。被云济一语点醒，他连连点头，按照云济所说的安排下去，同时下令让人封了延丰仓，责令从衙署到仓廪，任何人不准入内，然后匆匆整了整衣冠，动身赶往宫内。

云济在仓外来回踱步，微皱的眉头一直没有舒展开来。鲁深拍了拍他的肩膀："云教授，用不着愁眉苦脸，也甭思来想去的。洒家以前在西军厮混的时候，也是半点儿都不信邪。可洒家年岁渐长，才知道这天底下邪门的事情着实不少，就像那晚洒家掉进那口井里，好不容易爬出来，竟已在百里之外。"

"百里之外？"云济回过神来，看向鲁深，"鲁专勾，上次听徐老三说起过此事，怎会这般离奇？"

鲁深本是健谈之人，一提到这桩奇遇，更是喋喋不休讲了起来。

他们前来查账的第一日晚上，众人都睡得很沉。半夜里鲁深被尿憋醒，迷迷糊糊出门方便，但由于太过困倦，在那口井边忽然晕了头，一不小心栽了进去。还好正逢大旱，井水已经干了，底下都是淤泥，他才没被淹死。

他好不容易爬出井口，没想到迎面撞上一人，竟是襄邑主簿钱文轩！

钱文轩原是京师常平司的专勾官，去年调任襄邑主簿，和鲁深乃是旧识。当时钱文轩提着一盏羊角灯，看见他时也格外惊奇，两人同时问出口："你怎么在这里？"鲁深解释一番，钱文轩却愣了半晌，说道："这里明明是我家，怎会是延丰仓衙署？"

鲁深当时跌得鼻青脸肿，爬上来时困倦得连根毛发都不想动，笨嘴拙舌地说不清楚，钱文轩只得搀着他去休息。他睡醒后，身上的跌伤处都被敷了药，不过还是疼得龇牙咧嘴。而他目之所及甚是陌生，等他弄清楚，才知所在之处乃是钱文轩在襄邑的宅子！

原来钱文轩家后院也有一口井。他从延丰仓的井口掉下去，却从钱家后院的井里爬了出来，而两地相隔足有上百里！

这桩怪事，鲁深逢人就说，张扶老等人都听得耳朵起茧。其他没听过的人都啧啧称奇，尤其是狄依依，听得津津有味。

云济道："云某儿时曾听过'缘缠井'的故事，五代时曾有高僧坠井，那口井连通另外一片天地，唤作'井中天'，他在里面游历一番，竟因此得悟大道。"

延丰仓监正刘轶在旁边道："鲁专勾，这等奇事既然叫你碰上，可见你是得了上天眷顾之人。"

"哪里哪里，洒家哪顾得上悟道？当时查账时间太紧，洒家连伤都顾不上养，催着老钱给备了车驾，赶紧赶回京师来。"

云济抱拳道："刘仓监，学生想去其他仓廪看一看，还望您准可。"

沈括临走之前，曾嘱咐刘轶配合云济查案。刘轶不敢怠慢，亲自带云济前去查看。

延丰仓约有存粮一百二十万石，乃是京师诸仓之冠。延丰仓的仓廪共十二座，每座能存十多万石粮食，堪称大宋最大的仓廪。论其大小，比宫内的宫殿都不遑多让。

自古以来，北方存储粮食，大多用密集的仓窖。譬如隋朝时洛阳的回洛仓，仓窖多达数百座，连绵数里，几乎是一座"仓城"。然而仓窖有一极大缺陷，粮食容易受潮腐坏，在多雨的南方尤其如此。大宋开国后，南方粮食产出远胜北方，仓窖便渐渐用得少了，更多都是从地面上起建仓屋。

延丰仓早年也不用这种十万石巨仓，而是将粮食分散于多座仓窖中。五年前，刘轶的兄长刘煜执掌常平司后，对粮食受潮的问题十分不满。当时青苗法刚开始推行，延丰仓被划拨存储常平粮所用，仓监乘此机会，改建了这十二座十万石巨仓，因受潮腐烂而造成的粮食损耗，果然减轻了不少。

众人行走在诸仓之间，每一座仓廪都高达四五丈，仿佛一座座小山峰，巍峨高大。仓廪四周倒是颇为干净，唯有旁边立着不少卷起来的草席，席子上沾满了灰尘。

云济问道："那席子是做什么的？"

徐老三忙回答："回云教授，那是咱晒粮食用过的席子。"

云济怔了一怔："怎么都那么脏？"

"如今天干物燥，大旱了这么久，还晒什么粮食？草席放得久了，自然落满了灰。"

云济点点头，顺手在草席上推了一把。那草席顺势而倒，摊开在地上，其上尘土尽皆扬起。

狄依依被呛得连声咳嗽，急忙避到一边，抱怨道："好你个三杯倒，没事推它作甚？是不是闲得慌？"

"是小人的错，没将这席子清理干净！"徐老三连忙上前，将席子收起。

云济尴尬一笑，沿着仓廪边的小路继续前行。

为了防火，仓库边上并不悬灯，灯笼都挂在距离仓库数丈远的松柏树上。昨日是上元节，灯笼都是新制的，一夜不曾熄灭，到现在都还亮着。

见云济盯着树上悬挂的灯笼，徐老三解释道："早上发生了这等大事，小人还没来得及将灯熄灭。"

"这灯笼……可是出自灯笼黄之手？"

"云教授好眼力！咱们延丰仓所用的灯盏，都是找灯笼黄定制的。不过灯笼黄名气大，找他定制灯盏的人数不胜数，寻常的灯都是他徒弟做的，他真正亲手做的可不多。"

"算不得什么好眼力，这灯笼上印着灯笼黄的标记呢。"云济伸手向灯笼底部一指，上面果然印着一个金灿灿的"黄"字。

徐老三恭维道："那也是您看得细致。小人就眼拙得很，哪里看得出这许多门道。"

"这是什么？"云济在路边停下，地面上显露出小块黑色墨迹。他俯下身，伸手往地上一摸，指尖沾染淡淡的黑色痕迹，凑近鼻子一嗅，闻到一股似曾相识的古怪烟味。

"也许是谁不慎把墨汁倒在这里了吧？"刘轶不以为意，继续给云济介绍道，"云教授你看，那边是戌字仓和亥字仓。"

每座仓廪上，都挂着一块木牌，上面写着"子""丑""寅""卯"等字。在这些仓库之间，都能看到一只只巨大脚印，和酉字仓旁那两只脚印相似，显然出自同一只巨兽。每座仓廪的仓顶，皆破有一个巨洞，里面除了一片狼藉，都只剩少许残粮。

刘轶一边走，一边吩咐："徐老三，虽说粮食被那巨兽祸害了大半，好歹还剩下不少。等开封府的人查看过后，你带人将剩余的粮食装好存起来，以免受潮发霉。"

徐老三点头哈腰，连连应是。

"刘监正，延丰仓的这十二座仓廪，是按照十二地支建造的吧？"云济问。

"不错，每座仓都以地支为名，从子字仓到亥字仓，都挂着牌子呢！"

"不光是名字那么简单吧。"郑侠出声道，"这里面可大有学问。十二座仓按地支方位而建，整体组成一个巨大的圆环。"

刘轶赔笑道："郑门监不愧是王相公门下高第，一眼便看出其中玄妙。"

郑侠脸上露出一丝自矜之色："不敢不敢，只是一点小门道而已。看，这是辰字仓，地支中，辰五行属阳土，位居东南方偏北；这是巳字仓，地支中，巳五行属阴火，位居东南方偏南；这是……"

说话间，几人已经走到仓廪群的正南方。这座仓廪高悬的牌匾上，写着一个似是而非的"丁"字——地支中怎会出现一个"丁"字？

"这是个什么字？"云济张口问了出来。

狄侬侬揶揄道："这都不认得，明明就是个'子'字嘛！"

她早就在端详这座仓廪上挂着的字，眯着眼睛分辨许久，才看清原来那是个"子"字。只是字迹甚旧，第一笔那个横折的半截淡去了颜色，而最上面还有一片斜着的污迹，也许是某只飞鸟留下的粪污，令这古怪"丁"字上头又多了一撇。

刘轶"哈哈"笑道："这牌子挂了好些年，亏得狄九娘眼睛亮，认出是个'子'字。"

云济回头看了眼东方的太阳，摇头道："不对，这边是正南方，应该是午字仓。子丑寅卯辰巳，接下来便是'午'，五行属阳火，位居南方。"

众人齐齐向那似是而非的"丁"字上看去，可根据笔画仔细分辨，还是只能认出原先是个"子"字。

刘轶脸色一滞，像是想起什么，点头道："这座仓确实是午字仓，只不过上面牌子挂错了，挂成了'子'字。我记得年前打扫仓廪，曾将这些牌匾摘下来擦洗过。徐老三，怎么回事？"

眼见他神色不悦，徐老三满脸惶恐："回刘监正，许是因为某些笔画掉了色，'子'字和'午'字被弄混了。小人这就让人换回来。"

刘轶怫然点了点头。

云济等人绕着十二座仓廪走了一圈，回到最初的酉字仓。等了没多久，左军巡使王旭带人匆匆赶来。

见到云济等人，王旭脸上堆满苦笑："济儿，这还真是一波未平，一波又起。上元节灯魁案刚刚有了眉目，还没来得及松口气，这貔貅夺粮的奇案又落在了我的头上。"

"义父，灯笼黄怎生发落了？"

"我已让人带他回开封府狱，胡家那座五谷灯山里的玄虚，还要着落在他身上。"

云济点点头："我有话要问他，看来又要去一趟开封府狱了。"

开封府的铺兵和捕快在王旭的指挥下，分散去各个仓廪查看情况。而西字仓是当时众人从近处看见巨兽的地方，云济陪着王旭又进去了一次。

查探完仓廪中的境况，王旭头大如斗："从各种迹象来看，这天降异兽的奇闻是真的，这么多人看见，延丰仓这次当真是遭了劫。"

云济默然不语，踩着脚下细碎的粮食，在西字仓中踱步慢行，终于停在那户木格花窗前。

忽然听得郑侠问道："这是什么？"

众人抬头看去，看见那扇花窗下方的墙壁上，显露出一道七八尺长的湿痕。那痕迹从窗棂笔直垂下，直落地面，就像有人从窗口倒下一杯水一般。

王旭上前摸了摸："还是湿的。"

"小人想起来了，这是那巨兽的涎液！"徐老三指着那道湿漉漉的痕迹，伸手拉扯着鲁深的衣袍，"鲁专勾你可记得，那巨兽张口咆哮，口中粮食如雨而下，涎液也四处飞溅，简直如同泼水一样。"

巨兽咆哮时，鲁深已经吓得掉下窗去，何曾见到后面的场景？但徐老三既如此说，鲁深哪会否认？只当自己亲眼见了，连连点头。

开封府的人马查完之后，徐老三等多名庾吏将剩余的粮食袋子理顺，又把散落在地面的粮食清扫成堆，粗略清点一番，约莫一万石。

"其他仓里也整理一下，估计加起来也只有十多万石……那貔貅虽未将粮吃光，也仅剩十之一二了。"徐老三叹了口气。

云济在仓内来回踱步，等粮食清扫完毕，才看到地面上铺着一层防潮的木板，木板下则是青石板砖。这仓廪新建只有五年多，但木板已经痕迹斑斑，隐隐有车辙印纵横交错，显然是搬运粮食留下的。

他在仓廪中间的旋转楼梯边蹲下，此处地面上有一道淡淡的痕迹，划过一个半圆，在五六尺远的对面消失不见。

"木板上怎么这么多印痕？你瞧那边，还有两个孔。"

"嗐！"徐老三道，"云教授有所不知，按照咱延丰仓的规矩，每隔两个月，要将粮食拉出去晾晒。我们用推车来回搬动粮食，车辙印可不少。"

云济点了点头，站起身来，跟王旭道："义父，貔貅夺粮之事甚大，家师也牵涉其中。儿子放心不下，先去家师府上看看。"

"好！济儿你先去，有事尽管来开封府衙找我。"

第十四章
万焰花烛

沈括赶到垂拱殿的时候，知道自己还是来迟了一步。

正月十六是休沐日，但垂拱殿内已经汇集了十多位重臣，两府的宰执更是悉数在座。御史中丞邓绾气势汹汹，将司农寺、常平司、仓草场、延丰仓从上到下骂了个遍。沈括来得晚，也没能逃过斥责。

"敢问沈制诰，延丰仓存粮还剩几何？京师诸仓的存粮还剩几何？再过一个月，百姓吃什么？禁军吃什么？"

沈括冷汗直流，沉声道："延丰仓的粮食仅剩十之一二，确是下官失职。"

"邓中丞，此事怪不得沈制诰。"枢密副使吴充站了出来，"皇城司有报，说是天降异兽，当众吞噬了延丰仓的存粮。"

朝臣之中，沈括、邓绾都支持变法，是王安石的得力臂助，而吴充则政见相反。然而今日全然反了过来，邓绾声色俱厉地斥责沈括，吴充反倒为他开脱。殿中都是位高权重的老臣，早知其中有异，果然吴充将话题一转，放声道："官家，依臣之见，此事的根子还在常平新法上！自推行新法以来，设了提举常平司来掌管籴粜食粮等要务，各种乱子就层出不穷……"

他话未说完，就被王安石悍然打断："吴枢副！百万存粮丢失，已是燃眉之急。此时该齐心戮力、共渡难关，还是就事论事的好。"

"不厘清责任，如何就事论事？"吴充和王安石本是儿女亲家，在朝堂上却不是第一次针锋相对了，"王相公今日来得急，怕是没听到京城中的传闻吧？汴河上的运粮船都在闹事，个个在抱怨常平新法、市易法苛政害民。更有人说天降貔貅，就是常平新法招来的灾祸！"

翰林学士吕惠卿辩驳道："京中多有愚夫愚妇，哪里懂得天灾人祸？定是有人在背后挑弄舆情。"

同任翰林学士吕公著越众而出，扬声道："吕内翰此言差矣，民心所向才是执政之基。两年多前有旱魃降世的传闻，东京城中人心惶惶，都说新法触怒了神明，天将降大旱于世。王相公命开封府查禁流言，肃清蜚语，可如今大旱已有两年，安能说当时的传闻没有道理？"

王安石摇头道："大旱是阳盈过盛所致，愚民无知，才以为是天怒。"

吴充嗤笑一声："王相公又要说甚'天变不足畏'了吗？"

王安石勃然色变："某何曾亲口说过'天变不足畏'？以天灾横祸来抨击政事，就是尔等的高见？"

"'国家将兴，必有祯祥；国家将亡，必有妖孽。见乎蓍龟，动乎四体。'王相公修纂《周礼义》，只尊《周礼》是圣人书，戴圣的《礼记》必是不看在眼里了。"

"张口闭口'国家将亡'，吴枢副是何居心？"

眼见得众臣唇枪舌剑争执不休，赵顼只觉身心俱疲。那头盗走百万存粮的巨兽虽已离开延丰仓，却投下了更大的阴影，将整座垂拱殿笼罩其中。

云济踏入沈府时，沈括还未回家。

他和狄依依被管事请进了客堂，恰逢沈括的夫人张氏正在待客。客人是两位女眷，一位四十来岁年纪，身穿墨绿裙裾，衣着庄重而不失典雅，身前案几上放着个匣子，装的都是妇人所用的胭脂水粉；另一位二十多岁，和张氏年纪相仿，身上衣服也是彩缎丝绸制成，纤秾合度，甚是华贵。

这年轻妇人怀抱一只猫儿，大脸，长毛，浑身雪白。猫儿穿一身娇俏可爱的淡粉色牡丹花纹小短衣，慵懒地卧在妇人怀里，竟比昨日陪在赵官家身边的妃嫔更显雍容贵气。

见云济和狄依依盯着自己怀里的猫儿看，那年轻妇人款款一笑："好看吗？"

狄依依两眼冒光，连连点头，犹如登徒子一般，恨不得上手摸一把。除了喝酒的时候，云济还没见过她这副表情。

张氏忍不住笑出声来："知白，这小娘子是谁啊？生得天仙一般的相貌，我一个妇道人家看了都怜惜得很哩！你老师还一直催我给你端详个好娘子，这些日子师娘可真是白操心了。娶了这样可人的小娘子，就是仙女下凡都不带看一眼的！"

狄依依窘迫道："师娘，我可不是他的娘子！"

"没事没事，师娘都叫了，现在不是，以后总归是的！"

狄依依顿时傻眼，连连摇头："师……沈夫人误会了，我是欠了这浑人一笔赌债，不得不替他干些苦力活。"

"快来坐，快来坐，姑娘家干什么苦力活？"张氏年纪比狄依依大不了多少，又是个以貌取人的性子，见了她就喜欢得不得了，把她拉到身边坐下，介绍道，"这位是刘大娘子，提举常平司刘煜公的夫人，她自制的脂粉，寻常人家抢都抢不到。这位是刘二娘子，延丰仓仓监刘轶的夫人。她家养了好些猫儿狗儿，都不是凡种，尤以这只狮猫最是名贵，名唤'雪夫人'，多少名门闺秀都羡慕得很呢！"

狄依依看着那慵懒高贵的白色狮猫，也极是喜欢："雪夫人？模样儿好，名字更好！我之前随爹爹混迹行伍，也曾养过几只猫儿和细犬，都是擅长捕猎的良种。后来到了京师才发现，那些名门闺秀都将猫儿狗儿当娃养！她们养的狗儿不会看家，猫儿不懂捕鼠，我本是不屑一顾的。今日见了雪夫人，才觉得自己想岔了，有这等品貌，捕不捕鼠算得了什么？"

"说得是，刘二娘子家的猫儿品相都是最好的，我本想备好礼，去聘一只回来，没想到你竟亲自送来了，真是过意不去。"

狄依依听得咂舌，时人爱猫，她是知道的，文人更是将猫儿爱称为"狸奴""衔蝉"。只没想到，领养猫崽还得准备一份"聘礼"，上门"礼聘"回来。

"刘二娘子是要将雪夫人送给沈夫人吗？"

"哪里话？雪夫人是刘二娘子的命根子，我怎会横刀夺爱？"张氏说着，让丫环拿过一只竹篮放在桌上，满脸慈爱地揭开竹篮盖子，里面顿时传来猫崽儿细细柔柔的叫声。

狄依依急忙凑过去看，那篮子里铺了一层绣花小褥，上面趴着两只半大猫儿，都不足半尺长短。

"它俩都是'雪夫人'生的。"张氏解释道，"瞧这只猫儿，肚皮和爪子是白色，背上是黑色，这花色唤作'乌云盖雪'；还有这只，浑身漆黑，只有四只小爪子是白的，唤作'踏雪寻梅'。"

两只猫儿憨态可掬，叫声软软糯糯，狄依依看得心都要化了。

张氏见她喜欢，抚着她的肩头道："喜欢哪一只，我借花献佛，转送于你吧！"

"怎敢让沈夫人割爱？"狄依依受宠若惊，连连摇头，"我爹爹军中也有猫儿，只是没这般好看，捉老鼠倒是一把好手！"

"有甚割爱不割爱的？猫儿就该是养尊处优的千金小姐，若去捕鼠，便落了下乘。"张氏显然认为捕鼠是苦力活，捕鼠猫是下等猫。

刘二娘子笑道："别看这两只狸奴长得娇俏，它们的母亲雪夫人也养尊处优，但它们的父亲可是威风凛凛的黑将军。等它们长大了，别说老鼠，只怕满街的狗都怕它们！"

"黑将军？"云济神色一动，"小生曾在延丰仓衙署后院见过一只黑猫，就名黑将军。庾吏说它乃是延丰仓一霸，听到它的叫声，连街上的狗群都会夹尾而逃。"

"还有这么威风的猫儿？"狄依依双眸发亮。

"那便是我家的猫儿。我家养过好多猫儿狗儿，黑将军一来，一只只都俯首帖耳，乖得不得了。黑将军穿一身战甲时，才最是威风。"刘二娘子一脸得意，显然颇以黑将军为傲。

"战甲？猫儿还有战甲？"

"雪夫人有这一身抹胸和褙子，黑将军怎么就不能有鳞甲？"刘二娘子卖弄道，"奴家平日里就爱逗弄这些猫儿狗儿，为它们做衣服穿。东京城街上卖猫狗衣服的小经济，都是从奴家这里学的衣服样儿。奴家为黑将军做的鳞甲，乃是以两尺长的大鲤鱼背鳞穿制而成，唤作'龙鳞甲'。黑将军披挂了鳞甲，比老虎还威风。"

谈笑间，到了午后，沈括终于回来。

"夫人早上可还顺心？"还没有步入客堂，沈括先跟丫环打问张氏心情如何。云济听见外面说话声，急忙起身去迎。却见沈括愁眉紧锁，手中的玉笏都拿倒了。

"老师，貔貅夺粮的事情，官家可有吩咐？"

"当然有吩咐。"沈括顾不上跟云济细说，先敷衍他一句，快步来到张氏身边，嘘寒问暖一通，"夫人，昨夜你回来得晚，我又宿在延丰仓，你睡得可好？给你熬的助眠汤可曾用过了？"

张氏埋怨道:"半晚上到处放爆竹,能睡好吗?知白问你什么事,什么貔貅夺粮?"

沈括急忙将天明时分发生的事情讲了一遍,听得三位夫人错愕异常。他又叹气道:"多亏知白的提醒,我才想起要尽快进宫面圣,跟官家当面请罪。到垂拱殿的时候,那里已经吵成一团。吴冲卿等人一个劲地编排新法的不是,官家虽不认同他的话,还是降下一道旨意,限我十五日之内,寻到供给七十万石存粮的法子。"

"什么?"张氏顿时急了,"十五日?这不是有意为难你吗?延丰仓一下丢了上百万石,其他仓储也都在年前陆续放过粮了,哪里还调得粮来?这等无米之炊如何做得?"

"夫人莫要胡说!"沈括倒吸一口凉气,向两位刘家的娘子瞥了一眼,连连给张氏使眼色。有些话不宜在外人面前吐露,否则一传二、二传三,难免有人添油加醋,传得面目全非,甚至变成大逆不道之言语。

云济也道:"师娘少安毋躁。延丰仓存粮丢失,整个东京城危在旦夕,官家这等心急,也情有可原。十五日这个期限,绝不单单是限定给老师的,东府的相公和参政们,只怕比老师还要着急呢!"

"说得有理!"沈括点头道,"知白,你也帮为师想想办法。"

云济苦笑:"办法岂是一时半会就能想出来的?"

师徒俩相对无言,默然半晌,云济起身告辞。张氏急忙留客,云济道:"多谢师娘好意,我们昨日一夜未睡,实在难抵困倦,且先回去补眠。对了,老师……你可有石蜡?"

"当然,为师还自己造了许多呢!还好托人弄来不少石油。"沈括脸上露出一丝得意。

云济道:"老师既有,能否给我拿几支?"

"这还不简单?跟我来!"沈括将云济带到书房,给他两根石蜡和一方墨锭,"这石蜡和寻常白蜡不同,是石油制成,比寻常灯烛亮五倍不止,只是烟大了些。石油是为师取的名字,就是曾跟你说过的在延州发现的火油。为师用石油研制出不少东西,这块墨名为'延川石液',便是以秘法炼制石油而成,若有兴致,不妨拿回去试试。"

"敢问老师,这石蜡在市面上买得到吗?"

"街上倒也有小经济会卖这东西，只不过他们造的石蜡品质低劣，烟气浓得呛人。而且容易烧熔成蜡水滴落，烧一会儿就流下一大坨蜡水，浓浓的跟墨汁儿一般，倒是跟延川石液的炼法有相通之处。"

听到这番话，云济想起延丰仓仓廪外的黑色墨迹，了然地点了点头。

云济谢过沈括，拿着石蜡和墨锭回了家。

老仆已经做好饭菜，他囫囵吃了一顿，还没等老仆收拾完碗筷，他已趴在桌上睡着了。狄依依将云济搀回卧房，替他盖了被子，正准备离开，忽然发现床榻边的书架上，竟放着几只酒坛。

原来云济为请狄氏兄妹在家过年，早早备了不少酒肉。但狄依依向来嗜酒贪杯，他怕她喝多了伤身，就将几瓶酒藏了起来。

狄依依又是好气，又是好笑，眸子一转："看我将你这酒给喝光，你藏着空酒坛玩吧！"

她打开一只酒坛，不一会工夫便喝得一滴不剩，将空酒坛原样封好，重新放回原位。正准备悄悄离开，看着另外两只酒坛，腹中馋虫又搅弄起脏腑来。她转念道："反正他不知道，不如……再喝一坛？"

云济这一觉睡得酣畅淋漓，再睁眼时，四周已是漆黑一片。柔和的月光透过轩窗流淌进屋内，将床榻浸泡在一片清冷干净的梦境里。

"好酒！"

只听得一声娇憨的梦呓，云济愕然回头，却见狄依依趴在床尾，将他的一只脚当作酒坛抱在怀里，睡得正迷糊。真正的酒坛却早已滴酒不剩，敞着瓶口躺在地上。

意识到自己竟和女子同床而眠，云济顿时汗毛倒竖。他坐起身来，挣扎着将狄依依的胳臂抖落在一边，连滚带爬扑下床去。

忽听"嘭"的一声，门被一推而开。一个人影裹着寒风闯了进来，扯着嗓子便喊："云教授，请你帮帮忙！开封府……"

这人话未说完，被狄依依迷迷糊糊打断："谁啊！大晚上不睡觉，扰人清梦！"

"依依？"对方的声音比她还响亮，"你你你……怎么睡在这里？"

狄依依揉着眼睛醒来，在暗淡的月光下，看见一张大脸凑在身前，正是狄钟。

"你管我睡在哪儿？"狄依依口比心快。她说完才觉不对，左右环顾，依稀

大宋悬疑录：貔貅刑 275

认出这是云济的房间,顿时一阵发慌。黑暗中,无人瞧出她面色有异,她索性若无其事地反问狄钟道:"你这两天怎么又不见人?是不是逛青楼去了?"

"胡说八道!我狄钟岂是整日流连青楼的人?我一连多日辛苦操劳,还不是为了云教授交代的事?"狄钟一副受了冤枉的样子。

云济爬至门口,只觉四肢酸软,惊魂未定地道:"狄兄,你说的可是雪柳的事?当时你自告奋勇,要去查探来着。"

"对!云教授,胡家大祸临头,怎么还能寻到雪柳头上呢?她被胡安国倒卖给高士毅,又被高士毅退回给胡安国,在他们眼里只是一件货物。怎么开封府的人查来查去,还查到她头上来了呢?"

云、狄二人面面相觑——那灯山是灯笼黄所造,雪柳被胡安国关在一个破落的小作坊里,根本碰不到灯山,也接触不到郭闻志,灯魁案怎会牵连到她身上?

狄钟满脸苦笑,将发生的事一一道来。约莫是酉时刚过,一帮开封府的衙差欺上门来,说是胡安国犯的事大,不仅牵连三族,就连家里的猫儿狗儿,也不容放过。雪柳是胡家的姬妾,给胡安国生了儿子,当然逃不了干系。

云济心中念头一转,看破了其中端倪:"我明白了,情之一字,果然害人不浅。没想到多年夫妻,大难临头时都还钩心斗角。"

"什么害人不浅?"狄钟一脸莫名其妙。

云济没顾上回答,又问道:"雪柳母子呢?被开封府的人带走了吗?"

"那倒没有,我亮明了身份,说雪柳是胡安国送给我的姬妾,不让他们拿人。领头的衙差拿不定主意,就派人在外面守着,自己回去叫主事的去了。"

狄依依瞪大了眼睛:"亮明身份?还说雪柳是你的姬妾?六哥,你一个衙内有什么身份?信不信爹爹知道了,赏一顿军棍给你吃?"

"救人如救火,事急从权嘛!我这不是来搬救兵了吗?"

"救兵?"狄依依连连摇头,"这时候担心起军棍了?我可不会替你求情。"

"我何时指望过你?"狄钟对她不屑一顾,目光灼灼地看着云济。

狄依依只觉胸口一堵:"救兵……你是说他?"

"狄兄,咱们快走!雪柳姑娘刚生产不久,身子虚弱,大牢里的滋味,她可消受不得,孩子就更不能受这等苦了!"狄钟说得凄惨无比。

云济毫不推辞,干净利落地穿好了衣袍。

狄钟大喜过望,连连催促他二人出门,带着他们快步奔向雪柳所住的那条街巷。

狄依依神色疑惑，一边走一边轻声问云济："怎么回事？为何几天不见，六哥这么热心肠了？那女人毁了容貌，生了孩子，居然还为她奔波忙碌，难道是眼瞎了？"

云济摇摇头："狄兄是性情中人，并不因她身份低贱而心怀鄙视，也不因她容貌受损就敬而远之，这才是真正的怜香惜玉。"

两人说话声并不小，走在前面的狄钟听见了，顿时如遇知音，激动得回头："云教授果然深知我心！"

"你分明就是鬼迷心窍！"狄依依啐了一声。

几人穿过长长的窄巷，来到那座破落的小作坊门前。大门敞开着，里面传来一阵婴孩的啼哭，还夹杂着一个女子的凄声辩驳："官人，奴家刚生完孩子，几个月不曾出门。主人家犯了事，没听说要牵连奴婢的啊！"

"你恐怕不是简单的奴婢吧？生了主人家的孩子，怎么说也是有名分的姬妾了。听说你和胡家大娘子闹得很不愉快，被赶出家门后一直心怀不满，灯魁案说不定就是你指使人做的。案子虽还不曾调查清楚，但胡安国犯的事，胡家从上到下，一个都逃不了！"

"官人明鉴，奴家根本不知道胡家灯山的事啊！这孩子也不姓胡，是陈留高家的子嗣，和当今高太后一脉同宗！"

"少拿高太后吓唬人，你一个被退回来的婢女，还妄想攀附皇亲国戚？"

云济等人快步走进屋内，见一个健壮仆妇抱着个婴孩，一边拍一边摇，好不容易让他止住啼哭。

屋另一边，开封府来了六个人，领头的正是左军巡使王旭，在他面前的是个弱柳扶风的娉婷少妇，正是刚才说话的妇人。

"好个美人儿！"狄依依心头暗赞一声。自从潜入高家探案起，她便对雪柳好奇不已，虽不曾谋面，却神交已久。这妇人刚生完孩子，腰肢已恢复了纤细，身着一件直领对襟的褙子，即便又裹了一身冬衣，也丝毫不掩那窈窕身段。发髻梳得一丝不苟，半边脸罩着黑色面纱，另一边却白如凝脂，鼻儿秀，眼儿媚，带几分凄苦愁容，美得让人怜惜。

听见有人进门，王旭回头看了一眼，见是云济，急忙招手唤他过来。

云济将狄钟介绍给王旭，又指着雪柳道："义父，雪柳姑娘前不久刚生了孩子，和灯魁案不可能有干系。胡家大娘子对她有极大偏见，说的话并不能当真。"

"济儿说得是,我也觉得她与本案关系不大。"王旭对云济的话倒很是信服,转头对雪柳道,"既然济儿替你说话,你就留在此间,随时等候传唤。"

"多谢官人,多谢这位公子。"雪柳甚是感激,急忙对王旭和云济道了个福。

王旭又道:"你将面纱揭开了,本官也得认清楚了才是!"

雪柳却满脸为难,屈身拜道:"小女子这边脸被烫伤了,形貌丑陋可怖。是以不敢揭下面纱,以免冒犯到官人,还请见谅。"

王旭瞪大了眼:"冒犯到本官?你倒是揭开来看看,究竟是何等丑陋法,竟能冒犯到本官?"

雪柳竟跪倒在地,泫然欲泣道:"雪柳这半张脸实在见不得人……还望官人垂怜!"

狄依依是女儿家,见雪柳这般可怜模样,尤为感同身受,开口劝解道:"王巡使,何必非要看她的脸?男人都是以貌取人,看美人时是一种目光,看丑女时又是一种目光,比刀子还能刺痛人心!何必要强人所难呢?"

狄依依这番话,颇不顾及王旭的面子,听得云济眉头直皱。王旭倒是浑不在意,反倒连连回眸打量,分明一副相儿媳的表情。王旭浸淫官场数十年,见惯了能说会道的男男女女,这种心直口快的脾气,反倒让他暗暗赞许。

"多谢小娘子!"听狄依依帮她辩驳,雪柳满面感激。

狄钟急忙上前,将她扶了起来,毫不客气地替狄依依应道:"何须道谢?怜香惜玉,理所当然!"

王旭摇头道:"算了算了,是本官失礼。济儿,你再随我去一趟开封府衙。灯魁案和貔貅案都牵涉巨大,实在叫人焦头烂额。"

"是。"云济点头应了一声,一行人又随着王旭离开破落作坊。

半路上,狄依依询问道:"王巡使,你亲自来查雪柳,是受了胡家大娘子的怂恿?"

这话说得不中听,王旭倒是并不介怀,面不改色地摇头:"你猜错啦!让我们来查她的并非胡大娘子。灯魁案将整个胡家都卷进去了,胡安国一子一女,子未成年,女未出嫁,都被拘在开封府狱里。这案子若真要严判,雪柳这个美姬所生的儿子,就是胡家唯一的香火了。胡大娘子一反常态,对她百般维护,说她早就被赶出家门,和胡家没有关系。"

"竟是这样?"狄依依听得目瞪口呆。

王旭理所当然道:"这有甚好奇怪?她是胡小娘的母亲,能教出那样通情达理的女儿,又怎会是个庸俗不堪的妒妇呢?她再怎么厌恶雪柳,在大难临头的时候,还是最先想着为胡家留个独苗。"

"明知男人在外面藏女人,却还得千方百计替他保全,胡大娘子这也太委屈了。"狄依依颇不以为然,转念又问,"既然不是胡大娘子攀咬雪柳,那又是谁呢?"

"说来也怪,硬将雪柳扯进来的,正是胡安国本人。"

"胡安国?"这回不仅狄依依觉得莫名其妙,云济也是百思不得其解,"这是为何,胡安国昏了头吗?"

王旭摇了摇头,也是满面茫然。

几人说着话,转眼到了开封府衙,王旭命人将胡安国带来问话。

原本富甲一方的巨商,如今成了阶下囚。见到云济,胡安国脸上涌起一股热切的期望。他还没来得及说话,狄依依先气呼呼地质问:"胡员外!为何要把雪柳牵扯进来?"

胡安国面露尴尬:"狄九娘莫要生气,胡某这也是病急乱投医。如今胡某身陷囹圄,性命攸关,能想的办法都须想到。雪柳毕竟是从高家回来的,寿光侯是当今太后的堂兄,看在雪柳的脸面上,兴许能帮胡家一把。"

"雪柳的脸面?无稽之谈!"狄依依摇头笑道:"胡员外,雪柳能有甚脸面,可以请动高士毅帮忙?她容貌一毁,高士毅连见都不想见她,还厚着脸皮将她退回给你,怎么可能……我明白了,你是把那孩子当作雪柳的脸面了吧?告诉你吧,那孩子根本不是高士毅的。那是高家二衙内做的好事,是高家的耻辱。这事儿不提还罢,寿光侯还只当作不知道,若当真提了,就是在打他的脸!"

胡安国默然想了片刻,抬头道:"云教授,你们也知道,胡某曾派了人,跟踪你们到了陈留。所以高二衙内通奸父亲姬妾的事,胡某自然也清楚。但……雪柳毕竟不是寻常丫环,劳烦您给寿光侯带个信。就说寿光侯府发生的事,雪柳再想忘却,她那张被烫伤的脸,都会替她记住。请寿光侯看在雪柳的脸面上,帮胡家一把,他日胡某定会结草衔环相报!"

云济面上不露声色,心头却闪过一丝疑虑。胡安国商海浮沉数十年,历经多少大风大浪,他在命悬一线的危急时刻,必会费尽心机求生,想其他办法都来不及,怎会有时间去做这样毫无意义的事?

见云济不动神色,胡安国有些急切,抓住他的手晃了晃:"云教授,性命攸关,拜托了！"

看着他殷切的眼神，云济虽觉其中有什么蹊跷，但还是不忍拒绝，点头答应了下来。

自灯魁案发生后，开封府很快将相干嫌犯捉拿下狱。胡家大院被封，就连仆从和下人，也不许出宅门一步。

在狄依依的催促下，第二日天一亮，云济跟王旭讨了个便利，进入胡家宅院探望。

仅仅两日之隔，胡家已经光景大变。胡大娘子虽未被下狱，却被封禁在家宅里。往日俯首帖耳的下人，竟有一小半使唤不动了。云、狄二人寻到胡家大娘子时，她正在客堂六神无主地唉声叹气。

胡家往日高朋满座，如今一出事，无人敢来探望。云、狄二人登门，胡家大娘子甚是感动，连连道谢。倒有一名身材高大的修行者坐在客座，此人身穿灰色法衣，脚踩泛白芒鞋，正是被逐出安济坊的邱远。

"邱仙师？"

"云居士！"邱远略略颔首。他身材高大，云济身量已算高，尚且比他低半个头。

"邱仙师这几日一直在胡家吗？"

"受胡居士所托，下愚这几日在宝地借宿，为他化解貔貅刑之祸。"

"邱仙师，今日清晨时分，你可曾去过汴河边上？"

邱远一怔，摇头道："灯魁案案发之后，开封府便将胡家宅邸封了，下愚如何得出？"

云济对自己的记忆从不曾有过丝毫怀疑，邱远显然是在说谎，原本在他心里萦绕的一些事，瞬间有了答案。

"邱仙师，小生心中有一事不解。云某在陈留高家见过貔貅刑一事，终究不过是小人作祟罢了。胡员外也遭遇了貔貅刑，您是如何帮他化解的？"

邱远正色道："其实说来也不值一提，貔貅刑是上苍降罪于为富不仁者的刑罚，胡员外虽然大富大贵，却并非不仁之士。他平日里山珍海味吃得惯了，只要和百姓一般过一段贫苦日子，喝粗茶，吃淡饭，让上苍知道他与民同苦之心，貔貅刑自然能渐渐缓解。"

"上苍？降罪？这是佛家还是道家的说辞？"

"下愚修的是福道，佛经道藏无不涉及，只是心中唯信'行百善，积百福'，方能得妙谛。"

对他的话，云济一句都不信，但还是点了点头："多谢邱仙师点拨。"

云、狄二人正准备告辞，忽而听得有家丁来报："主母！小娘子和小公子回来啦！"

"当真？"胡家大娘子又惊又喜，迫不及待地奔出客堂，果然迎面见到被放回的胡惜雪和胡小胖。在大牢里待了两天时间，姐弟俩惊惧交加，见了母亲，泪水再也忍不住，母子三人抱头痛哭。

云、狄二人不愿打扰他们团聚，悄然出了胡家宅院的大门。狄依依满脸欣喜："还好惜雪没事，我正想着怎么搭救她呢！没想到开封府深明大义，看出他们姐弟俩跟此事没有半点关系。"

云济摇头道："深明大义？只怕并非如此。义父早就知道胡家姐弟无辜，也知道我和他们有旧交，但前两天绝口不提放人之事，这是为何？因为这案子上达天听，为表明重视，就连雪柳母子都险些被拿了去，胡家姐弟怎能轻易脱身？"

"那他俩怎的又被放回来了？"

"这案子远非义父所能做主，胡家姐弟被放回，显然是有人在背后出力相助，而且相助之人位高权重，连孙大尹都不得不卖个面子。只不过孙大尹和义父不对付，这里面的关节，是不会告知义父的。"

"看来胡安国能耐不小，暗中还有通天的关系，我真是白白替惜雪担心了。"

"问题就在这里，他若当真有这样的本事，又怎会惶惶不可终日，还想求助于寿光侯，拜托我帮他传信呢？可见胡家姐弟得脱囹圄，并非胡安国的筹谋，而是别人主动替他办的。"

"主动替他办的？谁会这么好心，向胡安国示好？"

"一个身陷囹圄之人，能有甚价值，让别人向他示好？"

"这……"狄依依聪慧过人，云济稍一点拨，她便茅塞顿开，"是了，不是示好，而是示威！"

"不错！"云济分析道，"胡安国肚子里不知还藏着多少事，他现在被关在开封府的大牢里，倘若嘴不严，吐露出什么，只怕有人脸上会难看得很。所以……将他一双儿女捞出来，是要他守口如瓶。灯魁案只是死了郭闻志，死胡安国一人就能偿命，只要他不乱说话，自有人保全他的子女亲眷。否则便是覆巢之下无完卵，整个胡家断子绝孙。"

狄依依蹙眉道："这背后究竟是什么人呢？他要让胡安国守口如瓶的又是什么秘密？要不我们去找王巡使问一问？"

"义父若知道，早就跟我直说了。幕后之人绝不会亲自出面，肯定七折八绕，让你摸不着头脑。"

"那怎么办？还要去陈留高家，替胡安国送信吗？"

"当然，既然胡安国将高家当作最后一根救命稻草，咱们就看看，这根稻草会不会拉他一把。"云济话头一转，"此事我让鲁千手去办，咱们还有别的事情要做。"

"什么事？"

"查邱远。"

"查他做什么？当务之急是救胡家脱离险境！"

"灯魁案不比寻常凶杀案，那是通了天、惊了御驾的。就算高士毅去找高太后求情，最多也只是让此案不要牵连太广而已。若查不出真凶，他胡安国的脑袋岂能在肩膀上待住？其他法子都是治标不治本的旁门左道，真正能够脱罪的办法，是找出真相，抓住真凶，并且证明和胡家无关。"

狄依依疑惑道："那为何要查邱远？"

"此人身上疑点重重，他牵涉高家和胡家两宗貔貅刑案，显然有所图谋。"

被他这么一点拨，狄依依也琢磨起来，忍不住问："你是说……貔貅刑跟邱远有关。"

"何止是有关，我怀疑他就是幕后祸首。"云济道，"就像高士毅的怪病是他儿子下的手一样，胡安国中了貔貅刑，肯定也是他亲近之人下的手。"

"谁？"

"我如何知道？胡安国肯定比我们清楚。"

狄依依顿时瞪大了眼睛："他比我们清楚？"

"胡安国商贾出身，却挣下这么大的家业，若没有几分本事，早就被权贵吃干抹尽了。别看他一碰到事便求助于人，其实他全身十万八千个毛孔，每个毛孔里都长着心眼儿！咱们去高家破解貔貅刑案的时候，他不是派人跟踪了吗？貔貅刑是怎么回事，他必然已经清楚。"

"倒也是，以他的精明，还能找不出坑害他的人？"胡安国城府深沉，处事圆滑，狄依依向来不喜欢，不屑道，"不过他再怎么精明，印制《周礼义》的时候，还不是被我耍得团团乱转？"

"那是因为再精明的人，也揣摩不准疯子的想法。"

"三杯倒！你骂谁是疯子？"狄依依俏脸一摆，云济连忙噤声不语。狄依依从腰间拿出酒囊晃了晃，抱怨道，"惜雪家原是酒商，藏得无数好酒。本以为这次来探望胡家，胡大娘子会用好酒招待呢。"

"胡家都摇摇欲坠了，你居然还惦记他们家的酒。"

狄依依却丝毫没有不好意思，把话题又转了回来："可是咱们现在十万火急的是灯魁案。就算邱远跟貔狖刑有关系，也不是当务之急吧？"

云济摇了摇头："在我看来，灯魁案也少不了跟他有关。"

"为什么？"

"昨天早上，咱们是在汴河上追到了灯笼黄，并在船上和河面上找到大量盐钞。当时我往汴河两岸看了一眼，曾见到邱远的背影，还跟你说过呢。"

"你不会看错了吧？邱远这几日一直在胡家借宿。上元节夜里灯魁案一发，开封府就派人封了胡家大门，任何人不得随意出入，邱远怎么会在汴河岸上？你记性是好，可眼睛未必好。当时岸上人那么多，离得远的人看着只有酒杯大小，你怎能一眼就认出那是邱远呢？"

狄依依这句话问完，就见云济怔怔呆在那里。他伸出筷子夹着一颗豆子，却不夹回去。

"你怎么了？"

云济忽然惊醒，神情激动："你方才说什么，再说一遍！"

"我说你眼睛未必有记性那么好，当时岸上人多，又离得远，你未必看得清……"

"不对不对，你刚才说的是'岸上人那么多，离得远的人看着只有酒杯大小'。"

"有什么不对吗？"狄依依一脸莫名其妙。

"不是不对，是太对了！"云济满脸兴奋，"《列御寇》中有一篇文章，说孔子东游时，遇两小儿辩日。其中一小儿说：'日初出大如车盖，及日中则如盘盂，此不为远者小而近者大乎？'这话很有道理。就像你方才所说，人离得远了，看着就和酒杯一样大。"

"远者小而近者大……这有什么好大惊小怪的？"狄依依不以为然地端起酒杯，一饮而尽。

"这让我想明白了一件事。且不说它，当时邱远虽然隔得远，但我绝未看错。邱远身材高大，身披灰色法衣，身形很好辨认。"

"那就是说……邱远说谎了？"

"嗯。灯笼黄被抓起来也有一天了，咱们去开封府看看。"

用过午饭后，两人来到开封府衙。王旭满脸疲惫，双眸中布满血丝，眼圈烟熏了一般，嘴角还起了个大燎泡。他见到云济，有气无力地点了点头。

云济开门见山："义父，审过灯笼黄了吧，可曾问出些什么？"

王旭一脸苦笑，原来灯笼黄被带回来之后，拒不承认是自己在胡家的灯山上做了手脚。他推说那五谷灯山都是徒弟们造的，他自己从头到尾没动过手，只在最后一日为胡安国当众演示过。跟灯笼黄学手艺的徒弟不少，都被王旭派人拘来盘问。几个徒弟都是一起做工，相互证明不曾动过手脚，倒是异口同声地指认一个名唤"灯芯儿"的戏子。

灯芯儿是个男生女相的白净汉子，自幼在一个戏班里厮混。他学得一身造灯的手艺，和另一个名唤"皮影儿"的一起耍皮影为生。

灯笼黄年过半百，名气越来越大，人也懒了起来，整日流连勾栏瓦舍。他自看了灯芯儿的皮影戏，就此迷上了灯芯儿，使了不知多少钱财，一门心思要跟灯芯儿亲近。

按照黄家门徒的下流话，灯芯儿生来一副好皮囊，天生是做娈童的料。灯笼黄一门心思要把灯芯儿弄进被窝，才将自家祖传的造灯秘技露给了他。

灯笼黄造灯的技艺是家传渊源，绝非灯芯儿这等野路子可比。这几年来得了灯笼黄的传授，灯芯儿的本事迅速精进，远超灯笼黄的门徒。前不久，门徒们费尽功夫，将胡家的灯山造成，灯笼黄献宝一般请了灯芯儿来看。古有周幽王烽火戏诸侯，他是"灯火戏诸徒"。

黄家众门徒对灯芯儿甚是厌恶，见灯笼黄为博蓝颜一笑，甚至要求他们将已经装好的"万焰花烛"拆下来给灯芯儿把玩。他们自是懒得理会，让灯芯儿自己去五谷灯山里去拆。

灯芯儿对这座五谷灯山格外感兴趣，每个安置蜡烛的烛台都要亲自看过，对于里面专设的万焰花烛，更是爱不释手。

了解了来龙去脉，狄依依道："也就是说，那灯芯儿单独接触过那座五谷灯山，很有可能做了手脚？那你赶紧派人将他捉回来啊！"

"不用捉了，他已经被皇城司押走了。"

"皇城司？皇城司竟公然跟开封府抢人？"

王旭摇头道："昨日我们也想抓灯芯儿，没想到他和拐卖王家小衙内的那个驼子，就在同一个戏班里。皇城司捉了那驼子后追问同党，戏班里的其他人自然不能放过。"

"他竟然还牵扯在小衙内拐卖案中？"云、狄二人对视一眼，震惊不已。

审问过灯笼黄之后，王旭查了灯芯儿的老底，发现他所在的戏班，就在大相国寺南侧短巷的瓦舍里，正是上次搜查的云机园。

云机园戏班现有五人，班主是个玩木偶的中年汉子，约莫四十来岁，擅做各种机关，唤作"鬼手儿"；班主有个儿子，生来五短身材，十多岁还只有七八岁孩童高矮，也学了一手木偶戏，唤作"木娃儿"；有个变戏法的驼子，在象灯小屋拐了小衙内，唤作"丑驼儿"；玩皮影的惫懒汉子，唤作"皮影儿"；还有就是"灯芯儿"，耍得一手好灯，皮影戏也好，木偶戏也罢，都需要他来帮忙。

上次在云机园的时候，只抓住了三人，班主鬼手儿和他儿子木娃儿不知是不是得了风声，已经逃得不知去向。

狄依依拍着腰间的酒囊道："看来这戏班子虽小，还都是能人呢！以他们的本事，在勾栏瓦舍也能轻易挣来钱，为何要顶风作案，而且拐的还是资政殿学士家的小衙内？这不是寻死吗？"

云济倒是不以为意。天下之大，无奇不有，很多人有堂堂正正的本事，却总爱走歪门邪道的路子，算不上匪夷所思。

"不过……"王旭道，"说来倒还有件趣事。我们去查那云机园的时候，曾跟附近的人打听过。这戏班子两年前原是六个人，还有个唤作'巧舌儿'的，能模仿飞禽走兽的叫声，能学人说话的腔调，不仅口技十分了得，还擅长用锣鼓器械制造各种声音，模拟风声、雨声、雷声……学什么像什么。"

"那当真是厉害！不过这巧舌儿既然已不在戏班子里，小衙内的案子应该和他无关吧？"

王旭点了点头："我打听过，两年前这巧舌儿在延丰仓寻了个差事，去当晒谷子的庾吏了。"

云济打断他道："难道是徐老三？"

"什么徐老三？"

云济将徐老三一人战群犬的奇事道出："……当真是惟妙惟肖，怕不正是原来那个巧舌儿？"

"这我倒没有细查。"王旭也甚是惊奇，口技能到如此出神入化的程度，绝非一般人能够做到。

云济转过话头道："皇城司有查出来什么吗？"

"皇城司乃是天子近卫，监察百官，探查民情。从来只有皇城司找开封府探查实情，还从没有开封府找皇城司瞎打听的！"

见他一脸苦笑，云济顿时明白过来。皇城司掌宫城出入之禁令，是天子耳目、皇家密探。即便为了探案，找皇城司问东问西，也是犯忌讳的。

狄依依脱口而出："这是什么话？皇城司有什么好怕的，难道涉及他们，这案子就不办了吗？"

王旭面上闪过一丝惭愧神色："狄九娘说得是，王某这便亲自去一趟。"

云济伸手阻拦："义父稍候，小侄想跟灯笼黄询问两件事情。"

王旭当即着人将灯笼黄叫了出来。灯笼黄身材略有发福，年纪不到半百，额头上皱纹却已极深，满脸惶恐和憔悴。

见到王旭，灯笼黄痛哭流涕地跪倒在地："船上尸首的事，小人实在不知情啊！小人连只鸡都不敢杀，怎么敢杀人呢？"

云济问道："昨日你在汴河里被抓，说是被人给打晕放到船上的？"

"没错！小人所说句句是实啊！"

"打晕你的是谁？"

"也许……是个乞丐。"

"也许？"

"小人没看清楚那厮的相貌。昨日天还没亮，就有人敲门。几个徒弟睡得跟死猪一样，小人无人使唤，只好自己去开。没想到是一个乞丐上门乞讨，开口竟要五十贯钱。小人只当他是个疯子，想将他推出门外，回去继续睡觉。谁知那厮伸腿将小人绊倒，小人只觉后脑一痛，顿时人事不省。再醒来时已经在那艘船上，旁边躺着一具无头尸体。小人被吓得魂飞魄散，根本不敢在船上待，这才不顾寒冷跳入水中，想要往岸上爬。"

云济问："乞丐的相貌未看清，身材总看到了吧，是不是个子很高？"

灯笼黄连连点头："不错，高得很，跟您差不多！"

"跟我差不多？"云济不由愕然。

邱远身材高大，异于常人，比他还高出半个头，按照灯笼黄所说，那便不是邱远。

在高家破貔貅刑案的时候，高家父子曾提到一个乞丐，别号"贼乞儿"。郭闻志送墨玉貔貅给胡安国，也是受了一个乞丐的蛊惑。他们说的那个乞丐，应是同一个人。只是……

云济喃喃自语道："邱远和那乞丐，又有什么关系呢？这几件事都有他们在其中搅和，只是邱远在明面上，那个不曾谋面的乞丐在暗地里。若是这两人有关联，整个案子便能一举贯通了。"

狄依依兴奋道："他们若是一伙的，肯定还会联系。咱们只需盯着邱远，守株待兔，自然能抓到那贼乞儿。"

王旭拍着胸脯道："我安排人去办。"

"还有一事。"云济盯着灯笼黄问道，"你们所说的万焰花烛是什么物事？"

灯笼黄点头哈腰道："回官人，那是小人去年鼓捣出来的小玩意，是一种羊角灯，不过结构特殊，能将万道焰火的光凝成一道，配上特制的石蜡，发出的灯光尤为夺目。"

"这万焰花烛么，胡家那座五谷灯山里就有，我让人拆下来了。"王旭派人将万焰花烛拿了过来。这灯盏并不大，烛台是一面半球形铜碗，碗底光滑如镜，底部穿出一根细长钢针，外罩一层透光的羊角灯罩。

灯笼黄解释道："这针是用来穿石蜡的，万焰花烛有专用的石蜡，小人藏在自家地窖里。"

"来人，把搜来的石蜡装上。"王旭招了招手，有衙役拿来一根粗短的石蜡，插在万焰花烛的烛台钢针上。

随后，又一名衙役掏出火折子，将石蜡点着。灯芯冒出细长明亮的火焰，竟如烟火盛放，火光被光滑如镜的球形铜碗聚拢，生出一道光柱，直直射出数丈远，在墙壁上投下明晃晃的光斑。

云济伸手将灯罩罩在铜碗上，墙壁上便映出一个"谷"字。

原来那羊角灯罩上，写着一个漆黑如墨的"谷"字。万焰花烛的光柱被这个字遮挡，才在墙上留下"谷"字暗影。云济顿时忆起，上元节那日，胡家的灯山摆在宣德门下时，突然光芒大放，投射出四道光柱，在城楼的墙壁上映出"五谷丰登"四字，十分惹人注目，想必正是这万焰花烛的功劳。

"原来如此，你这万焰花烛，是将一面铜镜做成碗形，因而能聚拢火光。这并非寻常石蜡吧？竟能在白日里投射光柱，家师也曾造出一些石蜡，比寻常白蜡明亮许多，但也没这般光亮。"

云济问的乃是黄家制造灯盏的秘法，这本是灯笼黄的看家绝技，对徒弟们尚且藏私，但此时性命攸关，灯笼黄不敢有丝毫隐瞒："这确实不是普通石蜡，而是在石蜡之中，填充了一些制作烟花的特殊火药。经过黄家两代人不断摸索，才造出这样几根。不过这种石蜡比烟火还贵，而且只能烧一盏茶的时间。"

"足够了。"云济点点头。

"什么足够了？"狄依依问道。

"很多彩戏幻术，都是光的把戏。这万焰花烛确实是个宝贝，毕竟要在众人面前耍彩戏，根本用不了一盏茶的时间。"云济展颜一笑，"我心中还有两个疑团，咱们先去找灯芯儿问问。"

第十五章
犯案元凶

童贯在上元节灯会时好生露了一把脸，赵顼对他颇有好感。勾当皇城司公事的大貂珰石得一立马表露出亲近，提他当皇城司干当官。

对于云济这位"救急教授"，童贯也甚是心服。灯芯儿等一众人犯是皇城司的另一名干当官拿走的，但童贯身上有协助开封府查探灯魁案的差事，当云济和王旭联袂来访时，童贯立马应承下来，带他们去寻灯芯儿等一帮人。

皇城司名义上并无常设的牢狱，只有一处用于临时关押人犯的牢房，真正审案还是要移交开封府或大理寺。

但见到被关押起来的丑驼儿等人时，众人不由得都愣了。

这三人显然受过严刑。丑驼儿瘫软在地上，嘴角还留着干涸的血迹，只一个劲儿叫着："冤枉，冤枉啊！"旁边另有两人抱在一起，一个肤白如玉，男生女相，一个相貌猥琐，一脸胡茬。两人目光呆滞，手足浮肿，口中含着白沫，衣服上沾满秽物，明显是控制不住屎尿弄脏了衣裤，一股恶臭迎面而来。皇城司的逻卒大声呼唤，这两人竟是痴傻了一般，一点儿反应都没有。

"怎么回事？"童贯看出不对，让人打开牢门，将这三人拖出来，并召大夫查看。大夫好生检查了一番，道："不中用啦，驼子伤了脊椎，下身瘫了。至于这两人……他们受了拷打，又不知吃了什么，已经傻了。"

"来人！他们吃了什么？"童贯招来看守人犯的逻卒，厉声喝问。

"没……他们没吃什么啊，就昨日吃剩的冷馒头，丢了三个给他们。"

"馒头？什么馅儿的，还有吗？"

那逻卒连连摇头："就是街上买来的白菜馒头，绝无半点问题！那都是我们吃剩下的，被他们吃了个精光。"

童贯心有不甘，但灯芯儿和皮影儿已经痴呆，丑驼儿只会叫冤，什么也问不出来。

"只怕早在被抓之前，他们已经中了毒。"云济问道，"你们先前盘问时，可曾问出什么来？"

"这丑驼儿领子上有王资政家小衙内扎的彩线，根本无从抵赖。但他嘴硬得很，拒不承认拐带了小衙内。至于灯芯儿和皮影儿，上元节夜里不知去了哪里厮混，一直没有回戏班。我们往戏班的瓦舍那里派了人，昨天午时左右，他们醉醺醺地回到瓦舍，来了个自投罗网。"

"他们平日都住在那瓦舍小院里？"

"嗯，戏班子虽然出去跑活，但还是在那小院常住。对了，灯芯儿时不时会去羊角灯短巷留宿一晚。"

"这两人可曾说过其他事？"

"倒也没有，被我们抓住的时候，这两人明显惊慌失措，一副做贼心虚的模样。可问到拐卖小衙内的事，他们又说全然不知。挨了一顿痛打，还是不肯老实交代。"

线索到了这里，已然全部断绝。云济眉头紧皱，只觉自己好不容易拨开了迷雾，依稀看见了亮光，却又被遮住了眼睛。

从皇城司牢房出来，狄依依一脸失望："现在可怎么办？线索又断了！"

云济若有所思："倒也不是毫无所获，灯芯儿和皮影儿在被抓的时候惊慌失措，显然有案子在身。"

"怎么说？灯魁案是他们做的？"

云济摇头："不，灯魁案不一定和他们有关系。不过延丰仓的案子，却必定是他们所为。"

"延丰仓的案子？你是说貔貅夺粮的怪事？跟他们有什么干系？"

"现在只差一步，就能捉住那只从天而降的巨兽貔貅了。"

"故作神秘！"见他言语含糊，狄依依哼了一声，便暗暗咬牙，心下宽慰自己：莫急莫急，他就这个性子，老把想法憋在心里。"君子生非异也，善假于物也"，要破案子，还是得仰仗他。为帅者调兵遣将，最忌操之过急，只要能人尽其用，大可放手让他施展。

云济见她胸口缓缓起伏，似在吐纳练气，催促道："走。"

"走？去哪儿？"

"我们去布下天罗地网，捉拿那只犯案凶兽！"

从皇城司出来，已近黄昏。狄依依以为云济要带她去司天监，去寻一些捉拿凶兽的法器。谁知云济带她到了沈括家，在沈家吃了一顿晚饭。

沈括肩负寻粮压力，这两日接连拜访数十家豪门大户，劝他们借粮给常平司，和东京城的百姓共度时艰。然而他踩遍东京城最尊贵的数十道门槛，却碰了数不清的软钉子，一户户钟鸣鼎食之家，拿出的粮食比不拿还要羞辱人。沈括只觉自己像个乞者，还得看这帮人的眼色，仿佛在等他们施舍一般。

然而满腔的羞愤，在回家的中途烟消云散——因为他碰到了一群真正的乞者。

街上不知何时多了不少乞户，不论老少，均是衣着破烂，面黄肌瘦。有两个七八岁的小乞儿，见沈括衣衫华贵，伸出生满冻疮的小手，围到他身前，怯生生也不说话，只巴巴地望着他。

沈括不由面露尴尬，他本没有随身带钱的习惯，而身边随从刚刚被打发出去，竟一时拿不出钱来。他还没说话，便有个十二三岁的精瘦少年，瘸着腿匆匆赶来，向他连连致歉，将两名小乞儿拉了就走。

沈括神色一动，鬼使神差般跟在他们身后，只听瘸腿少年对两名乞儿道："刚才那人虽穿便服，但脚踏的是官靴，团头早就嘱咐，'乞钱莫乞官人钱，讨粮莫讨贵族粮'，钱越多越吝啬，官越大心越狠。顺他气时还好，碰到气不顺时，乞不得钱是小事，治得你丢了小命都是等闲！"

从去岁年底到现在，短短一个月，城中乞丐已然倍增，那两名拦住沈括的孩子，显然还是此中新手，多半是这个月陡然沦落成了乞丐。

"枉我当官这许多年。早知乞行有这等规矩，我还眼巴巴跑去那些达官贵胄家借粮作甚？"眼下沈括说起此事，师徒两人均是感慨良多。

狄依依觉得他们矫情，若放在平日，早就大肆点评一番了，不过她正喝着沈括珍藏的美酒，不宜直言挤对。饭后，云济找沈括夫妇谈话，狄依依逗弄着张氏新聘的两只狸奴，时不时偷偷看云济一眼。不知他说了些什么，逗得张氏连连发笑。

就连摊上大事的沈括，也一改愁眉苦脸。

云济拜别了沈括夫妇，和狄依依径直回了家，当夜好生休息了一晚。第二日天一亮，云济就催着她出门，说要去捉凶兽。

"这是延丰仓仓监刘轶的宅邸吧？你不是说要捉那只犯案的凶兽吗，我们来这里做什么？"狄依依跟门子打听了这户人家的来头，眼睛一亮，"难道凶兽竟潜藏在这里？咱们快进去。"

"急什么？你有本事捉凶兽吗？得等能捉凶兽的天师到了才行！"

"天师？你何时请了天师？"

"天师还真是说到便到！"云济指向狄依依身后，"师娘，您来得真及时。"

狄依依转身一看，沈括夫人张氏领着一名养娘，款款来到刘家门前。张氏斥责云济道："你这孩子，怎能让人家姑娘陪你候在门外受冷？咱们快快进去！"

云济连连叫冤，狄依依却是心中惊奇：沈制诰学究天人，却十分畏惧他这位夫人，难不成她真是神通广大的天师？三杯倒昨日去沈家吃饭，是去请她来捉妖的？他倒惯会虚张声势，想必又有什么妙想奇思，憋在心里不说，却来跟我卖关子。

在狄依依浮想联翩时，张氏敲响了刘家的门。她显然是这里的常客，刘家的门子立马去通报主人，一名家丁将他们领进客堂，刘二娘子急忙出来相迎："今儿一大早就听见喜鹊叫，我心里正在嘀咕有什么喜事，姐姐你就登门啦！"

"就你嘴甜！"张氏在刘二娘子面前，甚是从容矜持，"我来也没什么事，就是狄九娘想要聘请你家的黑将军，做一回送子观音，给她家的狸奴配种，生两只威风凛凛的猫崽儿。"

张氏说得并不复杂，可狄依依听得一脸发蒙——她家养的猫儿还在秦凤路军营呢，而且都是公猫，啥时候要请黑将军去配种了？

刘二娘子咯咯笑了起来，丝毫不觉意外："早说呀，黑将军虽然威风，却是最不听话的猫儿。若提前吩咐还好，我一定早早将它找回来；若临时来寻，可不一定找得到它呢！快请跟我来。"

刘家的宅邸和沈括家相邻，占地并不大，位置却是极佳。刘二娘子带着张氏等人穿过回廊，从刘宅的后门出去。隔了一条小巷，有一户小院，上面挂着个牌子，写着两个隽永俊秀的隶字：狸园。

刘二娘子招了招手，带着几人推门而入。

狄依依一进门，顿时瞪大了眼睛。

原来这狸园里搭建了诸多精巧木架，十多只猫儿攀上爬下，正在木架间玩闹嬉戏。白色的狮猫、灰色的狸猫、黑白的花猫……各种花色应有尽有。好多猫儿都穿着精心缝制的小衣服，架子上摆放着火盆，正烧着上好的煤，为猫儿们取暖。有两个仆从正在收拾猫舍，照顾得比寻常人家的孩子还要精细。

猫儿们见有人进来，有的浑不在意，只顾自己玩闹；有的瞥了一眼，继续懒洋洋趴在火炉旁打盹儿。唯独角落里趴着的四只狗儿，顿时撒欢奔了过来，围在刘二娘子脚边，一个劲地叫着。

狄依依看得眼花缭乱，喃喃说道："好家伙，穿的是上好的锦衣，吃的是新鲜的鱼子，喝的是温热的鲜奶……这猫儿狗儿活得也太舒坦了，如果还有喝不完的美酒，简直就是神仙过的日子！"

"哪里哪里，为了供养这些小祖宗，奴家全家都得省吃俭用呢！"刘二娘子连连摆手，"可惜了，黑将军也不知去了何处。不瞒你们说，我这里养着二十多只猫儿，黑将军最是神出鬼没，有时候连我也不知它去了哪里。"

云济眉头微皱："黑将军在延丰仓无人不知，可此处距离延丰仓有十里路，它会跑那么远吗？"

刘二娘子想了想道："两年前，延丰仓闹鼠患，外子将黑将军带去除鼠，黑将军曾在那边待了半年。后来外子又将它带回来，但它自己还会偶尔溜出去，或者随着外子去那边待一段日子。"

"上元节那天呢？"

"上元节……"刘二娘子一愣，摇头道，"奴家这儿养着几十只狸奴，怎记得每一只的行踪？"

张氏和狄依依均是一脸古怪地看着云济，难道这几日查案子查得魔怔了，居然盘问起一只猫的行踪来。云济打个哈哈敷衍过去，招呼了狄依依，去逗弄木架上的猫儿。

敲门声忽然响起，一名仆从将来客请了进来，却是延丰仓的庚吏徐老三。他脸上赫然有三道血痕，又是焦急又是抱歉地道："二奶奶，小人无能，昨日本想将黑将军带回来。谁知它反身挠了小人一爪，不知跑去了哪里，它可曾回来过？"

刘二娘子一怔，转头向院内看了一眼，轻声道："黑将军到处跑惯了的，没事儿。"

"二奶奶，小人不是怕它跑丢，是它身上的穿戴还没卸下来……"徐老三说到一半,突然看见木架后的云济和狄依依,不由得一怔,"云教授,您也在这里?"

"狄九娘听说刘二娘子家养了许多猫儿,硬拉着我过来看看。"云济淡然一笑。

狄依依先是一愣,继而肚里暗骂:"这厮又打着本姑娘的旗号骗人。"

云济放下正在逗弄的猫儿,又问了一句:"黑将军走丢了吗?要不要我们帮你一起找找?"

"不用不用!"徐老三连忙道,"有劳云教授挂怀,黑将军经常跑不见影儿,但终归还是会回狸园的。"

在狸园没待多久,云济便起身告辞。

刚到家门口,正碰上郑侠手提一只布袋赶过来,兴冲冲地道:"知白,延丰仓凶兽夺粮的事有大蹊跷!你猜这袋子里是什么?"

"不会是只猫儿吧?"云济见他手里的袋子动来动去,显然是个活物。

"你怎么知道?"郑侠顿时瞪大了眼睛。

云济见他衣衫单薄,鼻子冻得通红,慌忙将他迎进门。一边吩咐老仆将屋里的火盆烧得旺一些,一边催促郑侠:"介夫兄,快打开袋子看看。"

"小心些,它凶得很!"郑侠手背上赫然有一道抓痕。

他小心翼翼拆开袋子口,云济和狄依依往袋子里看去。一只黑乎乎的猫儿蜷在里面,两只眼睛凶光凛冽,恶狠狠地瞪着他俩,竟是满眼杀气。

"黑将军?介夫兄,这是怎么回事?"

郑侠当即解释了一遍。他向来关心国家大事,发生了貔貅夺粮的奇事后,一直忧心忡忡,整日心不在焉。一连两日,都在反复思索延丰仓发生的事情,昨夜心绪起伏,无法安睡,天还没亮便去延丰仓打听情况。

延丰仓上上下下都垂头丧气,还得忙着收拾一片狼藉的诸多仓廪。他见徐老三脸上带着血痕,奇怪地问了一句。徐老三苦笑着说是被猫儿抓伤了脸,敷衍了他两句,神不守舍地匆匆出了门。

见延丰仓丢失的粮食没有半点消息,郑侠大失所望。离开延丰仓没多远,碰上个贩鸟的小经济。他家养着各色雀儿,这两日没有看顾好,竟不知被什么畜生咬死了大半。小经济又是心痛,又是愤恨,花了一天工夫,好不容易设陷阱捉到了那祸害鸟儿的"野兽",居然是只穿着鳞甲小衣的黑猫。

那黑猫被渔网罩着,依旧张牙舞爪,凶相毕露。小经济抄来一根木棒,正准备乱棒打死。郑侠在旁边看见，急忙拦住小经济，掏钱将黑猫买下，用袋子装了，急匆匆来寻云济。

"知白，我见了这只猫儿，又看见它身上鱼鳞编制的甲胄，愈发觉得那日延丰仓的事情有古怪。只是很多事情想不通，特地来跟你请教。"

"不敢当，小弟也有所发现，正好咱们相互验证一番。"

两个人谈及延丰仓的奇事，你一言，我一语，越说越是投机。郑侠有许多疑惑，云济稍作解释，他顿时豁然开朗，全然明白过来。

等两人说完，相视苦笑。郑侠长叹一声，猛拍大腿："若是蝇头小利也就罢了，延丰仓存粮牵动着整个京师的安危，你我既然知道了其中蹊跷，身为孔门弟子，怎能坐视不管，无动于衷？"

郑侠脸上的表情越来越严肃郑重。云济看在眼里，轻咳一声："此事干系甚大，牵涉太多，还需从长计议。"

"我们读书学文，所为何来？希文公有言：'先天下之忧而忧，后天下之乐而乐。'我是一刻都不敢忘怀。眼见旱情难遏，百万黎民在水深火热之中，若不能为民请命，郑侠枉为儒门传人！"

"介夫兄的品行，小弟向来十分钦佩。只是这桩奇案疑点重重，还有关节没有打通，不能轻举妄动。"云济道，"快到午时了，介夫兄稍候，小弟先去安排午饭。"

他安抚了郑侠两句，出门寻老仆做饭。等他回来时，郑侠已不知所踪，只剩下狄依依在客堂。

"介夫呢？"云济愕然道。

"那监门的官儿吗？他倒是心忧天下，刚才越想越气，提着那猫儿就走了。说是……说是要揭发貔狔夺粮案背后的阴谋。"

"这怎么能成？"

狄依依一脸奇怪："怎么不能成？按照刚才的推测，延丰仓本就是监守自盗。你那朋友虽然位低职卑，却正义凛然。他这脾性才合我胃口，一旦认准了，捅破天也要登高一呼，哪像你这般瞻前顾后，畏畏缩缩的！"

听她冷嘲热讽，云济倒也不生气，忧心忡忡道："介夫兄一腔正气，为黎民百姓毫不顾惜自己的安危，这是我佩服他之处。但他行事莽撞，容易冲动……唉，这事……走走走！咱们去看看！"

也顾不上吃午饭，云济和狄依依直奔延丰仓，却没有寻到郑侠。云济转念道："不会吧，他去了开封府？御史台？还是三司？"

延丰仓这件奇案，不仅开封府要派人查，负责纠察百官、监管诸司的御史台也不能不参与，总揽全国财务的三司更要紧盯着。加上此时提举常平司的刘煜身患重病，短期内无法处理公务，只得让沈括主持放粮之事。论及沈括本身的差遣和职位，都远比常平司主官更加显赫。

因此，和这件案子直接相关的衙门和大员，有开封府、御史台、三司以及暂时主持放粮的沈括。

云济刚到沈括府上，还没来得及说话，开封府便派人来请沈括。说是有人举报延丰仓欺上瞒下，私吞存粮，请沈括前往开封府了解案情。

这几日来，沈括一直忧心忡忡。他听到这个消息，连做好的饭菜都来不及吃，小心翼翼跟张氏告了个罪，仪仗随从尽数不带，匆忙上了路。

未时三刻，开封府官宦云集。权知开封府的孙永亲自审案，有"计相"之称的三司使在旁列坐，沈括作为诸仓放粮的主事人，自然也少不了。鲁深、张扶老等三部勾院的专勾官也悉数到场。延丰仓自仓监刘轶以下，共有七名官员到场，徐老三等几个庾吏也被传召了过来。

府衙大堂人满为患，饶是狄依依见惯了沙场点将的阵仗，也不由暗自咂舌。

正月的寒风里，郑侠站得如旗杆一般笔直。一袭青色官袍，头顶戴幞头，腰间束玉带，虽然里面衬了内衫，但依旧略显单薄，脸颊冻得发红。

"郑门监，现在薛计相、沈制诰均已亲自前来。延丰仓诸位官员、庾吏也都传召上庭。你检举延丰仓诸官欺上瞒下、私吞百万石存粮之事，还请当着众人的面，再说一遍。"

随着开封权知府孙永这一句话说出口，整个大堂一片骚动。延丰仓仓监刘轶终于按捺不住，开口道："孙大尹，下官是否听错了，延丰仓诸官私吞百万石存粮？这怎么可能？郑门监，这可容不得信口开河！"

随着刘轶的话音沉沉落地，一道道目光射向郑侠。

郑侠一丝不苟地整了整衣冠，直视"清正廉明"匾额下，那一整面墙壁的碧海青天图——数不清的浪涛澎湃，似是要从画中汹涌而出，沉甸甸压向他所站的位置。

然而，他对面前的压力浑然不觉，振声道："孙大尹，下官位卑职低，但从不敢有片刻忘了京中百姓。在事关百万百姓活命之粮的大事上，岂敢信口雌黄？"

"好！"孙永沉声道，"你且说来，给诸位官人一并听听。"

"正月十六日凌晨，天还未亮，延丰仓诸仓廪间突然传来猛兽嘶吼声。声如雷鸣，音如虎啸，沈制诰和几位专勾官也都听到了。"

众人目光投向沈括等人。鲁深急躁道："没错，我们当时住在衙署后院，远远看见那边一排松柏剧烈抖动，仿佛被攻城锤撞到了一般。一个巨兽的影子从巨树间一闪而过，落在一座仓廪上。然后听见'咔嚓'一声巨响，那巨兽一头钻入那座仓廪里。"

"哪有什么凶兽？只不过是一出戏罢了！"

"戏？什么戏？"鲁深一脸茫然。

郑侠盯着人群中道："延丰仓庾吏徐老三！大相国寺南边有个叫'云机园'的戏班子，班子里有个精擅口技的巧舌儿，你可识得？"

"这……回郑门监，您说的那个巧舌儿，正是小人。"徐老三不敢抵赖，点头哈腰道，"两年前，小人帮延丰仓刘监正找回了一只猫儿。刘监正看小人办事伶俐，延丰仓又正缺干活的，就安排小人去看守仓廪，打理粮食。"

郑侠道："沈制诰、鲁专勾，那日凌晨，你们听到的怪声不是巨兽嘶吼，而是这位巧舌儿故技重施，操练起了当年唱戏的本事，用锣鼓器械造出来的声响。"

"冤枉啊！郑门监，您又不曾亲见，怎能胡乱推测？小人做的虽是低贱之事，却不是坑蒙拐骗啊！"徐老三当众跪倒在地，满脸委屈。说到后来，话语中已带着哭音。

"郑门监，延丰仓的案子事关重大，怎能全凭臆测妄下结论？"刘轶满脸不悦，"声音可以伪造，但那巨兽是沈制诰亲眼所见，难道也能是假的不成？"

面对刘轶的责问，郑侠面不改色："错了！刘监正你说错了！"

"哪里错了？"

"刘监正混淆了一件事，沈制诰和诸位官人亲眼所见的，不是凶兽，而是兽影！"郑侠义正词严地驳斥，又转头对着鲁深道，"鲁专勾，你看见仓廪边大树晃动，地面震颤，那不过是有人事先用绳子将树冠拉弯，然后依次断开绳索。从远处看去，一排排松柏从南向北，一株接着一株无风而颤，再加上吓人的吼声、巨兽的影子，你们自然会以为，有一头巨兽穿过树丛，撞得大树'哗哗'作响。"

鲁深道："可我们当时去看过，松柏树枝掉落了一地，还有不少折断的枝丫。"

"这再简单不过，事先准备好就是了。你若细心查看，自会发现那些折断的枝丫断口整齐，犹如刀切——这是因为古木枝丫特别粗大，靠人力无法折断，只能先锯开一半，再拉扯断裂。"

"那脚印呢？五六尺长的脚印，足有六七十个！事情发生之前，洒家还曾去仓廪边晨练，那时还没有这些脚印。不过洒家回廨署洗漱的工夫，就突然出现，这绝非人力可为。"

"鲁专勾，你又错了，那些脚印是早就挖好的。"

"不可能！那日凌晨洒家绕着十二座仓廪跑了一圈，就算当时天色昏暗，也看得出没有脚印。"

"正月十六日案发之后，不知你是否注意到，在那些仓廪外面，立着一些毫不起眼的草席。"

鲁深一脸茫然，显然对郑侠所说的草席全然没有印象。

徐老三迫不及待地开口辩驳："郑门监，草席有何怪异之处？按照惯例，京师诸仓每隔两个月，就要将粮食翻晒一遍，以免受潮腐烂。那些草席是小人们收拾粮食所用，不说延丰仓，京师诸仓哪个没有这样的草席？"

"草席确实没什么可奇怪的，但内外都满是尘土的草席，就不寻常了。那些草席是卷起来的，经过再长时间的放置，最多是外层落上灰尘，绝不会整张席子都是尘土。如果再细心一些，点数一番，就会发现席子和巨兽脚印数量一致……"郑侠说到这里，声音变得高亢起来，"这是因为，这些草席就是用来盖住那些巨大脚印的！"

"盖住……脚印？"

"不错！那些脚印在上元节夜里已经挖好，只需上面盖一张草席，草席上再铺一层灰土。在太阳还未升起前，在昏暗的天光下，就和寻常地面无异，除非一脚踩上去，否则绝对发现不了任何异常。鲁专勾想必有印象，那些巨兽脚印虽多，却没有一个是在仓廪间的小道上。就是为了避免你跑步的时候，一脚踩上去！"

鲁深发蒙道："好像确实如此……这也太费心机了吧？"

"欲成大事，岂能不费心机？鲁专勾不用奇怪，这些脚印和草席就是为你而造的。你每日天亮前操练，延丰仓很多人都知道。他们需要一个证人来证明这些脚印是突然出现的——而你就是最合适的人选。"

鲁深想要反驳，但郑侠所说丝丝入扣，着实挑不出什么毛病。

"郑门监，这些都不过是臆断！还是那句话，众目睽睽之下出现的怪兽巨影，又该作何解释？总不能说是沈制诰和其他诸位官人眼花了吧？"

"当然不是，"郑侠道，"因为那所谓的凶兽巨影，不过是皮影戏罢了。"

"皮影戏？"不仅鲁深满面茫然，就连沈括也错愕不解。

"就是用皮子剪出人兽形状，再以灯光从背后投照，光影落在前面一块轻薄透亮的白布上，从另一边看到的便会是栩栩如生的人和兽。刚才说过，徐老三曾在一个戏班里谋生。那戏班里有个名唤灯芯儿的，擅造各种灯盏，会耍各色火光。还有个名叫皮影儿的，最擅长做各种皮影，耍得一手好影戏。这两人一个放灯，一个耍皮影，在行当里颇有名气。"

徐老三佝偻着腰背，似乎生来就是一副谦恭姿态，面临郑侠的指责，依旧满面谦卑和委屈："灯芯儿和皮影儿确实是小人的旧友，但他们的皮影戏，不过是在三尺不到的幕布前耍手活儿，怎么可能有那么大的巨影？难道还要造一个三丈多高的皮影不成？"

"想要三丈高的影子，何须三丈高的皮子？王巡使，劳烦给我一盏灯。"

王旭连忙点燃一根白蜡，递到郑侠手中。此时正当午后，阳光明媚。郑侠寻了个背阴处，用烛光照亮一块白墙，伸出一个巴掌放在烛焰前，墙上顿时映出一个足足三四尺的巴掌印："诸位请看我这只手，只要手离灯近，墙上的影子便会变大。"

刘轶嗤笑道："这能是一回事吗？我们可是在七八十丈外看到的凶兽巨影，谁能做出这么大的皮影戏？什么灯能照出那么远？"

"巧了，还真有一种灯能照出十多丈远，将影子投到树林间和仓储墙上，即便一百丈外都能看得清清楚楚。"

郑侠说罢，向云济看了一眼。云济露出一丝苦笑，只得越众而出，让王旭找来灯笼黄的万焰花烛。灯中特制的石蜡被点亮之后，璀璨的光芒如同烟火一般，被巨大的铜碗底座汇聚成一道光柱，于对面数丈之外的墙壁上，赫然打出一个"谷"字来。

大堂之中，顿时一片惊叹——寻常火烛能够照亮的地方不过三四尺方圆，这万焰花烛竟能胜出十倍。

"皮影戏要想耍得精致，关键在于皮影要做得精巧。但你们要的只是一个一闪而过的怪兽影子，用不着做得那么逼真。"郑侠先是对刘轶说了这番话，又看着沈括道，"沈制诰，当时你们隔得远，天色也没大亮。仓廪和松柏好比前面的

大宋悬疑录：貔貅刑　299

幕布,只需点一盏万焰花烛,即可用蒲扇大小的皮子,造出三五丈高的凶兽巨影来。当时仓廪在你们东面,由于天边晨曦的掩盖,你们才分辨不出万焰花烛的光有什么异样。"

郑侠话毕,沈括不由自主地拂过自己的短须,略略颔首。

"巨兽钻进酉字仓的事情,再简单不过。我们进酉字仓查探的时候,仓顶有一个巨大的破洞,仓廪第二层被压塌了一半,地面上也都是断木碎片,这其实都是用火药炸出来的。军器监一直在研造火器,能用来攻城的火炮虽尚未造成,用来炸房顶却绰绰有余。当时你们听到一声巨响,然后巨影消失不见,自然以为它撞破仓顶钻了进去,其实不过是火药炸响而已。"

鲁深插嘴道:"可是……那凶兽钻进酉字仓后,洒家曾爬上门顶的花窗,亲眼看到了它。洒家绝无半句谎话!"

"鲁专勾心口如一,我们当然信得过。"郑侠朗声道,"所以我已将你看到的那头凶兽捉了来。"

"啊?捉到了?"鲁深脱口而出,瞪圆了一双眼睛。

府衙大堂上也一片哗然,不仅沈括等人面面相觑,就连刘轶、徐老三等人也是神色错愕。

孙永抄起桌上的惊堂木,在空中稍停,再急落直下,"啪"的一声,大堂上顿时安静下来。孙永沉声道:"肃静!郑门监,你说捉到了凶兽?在何处?"

"回大尹,来府衙报案的时候,我已将那凶兽交给了王巡使。"郑侠看向王旭。

"我?"王旭先是一愣,继而想起什么,转头看向自己手里提着的黑色布袋。

"没错,就在那袋子里!"

"郑门监,你是在说笑吗?那凶兽高达三四丈,这么个小袋子,如何装得下它?"刘轶忍不住出声讥讽。

郑侠理所当然地道:"凶兽神通广大,当然可大可小。"

孙永问道:"王巡使,可否将那凶兽放出来?"

"大尹,这……"王旭只觉心头发慌,他当然知道这袋子里装了什么。郑侠居然在公堂上大放厥词,若将这袋子里的凶兽放出来,真不知该如何收场。

"那凶兽厉害得很,一不小心给它跑走了,再想捉住可就难了。"郑侠手背上尚有三道抓痕,显然心有余悸。他犹豫了稍许,正准备上前,狄依依越众而出:"捉凶兽么,让我来吧!"

一听要放出凶兽，众人顿时心中打鼓。堂上衙差个个神情紧张，握紧了水火棍。在座的诸多官宦和吏员也有不少脸上闪过一丝慌乱。郑侠说得如此郑重其事，若袋中果真有凶兽，一旦放出来，不会伤人吗？

孙永等数位重臣倒是镇定自若，尤其是沈括，轻捋颌下疏髯，若有所思地望了眼云济。

鲁深神情紧张地看着那只布袋，仿佛那是什么法宝，一打开便会放出洪水猛兽一般。然而还来不及阻止，狄依依已经松开袋口的绳索，只听得一声尖锐的嘶叫，一个黑影蹿将出来。

"嚯！"大堂之中，好多人都忍不住叫出声。一只纤纤玉手如鹰隼般落下，分毫不差地揪住了凶兽的脖颈，将它提了起来——正是狄依依眼疾手快，一举制住了凶兽。

所有目光齐刷刷看向那头凶兽，整个大堂随之一静。

片刻之后，终于有人笑了起来："郑门监，你所说的凶兽，就是这只黑猫？"

狄依依手中抓着的，正是一只黑猫。它尾巴似是受过伤，短了一截。胸腹处还穿着一件小衣，是用一片片指甲盖大小的鱼鳞做成的甲胄，在万焰花烛的照耀下闪过道道豪光。这猫儿野性难驯，被人揪着颈皮，兀自挣扎不休。锋利的爪子伸出了肉垫，两只眼睛像铜铃一样，凶光毕露，看得人直冒寒气。

"刘监正，这猫儿您应该熟悉吧？"郑侠向刘轶拱了拱手。

刘轶脸色阴沉，针锋相对道："郑门监，这狸奴是我家的黑将军。它虽只是个畜生，但也是拙荆所养，你私自将它捉来，只怕于理不合吧？"

"此事还望刘监正海涵，你这猫儿乃是犯案元凶，郑某急着找回丢失的存粮，只能先将它捉拿归案。"郑侠没有丝毫气虚胆怯，反倒转头问起鲁深，"鲁专勾，当时你曾跟我们说过，你透过那扇木格花窗，看到里面的凶兽胸腹上长满了黑色鳞片，头上顶一根独角，像老树根一样向后弯曲，肩后生出两只翅膀，半贴在脊背上。你们瞧瞧，这只猫儿身着这副鳞甲，如果背上再装一对羽翅，头上装一只向后弯曲的鹿角，面上罩一张怪兽头盔，岂不活脱脱成了一头凶兽？"

"这……"鲁深扶了扶幞头，迟疑不答。

郑侠继续道："寻常猫儿即便披挂上这身行头，也扮不像凶兽。因为猫儿柔弱，行头只能令其形似，不能令其神似。这只黑将军却不一样，它野性难驯，满目凶光，比山猫还要凶戾。有了这一身披挂，简直比凶兽还凶！今日清晨，我碰见徐老三脸上挂着抓痕，到处寻这只黑猫。显然是办完事后，还没来得及把这身披挂完全卸下，就被它跑了，找都找不回来。"

徐老三如同受到莫大委屈，哭丧着脸连连摇头。

"这太过牵强附会！"刘轶嗤之以鼻道，"不瞒各位，拙荆喜欢猫儿狗儿，专门盖了一座狸园，还时常做些衣服给它们穿。现在东京城里给猫儿狗儿穿小衣的歪风邪气，始作俑者正是拙荆。前些日子她闲来无事，给黑将军做了一身甲胄。这只是一时兴起，有什么过错吗？"

鲁深也摇着头道："就算给这猫儿穿一身鳞甲披挂，它也变不了那么大。我看到的凶兽，腿比人腰还要粗，肩头比大象还高，眼睛比灯笼还大，牙齿比人胳膊还长。徐老三站在仓内的台阶上，还不及它小腿高。那张巨口一张开，几乎要将徐老三整个人吞进肚子里。"

郑侠胸有成竹般笑了笑："狄九娘，借你的酒囊一用！"

狄依依先是微微一愣，继而想到他和云济曾谈论过的事，展颜一笑，伸手从腰间解下酒囊递给郑侠。

"变大为小，变小为大，不过雕虫小技罢了。郑某可以将人装进这小小酒囊当中，鲁专勾信也不信？"

听罢郑侠的话，鲁深直勾勾盯着那只酒囊，连连摇头："这怎么可能？"

郑侠招呼人抬来一张桌子，并将那只酒囊横置于桌上。又请王旭寻来一块木板，挡在酒囊前，接着在木板中间掏出一个三寸见方的孔。他站在木板前，透过那方孔望向桌上的酒囊，对狄依依道："狄九娘，有劳了。"

众人对郑侠的怪异举动迷惑不解，狄依依却心领神会，提着黑将军退出两丈之外，按照郑侠的指引，不停调整位置。片刻之后，郑侠抬起头来："好了！鲁专勾，郑某要将狄九娘收入酒囊了，你且来看！"

鲁深将信将疑来到桌前，按照郑侠的指引，从那木板中间的方孔往外看去。却见狄依依当真只有酒囊的囊口大小，冲他嫣然一笑，一手提着张牙舞爪的猫儿，另一手向他轻轻一挥，往那酒囊的囊口中走去，身子随即消失不见。

"咦！"随着一声轻叹，鲁深站直了身子，看见狄依依正在数丈之外冲他招手。

"鲁专勾，你看到了什么？"

"洒家……这小娘子离得远，这酒囊离得近，将她身子挡住了。从这木板的方孔中看去，倒像是她钻进了酒囊一般。"鲁深说罢，还是有些不敢置信，"难道那猫儿之所以看起来那般巨大，就如此简单？"

"简单，却也不简单。"郑侠解释道，"简单，是因为这只不过是'远者小而近者大'的道理，连小儿都知道。不简单，是因为要想让你看不出远近之别，还需要一点手段。"

"什么手段？"

"这块木板除方孔外的部分，遮住了近处的其他景物，特别是这张桌子。你从方孔看过去的时候，方孔下方的边沿恰好遮住了桌子，让你看不到酒囊是放在桌上的。没有了参照，自然就忽略了远近之别。"

鲁深顿时恍然："照你这么说……酉字仓的那扇木格花窗，想必也是这个道理。"

"不错，那扇木格花窗正是为你准备的。那窗户的九格窗棂都装着明瓦，四周的八块是透光而不透明的，使得鲁专勾只能从中间那一格往里面看。而在窗户内侧，悬着一个木架，黑将军当时就在那木架上，徐老三却在远处的楼梯上。猫近人远，自然看起来，猫儿比人还要大！"

"原来如此……"鲁深已然有些相信。

徐老三急切道："鲁专勾，莫要信他！郑门监说得轻巧，可他方才也和狄小娘子调整了许久，才演了一出酒囊装人。黑将军凶戾成性，哪有那么容易陪人演戏，还能保证你看不出蹊跷？"

"你是云机园戏班出身，欺人眼目的诈术正是你的拿手好戏，只需算计得当，骗过鲁专勾的眼睛又有何难？"郑侠讽了他一句，转头望向沈括身侧。

云济露出一丝苦笑，只得挺身而出，替他搭腔："仓廪高四丈八尺，仓门高七尺半，九格窗棂正中的明瓦离地一丈零三寸。鲁专勾身长六尺整，爬窗时有一恰到好处的落脚点，离地六尺半，且向左侧偏二尺，所以鲁专勾爬窗时，双目最多能高于明瓦两寸。而窗棂边框厚两寸，他双目距离明瓦最近能有三寸，明瓦高三寸一分，所以只需在窗棂下七寸处装木架。木架宽度约为一尺，而后将猫儿四足绑在木架上，鲁专勾向内看时，明瓦下沿正好遮住木架和猫儿的四足，只能看见猫儿的身躯和头颅。"

他让狄依依将黑将军拎来，拿着先前郑侠用过的木板，一边比画一边解释。在座诸多官员都是智计过人的能臣，但听他以尺寸计算人眼所见的景象，一个个听得云里雾里，虽然不懂，却深受震撼。

云济继续道："黑将军比寻常猫儿大，肩高九寸，身长一尺六寸，距明瓦处大概有七寸远，距鲁专勾眼睛约一尺。徐老三身长五尺一寸，站在仓廪中间的木梯上，距窗口约三丈三尺。所以在鲁专勾看来，徐老三只有黑将军六分之一高，是也不是？"

鲁深两只眼睛瞪如铜铃，一张嘴张得如窗格一般，半天合不拢嘴。

孙永等人不善数算，纷纷侧目向沈括望去。却见沈括嘴唇不住开合，颔下短须随之微微颤动，显然在跟着云济默算，脸上露出了然神色。见他这番表情，了解他的同僚不由暗暗咋舌。

云济说罢，见无人能辩，向孙永谦谦鞠了一躬，默然退回沈括身侧。

郑侠朗声道："当然，若是看得仔细，应该还能瞧出问题来。是以设局者在中间那格窗棂中，装上一块十分特别的明瓦——能让人隔着它看到仓廪内部，却又看得不是十分清晰。"

"是了！"鲁深兴奋道，"洒家当时爬到窗前看的时候，中间那格窗棂里明明有一块明瓦，可以隔着它看到仓内。等到狄九娘看的时候，那块明瓦却不知所踪。奇怪，那块明瓦去了何处？洒家原以为是因仓库震动，掉落在废墟里了，后来也曾进仓内找过，却偏偏寻它不见。"他说到后面，也有些疑惑。

郑侠淡然一笑："那片明瓦，咱们都曾看到过的。"

"都曾看到过？"

"咱们进入仓内后，看到木格花窗下方的墙壁上，有一道从上而下的湿痕。那道湿痕正是那片与众不同的明瓦。"

鲁深脱口而出："湿痕怎会是明瓦，不是巨兽的唾液吗？"

"巨兽的真身是这只黑将军，哪有那么多唾液？"郑侠摇头道，"很简单，那块明瓦其实是用冰磨成的，等太阳出来了，冰自然化成了水。"

郑侠说罢，众人均是恍然大悟。鲁深更是连连点头，显然颇为信服。

"由此可见，延丰仓貔貅夺粮一事，根本就是一出故弄玄虚的皮影戏。是为了掩人耳目，偷盗那上百万石存粮罢了。其实延丰仓中所藏粮食，早在上元节夜里就已经被搬空，等到天亮时分，再弄一只貔貅出来……"郑侠话音越来越高亢，渐渐变得怒气勃发，"蠢众木折，隙大墙坏。你们真是好大的胃口，京师百万黎民活命之粮，你们竟然也敢贪！"

在阵阵寒意里，郑侠昂首挺立，恍如冰天雪地中一株不惧严寒的劲松，一字一句间，抖落满身的霜雪，站出了顶天立地的气势。

斜阳西沉，道道金辉洒落下来，他披着两肩金光，指斥延丰仓众人道："尔俸尔禄，民脂民膏，下民易虐，上天难欺！你们吃着朝廷俸禄，却沆瀣一气，监守自盗，豪夺百姓口粮。说到底，你们才是那凶兽貔貅，狼顾鸢视，只吃不泄，胃口大得像无底之洞！"

这一番慷慨陈词，说得掷地有声。一时间，开封府衙上下都静了片刻。

郑侠铮铮而立，一腔为百姓挺身而出的豪气喷涌而出。云济看得不禁心折，自言自语道："介夫虽然有些莽撞，但这股为苍生而战的气度，虽千万人吾往矣的胆魄，我真不如他！"

狄依依听见他喃喃自语，有些诧异地看了一眼，忍不住打趣道："三杯倒也懂得自省？还知道不如人嘛！"

云济露出一丝苦笑，摇了摇头。

众人的目光都向延丰仓一帮官吏看去，见他们一个个面色难看，神情甚是沉重。

刘轶上前一步，振声问道："郑门监，按你所说，延丰仓的粮食是何时被盗走的呢？"

郑侠道："自然是在你们玩这出彩戏之前，沈制诰清点了延丰仓存粮之后。上元节夜里，趁着众人深睡，你们一夜之间将粮食偷走……"

"一夜之间偷走？"刘轶忽而哈哈大笑，"荒唐！郑门监，你不曾监管过粮仓，不知道一百万石粮食有多少吧？你可知要搬运如此多的粮食，需要多少人力吗？"

郑侠一双剑眉渐渐缩紧，没有出声。

"每年秋夏，延丰仓都要晒粮。你可知为何要两个月才晒一次？因为十二座大仓，用工二百多人，晒完所有粮食得一个多月。"刘轶扳着指头道，"官家钦定正月十六日开仓放粮，你知道延丰仓为此做了多少安排？告诉你！我们备了千石船一百一十八艘，驴车一百二十驾，脚夫二百一十人，车夫一百二十人，挑夫二百三十人。这还不算各家粮铺私下雇来的力夫。如此充足的安排，都不可能在一天之内运出一百万石粮，我们筹划的搬运时间是十天！"

刘轶一边说，一边踱步向前。他缓缓抵近郑侠身前三尺，沉声问道："敢问郑门监，谁能于一夜之间，避过众人耳目，悄无声息运走百万石粮食？"

郑侠哑口无言，面色苍白。

恍惚间，他忆起先前在大堂上，云济欲言又止的表情。又想起正月十六日清晨，在汴河上看见的一艘艘挂着"丰"字旗的船只。那些船几乎拥塞了整条汴河，当时他只是匆匆看了一眼，却从不曾想过，这么多商船都是为了运粮而来。

慷慨激昂的话语犹在耳边，刘轶的诘问却恍如一盆冰水当头浇下，大堂里顿时寒意肆虐。郑侠抬起头，太阳还没坠落屋檐，但他已经感觉不到它的光和热。

"一夜之间，百万存粮。"刘轶毫不掩饰话语中的讥讽，语气中充满被凭空诬陷的愤懑，"郑门监，猫儿化貔貅也好，皮影戏法也罢，都是你妄加猜测而已！如果没有那只貔貅无底洞一般的肚子，谁能一夜间搬空京师诸仓中最大的延丰仓？"

事态陡然逆转，郑侠茫然失措，不自觉看向云济。只见他满面苦笑，冲自己摇了摇头，显然也并无办法。再回望大堂四处，众人都在指指点点，但只看见他们张嘴，却听不清在说些什么。

"啪！"孙永手中的惊堂木再度落下，满堂噤声不语。

"郑门监，查案乃是开封府职责所在，你我各司其位，不必越俎代庖。今日之事，实是一出闹剧，徒增笑料而已。"孙永看向刘轶等人，"刘监正，延丰仓出了这等大事，你身为仓监，本就备受责难。这次因郑门监的误会，可真是委屈你啦！"

侍御史蔡确接话道："刘监正，若要上奏弹劾，蔡某愿附骥尾。"

御史身负监察百官、纠正刑狱的职责，蔡确更是大有前途的一位。以他的眼界，要弹劾也是挑两制官以上的重臣下手，小小的安上门门监官，他根本提不起兴趣。这一句，显然只是客套话罢了。

刘轶也是人精，顿时明白孙永和蔡确的想法，立马就坡下驴："多谢孙大尹，多谢蔡御史。下官只求能还延丰仓诸同僚一个清白，已经心满意足。"

"好！今日且到这里，退堂！"

转眼间，刚才还人满为患的大堂变得空空落落，一如郑侠此时的心境。

云济走到近前，拍了拍他的肩膀："介夫兄，人总有考虑不周的时候，别放在心上。"

"我原以为揪出了犯案元凶，延丰仓丢失的存粮就能找回来，京师百万百姓也不再有断粮之忧。但……唉，一夜之间，谁又能搬空十二座仓廪？难不成真是貔貅作祟？"郑侠失魂落魄道，"可是……如此一来，延丰仓怎么办？京畿路的灾民怎么办？京师的百万百姓怎么办？大旱已两年有余，京城之外，早已赤地千里，找不回粮食，连东京都要生灵涂炭！民以食为天，天塌了！这是天塌了啊！"

第十六章
福道门徒

　　一场闹剧过后，诸多权贵散尽。王旭从后堂回来，脸上尴尬之色还未消散，显然是吃了顿挂落。

　　云济担心道："义父，你向来谨慎，这次为何……唉！这案子还有诸多隐情，不适合直接扯起这么大阵仗，容易把自己蒙在阴沟里。就算郑介夫来寻，咱叔侄俩也得先通气再盘算如何处置啊！"

　　王旭苦笑叹了口气："郑门监信誓旦旦要破惊天大案，破解开封府断粮危机，我见他胸有成竹，以为他洞彻熹微，有十全把握，没想到……不提啦！这件事没牵到你，实是万幸。这十年来，开封府换了多少任大尹，我这官位不高不低，却事事都会扯到干系，风浪也见识了不少。不过，这貔狼夺粮案来势凶猛，波及极广，你替我出出主意也就罢了，万不能掺和进来。这几桩案子错综复杂，稍有不慎就会引火烧身。"

　　云济是何等聪慧，一念间就明白过来，正是因为只有郑侠来开封府报案，王旭才居中斡旋，如此大张旗鼓地办案，以至于惊动了许多重臣。若是他和郑侠一道来，或者他自己来，王旭反倒会顾虑重重，不让他沾染这等是非。

　　想到郑侠在公堂上义正词严的模样，云济摇头道："义父事事护着济儿，济儿自然明白。介夫兄虽行事急躁偏执，但一片公心叫人钦佩，若云济处处畏头畏尾，倒不配跟他做朋友了。"见王旭皱眉，又补上一句，"您好生放宽心，济儿不会这般莽撞。"

"嘭！"

不料王旭突然反手一掌，打在身侧柱子上，脸上浮现一丝怒意："我说了，你不要掺和进来！连话都不会听了吗？"

云济一愣，这么多年来，王旭待他视如己出，极少冲他发脾气。今日这般疾言厉色，显是动了真火。云济低下头去："义父莫要生气，济儿知错了。"

王旭望着他，轻轻叹了口气，伸手在他肩头一拍，转身去了。

天色已晚，云、狄两人回家后一身疲惫，匆匆用过晚饭，各自回房歇息。

狄依依怀中搂着一只空酒囊，缩在被窝里睡得正香。忽而一阵急促的敲门声响起，她迷迷糊糊睁开眼，屋里还是黑蒙蒙一片，床边的小火炉慢慢烧着，将道道微光射向四处，淹没在无处不在的黑暗阴冷里。

"这才什么时辰，离天亮还早着呢！"狄依依不情不愿地起床开门。她满嘴的抱怨还没说出口，云济已高声打断："快走，咱们去安济坊看看！"

"安济坊？你突然发什么疯？"

"这几桩案子的相关人等中，邱远最是神秘，他是安济坊弃徒，不论作恶还是行善，都要扛着个福道徒的名头，咱们去安济坊探听一二！"

"王巡使不是让你不要掺和吗？怎么半夜还这么起劲？"

"有些事不弄明白，怎么睡得着？这可不是瞎掺和，义父为官，秉持一个'难得糊涂'，还时不时叮嘱于我。可若不弄明白，怎么装糊涂？"

"若不弄明白，怎么装糊涂……"狄依依深睡初醒，尚在迷糊之中，只觉这句话怪怪的，一时却想不明白哪里不对。

云济已备好马，不由分说催着她出门，两人纵马直奔城外。东京城自内而外，分别为宫城、内城和外城。延丰仓在外城西南角附近，隔着外城城墙，穿过东水门，城外不远便是安济坊，和汴河北岸的宜春苑遥遥相对。

两人到达安济坊时，天色灰蒙，隔着坊门，依稀可见层层殿阁。两行桧柏夹道相对，显得格外宁静清幽。

守门人对这么早的访客也甚是惊奇。云济自报家门，说明来意后，守门人寻来迎宾小厮，带他们进了坊内。

近年来，安济坊因大行善事而声名鹊起，和范氏义庄一南一北，为世人交口称赞。范氏义庄是仁宗朝名臣范仲淹所设，建"义田""义宅""义学"，以资助贫穷困苦的范氏族人。和范氏义庄不同，安济坊不是宰执重臣所建，完全起源于一家医馆，以治病救人为宗旨，不仅赢得无数贫苦患者的称赞，还吸引聚拢了许多仁人志士，有钱出钱，有力出力，将安济坊办得越来越兴旺。

跨过安济坊坊门，迎面是一座岐黄殿，供奉医道始祖岐伯和黄帝。岐黄殿后是一座座诊堂，按内、外、五官、骨伤等门类分列左右，各有名医坐诊。等到天亮后，这里就会被求医者挤得人满为患。穿过诸多诊堂，迎面是一座大药房，药房外罗列着许多小药炉，天还未亮就已经在熬着药。熬药的是安济坊的福道门徒，他们都穿着灰色布袍，在安济坊一边学医，一边做工行善。

云、狄二人信步来到后院，正中是先贤堂，钟楼和鼓楼分列左右，钟楼上吊着近一丈高的铜钟，鼓楼上立着圆桌大小的法鼓。

一名身着灰袍的福道徒刚刚爬上钟楼，端起粗大的钟杵，沉沉撞击在那口大梵钟上。

"当——"钟声伴随着清晨第一缕阳光，击破漫漫长夜，飞过不远处高耸的城墙，闯入还在沉睡的东京城。

"两位宾客稍候，小人前去禀报坊主。"迎客小厮说罢，匆匆而去。

云、狄两人听着悠扬的钟声，望向钟楼的方向。

敲钟再简单不过，撞钟的福道徒却做得认真庄重。缓缓引杵，沉沉落下，激起悠长的钟声。钟声连响三通，每通三十六下，共一百〇八声。随后福道徒用袖子擦了擦额头汗水，迎着东方灿灿晨光，朗声诵读福道誓词：

> 苦难如海，浩瀚无涯。我愿不娶妻妾，不延子嗣，不求功名，不图富贵，奉以生命，纵死不休。我要走废百只脚，我要磨破万双鞋，我要踏平世间苦难，走穿通天福道。我要焚我血肉筋骨，烧尽众生苦痛。我要燃我精气魂魄，点亮无尽光明。

这段誓词直白而炽烈，那福道徒的声音虽平淡和虔诚，听在云、狄两人的耳中，却有说不出的慷慨激昂。

福道徒诵罢誓词，迈步走下钟楼，到了近处，云济才看清他的面容，不由得惊声叫道："你……杨先生！你……你怎么做了福道徒？"

这福道徒生得一副好面容，面白腮润，唇红鼻挺，眉如剑，目似星，双耳垂肩，竟是仙风道骨的宝相。最让人震惊的是，这张脸云济十分熟悉，分明便是宰相王安石的得意弟子、资政殿学士王韶的内侄、和郑侠并称王门双璧的杨昭！

福道徒先是诧然，继而脸上露出一丝尴尬："云教授，别来无恙？"

"杨先生！果真是你？咱们上元节时才见过，这还不到五天时间，你怎么摇身一变，就做了安济坊的门徒？"

安济坊的医道传承颇为严格，凡拜入安济坊门下的，不仅要一心学医，还要修福道——不娶妻妾，不延子嗣，不求功名，不图富贵，行百善，积百福，倾己所有救济贫苦，奉以生命，至死不休，方是福道门徒。

见二人满脸震惊，杨昭双手合十道："小生并非这两日才拜入安济坊门下，早在七日之前就已经做了福道徒。承蒙弥心先生抬爱，亲收为关门弟子。"

"七日之前就做了福道徒？那是……正月十二？"狄依依甚是惊愕，口不择言道，"福道徒不是戒酒戒奢的吗？可上元节晚上，你还和我们一起喝酒聊天。"

"小娘子莫要妄言！"杨昭急忙连连摆手，"小生何曾喝过酒？当时在那酒肆里，小生滴酒未沾，荤腥更是不曾碰得！"

"可是你当时衣着华贵，里里外外都是富家公子模样，和王雱、郑侠称兄道弟，跟三杯倒也聊得情投意合。难道……你那时已经是福道徒了吗？据说当了福道徒，就是把自己捐给受苦的世人，要摒弃骄奢，尝遍苦难。你当了福道徒，反倒又是赏花灯，又是喝春酒……"

杨昭苦笑一声，看了看四周，将两人带到僻静处，这才解释道："两位，咱们相逢一场，也是有缘，还请不要打扰小生修行福道。小生当年年少轻狂，因未中头甲，就弃了功名，本打算重考，谁料……实是小生有幸，正因弃了功名利禄，反倒寻到此中真谛。"

云济问道："你是说福道？"

"不错，小生那时遍览佛经，通读道藏，愈发觉得人生无常，为生老病死所苦，要想求得解脱，就得跳出五行之外。但佛家也好，道家也罢，都没有寻到小生想要的。后来在安济坊听弥心先生讲了数次福道，才突然寻得要走的路。绊住小生脚步的，并非名缰利锁，而是恩师的教诲和家祖的希冀罢了。"

杨昭叹了口气，接着说道："家祖年将八十，身体大不如前。小生虽早有修行福道的心思，但总想着要等他百年之后。谁知……谁知恩师王相公怜小生微才，居然动了招小生为婿的心思。也不知是谁透的风，小生的姑父竟也动了心，已经兴致勃勃找媒人准备提亲了。"

狄依依脱口而出："那日听郑侠打趣，说王相公家的小姐看上你了，原来是真的？"

"这个……小生早年跟恩师求学，和王家二姐儿认识得早。不过婚姻大事，本是长辈做主，二姐儿的心意，小生……小生实不便说。"杨昭这般说，可见王家的二姐儿对他果然有意。狄依依打趣道："王相公被称为'拗相公'，为女儿挑婿，肯定也霸道得很。"

王安石有两个女儿，长女嫁给了枢密副使吴充的儿子吴持国，可谓门当户对。然而吴充反对新法，和王安石政见相悖，两家闹得不甚愉快。而杨昭的父亲去世得早，他的诸多大事都由姑父王韶做主。王韶向来支持新法，两家父辈有心结成秦晋之好，实是再正常不过。

杨昭摇头道："恩师和姑父自然是为了儿辈好，但……唉！那日姑父寻小生谈话，说要着人举荐小生为官，帮恩师推行新法。有恩师和姑父的面子，官家应该会重赐小生进士出身。小生得知后惶恐之极，又是赐进士出身，又是举荐为官，又是娶恩师的女儿……小生若不奋力一搏，便只能眼睁睁错失良机，再也无法挣脱这牢笼了！"

"若不奋力一搏，就会被官家赐进士出身，被资政殿学士举荐为官，被宰相招为东床快婿。这话怎生听着怪怪的？"

"女居士莫要打趣小生，修行福道是小生的夙愿。正月十二日早上，小生避过家人，悄悄来到安济坊，求弥心先生收留。"

狄依依道："你是资政殿学士的内侄，是宰相的准女婿，弥心先生真是好大的胆子，竟敢收留你当门徒。"

"小娘子误会啦！"杨昭急忙挥手，小声道，"小生是隐姓埋名来安济坊修行的。加上小生本是外地人，东京城认识小生的人不多，弥心先生也不知小生的身份。"

狄依依惊了："在家里时骗老师骗姑父，拜入安济坊又骗坊主，你当真不可小觑！"

"这如何能算是骗？"杨昭辩解道，"早就听说弥心先生不仅医术精湛，还是一位得道高人，若能得他指点，实在三生有幸。小生本没想过拜他为师，只想能得安济坊收留便好。那日见过弥心先生后,他果然允小生在安济坊修行。谁知等到黄昏时,一位师兄忽然通知小生,说弥心先生要收小生做关门弟子,这是安济坊的大事,要鸣钟召集坊内福道徒观礼。"

"你拜师居然有这么大的排场?"

杨昭含蓄一笑:"小生也是受宠若惊。那日太阳落山时,安济坊专门为小生响了三通钟,在众师兄弟见证下,弥心先生正式收小生为关门弟子,赐名为恒青。"

云济奇怪道:"可是……十五日时,你怎么还打扮成常人模样,来参加御街的灯会?"

"小生做了福道徒后,每每想起家祖,总觉愧疚难安。今年上元节是他八十大寿,他孙子却偷偷跑来当福道徒,实在不孝得很。弥心师父独具慧眼,看穿了小生尚有私心。他跟小生说道:'恒青,咱们福道徒的修行,是用众生的苦难当作炉火,把自己炼成一炉仙药,救自己也救世人。福道门徒崇尚苦修,是要舍小爱而就大爱,舍弃俗世家庭,才能拥有众生。你至今眷念亲情小爱,修行福道不过是句空话罢了,不如再给自己五日时间,真正抛下旧我,再来熔炼新我,走出自己的福道。'"

"原来是弥心先生放你回去和旧我做了断?"云济回想起弥心的面容,不由肃然起敬。

"于是小生回到姑父府上。上元节时,姑父为家祖张罗了寿宴,全家尽欢。谁知晚上小十三被歹人拐走,阖府上下人心惶惶,却不敢让年事已高的家祖知道。就这么闹了一天一夜,歹徒被抓住了不说,小十三还得了皇后娘娘的赏赐,当真是因祸得福。

"等家祖过完了寿,小十三也安然回家,小生夙愿已了,便留下一封家书,说是既无心成家,也无志做官,一心想求不朽之法,自此离开东京,让家人不要再寻。小生生怕姑父和恩师派人找寻,特意出城后先绕了一圈,隐蔽了蛛丝马迹,才于昨日回到安济坊,向弥心师父报道。"

说到此处,杨昭露出一丝腼腆神色:"小生不敢说自家事,只能禀明师父,说自己已经斩却旧我,此后一心一意苦修,行百善,积百德,走真正的不朽大道。师父看着小生,连道三个'好'字,说道:'恒青,修行之道,万法相通。有人一世修行,也摸不到真谛;也有人一朝得悟,就脱下肉体凡胎,寻得无上大道!'师父这番激励的话语,说得小生欢喜不尽。今日一早,小生顶了师兄的活计前来敲钟，谁知撞上您二位。"杨昭双手合十，郑重其事地向二人一拜，"两位请可怜小生一片向道之心。不要向安济坊透露小生身份，也勿要向往日的亲朋旧友透露小生之所在……请两位居士成全！"

"你……唉！杨先生请放心，我们不说便是！"云济叹了口气，连忙伸手扶住他。

杨昭拜别了云济，赶去做早课。按照迎客小厮所说，弥心先生每日都要带弟子们做早课，一时没有工夫来见他们。

太阳初升，最是冻人。眼见无聊，狄依依紧了紧身上披着的大氅，迈步向前方不远的先贤堂行去。云济连忙拦住她："未获主人允可，怎么乱走？"

"先贤堂供奉先贤塑像，本就是为了供人瞻仰，有什么不能进的？"狄依依甚是不屑，伸手推开了大门。

先贤堂正殿中心，是轩辕黄帝坐像。两侧的神龛上，立着扁鹊、张仲景、华佗、皇甫谧、葛洪、孙思邈等二十多位先贤塑像，神态各异。

狄依依走马观花看了一遍，只觉百无聊赖，却见云济神色严肃，盯着先贤塑像出神。

"三杯倒，盯着先贤像看什么？"

云济喃喃道："这几尊先贤像……和高家、胡家佛堂中的佛像，风格相仿，应是同出一人之手。胡小胖曾说过，他家的佛像是从安济坊请来的。"

"有甚不对吗？"

"佛像倒是没什么不对，只是……请佛像不都从寺庙中请吗，为何从安济坊请？而且高家和胡家的佛像，肚子里都能藏人藏物，这却有点古怪了。嗯？两边还各通着一座侧殿？"

先贤堂大殿占地颇广，东西各有一扇耳门，西侧门上挂着一牌匾，篆了"祖师殿"三字；东侧门上无牌匾，不知是什么所在。

云济话没说完，狄依依已经伸手推开东侧的耳门。借着从窗户透入的晨光，两人看见侧殿内横七竖八陈放着好几尊未完工的塑像，另有斧、凿、抹子、篾刀、刻刀、鬃刷……种种器具满殿乱丢，显是塑像所用。

一阵鼾声在侧殿里来回激荡，云、狄二人费了好大劲，终于在一尊关公像旁边，发现一片黑不溜秋的篷布，篷布下七仰八叉地躺着一个形貌粗鄙的精瘦汉子，睡得咧嘴露齿，口水横流。

被开门声扰动，精瘦汉子骂骂咧咧翻了个身，伸手抠着鼻孔道："开饭了？"而后睁开迷蒙双眼，看见云、狄二人，不由一愣，粗着嗓子问道："哪里来的冒失鬼，竟敢擅闯侧殿！"

狄依依被像盯贼一样盯着，心中甚是不快："怎么，你这先贤堂还有甚见不得人的勾当？为何就不能来？"

"先贤堂当然能进，但侧殿未经允许，不可乱闯！"精瘦汉子拍了拍身边的关公像，"此处是为功德堂的大善主雕塑神像的地方，你们善行太少，积福不够，不配我'泥神张'给你们塑像。"

大善主是安济坊对捐助者的最高称谓，为安济坊捐钱捐物者数不胜数，但能被称为大善主的寥若晨星。安济坊每日接诊穷苦病患上百例，免除诊费、药费几十上百贯，可谓日销斗金。若无这些大善主支持，哪里顶得住这般烧钱？

云济眸子一亮，躬身道："叨扰这位师傅啦！小生曾在胡安国胡员外和寿光侯高侯爷府上，见过两尊鬼斧神工的塑像，听闻是从安济坊请去的，莫不是出自张师傅之手？"

泥神张只是咧嘴大笑，却不答话。云济刚想细问，泥神张突然脸色一沉，乖戾怒喝："滚！"

"你说什么？"狄依依大小姐脾气，岂能忍受一介匠人这般呵斥？

眼见她就要和对方吵起来，云济急忙横身阻拦，却又不敢靠近她，只能挤眉弄眼，向她连连拱手。狄依依满腹火气不得发泄，扭头往先贤堂外走去。云济则向泥神张连连道歉："对不住，我们不知道此间规矩，实是无心之失，还望见谅。"

出了先贤堂，狄依依望着云济，眸中似有电闪雷鸣，显是怨他对泥神张太过客气。她愤愤向前虚踢一脚，好似在踢什么无形之物。云济扭头往地上一看，见自己的影子被她的影子踹了一脚，不由哭笑不得。

迎客小厮堪堪赶到，告知坊主弥心先生正在悟道室等他们。

安济坊有一座保和院，位处钟鼓楼西侧，分为前后两院。前院是为病患开辟的住宿之所；后院则一半是安济坊大善主的客房，一半是福道徒的卧房，又称作悟道室。福道徒一边修行，一边看护前院的病患。

弥心的悟道室甚是简陋，一座床榻，一张案几，一架斗柜，两只蒲团。最为显眼的是一尊药王像，童颜鹤发，笑容可掬，左手持一卷医书，右手握一根木杖。

塑像身长近乎一丈，占地比右侧的床榻还大。

弥心身前的案几上没有茶盏，也没有书册，只放着一只灰色的瓷盆儿。盆里装满黑色沙土，沙中种着一株低矮小草，枝叶已经干枯。

日光穿窗而入，照在那枯草上。弥心坐在暗影里，正参悟着他的道。

一株枯草，一名修士，明暗交错，相对无言。

云济双眸从药王像上扫过，又落在那株枯草上面，脸上露出一丝讶异。待他回过神来，急忙躬身作揖："弥心先生，弟子有礼了。"

"不必多礼，老拙有失远迎，还望恕罪。"弥心笑着指了指蒲团，示意他落座。狄依依见没有其他蒲团，撇了撇嘴，站在云济身后。

"弥心先生，今日小生冒昧打扰，是想跟您打听一个人。"

"哦？是谁？"

"有一位名叫邱远的福道徒，自称曾是您门下高徒。"

"邱远？"弥心先是一怔，继而露出一丝惭愧神色，"他确实是老拙的门生，只是早在两三年前，已被逐出安济坊。莫不是……他又惹出甚乱子来？"

"先生误会了。弟子不是来告状的，只是想打听打听，这邱远究竟是什么来路。他被逐出安济坊，又是因为什么？他还有什么特别的本事？"

一连串问题抛出来，连弥心也难免发蒙，只得从头说起："邱远在安济坊修行时间不长。他本是个无家可归的小乞儿，为了讨口饭吃，自幼小偷小摸，难免人见人打，备受欺凌。后来他被一家戏班子收留，跟着那戏班的班主学了身鬼手功夫，还精通缩骨之术。当时他只有十来岁，身材瘦小，加上会缩骨，着实耍得几手好把戏。"

"先生，收留他的那个戏班子，叫什么来着？"

"好像是叫……什么园？他那班主人称鬼手儿，手上的功夫十分了得，耍的傀儡戏尤为一绝。戏班子里还有几个小娃儿，也各有各的本事。"

"莫不是云机园？"狄依依脱口而出。她不禁和云济相视一眼，眸中尽是惊奇。

"你们也知道那戏班吗？"弥心诧然看了两人一眼，继续道，"老拙初见邱远时，他已有十四岁，个头只有十一二岁孩子大小。当时他恶习难改，偷了客人东西。班主为平众怒，当场拿出斧头，要砍去他一只手。老拙一心向善，怎能忍心见此惨剧？于是出手制止，将他保了下来。"

狄依依拍手道："原来如此！弥心先生修为高深，既化解了众宾客的戾气，又感化了恶习不改的小乞儿。"

弥心苦笑道:"那是十年前的旧事了。老拙如何能在群情激愤时,熄了众宾客的怒火?老拙能将那孩子救出来,仰仗的可不是道术神通,也不是辩才通神,而是手中的银钱。"

"佛祖也好,道尊也罢,论教化众生的手段,绝不会以法器分高低。灌顶醍醐可渡人,两手铜臭也可渡人。"云济双手合十,由衷赞叹了一句。

狄依依咳嗽一声,心中暗笑:"这个三杯倒,马屁拍得也太溜了。"

"云教授说笑啦!当时老拙还不在安济坊修行,而是刚刚散尽家财,分给无家可归的贫苦之人,自己背着箱笼游历天下,四处行医。救了那孩子之后,不忍他颠沛流离,只得带他到安济坊挂单。老拙二十多年前,曾蒙上一任坊主吴医仙传授医术,只是老拙醉心功名,不愿修行他宣扬的福道。老拙带邱远到安济坊后,吴医仙再度劝老拙修行福道,老拙才正式拜入他门下,同时收了邱远那孩子为徒。

"匆匆四年过去,他竟然长得比春笋还快。十八岁时,他已经身高八尺,不论走到哪里,都如鹤立鸡群。只是这孩子生来孤僻,反而以自己身材高大为耻,每次出门,总是施展缩骨术,把身子缩矮半尺,和常人仿佛才好。"

"他能把身子缩到常人大小?"云济眸子里精光一闪,"那么……他又是犯了何事,被逐出安济坊?"

"他第一次犯事,是在……熙宁二年。先师吴医仙终于勘破迷障,踏破铁鞋,走穿不朽大道,证道成圣……"

狄依依不解道:"成圣?怎么个成圣法?"

"别胡说!"云济急忙瞪了她一眼,面色甚是尴尬,向弥心歉然一笑。

弥心浑不介意,淡然笑道:"福道修行和佛家、道家均有不同。佛家曰'顿悟成佛',道家曰'飞升成仙',咱们福道修行讲的是'证道成圣'。和佛、道两家不同,福道不拘泥于固定的偶像,凡是奉献自我、解救众生苦难的贤者,都是福道徒的前辈、偶像。"

云济恍然道:"原来如此,怪不得先贤堂什么神像都造,佛教的菩萨、道家的真君、历代的神医,你们都塑成像来拜。"

狄依依诧然问道:"吴医仙证道成圣,难道是说他……"

"没错,先师证道成圣后,肉身不腐,毛发无损——这是修行福道有成,脱胎换骨,神魂化作万道神光,踏着大道登天去了。"

云济顿时恍然："早听闻安济坊出过大圣，法体经久不烂，宛如在世之时。原来其中一位便是吴医仙，小生实是失敬。"

弥心摆了摆手："先师成圣后，将安济坊的重担交到老拙肩头。老拙修为浅薄，只能勉为其难担起重任。由于整日俗务缠身，难免忽略了教导徒弟修行。直到有一日夜里，老拙见先贤堂内亮着微光，就带两个门徒持灯去查看。谁料会看见一副做梦都想不到的景象，险些没将老拙气死过去——原来那孽徒正拿着锥子和尖刀，在刮先师的圣体遗蜕！"

"啊！"狄依依听得入神，忍不住叫出声来。

云济也是瞠目结舌："据说，贵坊两位得道祖师，都供奉在先贤堂？"

弥心回忆起昔年旧事，依旧满面痛心，点头道："两尊圣体遗蜕，其一是福道开山祖师所留，其二是先师吴医仙所留。这孽徒当时竟手持尖刀，刺入先师遗蜕的胸口！老拙惊得大吼一声，呵斥他丢掉刀刃。可先师遗蜕的胸口，已经被他用刀挖去一块肉。"

"他究竟是怎么想的，竟然做出这等丧心病狂的事情？"云济只觉匪夷所思。

"世间总有一些痴狂之人，也不知是生性本恶，还是犯了迷障。那孽徒学了不少医理，若他靠医术去治病救人，也是功德一件。可这孽徒偏偏鬼迷心窍，痴迷于各种奇诡的秘方和禁药。那日我怒不可遏，质问他为何对祖师圣体不敬，他竟然说……竟然说……"

"他说什么？"

"他说他十分好奇，如果先师是真的证道成圣，才使得肉身不朽，那他这大圣法体没准便是灵丹妙药，不知吃一口会有何变化，能否让病死者起死回生，能否令老朽者延年益寿，能否令残废者断臂重生……唉，罪过罪过！"

狄依依听得浑身打了个哆嗦："好家伙，真是太邪门了，竟然连祖师的肉都想吃！"

"损坏大圣法体，实属欺师灭祖，倘若以此罪论处，邱远难逃一死。那次老拙虽然生气，只当那孽徒修习医术钻了牛角尖，这才迷了心窍，做出这等耸人听闻的事情来。老拙心中不忍，没将那孽徒的罪行公之于众，只是说与几位弥字辈的师兄弟知晓，并将那孽徒责罚一顿，让他面壁半年，忏悔己过。

"可惜的是，这次处罚并未让那孽徒改邪归正。他面壁半年后出来，表面上诚心改过，背地里变本加厉。他借着帮求医者看病的机会，暗自研制秘方，直到……

大宋悬疑录：貔狌刑

直到两年多前，本坊又发生一件丑事，使得那孽徒的恶行终于暴露出来。"

狄依依好奇心起，张嘴便问："什么丑事？什么恶行？"

云济没想到她这般口无遮拦，当面问别人坊里的丑事，不由甚是尴尬。

弥心坦然道："说来惭愧，安济坊这些年来，在民间倒是颇有些名气。上门寻医求子的病患很多，那孽徒私下给人卖求子、保胎之药。直到熙宁五年夏天，接连有两户人家找上门来，说是自家妇人吃了孽徒给的药，生出的孩子天生唇裂。老拙当时勃然大怒，按照修行戒律，将他杖责一顿，逐出安济坊。

"当时老拙对那两对夫妇好生抱歉，精心为他家孩子治疗，并赔偿他们足够银钱。好不容易把这乱子料理清楚，又有百姓找上门来，也是孩子畸形的事。原来被孽徒哄骗的夫妻，竟远不止那两对！找上门来的父母越来越多，到后来畸形儿竟有十七个！唇裂的只是小问题，还有五根手指长在一起的、两条腿一长一短的、男孩天生去了势的、女孩生来便四乳的……实在触目惊心。"

说到此处，弥心惭愧不安道："罪过罪过！老拙疏于管教，没想到这孽徒不思悔改，竟犯下这等滔天罪孽！老拙身为他的传道师父，实在愧对历代祖师，愧对那些受苦百姓。那孽徒犯下此案，老拙怎能不给他们一个交代？

"按理说弟子既然已被逐出师门，一身罪孽便和安济坊再无关系，但此事影响实在恶劣，老拙只能破了这规矩，派遣弟子四处找寻，将那孽徒捉了回来。准备择日召集福道门徒，请来受害百姓，当众处罚于他。谁知……谁知就在当夜，这孽徒竟然打伤看守人，越狱而逃！

"这孽徒逃出本坊之后，老拙又派人追捕，却徒劳无功。他就此成了安济坊第一大害，老拙几次三番想要清理门户，却总是被他逃走。就在数月之前，老拙打听到这孽徒的踪迹，亲自动身去追。顺着蛛丝马迹，才发现这孽徒愈发猖狂，已将主意打到京畿路出了名的巨富身上。老拙听闻他去过陈留高家，就赶去探查情况，正好碰上你们两位。"

云济问道："依先生所说，高士毅受他儿子的算计，被貙貐刑缠身，可是邱远唆使的？"

弥心沉默片刻，方才开口："老拙也不敢断言，不过那孽徒痴迷各种秘方禁药，总爱摆弄奇技淫巧之物。貙貐刑的症状十分诡异，虽无法断定是他的手笔，但他既然参与了进来，想必也脱不了干系。"

云济点了点头，长长吸了一口气，站起身来道："多谢弥心先生，小生今日获益匪浅，待日后有闲暇，再来跟先生请教。"

云、狄二人出得安济坊，狄依依问道："三杯倒，邱远恶行累累，这等丧心病狂。弥心先生一直在追查他，想要清理门户，咱们既然知道他就藏在胡安国家里，为何不告诉弥心先生？"

"邱远只怕还跟灯魁案、延丰仓案有莫大关系，我不想横生枝节。而且你不觉得奇怪吗，邱远先是想要吃祖师胸口的肉，又是给孕妇吃秘方禁药，如此怙恶不悛，弥心先生为何不报官？"

"这……他们都是修行之人，自有门规管束？"

云济默然不语，不置可否。

对他突然的沉默，狄依依已经见怪不怪："咱们现在去哪儿？"

"去找童贯，看一看郭闻志的头颅。"

"头颅？死人头有甚好看的？"

"你还记得咱们在那艘千石船上，曾看到的那具无头尸吗？脖颈处刀痕平整，衣服上却无血迹溅射的痕迹，这说明什么？"

狄依依骑在马上，想着当日发现无头尸体时的场景——刀痕平整，说明是被一刀断首，出手的要么是经年老手，要么是天生神力；衣服上没有血迹溅射，说明脑袋是死后被割下来的，否则断首时必然颈血狂喷，衣服不可能半点血迹都没沾到。

云济提醒她道："那无头尸身上没有其他伤痕，脑袋又是死后才被割下来的，且并无中毒迹象。那么他是怎么死的？致命伤又在哪里？"

"你是说……致命伤在头上？"

"除此之外，没有其他可能。"

那日郭闻志的头颅飞上宣德门城楼后，被童贯接住带走，连开封府的人都不曾仔细看过。云、狄二人直奔皇城司寻人，由于这日童贯在宫中当值，到太阳快落山时，云、狄二人才等到他回来。

童贯听他说明来意，当即将封存好的头颅找出来，带到开封府后，和那无头尸体一对，果然严丝合缝。

一名五十多岁的老仵作道："已经验过了，头顶破有一孔，是被锐物撞击而死。"

云济仔细端详，那头颅头顶的头发已被仵作刮掉一大片，果然可见一个锥形破口，破口周边的头骨已经碎裂。他诧然问道："老先生，你可曾见过这种形状的兵器？"

老仵作慌忙道："据小老儿所知，有人会将攮子做成这等形状，便于放血。只是……攮子不是用来戳人的脑袋的。"

狄依依若有所思地点点头："攮子是用来攮肚子的，怎会用来戳人头顶？骨朵倒是可以用来砸脑袋，但骨朵我见得多了，不曾见过这个形状的。"

闭上双目，诸多画面在云济心头不停闪过。许久后，他突然睁开眼："走，咱们还得去再看看那艘千石船。"

夕阳西坠，余晖未尽，他们寻到了那艘千石船。船体躺在冰凉河水的怀抱里，前有一杆"丰"字旗，后有六只船橹，中间拱形的船舱前，斜斜杵着一杆人字桅。

人字桅最大的用处是配合拉纤，需要直立起来时，拉纤节省人力；船要钻过拱桥时，则可转动放倒，以保障安全。

"这桅杆有甚好看？"狄依依见云济昂着头怔怔出神，在他肩头拍了一把。

云济伸手指着那桅杆顶部——人字桅两臂交汇铆接处，有一只形状怪异的铆钉，将两臂固定在中间的桅顶上。铆钉一端是铁质圆环，环上系着一根纤绳，另一端穿透桅杆，裸露出来的部分甚是尖锐，竟是锥状。

"铆钉的形状甚是眼熟，难道……"

"没错，看来这便是那凶器了。"

"怎么会？有人会将这长钉取下来杀人吗？"狄依依昂着头，看到那铆钉的锥尖上，果然隐隐有干涸的血迹。

"这锥状铆钉上有锈迹，可见未被取下过。"云济缓缓摇头，苦笑道，"先前我曾断定，这艘船绝非凶手杀人之处，看来是我弄错了。"

狄依依被他说得摸不着头脑："你说那铆钉是凶器，却又说它不曾被取下来过，那凶手是如何杀人的呢？"

云济没有回答她这个问题，反而自言自语道："凶手果然是邱远，只是……他的帮凶又是谁呢，那个行事古怪的乞丐吗？"

"邱远？你凭什么说凶手是邱远，就凭那颗铆钉？"

"郭闻志致命伤在头顶，是受到这颗铆钉重击而死。应是这人字桅突然倒下时，正好砸中郭闻志的头顶。而且这一砸势大力沉，竟将他生生砸死，可见桅杆被放倒的速度极快。"

"然后呢？怎么就证明凶手是邱远了？"

云济解释道："你看看，这人字桅在放倒的情况下，顶端距离船舷仍有一丈高。郭闻志有多高？桅杆如何能砸到他的头？"

"这又有何难？他只需脚下踩一把椅子……"狄依依越说声音越小，自己也觉得太过牵强。

云济道："只有两种可能！一种是人字桅倒下时，凶手正背着郭闻志，郭闻志不是趴在他的背上，就是半骑着他的肩膀，上半身挺直，这才被砸了个正着。另一种是人字桅倒下时，凶手抓着郭闻志的衣襟，将他高高举起，人字桅沉沉砸在郭闻志脑袋上。不论哪种可能，都和邱远脱不了干系。因为除了他，我还不曾见过第二个身量如此高的人。"

"走走走！咱们快去捉凶手！"

狄依依顿时起了劲，不由分说来拽云济。云济被吓得后退两步，狄依依已然习惯，向他招手示意，转身就走，云济急忙跟上，直奔胡家大院。

胡家此时仍在开封府的封禁之中，里面的人不得出，外面的人不得入。好在开封府的衙役知道云济和王旭的关系，将他二人放了进去。

此时已经入夜，胡家大娘子却没有歇息，正带着随身的丫环小厮巡视各处，一听云济到来，连忙赶来迎接。云济匆匆一揖，还没等胡家大娘子细问案子的情况，抢先问道："敢问大娘子，邱远是否还在贵府？"

胡家大娘子怔了一怔："鄙宅早已被封，邱仙师受我家牵连，一直走不了，就留在了佛堂。"

"佛堂？他修行的是福道，在佛堂作甚？"云济喃喃念了一句，对胡家大娘子道，"据在下所知，灯魁案发生之前，胡员外曾经立过规矩，贵府的佛堂乃是要地，不得轻易进入。敢问大娘子，如今可是改了规矩？"

胡大娘子苦笑道："现在胡家风雨飘摇，早已是任人踩踏的老鼠洞了，还在意什么佛堂？"

云济略略点头，看来胡安国在佛堂下藏下诸多钱财之事，胡大娘子竟是不知道。他向胡大娘子一拱手，径直往佛堂而去。佛堂院子里果然亮着灯盏，佛堂门大开着，里面却空无一人。几人进到佛堂内，都齐齐怔在那里，胡大娘子更是惊得目瞪口呆。

佛堂神龛上的观音菩萨像，竟然被人从胸腹处折断，上半截身躯落在地上，佛首和脖子已然分离，而下半身坐在莲花台上，肚子处竟有一个洞，黑黝黝地通往下方。

胡大娘子不知所措："这……这……"

"好贼子，竟来盗窃钱财！"狄依依从家丁手中夺过一盏羊角灯，从洞口急急往下跳。

云济急忙阻拦："小心……"

他一时情急，伸手去抓狄依依的胳膊，但狄依依动作太快，已经一跃而下。云济不过是个文弱书生，哪里拽得住她？反倒被她一带，整个人倒栽葱一样坠了进去。

"啊！"云济惊叫一声，待睁开眼睛，却发现被狄依依拦腰横抱，稳稳地立在地上。方才他怕狄依依犯险，一时忘了害怕，竟伸手去拽她。此时被她抱在怀里，怪毛病顿时又回到躯壳，如同被毒蛇咬中，身体发烫，呼吸急促，四肢僵硬，一时动弹不得。

羊角灯已经掉落在地，灯火却未熄灭。并不甚亮的灯光，将周围照得很是清楚。此处是一间石室，金饼银锭铺满了地。饶是听云济说过密室中藏金银的事，狄依依依旧忍不住吃惊。而云济比她还要吃惊，因为密室东侧墙面居然被砸开一个大洞，露出另外一间石室，约有两丈见方。

上次探查的时候，他只看到外层石室，没发现里面竟还套着另一间密室！

套间石室中，最靠里横放着一张矮榻，榻上是一床锦布被褥，榻前有一只熏香小火炉，另有一张小几倾倒在地。

一个身高九尺的福道徒，像一座大山一般立在榻前。他怀里抱着一个纤弱女子，许是刚从被子里出来，女子穿得十分单薄，外披一身淡蓝色褙子，内裹素白抹胸，头发散乱，两颊消瘦，嘴唇干瘪，双目无神。看她面相只有十八九岁，虽然一脸憔悴，仍掩不住其上佳的姿色。

狄依依横抱着云济，邱远横抱着病弱女子，四人八目相对，除了那病恹恹的女子依旧呆滞，其他三人都怔了一怔。

第十七章
无根之城

"贼子！你做什么？她是什么人？"狄依依叱骂道。

"她已经至少五天没有吃喝了，下愚是来救她的！"邱远说罢，单臂将那女子夹在怀里，穿过墙上大洞，又伸手抓住靠在墙角的一架木梯，斜斜从洞口探出去，携着女子爬出石室。

他身形高大，身上灰色法衣却有些偏小，爬木梯时，衣角翻卷而起，露出一抹灰白相间的暗影，好似在法衣的里面还打着补丁。云济看见了，不由心中一动。

狄依依有样学样，将云济往胳膊下夹，然而云济身高腿长，半截小腿顿时撞在地上。

见云济面红耳赤，浑身战栗，狄依依这才醒悟过来："瞧你这臭毛病！"顺手将他丢在一边，追着邱远爬了出去。

"快！快拿糖水来！"邱远刚从洞里爬出来，毫不客气地使唤起胡家的家丁。胡大娘子见他竟从里面抱出一名陌生女子，惊得瞠目结舌，急忙安排丫环去拿糖水。那女子喝下糖水，脸上终于恢复一丝血色。

云济在暗室里缓过气，从洞中爬出，见邱远在照看昏迷的女子，越来越多的家丁和丫环来看热闹。云济沉声道："大娘子，此事不宜让太多人知道，以免传得沸沸扬扬。"

胡大娘子这才反应过来，连忙派人驱逐了家奴。

邱远伸手为那女子把脉，自言自语道："还好，只是饿久了。倘若再耽搁两日，后果不堪设想……有些人真是丧尽天良！"

"这女子是什么人，到底是怎么回事？"狄依依拔出酒囊上暗藏的短刀。

"怎么回事？这个你得去问胡员外。他家的佛像下面，为何连着一个暗室？暗室里为何关了一个女娃儿？他被抓进大牢已经五日有余，居然半句也没有告知别人，佛堂下还关着个女娃子！这女娃瘫软在床榻上，显然是被喂了什么药物，变得呼吸微弱，心跳缓慢，神情呆滞，如同冬眠的黑瞎子一般，这才没被渴死、饿死！"

胡大娘子被说得哑口无言，她一直坚信胡安国是无辜的，卷进灯魁案必是遭人陷害。可现在看来，实非什么正人君子的做派。

云济突然问道："那么你呢？邱远，你为什么要杀郭闻志？"

此言一出，胡大娘子满面错愕。邱远浑身一滞，缓缓转头："我杀了郭闻志？凭什么这么说？"

"那艘千石船人字桅上的铆钉，形状和郭闻志头颅上的致命伤完全吻合，以那人字桅放倒时的高度，也只有你这等身量才够得着。"

邱远有些诧异地看了云济一眼："云教授，下愚还是小瞧你了！不错，那郭闻志确实死于下愚之手，但下愚并非有意杀他。当时下愚怒其不争，一把揪住他的衣襟将他举起。谁知那船顺流而下，由于无人操控，桅杆撞在石桥桥洞上，猛地倾倒过来。下愚正将那厮往上举，桅杆偏偏往下倒，砸了个正着，那厮哼都没哼一声，当场死了。"

"既然无意间害死了人，最多设法将尸体处理，反正郭闻志也是孤家寡人一个，你无须担心有人来找。可为何要将他的头颅割下，做成彩球放进胡家的五谷灯山，还抛到宣德门城楼上？"

出乎意料的是，邱远倒是毫不遮掩，坦然道："下愚就是要将此事闹大！郭闻志这厮守着他爹留下来的账本，明知常平司和延丰仓那帮贪官污吏坑害了他爹，他却不思检举巨贪，为父报仇，真是不孝之极。"

"郭闻志状告延丰仓诸官吏的事，是你指使的？"

"下愚为他主持公道，鼓励他为父报仇，怎能说是指使？"邱远谈起郭闻志，满脸都是鄙夷，"可惜这厮是个扶不起的阿斗，没骨气的穷措大。下愚好说歹说劝服了那厮，他信誓旦旦答应，要当着王相公的面呈上账本，状告常平司、仓草场及延丰仓诸官贪赃枉法之事。谁知他一冲进宰相元随的队伍，立马折了腰杆子，跟宰相一照面，整个人都虚了。他支支吾吾憋了半天，也没敢把延丰仓造假账的事说出来，反倒憋出个闷屁，告胡安国悔婚……简直让人羞与为伍！"

云济急忙问："然后呢？"

"后来沈括领了差事，暂且代管延丰仓放粮一事。下愚好说歹说，威逼利诱，诸般手段都用上了，才迫使郭闻志带着那本账簿登门告状。"

云济道："我查过他揭发延丰仓的那本密账，单独看确实有问题，不曾严格按朝廷律例贷出钱粮。但延丰仓存的官账之中，也有相应记录，最后已连本带利收回。其中不符合常例的放贷，查账时也一一记录在册，自会有政事堂和三司处罚。"

"仅仅是不符合常例？"邱远额头青筋拱起，"郭闻志那厮信誓旦旦跟我说，这本账册一出，能揭露巨贪大案，从延丰仓到常平司，会有数不清的贪官污吏锒铛入狱。可那账本跟官账一对，只查出些鸡毛蒜皮的小事，真是误信了那厮。"

云济眉头紧皱："所以你在船上质问郭闻志，结果失手砸死了他？"

"明明是桅杆突然倒下，怎能算下愚失手杀人？"邱远一脸愤愤道，"再说那厮被胡安国指使人抓了起来，还是下愚将他救出来的。"

"那你为何盯上胡家？在上元节灯会上大闹一场，这不是要害得胡家万劫不复吗？"

"下愚行事，只求问心无愧。就是要让皇帝老子和文武百官都看到那颗头，让他们想想已经烂掉的延丰仓。至于会不会害得胡家万劫不复，你以为胡安国当真清白无辜，一点儿问题都没有吗？延丰仓每年贷出多少钱粮，穷苦百姓收到的有几分，辗转落在他胡安国手里的又有几分，你知道吗？"

"这……"云济脸色一变。在放贷钱粮一事上，各地常平仓都有多年积弊，他也小有耳闻。

常平新法施行之前，真正盘剥那些升斗小民的，是各地豪门贵绅。新法施行之后，由各地常平仓贷粮给贫民，等同于官府抢了豪绅的生意，因此，他们反对新法也最为激烈。豪门富户为了钻新法的空子，歪门邪道层出不穷。一些地方官为了三年大考，难免和地主豪绅沆瀣一气。胡安国能将这米粮生意做这么大，若说没点儿歪门邪路，那是绝无可能。

邱远嗤笑道："当然，胡安国只不过是其中之一罢了，从中牟利的权贵多了，他还排不上号。"

"你既瞧不起他，为何还要假造貔狍刑来坑害他？"

"貔狍刑？为何说是下愚所为？"

"其一，高士毅所受的貔狍刑，是他儿子高公净所为，但根底上是一个穿着百衲衣的乞儿给他下的套；其二，高士毅想要摆脱貔狍刑，嫁祸给胡安国，寻了个叫贼乞儿的偷儿去做这事；其三，郭闻志将墨玉貔狍送给胡安国，也是受一个乞丐的教唆。"云济看着邱远道，"而那个乞丐，正是你邱远所扮。"

"笑话，下愚还不至于沦落到扮乞丐的地步。"邱远站直身躯，居高临下地望着他。

"我本来猜测，还有一个乞丐和你是同谋。但我们查了几日，查不到那乞丐的踪迹。直到刚才你爬上梯子，我才明白过来，原来你自己便是那个贼乞儿。"

"胡说八道。"邱远向来胸有成竹，即便云济看穿是他杀了郭闻志，也依旧从容不迫，此时竟有些恼羞成怒。

"早在最初见你的时候，我就感觉你的穿着有些古怪——你身高九尺，这法衣在你身上有些嫌小。我本以为是你身形比常人高大，难以寻到合体的衣服，但刚才你爬上楼梯时，法衣一角翻过来，里面的布料灰白相间，还打着一个补丁。"

众人齐齐往邱远法衣上看去，却看不到他法衣的内衬。

云济继续说道："这法衣从外面看是福道门徒所穿的修行法衣，里面则是乞丐蔽体的旧袍。你只需将法衣反过来裹在身上，再用缩骨术，将身体蜷缩成常人大小，并略作装扮，就成了那贼乞儿！"

邱远盯着云济，从最早居高临下的审视，到被看穿时的恼羞成怒，现已是神色惊骇。

他绕着云济转了一圈，突然接连赞叹："你果然慧眼如炬，比我想象的还要聪明过人。不错，貔狍刑的确出自我手。这帮奸商为富不仁，下愚正好替天行道！"

"替天行道？你这般恶行累累，竟还妄称什么替天行道？"

"什么叫妄称？下愚三番五次提醒官府延丰仓有大问题，可皇帝昏聩无能，宰相有眼无珠，全都不知提防。现在倒好，百万石存粮不知所踪，他们连半点头绪都没有，枉费了下愚一番心思。"

"你多次制造奇案，只是想哗众取宠，引起官家和相公的注意？"云济蹙眉道，"王资政家的小衙内被人所拐，只怕也是你做的手脚吧？"

"何以见得？"邱远反问一句，饶有兴趣地打量着云济。

狄依依也是瞪大了眼睛："王家的十三郎，不是被那丑驼儿拐走的吗？"

云济摇头道："我早就跟你说过，丑驼儿天生驼背，特征太过明显，这样的人去拐孩子，岂不是等同于敲锣打鼓地偷东西？真正拐走小衙内的驼子，是邱远假扮的！"

"扮成驼子？"狄依依还是有些不敢相信。

"这有何难？只需背个枕头，再在外面套一件棉衣，走路时弯着腰，不就是个驼子了？"

邱远拍手赞叹："好一个救急教授，真是名不虚传。不错！那拐走王家小衙内的驼子，正是下愚所扮。"

云济道："你本是贼乞儿出身，戏班子好心收留你，你反倒在戏园里盗窃。亏得弥心先生搭救，否则早就被人砍了手。如今不思回报也就罢了，怎么还反过来要害得这戏班上上下下都身陷囹圄？"

邱远仿佛听到一个天大的笑话，纵声大笑："是他们好心收留了我？是弥心发善心搭救？谁跟你说的？"

"这是弥心先生所说，难道还能有假？你所犯的罪罄竹难书，就不怕天打雷劈吗？"

"真是笑话，要被天打雷劈的，该是弥心那老贼才是！我还以为你目光如炬，谁知也是个睁眼瞎，哈哈哈！"狂笑声中，邱远面色陡然一变，伸手抓住云济的衣襟，将他用力丢出。云济只觉一股磅礴巨力涌来，身子腾云驾雾般朝后飞去。

"三杯倒！"狄依依惊呼一声，快步冲过去接。

只听"咔嚓"一声巨响，云济身躯撞破轩窗，眼见头下脚上，倒栽葱一般砸向地面。狄依依及时赶到窗前，隔着轩窗抱住他的小腿，险而又险地将他拽了回来。

与此同时，邱远声东击西，乘着狄依依救人，提起那还在呆滞中的女子，从佛堂正门冲了出去。他出得小院，来到高墙边，从袖中甩出一只钩索钩住墙头，稍一借力，纵身翻出了墙外。

"站住！"

狄依依奋起直追，也跟着翻过墙去。

过了半炷香工夫，她又翻墙回到佛堂，一脸郁闷："三杯倒，若非为了护着你，我岂会让那贼人就这样跑了？"

"是是是，都怪我不好。"云济拍了拍身上尘土，心不在焉地应付了一句，暗自揣摩：藏在密室里的女子是谁？她已被饿了五天，没人来送吃食，可见胡家无人知道这里藏了人。胡安国宁可饿死她，也不肯透露半个字，这说明她的身份不可见人，就像……就像真珠一样！

云济怔怔呆了良久，才向胡大娘子躬身道："云某此番打扰，却没抓住那厮，还望大娘子海涵。佛堂中发生的事，还请大娘子约束下人，万万不可传出去。"

"是，是！"胡大娘子魂不守舍，只顾点头。

从胡家出来，狄依依当先而行。云济混混沌沌缀在她身后，繁杂线索千丝万缕，在他脑中一根根抽离捋直，临空纵横交织，仿佛在天地间竖起一块巨大的棋盘。重重疑点化作一枚枚黑白子，不受控制地在横竖线间滚动，每次他稍一拨弄，整盘棋势便陡然大变。

走了不知多久，狄依依突然停下，云济诧然道："你怎么……"

却见狄依依直勾勾望着旁边一家脚店，店门上方挑着一面幌儿，上书"牛粪酒"三个字。

"牛粪酒？东京城各个酒家我也算逛得够多了，怎么不曾听过？"狄依依一时好奇，又闻到一股酒香，顿时走不动道。

"这酒名自带一股味，还不一瞧就没了兴致？咱们还是走吧。"云济在一旁催促。

"孔子他老人家都说'以貌取人，失之子羽'。若以名取酒，痛失美酒可就不妙了。"狄依依抿了抿嘴唇，"兵法有云：'宁可天下酒负我，不可我负天下酒。'本姑娘这就甘冒奇险，试一试这牛粪酒，是个什么滋味。"

眼见得狄依依兴致勃勃，往那脚店走去，云济苦笑一声："我去疙瘩巷一趟，就不陪你了。吃酒莫要吃醉，记得早些回来！"

往前转过一个街头，便到了疙瘩巷。

疙瘩巷中住了数十户穷苦人家，是有名的破落街巷。因屋舍狭小，如同道路两旁结出的疙瘩，故有此名。云济知道贫苦人的难处，是以时常来疙瘩巷救济穷人，而他和郑侠也是在此相识的。

貔狼夺粮的消息一出，东京城内粮价一日三涨。各粮行明面上都说无粮可出，私下却以高价粜米，还引来百姓哄抢。官府的政令形同虚设，市易司也束手无策。

疙瘩巷的居民大多家贫如洗，既无存粮，又无钱买米，度日十分艰难。

云济看在眼里，想到儿时食不果腹的那段时光，顿时心有戚戚。他散尽身上闲钱，分给巷子里的孩童，然后来到一间老屋，正准备取钥匙，却见屋内亮着灯盏。

他推门而入，屋内仅有一只火炉，一张竹几，两只木墩。郑侠坐在几边，就着旁边灯光，正在一本书册上写字。

这座老屋本是一位老瓦匠的居所，他无儿无女，又患了重病，只能卖房看病。云、郑两人怜他无家可归，就将房子买下，借给他居住。后来，老瓦匠的病终究没有看好，但好歹死在自己的屋子里。老瓦匠死后，这间屋就成了云、郑两人的据点，存储些行善所用的财物。

郑侠见到云济，叹了口气："我来的时候，上次在老屋存的粮食，不知被谁偷走了。你来得正好，我算得头都大了。"

原来郑侠正在算账，这老屋被当作仓库使用，两人时不时会往这里带些财物，留有一本账册记录，记录收入支出。

云济关门进屋，掀开案几下一块方砖，里面放有两只蜜罐，罐子上落满灰尘。这是他年前所藏，不曾被贼人发现。云济打开一只蜜罐，煮了一锅甜水，一边和郑侠对饮，一边拿过账本，迅速过了一遍。

这账本上，还记着疙瘩巷各家各户的人口和家境情况。云济对账一算，疙瘩巷的人家就算最富裕的，也挺不过半个月，而家境差些的，恐怕已经断粮了。

两人平日里不曾少行善事，但面对整条疙瘩巷的困境，以他们的财力也是无济于事，对整座东京城，更是无能为力。两人交谈许久，都觉东京城危在旦夕，如同被困在监牢中的死囚，只等着引颈受戮。

又喝一碗甜水，云济叹息道："朝廷必然已从没有受灾的几路调粮，但运到东京，也需一月有余。京中百姓只能撑半个月，这也是为什么，官家要家师半个月内寻回粮食。"

郑侠眯瞪着眼睛，点了点头，打了个哈欠："好困，我怎么有点恶心？"

"困？恶心？"云济一个机灵，他猛然起身，谁知却四肢酸软，身子一个趔趄，趴在了案几上。

郑侠被晃动的案几一撞，竟坐不稳，往后倾倒过去，"哇"的一声，将腹中酸水呕了出来。

"糟糕，中毒了！"云济叫道。

郑侠头脑迷糊，听云济这般说，这才惊醒过来。他伸手在大腿上掐了一把，头脑清明了些，望向火炉上正在烹煮的甜水。

这甜水中加的是蜜，蜜罐的盖子上还有灰尘，少说一个月不曾有人动过。而水是郑侠打来的，他下午时就已喝过。云济心念电转："不是甜水，是炭毒[①]！"

"炭毒？"郑侠奋力起身，强撑着来到门边，想要推开门户。谁知他一推之下，木门只微微一晃，不能打开，从门缝一看，门外竟被上了把锁。

云济勉力来到窗边，发现窗户也是一样，被人从外面锁死了。这老屋破旧，所谓窗户，也只是一块木板，不是窗纸窗格，一经上锁，便无法透光，更谈不上弄破窗纸透气。

若是平日，以这老屋的木门木窗，即便上了锁，也能强行撞开。但此时云、郑两人筋骨酸软，浑身无力，根本奈何不了。

郑侠心头一凉，脚下酸软，整个人瘫倒在地："门窗被锁，是有人要……要害咱们。"

云济有气无力道："这老屋炉子是连着烟囱的，定是贼……贼人把烟囱堵了，炭毒散……散不出去，咱们谈话入了神，一时没有发现。"

东京地处北方，一到冬日，千家万户都要烧炭，但疙瘩巷这地方，少有人买得起。东京城每年冻死百姓不下数十人，疙瘩巷尤其多。郑侠自然买得起炭，只是他把钱拿去周济百姓，不舍得买好炭，屋内烧的是劣炭。但劣炭烟大，且易出炭毒。屋顶置有烟囱，平日里窗户也不曾全关，就是为了防炭毒，没想到还是着了道。

"救命，救命！"郑侠嘶声大呼，然而他心慌气短，说句话都连连喘气，发出声音比鸡鸭大不了多少，即便传出屋外，也没人能够听闻。

"怎么办？难道咱……咱们要命丧于此？"郑侠一时陷入绝望。

云济只觉昏昏沉沉，心头的不甘却如烈火般燃起。他踉踉跄跄走到炉边，用长钳夹出一枚烧红的炭。

"知白……你做什么？"

云济咬牙道："与其坐以待毙……不如置之死地而后生！"

[①] 指一氧化碳中毒，古人对此早有认识。宋慈《洗冤集录》云："中煤炭毒，土坑漏火气而臭秽者，人受熏蒸，不觉自毙，其尸软而无伤，与夜卧梦魇不能复觉者相似。"

"什么置……置之死地？"

却见云济咬紧牙关，用尽浑身力气，将正在燃烧的火炭向房顶掷出，火炭落入裸露的椽子间，顿时将屋顶点着。郑侠脸色一变，此时烟毒未解，屋子又被点着，岂不是要被活活烧死在屋里？

云济扔出火炭，已经耗尽全身之力，一下瘫倒在地，心中默默道："此地是义父治下，现在只能赌他的铺兵训练有素，能够及时发现火情了。"

没过多久，百丈之外，望火楼上，监视火情的铺兵就发现了屋顶的火光，急忙敲锣示警。附近军巡铺收到警讯，潜火兵穿戴了防虞器具，匆匆冲入疙瘩巷中。

潜火队出动虽快，但火势起得也极迅捷。这破屋本是竹木所建，很快小火变大火，整座屋子都燃了起来。疙瘩巷屋舍相连，顶檐搭接，只要火起一家，很容易烧及全巷。所以一见发了火灾，左邻右舍都心惊胆战，担心殃及池鱼，人人不敢懈怠，纷纷协助救火。一时间呼救声、哭喊声、呵斥声贯耳而来。

火起之后，云济扑倒水桶，将自己和郑侠身上的衣衫浸湿，以避免被烧伤。过不多久，潜火队赶到，云、郑两人急忙发声呼救。只听见潜火兵吆喝着拆屋浇水，却不见他们来破屋救人。

郑侠喘着粗气："难……难道还是我……我们声音太小……他们听……听不见？"

云济一转念道："喊……喊官名。"然后拼尽全力，对窗外大喊："我是云济！王巡使的……儿子。王旭！王……王巡使！"

郑侠也急忙自报家门："里面是……安上门门监……郑侠！"

疙瘩巷居住的都是"贱民"，潜火队还在半路上时，队正就已下令，第一要务是隔离火源，免得殃及全街，死个把"贱民"，他倒不是十分在乎。因此，潜火兵并没有第一时间破屋救人。直到他们隐约听见里面在唤左军巡使的名讳，队正再拉邻居一问，确认了确实有官人在屋内，脸色顿时一变："快，快救人！"

潜火兵顿时奋不顾身，不顾火情破门而入，冒着浓烟将两人拖出。

队正曾在左军巡院当过职，见过云济，认出他是左军巡使的义子，顿时大吃一惊，正要让人去寻大夫，忽听得一个女子惊叫："三杯倒，你怎么了？"

狄依依在脚店坐下后，要了一碟小菜，一壶牛屎酒。

随着粮价暴涨，菜价、酒价也翻了一倍，且改成了先付账，后用饭。狄依依付过酒钱，先斟了一碗，见酒色黑沉，牛屎一般，却掩不住浓郁酒香。她端起碗一口喝下，不仅唇齿留香，入腹更觉暖而不辣，甚觉舒坦。

依照大宋榷酒法，东京只有七十二家正店有酿酒权，其他脚店只能从正店买酒。狄依依吃遍了东京各大酒家，却不曾吃过这样的酒，难道这脚店竟敢卖私酿不成？

一问才知，敢情这酒并不算私酿，而是用正店大量售卖的茅柴酒，加入几样配料后，经过蒸煮存入酒缸，再用牛屎密封数月，待二次发酵后酿得，故而叫作牛屎酒。

酒足饭饱，狄依依浑身舒爽，可心痒难搔，想要这牛屎酒的秘方。然而酒方乃是酒家立身之本，岂能轻易告知？狄依依不断加价，跟老板磨了许久，也没得他答应。她郁郁走出脚店，刚一抬头，就看见远处有火光闪动。

"那里是……疙瘩巷？"狄依依没来由心头一跳，鬼使神差般往疙瘩巷赶去。

到了着火处，正好见潜火兵拖了云济和郑侠两人出来。狄依依心头一慌，扑至云济身前，却见他脸上沾灰，全身湿透，浑身在打冷战。虽侥幸被救出，却十分虚弱。

狄依依不由分说，扯下云济身上湿衣，将自己的皮氅解下，裹住他的身躯。云济虽然惧怕接触女子，但他浑身无力，根本抗拒不得。

队正正要上前帮忙，却见她将云济横抱而起。眼见得一个窈窕少女，抱着身高马大的男子往巷尾狂奔，一众潜火兵惊得目瞪口呆。

可怜郑侠就躺在云济身边，不仅狄依依眼里只有云济，连队正都将他忘了。愣了许久，队正才想起还有一人，急忙派人送去医馆。队正顾不上处理此间杂事，留了其他潜火兵善后，匆匆奔赴左军巡院报信。

一介小小队正，终其一生也不过是个吏员，左军巡使这等大人物，他连搭话的资格都没有。今日救了左军巡使的义子，实是天大的机缘，队正一路狂奔，疙瘩巷的火已熄灭，他心中的火却熊熊烧了起来。

狄依依虽然武功高绝，但并非以力气见长，抱着人奔跑并不轻松。而且云济虽瘦，但身高体长，她跑出疙瘩巷时，已经满身是汗。

她面上泪水迎风而下，心中无比自责："狄依依你个死酒鬼，怎么一见酒就昏了头？枉你自恃拳脚高明，连三杯倒都保护不了，本领再高有什么用？你倒是没有负天下酒，可若他有个闪失，可就真成天下酒负你了！"

"三杯倒，醒醒！不要睡……不要睡！"狄依依抱着云济跑了三里多路，一边喘气，一边呼喊，不敢有丝毫停歇。终于到了道生医馆，却见云济已经昏了过去。也不知是因炭毒，还是在狄依依怀里被吓晕的。

这道生医馆是翰林医官李道长所开，李道长年轻时是狄青帐下军医，和狄家交情极深，一直被狄依依等人视为自家长辈。幸得这日李道长就在医馆，给云济把过脉，说他中毒不深。先施针灸，再入汤药，过不多久，云济就醒了过来。

"怎么样，头疼吗？恶心吗？身上难受吗？"狄依依急忙扑到床边。

云济刚一醒来，就见一张绝美的面庞贴近过来，红肿的双眸满含关切，额前发丝散落下来，从他鼻尖撩过。云济打了个喷嚏，一时心头狂跳："九娘，你……你快离远些！"

狄依依无奈，只得退开到三尺之外。

旁边的李道长不知云济的怪毛病，他年过七旬，脾气却不减当年，顿时火冒三丈："臭小子，谁给你的胆子，敢这么对待狄家女儿？"

云济被当面呵斥，却无法辩驳，只得苦笑赔罪。狄依依急忙替他解释，又向云济介绍了李道长："李叔公是我家中长辈，医术十分高明。那种能遮瑕的铅华泥，就是他给我的方子，只不过被我另作他用了。"

几人正说着话，一伙人突然闯了进来，当头的正是王旭。

"济儿，济儿！"王旭在门外已急得大声叫嚷，进门看到云济躺在床上，快步来到旁边，上上下下端详着，"济儿，可真吓死义父了！你怎么样，可头疼吗？恶心吗？身上难受吗？"

这话跟方才狄依依问的几乎一样，云济还没说话，李道长冷着脸道："什么狗屁官儿，一来就大呼小叫，是要羞辱老夫吗？在老夫的医馆里，他能有什么事？"

王旭经这老儿一骂，一张脸憋得通红。他浸淫官场十多年，十分圆滑老道，这医馆是翰林医官所开，若是往日，他绝不会如此冒失，风风火火闯进来寻人。李道长虽无实权，但王旭向来不轻易得罪公家人，吃他这一通骂，也不辩驳，急忙作揖致歉："是王某口不择言，李侍医莫要生气。"

"哼！"李道长拄着拐杖，甩手而去。

狄依依是个直性子，比起李道长却是小巫见大巫，还不得不替他解释了一句："王巡使莫要介怀，李叔公双目不能视物，看不见你行礼，并非视而不见。"

他竟是个盲人？王旭暗暗惊奇。

"义父，郑介夫呢？他可还好？"云济服药后头脑已经清明，第一个挂念的便是郑侠。

跟在王旭身边的潜火队队正道："回云教授，小人已经派人送郑官人去看病了，只不过并非来道生医馆，而是寻了其他大夫。"

云济松了口气，王旭却是脸色一正道："还记得关心旁人？你这次险些送了性命，可知是怎么回事？"

"我们这是着了道儿。"

王旭已经从队正口中得知当时的情况，厉声道："门被锁，窗被封，烟囱被堵，这是要取你俩的性命！而且下手者十分猖狂，这股子杀意几乎毫不掩饰。"

云济蹙眉思索："今日去了一趟安济坊，回来破了郭闻志断头案，结果晚上就遭人暗算……想必是戳到了某些人的痛处。疙瘩巷龙蛇混杂，房屋经过焚烧，所遗线索不多，倒不好追查是什么人做的恶。何况，堵我门窗的最多只是毛贼，跟幕后之人还差了千八百里……"

"啪！"

见他中毒之后，竟还在思索案情，王旭怒火腾起，甩手就是一记耳光："兔崽子，老子说的话，全当耳旁风吗？"

这一耳光打下去，云济脸上顿时留下五根指头印，一旁的狄依依都惊呆了。

自收了云济作义子，王旭少有疾言厉色，更不曾打过他。云济吃了这一耳光，顿时蒙了，怔怔望着王旭。

王旭一巴掌下去，心中立即后悔，眼见云济脸颊肿了起来，不由长吸了一口气，苦笑道："这案子牵扯太大，我不让你掺和，本是……也罢，我给你看样东西。"转头吩咐了身边皂吏，去左军巡院取东西。

过不多久，皂吏赶回，将一个陈旧木箱交给王旭。王旭屏退左右，这才打开木箱，箱内放着一件残破的火背心。

王旭伸手在火背心上轻轻抚过，沉声道："这是我最后一件火背心，也是当年失陷在火场时所穿。我和云深兄萍水相逢，那日他拼死将我从火场救出后，我俩命运交错，各有际遇。云深兄因送丢了马递，落得个刺配边州的判决，又因伤病迁延，中途不幸离世。而我王某人却因祸得福，不仅从火场捡回一条性命，更因功得了拔擢，先升厢巡检，再迁军巡使。虽谈不上平步青云，也算得是官途坦荡。

每每念及当年之事，总觉愧对云深兄，欠你们父子甚多。"

他睹物生情，话语中的自责情深意切。云济也觉嗓子发涩，宽解他道："义父何须如此？爹爹临死前曾留言，火场救人一事他没有半分后悔。再者爹爹当年救人时不曾留名，多亏了义父情深义重，不惜辗转多地打听爹爹下落，费了三年功夫，在慈幼院寻到济儿，抚养济儿成人——这等用心良苦，济儿岂有不知？"

"可我还是迟了，救不了云深兄不说，还连累你害了这一身毛病，也不知能否治好。若不能看你娶妻生子，我真无颜再见……"

云济打断他道："此事半点儿怪不得义父，无须再提。"

听着他们父子对话，狄依依若有所思。

"当年之事，你只知其一不知其二，我受到拔擢也好，云深兄被刺配边州也罢，都并非那么简单。"

云、狄二人对视一眼，云济尤其震惊："难道其中另有隐情？"

"谈不上隐情，只是有两件事，本想带到棺材里去，但如今风雨欲来，也该让你知道。"王旭将火背心从箱子中取出，道出一桩让云济百感交集的往事。

王旭当时已是厢公事所的厢典，虽然穿了火背心，披了防虞蓑衣，也是负责指挥潜火队灭火，又怎会单独失陷在火场？

这桩古怪云济实已想到，但王旭既不说，他也从不多问。实则是当年那酒楼已被烧得七七八八，王旭便命潜火队去另一头救火。忽有一位贵人召他，说是方才在酒楼用饭，听闻楼下走水，急切间跟着人群跑出，惊魂未定之下，竟不知把儿子丢到何处去了，刚刚才记起来。

这位贵人身份非同小可，王旭一听之下也是火急火燎，问了他儿子小名和衣着，急忙抢入酒楼去寻人。此时酒楼还烧着，被潜火队晾在闲处等它自灭，王旭上下寻了许久，人没寻到，却寻了只猫。再看猫儿脖子上挂着的银铃坠儿，跟贵人所述一模一样，王旭这才反应过来——这位贵人叫他去火场里寻的，就是这只被当作宝贝儿子的狸猫。

王旭一肚子憋屈，把猫裹在防虞蓑衣里，强忍着滚滚烟气往外冲。谁知横祸陡生，房梁倒塌下来，把他下半身压得动弹不得。王旭口呼救命，心里头却已绝望，他本是潜火兵出身，早有葬身火场的觉悟，只是为了只猫儿搭上这条命，就算天灵盖砸地钻进阎王爷的地盘，也实在没脸见祖宗。

就在他心窝子里翻滚着怨和悔的时候，云深从天而降，把他救了出去。

后来他因炭毒昏迷，醒来时已不见救命恩人踪影，倒是那只猫儿也捡回一条命。贵人知道他为了救猫险些搭上性命，便出手扶了他一把。三个月后王旭养好伤，邻厢的厢巡检出缺，王旭莫名其妙就顶上了。隔了好几日，他才弄明白是怎么回事——敢情贵人家的猫儿逮不了老鼠，却能逮官缺。

王旭顶了这缺之后，他浑家厢主夫人做得惬意，三天两头感慨自家男人因祸得福，全家跟着时来运转。王旭本是又惶恐又庆幸，可他好不容易打听到恩人的名姓，知道云深因救人获罪后，顿时如被冷水浇头，原本的得意消散得干干净净。

云济从不知王旭当日陷入火场，还有这许多隐情。见他满怀愧疚，云济急忙宽慰道："义父您本意并非攀附权贵，这官位虽来得侥幸，总比尸位素餐之辈强得多。"

王旭苦笑，望着云济的双眸中，平增了几分怜惜："济儿，这第一桩虽然难以宣之以口，却只是义父自己的丑事。真正凶险难测的，却是第二桩。义父藏在心中多年，每每想到，都觉心惊胆寒。"

见他表情庄重，云济莫名觉得不安，他强撑着从床上坐起，盯着王旭的面庞。

"济儿，你可知我当年，为何没有及时找到云深兄，直到他被流放出京城，才去寻吗？"

云济道："当时义父自己也被烧伤，又不知我爹的身份，寻到他自然要费一番功夫。"

王旭摇了摇头："不止如此，当年我根本想不到，云深兄会因丢失马递而获罪。因为我在昏迷前，亲眼看见……"

说到此处，王旭欲言又止。云济急道："看见什么？"

"当时云深兄再度冲入火场，我浑身无力，只能眼巴巴看着。没过多久，他从火场里，寻到了被烧着的马递匣子，掸灭匣子上的火，冲了出来。我当时头脑昏沉，却分明看见……"王旭望了云济一眼，"看见他从匣子中摸出信封，封口已被烧破，他取出信笺，展开检查了一番。我分明记得，他看着那张信笺，如泥塑一般定定立了许久，然后我就晕倒了。"

云济脸上倏然变色："您是说，那封马递并没有被烧毁？"

王旭望着他，点了点头，又摇了摇头。

"义父……"饶是云济智计百出，也想不明白他这是何意。

"当时我受了烟熏，静养许久，不知后事如何。但经多方打听，云深兄确实是以送丢了马递而获罪，那么就只有两种可能。"

云济脱口而出："第一种可能，我爹当时也昏倒过去，有人趁机将马递偷走了！第二种……第二种……"

他已想到第二种可能，却一时说不出口。狄依依在一侧补充道："第二种可能，云伯父当年为了检查信件是否完好，拆开马递检查，不经意间看到了信中内容。然后不知为何，他竟做了个大胆的决定，自行将那信笺毁去。"

"不可能！"云济神情激动，声音颤抖，"我爹身为递铺兵，送了一辈子步递、马递、急脚递，深知马递事关政事要务，怎么可能做出这等事来？私毁马递，不仅对他没有半点好处，还白白犯了大罪，他又不是傻子！"

"我也觉得是第一种。"狄依依被云济厉声反驳，并无半点介意，"只是第一种可能，也有个不合情理之处——云伯父当年显然看了信件的内容，若马递信件被偷走或者被抢，他为何不向官府申诉？"

云济自也想到这个古怪，两人齐齐向王旭看去。王旭花费那么多功夫，寻了云济三年，并将他抚养长大，可见情深义重。以他知恩图报的秉性，肯定也会探查云深获罪的真相。

王旭看着云济，神色复杂："济儿，此事我当年自是查过，但后来……唉，我可以告诉你三个信息，但你要答应我，不要去探究此事。"

"为什么？"

王旭不答，眸中有七分关切，三分责怪。

云济和他对望，一时也不说话。

默然许久，王旭让步道："除非我允可，你才能探究此事。"

"好，我听义父的。"

"第一，当年那封丢失的马递，是从杭州市舶司寄出的，按照马递规章，收阅者应该是枢密院的官长。"

云济喃喃道："杭州市舶司寄出……枢密院收阅……"

"第二，当时枢密院无主官，却有三位枢密副使，分别是包拯、胡宿、吴奎。就在云深兄被判刺配边州后不到半个月，包拯就薨逝了。"

"包拯……竟然还牵扯这等宰辅重臣吗？"

"这只是我所知的信息，至于其间是否有关联，却不敢乱说。"

"第三呢？"

"第三，按照寻常惯例，并非一经判决，犯人就会立马被押送上路。当初事发才半个多月，云深兄就被押送上路，实是杀人不见血的毒辣手段。"

云济倒吸一口冷气，他固然颖悟绝伦，又博闻强识，但所学所知大多自书本中得来，这些公门、监牢中的隐蔽勾当，所知并不多。这么多年来，他只当父亲伤重难愈，全是因为运气不好，此时才知不顾伤情押人上路，并非常例。

他心中翻着惊涛，涌着骇浪，久久不能平息。他抬起深深垂下的头，狄依依才看见他脸上挂着泪痕，连声音也已经哽咽："义父，您还知道些什么？"

"我已经没有什么可以告诉你的了。"王旭转过话头，"济儿，我跟你说起这桩陈年旧事，不是让你去探索内情，而是要告诉你其中的险恶。凡是牵扯公门的案子，背后无不牵连极深，沾上一星半点，都会凶险无比，更何况身处其中。貔貅夺粮案波谲云诡，牵涉之深一看即知，你一个小小司历要查这个案子，稍有不慎，就会惹来粉身碎骨之祸！"

王旭的声音不由自主地放低，说得无比郑重，云济却有一半心思，还在想父亲相关的陈年秘闻。屋里莫名吹起凛冽的寒风，他仿佛回到父亲死时的那一日——从那日之后，所有苦难都感同身受，所有美好都触不可及。

"济儿！"王旭见他心不在焉，不悦道，"你可听明白了？世间之事凡涉及权力二字，就得千分小心，万分谨慎。灯魁案也好，貔貅夺粮案也罢，我职责所在不得不查，你来帮忙也是咱们父子情分，但此事到此为止，你不可再介入这个案子。你要先明白两个字——惜身！"

"我……"

"其实你不能考取功名，只能进司天监参修历法，我反倒觉得欣慰。因为司历这种小官，只需研究学问，无须沾染太多是非。莫要觉得义父胆小，行事畏首畏尾，义父不求你立大功，也不求你成大业，只求你平平安安，一生顺遂！"

狄依依在旁，也听得甚是动容，只有真正身为父母，才会对子女有这般期许。

"济儿，你可知，当年我终于在慈幼院找到你的时候，心中何等自责？我终究是迟了一步，救不了云深兄不说，还连累你害了这一身毛病，也不知能否治好。"

王旭这番话情真意切，说到此处，连他一个官场老油条也红了眼眶。

云济深感他用心良苦，哽咽着打断他的话："义父，济儿听您的。"

王旭如释重负，起身叹了口气，在他肩头拍了拍："莫要胡思乱想，早些歇息吧，今晚义父就留在此地，为你守夜。"

"守什么守？他在老夫这里，你还担心什么？此处是道生医馆，要的就是清净，少来惹人心烦，闲杂人等统统给老夫滚蛋！"李道长双目不能视物，耳力却异常敏锐，在门外听见他要凤夜陪护，突然推门而入，毫不客气便是一通臭骂。

王旭神色尴尬，但他老于世故，强忍住没和李道长辩驳。

"义父，你公务繁忙，明天还有案子等着你，快回去歇着吧。济儿无碍，不必担心。"云济连忙劝解。

狄依依提议不妨由她留下照看，王旭只得答应。狄依依将王旭送出医馆，两人穿过一个街头，王旭见她还跟在身后，不由有几分诧异。

狄依依迟疑道："王巡使，您先前说当年去得迟了，连累云教授害了一身毛病，究竟是怎么回事？"

"你问这个？"王旭目光在她脸上一转，恍然道，"狄九娘应该知道济儿的怪病吧？他吃饭快，却长得瘦，什么东西都要摆得整整齐齐，否则便浑身不自在。最要命的是，他无法跟女子亲近。"

狄依依愈发好奇，迫不及待道："他这些臭毛病，有甚来由吗？"

"唉！济儿儿时受过不少苦，他曾经待过的那家慈幼院，有二十多个孩童，每日却只有十多人的饭，吃东西全靠抢，每次吃饭都跟打仗一样。许是饿怕了，这些年来济儿吃东西都极快。慈幼院掌院整日只顾着溜须拍马、逢迎上官，管事的张娘子严厉刻薄，要求院内、屋内的物事件件齐整，那些半大孩童哪里做得到？几乎每个娃儿都吃过她打，济儿在娃儿中年纪较大，总护着弟弟妹妹，帮他们收拾打理，逐渐成了习惯。"

狄依依生来千娇万宠，听王旭说起云济儿时经历，竟隐隐有些心疼，催促道："他为何又怕女子靠近？"

"此事他不曾明说。我倒是寻人打听过，慈幼院一名女工说，张娘子脾气不好，动不动就把济儿叫到屋里单独训诫一顿。每次把屋门一关，便是大半个时辰。"

王旭说到此处，不免顿了一下，瞄了眼狄依依的双眸，苦笑道："当年我寻到济儿时，他正被叫去训斥，瞧他脸上表情，简直比送去杀头还愁。附近许多要不出孩子的人家来收养娃儿，挑挑拣拣竟把济儿给遗下了。两三年时间，足够慈幼院的娃儿换一茬了，济儿生得俊俏，聪慧过人，岂会没人要？我见他干活伶俐，在院里帮手顶得上一名女工，加上他生得一副好相貌，想是那张娘子起了私心，舍不得放他走。"

狄依依愤愤道:"那恶婆子好不要脸!云教授就是被她整怕了,才不敢接近女子?"

王旭脸上掠过一丝自责:"张娘子固然可恶可恨,我也有责任在身。"

"王巡使知恩图报,这等义气深重的,何须总是自责?你翻山涉水,大海捞针般寻到他,已是难能可贵。"

王旭摇头道:"去得迟了只是其一,我将他带回去,没及时发现要紧处,又是其二。我家中无子,两个女儿和济儿年纪相仿,将济儿带回后,我那浑家总是多心。女儿豆蔻,男儿舞勺,都是情窦初开的年岁,我浑家把男女之防看得甚紧,生怕外姓子和闺女做出甚事来。时不时盯着济儿,只消看见闺女跟他些许靠近,就将两个闺女好一通骂。

"我枉为一家之主,对此竟没半点察觉。直到济儿十七望十八了,想给他说门亲,才发现他一被女人近身就躲,一提说亲,脸都绿了,头摇得跟拨浪鼓儿一般,生生像只兔子要被丢进狼窝。我这才发觉他的毛病。"

狄依依听得又是惊讶,又是心酸,只觉两片唇干巴巴黏在一起,想说什么却张不开口。

是夜,云济辗转反侧,难以入眠。

一翻身,念起儿时,仿佛又置身于当年又温馨又冷酷的慈幼院,耳边隐隐传来张嬷嬷凶戾的斥骂声;再翻身,恍若看见当年那封马递在火中燃烧,父亲被困其中,狂呼痛喊:"惜身,惜身!"王旭的二字告诫在耳畔一遍遍响起;又一翻身,陡然间回到开封府大堂之上,郑侠失魂落魄地发问:"京畿路的灾民怎么办?京师的百万百姓怎么办?"那番振聋发聩的话语,一遍一遍从心底翻涌上来,化作滚滚气浪,灼烫着他的心绪。

一直到后半夜,他终于迷迷糊糊睡去,这一睡就是七八个时辰,再醒来时,已过了晌午。

李道长给他重新把过脉,开了一剂药,说他中毒不深,可以回家修养,但需多休息,避免劳累伤神。

云济挂念被火灾殃及的邻居,离开医馆后,先去了疙瘩巷。这场火尽管不曾烧大,可还是波及左邻右舍,共三家的房屋被毁。看着被焚为焦土的断壁残垣,听着邻人哭天喊地的叫惨声,云济愈发觉得触目惊心。

陪他一道的狄依依，看了他一眼，问道："怕了？"

云济摇了摇头，见左边被烧的一户是一对三十多岁的夫妇，妇人抱着个四岁多的男童，哭得撕心裂肺。男人搂肩抚慰了许久，却没什么效用，终于失了耐心，起身一脚将边上的木桶踢翻，暴躁地骂了句娘。

见云、狄二人过来，夫妇俩投以迥然的目光，男人眸中满是愤然，妇人眼里尽是委屈。云济主动提出给他们赔偿，夫妇俩相视一眼，又是诧然，又是惊喜。妇人抱着男童喜极而泣："小葫芦小葫芦！咱们有钱了，咱们有吃的了！"

那男童又小又瘦，头大身子小，脸上都不怎么见肉。听见母亲的话语，两只眼睛顿时亮起几分光彩："是不是能把姊姊接回来了？"这话语里充满希冀，妇人却面色大变，仿佛碰到十分为难之事，避开了男童的目光。

狄依依正觉好奇，不等她询问，另外两户被烧的人家也围上前来，云济也不推脱，答应赔偿他们的损失。他身上自然没带够钱，应允明日赔清，但邻人生怕他跑了，各家都出人贴身跟着他。

云济家中虽有不少余钱，但铜钱太重，倒是上次从高家得来的数张盐钞，可以兑盐，又可换钱换物，正堪抵用。云济回到家中取出盐钞，分别赔给三户人家。

次日，云、狄二人尚在补觉，突然传来一阵叫门声。云济出门一看，昨日跟他们索要赔偿的三户人家，齐齐堵在门口。

"怎么回事？"

"云教授，你故意糊弄俺们不是？今儿一早，俺们就去粮行换粮，打粮的小厮说，粮行上头定了规矩，不许用盐钞换粮。俺们又去了三四家粮行，福寿粮行、宏泰粮庄、丰泽粮坊、盛泰米行……都不收盐钞。"

"不收盐钞？"云济有些费解。

"敢情你不知道吗？不仅粮行不收，交引铺也降价得厉害！"领头的汉子又道："今日一大早，俺去交引铺卖盐钞。谁知那帮家伙趁火打劫，一张钞只给兑三贯钱。这比以往的行价低了三成不止，俺心想这哪成？于是也不在交引铺卖了，直接去买钞场。"买钞场乃是官设的兑换盐钞之所，交引铺则是民间交易盐钞、茶引的商铺。

"三贯？我记得去年还能兑五六贯，这也折太多了。"云济蹙眉道，"旱情越来越严重，粮价暴涨，按理说盐价也会跟着涨。就算不及粮价涨得厉害，也不至于下跌吧？东京城这帮交引铺真是越来越骄纵了。"

"谁说不是哩！俺去交引铺，那帮龟孙爱理不理的。买钞场的更当自己是官老爷，一言不合就骂人，就这样还乌泱泱一大堆人挤在那儿，俺也是挤了好久才换得钱来，却也是折了价的。"汉子骂骂咧咧地抱怨起来，"那些粮行就更不是东西了，仗着京师缺粮，竟要一百五十文一斗！"

云济脸色一变："一百五十文？这帮粮商真是胆大包天！官府三令五申，他们还敢坐地起价。"

"听说貔貅把延丰仓都吃光了，家家户户都在抢粮呢！云教授，粮价疯涨，盐钞暴跌，昨日赔的盐钞可不够用。你是司天监的大官人，可不能欺负俺们这等小民！"

"我这儿还有几张盐钞，你们都卖了换成粮食吧。"

云济默然转身，从屋里拿了一卷盐钞出来。正欲递给众人，突然怔了一怔，问道："先前你说好些粮行都已拒绝用盐钞换粮，其中还有福寿粮行？"

"是，怎么了？"

云济喃喃道："福寿粮行不是高家开的吗？这几张盐钞还是从他家转到我手里的，他们买奴婢都用盐钞，自家的粮行怎么不收？不收盐钞，不收盐钞……"

来讨债的众人见他发愣，以为是要反悔，纷纷拥上前去，抢了盐钞就跑。云济倒是不以为意，反而唤起狄依依，上街走了一趟。

自貔貅夺粮案发生后，只短短数日，东京城已然变了一副模样。街上行人匆匆，几乎都在为粮食奔波。每走不超出十步，便可听到议论粮价的声音，每过一家脚店，无不在谈论延丰仓丢失的存粮。茶肆酒肆中客人少了一半，即便是来喝茶吃酒的客人，也少了往日的闲情逸致，人人表情焦灼。

"死了！都死了！"武学巷街头忽然传来一阵惊呼。

云济心头一颤，和狄依依对视一眼，急忙赶将过去。却见许多人聚成一团，围着一只水瓮，却不见尸首。细问之下，才知不是死了人，而是死了只蝎虎①。

自去岁以来，皇帝赵顼已多次下旨，命辅臣祈雨，均不奏效。今年元日一过，赵顼便下旨，将亲自到郊庙祈雨。此时雩祭吉日未至，民间却已经等不及了。

人心惶惶之下，百姓竟编出一种"蜥蜴祈雨法"。因蜥蜴身躯虽小，却与龙

---

① 壁虎。

相似，于是各坊市以大瓮储水，插上柳枝，将蜥蜴丢入瓮中。然后给小儿穿上青衣，绕瓮呼唱："蜥蜴、蜥蜴，兴云吐雾。降雨滂沱，放汝归去。"

然而东京城哪来许多蜥蜴，民众就用蝎虎替代，可怜蝎虎不会游泳，竟被白白淹死。

狄依依哭笑不得，怪腔怪调地叹道："冤苦冤苦，我是蝎虎。似恁昏昏，怎得甘雨？①"

唱祷词的青衣小儿不知厉害，听到她这几句，立马学了她的调儿，绕着水瓮大声呼唱起来："冤苦冤苦，我是蝎虎。似恁昏昏，怎得甘雨？"

前来祈雨的民众听到这歌谣，脸上纷纷变色。坊间主持祈雨的皂吏大喝："休得胡言，什么蝎虎？这是龙王替身！"

青衣小儿顿时被吓哭，祈雨民众或气急败坏地指责小儿，或质疑蝎虎能否祈雨，一时间乱成一团。

云、狄两人见势不妙，急忙挤出人群，从武学巷西头转向北行。

从大街上穿行而过，云济将每一张脸都看在眼里，恍然间又置身于十多年前的慈幼院。那种惶急不安，那种仿佛陷入泥潭的困兽，眸中尽是听天由命的无奈，云济记忆犹新，那一张张麻木的面容和十年前慈幼院中的孩子，几乎一般无二。

天子之都，帝辇之下，竟似人人都成了孤儿，无根之萍一般不知所依。

往日的东京城，八荒争凑，万国咸通。集四海之珍奇，皆归市易；会寰区之异味，悉在庖厨。而如今这座外表堂皇富丽的东京城，五脏六腑早已朽坏腐烂，纵然还苟延残喘没有死去，却已经散发出浓烈的尸臭。

云济面色黯然，叹息道："农，天下之本；粮，人间之根。粮食之安全，乃一城根本，可这里就要成为无根之城了。"

狄依依也心有戚戚，此时她手中酒囊空空如也，那种根被掏空的感觉，简直再明白不过。

两人去了多家粮行，果然都已禁用盐钞换粮。云济招来几名帮闲，让他们分散去各家粮行打听，将结果汇于张无舌处。经张无舌统计，京中大粮行只有二十多家，有十多家早就明定不收盐钞，另外几家瞧见势头，今日也跟风推脱起来。

---

① 出自彭乘《墨客挥犀》卷三。

云济查看名单，上面共有二十一家粮行："无舌，哪些是早已不收盐钞的粮行，哪些是最近跟风不收的？"

张无舌也不说话，只掏出一支笔，将跟风的粮行圈了出来。剩下的粮行共十三家，早在年前，已立了不收盐钞的规矩。高士毅家的福寿粮行赫然在列。

"福源粮行、瑞丰米号、瑞穗米行、裕丰米号、福寿粮行、宏泰粮庄、丰泽粮坊、盛泰米行、吉祥粮栈、聚源粮庄、宝丰米号、富泰粮行、盈满粮坊……"云济将这些粮行的名字念了一遍，突然问道，"胡记粮行呢？"

张无舌面无表情，只说了两个字："查封。"

狄依依愣了一愣，才想明白，张无舌的意思是，因为胡安国获罪，胡记粮行已经被查封了。

云济喃喃自语："果然如此。可其间又有什么关联？"

狄依依问道："什么果然如此？"

"若算上胡记，年前就已不收盐钞的，共十四家粮行。郭闻志递交的账本上，记有十四家粮行曾从延丰仓贷粮，然后按照常平司的规矩转卖给平民，正是这十四家粮行。我查账时，也发现这十四家粮行，跟延丰仓的账目往来不太符合常例。"

狄依依似懂非懂，云济也一时琢磨不透。

自从貔貅夺粮的变故发生后，市易司粜粮再度收紧，寻常若无门路，休想买到平价粮。而各大粮行短短数日内大肆提价，今日官府眼看不对，派人上门告诫，粮行只能稍作收敛，不再明目张胆和市易司作对，但各有投机之法，绝不降价粜粮。搅弄得东京城内人心惶惶，几乎一片末日景象。

云、狄二人匆匆赶到沈括府邸，正好沈括忙碌了大半日，刚刚回到家中。问及筹备粮食的事情，沈括告诉云济，貔貅夺粮发生后，他曾挨家挨户去豪门大户借粮，均遭拒绝。王相公已经找他商议，若百万石存粮不能寻回，只能从其他地方调粮。为保京师，政事堂已经下令京西北路、京东西路、淮南北路常平仓暂闭，各出四成粮食运往京城。

"什么？"云济大惊失色，"从邻路运粮？就算运粮，也该从南方调遣才是！现在北方大旱，这几路所遭旱灾，除了淮南北路，哪有比京畿路轻的？他们尚且自顾不暇，哪有余力支援京城？"

狄依依也道："粮食运到东京，这些州县的百姓怎么办？他们吃什么？"

沈括神色黯然："为今之计，也只能大局为重，先保京师，以稳天下。至于邻路州县，却也顾不得许多。"

几人相视苦笑，明知此举对其他州县不公，更是委屈了其他州县百姓，也不知京郊各地，又得死多少灾民，可"大局为重"四字，就如山一般沉甸甸压了过来，谁也推之不动。

云济不甘地道："北方大旱，朝廷许灾民随丰就食，其实还有'东京除外'四个字隐在背后。我们去陈留走了两遭，各州县都在设法安置流民，实则身负任务，将流民截留在京畿外，以免扰乱东京。"

狄依依讥讽道："好一座东京城，将周边郡县当围墙，把流民阻隔在城外，圈住这一城歌舞升平。如今城内丢粮，又来抢夺邻路郡县的保命之粮。"

"东京城内有皇宫，有朝廷，有王公显贵……"沈括知他二人毕竟年轻，教导他们道，"你们早该知道，京城本就是铸在其他州县身上的空中楼阁。"

云济突然叹道："要说世间只吃不泄的貔貅，莫过于这座吸食着亿兆百姓膏血，奉养着万千皇族贵胄，四海列国风骚独领、亘古至今繁华第一的……东京城啊！"

狄依依深有同感，只觉这番话说到了自己心坎里。全天下供养的一座东京城，到如今居然缺粮了，岂不可笑？

"其实……东京城根本就不缺粮。"云济苦笑道。

狄依依诧然道："不缺粮？怎会不缺粮？"

云济道："皇亲国戚，王公贵胄，他们缺粮吗？京城近二十家粮行，他们缺粮吗？他们粮仓里所存的粮食，够全城人吃一年半载！可他们会把粮拿出来吗？就算拿出来，也绝不会让穷苦百姓买得起！"

他并未细说，但狄依依全然明白过来。此时的东京局势已成死结，高官显宦和富贾粮商囤粮居奇，大户人家的粮仓堆积如山，粮价却高处云端。此时官府没有足够的平价之粮，那往后的数月间，少说有一半的平民买不起粮。"朱门酒肉臭，路有冻死骨"的景象，绝非诗家虚言。

"这不是……撑死的撑死，饿死的饿死吗？"

云济点点头，恍然想起了高士毅咒骂貔貅刑时所说的话："你们哪里知道这是何等酷刑，简直就像一片身子被丢进两片地狱，上半截叫你饿死一千遍，下半截却叫你撑死一万遍！"

狄依依见他发愣，呼唤了他一声。

云济惊醒过来:"你不觉得,这座东京城,也像中了貔貅刑吗?"

"貔貅刑?"狄依依细思一番,恍然点头,"倒真是像呢!那这一出貔貅刑怎么解?"

云济没有答话,两人相视一眼,均知若不能及时破解这出"貔貅刑",不出一个月,东京城这座雄城庞大的尸骸就会横陈在寸寸干裂的中原大地。

转眼到了下午时分,两人去探望郑侠。

原来云、郑二人虽然就医时间相差无几,大夫的医术却高低有别。在李道长诊治下,云济已经能够到处闲逛,而郑侠受其他大夫救治,经过一日修养,依旧头痛心慌,一天内呕吐了三次。

于是两人接了郑侠,将他送到道生医馆疗养。

道生医馆设了数间病舍,每舍均有两三位病患,安排给郑侠的那间,有一张床围着灰白色帐子。云济正觉奇怪,狄依依低声告诉他,道生医馆中凡遇到病患即将离世,就用帷帐隔开,一来方便和家人独处,二来避免影响其他患者。

二人揭开帷帐,见床榻上坐着个女童,七八岁年纪,面色枯黄,身形消瘦,额头上搭着一卷湿汗巾,整个人罩着浓浓病气,唯独一双水灵灵的大眼,没有沾染半点沮丧和晦气,和她垮掉的身躯格格不入。

狄依依只看她一眼,就觉莫名心疼,仿佛心被攥紧了一般,但看她相貌,又觉得似曾相识。

云、狄二人打听后才知,这女童就是疙瘩巷被烧房屋隔壁家的女儿,没有大名,小名就唤作"姊姊"。年前她突然害了病,高烧不退,父母送她来求医,才知她患了脑痨,病势甚是凶猛,连李侍医也扼腕长叹。她父母见治不好,生怕多花钱,将她弃在医馆,偷偷走了。医馆不知她父母去向,只得将她留在病房过年,如此拖了多日,连日烧了退,退了烧,终于还是不可避免到了这一刻。

床榻边有一名医者,起身从帷帐里走出来,冲云、狄二人摇了摇头,低声黯然道:"就在这一时半刻了。"

三人俯身钻进帷帐,女童冲两人灿然笑了笑,她两只干瘦的小手里,紧紧抱着一只布兜,布兜里半露出四个小小泥人,一男人、一妇人、一男童、一女童,显是一家四口的模样。

她将布兜紧紧贴在胸口,奋力抬起胳膊,依次亲吻每个泥人,脸上带着十分努力的笑，轻声地道："爹爹再见，孃孃再见，弟弟再见……姊姊再见……"

云济如遭雷击，陡然间想起儿时和父亲道别时的场景，顿时泪如泉涌。忽听得一阵响动，回头一看，狄依依早已绷不住，跑出了帐子。

送别女童后，云、狄二人从道生医馆出来，相顾黯然，各自都是满腹心事。

狄依依将酒囊在手里溜了个圈，突然看见街角站着个妇人，正偷偷摸摸往道生医馆这边张望。狄依依瞬间想起，她就是昨日被烧了屋的邻舍妇人，也是把女童丢弃在道生医馆的母亲。

"站住！"

狄依依愤然大喝，箭步冲出，转眼间揪住那妇人，责问她为何丢弃女儿。那妇人被斥骂一通，得知女儿已然离世，不由热泪滚滚，抽噎道："俺们家贫，下顿饭都不见着落，哪里看得起病？姊姊已是治不好，小葫芦也连吃都吃不饱，俺和她爹能咋办？能保住小葫芦不饿死，已经千恩万谢了，哪敢再贪求啥？"

狄依依本来义愤填膺，听罢这话却怔在当场。

见她不说话，那妇人掩面而逃。云、狄二人失魂落魄般跟在后面，不多时到了疙瘩巷。被烧毁的几间屋舍荒在巷里，一时无人打理。只有相隔最远的一家，被烧得不是太严重，屋顶未塌，墙壁未倒，里面还有人声。

云济走近那间屋舍，恰逢屋内有人开门，一名年轻妇人从屋内钻出来。却见她发髻凌乱，衣衫不整，脸上红潮未退，眼角挂着泪痕，手里提着小半袋米，大概只有一升。

少妇和云济撞了个正着，两人同时惊慌失措，云济退出数步，少妇整了整衣衫，不由将米袋藏在身后。

此时隔壁一户有人呼喝："贱婆娘！又死到哪里去了？"话音刚落，一个急懒汉子从隔壁蹿了过来，一把抓住少妇的胳膊，扯着嗓子叫道："好哇！才多少会儿工夫，竟跑到麻子头家鬼混，也不顾我还饿着肚子呢！入他奶奶的麻子头，刚得了钱买了粮，就来老子头上拉屎撒尿。不成，我家婆娘岂能叫你白睡了，他娘的麻子头，给老子滚出来！"

这急懒汉子当着许多外人，就吆五喝六，将少妇堵在邻家门口，着实叫她好不难堪。少妇急急将米袋从身后拿出，冲汉子晃了晃。

急懒汉子一个愣神，一巴掌甩在少妇脸上，将她踹倒在地，又骂："贱婆娘，为了点粮食脸都不要了，真是丢老子的脸！"说罢扑上前，从少妇手里抢过粮食，转身而去。

"那是给娃熬粥的,你个死汉子,跟娃抢吃的!"少妇羞急之下,放声哭喊。她想起身追男人,但腰眼上挨了一脚,加上饿得头晕目眩,一时站不起身。

云济伸手想扶,但又畏惧接触女子,反而往后退了一步。少妇见他这般嫌弃,顿时心生误会,羞臊得想钻进地缝里。她挣扎着起身,捂住脸面,哭丧着道:"我识得你,你们纵火烧了麻子头家,赔了他好多钱米。你……你为何不让火烧得大些,把我家也烧了?"

少妇说罢,捂脸逃走。云济却愣在那里,刚才那句话沉甸甸砸在他的胸口:"为何不让火烧得大些,把我家也烧了?"他一时竟分辨不出这话是何意,是她不想活了,觉得还不如死在火里,又或是羡慕邻家被烧了房,反而因祸得福,获了赔偿,换了粮食?

"三杯倒,你怎么了?"

云济被狄依依叫醒,自言自语道:"义父告诫我惜身,不让我再掺和貔貅夺粮案,我已经答应过他,可……可我又怎能置身事外?"

说到这里,他看了狄依依一眼,回首望向身后的满目疮痍。

狄依依柔声问道:"所以,你终究还是要自食其言了吗?"

这一刻,云济的目光异乎寻常地坚定:"这一出貔貅刑,我说什么也要破了它。"

他向来从容不迫,语气也和往日一般平淡无奇,但偏有一股慨然之气,于温文尔雅中壮怀激烈。

狄依依看着他,千言万语在喉间滚动,却只三个字从唇齿间吐露:"我信你!"

第十八章
我不成圣

月亮缓缓爬上中天，一缕清辉透过铁窗，溜进开封府的牢房。

宁管事只觉有人敲了敲自己的脊背，他瞬间惊醒，从地上爬起身来。却见胡安国坐在对面，正静静地看着他。

"小宁子，你跟我做买卖，也有十多年了吧？"

"员外，我在胡家十三年啦。"

"这么多年，你向来尽心尽力，我也自问待你不薄。可你为何要串通外人，借貔狖刑来害我？"

宁管事浑身一震，惊骇欲绝地望着胡安国："员外……"

胡安国摆了摆手："自从云教授和邱远论及貔狖刑的破解之法，我就知道貔狖刑看似神秘诡异，实则是人为捣鬼。胡某走南闯北这么多年，对自己的眼光颇为自傲，唯独在你身上栽了个大跟头。胡家十七名管事，你是我最看好的一个。本准备让你挑更重的担子，谁知你……唉！就为了一个女人吗？"

"我……"宁管事面色发白。埋藏在心底最深处的秘密，忽然被一语戳破，他显然措手不及。

自从三年前，在胡家初次见到雪柳，他便丢了魂魄。多少个夜里辗转反侧，念念不忘的都是她的娇颜。雪柳虽是胡安国买来的姬妾，在他心中却是神妃仙子，偶尔说上只言片语，他都忍不住想入非非，没日没夜地胡思乱想。

然而这样一个天仙儿般的人物,却被当作货物一般卖去了陈留高家。得知此事,他整整数月都失魂落魄,如同身子里有什么东西丢了似的。谁知去年春天,她又突然被送了回来,脸上的伤疤格外狰狞可怖,反复腐烂,久治不愈。原本人见人爱,如今变成了人见人嫌。

然而在他内心深处,竟隐隐有一丝不为人知的窃喜。

胡安国给了银钱,让他请大夫为雪柳治伤。那是他最为欢喜的时日,不仅再度见到梦中人,而且她脸上有了伤,就似云端仙子落入了凡尘,不再那般遥不可及。他仿佛只要一伸手,就够得到她。

于是他终于鼓起勇气,向东家开口,希望能够花钱为雪柳赎身。胡安国一口答应,还说胡家会先出钱将她的伤治好。

他高兴得连话都说不出来,生怕自己只要一张嘴,狂喜的心就会从喉咙里跳出来。他到处寻医问药,亲手为她煎药治伤。记得有一日不慎烫伤了手,她居然亲自为自己包扎,冰凉滑腻的手指从他手背上拂过,吐气如兰地吹着他烫伤的手指。他受宠若惊,登时如饮了琼浆玉液,一时飘飘欲仙,什么疼痛也感觉不到了。

那时他在想:"能得你这样待我,莫说被烫伤一根手指,就算将整条胳膊放进油锅里炸上一遍,又有何妨?"

雪柳每日喝药、敷药,不知耗费了多少灵丹妙药,治了整整两个月。终于一日,她告诉他疤痕虽然无法祛除,但伤势已经完全治好。

他将消息告知胡安国,满心欢喜地等待东家兑现承诺。谁知胡安国和雪柳一番长谈之后,态度陡然大变,全然不提自己说过的话,还给她专门请了仆妇,当侍妾一般安置起来。

翌日,胡安国赏了他不少银钱,却告诉他,雪柳不能许给他了。

那一刻,他只觉五雷轰顶。

再三追问,他才得知雪柳已经有了三个月身孕。大夫虽然早已看破,却应了雪柳的央求,并未告知他这位管事。他迟疑了三日,终于鼓起勇气,跟她吐露心意,想照顾她一生一世,愿意将她腹中的孩子视如己出。

然而她的双眸里满是歉疚,迟疑许久,还是拒绝了他。

一时间,天在旋,地在转,他脑中一片空茫,什么声响也听不到了。只有在心底最深处,一个悲怆愤然的声音在嘶吼着:"是啦!我算得了什么?不过是一介家仆而已。她肚子里怀着的,可是寿光侯家的血脉!就算被主人家烫伤了脸,就算被赶了回来,可有了这腹中的骨肉,她总有机会被接回去,做公侯家的妾侍!"

他就此大病一场,歇了大半个月才好。而雪柳的肚子渐渐大了起来,腊月初的时候,产下一名男婴。

那日他喝了一夜的酒,等醒来时,见到一个浑身补丁的乞丐,直勾勾地盯着他问:"想和胡安国开个无伤大雅的玩笑吗?想让他也尝尝受人摆布的滋味吗?"

他鬼使神差般答应下来。

带着一丝报复的快意,他按照那乞丐的蛊惑,给自己东家设了貔狳刑的套儿。其实他不久后便有了悔意,但一步错,步步错,一走上歧路,就泥足深陷,再也无法回头。

他知道胡安国的厉害,早预料到会被对方发现,只是没想到说破此事的时候,两人皆深陷开封府狱。

宁管事看着胡安国,艰涩地道:"员外,貔狳刑是我鬼迷心窍,受人怂恿做的手脚。但灯山里的人头,我是真的全然不知啊!"

胡安国道:"我且问一句,我待你如何?"

宁管事跪了下来:"小宁子自小无父无母,当年只是个受人欺辱的苦工,若没有员外赏识,哪能混到今天这般有家有业?员外的恩情比山还高,比海还深!我……我真是一时糊涂,做出那等事来。"

"过去的事,不提也罢。"胡安国叹息道,"现在胡家危在旦夕,雪柳也被牵扯进来。我托了云教授给寿光侯传信,希望他能够看在雪柳的面上,搭救一二。可现在想来,我只怕做错了。"

"为……为什么?"

"雪柳的孩子并非寿光侯的骨肉,他对雪柳绝无半点旧情可言。况且雪柳还知道一些高家的秘闻,官府若再三盘问,她一个女人家,难免会说漏嘴。这种情况下,寿光侯会怎么办?他是会费力帮咱们脱罪,还是……让雪柳永远闭嘴?"

宁管事脸色一变,一想到雪柳危在旦夕,顿时惶急起来:"那……那怎么办?"

"寿光侯现在面临两个选择,只要让他觉得救胡家更容易,雪柳自然不会有事。"

宁管事苦笑道:"灯魁案闹得那么大,惊得天子震怒。除非查出真凶,否则要给胡家脱罪,实在比登天还难。"

"官府查不出真凶,我们可以给他们一个真凶。"

"给他们一个真凶？"

宁管事正满面茫然，却见胡安国微微颔首，双眸静静地看着他。目光中似乎写满了千愁万绪，又仿佛带着一丝殷切期盼。

胡安国缓缓地重复了一遍："是，给他们一个真凶，才能够保全胡家，才能够保全雪柳。"

这话好似一记晴天惊雷，沉甸甸落在宁管事的心头。他瞬间明白了其中的含义，蓦然间只觉冰寒彻骨，仿佛有一阵清冽寒风，在牢房里疯狂肆掠。

他抬起头，透过冰冷的铁窗，看见天上已缺了一块的白玉盘。

不知此时此刻，她是否也在看这轮月亮？在群狼环伺的黑暗中，她是不是每夜都怕得不敢入眠？她是否知道，那个对她剖白过心迹的男人，这些天过的是什么样的日子？她是否知道，他日夜忐忑，寝食不安，偶尔入梦，梦里也全是她的眼眸？

一念及此，宁管事顿时心痛如绞，百转柔肠也陡然扭在一起，泪水夺眶而出，但他又感到一种莫名的快意。

如果……如果她听到自己将死的消息，会不会感到一丝难过呢？

回到家中后，云济在客堂枯坐。

诸多线索在他心头闪过，仿佛身前悬着上万个算盘，诸天星斗落入屋内，化作一粒粒算珠，被他一道道思绪串起，经心念拨动，不住地上下飞驰，在他心中噼啪作响。

狄侬侬依稀听他喃喃自语："……邱远……貔貅……安济坊……"

"你这三杯倒，即便算功了得，光想有什么用？"狄侬侬见云济毫无回应，一时无聊，思索道："前日早上去了安济坊，晚上回来就中了炭毒。邱远连犯数案，行事如此离经叛道，对安济坊又恨之入骨，安济坊必有什么古怪。"

云济眉头渐渐攒起，也不知在苦思冥想什么，他时不时发出自语，"安济坊"三字，出现得越来越频繁。

狄侬侬迈步走出客堂，望着天上月亮，心道："果然是老猫不死旧性在，这臭措大老想谋定后动。《孙子兵法·虚实篇》云：'故策之而知得失之计，作之而知动静之理，形之而知死生之地，角之而知有余不足之处。'不如你来'策之''形之'，我来'作之''角之'，且看谁先看清虚实。"

她摸到云济房中，偷出他藏起来的酒，将酒囊灌满，又提笔在墙上留了字，心满意足地出门而去。

走了大半个时辰的夜路，才赶到安济坊。狄依依一路摸索，悄悄穿过坊门，岐黄殿中亮着千百盏长明灯，尽显气派巍峨。

此时敲过了三更鼓，岐黄殿虽灯火辉煌，却一个人也没有。狄依依不敢擅入，绕过岐黄殿，穿过两排诊堂，来到先贤堂前。钟鼓楼相对而立，西面隔着几株老树，便是保和院。

弥心和其他福道徒的悟道室，也都设在保和院后院。狄依依攀上院里一株老松，往保和院看了一眼。此时是深夜，保和院前院漆黑一片，后院却亮着一大半灯。

能在后院客房居住的，都是非富即贵的大善主。安济坊能够收留贫苦病患，能够为他们免去药费，多亏这些大善主的慷慨解囊。传闻安济坊有一座功德堂，只有做了大善事、立了大功德的大善主，才会被请进去，刻碑留名，供奉属于自己的长明灯。

如今大旱连年，安济坊多日施粥，还在坊外盖一片草棚林，容纳不少灾民挤在草棚中避寒。为收留这些灾民，安济坊何止日费斗金？仰仗的自然仍是那些乐善好施的大善人。

狄依依刚准备跳下松树，忽然听见有人喝道："什么人？"

转头一看，却是两个护院提着灯盏正在巡逻，听见这边有声响，向此处看了过来。

狄依依急忙隐在树上，不敢稍有动作。松树针叶稀疏，本难藏得住人，偏在此时一只猫儿叫了一声，从树边跑过。两个护院见了，不由"哈哈"一笑，转头去了。

她松了口气，等护院走远，才悄悄转身下树。她见保和院守卫森严，放弃了过去查探的想法，猫着腰绕过钟鼓楼，往别处摸索。只见先贤堂方向灯火闪耀，传来阵阵人声响动，只不过相隔太远，听不清他们说些什么。

狄依依再度爬上墙头，来到先贤堂外，将身子隐在廊檐下，向先贤堂大殿内看去。

只见一名年轻福道徒坐在正中，正是改名恒青的杨昭。他看着地上一根三四尺长短的铁棍，满面都是惊惧神色，口中哀呼道："我不成圣，我不成圣！"另有八九名福道徒，以一名方头大耳的中年矮胖子为首，围住杨昭，向他合掌作礼。

矮胖子道："恒青师侄，你两臂顾长，天庭饱满，鼻挺口方，双耳垂肩，天生一副仙风道骨，实在是当圣贤的好根骨！弥心师兄一见到你，立马收为关门弟子，你可知这是多么难得的机缘？"

"小生才刚开始修行福道，怎能成得大圣？"

"这话大错特错，成圣岂在修行早晚？佛家有'顿悟成佛'的典故，儒家有'朝闻道，夕死可矣'的名言，修行福道自然也有'一朝开悟，金丹换骨'的机缘。你年纪轻轻，怎可妄自菲薄？有些人一辈子修行，却是榆木脑袋，白白耗费几十年苦功，哪及得上你天资聪颖？再加上弥心师兄数十年修为，为你指点迷津。你能破开迷障，脱胎换骨，再正常不过。"

狄依依远远看着，心中大为奇怪："杨昭一心修行福道，已经入了魔，恩荫的官儿不做，钦赐的进士也不要，连宰相的女儿也不想娶。他成天妄想成仙成圣，如今真能脱胎换骨，却哭号着喊什么'我不成圣'，原来只是叶公好龙！"

正想看个究竟，脚下的瓦片不慎松动，从廊檐上滑落下来，"咔嚓"一声摔碎在地上。

狄依依心知不妙，当机立断学了一声猫叫，手脚在廊檐上借力，跃上墙头，绕过先贤堂的大殿，像一只灵活的猫儿，三五下钻入阴影中。

有福道徒追了出来，骂骂咧咧道："又是野猫吗？真是不安生！"

另一福道徒道："现在天下大旱，每天不知有多少穷鬼饿死，这帮带毛的畜生倒活得舒坦！"

先贤堂内，那矮胖子怒道："你俩不要在那里耍嘴，在门外好生守着！"

前两个福道徒急忙应道："是！"

狄依依听到他们说话，知道难再查探，于是俯身猫腰，沿着回廊向外墙溜去。

刚走不远，忽有水声响起，脚下一片冰凉，竟是踩在了水里。原来这先贤堂后面是一片药园，种着各类珍贵药材，阡陌纵横，沟渠相通。药园边有一大一小两个水池，池边有好几部大小各异的水车，将池中水装出来，灌入沟渠，流向四方药畦。

岸边不远，一名小药童踩着水车，正目瞪口呆地看着狄依依。他刚想出声叫喊，狄依依飞跃而出，一脚踢在他身上。小药童顿时向后跌出，落入小水池中。

"啊！"那小药童惊呼一声，在水池中扑腾起来。

狄依依知道这一下必定惊动了安济坊，看了眼左右，准备夺路而逃。然而没跑两步，听见身后扑腾声渐小。转头一看，那小药童在水池里既不挣扎，也不呼救，像根僵硬的木头，在水里浮浮沉沉。

"真是的！"狄依依知道自己若不管，这小药童只怕要一命呜呼，淹死在那池子里了。她又折回去，从岸边寻了一根树枝，往池子里递过去："快抓住了！"

小药童瞪大眼睛，听不到她说话一般，既不伸手抓那树枝，也不挣扎着往上爬。

"你怎么不动？快上来啊！"狄依依急了，她已听到有脚步声从先贤堂的方向传来，再不走便来不及了。但这小药童居然头下脚上，直挺挺往水底沉去，这样用不了多少工夫，非得呛死不可。

狄依依左右为难，终于银牙一咬，从怀中掏出钩索甩出，钩住那小药童的衣服，将他往岸边拉。为了救人，她两只脚踩在水里，发觉这池水温热，并不像大池中的水那般冰凉透骨，费了好大功夫，终于将小药童拉上了岸。

趁着月色，狄依依往小药童脸上看了一眼。他脸颊冻得通红，生有一大块青色胎记，耳朵甚小，长着一只朝天鼻，鼻孔比眼睛还大。

狄依依在他胸口用力按了两下，小药童顿时吐出几口水，看来小命算是保住了。她终于松了口气，抬头一看，药园里已经围了七八个福道门徒。

"不好意思，我是保和院的病患，走错路了。"她歉然一笑，拔腿就想跑。然而两只脚竟软绵绵的浑然不受力，她这才发觉自小腿以下，不知为何陷入了麻痹，甚至感觉不到双脚的存在。刚迈出一步，脚被刚才丢在一边的树枝一绊，身躯不由自主地向前栽倒。

"糟糕！难不成是喝酒太多，遭了报应，两只脚怎么醉了？"狄依依暗骂一声，伸手从怀里摸出一只锦布香囊，里面装有两只核桃般大小的球，心头蓦然闪过云济曾经说过的话："它叫'悄悄话'，只要将它扔出去，我便能听到你在唤我！"

天影微光，晨钟阵阵。

云济昨日在客堂苦思半宿，摸黑回到卧房，蒙头就睡。此时他刚睡醒坐起，就看见对面墙上，写着几行刀劈斧凿般的大字："苦思量想破脑袋，莫如我亲去一探。玄机暗藏成佳酿，偷来装得酒囊满。"

这显然是狄依依的手笔，昨日云济回房时未点灯，是以不曾看见。他起身去西厢客房敲门，狄依依果然不在。

云济手捂额头，心中正有些担心，大门却忽然被推开。

"云教授！"狄钟风风火火闯了进来，"抓住啦，抓住啦！"

云济只觉莫名其妙，还没来得及问，狄钟便将这两日发生的事情一一道来。

他生怕雪柳受别人欺负，这几日一直留在那小作坊里照顾她母子二人。雪柳在经过开封府的盘问之后，每日都战战兢兢，还在院墙前横挂一根长线，用墨汁抹黑了，再坠上几个铃铛，以防盗贼。

这本是猎户家防狼的手段，狄钟甚是不以为然。谁知就在昨天半夜，他听见院子里有异响，急忙出去看，却是一个汉子。

原来有个贼人拿着朴刀，翻墙跳了进来。他在黑暗中哪能看见黑色长线，一撞上去，铃铛顿时响了起来。狄钟奋不顾身，拔出兵刃挡在雪柳姑娘门口，和那贼人短兵相接。那贼子身手颇为不凡，出招也甚是凶悍。他二人正在恶斗中，房内雪柳姑娘突然惊叫一声，大呼："什么人！"原来还有另一个人，悄悄绕过边墙，从窗户钻进屋里。

雪柳一介弱女子，如何抵挡得了这等悍匪？狄钟本想甩脱对手，冲进去救人，却被那贼人缠得紧，根本脱不开身。

他心中一阵发凉，只当已经相救不及。谁知"砰"的一声巨响，闯进屋里的贼子倒飞出来，撞破了窗户，四仰八叉摔倒在院子里，扑腾了两下却起身不得，两条腿竟被打断了。

紧接着，屋里走出一个跛脚军汉，原来此人一直暗中守在雪柳身边。跟他缠斗的那个贼人眼看不妙，抛下同伴转身便逃。

狄钟回头看了一眼，跛脚军汉说道："快追！"见雪柳安然无恙，狄钟拔腿就追。

那贼子穿着夜行衣，对东京城的街巷十分熟悉，像老鼠般窜来窜去。他追了好几条街巷，竟然追丢了。他放心不下雪柳姑娘，急忙赶回她的住处，却见那作坊院子里亮着灯，跛脚军汉正在审问另一名贼人。

见雪柳被吓得不轻，好似一只惊弓之鸟，狄钟便在她房内守了一夜。狄钟怀疑这贼人夜闯小院，也跟灯魁案有关。天亮之后，思来想去都觉得不对，这才来寻云济。

"那跛脚军汉是胡安国的人，听九娘的说法，这等身手在军中也极为罕见。"云济斟酌道，"他定然是胡安国身边最得力的帮手，可胡安国不让他贴身保护自己，反而派他守着一个被退回的美姬，着实有点奇怪。"

狄钟却不以为然，振振有词道："这有甚奇怪？雪柳姑娘身世悲惨，还三番五次遭贼人迫害，只要是男人，总该有点怜香惜玉之心吧？"

"可你想过没有，她不过一介姬妾而已，被倒卖，被退货，还被胡家赶出家门，怎么会招来贼人惦记？那贼人能从你手中逃脱，可见身手极为了得，怎会和一个毁容的姬妾过不去？胡安国是京师巨富，自己都身陷囹圄，他手下最得力的高手，却还在暗中保护这个小小姬妾，这又是为何？"

狄钟顿时呆住，他只隐约觉得有什么不对，没有云济想得这般明晰。

"那贼人审问得如何了？咱们去看看。"

云济说罢，跟家中老仆交代了两句，让他备好饭菜，等狄依依回来吃。

两人来到雪柳所住的小院，一个跛脚军汉坐在院子中央，正惬意地晒着太阳。院中的大树上，绑着一个赤身裸体的汉子，冻得浑身发抖。

"妾身见过云教授！"雪柳抱着孩子从屋内出来，款款向云济行礼，却有意避过狄钟关切的目光。

云济先跟雪柳点头回礼，又向那跛脚军汉拱了拱手："敢问兄台尊姓大名？"

跛脚军汉眯着眼睛瞥了他一眼，打着哈欠，伸了个懒腰："老子姓杨，人称'跛子杨'。"

"这是昨夜闯进来的贼人？"云济看向树上绑着的那人，由于身上仅剩一件单衣，冻得脸色青白。

跛子杨道："他已被收拾得服服帖帖，想问什么尽管问。"

"你是什么人？为何夜闯民宅？"

贼人哆嗦着看了云济一眼，有气无力道："俺穷命一条，只会点刀尖上的本事，还能做甚？有人出了钱，要买那女人的头，俺们来这里，当然是割头来的！"

听到这话，雪柳惊呼一声，浑身抖了一下，怀里的孩子险些掉在地上。

"小心！"狄钟急忙上前搀扶，拍着胸脯道，"雪柳姑娘莫怕，管他什么人，有我狄钟在，定能护你周全！"

云济盯着那贼人的双眸："谁派你来的？"

"俺只是拿钱办事，怎会打听雇主的根底？"

"雇主什么相貌，穿着如何？"

"俺怎能知道。碰面的时候，雇主只穿了最寻常的麻布衣服，脸上还罩着黑布，根本看不到面孔。不过那人一身肥肉，胖得都快走不动道了。"

云济心中回想着所认识的胖子，若有所思地道："雇主要你们做什么？"

"俺刚刚不是说了吗，就是来割那娘们儿的头！"

"割头？"云济揉了揉鼻子，"寻常雇凶杀人，都只是买人性命，不会指明要你怎么杀死她吧？直接刺死不成吗？"

"那可不成！"贼人老老实实道，"雇主再三叮嘱，定要俺们将那婆娘的脑袋带回去。他还叫俺们不得多看，割下头来直接给他。"

"不许你们看？"云济大是奇怪，怎么会有这般古怪的要求？

"他说那婆娘是个丧门星，半张脸貌若天仙，半张脸丑若恶鬼，凡是见过另外半张脸的，都被活生生吓死了。俺们挣的是刀口上的钱，自知迟早死于非命。凡是雇主的要求，管他多么稀奇古怪，都一一照做，免得又起纷争。"

"这是什么古怪规矩？"狄钟挠了挠头，不由看向雪柳。

云济和跛子杨也齐齐向雪柳看去，却见她表情甚是局促不安，伸手扶了扶半边面纱，笑得比哭还难看。

这时，院外有人敲门："教授，教授！"

还没等云济开门，敲门者已经闯了进来，正是鲁千手。那日在开封府狱得了胡安国托付后，云济差了鲁千手去陈留高家送信，算一算时日，早该回来了。

"看样子，是有特别的消息？"

鲁千手"嘿嘿"一笑："不错不错，云教授果然料事如神。高家知道咱是您派来的，着实嫌弃得很，得知胡安国和雪柳姑娘的消息，高家的管事也毫不在意。咱再三求见，好不容易才见到高士毅的金面，将胡安国要说的话原模原样传给了他。"

"高士毅什么反应？"

"他看着并无反应，好像对雪柳姑娘毫不关心，留着咱住了一晚，到第二日便送咱出了门。"鲁千手黑乎乎的脸上露出一丝笑意，"按照您的吩咐，咱倒是没急着回来，在高家不远处悄悄候着。果然没过多久，高士毅和高公洁父子坐马车离开了陈留，咱远远在后面缀着，一路跟到了东京。"

云济道："高家在东京城内也有宅子，他们应该还是住在那里吧？"

"不错。"

"他们可有跟什么人接触？"

鲁千手苦笑道："他们昨日到京师，然后父子俩就各自出门，咱分身乏术，可跟不来。"

"高士毅看似吝啬而又昏聩,其实论奸诈和精明,不亚于任何人。高家那件案子,我总觉得还有哪里不对。看他的反应,实在太过奇怪。"话说到一半,云济长吸一口气,向雪柳一拜,"雪柳姑娘,云某有一事相求。"

雪柳惶恐道:"云教授折杀贱妾了,您尽管吩咐。"

"貔貅刑案、郡主失踪案、灯魁案、延丰仓案……这几桩案子错综复杂,互有纠葛。云某做了种种猜测,可都相互矛盾,有几个谜团怎么也解不了。今天这杀手来得如此稀奇,着实让人摸不着头脑。所以……云某失礼,还请雪柳姑娘揭开面纱,让云某一观。"

此言一出,其他几人齐齐看了他一眼,又纷纷侧目,向雪柳面上望去。

雪柳表情一滞,半边脸上写尽愁苦,轻轻吟道:"繁华事散逐香尘,流水无情草自春。日暮东风怨啼鸟,落花犹似坠楼人。"

狄钟等人都听出这几句诗中的自怜之意,云济更是了然于胸,这是杜牧的七绝《金谷园》,诗中的"坠楼人"指的是西晋石崇的美姬绿珠,石崇因绿珠而大祸临头,而绿珠则身不由己,先一步坠楼自尽。

迟疑许久,雪柳终于小声道:"云教授请进屋一叙。"

云济顿时一僵,雪柳这番意思,显然是想单独和他说话。但他连靠近女子都不敢,又岂敢与她独处一室?狄钟倒是知道他这毛病,当下从雪柳手中接过孩子,带着鲁千手、跛子杨、老仆妇进了屋内,将云济、雪柳二人留在屋外。

那杀手被绑在树上,他们绕到杀手背后,来到院子一角。

雪柳向云济款款行礼,"云教授,贱妾半生飘零,命如蒲柳,只怕很快就会望秋而落。只是,贱妾所生的这孩子,亲父不认,前途未卜。万一贱妾有甚不测,这孩子他……他可怎么办呢……"

云济虽不像狄钟那般花痴,听了这番话,也不由心生怜意。他挺胸道:"雪柳姑娘放心,正如狄衙内所说,放着我们几个在此处,怎么也要护你母子周全。"

雪柳看着他,眸中忽然泪水涟涟,她伸出纤纤素手,撩起面纱一角,将它从脸上揭了下来。

这张面孔果如杀手的雇主所说,半边美若天仙,半边丑如恶鬼。云济看着面纱下那半张脸,仿佛见到世间最恐怖的景象,陡然间浑身大震,冷汗淋漓。

"吱呀!"

柴门打开，狄钟等人走出门外。见到云济失魂落魄的模样，鲁千手连忙凑到近前："教授教授！怎么样？"

"原来如此……你们不要多问了。"云济理了理思绪，抬头眺望，红日已高悬中天，"狄兄，这帮贼人只怕不会轻易放弃，此地不宜久留。我思来想去，当前只有胡家佛堂那间密室，才称得上铜墙铁壁，是个妥当的所在。"

"明白，我这便护送雪柳姑娘过去。"

跛子杨伸了个懒腰，站起身来："你放心，有胡员外的盼咐，老子自会在旁边护佑。"

"教授，咱呢？"鲁千手问道。

"咱们去寻童贯童黄门。"

"童贯？"

"云机园戏班子的人都牵扯在延丰仓案和灯魁案中，这等重要人证，却无故痴傻，咱们得弄个清楚！"

待云济寻到童贯，已至申时。

"什么？灯芯儿他们……已被问斩了？"

童贯苦笑道："云教授何必这么惊讶？灯芯儿和皮影儿痴傻难治，成了废人；丑驼儿刚开始拒不认罪，被拷打一番后，对拐走小衙内的罪行供认不讳。这样的三个人，留着还有何用处？"

"灯芯儿和皮影儿显然是中了毒；丑驼儿和拐卖小衙内一事毫不相关，怎能如此仓促判决？"

童贯摇了摇头："云教授，不论还有什么隐情，都已经无关紧要。近日来接二连三出事，官家十分忧虑，开封府也好，皇城司也罢，急需破一件要案来振奋人心。王资政家小衙内被拐一案，案情耸人听闻，破案却仅仅用了一日，而且丑驼儿衣襟上穿着小衙内的彩线，可谓证据确凿。开封府和皇城司都觉得，应当雷厉风行地把这案子判了，给东京城的百姓鼓鼓劲儿。"

"鼓鼓劲儿？用几颗项上头颅……鼓鼓劲儿？"云济只觉得荒谬。

"他们又算不得什么无辜之人，云教授是要替他们喊冤？"

"他们的确不是无辜之人。但他们所犯的案子，远比绑架小衙内更骇人听闻。"

"皇城司只负责探知消息，审决案子还是交给开封府来办的。今日一早，开封府判了他们斩立决，大理寺复核通过，所以云教授，你来迟了一步。"童贯脸上的热情倒是丝毫不减,"云教授,京师正逢多事之秋,奇案连发,波谲云诡。你我身处其中,一不小心便要粉身碎骨,还望多多珍重。"

云济心情低落到极点,失魂落魄般回到家。

狄依依的房门虚掩,敲门无人应声。云济鼓足勇气推门而入,却见竹几床榻甚是凌乱,一本书册掉在地上。云济捡起书册,原来是狄依依那本《酒髓谱》,上面记载了各家正店名酒的酿酒秘方。

此时正敞开的一页,起头写的就是牛屎酒,先赞此酒香味浓郁,用茅柴酒改进而来,只加几步工序,就能化腐朽为神奇。后面又写着酒方暂缺,容后再补。云济再往前翻,前几页所记,却都是茅柴酒。

原来各家正店虽以招牌名酒闻名京师,但卖得最多的其实是寻常的茅柴酒。狄依依和云济刚相识时,曾在姜宅园子赌酒,狄依依就栽在上冻的茅柴酒上。她本就看不起这等劣酒,又害她输了比斗,于是在《酒髓谱》中一通臭骂,说酿这等酒的人,都是坏了良心,还列出茅柴酒所用辅料,有几成是受潮的糯米,几成是发了芽的豆,几成是烂了壳的粟……

云济一页页翻过,不由哑然失笑。但莞尔之余,一个念头涌了出来:酒和粮休戚相关,胡家就是从酒商到粮商。按照延丰仓的账册,有二十多家酒楼和延丰仓有生意往来。延丰仓每个月都有部分损耗,主要来源于受潮、发芽、腐烂的粮食。这些被"损耗"的陈旧粮食,难道真的直接扔掉吗?还是当废料卖给了各大正店的酒坊?

他越想越是明晰,只觉狄依依果真是自己的福星,恨不能再请她喝一顿酒。忽听院子门响,急忙起身出迎:"九娘……"刚喊出两个字,却是家中老仆——这老仆是王旭派给他的,帮他打点家务。

云济和老仆谈了两句,才知狄依依竟一整日都没回来。他心头"咯噔"一下,一颗心仿佛被一只大手攥了起来。

胡家佛堂里,狄钟正坐在蒲团上,怀抱朴刀,背靠柱子,睡得迷迷糊糊。一阵门响,他警惕地睁开眼睛,却见云济火急火燎地推门而入:"狄兄,出事了!"

"甚事?"狄钟立马站起身,向密室入口看去,见没有外人闯入的迹象,顿时松了口气。

"快走！这里请杨师傅照看，咱们去安济坊！"

"一大清早的，去安济坊做甚？"

"什么一大清早，现在天都快黑了！"

狄钟隔着门窗看了眼天色，不由苦笑道："云教授，昨夜为了应付那两个贼人，我一宿没睡。今日又送雪柳姑娘到佛堂，守了她半日，困得我两只眼皮直打架，迷迷糊糊的，哪里还分得清太阳在东边还是西边？"

"哪里还分得清太阳在东边还是西边……"云济浑身一震，将他的话喃喃念了一遍。

"云教授，你怎么了？"

"原来如此！"云济竟罕见地露出一丝兴奋神色。

"什么原来如此？"狄钟甚是迷惑。

云济惊醒过来："先不说这个，我寻你有要事。昨夜九娘半夜出门，留言说要去探查机密，应该是去了安济坊。可她到现在都没有回来，不知出了什么事。"

"那女酒鬼不会是去偷安济坊的酒，被当场逮住了吧？"狄钟瞬间想到了最大的可能。

云济苦笑道："若是这个原因，倒也不是甚大事，就怕……我已让胡夫人帮忙备好了马，咱们快去看看！"

两人出了门，鲁千手牵着三匹马，正在门外相候。

"鲁千手，你不用跟我们去。"云济翻身上马，吩咐他道，"劳烦你帮我做件事，襄邑主簿钱文轩曾是常平司的专勾官，你帮我查一查他的底细，还有他家院子里的那口井。"

"是！"

"另外，通知张无舌，让他去查一查高家父子的行踪。"

"高家父子？"鲁千手正想啰唆，云济挥了挥手，将他满嘴废话生生堵了回去。

鲁千手领命而去，云、狄二人也匆匆赶往安济坊。好在东京城早在数十年前，就取缔了宵禁，夜间也可畅行无阻。敲开安济坊的大门时，依旧是上次的迎宾小厮当值，虽然甚感奇怪，还是将二人迎了进去。

二人心急如焚，急忙告知来意，请安济坊帮忙寻人。他们对狄依依夜探安济坊的事情略过不提，只说昨日下午，狄依依来求医问药，竟一去不归，也不知遇到了什么事。

有云济的面子，加上狄依依是狄青的孙女，身份不比寻常，迎宾小厮赶紧报知坊主。

不多久，整个安济坊都被惊动，坊主弥心召集福道门徒，一边询问是否有人见过狄依依，一边派人四下寻找。

折腾了两个时辰，直到半夜三更，还是没有狄依依的半点消息。云济向弥心连连道歉，却因魂不守舍，连话都说错了几次。

一个矮胖福道徒道："云教授，狄九娘若当真来了安济坊，我们自会保她周全，就怕……"

狄钟急道："怕什么？"

"如今城外到处都是灾民，本坊连日施粥，有不少衣不蔽体的灾民聚集在本坊周围。这些灾民要么争抢救济粮，要么闲来生事，几乎没一日安生过。狄九娘若进了灾民所住的草棚林，可就不好说啦！"

"先生说得是！"

云济早就在担心坊外的灾民了。人在饥饿的时候，什么事都干得出来。上次郑侠试图帮助灾民，反而被抢的事情还历历在目，一想到狄依依可能会遭遇什么不测，他便坐立难安。

弥心指了指身边的矮胖子，介绍道："这位是弥志师兄。莫看他体胖，但武艺高强，乃是福道护法。他不仅掌管本坊戒律，还负责守卫本坊安全。"

云济急忙向弥志行礼。

弥心吩咐道："劳烦弥志师兄，带云教授去灾民草棚林走一遭，打探打探情况。"

弥志领了命，当即点了八名护院，带着云、狄二人连夜离坊。

往南行不过百十丈，一座座简陋的草棚连绵成林。京师的柴火比别处贵，整个草棚林都没几堆篝火，寒风呼啸而过，零散篝火不住颤抖，一如冰冷穹顶上摇摇欲坠的星。

灾民们衣不蔽体，席地而眠。茅草搭建的棚子根本遮不住风，人人冻得鼻子耳朵通红。走在草棚间，一声接一声的咳嗽此起彼伏，听得云济难受至极，忍不住跟着咳嗽了两声。

"云教授，这片草棚林也是咱们安济坊帮忙盖的，别看建得简陋，但也住了上千难民。"

"安济坊诸位福道师父慈悲为怀，真是功德无量。"

眼见一个年轻汉子正倚靠着柱子打盹，云济急忙上前打听："这位小哥儿，可曾见到个十八岁上下的小娘子？她长得高挑，穿一身白绒皮氅，相貌极美，腰间挂着个羊皮酒囊，时不时要拿出来喝上两口……"

话没说完，那汉子伸出一只手："钱！"

云济愣了一下，掏出几文钱放在他的手心。

穷汉慌忙将铜钱贴肉藏好，向云济道："没见过。"而后起身往草棚林深处钻去，转眼不见了人影。

狄钟气得骂道："真是白眼狼！"

云济苦笑着摇了摇头，却见一个老汉喜滋滋凑过来："这位官人，您可是要找个年轻姑娘。身段儿十二分的高挑，模样儿十二分的俊俏，性格儿十二分的大方……"

"对对对！她在哪里？"

"五贯钱！"

"你……"云济不由气结，往身上钱袋里摸了摸。铜钱已经花光，只摸到一卷盐钞，于是抽出一张，往那老汉手中一递。

"官人，老汉刚才说了，五贯钱！"

"这张盐钞可支一席盐，按行价……"云济说到一半，突然想起盐钞价格大跌，于是又抽出一张。

老汉顿时眉开眼笑，急忙伸手抢过盐钞，唤了一名少女过来："玉儿，以后你便归这位官人啦！"

那少女约莫十四五岁，瘦得皮包骨头一般，脸色苍白一片，头发微微发黄，比狄依依低一个头，跟"身材高挑、相貌极美"简直半点儿都不沾边。

云济摇头道："老伯，我找的不是她！"

"不碍事，不碍事！官人带她回去，保管不觉得吃亏！"那老汉高呼一声，趁黑也钻进了草棚林深处。玉儿可怜巴巴地看着云济，惶恐道："官人，阿叔走了，奴没钱退给您。奴……奴能做饭，能洗衣，能暖脚，能生娃……"

"唉。"云济长叹一声，退后两步。正不知如何应对，狄钟却急了，怜香惜玉的毛病发作起来："小娘子莫怕，你就跟着咱们吧！买你的这主儿人称'救急教授'，是扶危济困的大善人。瞧你都瘦成这般模样，粗活累活岂是你能做的？应该他给你做饭，他给你洗衣，他给你暖脚，他给你生娃……嗯，生娃的本事，他这辈子是练不出来了。"

云济一时头大如斗，顾不上和狄钟分辩，只为狄依依悬心不已。众人提着羊角灯在草棚林转了一圈，也未能打探到有用的消息。

此时已至深夜，他们寻人未果，只能暂回安济坊。弥心派人在保和院清理出两间客房，供云济等人居住。

半睡半醒间，这些日子经历的种种，风驰电掣般在云济心头掠过，最后都化作狄依依嗔笑的模样。恍恍惚惚间，仿佛看见她伸了个懒腰，从腰间掏出酒囊晃了一晃："咦？酒囊空了，快给我灌满！"

"当——当——当——"

云济猛然惊醒，在钟声中坐起身，揉了揉两只发黑的眼。

窗外天光微亮，隔着明瓦渗入屋内，又是一日清晨。

玉儿年纪虽小，倒十分乖巧，早打好了水，供云、狄二人洗漱。早餐是安济坊提供的药羹，简单却不失精致，只是云济和狄钟都吃得索然无味。用餐后，两人谢绝福道徒的陪同，打算单独在安济坊走一圈。

一到白天，大量求医的病患拥入安济坊，将一座座诊堂挤得人满为患。云济等人绕过岐黄殿、诊堂和药房，转到先贤堂前时，却见门上挂着一把大锁。

"敢问小师傅，先贤堂怎么锁起来了？"云济拦住一名路过的小药童。

"回先生，前日有位师兄证道成圣，脱胎登天而去，留下的法体就在先贤堂中。坊主下令封了殿门，三日后才允许香客参拜。"

"得道？成圣？"云济不禁愕然。

"是！"小药童向先贤堂躬身为礼，满面虔诚。

玉儿一直跟在他们身后，怯怯地道："官人，前天晚上真的有人飞上天了，草棚里住着的阿叔、阿伯都知道哩！"

"都知道？"

"是哩！先是安济坊里响了一声惊雷，就像在耳朵边炸响的一样，草棚里老老少少都被吵醒啦。奴和阿叔、阿弟钻出草棚，看见安济坊那边突然闪着金光，没过多久，竟有一位仙人慢悠悠飞到了空中。"

"一声惊雷？还有仙人飞到了空中？"狄钟以为自己听错了。

"是哩！"

小药童纠正道："那不是仙人，是福道门徒证道成了大圣，走穿了通天福道，脱下凡胎，登天去了。"

玉儿哪里明白什么仙人、大圣，连连点头称是。

云济问："不是在晚上吗，你们怎么看得到？莫不是看错了？"

"不是的，天虽然黑，但奴瞧得很清楚！因为大圣脑后放着亮光，就跟画儿里面一样，就那种光晕……"玉儿伸手不断比画着，生怕云济不明白她的意思。

"脑后放着亮光？是了！传闻菩萨、神仙脑后会有佛光、神光？这在佛家唤作'大光相'，又叫'常光一寻相'，能够破除迷障。"

玉儿小脸涨得通红，连连道："是，是！奴不知道这些哩，也不懂啥大光相，官人您说得都对！"

云济哭笑不得："你可曾记得，当时大圣是从哪个方位登天的？"

玉儿歪着头想了想，指向先贤堂："大概是那里吧，奴也不太清楚。"

"能分清方向，已经很难得了。"

由于先贤堂大门上锁，无法进入，他们只能绕着先贤堂走了半圈。转过一扇拱形小门后，眼前豁然开朗。

触目所及是四五亩药田和两池春水，边上安置着十多架大大小小的水车。最大的两部水车从大池中车水，再由小水车往各处分流，按照不同水量，灌溉到不同药田里。

这些水车样式各异，又各司其职，分列成阵，将整座药园纳入其中。药园虽不大，药材却不下百种，各自占据一丈方圆的田地，有的密密麻麻，有的稀稀疏疏。

一架大水车边，还有一座大池，于寒风中热腾腾升起道道云气。

跟在云济身边的小药童解释道："这叫作'云池'。有些药材喜热，常生在温泉旁边。坊主费尽心思，请来能工巧匠，造了这座云池。一头水车车水，一头锅炉加热，使得云池边的几块药田，热度各不相同。"

"咯吱咯吱……"

循声望去，一名十三四岁的小药童，正在一条小渠边踩着水车。踏板前方的架子上，放着一本佛经，他一边踩水，一边放声朗诵："尔时，世尊因药王菩萨，告八万大士：药王，汝见是大众中无量诸天、龙王、夜叉、乾闼婆、阿修罗、迦楼罗、紧那罗、摩睺罗伽、人与非人，及比丘、比丘尼、优婆塞、优婆夷，求声闻者，求辟支佛者，求佛道者……"

他身上灰色布袍似乎略小了些，穿在身上紧绷绷的，裤脚挽起到大腿根，露出黑黢黢的皮肤，沾满污泥的赤脚，一脚一脚踩在水车踏板上。河水清冽如许，缓缓从他脚下水车流出。

听到有人过来，小药童抬头观望。云济这才看见，他有一半脸上生着青色胎记，如同鱼鳞一般，看起来甚是丑陋。

小药童见这许多人盯着他看，不由涨红了脸，脚下不慎一滑，踩进水车踏板的夹缝里。脚踝卡在两只齿轮间，竟一时拔不出来。随着流水潺潺而来，两只齿轮越合越紧，在他脚踝勒出一道深印。小药童疼痛难忍，不禁叫出声来。

"莫怕，我来帮你！"云济急忙上前，同时招呼道，"狄兄，你在那边托着水车车轮！"

狄钟应了，一脚踩进药田边的泥地里，将水车车轮往上托。原本卡着小药童脚的两个齿轮慢慢回转，只不过脚踝已然肿了一大片，整只脚往内侧歪扭着，难以拔出。云济见状蹲下身，手伸进木齿轮缝隙里，抓住小药童的脚，轻轻往外抬。

"别！脏得很，使不得！"

小药童急出一身汗，他小腿往下全是淤泥，而且前不久他刚刚给药田施过农家肥，脚又脏又臭。云济却全然不顾脏污，将他的脚从齿轮缝隙里拔了出来。小药童抬起头，满面感激道："多……多谢这位官人！"

"没事就好。"云济淡然一笑。

小药童刚想说什么，忽然听得一个声音道："恒鱼，今日念经已毕？"

众人转头看去，却见一个矮胖汉子往这边走来，灰袍芒鞋，满面笑容，正是安济坊的护法大管事弥志。

小药童立马正色道："回弥志师叔，已念了《妙法莲华经·药王菩萨本事品》，现正在念《妙法莲华经·法师品》。"

"好，继续念，刚才声音小了些。"

"是！"这小药童恒鱼应了一声，接着前面的经文继续念，"求声闻者，求辟支佛者，求佛道者，如是等类咸于佛前，闻妙法华经一偈一句，乃至一念随喜者，我皆与授记，当得阿耨多罗三藐三菩提……"

狄钟听他声音比先前更大，诧然问道："你们修行福道，竟也念佛经？再说念经就念经，何须这么大嗓门？"

恒鱼小药童顿住了，一时不知如何说起。弥志"哈哈"笑道："我等福道门徒，通过行善积福来修身养性，不讲究门户之见。不论佛家还是道家的经文，凡能解救世间苦难,都可为我所用。再者,这孩子念经不是给自己念的,而是给药田里的各种草药念的。"

"给草药念的?"

"不错!万物皆有灵性,佛祖尊前的灯芯听佛祖说法,能修得佛家神通;八景宫代步的青牛听老君讲经,能成为仙家尊者;药田里的药材,每日听经文,潜移默化之下,自然能生慈悲之心,增长药性。"

狄钟一脸不信:"给它们念经,它们便长得好?药效也好?要是九娘那女酒鬼在,她肯定说……"

话说到这里,想起狄依依失踪一事,不由黯然不语。

云济接口道:"若是九娘在,她必会说:'既然念经能让草药药效倍增,那若在药田里骂天唾地,这些药在熏陶之下,岂不是要变成毒药,既臭不可闻,还见血封喉?'"

狄钟拍手道:"那女酒鬼的性子,云教授你果然一清二楚!她若在此处,必定早就开骂啦!多半还要作一堆歪诗来,念给这一院子药材听!"

云济嘴角微微拱起,一丝笑意从唇齿间露出,又转瞬消失不见。

他在药园里转了一圈,最终在那小池子前蹲下身来。这小池两丈方圆,池水清澈,却一眼看不到底,并非因为水深,而是水底飘舞着柔嫩的水草,叶子下窄上宽,一丛挨着一丛。

"官人,莫要伸手!"

正打算在池水中洗手的云济一怔:"怎么?"

"那池子其实是一片药田。"恒鱼解释道,"因为有种药就种在池子里,就是这种水草,名叫'木鸡草'。它的汁液能让池水变成麻药,只要被泡一泡,就会浑身麻痹,肌肉瘫软。鱼虾从附近游过,纷纷呆若木鸡,动弹不得,活生生被木鸡草缠住、吞噬。木鸡草做成的麻沸剂,比洋金花、川乌、茉莉根、闹羊花加起来都管用。您若当真将手伸进池子,很快就感觉不到自己的手了。"

云济不由啧啧称奇,绕着这池子转了一圈,忽而蹲下身,从旁边的田垄上,捡起一枚白色的小珠子。他放到鼻尖闻了闻,神色微微一动,掏出一块绢帕,将那珠子包了起来。又俯身在地上细细查找,终于在不远的地方寻到一丝布片,还不及指甲大小,脏兮兮的,沾满尘土,材质却是上好的丝绸。

"你在找什么?"狄钟凑过来,诧异地看着他。

云济将这丝布片也包了起来,若无其事地道:"没什么。"

几个人回到保和院,云济将狄钟拉入房间。他掏出绢帕放在桌上,面色甚是沉重:"九娘出事了。"

"你怎知道?"

"你还记得我给九娘的'悄悄话'吗?"

狄钟当然记得,年前去陈留暗中查探高家的时候,云济曾经给狄依依一只香囊。那香囊上绣着一只黄鹂鸟,囊口缀两颗纯白珠,香味浓而不烈。香囊里装有三枚"悄悄话",若遇到危急情况,拿一颗扔出来,就会发出雷鸣般的巨响。

云济揭开绢帕,露出其中的珠子和碎布片。狄钟凑近那珠儿和布片,隐隐闻到淡淡香味混合着火药焚烧的味道。显然,这小珠子是香囊上缀着的饰物,而碎片应该是香囊炸毁后的残留布片。

香囊中的"悄悄话"共有三枚。在高家,狄依依用掉一枚,此时看来,另外两枚也已用了。

"她究竟遇到了什么事?"

"不知道。"云济摇了摇头,"但肯定比上一次还要凶险。我曾嘱咐过她,若来不及将'悄悄话'取出,就连锦囊一起扔出去。当初在高家遇到凶手杀人,她都不曾如此,这次却……前日晚上我居然不曾注意到她出门,天亮后看见留言也没及时赶来。她和介夫兄的脾性有几分相像,不拘常理,敢想敢为,我早该算到的!都怪我,都怪我!"

他拍着自己的脑袋,愧疚和悔恨像一条攀缘而上的蛇,不停噬咬着他的胸口。

狄钟宽慰他道:"都是凡夫俗子,谁又能真的算无遗策呢?百密一疏,也是难免的。"

云济捏紧了拳头:"若她有什么闪失,别说百密,就是千密万密又有何用?我是能百密一疏,可这一疏,怎能疏在她身上?"

"这安济坊真是龙潭虎穴不成?"狄钟站起身,气势汹汹道:"我去找这帮福道徒问问!"

云济急忙将他拦住:"不济事的,他们必会咬死不认。"

"可是……"

"这几件案子,到现在已渐渐明朗,但还有两件事情……需要再查一查!"即便这时,云济依旧沉稳。然而他心中远没有面上这般从容不迫:"她可是把自己输给我当长工的,我不能对不起她那酒局一输!"

云济和狄钟匆匆回城,先赶到司天监。

鲁千手一手持牵钻,一手持木锉,正在鼓捣一样物件。见云济过来,满脸兴奋道:"教授,教授!快来看看此物!"

他两手捧着个形似马辔头的物件,献宝似的呈上来。云济哪有闲情逸致去看里面的门道,正想推脱,鲁千手已叽叽喳喳道:"快看快看!张无舌那厮睡觉磨牙,半夜'咯吱咯吱',跟一千只耗子开堂会一般,吓得咱都不敢睡觉,生怕他把咱当馒头给嚼了。而且他每日睡醒,牙帮子都酸得难受,只怕活不到四十,牙先掉个精光!所以咱别出心裁,做了这治磨牙的辔头,两侧置有机栝,上面装一只短钳,下悬一个布袋,布袋里装果脯。睡觉时戴着这辔头,只要他一张嘴,短钳便从布袋里掏出一块果脯塞进他嘴里,保管让他磨不起牙来!"

鲁千手说着,把张无舌从一边拉来,给他戴上辔头,并让张无舌试演一番。果如他所说,张无舌每一张口,辔头上的短钳便猛塞一块果脯,动作之粗暴,险些戳烂了舌头,张无舌差点真的无舌。

"如何如何?"鲁千手扯着云济的胳臂,像个讨长辈夸赞的孩童,"教授你总说咱做的东西是巧夺天工的无用之物,这物件简直是天下磨牙者的福音……"

眼见他又喋喋不休,云济当机立断,一针见血道:"这辔头又装短铁钳,又挂果脯袋,怎么看都不下五斤,这分量戴在脸上,睡得着吗?"

鲁千手表情僵直,一时说不出话来。

见他这般表情,云济也于心不忍,宽慰道:"不用丧气,虽说这辔头不能给张无舌用,给你自己用却再合适不过。"见鲁千手满面诧然,云济补充道,"你话多如痨,总抢别人话头,只消戴上这辔头,每一张口就塞喂一片果脯,还旁人一片清净,岂非大有用处?"

云济果然是安慰人的大行家,鲁千手的脸色比方才还要难看几分,往日里满满要溢出来的话匣子,瞬间变得空空如也,倒不出半个字来。

"让你查的东西如何了?"

听他发问,鲁千手抛开黯然情绪,将备好的案牍急忙呈了上来:"在这儿在这儿!那钱文轩原本是常平司的专勾官,还曾专勾过延丰仓的账目。他和鲁深、张扶老等人是旧识,去年夏天他调任襄邑主簿,拖了好久才去上任。"

"也就是说，鲁深坠入枯井，爬出来时，果然是在他家？"

"正是正是！他那两日休沐，正好在家。"

"休沐？"

"不过他家院子里并没有井，不知你让咱查这个作甚？"

"没有井？"云济先是一愣，随后恍然点了点头。

正沉吟着，张无舌也凑了过来。

"高士毅父子这两日做什么呢？"云济急忙问。

张无舌面无表情，思索片刻，只憋出几个字："三天，老高，拜亲戚，粮食。"

鲁千手立即道："教授，教授！无舌这厮的意思是，高家父子是三天前到的京师。高士毅拜访了几家外戚和宗室，这些权贵都是做粮食生意的。"

狄钟冷哼道："东京城里，能将粮食生意做大的，必然背靠权贵，甚至有些宗室外戚亲自上阵。而那些高官显宦，都各有面上替他们打理生意的人。"

张无舌和鲁千手连连点头，显然对他说的颇为赞同。

"高公洁呢？"云济问道。

张无舌木着一张脸，依旧惜字如金："昨日，东水门，无踪迹。"说罢摇了摇头。狄钟全然不知他是何意，急得抓耳挠腮。

鲁千手像是欠了张无舌一条舌头，又替他解释道："莫急莫急！无舌这厮是说，高公洁昨日出了门，一直不曾回来。无舌千方百计打听，才得知他向东南而去，从东水门出了外城，此后便没了踪迹。"

狄钟喃喃道："出内城，向东南而去，东水门……难道他去了安济坊？可是咱们昨晚就在安济坊，不曾见到这位高大衙内啊！"

"见不到就对了！"云济道，"昨晚咱们去安济坊寻人，整个安济坊的人都惊动了。高大衙内毕竟是咱们的老熟人，也不该躲着不见，可见……"

"可见什么？"

云济眸中精光一闪："可见他有心虚的地方。至于高家和安济坊有甚古怪，或许真珠郡主会知道一二。九娘时时挂念真珠郡主，咱替她去探望一番。"

对云济等人的来访，郡王府显然并不欢迎，他们被拦在门外足足半个多时辰。云济终于等不及，大声喊道："安定郡王！狄九娘为了查探郡主失踪的真相，身陷险境，危在旦夕。王爷若是感念她对郡主的情谊，还请帮帮忙！"

大宋悬疑录：貔狸刑　371

他不管不顾地大喊，引得路人纷纷侧目。王府的门子见围观者越来越多，急忙进去又通报了一遍。

过不多久，郡王府大管事带着家丁冲出门外，将他们团团围住，指斥他们造谣生事，要拿他们去开封府问罪。

云济对此早有预见，先是自报身份，又掏出一张信笺，珍而重之地让管事交给安定郡王，说是送给郡王的礼物。管事张开信笺瞥了一眼，急忙进门上报。

"教授，教授，那是什么东西？"鲁千手好奇不已，一迭声地问道。

"当然是敲门砖了。"云济苦笑一声，"听九娘说，这位郡王将子瞻先生墨宝给女儿陪葬后，又派人盗墓挖了回来，想必他爱极了子瞻先生的书法和诗文。那信笺是子瞻先生的亲笔信，指点我的书法需得脱去匠气，才能自成一家。我一直珍藏在家，谓之'匠气帖'。"

鲁千手恍然大悟，大书家的回帖不仅是难得的墨宝，其内容更因涉及书家的私密之事，愈发让崇拜者趋之若鹜。只不过这"匠气帖"说的是云济书法中的弊端，他居然肯拿出来，也算得上是自揭其短，"献丑于人"了。

过不多久，敲门砖起了作用，众人被迎入王府。又是好一番交涉后，终于见到了真珠郡主。

果然如狄依依所说，真珠对这一年的经历全然说不清楚。她的神志就像个五六岁的孩童，对陌生人充满警惕和防备。云济的问题，她也茫然不知，被问得多了，突然焦躁起来，大呼道："奶奶，奶奶！"直奔到王太妃身边，一头扎进她怀里。

王太妃听得真珠哭叫，顿时心肝儿般地疼惜起来："乖女莫哭！让他们走，统统都走！奶奶念经给你听。"说罢闭目诵起经来。真珠听见祖母的诵经声，顿时安静下来，窝在王太妃怀里乖乖听着。

云、狄二人相视一眼，都是满脸尴尬。他们恭恭敬敬跟王太妃道别，转身准备离开王府。

王太妃对二人的拜别视而不见，只顾搂着自己的孙女念经，念完一篇，又念一篇："……尔时，世尊因药王菩萨，告八万大士：药王，汝见是大众中无量诸天、龙王、夜叉、乾闼婆、阿修罗、迦楼罗、紧那罗、摩睺罗伽、人与非人……"

"啊！"

云济刚走没几步，忽然听到一声尖叫。回身一看，却见王太妃被推倒在围子榻上,真珠连滚带爬地翻身下榻,仿佛王太妃是洪水猛兽一般。她将身子蜷缩在一张桌案下面,瘦削的香肩不住颤抖,看着王太妃时,眼睛里竟充满了畏惧。

"真珠,你怎么啦?"王太妃担心孙女,也跟着下榻来看。她去岁哭伤了眼,双目看不清三尺之外,刚走到桌前,真珠吓得两手乱抢,尖叫道:"走开,走开!"险些打到王太妃。

"小心!"云济急忙往回跑,丫环连忙将王太妃扶住。真珠却发了性儿,又是害怕,又是无助,仿佛一只受了惊的小兽,不让任何人靠近。

"真珠,你怎么啦?"王太妃心急如焚。

云济若有所思,叹息道:"王太妃莫急,让她自己待会儿吧。还有,以后别再给她念经了。"

从安定郡王府出来,云济脸上的神色已变得无比坚定,他边走边道:"有两件事拜托二位。张无舌,你去一趟延丰仓附近的锦林楼,帮我找一位姓陈的铛头。"他吩咐去了锦林楼之后该如何行事,张无舌立马领命而去。

云济从怀里掏出一张纸,对鲁千手道:"这上面记有十四家开封府的粮行,劳烦你去打听一下它们的近况。"当下又详细嘱咐了一番。鲁千手不敢耽搁,也匆匆领命而去。

狄钟问道:"云教授,那我们呢,我们现在怎么办?"

"这几桩案子,已经豁然开朗。只是有些细节和推断,还需要张无舌和鲁千手去证实一番。本以为有的是时间去取证,但现在……依依出了事,咱们等不及,只能冒险一试了。"

"冒险一试?冒什么险?"

云济昂起头,看着光芒万丈的艳阳:"当然是秉承介夫兄的志向,先天下之忧而忧,后天下之乐而乐。纵然位低职卑,也要登高一呼!"

来到左军巡院的时候,王旭正忙得不可开交,衙役通报后好久,他才赶来接见云济。

"义父,还请您带小侄去见大尹,并通知三司、大理寺、御史台诸位官人,以及常平司、延丰仓、三部勾院相关人等到大理寺……"

"且慢!"王旭面色郑重起来,"三司?大理寺?御史台?开封府?京师中衙门最大的几个,都要一口气叫来?这不是和郑介夫当日一模一样吗?"

"不错！"

王旭脸色一沉："济儿，那日你答应我什么，全忘了吗？这几桩案子牵扯太大，实在沾染不得！"

"义父莫要生气，您的良苦用心，我岂能不明白？"云济连忙赔笑解释，"但大丈夫有所为有所不为！如今东京城这等局面，简直是一场浩劫，所幸小侄胸中有几分成算。若小侄装作全然不知，实在于心难安。"

尽管云济义正词严，说了诸多道理，但王旭始终不允。王旭将云济视若子侄，又深知此事凶险难测，让他和嫌犯对簿公堂，必会惹来无数明枪暗箭，王旭绝不同意。

云济突然叹了口气："义父，当年那些秘闻，您藏了十多年，是为了我；数日前又托盘而出，也是为了我，我都是知道的。"

王旭只当他终于放弃了，欣慰道："你明白就好。"

"义父，我也告诉您一桩旧事吧，你可知我爹临死之前，留下的最后一句话是什么？"

王旭一怔："你爹的遗言？你倒是从没提起过。"

"他说：'爹每一日都在后悔，但后悔的是没把马递保护好，而不是后悔冲进火场去救人，你须记着了。'"云济低头望着地面，目光仿佛能穿透九幽，看见父亲的面容，"我时时念着这句话，以前我总以为，他是要告诉我，做人不能拘泥于规矩，而是要以人命为重。直到你告诉我当年实情，我才知道并非如此。"

"你是说……"

"我爹既然看过信件内容，又说后悔没把马递保护好，可见他从不后悔被卷到这桩是非中。不论背后有多大风险，不论幕后有多深背景，不论马递里藏了多大秘密，他也没有退却。"

"云深兄……"王旭不由动容，但还是摇头道，"云深兄深明大义，我自然是钦佩的。但我相信，即便是他，也不会答应你冒此奇险的。他自己冒险固然不怕，让儿子冒险，怎会不怕？"

云济费了许多口舌，还是未能奏效，终于咬牙放出狠话："义父，别的倒也罢了，狄九娘也因这案子陷在安济坊，若不能救她出来，我这病……我这不得接近女子的病症，可就终生无望了！"

王旭神色一变，他早已注意到狄依依。这些年来，云济从未将哪个女子时时带在身边，虽说他照旧不敢距离狄依依太近，但终究和对待其他女子有所不同，难道总算开窍了不成？

眼见王旭态度松动，云济正想再接再厉，却见王旭摇头道："济儿，这么大阵仗，不能一而再，再而三啊！郑侠闹了一出大笑话，还没几天，你又来一遭。我就算报与大尹知道，他也不会给你好脸色看。"

"还请义父帮帮忙！"

"济儿，你可有十足把握？此事若再成闹剧，那些高高在上的重臣，绝不可能像上次那样息事宁人。"

"怎可能有十足把握？"

"那还是再查一查，等稳妥了再说。"

"不成，等不及了。"云济固执己见，"再迟一分，九娘便多一分危险。"

王旭犹豫片刻，咬牙道："也罢，我再帮你一次。只不过我和孙大尹关系不睦，只怕他会对你有成见，是否会再信你一遭，我也不知。"

"多谢义父！要想揭发此案，有一件事最要紧，必须立即去做。"

"什么事？"

"查封安济坊！"

"安济坊？"

"不错，要快！"

没想到王旭断然拒绝道："不可能！"

他的态度突然转变，令云济大为不解。安济坊虽然名气极大，和诸多权贵牵扯甚深，但这几桩案子事关重大，该查还是要查的。

"你可知我方才在忙什么吗？"王旭苦笑道，"自昨日来，整个京城都在传。说是安济坊又一位修行者证道成圣，数千百姓亲眼见到他登天而去，这是天降祥瑞。官家清晨刚刚下旨，将正月二十五日的大雩改至城东，于安济坊外重设雩坛。王相公任大礼使，领衔文武百官进行各项仪程。咱们开封府孙大尹担任桥道顿递使，处理行程中各项杂务。只待良辰吉时，官家御驾亲临，祭天祈雨。"

云济和狄钟相顾愕然。

自太祖开国以来，皇帝亲自下诏祈雨的次数，每年不足一次。然而近年来，由于旱灾严重，仅熙宁六年，皇帝已连下四次诏令，命宰辅祈雨。

大宋祭礼中，郊天大典最为隆重。去岁冬日刚刚祭祀了天地及太祖太宗，大赦天下，赏赐文武官兵，花费上百万钱钞银绢。按理说近期不会再举行其他祭祀，但由于连年大旱，赵顼对灾情忧心忡忡，元日祭典一过，便吩咐司天监和太常寺择选时日，准备大雩祈雨。

雩祭有"常雩"，也有"因旱而雩"。常雩一般都在孟夏之时，由皇帝亲祀，而此次大雩定于正月，显然是因旱而雩，且不是有司摄事，而是皇帝亲为，可见何等重视。

王旭见两人神情，苦笑道："时间紧迫，你这名司天监司历竟全然不知吗？礼部负责重设雩坛，开封府负责治安和杂务，鸿胪寺负责仪节程序，几个衙门早就忙得团团乱转了！你们想在这个时候查封安济坊，根本就是异想天开。"

云济连日请假，竟不知雩礼改址之事，不由黯然道："这……还有三日，九娘可千万莫要出事。不过，这三日，正好算一笔大账。义父，还劳烦您帮我查一查各大正店卖酒的情况。"

第十九章
照妖宝镜

国之大事，在祀与戎。

——《左传·成公十三年》

正月二十五日辰时，朝阳初升，天朗气清。

马蹄声、脚步声、鼓乐声越来越近。开封令等六引在最前方开路，后面紧跟着十二面大纛，清游队手持长槊正道而行。朱雀队的朱雀旗、金吾卫的十二面龙旗迎风招展，十四名驾士驾着指南车、记里鼓车等缓缓驶过，太常前部鼓吹紧随其后……上万侍从按照大驾卤簿的顺序，一批批赶到离安济坊不远的雩台下。

云济望着眼前的雩台，心中百味杂陈——早在三天之前，这里还是一片草棚林，里面住着上千灾民。他们借茅草扎成的四壁来避寒，靠安济坊施的粥来果腹，草棚虽然简陋，但也算得一个安身立命的所在。

"厉害厉害！为了修筑祈雨的祭台，毁却了千百灾民的避难之所……"鲁千手跟在云济身后，啰啰唆唆一阵论天谈地。

云济也连连摇头："好在介夫兄还在道生医馆修养，否则他看到了，只怕已骂出声来了。"

雩坛并不大，坛顶两丈见方，生鱼、玄酒、膊脯等种种祭品列于台下。一条十六丈长、锦布扎成的大苍龙，由十六名技艺精熟的舞夫摆动挥舞，绕着雩坛蜿蜒而行，仿佛随时会腾空而起。四周各有四条小龙，相隔数丈，面朝东方，迎着满溢的阳光，踩着飞扬的鼓点，精气腾腾地舞动身姿，将一股振奋之意洒向万里晴空。

天子的大驾玉辂姗姗来到台下，净鞭霹雳震响，坛下鼓乐合鸣。文武百官和万千庶民齐齐跪倒，山呼万岁。呼喝声如海裂山崩，震得道旁古柏枝抖叶颤。

赵顼身着衮冕，面无表情走下玉辂，于呼喝声中庄重登上雩坛，祭天地山川，祝水神雨师，一丝不苟地执行着既定祭程。

祈雨祭文华丽而冗长，赵顼顾不上刺骨的寒风，在台上抑扬顿挫地诵读着："……积水之泽，尘起冥冥。粟将槁死，蝗亦滋生。虽政或不良，足以致此，而百姓何罪？宜蒙哀矜。彼撮土之山，勺水之川，尚能与民为福，锡之有年……"

"啊，是龙！"

"那是……是神仙！"

"神仙！神仙！"

骚动从离得最远的观礼百姓中爆发，继而如风吹麦浪，转眼间波及三军和群臣。臣子们尚且神色庄重，远处的百姓皆是惊呼阵阵。

高高耸立的雩坛上，赵顼终于察觉人群中的骚动，忍不住怒视坛下。却见一众臣子个个抻着脖子昂着头，直往碧空眺望。赵顼心中诧然，抬头一望，不由惊得目瞪口呆。

苍穹之上，一位仙人腾云驾雾，身放大道金光。仙人右手捧书，左手持印，虽然相隔甚远，看不清面相，却依旧向众生倾洒着慈悲。在这仙人身侧，还有四条苍龙，张牙舞爪，凌空飞腾。

"这……前不久传闻安济坊有一位福道徒证道成圣，难道……"一时间，赵顼不喜反惊，心中甚是慌乱，不由自主往身后看去。

数丈之外，王安石一言不发，双目炯炯有神，盯着空中的仙人和神龙。

见王安石沉稳如山，赵顼顿时心中一定。剩下的祭文已不长，他加快语速，继续念了下去："……惟神闵人之病，助岁之功，霈然下雨，变沴为丰……"

远远的人群中，也不知是谁高声叫了一句："来啦！"

赵顼心头一颤，抬头举目，却见那仙人和苍龙从天边趋近，自东而西，竟直扑雩坛！苍龙迎风长吟，声音高亢，震动四野，便是狮吼虎啸，也无这等威势。

虽说举行大雩是为求神祈雨，但神仙、苍龙当真出现时，众人竟忍不住惊慌，果然"叶公非好龙也"。

"陛下！"王安石心头掠过一丝不安，起身想要迈步上前，但想到雩礼的规矩，还是顿住了脚步。

仙人和苍龙越来越近，一阵龙吟呼啸愈发响亮，不多时到了雩坛前，离地面不过十多丈。赵顼竭力淡定，但后背还是一阵僵直，如同一张绷紧的弓。

四条苍龙抢先从雩坛上空掠过，继而仙人腾云驾雾而来，施施然飘过。赵顼从不敢置信到紧张，从紧张到恍然，从恍然到勃然大怒，终于还是做不到面不改色，一腔怒火几乎要喷涌出来。

"纸鸢！这分明是纸鸢！哪里来的狂徒，如此胆大包天，敢故弄玄虚，戏耍于朕？"赵顼心中怒火熊熊，强忍着没有喝骂出口——不论如何，不能在天地神明面前失了礼数。

赵顼强装无事发生，念完剩余祭文。等他从雩坛下来，除了面前的臣子神色庄重，保持肃穆，离得远的军士百姓都抻着脖子，向安济坊的方向张望。

那尊仙人和四条苍龙越飞越低，路过安济坊上空时，忽然喝醉了酒一般，一个跟头栽落下来，飘然坠入安济坊。

经过短暂的惊怒，赵顼很快神色如常："诸卿，听闻数日前天现异相，安济坊有一位福道徒脱胎换骨，证道成圣，在万众瞩目下登天而去。太皇太后向来崇佛慕道，听闻安济坊既是医坊，更是福道起源之处，朕深受皇祖母教诲，既然到了安济坊前，自然要瞻仰一番！"

雩礼尚未结束，按照仪程，鼓乐和歌舞要继续到太阳落山为止，如此延续三日，但皇帝和百官无须一直候着。依照原本的安排，安济坊前早已铺好长毯，皇帝和百官在弥心的引领下，迈入庄严矗立的坊门。

小道弯弯，古木森森，艳阳晴光透过一片银杏林洒落在地面上。缥缈钟声氤氲在幽淡药香中，将俗世纷扰推至坊外。

岐黄殿前开阔空旷，拥进近千人，竟也不嫌拥挤。高大的香炉烟气袅袅，令人仿佛矗立在云海之间。

然而此时，岐黄殿的殿顶上，两条苍龙相互缠绕，从正脊到垂脊，几乎爬了半边殿顶。而东北角的飞檐上，倒挂着一位"仙人"，祥云朝天，莲台倒悬，仙人头下脚上，随风飘动。

这正是先前从空中坠落的仙人和神龙。群臣看得清清楚楚，那仙人、神龙不过是防风的布片，用竹篾充当骨架——分明就是纸鸢！

弥心神色尴尬，苍龙和仙人纸鸢不知从何处来，突然断了线，坠落在岐黄殿上。他连忙安排人清理，但事发仓促，大殿又高，刚取下两条龙纸鸢，皇帝和群臣便到了。

"弥心先生，坊中有人在放纸鸢吗？"

安济坊众人转头望去，说话者紧随赵顼身后，正是领袖群臣的宰相王安石。

"王相公说笑了，安济坊早已闭门谢客，正当大雩之日，坊中弟子怎敢胡作非为，扰乱雩礼？"弥心恭恭敬敬道，"老拙也觉奇怪，为何这纸鸢骤然坠落在鄙坊中，实在叫人措手不及。虽不知这放纸鸢的究竟是何人，但此事绝对和鄙坊弟子无关！"

这信誓旦旦的话语刚刚落下，就有人朗声道："王相公，那纸鸢是下愚所放！"

此言一出，众皆侧目。却见一个乞丐从岐黄殿中钻出，身披一袭打满补丁的灰色斗篷，头戴青巾，脚踩芒鞋，四肢格外粗大。

弥心表情一僵，指着那乞丐道："你……你是何人，为何藏在本坊？"

乞丐满脸委屈道："弥心先生，你曾是下愚的授业恩师，竟不认得弟子了吗？"话音落罢，他伸手将斗篷系带松了一松，挺拔身躯，舒展四肢，伸了一个懒腰。

众人只觉眼睛一花，方才还佝偻着脊背的乞丐，转眼间变成一尊身高九尺的巨汉。他伸出蒲扇一般的大手，在脸上一通揉搓，鼻子和耳朵也相继变了模样，竟是玉树临风，仪表堂堂。再将身上披着的斗篷卸下，内外一翻，迎风一抖，顿时变作一件法衣，款款披在身上。

群臣心头都掠过一个念头："好高大的乞丐！"

弥心脸上顿时涌起重重怒意："邱远！是你？"

"正是下愚！先生，数年未见，别来无恙？"邱远望向弥心，嘴角咧出一丝怪笑，眼神却又极复杂，充满着怨怼和愤恨。

"你这逆徒！既已被逐出本坊，还混进来做甚？"弥心作为闻名京都的名士，此时居然不顾形象，当众动怒，呵责道，"这装神弄鬼的纸鸢，也是你的手笔？今日乃大雩之日，陛下为万民祈福，你竟然如此狂悖，胆敢扰乱雩礼？若是触怒天地，降罚于百姓，就算将你碎尸万段，也难赎其罪！"

邱远仰头长笑，指着挂在飞檐上的仙人纸鸢："弥心老贼！我这装神弄鬼的本事，只学到你的皮毛而已！"

"胡说八道！"

"胡说八道？坊间传闻，正月二十一日夜，安济坊忽有雷霆大作，声震数里。继而一位福道徒证道成圣，于半夜间身放光芒，脱胎换骨，登天而去。下愚这仙人是如何从空中落下，你那大圣便是如何腾云登天！"

邱远此言一出，群臣交头接耳，议论纷纷。

万众瞩目之下，弥心怒喝道："逆徒，你休要混淆视听！鸡可以生蛋，生蛋的就都是鸡吗？纸鸢可以用来假扮神佛，神佛就都是纸鸢假扮的吗？"

群臣听罢，有不少人微微点头。

"弥心老贼！你整日将'行善积福'挂在嘴边，宣扬你的福道，骗得病患赞不绝口，唬得百姓顶礼膜拜，实是生得一条如簧巧舌。什么救死扶伤，什么乐善好施，不过装出的道貌岸然罢了。下愚来这里，就是为了揭穿你的真实面目。"

"我福道弟子，学岐黄之术，修济世之德，自有岐黄二祖护佑，岂容你这等妖邪毁谤？"弥心向人群中使了个眼色，顿时有三名福道徒从不同方位同时冲上前去，要以雷霆手段，将邱远拿下。

谁知邱远对此早有准备，三拳两脚便将两人踢翻在地，第三个福道徒也抵受不住他的拳脚，被一把抓住衣襟，像抓小鸡一般提在手中。

"妖邪？我便讲一个妖邪的故事吧！"邱远冷冷看了弥心一眼，向赵顼躬身一礼，"还请陛下准可！"

赵顼点头道："你且说来。"

皇帝下旨，弥心等福道徒虽然心中愤慨，也不得不遵从。

邱远侃然讲道："话说西方有一小国，国土贫瘠，多旱少雨，民众衣不蔽体，食不果腹，实在苦不堪言。国内有一寺庙，古老破败，寺内僧众过得更是贫苦。由于香火凋零，只能靠僧众出门化缘勉强度日，连寺内佛像都缺胳膊少腿，无钱修葺。

"偶有一日，一行脚僧来寺内挂单。这僧人膝轮圆满，两臂修长，双耳垂肩，面如朗月，竟生得一副佛祖相貌。老住持和此僧论道，发现他佛法精深，辩才通神。老住持喜爱不尽，于是苦苦相劝，将他留在寺中。后来，行脚僧拜老住持为师。

"忽有一日，老住持坐化圆寂，这行脚僧反客为主，做了寺中住持。不知他从何处变出大笔钱财，将寺庙修整得金碧辉煌，改名为'小雷音寺'。这新住持能言善辩，端的是舌灿莲花，不仅多次出门传教，还数度开坛讲经，弘扬佛法。许多民众崇拜他佛法精深，将他视为心中佛祖。

"又一日,新住持讲经时,突然身放红光,展露三十二身像,分明是佛祖降世!听经的三千信众震撼不已,纷纷跪拜于地。小雷音寺很快名传遐迩,上香礼佛的信男信女络绎不绝,都来拜见佛祖化身。凡是在新住持面前祈愿的,无不心想事成,所许之愿一一应验。

"然而怪事也随之发生,来拜谒住持的香客中,总有人不知所踪,凭空消失,家人寻不到,亲友见不着。其中失踪最多的,是美貌的妙龄少女。

"终于,一名捉妖师来到这西域小国。他定睛一看,发现小雷音寺妖气森森,让人望而生怖。捉妖师勇敢执着,当即拜见国主,告诉他小雷音寺的住持是妖邪所化。见那国主将信将疑,捉妖师拿出一面宝镜,说这是真正的佛家宝物。不论何等妖物,用此镜一照,必会原形毕露。

"于是国主带着宿卫禁军,在万千信众面前围住了小雷音寺。捉妖师拿出照妖镜,对着住持当头一照。照妖镜绽出一道金光,将住持罩在其中。灰布麻袍的住持果真现出原形,却是一尊佛陀,端坐莲花台上,浑身珠光宝气,满面慈悲祥和,脑后金光大放,显露大光相!

"捉妖师震惊不已,他明明看见这住持身上妖气重重,怎么可能真是佛祖?民众看到照妖镜下的这般景象,对住持崇拜得愈发五体投地,就连国主都口呼'我佛'。捉妖师被当场五花大绑,以谤佛之罪,判凌迟之刑。新住持显露佛祖真身后,更得世人崇拜,名望之盛,简直无以复加。

"国主亲自监刑,捉妖师被千刀万剐,血肉削尽,全身除骨架之外,只剩下一颗跳动的红心。眼看便要割下最后一刀,捉妖师的枯骨突然大叫:'我明白了!你不是佛祖,你就是妖邪!我原以为你妖法高明,连照妖镜都照不出原形,此时才看透,其实照妖镜并未出错,照出的正是你的本来面目!'"

邱远讲到此处,天子群臣都甚是奇怪,人人听出他讲的虽然是佛家故事,实则隐喻安济坊和弥心这位福道宗主。邱远如此有备而来,显然是要和弥心当面较量。众人都以为故事中的照妖镜出了错,结果又说没有错,究竟怎么回事?

在众多福道门徒的瞠视下,邱远继续讲述:"观刑的众人疑惑不已,不明白他话中的意思。却见捉妖师的枯骨凝聚成一把尖刀,向那住持飞去。住持显露出佛祖真身,却还是抵挡不住,被那骨刀斩中腹部,肚子上破开一道伤口。民众齐声惊呼,住持的肚子破了却不流血,反倒如无底口袋一般,数不清的物事如决堤的河水,从中汹涌流出——花不光的金银珠宝,吃不完的玉盘珍馐,喝不尽的金樽清酒，看花眼的绝色佳人……"

闻言，安济坊众人躁动不已，但皇帝金口玉言，谁都不敢打断，只能强自按捺。

"住持满面恐惧，终于僵硬不动。身上珠光宝气涣散殆尽，周身皮肤黯然无光，竟似泥土般。众人这才分辨清楚，那竟然是一尊佛祖塑像，虽然是泥塑而成，但表面涂了一层金粉，佛像腹内中空，能够藏物。

"原来这是一尊佛像，在世人的崇拜中汲取精华，借世人的吹捧修炼成精。它被工匠塑成佛祖模样，虽是泥胎塑成，土坯铸就，却被粉饰得无比光鲜亮丽，照妖镜照时，比佛祖还像佛祖。世人愚昧，执着于皮相，如何看得穿？外表光鲜，不过是涂了金粉；看着端庄慈祥、惹人崇拜，其实满肚子情欲美色、熏天铜臭！"

邱远的故事终于讲完，双目直直盯着弥心。

这故事饱含深意，意味深长。弥心怒喝道："逆徒！你讲这故事所为何来？是想指桑骂槐，借故事中的假住持讥讽老拙吗？"

"讥讽你？我讥讽的是自己！我笑我自己，竟对你敬若神明，恨不得顶礼膜拜！"邱远纵声狂笑，"弥心老贼，你这些年好大名气。仗着医术不俗，施了些小恩小惠，哄得百姓将你当作活菩萨。多少愚夫愚妇，见了你都恨不得跪拜磕头才好。他们哪里知道，你不光行善积福是假的，连身份都是假的！"

"你昏了头吗？说这等荒唐言语？"

"我说错了吗？你本名叫作章光年，治平三年（公元1066年）在江宁府考中举人，却在当年的鹿鸣宴上，毒死了三名同年举子，被官府通缉。于是你假扮赤脚郎中逃脱官府追捕，又从一个戏班子里，救了一个贼乞儿，将他扮作小药童，师徒两人去安济坊挂单。你巧舌如簧，骗得安济坊坊主吴医仙收留你。等那吴医仙过世，你假造他的法旨，鸠占鹊巢，命坊中福道徒尊你为坊主，就此假郎中做了真坊主！"

"胡说八道！"矮胖汉子弥志横眉怒目，挺着肥大的肚子上前一步，怒喝道，"邱远！弥心师弟虽然拜入师门较晚，但他拜入本坊后更受师父器重，是师父求他留在本坊的。我等福道门徒，无不对他心悦诚服！你在陛下面前大放厥词，可有半点凭证？"

"凭证？最好的凭证就是我！我便是那个被他救下的小乞儿，最知道这老贼底细的人！"

邱远望着岐黄殿前的人群，如剖心示众，情凄意切道："我蒙你搭救，还被收为开山弟子,是你教我医术,是你教我修行,是你将福道誓词,一字字印在我心里。如果说我心中曾有神佛,那必然是你!可将这尊神佛打落尘埃,摔得粉碎的,依旧是你!你可知我对你从满怀崇敬,到一夜间大失所望,是何等痛苦?"

这身高九尺的巨汉,将满腹怨恨一吐而尽,撕心裂肺道:"你所做恶事,我一一看在眼中,日月神明,俱为见证!"

弥志满面鄙夷:"邱远,你冥顽不灵,接连犯了两大过错,坊主这才将你逐出本坊。这等劣迹斑斑,如何做得了证人?"

"两大过错?咱们不妨来说说这两大过错吧!"邱远平静心绪,朗声道,"第一件,是说我损毁祖师法体吧?原坊主吴医仙突然驾鹤西去,化道后肉身不腐。弥心老贼宣扬他是脱胎换骨,证道成圣,留下圣体遗蜕,方能够不朽不坏。我觉得此中疑点重重,终有一日,我偷偷摸进先贤堂,寻到师祖吴医仙的圣体遗蜕,想要验尸……"

"验尸?那乃是大圣遗蜕,谈何验尸?"

"死了就是尸体!吴医仙虽德高望重,却也未必真能成圣,怎能不探个究竟?更何况吴医仙身上药味极浓,色泽光亮,异于常人。我感觉蹊跷,便用短刀割开他胸口,想看看他的躯体有何特殊……"

弥志冷哼道:"当时你割下师父胸口的血肉,被坊主师弟撞破。你眼见要被抓住,竟然一口将肉吞下!你还狂言说师祖若真已成仙,吃一口大圣肉,必能长生不老!请陛下和诸位官人评一评,干出这等丧心病狂之事的,岂能不是妖邪?"

从赵项到百官,无不面露异色。离经叛道的修行者历来不少,但吃祖师肉的门徒,还真是亘古未有。"丧心病狂"这四个字,一点儿都不为过。

邱远却道:"吴医仙尸身药味刺鼻,我吃他一口肉,肚子疼了两天两夜,上吐下泻,险些没被毒死。你们都说他成了圣,可大圣遗蜕竟能毒死人吗?"

弥志等人张口结舌,明明觉得他在逞能诡辩,却不知如何反驳。

弥心沉声道:"逆徒,啖师祖血肉,食大圣遗蜕,实乃罪大恶极。让你腹痛两日,是先师降罪于你。"

"也罢,咱们再来说第二大过错,说我私自售卖害人的秘药。"邱远继续道,"这几年来,你在先贤堂后修了一座药园,尝试种种禁方。你偷偷拿求医问药的病患试药,成功了便献给达官贵胄,失败了则矢口否认。十多名孕妇吃了你开的保胎药,生出畸形胎儿,等他们家人寻上门来,你却一口咬定是我这个抓药的私换了药。

你当年开的药方我还留着,可都是你亲笔所写!"

邱远掏出一张药方,当众呈给随驾内侍。那药方纸色蜡黄,墨色陈旧,显然已保存许久。

"邱远,老拙的字迹你最是熟悉,你若想仿造药方,再简单不过。"弥心被当众指责,此刻反倒不怒不愤,满面慈悲,言语中包含些许无奈,仿佛在为教出这样一个大逆不道的徒弟而羞愧自责。

"不想认账吗?"邱远振声道,"你这伪君子当了坊主之后,捏造种种神迹,哄骗平民百姓。短短数年,安济坊变得好生兴旺,可坊内坊外,总是发生怪事。有些没有根底的生意人相继无故失踪,许多妙龄少女凭空不见踪影,无不和安济坊有关!"

弥志怒道:"与本坊有关?你有何凭据?本坊积德累善,救死扶伤,救了不知多少人!岐黄殿后的回春路上,挂满病患康复后赠送的牌匾,哪一个不是感激涕零,岂能容你这般污蔑?放着我弥志在此间,绝不允许你无凭无据,侮辱坊主,诋毁本坊!"

"无凭无据?"邱远向赵顼跪倒在地,沉声道,"陛下,请准下愚将证据呈上来!"

见邱远和安济坊诸人争执,赵顼早已起疑,毫不犹豫道:"准!"

群臣和御前班直纷纷让开一条通道,只见一驾马车载着一尊后土圣母像,从山门而入,来到岐黄殿前方。这尊后土圣母像高达一丈有余,头戴金冠,身披霞裳,一手持玉如意,一手扶龙头杖,正身端坐,裙裾覆足。四名力夫守在车边,解开圣母像上的绳索,准备将它卸下车来。

王安石问:"你说的证据,便是这尊后土圣母像吗?"

邱远转过身,看向群臣中一人,朗声道:"敢问长宁侯,这尊后土圣母像,你可认识?"

那人正是长宁侯,他面色郑重,迟疑道:"这……这马车和车夫是我家的。上元节后,我曾来安济坊求医问诊,受了我家内弟鼓动,请了一尊后土娘娘回去。按理说几日前就该送到鄙宅了,不知为何还在这里。"

车把式惶恐道:"官人,可不关小人的事!小人等还没入城,就被这位仙师拦下。他说这尊神像造得有问题,需要稍作修缮。他带着小人等进了一处宅院,派工匠在那修理。约莫过了两日,又告诉小人说神像修理不好,需要重塑,并安排了小人等将塑像送回安济坊。"

　　车把式正在说明事情经过，邱远缓步走到车前，忽然掏出一根铁锥，扎在马臀之上。

　　马受痛嘶叫一声，往前猛蹿出去。神像没了绳索固定，顿时滑落下马车。只听得"咔嚓"一声巨响，神像碎裂在地，化作一堆碎片。

　　"啊！"

　　众人一片哗然——陶泥碎片中露出一个人影，分明是位正当韶华的少女！

　　少女身上裹着一圈厚厚的被褥，原本正处昏睡之中，经此重重一摔，这才迷迷糊糊醒来，从被褥中探出身躯。她长发如漆，肤若凝脂，身着白衣轻绸，腰围锦绣练带，一双玉足未着鞋袜，踩在陶泥碎片之间。她想要站起身，偏又娇弱无力，重新跌了回去，柳眉微蹙，轻揉双膝，当真我见犹怜。

　　邱远冷笑道："泥塑的娘娘像里，为何藏着妙龄少女？福道徒清修之地，宾客请的竟是这样的菩萨？"

　　忽然，群臣中有人失声道："这不是仁阳伯家的小女儿吗？"

　　"仁阳伯家的？那不是宗女吗？"

　　"还真是……"

　　碰到这等稀奇事，群臣难免窃窃私语一番，被不远处的赵顼听得清清楚楚。眼见天子的脸色越来越难看，人群中的声音顿时小了下来。

　　仁阳伯虽是宗室，但和赵顼亲缘颇远，加上两代人挥霍无度，不思守业，家境还比不上寻常士族。

　　大宋立国百余年，赵家子嗣开枝散叶，宗女为数不少。难免有些宗室因家境没落，将自家女儿许配给富商巨贾。东京城里不少行会和团行的会首，就娶了县主为妻。

　　但宗室就是宗室，宗女再怎么落魄，豪门富户也只能娶之为妻，绝不能纳之为妾，更不能将其当奴婢、风尘女一般对待。堂堂宗女被装在一尊泥塑神像的肚子里，暴露在众目睽睽之下，赵顼怎能不怒？

　　御史台负责纠察百官，这帮人当着天子和群臣的面闹起来，偏又涉及皇室宗亲，御史中丞邓绾脸色难看，向身旁看了一眼。

　　侍御史蔡确接到暗示，越众而出，质问道："长宁侯，这女子是何人？"

　　长宁侯额头生汗，老脸涨红，结结巴巴道："这……她……"

"这当真是仁阳伯家的宗女？怎会在你请的神像肚子里？"

"我……我不知道啊！这……"长宁侯张口结舌，汗如雨下。

邱远大声道："近几年来，不少达官贵人都对安济坊推崇备至，一个个都成了安济坊的大善主。他们一有闲暇就来安济坊捐钱捐物，住上三五日，再请一尊神像回家。这些贵人明面上请的是神像，实际上请的是美人！有个名头，唤作'神胎女'！"

蔡确神色严肃："什么是神胎女？"

"在安济坊侍奉各路神佛的，便是神胎女。文殊菩萨肚子里的，叫作'文殊奴'；药王爷肚子里的，叫作'药王奴'；轩辕黄帝肚子里的，叫作'轩辕奴'。这宗女藏在后土娘娘肚子里，该是'后土奴'！"

赵项眉头紧锁，安定郡王家的真珠郡主失踪，曾闹得京师沸沸扬扬，如今仁阳伯家的宗女又被藏在神像里。宗室女被掳的事一桩接一桩，这是要当众削皇家的颜面吗？

"这些事情，你又是如何得知？"蔡确进一步逼问邱远。

"下愚发现安济坊的几位大善主，都曾从坊内请神像回家，胡安国就是其中之一。前几日下愚砸破胡家塑像，不仅发现塑像腹内能够藏人，还在内里密室中救出一名女子。下愚查问那女子身份，竟是一名勋贵之女，不由大感震撼。正逢长宁侯从安济坊请了一尊后土娘娘像，才急忙将之拦下。一探之后，果然大有蹊跷，这神像里也匿藏了女子，而且身份非同小可！"

蔡确对邱远的解释不置可否，转向那宗女道："敢问小娘子，你是被什么人掳走？又怎么会在这神像里？"

女子满面茫然，怯生生看着满院子的人，身子竟颤抖起来，也不知是害怕还是寒冷。

"别怕，有官家做主，你尽管说来！"

"我……我不知道！我不知道！"那女子忽然双手抱头，露出痛苦神色，仿佛患了头痛之症，几乎喘不上气来。

蔡确神色尴尬，知道问不出什么来。童贯急忙解下皮氅，披在女子身上，并将她带出庭院。

"真是血口喷人！"弥心怒道，"孽徒！明明是你处心积虑，掳走宗女，将她藏入塑像中，借此陷害安济坊！"

长宁侯也自辩道:"弥心先生说得不错,这后土娘娘像虽是我家请的,但绝对清清白白。宗女定是被这贼子掳来藏进去的。"

"证物都已呈上,白日昭昭,神佛俱见,你们还在狡辩。"邱远嗤之以鼻,"弥心老贼,早就料到你会抵死不认。安济坊这等藏污纳垢之所,还怕寻不到证据吗?保和院后院有十多间悟道室,每间都放着一尊神像。至于这些神像中藏着什么,咱们砸开了,一看便知。"

"放肆!"弥志怒喝道,"神佛塑像是供人礼拜的法器,是神佛的化身,怎能容你这般亵渎?你就不怕神明怪罪吗?真让你干出这等天打雷劈的事来,我等福道门徒还有何颜面祭拜祖师?有何颜面……"

"瞧瞧你这般色厉内荏的模样,做贼心虚了吧!"邱远当众怒斥,堵得弥志张口结舌。

弥心无奈道:"弥志师兄,带人去将悟道室中的神像都搬出来。"

"坊主!这怎么能成?"

"去吧!"

"是!"弥志愤愤瞪了邱远一眼,召集门徒去搬神像。

邱远仍不忘冷嘲热讽:"怎么,想要趁这个机会动手脚吗?"

不用赵顼吩咐,殿前指挥使适时安排了一队御前班直,随着那帮福道门徒去了保和院。过不多久,一尊尊神佛塑像被搬到岐黄殿前,有道家的玉清、上清、太清,有佛家的观音、文殊、普贤,也有医道先贤神农、岐伯……在宝殿前摆了一列。

众多神佛塑像被搬来之前,童贯早已带人摸索过,一时半刻间,根本没察觉出有什么机关。

邱远胸有成竹道:"到底有没有藏污纳垢,只要砸开神像的肚子,自然清清楚楚。"

"你!"弥志又急又气,恨得咬牙切齿。

"弥志师兄,修行之人,当平心静气,怎能轻易嗔怒?有人质疑咱们,说安济坊藏污纳垢,那便敞开门来让大家看一看,藏的污在哪里,纳的垢又在何处。有官家在此主持公道,定能还鄙坊一个清白。弥志师兄,你带人把这些神像砸了!"

弥志愣道:"什……什么?不能砸呀,神佛怎么能砸?"

"宁可砸了塑像,也不可让污言秽语玷污了神佛!大圣证道登天,肉体凡胎都能舍弃,泥身又算得了什么?"

弥志一脸迟疑，不知如何是好。

"你要让神佛蒙羞吗？那尊药王像是老拙房里的，先砸那一尊！"

在弥心的厉声呼喝下，弥志不敢再犹豫，于药王像前拜了一拜："药王爷爷在上，弟子无礼。"站起身来，闭着眼将手中铁杖一挥。只听"咔嚓"一声巨响，笑意盈盈的药王像顿时化作一地碎片。众人瞧得清楚，除了陶泥土片，再无一物。

弥心闭上双目，两行热泪滚滚而下，喃喃念道："弟子无礼，仙祖恕罪！弟子无礼，仙祖恕罪！"

安济坊的福道徒受到感染，纷纷口念"仙祖恕罪"，声音中充满了愤懑和憋屈。

"继续砸。"弥心满面悲痛，依旧咬牙下令。

"是！"

弥志高声应和，对身后几名弟子挥了挥手。福道徒拿着三四尺长的手杖，纷纷去砸其他塑像。

一时间，从药王爷开始，轩辕黄帝、普贤菩萨、道德天尊……一尊尊神佛塑像被砸碎。每碎一尊神像，安济坊的福道徒便悲吟一声："弟子无礼，仙祖恕罪。"他们的声音里又是惊惶，又是自责，尤其是年轻一代门徒，一个个跪倒在地，面上神情悲愤，双目饱含热泪。

今日能进得安济坊的，都是侍驾的百官、内侍和班直。前来观礼的平民百姓都被挡在坊外，不得入内。安济坊被逼砸神像的事情传了出去，又听得众福道徒的重重悲号声，众多信众受到感染，渐渐有人跪倒在地，大声叫道："别砸啦，别砸啦！"

"药王爷爷会怪罪的，快快住手！"

"这是在造谣！是在玷污安济坊的清誉！"

"都是无耻之徒传播谣言，没人会信的，快快停手吧！"

……

一片喧闹声中，弥心不为所动，让弟子将这些泥塑神像尽数砸碎。眼看神像一尊接一尊化作碎泥，不仅福道徒悲戚不已，信道、信佛的班直和内侍也越发惶恐，不停口念各路神仙、菩萨的尊号。

弥志怒声道："孽徒！神佛塑像都碎了，只剩岐黄殿、先贤堂还有神像。那是实心的石像，还能有甚问题不成？"

邱远显然没料到会是这般情况，不由表情僵直，呼吸粗重，突然怒声喝道："不对！定是你这老贼知道官家要亲临安济坊，事先将那些腌臜东西清理干净了！"

弥心一叹："安济坊近百年清誉，岂是你轻易能污蔑的？百姓心中自有一面照妖镜，谁是神佛，谁是妖魔，众人清清楚楚。"

蔡确冷冷道："邱远！雩祭祈雨是国之大事，你在雩礼时放纸鸢，装神弄鬼，扰乱民心，若触怒了天地神明，万死难辞其咎。又掳走宗女，诬陷安济坊，逼迫福道弟子砸毁神像，属实罪大恶极，当收监大理寺论罪。"

"论你娘的罪，都是一帮瞎眼的熊黑！"邱远当即怒喝一声，脚踩满地的神像碎片，仿佛一只暴起的猛虎，向弥心冲去。

作为安济坊坊主，弥心受命接驾引路，随侍皇帝巡幸安济坊，他所在之处，距离赵顼仅有一丈多远。

"小心！护驾！"

随着大貂珰石得一的一声高呼，御前班直如潮水般拥上，转眼间在赵顼身前列成一堵人墙。另有五六个班直手持骨朵，奋勇向前，龙精虎猛地向邱远迎去。

邱远手无锐器，只将手中一串粗大的念珠抡开，狠狠砸向前方。

能选入御龙骨朵子直[1]的都是名门出身、武艺高强之辈，个个身高六七尺，但在邱远面前竟如小儿一般，身形相差悬殊。当先一名班直被念珠砸中脑门，隔着甲胄，也如被五雷轰顶，两耳嗡嗡作响。只一个恍惚，邱远夺过他手中骨朵，将他踹飞出去。

骨朵在手，莽汉子顿时化作怒目金刚，直如虎入羊群，三招五式之间，将御前班直扫倒一片。

御前班直的首要任务，乃是保护皇帝，此时赵顼面前层层叠叠，围了三层。弥心因是接驾引路之人，也被挡在班直身后。邱远愤愤看了他一眼，突然后退一步，向坊门冲去。

"拦住他！"

就在邱远动手的这会儿工夫，殿前指挥使已召来人马，原本守在坊门边的班直纷纷赶至，列阵而前，阻住了邱远的去路。这队班直乃是御龙四直的精兵，各个手持斩马刀，只要列兵成阵，就算冲阵者是钢筋铁骨，也要碎作肉泥。

---

[1] 北宋御前班直是御前当值的禁卫军，共二十四班，总称诸班直。御龙骨朵子直是诸直之一，亦为皇帝身边的五重禁卫之一，专门拿骨朵这种武器的一班护卫。

众班直均以为邱远想要夺路而逃，谁知他中途改道，往东奔突，扯下门内老槐树的一根枝丫。只见他将手一抖，岐黄殿飞檐上挂着的两头苍龙纸鸢突然活了过来，舒展身躯，从殿顶俯冲而下，向班直列开的军阵冲去。

苍龙身长三四丈，身躯起伏如涛，一时鳞爪飞扬，十分凶恶。飞到近处，两头苍龙陡然发出龙吟，如狮吼，如虎啸，听得众人头皮发麻。班直们明知这两头龙是由竹篾和彩纸糊成，但猛然听到龙吟声，还是面露惧色，手中斩马刀竟不敢劈出，纷纷不自主地躲避。

邱远精神大振，长啸一声，两头苍龙随之而动，一前一后，自西向东横掠而过，龙吟声震动九霄，班直们左闪右避，一时间军阵大乱。

原来先前邱远驾驭纸鸢，让它们坠入安济坊时，就暗暗将纸鸢线挂在那老槐上。此时他重新扯动长线，还未被清理的两头苍龙，就如同受他召唤，化作他手中武器，在军阵间叱咤来去，所向披靡。

这两头苍龙口中，装了特制的鸣镝，只要速度够快，风穿过鸣镝的内腔，就会发出古怪兽吼声。其实早在两年之前，他就曾将这鸣镝装在木匣上，在安济坊唱卖会上故弄玄虚。班直们不知究竟，自然心惊胆战，战力凭空折损了数成。

两头苍龙俯空飞掠，邱远乘着军阵大乱，竟反身又向弥心扑来。

"贼子大胆！"只闻得一声虎吼般的怒喝，却是金枪班都虞候王洪率兵杀到。御前共二十四班直，其中诸直为步兵，近身护卫天子，诸班为骑兵，拱卫在卤簿外重。此时邱远以苍龙为兵，御龙直、御龙骨朵子直的兵刃相形见绌，殿帅急召金枪班。王洪本为殿前司属下第一神枪，他弃马狂奔而来，枪出如龙，人尚未到，枪头已如虹而至，直奔邱远胸口。

邱远一手扯着长线，一手抡动骨朵，朝着枪头挥落。骨朵砸在枪头上，仿佛带着千钧之力，王洪虎口崩裂，长枪顿时脱手。邱远去势几乎没有停滞，飞起一脚，踹在对方胸口。王洪如受攻城锤撞击，整个人倒飞出去。

皇帝就在身后，众班直不敢有丝毫避让，虽然手忙脚乱，却没有一个往后退却。邱远以猛虎之势，扎入人群之中，仿佛天将下凡，恍如金刚在世，班直们虽都武艺精熟，但气力相差悬殊，竟没有与他抗衡的一合之将。

"去！"邱远扯动长线，苍龙应声转向，向岐黄殿扑来。也不知他触发了什么机关，只听"轰——"一声，苍龙头部突然起火，火苗见风就长，瞬间从头部烧至尾部，两条苍龙化作火龙，呼啸而来。

饶是班直们日日操练，也没料到这等情形，阵势再乱。邱远乘此机会，又向前冲了一丈有余。

赵顼固然被牢牢护在中间，但看着邱远这般凶猛，还是惊得眉毛直跳。他原以为自己的御龙直已是天下最精锐的骄兵悍将，谁知真动起手来，一群全身甲胄的班直，居然抵不住一个布衣芒鞋的福道徒。

眼见班直的阵势要被穿透，忽听得一声大喝，弥志提着一根铁杖从旁边冲出，向邱远劈头砸来。

邱远力斗班直，本已十分勉强，哪有余力闪躲？只听得一声闷响，邱远勉强偏了偏头，手杖擦过额头砸在他肩上，血光乍起，鲜血转眼间染红他半边脸庞。

"死胖子……"邱远哼骂半句，昏死了过去。

两头火龙失去牵引，呼啸着横空而至，班直们或用枪刺，或用刀劈，将其中一头拦了下来。另一头却因飞得高，众班直手中兵刃长度不及，没能拦下，火龙一头栽在岐黄殿的重檐上，经风一吹，九脊顶顿时烧了起来。

"救火！快救火！"石得一嘶声高喊。

班直们行动迅速，纷纷从大殿周围的水瓮中取水救火。开封府的铺兵本在外围，此时也被调遣入内，参与救火。安济坊的福道徒也匆匆向坊内跑去，或是去打水，或是去取防虞用具。

弥志看着趴在地上的邱远，攥紧手中铁杖，乘着院中大乱，咬牙上前一步，再次把铁杖提了起来。正在这时，他忽觉如芒在背，扭头一看，一名身着青袍的年轻官员，正目光灼灼地望着他。

"咣当！"弥志两手一松，手杖跌落在地。

听见铁杖落地声，赵顼回眸望来。弥心道："官家，弥志师兄性烈如火，他手中铁杖是方才砸神像所用，在圣上面前动粗，还望恕罪。"

"何罪之有？"赵顼摆手。

"岐黄殿失火，此间不宜久留，还请官家随老拙暂避。"

赵顼从谏如流，在班直的护卫下，绕过岐黄殿，往坊内行去："听闻安济坊数日前，有一位福道门徒证道成圣，平步登天，可是先生的师兄弟？"

"惭愧，证道成圣的是老拙的徒弟。他也非白日登天，而是半夜悟道，走穿了通天福道，突然驾云而去。"

赵顼双眉一挑，甚是讶异："是先生的徒弟？"

弥心苦笑道:"官家有所不知,老拙这弟子年纪轻轻就饱读佛经,遍览道藏。本门修行福道,学的是岐黄之术,修的是行善之心,博采众长,不拘泥门户之见。佛家也好,道家也罢,只需能解救苦难众生,均可为我所用。故而,老拙只是点拨一二,他便豁然入门,天资之高,简直生而知之,乃老拙平生仅见。

"但正因他悟性极高,想什么都比别人深一层,反倒一直不得解脱。那日老拙只是提点一句,他突然喜笑颜开,说道:'金绳已断,玉锁得解,师父慢来相会,徒儿先行去也。'说罢忽然天降雷鸣,一道红光自坊中直上长天,他阳神脱胎而出,腾云驾光,登天而去。再一回头,他的圣体遗蜕灿灿生辉,宛然如生。"

"竟有这等异象?"

弥心缓缓点头:"寒灯点破万卷书,金丹换骨升仙路。老拙修行多年,反而不及弟子,惭愧,惭愧。"

"哪里?先生的弟子能够证道成圣,自然全靠先生点拨。他的圣体遗蜕在何处,朕也想瞻仰一番。"

大宋上千郡县,每年都有祥瑞上报。身为君主,赵顼对此早有定见,不深信,也不深究。但如今大旱已到第三个年头,民心凋敝,若能借此祥瑞,得风调雨顺之兆,定能鼓舞百姓,振奋人心。

弥心领着天子和群臣来到先贤堂。正殿西侧有一偏殿,牌匾写着三个描金大字:"祖师殿。"殿内供奉历代祖师牌位,两侧依次列着一尊尊祖师像,都是真人大小,大多盘坐在莲花台上,面目如新,栩栩如生。

弥心介绍道:"安济坊虽建成不久,但福道修行之法已传承上百年。初代祖师从济世救人之术中,妙悟救世之法,创立福道,证道成圣。他坐化之后肉身不腐,和生前一般无二,被世人称为'百善大圣'。官家请看,这一尊便是初代祖师的圣体遗蜕。"

初代祖师的身躯略有些佝偻,却是满面慈祥,脸上皱纹、毛发都宛如生前,让人油然生敬。

赵顼看得连连点头,从内侍手中接过三炷香,插入香炉之中。

走到下一个神龛,弥心道:"这位是先师吴医仙,他超宗越祖,更胜前辈,成圣前已著《福道醍醐》十卷,弘扬福道修行之法,教诲世人行善积福。"

"传道、授业、解惑,这才是先贤高人!"王安石在一旁赞叹了一句。他身为当世大儒，编纂《三经新义》便是为了"一道德"，对吴医仙著《福道醍醐》的初衷颇为感同身受。

"多谢王相公谬赞。"弥心带着众人来到最后一尊遗蜕面前，"这是老拙那位弟子的圣体遗蜕。"

王安石望向最后一尊圣体遗蜕，只一眼，便如冰水淋头，浑身僵如木鸡，脸上表情先是不可置信，而后又化作惊悚和痛惜，不住捂住胸口，"啊"的一声大叫，往后便倒。

"王卿！怎么了？"赵顼慌忙叫道，"太医！传太医……"

"官家，臣……臣无事。"王安石只觉一阵头晕目眩，好不容易清醒了一些，又揉揉双眼，盯着那尊圣体遗蜕，动也不动。

"王卿，你认识这大圣？"

王安石没有说话，倒是身后有一个声音失魂落魄道："大圣？大圣……"

赵顼转头一看，说话的是资政殿学士王韶。他仿佛被雷劈过一般，浑身都在颤抖。赵顼甚是奇怪，这位资政殿学士声名赫赫，主持河湟开边，为大宋拓地两千里，以文臣身份立下不世军功，这等见惯沙场的帅臣，怎会被一尊圣体遗蜕吓得颤抖起来？

"这……这不是杨昭吗？"

"杨昭？他可是王相公的高徒！"

"对啊！果真是他！王资政是他姑父，听闻前不久王资政还托人替他说媒，准备聘娶王相公家的小娘子呢！"

……

随驾的群臣议论纷纷，赵顼恍然大悟。有皇城司为耳目，宰相和资政殿学士的家事，他都了如指掌。杨昭这人他也听说过多次，只是不曾谋面罢了，没想到第一次见面，竟是这般模样。

弥心的老脸抽搐了一下，然后满脸堆笑："原来如此，怪不得他能有如此慧根。恒青能在及冠之年证道成圣，原来是出自名门高第，受了名师教诲。恒青拜入老拙门下时，老拙曾问起他的家境情况，他只说是寻常人家，谁能想到他出身如此尊贵显赫。"

旁边的弥志也连声应和，一脸佩服地道："原来恒青师侄竟有这么大的来头，以他的才学和身份，不论是功名利禄还是如花美眷，都唾手可得。可他弃如敝屣，对富贵荣华不屑一顾。只有如此一心求道之人，才能超凡脱俗，跳出三界。"

"怎么可能？"王韶一把推开来扶他的内侍，满面怒容道，"上元节时，正是杨昭他祖父八十大寿。他还亲送贺礼，陪老爷子看戏、听书、吃长寿面呢！"

王雱也出声道："是啊，那日他还去了上元节灯会！我们……我们还在酒肆坐到了半夜！"

眼见杨昭的亲友神情激动，弥心柔声道："王资政莫要着急，恒青是十几日之前来到本坊修行的。但他心有挂碍，被俗世旧情牵绊，无法全心全意投身于福道。老拙有意放他出山门，去斩灭旧我。等他再回来时，已脱胎换骨，洗尽铅华。以老拙看来，正因他走了这一遭，才能够扯开金绳玉锁，脱去肉体躯壳。"

"坊主师弟说得对。能够证道成圣，我们福道徒都求之不得。恒青师侄有此神迹，实在可喜可贺！"弥志也急忙在一侧敲边鼓。

王安石俨然恢复了沉稳："那个捣乱的贼子呢？"

王韶双眸绽出一道冷光，几乎同时道："邱远在何处？"

两名重臣先后发问，殿前司急忙将邱远带了过来——这厮身躯高大，身手恐怖，虽昏迷过去，可还是被绑住双手，戴上脚镣。

班直取来一盆水泼下。邱远顿时惊醒，茫然环顾左右，才认出身处祖师殿里。石得一走过来，指向杨昭那尊圣体遗蜕，将他的身份简略说了一遍，沉声问道："邱远，你先前说这圣体遗蜕有蹊跷，究竟是何意？"

"可笑可笑！"闻言，邱远放声大笑，看着弥心道，"天理昭昭，报应不爽！夜路行多终究遇着鬼，弥心老贼，你害了那么多人，没想到自己会走了眼，摸到老虎屁股！"

邱远笑得猖狂无忌，浑身兴奋得发抖。他左边脸面如冠玉，右边脸满是血污，仿佛一半是慈悲的菩萨，一半是狰狞的恶鬼。

众人只觉他笑得瘆人，不想邱远大喝一声，双臂一用力，竟将绑住双手的绳子绷断，扭头向杨昭的圣体遗蜕扑去。

石得一怒喝一声："放肆！"他身边的御前班直冲上前来阻挡邱远。谁知邱远脚下一顿，来了出声东击西，扭头又向吴医仙的遗蜕冲去。

"好贼子！"童贯一声呼喊，抓住邱远脚上的铁链，猛地一抽，将这大汉绊了一个趔趄。眼见就要摔倒在地，邱远右手忽而增长了半尺，险险抓住吴医仙胸口的法袍。

"嘭！"随着邱远庞大身躯轰然倒地，吴医仙身上法衣也被他撕扯下来，露出干瘪的身躯。这肉身果然不腐不坏，只是胸口正中心一块拳头大小的皮肤，肤色和其他位置的明显不同。

"师父！"弥心抱住吴医仙的遗蜕，满脸心疼自责，急忙脱下自己身上的布袍，为其披上。然后"扑通"一下跪倒在地，双目眼泪直流："师父，弟子不孝，让这孽徒又来冒犯您的遗蜕……吾师恕罪！"

弥志等福道徒也紧随其后，跪在吴医仙遗蜕前，满面伤恸道："吾师恕罪！"

几个班直一拥而上，将邱远死死按倒在地。

赵顼狠狠瞪了石得一一眼，沉声说道："皇城司和殿前司这么多人，竟还拿不住一个疯汉子！寻个铁链子将他锁好，莫要再惹出乱子来！"石得一不由面红耳赤，急忙道："是，老奴这就去办！"

这时，忽有一个清脆镇定的声音叫道："且慢！"

众人侧目望去，出声的是一名青袍小官。他身材颀长，却十分消瘦，面白无须，约莫只有二十岁出头。

凡是能侍驾进入祖师殿的，无一不是身着朱紫的重臣。他穿着青色官服挤在其中，十分扎眼。此时虽不是上朝，亦不是祭祀，但官员的次序丝毫不容错乱。以这小官的品秩挤进祖师殿，着实僭越了。

只见那小官越众而出，跪倒在御前："臣司天监司历云济，有事启奏，请陛下恕臣冒昧。"

赵顼对这小小司历毫无印象，只是若他能解当下混乱局面，也不妨听听，便摆摆手道："无碍。"两名想要说话的御史对视一眼，默默将话头咽进肚子。

"官家，臣虽然不知道安济坊这几尊圣体遗蜕的神异之处，但料来和佛家的肉身菩萨相去不远。臣曾游历四方，到过不少名山古刹，也曾见过高僧大德圆寂之后所留的肉身舍利。凡肉身菩萨，或是用生漆覆体，或是用袈裟裹身。但论及姿势，都是像安济坊开山祖师的圣体遗蜕那样，身形微微佝偻，头颅略有下垂。能够坐得笔直，昂首挺胸的，只有吴医仙和恒青师父的遗蜕。"

"你是说……"

"五年前，邱远夜闯祖师殿，还用刀剖开了吴医仙的胸口。臣觉得此中甚是蹊跷，想看看当年那一刀伤口所在。"

话音刚落，弥心陡然色变："不成！家师已是大圣，你安能对他无礼？"

"闭嘴！"王安石上前一步，打断弥心的话，冲班直挥了挥手，"把他拉下去！"班直们依言而行，将弥心拖至一边。

云济将弥心披在吴医仙身上的法衣揭开，露出干瘪的胸膛。这具遗蜕胸口正中肤色有异的地方，果然被刨去了一块肉，又被人用黄泥封堵了豁口。云济跟班直借了短刃，将那黄泥一点点抠出，露出拳头大一个窟窿。

"果然如此。"云济叹了一声，让开至一边。

赵顼等人齐齐往那圣体遗蜕看去。透过胸口大洞，赫然看到他体内有一根黑漆漆的铁棍，锈迹斑斑，也正是这根铁棍，将吴医仙的遗蜕躯壳撑得笔直。

石得一吩咐了两句，两名内侍来到神龛边，同时抓住吴医仙的圣体遗蜕，用力往上一托。众人倒抽一口冷气——那根铁棍长近三尺，自下而上，贯穿遗蜕躯体。莲花宝座上，圣体遗蜕坐过的位置，隐隐有一片陈旧污迹，颜色暗淡发黑。

"那是血迹！"王韶带兵时，不知割了多少吐蕃人、党项人的头颅，一眼认出这陈年血污。他颤抖着手，又指了指杨昭那具圣体遗蜕，内侍和班直上前，将那遗蜕轻轻往上抬起。

这座莲花台正中，也有一根铁棍，笔直地竖立着。

一时间，祖师殿内一片寂静，鸦雀无声。

第二十章
今夕何夕

"惭愧！惭愧！"弥心一声嗟叹，跪倒在吴医仙的圣体遗蜕前，双手合十道，"弟子不肖，请师尊见谅。五年前您对弟子的密嘱，只能公之于众了。"

从天子到群臣，刚刚从震惊中醒来，便看到弥心满面虔诚地跪在先师遗蜕前，闭阖双眼，似是陷入回忆之中。

"那日师父沐浴更衣后，把我们师兄弟几个叫到座前，说自己即将化道，但尚有心愿未了——他想让耗尽毕生心血所著的《福道醍醐》传于四海，将福道修行发扬光大。安济坊虽然日渐兴旺，但福道修行，旨在积福行善，不惜舍己为人，虽然容易得到官府和百姓的称赞，却未必能让人当作至理格言般，信奉恪守。"

弥心说到此处，双目突然睁开："唯一的法子，便是让师父成圣，受万民敬仰！只有赢得信众顶礼膜拜，才能感化他们去行百善，积百福。"

众人不觉回味"让师父成圣"五个字，弥心继续说道："要想肉身不腐，不仅需要修为精深，还得有种种机缘，何其艰难？老拙拜入安济坊前，曾研究过使肉体不腐的法门。除自身需要辟谷修行外，还得用药熬炼躯体。

"老拙曾发现有一种药物可以达到此功效。只是这药物有毒，需要在羽化之前服用，还必须将熬制的药液涂满全身。我等百般劝阻，但先师一意孤行，我等只得遵从。服用过药物后不久，先师便阖目化道了。于是老拙斗胆做主，用这铁棍固定先师的遗蜕，这才有了这尊不朽不坏的圣体遗蜕。这都是师尊的一片良苦用心啊！

"自师尊证道成圣后，来瞻仰圣体遗蜕的福道信众越来越多。他们受福道思想感召，为那些吃不饱饭、看不起病的人捐钱捐物，安济坊也越来越兴旺，渐渐开辟出一片孤苦老弱的庇护之地。

"不久前，恒青拜入本坊，他读罢先师的《福道醍醐》后，果真如饮醍醐，豁然开朗，念叨着'朝闻道，夕死可矣'，寻到老拙，询问如何成圣。

"老拙对这徒儿自然以实相告，恒青听后十分惊喜，还说自己也要效仿先师，证道成圣，以此来劝人修行福道。只是他还有心愿未了，需去了结俗缘。老拙本想，他见过父母家人后，自然而然淡了以身殉道之心，谁知他回来后，依旧初心不改，晚上沐浴更衣，偷偷服了药物，还用药液涂抹了全身。老拙赶到时，他已溘然而逝。

"恒青入灭后天降惊雷，老拙在雷音中惊醒，心想不能违背了徒儿遗愿，便依循先师的旧例，将他的遗蜕也用铁棍固定在这莲花台上！

"唉！先师和恒青二人，都一意孤行，要殉道成圣。虽说他们的躯体能够不腐不坏，是因为用过了药物，但……但安济坊绝非有意欺瞒，都是为了宣扬福道，劝人行善，推广《福道醍醐》。"

说到这里，弥心一脸沉痛道："不论如何，此事和安济坊其他弟子无关。所有罪责，都由老拙一人承担！"

邱远虽被五花大绑，依旧放声大笑："好一个无耻老贼，装什么大义凛然？你这装神弄鬼的杀人犯，鸠占鹊巢窃据了坊主之位，蒙蔽世人，教唆门徒，这会儿却装作奋不顾身，要将所有罪责都自己承担？吴医仙和恒青绝不是自己殉道成圣的，定是被你害死的！"

"他们是自己服药殉道，不是老拙所害。"弥心申辩了一句，继而悲恸欲绝道，"罢，罢，罢！请求官家下旨，在祖师殿前聚柴举火，将老拙火焚处死吧！"

赵顼眉头紧锁。杨昭和吴医仙的死确实有些蹊跷，那根铁条穿入他们体内，究竟是在死后还是在生前，还无法定论。但弥心一心求死，主动认了死罪，却不认害死杨昭和吴医仙之罪。难道当真如他所说，两人是自行服药而死？

王安石和王韶悲恸不已，二人相视一眼，却只看到对方眸中有一丝茫然闪过。

就在君臣拿捏不定之时，忽有一个声音道："官家，臣有事秉奏。"

赵顼转头看去，说话的又是先前那名司天监小官，当即点了点头："说。"

云济道："杨九郎和吴医仙究竟是如何殉道的，弥心先生和邱远各执一词，一时难以查清。不过蔡御史先前痛斥邱远犯了两条大罪，还有待商榷。"

蔡确脸色一变："怎么，你要替他申辩吗？"

"当然不是。"云济连连摇头。

他刚想解释，就被蔡确打断："官家在祖师殿和相公们磋商大事，你一介小小司历，也敢贸然闯入？什么闲杂人等都放进来，御前班直是干甚吃的？"

天武军中负责守卫门禁的都虞候神色尴尬，皇帝自然由诸班直守卫，但今日先举行雩礼，又临幸安济坊，一些事宜要和开封府协同，云济是开封军巡左使领到罗汉堂的，他也没有多问。

"蔡御史！"王旭就守在殿门之外，见蔡确为难云济，急急进门拜过皇帝，继而解释道，"近日连发大案，皆和安济坊密切相关，云司历洞悉案情，臣特请他来为官家和诸公解惑。"

蔡确用鼻子冷哼一声："先是一位郑门监，又来一位云司历，开封府都是靠外人办案的吗？"

开封权知府孙永脸色难看，狠狠瞪了王旭一眼。他身为王旭的上司，自然知道云济是王旭的义子。这次让云济挤进祖师殿，全是王旭私做主张，连带开封府被御史指桑骂槐，冷嘲热讽一番，孙大尹岂能不恼？

"云司历虽任职司天监，但和这几桩案子当事者都相识，对案情最了解不过，下官保荐他破解诸案……"

"你保荐？拿什么保荐？"身为御史，蔡确时时摆着一副铁面无私的冷脸，连宰执也敢斥责，王旭这等小官更不被放在眼里，"上次开封府兴师动众，说要揭开貔貅夺粮的秘密，结果只是一介门监哗众取宠。这次老调重弹，竟当着官家的面又推出个司历来破案，还嫌笑话闹得不够？"

孙永黑着一张脸，沉声道："王巡使，且先带云司历下去，办案是开封府分内之事，不劳他人大驾。"

众目睽睽之下，王旭先被御史斥责，又被上司喝令，如遭泰山压顶，后背都被汗水浸得透了。他钻营半生才当上开封府左军巡使，可相比大殿中的重臣，还是微不足道，位卑言轻。若非他本就执掌京都巡警、推鞫之事，此处根本没有他说话的份。

然而王旭神色虽难堪，却没有如孙永料想中一般应声而退。

孙永板着脸道："还不下去！"

王旭苦笑回头，深深望了云济一眼。

云济深知这等情况下，王旭根本无能为力。他抿了抿嘴唇，刚想再努力解释一句，王旭突然伸手按住他的肩膀，朗声道："官家！云司历并非越俎代庖，而是替臣分忧。他是臣的义子，和此案全不相关，之所以介入此案，全是受臣所托。臣……臣以身家性命，为他作保。若他不能破解此案，便是臣失职，请陛下问臣之罪！"

说罢，王旭跪伏在地，浑身都在颤抖，像是怕得厉害。他口中喊出的话语，却让群臣一时哑然。

身为上司的孙永更是面露异色——王旭当左军巡使已有数年，和前任开封权知府走得很近，孙永权知开封府后，就看他颇不顺眼，觉得此人往好了说是奉命唯谨、识大体、知进退，往坏了说是老于世故，处事油滑。没想到他居然敢当着皇帝和群臣的面，说出这等话来。

王旭这番话，是把云济撇清，将风险都担在了自己的肩头。若案子就此告破，是云济神机妙算，洞察秋毫，但若不能破，则是他王旭玩忽职守，识人不明。

"义父……"云济心中如巨浪翻涌，狂澜激荡，顿时红了眼眶。这时他才陡然明白，原来王旭答应他破案的时候，已经决定替他承担失败的后果了。

赵顼向蔡确摆了摆手，指着云济道："有什么内情，你且道来。"

云济冲王旭点点头，深吸一口气道："邱远恶行累累，罄竹难书，官家您所知的两条罪状，只是冰山一角。安定郡王府郡主失踪案、上元节灯魁案、延丰仓失粮案，还有不为人知的貔貅刑案，他都牵涉其中！"

此言一出，仿若一杯冰水倒进沸腾的油锅，炸开的水汽直通天宇，自天子到群臣，都耸然动容。唯独邱远看着云济，脸上露出一丝古怪笑意，不知是在嘲笑他，还是在嘲笑自己。

赵顼道："你快说来！"

"是！"云济躬身一礼，扬声道，"咱们从上元节灯魁案说起吧。上元节夜里，官家刚点了粮商胡安国家的灯山为灯魁，灯山就突然崩塌，里面飞出一枚彩球，落入宣德门城楼中。更诡异的是，彩球内竟藏有一颗人头。那颗头颅的主人名叫郭闻志，他父亲曾是开封常平司的一名管勾，在熙宁五年到熙宁六年间，转任了延丰仓的仓监。"

蔡确问道："此案由开封府查办，不知可有下情？"

权知开封府的孙永道:"不久前,凶手已经认罪。犯案者是胡家的一名管事,名叫宁宏,因对东家不满,故意栽赃陷害胡安国。"

宁管事认罪一事,云济全然不知。他先是一愣,继而摇头道:"孙大尹,宁管事只是替罪羊而已,绝非真凶。"

"绝非真凶?你何敢如此断言?"孙永神色甚是不悦。

"前不久,义父带人搜寻到一艘运粮船。经排查和检验,郭闻志正是在那艘船上,被突然放倒的桅杆砸破头颅而死。而杀死他的凶手,则是邱远。"

云济说到这里,众人目光齐齐向邱远看去。蔡确问道:"邱远,此事是否属实?"

"那郭闻志确实是下愚失手所杀,那头颅也是下愚藏在灯山之中的。"邱远供认不讳。

蔡确问道:"你为何杀人,还将头颅抛上宣德门城楼?"

邱远并不答话,只是轻蔑地看着他。

"我来说吧!"云济叹了一声,"郭闻志的父亲郭护临死之前,留下一本账册。上面记载了延丰仓从熙宁五年到六年间的不法账目。常平仓每年春贷秋收,本是为贫苦百姓谋福祉,可这些放贷并未直接到贫民手中,而是进了京畿路各大粮行,由他们转发给贫民——这些严格算来都是违规放贷。"

此时在祖师殿伴驾的都是两制官以上的重臣,加起来也不过二十人,延丰仓仓监刘轶品级太低,不配在列。负责延丰仓放粮事务的沈括只得站出来,看了自己的学生一眼,公事公办地辩驳道:"官家,臣主持放粮前,郭闻志携账本举报延丰仓诸官贪腐,臣曾率三部勾院的专勾官查过延丰仓的账目。延丰仓这三年来放粮确有不妥之处,但总体收支都对得上。至于些许违规之处,由于放粮日期将至,臣不想小题大做,所以并未详查细究。"

赵顼点了点头,他身为人君,深知水至清则无鱼的道理。各衙门都有些上不得台面的处事方法,只需大节无亏,小问题上犯不着锱铢必较。

云济继续道:"郭闻志虽然人模狗样,却是一个胆小怕事的草包。邱远百般威逼利诱,才迫使他公然状告延丰仓。可惜那账本并未查出什么大问题,邱远气急败坏,不慎失手错杀郭闻志。之所以借其头颅大闹宣德门,全是为了引起官家和相公的警惕注意,以望及时彻查延丰仓!除此之外,当天晚上,还发生了另一件耸人听闻的大案——堂堂资政殿学士家的小衙内,竟然在御街上被人拐走了。"

听他提起这件案子,执掌皇城司的石得一急忙道:"多亏小衙内聪颖过人,在劫匪衣领上扎了一根彩线,所以只隔一夜,元凶便被抓获。人犯是个驼子,名唤丑驼儿。他在一家名叫云机园的戏班里讨活计,那戏班子一干人等,都是他的同伙。"

"大貂珰此言差矣,那驼子根本不是拐卖小衙内的匪徒。真正的案犯还是邱远。"

"邱远?"

"正是!他擅长缩骨之术,能将身躯缩小到常人大小。他装扮成驼子,故意在灯会上拐了小衙内,就是为了栽赃陷害那丑驼儿。"

"邱远!"蔡确问道,"云司历所说是否属实?"

"没错,那小娃娃正是下愚所拐!"邱远倒是毫不推诿。

王韶眉头大皱:"你和本官有什么仇隙?为何要拐我家十三郎,还要嫁祸给别人?"

"你是为朝廷开疆拓土的重臣,下愚不过是个福道徒,能和你有什么仇隙?"邱远冷哼一声,对这位资政殿学士没有半点尊敬,"事已至此,功败垂成,还有甚好说的?"

"事已至此,功败垂成?"王韶双目如电,眸中杀气四溢,"你在谋划什么大事?"

"王资政,还是我来说吧!"见邱远毫不配合,满脸都是嘲讽,云济生怕他激怒了王韶,接着说道,"他之所以拐走小衙内、陷害丑驼儿,还是为了引起官府的注意,将整个云机园戏班子都关进大牢!云机园的班主叫作鬼手儿,耍皮影的唤作皮影儿,耍灯光的唤作灯芯儿,这些人都是他的旧识。"

"旧识?"

"邱远在出家之前,曾在一个戏班子里厮混,学了一身鬼手功夫。若我所料不错,此戏班便是云机园。"

邱远饶有兴趣地看着云济,点头道:"好眼光,你继续讲!"

"你在云机园戏班厮混时,年仅十三四岁,多半倍受欺凌。想必你偷客人东西,也是受了戏班子的指使。可当你偷东西碰到硬茬,对方要砍掉你一只手时,戏班子却没人替你说话。"

邱远眯着眼睛:"这你都能知道?"

"猜测而已,看来有幸说中。"

王韶怒道:"好个贼秃!你为了寻私仇,来拐我的儿子?"

"寻私仇？他们几个杂毛，也值得我来寻私仇？"邱远不屑道，"以下愚这身本事，若要寻仇，杀光这几个杂碎比杀羊宰鸡还容易，何须费这么大周折？"

云济道："不错，他并非为了寻私仇。以我的推断，他原是在暗中监视延丰仓的官吏，发现他们在策划一桩大事。而戏班子里最擅口技的巧舌儿，已经改行做了延丰仓的庾吏，他偷偷雇用戏班子里这帮旧识，来一起做这桩大事，是不是？"

"没错。下愚早知延丰仓有问题，可竟然连郭闻志的账本都扳不倒他们。正月十六就要开仓放粮，他们肯定还会耍手段。那天我跟踪巧舌儿，见他请了灯芯儿、皮影儿和丑驼儿喝酒，隐隐听他说要做一桩大事。但究竟是什么大事，却没有听清楚，只知跟延丰仓存粮有关。"

云济继续道："你虽然本事不小，但想查延丰仓的猫腻，非得借助官府之力不可。所以你才连犯两案，栽赃陷害，把整个戏班子都送进了大牢。"

"可惜，开封府和皇城司都是一帮酒囊饭袋。抓住戏班这帮孙子的时候，那件大事都被他们办完了。下愚筹谋多日，就是为了官府能将他们人赃俱获。可这帮酒囊饭袋还是迟了一步，延丰仓百万存粮，居然堂而皇之地被凶兽吃了！"

邱远说话愈发粗俗，开封府孙永和皇城司石得一都面上无光，脸色难看。

"这怪不得他们，这桩大事延丰仓官吏准备多时，开封府和皇城司再怎么尽职尽责，仓促之间也发现不了。"

赵顼听得云里雾里，终于忍不住问道："你们所说的这桩大事，究竟是什么事？"

"这大事便是貔貅夺粮案。"云济解释道，"所谓的貔貅夺粮，只是一出别开生面的皮影戏。那只巨兽貔貅，不过是一只黑猫儿罢了。"

他将那日郑侠在开封府揭露的案情解释了一遍，赵顼和群臣听得时而点头，时而皱眉。

等云济说完，赵顼等人都陷入深思。王安石因为杨昭的死，心绪久久无法平静，再陡然听到貔貅夺粮案的案情，知道事关重大，当即要求将相关官员和庾吏都召来问话。

祖师殿太过狭隘，赵顼移驾到殿外，在钟鼓楼前的空地上设座稍歇。

过不多久，延丰仓上下官员和庾吏，开封府办案的军巡使和捕头，皇城司负责打探消息的逻卒，一直奔走查案的狄钟、鲁千手、张无舌……所有相关人等，统统被传召到钟鼓楼下。

听过云济的推断，刘铁急忙分辩："那日在开封府就已经说过此事，什么皮影戏，什么猫儿假扮凶兽，都是郑侠妄加猜测。百万石存粮，纵使安排了上百艘粮船来拉，也需要十日才能拉完，一夜之间如何搬得走？"

这一句反问，顿时引得群臣连连点头。

一时间，一道道质疑的目光看向云济。他摇了摇头道："很简单，这一百万石粮食，并非一夜之间被搬空的。而是日积月累，虫食蠹蛀，慢慢被掏空的。早在正月十六日之前，延丰仓就已经是空仓了。"

"笑话！"刘轶讥讽道，"正月十五日时，沈制诰亲自带人清点过仓廪，你难道不知？当时延丰仓一百二十三万四千五百三十二石存粮，一石都不曾少。"

云济言之凿凿道："不对，那时候延丰仓只有二十余万石存粮。"

"大胆！你是在怀疑沈制诰徇私舞弊，替延丰仓遮掩吗？当时和沈制诰一起查验粮仓的，还有三部勾院的多位专勾官，难道他们都是瞎子不成？"

"沈制诰是下官的老师，鲁专勾、张专勾等人做事尽心竭力，下官也向来敬重，怎会怀疑他们？他们只是被你等蒙蔽，清点存粮的时候，错将二三十万石存粮，清点成了一百二十三万四千五百三十二石！"

此言一出，沈括、鲁深等人脸色陡然一变。

刘轶哈哈大笑，向赵顼一拜："官家，臣实在不想再跟这个疯子对峙。沈制诰是上知天文下知地理的能臣，鲁专勾、张专勾等人是精擅查账的老手，岂能将二十万石存粮清点成一百多万石？"

鲁深也忍不住道："虽说时间有限，咱们查不了太细。但就算一时疏忽清点错了，最多也就差个几十、几百石，怎可能差六七倍？"

其他几个专勾官虽不及他莽直，但也议论纷纷，都是一脸不以为然。倒是沈括若有所思，静静地看着云济，仿佛在等他解释。

"臣有一物可以为证，请官家准许臣将它呈上来。"

"准！"

云济招了招手。张无舌和鲁千手挤出人群，呈上一张图和一套木制模具。云济先将图挂在钟楼墙上，众人定睛看去，图上写着"延丰仓仓廪建置图例"九个字，并画着延丰仓各仓廪的位置分布。

"诸位请看！"云济指着鲁千手手中的仓廪模具，"这小玩意比延丰仓的仓廪小了一千倍。那些仓廪是数年前由回回工匠所筑，圆形，尖顶，前后有两个门。仓内分为两层，中间有一架木梯。木梯为螺旋形状，从一楼旋转三周后通到二楼。"

鲁千手头上戴着一只机栝辔头，连着短铁钳子，绑着果脯袋子，精巧而又古怪。这正是他创制的防磨牙辔头，却被云济改作他用，套在他脸上钳制他的嘴，避免他忍不住乱插话，在皇帝和群臣面前口不择言。

鲁千手在众人怪异的目光下，将仓廪模具高高举起，揭开顶盖向众人展示仓内楼层、木梯。鲁深等人看着那模具，虽然小了些，构造却和他们见过的延丰仓仓廪完全一样。

"据我所知，那日你们清点存粮时，乃是从下到上。先清点完一楼的存粮，再上楼清点二楼存粮。大概半刻钟后清点完成，你们再从二楼下来，从背后的那扇仓门出仓，去清点下一座仓廪的存粮。"

鲁深道："没错，我们从酉字仓开始清点，然后是戌字仓、亥字仓、子字仓……一直到申字仓清点完成，整整花费两个多时辰。"

"不对！"云济摇头道，"根本不是这个顺序。你们真正的顺序，应该是酉字仓、申字仓、酉字仓、申字仓、酉字仓、申字仓……这样连续将酉字仓和申字仓各自清点了六遍！"

"这怎么可能？"

"怎么不可能？"云济指着钟楼上挂着的延丰仓布局图道，"诸位请看，延丰仓共有仓廪十二座，都是一模一样的十万石大仓。十二座仓廪分别以子丑寅卯等十二地支为名，位置也是按照十二地支排列，形成一个大圈。仓廪大圈外是参天的古松古柏，大圈内也有许多错落的松柏，正中心是晾晒粮食的大场。从任何一座仓廪向四周看，见到的都是古木参天，看不到其他景物。再加上你们清点存粮的时间，正是午时到未时，太阳高悬中天，虽稍稍偏南，但不像清晨和傍晚那样东西分明。"

"这又如何？"

"这就使得你们在仓廪旁边时，不能清晰地分辨方向和位置！你们以为自己清点的顺序是西、南、东、北这样旋转了一周。其实你们只是在酉字仓和申字仓之间来来回回罢了！"

沈括问道："你的意思是，当时只有酉字仓和申字仓里各有十万石左右的存粮，其他十座仓廪都是空的？"

"是！"云济问鲁深等人道，"鲁专勾、刘监正，你们可曾记得，延丰仓存粮丢失之后，我们曾视察过这十二座粮仓，子字仓和午字仓的招牌被挂反了？"

鲁深蹙眉道："不错，洒家记得，是有这么回事。"

刘轶道："这有何奇怪？那个字笔画掉色了，看起来似是而非，又像是'子'字，又像是'午'字，被庾吏弄混了而已。"

"是啊，小人再三解释过。年前小人曾将这些牌匾摘下来擦洗，挂上去时没认清楚，这才将子字仓和午字仓弄混了。"徐老三在旁边焦急地解释，"延丰仓每年岁末都会修缮一番，所花费的钱财也会记账。您若不信，尽管去查！"

"我只问一句，你们上次既然是花钱做了修缮和清洗，这掉色的牌匾为何没有修？"

"这……"徐老三支支吾吾道，"钱当然是花在紧要的地方，仓廪上的牌匾又不碍什么事，没修也情有可原。"

"你觉得可信吗？"云济朗声道，"分明是你们乘沈制诰等人清点酉字仓的时候，将亥字仓的牌匾取下来，更换到申字仓上。等沈制诰他们查完酉字仓，你们再将他们带到挂着'亥'字牌匾的申字仓，然后又将'子'字牌匾挂在酉字仓上……如此这般，诱导沈制诰等人不停地清查申字仓和酉字仓！

"与此同时，当沈制诰等人清查申字仓时，你们派人将酉字仓的粮食搬走几十袋；清查酉字仓时，往申字仓又搬去几十袋粮食。这样一来，最后清查的结果是十二座仓廪的粮食数目各不相同，但都相差无几。不会让人发现这些仓廪中的粮食其实一模一样。"

沈括缓缓点头，他曾派人将每座仓廪的情况登记在册。确实如云济所说，各仓粮食数目各不相同，但都相差不大。

"不对……还是不对！"鲁深不信道，"洒家记得清清楚楚，咱们每一座仓廪都是从正门进，从后门出。然后直接进入下一座仓廪——这样只会一座接着一座，依次进入十二座仓廪，怎么可能在两座仓廪间来回交替？"

他这么一说，其他人也反应过来。张扶老等人纷纷道："是啊，咱们每一座仓都是从正门进，从后门出的！"

"错了，大错特错！"云济道，"你们根本不是从后门出去的！你们每次都是从正门进，再从正门出来！"

"你说得不对。"鲁深斩钉截铁道，"清点存粮时你又不在，怎么知道情况？洒家记得清清楚楚，每座仓廪的楼梯口都是正对着正门，背对着后门。咱们从楼梯上下来，要转到背面，从后门出去，怎么可能从正门出去？你说洒家在仓外分不清方向也就罢了，要说洒家连前后都不分，可就是欺负人了。"

云济苦笑道："鲁专勾，小弟可不是这个意思。其实最关键的玄机，就在那架木梯上。"

"木梯？"

不仅鲁深满脸诧异，从赵顼到群臣，无一不是聚精会神地看着云济。唯独刘轶和徐老三暗暗相视一眼，汗如雨下。

云济问道："这木梯是螺旋而上的，你从木梯上下来，能分清这木梯究竟转了三圈，还是转了两圈半吗？"

此言一出，沈括仿佛被惊雷击中，脑中闪过一道亮光，惊叫道："你是说……"

云济指着模具中的楼梯道："这螺旋楼梯上端是固定的，下端却可以活动，而且整架楼梯都可以拉缩旋转。你们查完第一层，顺着楼梯上到第二层的时候，楼梯从下到上一共旋转了三圈。当你们在第二层清点的时候，他们早已安排了人，在下面将楼梯推着转了小半圈。等你们从二楼下来时，楼梯从上到下共旋转了两圈半，楼梯口正对着仓廪后门。常人只会记得楼梯口正对着前门，哪里知道前门早就转到背后了。"

他讲解时，鲁千手一手托着模具，一手打开门窗，一手揭开屋顶，一手拔下楼梯钉帽，一手转动楼梯下端。众人只觉一片眼花缭乱，一时分不清几只手在摆弄模具，旋转楼梯的变化，却看得清清楚楚。

"原来如此！"鲁深等人面面相觑，这才恍然大悟。

"满口荒唐言语！"刘轶脸色阴沉，"云教授，你说了一大通，都是毫无根据的猜测！"

"谁说毫无根据？"云济道，"延丰仓仓廪的地面上，都铺着防潮的木板。我曾经仔细查探过，酉字仓和申字仓楼梯口的地板上，各有半道弧形划痕，那便是你们挪动木梯时留下来的。不仅如此，在划痕的尾端，还留有两个显眼的钉孔，显然是固定木梯所用。若想确认此事，只需进入仓廪，试试看那木梯能不能旋转移动即可。"

"木梯能旋转又如何？仓廪挂错了牌匾又如何？这就能说明我们偷梁换柱，欺瞒沈制诰等诸位官人吗？"刘轶辩驳道，"延丰仓一百二十多万石存粮，不仅沈制诰亲自清点过，在延丰仓的账本上也记得清清楚楚。若当真只有二十多万石存粮，那账本如何对得上？"

徐老三也在旁边帮腔道:"小人真不敢欺瞒诸位官人!在沈制诰前来查账的第一日,郭闻志就拿着那本私账来告状。那账目您也是亲自查过的呀,咱们延丰仓的官账和那本私账是对得上的!若刘官人当真做了假账,怎可能和郭家的那本私账对得上?"

"咱们就说说郭闻志那本私账。"面对刘轶的诘问和徐老三的辩驳,云济依旧胸有成竹,他从袖口中取出一本账册,"巧得很,郭护留下的这本私账,我带来了。"

眼见他随身带着账本,明显有备而来。徐老三和刘轶眼底都有深深的惧惮。

鲁深、张扶老等人面面相觑,他们对云济的脾性颇为了解,难道账册里当真有蹊跷?可若当真有问题,他们怎会查不出来?

云济看向鲁深等人:"正月初六,也就是你们来到延丰仓的第一日下午,郭闻志持这本账册前来告状。延丰仓从仓监到各仓账房,都是猝不及防、胆战心惊。因为他们的账目都是伪造过的,跟这本私账完全对不上。他们一合计,决定趁着你们睡着的时候修改账目,将对不上的账目都改过来。因为郭闻志呈递的账本你们已经看过,他们不能改那本私账,只能改延丰仓自己的公账。"

"这也太异想天开了,公账岂是那么好伪造的?"

"如果上下沆瀣一气,入账、出账、专勾都同流合污,账本自然是可以改的。"

"账是可以改,但时间不够啊!郭闻志头一天下午呈递上那本账册,第二日早上我们便开始查账了。"鲁深连连摇头,"郭家那本私账所记的东西虽然不多,但要想将整个延丰仓的账目改得不出纰漏,少说也得两三天,一晚上绝对不够。"

"其实绝大部分公账无须改动,只要将和郭家私账有悖之处改掉即可。延丰仓的账目我都看过,若是请两个熟悉账目的高明账房,一天半足以改完,用不着两三天。"

"就算只需一天半,他们也拿不出时间来啊!"

"所以他们要偷。"

"偷?偷什么?账本?"

"偷时间。"

听闻此言,不论是九五之尊的皇帝,还是打扇奉茶的内侍,皆十分困惑。

鲁深挠了挠头:"云教授,你在说笑吧?时间怎么偷?"

"要偷时间,再简单不过了。"云济笑道,"只需弄来一瓶迷药,下在你们的酒菜里。只要分量调配得合适,让你们一觉睡个一天两夜,直到第三天早上才醒来，却告诉你们只是第二天早上，这时间不就偷来了吗？"

"你是说……初六那天我们被下了药，昏睡过去，一直到初八早上才醒来？"

"没错！"

刘轶狂笑道："不得不说，云教授的想法真是天马行空，连这么荒唐的事都想得出来。可臆想就是臆想，不是事实。"

云济针锋相对道："当猜想有了佐证，那它就是实情。"

"佐证？什么佐证？"

"我在延丰仓查账的那两天，曾听说两件怪事。正是这两件怪事，能够证实我的猜测。"

"怪事？"鲁深诧然道，"你是说……"

"第一件怪事，是张专勾曾在那一夜尿了床。"

此言一出，张扶老脸色顿时一黑，窘迫道："云教授，揭人不揭短。你怎么和老鲁一样？这事都过去大半个月了，老提它做甚？"

"张专勾莫怪，小弟并非有意冒犯。"云济道，"大家试想一下，张专勾堂堂进士出身，怎会在半夜尿床？就算是半夜尿急，也会被憋醒起夜，岂会尿在床上尚且不醒，天亮后才知晓？"

他不说还罢，这么一说，张扶老更是脸红脖子粗，恨不得把他的嘴堵上。

幸好云济见张扶老的脸色不对，立马解释道："其实很简单，因为所有人都睡了一天两夜。这么长的时间，要忍住不方便可太难了。本来尿急了肯定是要起夜的，但当时张专勾身中迷药，昏睡不醒，这才尿在了被窝里。"

张扶老长长松了口气，哭笑不得地道："云教授，我可真得谢谢你。虽然有些不堪……也算是替我平冤昭雪了。"

"老张你可莫要得意！"鲁深却在一旁哈哈笑道，"洒家那日也曾尿急，可洒家偏偏就能醒，自己爬起来去外面方便。看来在憋尿这方面，你还是比洒家差了些。"

张扶老一张老脸顿时又黑了："粗俗不堪，真是亵渎斯文！"

云济却接口道："第二件怪事，正和鲁专勾起夜有关。"

"跟洒家有关？"

"跟张专勾尿床同时发生的，还有一桩怪事。鲁专勾起夜去方便，不慎坠入了衙署后院的那口井里。"

一说起此事，鲁深顿时兴奋起来："没错，确有此事！洒家睡得迷迷糊糊，刚撒完尿，一不小心就栽到了井里。还好那口井里只剩下一片淤泥，洒家这只旱鸭子才没被淹死。当时真是叫天天不应，叫地地不灵。洒家酒后手脚酸软，不比往日麻利，好不容易从井底爬上来，你猜碰到了谁？"

云济搭腔道："襄邑主簿钱文轩。"

"是啊！你们说奇不奇怪？洒家爬出井后，居然已经在百里之外的襄邑。老钱家院子里正好也有一口枯井，洒家便是从他家那口井里爬出来的。"

这桩奇遇鲁深向来津津乐道，逢人都要说上一遍，而钟鼓楼前的数百君臣，大多还是第一次听。

"真是神佛护佑！"弥心开口道，"佛家将这种井称作'缘缠井'，鲁专勾能坠入缘缠井，实是千金难求的机缘。"

"该死的老贼，闭上你的鸟嘴！"被五花大绑的邱远大声喝骂，"狗屁缘缠井，又是装神弄鬼的玩意儿！"

鲁深却不忿起来："你这厮怎能胡说？此乃洒家亲身经历，难道洒家还会骗人不成？"

云济急忙道："鲁专勾莫要激动，骗人的不是你，而是钱文轩。"

"老钱？他怎么骗人了？"

"前两天，我专门派人去襄邑查探了一番。钱文轩家的后院里，根本没有井。"

"没有井？"鲁深瞪大了眼睛，"这怎么可能？洒家当时明明是从他家井里爬出来的！"

云济长叹道："这正是这桩怪事的破绽之处！鲁专勾，其实根本没有什么缘缠井。你从哪口井里掉下去，当然还是从那口井里爬出来。你爬上来时，还在延丰仓衙署的后院。因为中了迷药，所以你爬出井时，已经累得昏昏欲睡。周边又是假山环绕，根本分不清楚身在何方，钱文轩骗你说这是他家，你听完来不及细看，很快又睡了过去。"

"他为何要骗我？"

"因为他无法解释，自己为何会出现在延丰仓衙署的后院里！他根本没想到你会突然从井里爬上来，还面对面撞上了。被你猛然一问，他只能搪塞说自己在家。"云济解释道，"钱文轩曾在延丰仓管账，后来又做了常平司的专勾官，去年夏天调任了襄邑主簿。初六和初七正轮到他当值，按理说那个时候他应该在襄邑，但我着人查了襄邑县衙的卷宗，初六、初七两日他请了假，有事外出了。"

钱文轩家中情况都是鲁千手所探，案情解说至精彩处，他忍不住想插嘴说话，不料嘴一动，防磨牙锴头立马被激发，撑开他的下颔，从袋中夹出一片果脯，以迅雷不及掩耳之势，狠狠塞进他嘴里。鲁千手的舌头险些被按进肚子里，直叫他热泪盈眶。

鲁深顾不上看这古怪锴头，急问云济道："那他为何会在衙署后院？"

"方才已经说过，需要请来两三名熟悉延丰仓账务的好手，才能在一日两夜之间，将账目修改得严丝合缝。钱文轩是理财算账的能人，又曾在延丰仓任职，对延丰仓的账目再熟悉不过，必定是被请来伪造账目的好手之一。"

鲁深恍然大悟："原来如此。"

"延丰仓的贪腐案，钱文轩必然参与其中。襄邑距离东京将近百里，当时已是后半夜，他应该刚刚赶到，没想到正好撞上你从井里爬出来。你二人在那种情况下碰面，他显然手足无措。好在你当时迷迷糊糊，又很快昏睡过去，这才让他有时间弥补，假造出一桩缘缠井的奇遇。"

"洒家明白了，你是说……洒家昏睡后，老钱将我带回了襄邑？"

"没错！钱文轩家后院里并没有类似的石井，于是他在襄邑寻了一处有井的宅子，临时租借下来，将你安置在里面。等你醒来时，已经是第三日早上了。他告诉你，此处正是他家，而你是突然从他家后院的井里爬出来的。

"要在百里之外寻一处宅院将你安置好，一晚上时间绝对不够，起码也要到第二日——这便是偷时间一事最好的证据。初八早上你们醒来之后，还以为自己只睡了一夜，只当那日是初七，丝毫没有起疑。"

鲁深有点不敢置信，失魂落魄道："洒家还到处跟人讲缘缠井的事……原来竟是这样吗？"

刘轶冷冷道："若当真如此，沈制诰他们自以为睡醒的时候是初七早晨，岂不是比真实日期迟了一日？官家钦定正月十六开仓放粮，时间若对不上，还不立马就被拆穿了？"

"问得好！其实很简单，你偷了东西，主人迟早会发现。但只需将东西神不知鬼不觉地还回去，主人自然察觉不了。"云济不慌不忙道，"偷时间也是如此。"

鲁深迷糊道："还回去？"

"没错。你们在延丰仓查账的那几日，从没有出过衙署，所以一直不知道正确的日期。你们第一遍查完账时，以为日子是正月十一，实际上已经是正月十二。那日查完账后,你们确定郭闻志的账本只是小题大做,终于松了口气。于是沈制诰做主,让人去锦林楼请了最好的铛头,好生犒劳你们一番。"

沈括点头道:"陈铛头是我托延丰仓的庾吏去请的。"

"您还曾跟我说,那铛头自夸锦林楼藏了一坛三日醉,是百年陈酿的好酒,喝一杯能醉三日。铛头夸得天花乱坠,你们都不相信,非要试上一试,没想到这是刘监正等人设下的第二个局,清醒过来时,庾吏告知你们睡了一日两夜,彼时已经是正月十三的早晨。"云济顿了顿道,"实际上,你们并非从正月十一晚上睡到了正月十三早晨,而是从正月十二睡到了正月十三。延丰仓的贪官污吏就是用这个法子,将偷来的时间悄悄还了回去。"

"可是,"沈括眉头微皱,"那日我们并非一觉睡到了底,而是中途醒过两次。"

鲁深应和道:"洒家第一次醒来,是正月十二日清晨。洒家被庾吏叫醒,听见钟声响了好多遍,公鸡也在打鸣。洒家一出房门,就看见天边刚刚升起半个太阳。那时洒家困得两只眼皮直打架,只想钻回被窝再眯一会儿,谁知一睡就是一整天。等洒家第二次被叫醒,出门一看,太阳已经落山了。西方天边还有晚霞余光,安济坊的鼓声也刚刚响了起来。"

沈括点头道:"正如鲁深所说,正月十二我们是被叫醒过两次的。只是三日醉酒劲实在太大,又沉沉睡了过去,直到正月十三日早晨再次醒来。"

"你们确实被叫醒了两次,但两次醒来的时间,都是在醉酒当天的傍晚,而不是第二天的早晨和黄昏。"

沈括一时没明白过来:"什么意思?"

"人迷迷糊糊睡着,又迷迷糊糊被叫醒,能够分清自己究竟睡了多长时间吗?"

"这……确实很难分清。"

"这里面的玄机,我一直想不明白,还是那日狄兄提醒了我。"

狄钟惊诧道:"我?"

"那天我去胡家佛堂找你,你却睡得天昏地暗,连清晨还是黄昏都分不清楚。"

狄钟赧然道:"我当时睡糊涂了……"

鲁深插嘴道:"云教授,你的意思是,我们当时也睡糊涂了?"

"是,不过你们不是自己睡糊涂的,而是被种种暗示糊弄糊涂的。"云济拿出一支笔,在挂着的图上画了一道横线,标出三个日期。一边画一边解释道,"那日你们喝的三日醉里,依旧被下了药。药量经过精细控制,所有人都是一喝就倒。

你们刚睡了一刻钟,就被第一次叫醒,并被告知是第二日早上了。因为迷药,你们很快再度睡着,过了一刻钟又被叫醒,被告知已经是第二日黄昏。然后第三次睡着,直到正月十三日早晨醒来。"

"不对!"鲁深执拗地摇头,"洒家就算困,也不至于迷糊到连清晨还是黄昏都分不清楚。"

张扶老也道:"就算老鲁糊涂了,也不至于我们这么多人,都分不清早上还是傍晚吧?"

云济笑着问道:"当你们睡醒后,会依据什么来分辨清晨还是黄昏?"

"依据什么……"沈括喃喃念了一遍。

"很简单,你们分辨时间的依据有四个——天色,鸡鸣,太阳,钟声。"云济直接点破了答案,"第一,天色。清晨和黄昏时都是天色昏暗,仅凭这一点,只能分清不是在白天和黑夜。

"第二,鸡鸣。公鸡打鸣都是在早上,但徐老三外号叫作巧舌儿,他精通口技,能模仿万籁人声,学两声鸡鸣再简单不过。"

徐老三哭丧着脸,忙不迭叫起冤来:"云教授何必跟小人过意不去?小人的确会点儿口技,但真没有拿这门技艺为非作歹啊!"

鲁深见徐老三可怜,替他分辩道:"就算这厮会学鸡鸣,他又不是昴日星官,还能呼风唤日不成?若说他有这本事,除非太阳打西边出来!"

"巧了,那个早晨的太阳,还真是打西边出来的。"云济摆手道,"你们分辨清晨和黄昏的第三个依据,就是太阳。清晨时太阳在东方,黄昏时太阳在西方……"

"此事洒家要跟你说道说道啦!"鲁深手舞足蹈道,"当时咱们住在西厢,出门对着的是东面。洒家一出门便看见了太阳,难道还能认错?"

"你们入驻延丰仓衙署后,被安排住在西侧那排屋舍。但你怎么知道那次醒来的时候,还是在西侧的屋舍里呢?"

鲁深瞪圆了眼睛,一时竟说不出话来。

张无舌默默揭下钟楼上挂着的延丰仓布局图,将整张图反过来。众人这才发现那图的背面竟还有一张图,上面写着"延丰仓衙署屋舍图"。图上清清楚楚地标示了东、南、西、北四个方向,图中画着一个方方正正的院落,东西对称,南北各开一门,东西厢房相对。中间则是个花园,奇石假山围绕成环,花园正中开有一口井。

"诸位请看，这院子东西对称，两边的屋舍修建得一模一样。西厢供人居住，东厢却一直锁着。我曾隔着窗缝看过一眼，东厢的陈设也和西厢的全然相同。"云济一边说，一边在图上指指点点，"那日下午你们睡着后，立马被搬到了东厢，接着就被叫醒。你们走出房门，看见太阳正在对面，自然以为太阳在东面。其实你们当时身在东厢，太阳在西面。

"由于迷药，你们再度昏睡。然后又被搬回西厢，再度被叫醒。这一次你们走出房门，发现太阳刚刚从背后的方向落下去，正是黄昏时分。"

鲁深怔怔地看着那张图："这么说来，倒也有理。"

"第四个依据，钟声。"云济接着道，"延丰仓位处外城东南角，向东数百丈便是东水门，安济坊离东水门只有几百丈。在延丰仓，每日都能够听到安济坊的钟声和鼓声。安济坊晨钟暮鼓，清晨钟声连响一百〇八声，意味着击破长夜，迎接黎明；傍晚时击鼓一百〇八声，提醒世人夜幕即将降临。"

鲁深点头道："你说得对，洒家记得第一次醒来，就听见钟声响个不停；第二次醒来，又正好听到鼓声。"

云济继续道："正月十二日，杨昭到安济坊，拜入弥心先生门下。原本已经指定好一位师父带他修行，谁知等到下午时，弥心先生突然要收他为关门弟子。当时已是黄昏时分，安济坊一反常态，在夕阳西沉时突然敲钟一百〇八响，临时召集福道门徒，为杨昭专门举行了一个拜师礼。"

"弥心，可有此事？"宰相王安石亲口问询。

弥心看了云济一眼，缓缓点头道："确有此事。"

云济随意挑了一名安济坊的福道门徒，问他道："弥心坊主有几名弟子？每个弟子拜师时，都要专门敲钟召集门徒，举行拜师礼吗？"

那福道徒连连摇头："坊主师叔共有十三名弟子，只有恒青入门时敲了醒世钟，其他人都不曾这般兴师动众。"

"这就是了。为了配合延丰仓，弥心坊主特地破了规矩，以收关门弟子为由，在下午敲了一百〇八声醒世钟。"

"敲钟有何不可？怎能说是为了配合延丰仓？"弥心摇头道，"恒青天资聪颖，福缘深厚。老拙看他根骨非凡，这才破例为他举行了拜师礼。"

对于弥心的辩驳，云济并不在意。他看着沈括道："天色、鸡鸣、太阳、钟声……一切都安排得清清楚楚，颠倒了你们的昼夜，混淆了清晨和黄昏。如此，正月十三日清晨，待你们真正清醒过来，你们的时间便和真正的时间对齐了——被偷走的时间，就这样被还了回来。"

"云教授！"刘轶躬身作揖，正色道，"你这臆想虽能说得通，但终究只是模棱两可的猜测，根本没有真凭实据，刘某绝不认同。今日官家也在这里，刘某身负奇冤，实在有口难言！"

"刘监正，我早已猜到你会抵死不认，真凭实据自然早已备好。"云济胸有成竹地挥了挥手，张无舌急忙去带了两人上来。

群臣转头望去，这两人一个四十来岁，一个六七十岁，衣着都甚是讲究，显然家境颇好，但在天子面前，难免有些拘束。

云济介绍道："这位大叔是锦林楼的掌柜，这位老伯是锦林楼的常客。那日沈制诰从锦林楼请了最好的铛头，买了最好的三日醉。要确认延丰仓有没有在时间上做手脚，只需弄清楚你们吃酒的那一天，究竟是正月十一还是正月十二。"

"此言有理。"不仅沈括点头，赵顼也略略颔首。

鲁深却咋咋呼呼道："何不直接将那铛头请来一问？"

"那铛头早已被人收买，是他们的同谋，岂肯说实话？"

"那倒也是。"鲁深赧然一笑，转头问那中年人道，"掌柜的，沈制诰请你家铛头去做饭的那日，究竟是哪一天？"

酒楼掌柜慌忙从袖中掏出一本账册，翻到其中一页："官人请看，小人这里记得清楚，陈铛头正月十二曾被请去别家做菜，正月十一、正月十三都在酒楼里做活。"

那年过花甲的老者也道："没错，陈铛头就是正月十二被人请走的。锦林楼有一道石板羊羔肉，是陈铛头的独门技艺，口味堪称一绝，小老儿时不时去吃。正月十二那天，小老儿请了一位至交好友，专门去吃那一口羊羔肉，谁知陈铛头偏偏被请走了。酒楼的小厮还说小老儿来得不巧，不论早一天来还是晚一天来，都能吃上！"

"由此可见，沈制诰请大家吃酒的那日，是正月十二，不是正月十一。"云济盯着刘轶道，"刘监正，你还有何话说？"

刘轶后背早已冷汗涔涔，一时无言以对。在他的身前，皇帝和宰辅都面如寒霜，宽敞的院子仿佛变得十分狭隘，气氛凝重如山，将他压得喘不过气来。

事关生死大局，刘轶咬牙道："云教授，偷换日期之事，刘某无话可说，延丰仓的账目确有不实之处，但并非如你所说，是这等欺天之罪。"

说到此处，他向赵顼恭恭敬敬一拜，抹泪道："圣上明鉴，郭护去岁因贪墨而获罪，其实也曾花钱找罪臣打点，延丰仓管理混乱，乃是多年痼疾，账目也确实有疏漏处，所以罪臣才想亡羊补牢。罪臣确实在账目上动了点手脚，但只是为了文过饰非，修改的都是鸡毛蒜皮的小账。云教授所说的一百万石存粮被盗一事，罪臣绝无这等包天的胆子，也没有这等欺天的手段啊！"

身为九五之尊，赵顼习惯俯瞰众生，诸多臣子的诡诈伎俩，他早已司空见惯，对刘轶痛哭流涕的"真情流露"，更是不置可否。

刘轶涕泪交流道："圣上！郭护所犯之罪，其实也将罪臣牵扯在里面，只是……罪臣只参与贪墨了五千三百石粮食，那也是为郭护利诱所致啊！罪臣鬼迷心窍，以为郭护留下账本，是要将此事抖搂出来，这才千方百计偷换日期，遮掩此事。但这和貔貅夺粮所丢失的百万石粮食，绝无半点干系。至于云教授所说沈制诰等人被误导，在西字仓和申字仓之间来回清点存粮之事，只能说明延丰仓有条件办到，但臣等秉持忠义，岂会做这等事？"

看刘轶这般干脆利落的反应，云济也不由暗暗称赞。眼见监守自盗百万石存粮的罪名就要坐实，这厮竟立马壮士断腕，先避重就轻地认一桩贪污小案，至于丢失百万存粮的大案，却抵死不认。

"刘监正，你以为账本通篇都是伪造，小生就拿不出证据，证明延丰仓早在去岁，已经空了大半吗？"

云济再度紧逼，刘轶心中"咯噔"一下，色厉内荏道："子虚乌有之事，若非构陷伪造，岂能有凭证？"

"凭证有二！"云济淡然一笑，"第一，是你手下庚吏徐老三告诉我的。"

徐老三脸色一僵，见刘轶等人目光投至，连连摇头道："云教授说笑了，这等和尚结辫子、太监生孩子的荒唐事，小人何曾说过？"他慌张之下，口不择言，石得一等内侍听见，脸色骤然发黑。

"你当然不会直说，却也不慎透露一二。"云济踱步道，"你曾说过，延丰仓每隔两个月，都要将粮食晾晒一遍。"

"晾晒粮食一事，小人确实说过，可这有甚不对的？"

"刘监正曾说过，延丰仓十二座大仓，用工二百多人，晒完所有粮食得一个多月。晒粮食的耗用，在延丰仓账册上自有记录。四月、六月、八月、十月分别有两百多到三百多晒粮用工，都是雇工于黄牛帮，每次用工一个月到一个半月不等。

"小生请义父查过黄牛帮的派工记录，实际上四次派去的力夫分别是一百八十七人、一百七十二人、一百二十三人、八十九人，工时分别是三十一日、三十九日、二十一日、十四日——常平仓春贷秋收，但你们八月、十月的用工竟然比四月、六月少！力夫人数和派工天数的减少，正是仓中粮食日趋减少的证据。"

云济说罢，不仅徐老三发愣，就连沈括也颇为错愕。没想到云济别出心裁，竟从晒粮雇工来查粮食实数。

刘轶反应甚快，辩解道："云教授有所不知，黄牛帮盘踞汴河沿岸，把持了拉纤、搬运、装卸等活计，东京城近乎三分之一的力夫营生都被他们握在手里，现在竟反过来跟官府要价。黄牛帮幕后东主甚有背景，延丰仓不得不每次从他们那里雇一部分工，在面子上应付一二。实际上去岁以来，延丰仓逐渐自己招工，几乎有大半工不是从黄牛帮雇来的，只是在账目上汇了个总数，没有区分罢了。"

"真能狡辩。"云济嗤笑一声，"但不过是困兽的垂死挣扎罢了，小生还有第二样凭证。"

案情说到此处，君臣数百人皆听得入神，刘轶冷汗涔涔，如遭泰山压顶。

云济看着天际白云，语调却柔和起来："小生有一位好友，嗜酒如命，无酒不欢。她离京甚久，年前回到东京，将各大正店的酒吃了个遍。丰乐楼的眉寿、和乐楼的琼浆、遇仙楼的玉液、忻乐楼的仙醪、玉楼的玉酝……"

群臣中颇有几位好酒之人，听他将东京城中诸多名酒一一道来，不免唇舌干燥，喉结耸动。赵顼有些错愕，不知他为何突然提起这么多名酒，却听沈括叱责道："知白，莫要提这些不相干的！"

"这并非不相干，而是密切相关！"云济面上露出几分焦灼，狄依依失踪一事让他心急如焚，然而现在还不到时候，只能强自按捺，"小生这位好友爱酒成痴，也就对酿酒之法十分好奇。东京城诸多酒店，每年酿酒所耗糯米达三十万石，另外还有米、麦、粱等谷物。京城酒曲官卖，每家正店所用酒曲，都出自曲院街。神曲、白醪曲、笨曲、法曲……诸多酒曲，对粮食的耗用各不相同。曲院街每年从各官仓、酒商处收粮几何，以及酒曲卖给哪些酒楼，诸般都有记录……"

刘轶打断道："云教授莫不是要说，从曲院街查粮食进货，发现自延丰仓所买的粮食变少了，以此推断延丰仓粮食变少了吧？京中酗酒者众，大灾之年若把粮食耗费在酿酒上，岂不是有更多人吃不饱饭？延丰仓给曲院街供粮减少，是为了留粮备灾，这在延丰仓账簿上记得清清楚楚。"

云济摇头道："当然不会这么简单。小生方才说过，这些酒店各有酿酒秘法，除酒曲之外，还有诸多工序和粮食作料。小生这位好友实是酒道吃家，曾多次潜入诸多酒坊偷酿酒秘方，多年来谱成一本《酒髓谱》。"

说到《酒髓谱》，云济不由自主露出一丝笑意："凡正店的名酒，用的自然是上好的米、粟，但每家正店除招牌名酒之外，卖出最多的，还是茅柴劣酒。而茅柴酒所用辅料，都是受潮的糯米、发了芽的豆、烂了壳的粟。刘监正应该一听便知，这几类辅料会被粮仓当废料，低价卖给酒坊，对于酒坊而言，却是他们酒中之髓。"

随着云济娓娓道来，刘轶的脸色越来越难看，延丰仓每次晾晒粮食，都会有一批受潮腐败的粮食被处理掉，这是朝廷存储粮食所允许的损耗。实际上这些废粮被低价卖给了各家酒商，所得都被庾吏们瓜分，并不录入账籍，就连刘轶自己也只知道大概，不清楚实数。

他心头跳出一个念头，又随即被否定：不可能！绝不可能！其中关系如此繁杂，怎么可能算得出来？

刘轶念头还未转定，就听云济说道："自古粮酒不分家，从各大相关酒家粮进酒出之中，可算得延丰仓实际存粮。"

赵顼怀疑道："要如此来算，果能得出延丰仓存粮变化？"

群臣中除沈括外，还有许多精通财计的任事能臣，判军器监、知制诰章惇道："依臣看，需先派人查各大正店的细账，还需各酒坊报知所耗辅料，并论证辅料所需粮食……"说着摇了摇头，"比上次沈制诰核查账目麻烦许多，怕得用百十人查十天半个月，而且未必算得出结果。"

沈括主动出言道："不瞒官家，知白曾跟臣学过些杂学，故称臣为师，但他算学通神，曾在弱冠之年算出日食偏差。因而在账目清算一事上，反倒是臣多番仰仗他相助。他既然开口，必有查算之法。"他这番话，已有为云济作保的意味。

云济向沈括略一点头，朗声道："其一，从诸多正店、酒坊中筛选从延丰仓进辅料者；其二，从各大正店所缴酒税以及各类酒售出比例，可知各家正店茅柴酒出货数量；其三，按照《酒髓谱》所载各家茅柴酒所用辅料配方，算得所需辅料数量；其四，汇总算得延丰仓去岁每个月的粮食折损，也就是腐坏后被清理的粮食数量，再由此算得延丰仓实际的存粮变化。"

刘轶干笑道："云教授说得头头是道，可这等千头万绪的冗杂账目，纵然你有一万个算盘，也未必算得出，即便算得出，也未必算得准！"

"未必，未必！"鲁深若有所思地点头。

刘轶以为他赞同自己所言，急忙应和道："鲁专勾所言甚是，谁都想窥一斑而知全豹，且不说能否窥得一斑，即便窥得，也未必能知全豹。从一叶之脉络，算得一秋之所得，哪有这般容易？"

鲁深道："刘监正误会啦。酒家说未必，并非这个未必。而是酒家等人算不出，云教授未必算不出；咱们不知能不能算准，但云教授未必算不准。"

张扶老等几名专勾深以为然，齐齐点头。

刘轶面色又是一僵，他着实没想到，不仅沈括为云济出言担保，就连这帮专勾也对他如此信服。

"这好比见幞头上掉了几根毛发，就妄想算出头发丝有多少根。你若能算准，刘某把脚趾头给吃了！"

"嘴硬！"云济一步步逼近刘轶身前，"早在数日之前，小生已托沈制诰获取东京酒税详账。这三日，小生足不出户，终于算有所得——二月至三月，延丰仓实有存粮应在一百一十万石左右；四月至五月，延丰仓实有存粮应在六十八万石上下；六月底七月初，延丰仓存粮变为七十五万石上下；九月份延丰仓存粮再降，已不足四十万石；至去岁年底，延丰仓存粮达到最低，只剩二十三万余石。刘监正，这数目虽不够精确，但大致对得上吧？"

刘轶面如死灰，看着眼前这个年轻人，身躯竟然不自觉颤抖起来，自己仿佛赤裸裸地站在他面前，他的目光比瑟瑟寒风更加冰冷刺骨。刘轶本想再解释辩驳一番，可在这年轻人冰冷目光下，居然连开口的勇气都化作了乌有。

不论皇帝还是群臣，见到他这般模样，均已心中了然。

"好！你既已无话可说，咱们再来聊聊郭闻志这本账册里的事。"

沈括愕然道："这账本……还有问题？"

云济缓缓点了点头："是，账本的秘密……才刚刚开始！"

第二十一章
如山铁证

太阳偷偷挪到了西天，寒意也渐渐浓了起来。赵顼听得聚精会神，石得一生怕皇帝冻着，早早吩咐内侍取来火盆，放置在赵顼脚边，又备了手炉，给皇帝和东西两府的宰执取暖。至于其他官员，只能靠衣衫来抗冻了。

大雩前，天子群臣斋戒三日，大雩开始后更是极尽庄重肃穆，天子到此时尚未用膳。石得一劝赵顼先用晚膳，被赵顼断然拒绝。此时所论案情牵扯之大，涉及京畿的安稳，他如何吃得下饭？

云济手持郭闻志的账本，朗声说道："方才所揭发的案情，足以说明延丰仓做了假账，而且账实天差地别。账上有一百二十多万石存粮，实则存粮从春至冬，数度减少。那么延丰仓实际的账目是如何变化的？他们原本准备好给沈制诰查验的账目，又是怎样的？"

"你……我……"刘轶声音发抖，口不能言，几乎瘫软在地上。

"上元节灯魁案发生后，义父……开封府王巡使负责此案，很快查到胡家的灯山是由灯笼黄所造。十六日清晨，我们在汴河上追踪到灯笼黄的踪迹，发现他被绑上一艘运粮船。船上除了郭闻志的无头尸体，还有整整一匣崭新的盐钞。"

王旭急忙道："是，那装钱的匣子乃是赃物，已经被收了起来。"

"邱远。"云济看向被五花大绑的巨汉，"郭闻志是被你杀害，灯笼黄也是被你丢到船上的。可那一匣子盐钞并非灯笼黄的东西，为何也被你放到了船上？"

邱远咧嘴一笑："下愚费尽心机，要把云机园里的魑魅魍魉都揪出来，要将延丰仓的贪污腐败公之于众，要让弥心老贼的真面目大白天下。可惜一败涂地，早知有你这等妖孽，仅凭一点蛛丝马迹，就能查得这么清楚，我何必多此一举？"

见邱远并未回答云济的问题，沈括忍不住问："知白，那一匣子盐钞是怎么回事，和郭闻志的账册有关系吗？我记得清清楚楚，那账册上的籴粜记录，皆是以五谷贷出，并没有涉及盐钞啊！"

"老师，那账册中的借贷记录，没有一笔提到盐钞，但实际上，每一笔的背后，都是盐钞！"

"什么意思？"

"此事说来话长，要想掰扯清楚，需要从一场不为人知的瘟疫说起。"

"不为人知的瘟疫？"王安石双眉紧皱，他身荷持国重任，平章天下政事，对瘟疫、灾情再敏感不过。每逢大灾必有大疫，如今连年大旱，黄河以北已经发生五次瘟疫，竟还有他不知道的？难道地方官吏敢知情不报？

云济道："王相公不必担忧，我所说的这场瘟疫，贫苦百姓无福消受，只在富埒王侯的人之间传播。若无堆金累玉，没有亿万家财，根本没资格染上这瘟疫。"

"还有这样的瘟疫？"

"这场瘟疫唤作貔貅刑。"云济满含深意地看了邱远一眼，"是去年年初开始在京畿路的富商巨贾之间流传起来的。瘟疫的起源，是一只墨玉貔貅。"

"墨玉貔貅？"

云济伸手入怀，掏出一样物事来。那是一只墨玉雕琢而成的神兽，龙头虎身，背生双翅，身覆龙鳞，张着一张大嘴，有吞天纳地之势。

"貔貅又称为'天禄'，汉武帝曾封它为帝宝。到隋唐后，开始在民间盛行。商贾特别喜欢貔貅，因为它没有秒门，只吃不泄，传说能吸聚财气，不让财富泄走。"云济把玩着手中的墨玉貔貅，"凡是得到这只墨玉貔貅的富商巨贾，都会染上一桩怪病——像貔貅一样，只吃不泄。"

"貔貅……"赵顼若有所思。

云济脸上露出一丝悲悯的神色："大旱灾年，饿殍遍野。干燥的沙地上，卑微的虫蚁一睁眼就在为果腹之餐发愁，可再怎么忙碌都填不饱辘辘饥肠。不仅如此，它们还要小心遍地密布的机关，一步不慎就会落入蚁狮之口。虫蚁畏惧蚁狮，又羡慕蚁狮。因为蚁狮凶残狠毒，贪婪成性，它们吸虫蚁的血，食虫蚁的肉，却没有肛门，凡吞入腹中的膏脂血肉，绝不容半点泄出体外。"

赵顼身为九五之尊，哪里见过蚁狮这种虫豸，不由好奇道："蚁狮？也是只吃不泄？"

"回官家，这种虫豸像极了貔貅，一生都不排泄。其肚腹鼓胀，比头、胸部位大十倍不止。"云济话头一转，"卑微的虫蚁哪里知道，只吃不泄是祸非福——对于貔貅而言，消化不了的秽物只会将肚子越撑越大，直到最后，吃又吃不下，拉又拉不出，落得个撑着肚子饿死的下场。那些染了瘟疫的巨富，也是如此！"

鲁深听得甚是认真："他们也是只吃不泄？这不是便秘吗？"

"刚开始时，确实只是便秘，但会越来越严重。患病者只能从两条路子想办法，一是少吃东西，最好吃上一口，能三天不饿；二就是寻找泻药，帮助自己排泄。但他们发现不论怎么折腾，都无法治好自己的怪病。二三十天后，谷道甚至会慢慢粘在一起，秽门逐渐消失——就像貔貅一样。

"患病者被折磨得痛不欲生，坐卧难安。他们怀疑是墨玉貔貅为自己招来了灾祸，但这墨玉貔貅另有邪门之处——不论他们将它丢弃到何处，第二日天一亮，它又会悄无声息地回到主人身边。

"患病者被这墨玉貔貅缠上，想尽办法也无法解脱，只能求神拜佛。这时候，邱远就会找上门，告诉他们，这叫作貔貅刑，是上苍降下的刑罚，惩罚为富不仁、只吃不泄的人。要想解除貔貅刑，只有一个法子。"

鲁深脱口而出："将它砸了？"

云济哭笑不得道："纵然砸得粉碎，第二天它也会重新出现。"

"那是当然！"邱远出声道，"唯一的法子，是嫁祸于人！"

云济道："要想摆脱它的纠缠，只能寻一个财气不亚于自己且为富不仁者，将这墨玉貔貅偷偷送给他，墨玉貔貅就会重新认主，貔貅刑也会转移到新主人身上。所以巨富们将这墨玉貔貅一个传一个，如同击鼓传花一般。"

"还有这样的邪门东西？"鲁深盯着那墨玉貔貅，满脸好奇。

"你看看。"云济将手中的墨玉貔貅递过去。鲁深这七尺大汉居然不由自主后退一步，躲开他伸过去的手。

"不碍事的。"云济笑了笑，"我方才已经说过，这瘟疫只在富可敌国的巨富之间流传。鲁专勾家财不厚，心地良善，貔貅刑不会找上你的。而且……这场瘟疫传到胡安国那里，已经停止了。"

"胡安国？"王安石敏锐地注意到这个名字。

云济将高士毅家、胡安国家的案子说了一遍。众人听罢，这才知道貔貅刑其实是人为的。高士毅和胡安国都是遭身边人的坑害，但背后真正的谋划者，显然是邱远。

云济又道："弄清寿光侯、胡安国的貔貅刑是因何而来后，我就想到两个问题，其一，邱远一不诈骗钱财，二不害他们性命，为何要大动周折，造这么一出貔貅刑？其二，胡安国的貔貅刑是寿光侯借郭闻志的手，传递而来，那么在寿光侯之前呢？"

王安石手捋颔下短须："寿光侯之所以会收到那只墨玉貔貅，也是其他人祸水东引？"

"起初我只是在怀疑而已。直到灯魁案、延丰仓案相继发生，我回想汴河上漂着的盐钞，还有郭闻志那本账册里的一条条账目，突然有了一个猜测。"

"什么猜测？"

"郭闻志那本账册里，曾记录延丰仓转贷米粮的账目，其中涉及十四家粮行。分别是瑞穗米行、裕丰米号、福寿粮行、宏泰粮庄、丰泽粮坊、盛泰米行、福源粮行、瑞丰米号、胡记粮行、吉祥粮栈、聚源粮庄、宝丰米号、富泰粮行、盈满粮坊。寿光侯的福寿粮行，胡安国的胡记粮行，都在其中。"云济顿了一顿，"寿光侯和胡安国都先后中了貔貅刑，那么其他的粮商呢？于是我让鲁千手和张无舌暗中查探余下那十二家粮行，果然，除胡安国和高士毅之外，还有五家粮行的主人中了貔貅刑。当然，貔貅刑的症状，让患病者羞于启齿，所以中过貔貅刑的，很可能不止这七人。"

众人的目光看向邱远，却见他咧嘴一笑："你说得不错，中过貔貅刑的，先后已有九人。"

云济继续道："自熙宁五年以来，京师粮价一路疯长，平民百姓不堪重负。从你劝寿光侯施粥、劝胡安国放粮的事来看，你分明是将自己当作了劫富济贫的侠客，想要利用貔貅刑，逼迫开封府的大粮商平抑粮价，救助灾民。"

"不错！下愚胸无大志，就是小时候受惯欺辱，见不得别人受难。那帮奸商和貔貅一样，他们视旱情为商机，早早囤积居奇，抢先吸纳无数粮食。等市易司平抑粮价时，却又对抗官府，封粮不售，明摆着只吃不泄，不顾百姓死活，只等着大发国难财。下愚既然有这个本事，自然就要替天行道，替老天爷惩罚他们一顿！"

赵顼看着他大剌剌的模样，不由露出怒容。"替天行道"这四个字，是历代皇帝最忌讳的，对赵顼而言尤为刺耳。

王安石也是怫然不悦："市易法已颁布两年有余，各州府设置市易务，东京更是设置了都市易司，专管平抑物价之事。你既然知道有不法商贩勾连串通、操纵粮价，为何不上报都市易司？你滥用私刑，恐吓粮商，跟匪徒有什么差别？"

"上报都市易司？"邱远仿佛听到了天大的笑话，"各地市易务又做金银抵当，又做结保贷请，等同于官府自己经商。跟商人端一样的饭碗，本就是同丘之貉，又怎会因为阿猫阿狗捡不到骨头渣，去打翻这一桌子好饭好菜？"

王安石怒道："放肆！市易司、市易务都是官府衙署，岂能容你这般污蔑？"

"王相公，你一心推行新法，自以为为国为民。可你自己的脚踩在云端上，又怎知身在烂泥里的百姓穿着什么样的鞋？这本账册涉及的十四家粮行，哪一家和东京都市易司没有关系？告诉你吧，市易司的官员且不说，底下的那些吏员，哪个没有粮商背景？"

这桀骜狂悖的言语，堵得王安石胸口隐隐作痛。关于市易司之事，他和政敌唇枪舌剑不知多少回合，但市易法最终还是落了下来。何曾想到会被一个罪行累累的福道弃徒当面顶撞。

"王相公莫要生气，邱远性子极端，做出这等事来，再正常不过。"云济插话道，"他向来自以为是，本来只是利用貔貅刑恐吓这些粮商，没想到却因此得知许多粮食交易的实情。这几家粮商囤积的粮食，远远超出他的预料。"

邱远接口道："没错，他们囤积的粮食，在去年春夏之际突然暴涨数倍不止。那已是大旱的第二个年头，就算是陶朱公降世，吕不韦复生，也做不到在那么短的时间里，囤积到那么多的粮食。除非……"

"除非他们囤积的粮食，是从天上掉下来的。"云济接过话头，"你对此事百思不得其解，直到你认识郭闻志，方豁然开朗。"

见他每一步皆猜得精准，仿佛亲眼所见一般，邱远竟是满脸赞赏："为了破解貔貅刑，高士毅想了个下流法子，撺掇郭闻志将这墨玉貔貅送给他的便宜丈人当礼物。礼物倒是送出去了，可郭闻志这穷措大在寿宴上受了奇耻大辱，口口声声说有大杀招，要让胡家永世不得翻身。我细问之下，才得知郭护临死前留下账本。再等看过了账册，还能不知道他们囤积的粮食从何处而来？"

王安石面如寒霜："你是说，他们所囤积的粮食，是从延丰仓贷出来的？这么多粮食出仓，各个环节都会有记录，不可能做到瞒天过海。按照常平法，粮仓粜米，都是春贷秋收。春天贷出去，秋天就该连本带利地收回来。"

邱远针锋相对："很显然，去年秋天，这些粮食并未还回去。"

"刘轶！"王安石喝问道，"这些被贷走的粮食，究竟还回来没有？你们的官账上，究竟是如何记录的？常平司呢？这么大笔的借贷，是怎么纠察的？"

常平司的官员噤若寒蝉，而刘轶已浑身瘫软，一时不知该点头还是摇头。

云济道："王相公，这些大笔借贷，只有在郭闻志这本私账上才有记录。若我所料不错，延丰仓原本的公账上，这笔账根本无迹可寻。正是因为沈制诰前来督粮时，郭闻志突然携账本告状，他们知道两边的账目根本对不上，这才将沈制诰等人迷晕过去，重新伪造了相关账目。"

"那延丰仓原来的账目，究竟如何抹去了这么大笔的借贷？"

"很简单，一是化整为零，二是贷粮还钞。"

"化整为零？贷粮还钞？"

"顾名思义，化整为零是将大笔的借贷，以多笔小额借贷的方式记录在册，这样能够避开常平司的常规监管。其实常平司对诸仓的这种小手段心知肚明，要想完成考绩，常平司的官员也不会在意粮食有没有贷给真正的平民百姓，只要在秋天或者年末的时候，能够正常归还即可。"云济道，"这第一点倒也没什么，关键在第二点——贷粮还钞。"

王安石来回踱步，蹙眉道："贷粮还钞？贷走的是粮食，归还的时候，使用盐钞还账？"

云济赞道："相公一语中的！"

王安石摇头道："不对！依照法例，自然是贷钱还钱，贷粮还粮。倘若有意外，也可事且从权，特事特办。用盐钞抵账，只要足数，他们又有什么好怕的？"

"如果他们当真将借去的粮食真金白银地还回来了，自然没什么好怕。但这帮粮商都是贪欲熏心之辈，他们费尽心机借来的粮，短短数月间上涨了三倍还多，怎肯轻而易举地还回去？貔貅生来只进不出，这帮粮商的秉性，又能相差几分？"

"你刚才不是说他们贷走的是粮食，归还的是盐钞吗？"

"他们的确还了盐钞，但归还的不是真正的盐钞。"云济道，"他们还给延丰仓的，是自己私造的盐钞！"

云济此言一出，众人无不动容失色。

伪造盐钞罪名极重，虽屡禁不绝，官府时不时就会破获一起，但盐钞制作精密复杂，不仅伪造极难，耗工也极多，所以伪钞案涉及的数额向来不大，从不曾引起轩然大波。

若真如云济所说，这伪钞的数量实在骇人听闻。一旦流入民间，不仅盐价会跌，甚至已经发卖的盐钞，都会因此大受影响。必将严重败坏朝廷信誉，甚至引起朝野动荡，害得百业凋零。

王安石看了赵顼一眼，又回头问云济道："延丰仓再怎么腐败，也不可能做到滴水不漏。用伪钞还账，肯定会被认出来的。"

"他们用的是私造的盐钞，却不是伪钞。"

"私造的盐钞，却不是伪钞……"王安石喃喃念了一遍，仿佛想到什么，目光陡然一变，隐隐有雷霆响起，"你是说，还有榷货务的人参与其中？"

榷货务执掌茶、盐、金帛、米粮等贸易，盐钞也是由榷货务印发，王安石故有此问。

云济点了点头，刚想说什么，突然有人叫道："姓云的！你休要在这里信口雌黄！舌头上长毒疮的混账黄子，竟敢在官家面前造谣！"

众人纷纷转头望去，一个大腹便便的胖子从人群中挤出，气喘吁吁地往钟楼这边赶，人还没到，叫骂声先传了过来。

这人言谈粗俗不堪，不仅王安石眉头大皱，蔡确等御史更是额头青筋直跳——来的正是寿光侯高士毅。他没有穿朝服，也没有参与雩祭，本来只是挤在观礼的人群中看热闹。他听说云济在大放厥词，揭他的老底，当即风风火火赶到此处。

"放肆！"蔡确呵斥道，"寿光侯！在天子面前说这等言语，成何体统？"

高士毅撇了撇嘴，他向来是这帮御史眼里的过街老鼠，受到的弹劾奏章多到能盖房子。在他眼里，御史的斥责不过是扑面而来的猎猎寒风，看似风声贯耳，实则不痛不痒。云济的揭发却是从天而降的刀子，又狠又准，直奔自己的心窝。若不当场将他驳回，煌煌天威就要随着赵顼的满腔怒火从天而降了。

"黄毛小儿！过年前你就处心积虑，派个女娃子来本侯家捣乱。这会儿又指鹿为马，诬陷栽赃，是看本侯好欺负吗？"高士毅说罢，两手攥拳，作势欲扑，一副要亲自动手的架势。

云济早已预料到高士毅会反击，但没想到这胖子的反击不是唇枪舌剑，而是直接动起了拳脚。好在他身边的狄钟反应极快，将高士毅肥胖的身躯拦在中途。

赵顼脸色相当难看，御史们满面怒容，两眼冒光，仿佛一只只见了鲜血的恶狼。

"寿光侯！你家曾经丢失二十三样宝物，其中有只黑檀木匣，应该正是从运粮船上发现的那只。"云济说罢，向王旭使了个眼色。

王旭早将那匣子备好，让人呈上。打开木匣，里面赫然装了一沓盐钞。另有一串珍珠项链，晶莹如玉，浑圆透亮，堪称稀世罕见。

他取出盐钞，亮出匣子底部。匣底烙印着一个福禄寿三星的标记，和寻常三星图案不同的是，那禄星比福星和寿星都胖出一大圈。

"不错，这就是我家的匣子。开封府既已寻到失物，为何不归还物主？其他宝贝呢？"

高士毅不仅大方承认，还追问起其他珠宝的下落来。王旭不由一愣："这……我们只寻到这只匣子，并未发现有其他珠宝。"

"本侯早该想到，没有包孝肃的开封府，连鸡毛蒜皮的小案子都办不利索。"高士毅大摇其头，开封府孙永听得脸都黑了。

云济道："寿光侯，您丢失的二十三样宝物，先是被令公子高公净偷偷拐带出去，然后才被人半路偷走。您不曾报官，自然不是开封府分内之事。"

"铁公鸡，其他珠宝早被我典当出去救济灾民了！"邱远高声大笑。

高士毅咬牙切齿地转过头，望着孙永道："孙大尹！您可听清楚了，本侯的宝物果是被这厮盗走了，您可一定要给本侯追讨回来！"

孙永一时头大如斗，恨不能堵上这胖子的嘴。蔡确挺身怒喝："寿光侯！别再胡搅蛮缠！邱远将其他珠宝都卖了，费尽心机去销赃，可这匣子里的盐钞只花了小半，却是为何？"

"本侯也奇怪，这是为何？"

邱远大声道："寿光侯，你应该心知肚明吧？不是下愚不想花这些盐钞，实在是因为这些盐钞花不出去！"

"为何花不出去？"王安石问道。

云济回道："相公，下官也让人拿着盐钞，上京师的各大粮行问过了。他们已经不收盐钞。"

"这……这又是为何？"

以盐钞和买支付，是大宋官府推行的，尤其自变法以来，各地常遣官以盐钞贸易。京师各大粮行无一不是背景深厚，哪有禁止用盐钞博易的？

"因为他们私印了太多盐钞，多到他们自己都害怕。"云济道，"盐钞不比交子，交子每两年一届，每届发的交子都有定数，到期还要回收。盐钞则不同，盐钞从根子上是支盐的票引，只要解池还未干涸，东海还是咸水，巴蜀还有竹子，朝廷就可以不停印发盐钞。

"大宋流通的盐钞好比泗水，泗水源源不断汇入淮河，再散入东海。民间突然多出一些盐钞，不过是往泗水中倒几桶水，根本不会有人察觉。可这帮奸商印造的盐钞之多，却如隋炀帝修通济渠，骤然多了一条汴河的水往泗水里灌，瞎子都能瞧出不对！盐钞变多，钞价必会下跌，粮商预知不妙，自然就不收盐钞了。"

王安石道："就算粮商是傻子，榷货务也不是傻子。他们真要私印盐钞，岂会印这么多？"

"这是因为他们私印盐钞的时候，自以为可以控制汴河水，不灌入泗水里去。"

这话说得众人愈发不解，几位宰辅相视一眼，均是面露疑惑。

云济道："就像他们偷时间、还时间一样。这批盐钞也可以偷偷花掉，再偷偷收回，这样就神不知、鬼不觉了。"

"怎么个神不知鬼不觉？"

"很简单，这十四家粮行暗中串联，去年春天从延丰仓贷走大量粮食，秋天时以私印盐钞来兑付还贷，这就相当于伪钞换了真粮。但按照规矩，延丰仓需要维持仓中存粮数目，所以在他们的账目上，又有自秋后到冬至，陆续用一笔笔盐钞兑回粮食的记录。

"可实际上，根本没有兑回粮食这一举动，这笔盐钞一直存在延丰仓，没有放到外界，更未入市流通。待到年后，他们再寻机会，来一出貔貅夺粮的把戏，谎称延丰仓的存粮和钱财都被貔貅吞了，并把这些私印盐钞销毁得干干净净，不留一丝痕迹。如此一来，这些盐钞在延丰仓只入不出，就不会对盐市有所影响。只不过郭闻志手持账本公然上告，给延丰仓带来不少麻烦，这才不得已又伪造了账目。"

沈括问道："刘轶篡改账目不难，但怎么瞒得过数百收粮小吏？"他是治世能臣，瞬息察觉到关键所在，帮云济搭腔，替他抛出引子。

云济解释道："和粮商沆瀣一气的是延丰仓主要官员和管理仓库的庚吏，底下干活的小吏并不知道详情。去岁夏末，收粮小吏没有收到账目上记载的那么多粮食，无意间把事情捅了出去，当时只暴露了两万石的坏账，就差点把延丰仓拖下水，只得将郭护推出去顶罪，实则后面还有数十万石的窟窿没有暴露出来。郭护的私账也只记载到这里。刘轶的兄长是提举常平司的刘煜，郭护虽为仓监，但真正操控诸般事务的是刘轶。郭护被问罪后，刘轶只得亲自上场，造了更大更巧妙的假账。收贷时按照常例，只能零散收入，由上百名小吏负责，大批盐钞混杂着粮食一起收，此处无法作假。其后由管理仓廪的徐老三带人将收来的盐钞统一兑回粮食，此事只涉及十多人，极易作假。这样负责收粮的底层小吏就察觉不出异常，账目上也把大笔盐钞兑出。"

赵顼看了王安石一眼，见他点了点头，云济越是说得合情合理，君臣二人心头越是沉甸甸的。

"胡说八道！"高士毅脸红脖子粗，"你先前说我们几家粮行不收盐钞，是因为担心钞价下跌。现在又说我们早有计划，要借貔貅夺粮将私印盐钞处理干净。这岂不是相互矛盾？既然处理干净了，又怎会贬值？"

"不矛盾。因为将伪钞处理干净，是你们最初的打算。但真正去做的时候，你们就会发现这只是纸上谈兵，根本无法实现。"

"为什么？"

"因为贪婪。"云济道，"你们十四家粮行暗中勾连，相互知道对方的根底，却又相互防备、相互觊觎。根本无法做到令行禁止，又怎能成事？当奸商手中握着自己印制的盐钞，又怎可能忍住不将这些盐钞花出去呢？你们固然互相约定私印盐钞只能用来还贷，不能流入延丰仓以外的地方，但你们真的忍住了吗？"

这两句反问，引得众人连连点头。

高士毅还想说什么，云济没待他反驳，接着问道："寿光侯，你铁公鸡的名头，整个开封府无人不知。盐钞一旦被用来支了盐，旧钞便作废销毁了。以你的性子，肯定会想，盐钞每年都会新发，只要别用太多，没人能够发现。"

高士毅冷着脸道："不过是你的臆想罢了，说得言之凿凿，难道你亲眼见过？"

云济摇头道："我还真亲眼见过。那日狄九娘被卖到你家，你家二衙内用来付账的盐钞，和这匣子中的一模一样。去年榷货务更换了盐钞钞版，你这盐钞上的花纹是旧的，按理说最少也用了一年多。可这制钞所用楮纸，分明和新的一样。"

"这有什么？爱财有什么不对？本侯将这些盐钞当爷爷般供着，不敢有半点损伤。只需保存得当，看起来自然跟新的一样。"

对于高士毅的无赖行径，云济也是始料不及。这胖子表面上肤浅、吝啬，实则精明、狡猾，只不过一直隐藏在厚厚的肥肉之下。以往他被御史们斥责的时候，都装作混不吝，耍赖不认，这次更是摆出一副滚刀肉的模样，显是笃定云济拿不出铁证。

案情推演到这里，仿佛陷入僵局。云济的推测丝丝入扣，所有人都寻不出毛病，但至关重要处偏偏没有实证。

云济顿了顿，问道："寿光侯，你可还记得雪柳？"

"一个丫环而已，连姬妾都算不上，提她作甚？"

"她的确只是个丫环，却绝非寻常丫环。第一次你家大衙内为了杀她，亲自持刀行凶，却误杀另一名丫环飞荷。第二次你买凶杀人，雇了凶徒夜闯民宅，要割雪柳的头颅。一个丫环罢了，怎会令你们如此大动干戈？"

"信口雌黄！我何时雇凶杀人了？"

"就知道你不肯承认。"云济说到这里，躬身对赵顼道，"官家，臣已经将婢女雪柳带了过来，可否传她觐见？"

赵顼点头。

群臣和班直潮水般让开一条通道，一男一女走近前来。男的大概四五十岁年纪，身着麻衣，跛着一条腿，正是军汉跛子杨。女的披一张白绒大氅，窈窕身段在大氅的衬托下，愈发单薄。

她梳着如云发髻，额头垂下一张薄薄的黑纱，遮住半边脸庞，然而她的容貌丝毫没有因为黑纱遮掩而削减半分。看到这女子潋滟着波光的眸子，自天子到群臣，齐齐暗赞："好个惹人怜惜的尤物。"

"奴婢雪柳恭叩圣安！"雪柳恭恭敬敬一拜，柔弱中带着惶恐，却没有失了半点礼数。跛子杨在她身后行礼，但不论赵顼还是群臣，都没有注意到他。

"平身。"赵顼一见这女子娇弱无力的模样，没来由生出几分同情，"你知道些什么，尽管说来！"

"官家，奴本是胡员外卖给寿光侯的婢女。寿光侯见奴婢伶俐，就留奴婢在房里贴身伺候。去年四月的一天，高家来了几位身份尊贵的客人。寿光侯十分重视，将他们带到卧房密谈，还叮嘱丫环和小厮不要打扰。只是当时奴刚好不在，是以不知道主人的吩咐。奴回来时，大丫环飞荷指使奴给侯爷送些果子蜜饯过去。奴不知她是要害我，便收拾了点心吃食送去，谁知……"

雪柳说到这里，脸上露出一丝怯意，显是想到当时发生的事，至今心有余悸。

高士毅脸上肥肉微颤，咬牙道："雪柳！官家面前，可不能信口胡言！"

"闭嘴！"赵顼双眸如冷箭一般瞪过来。高士毅心底寒气直冒，种种小心思顿时烟消云散。

雪柳怯生生看了云济一眼，见他向自己连连点头，这才继续讲："当时奴刚走进门，隔着屏风听到侯爷和两位客人正在谈论印制盐钞的事情。听他们话中的意思，竟是要用自造的盐钞去还贷！其中一位官人姓吴，称呼侯爷为'姻伯'，他对盐钞印制甚是熟悉，说得头头是道，似是京师榷货务的大官。"

雪柳口中的这位客人，显然是高士毅的姻侄，高家大衙内高公洁的舅兄。

"姻伯？"赵顼一愣，这位堂舅家的姻亲他虽不知是谁，但京师榷货务历任主官他却是了然于胸的。若所料不错，雪柳提到的这位姓吴的官人，应该是上一任提举榷货务的吴成化。

雪柳继续道："奴吓得动也不敢动，不知道是上前递果子蜜饯，还是偷偷溜走。谁知一不小心，盘子里掉落一枚果子，贴地滚到屏风另一侧去了。侯爷大喝一声：'谁！'奴被吓得浑身发颤，只好端着果饯进到内屋。

"他们三人坐在围子榻上，围着一张矮几和一只火盆，矮几上放着一块铜板和几方形状古怪的印章。奴也不敢细看，就见侯爷抓起矮几上几样物事，丢进火盆里，两只眼睛也眯起来，就像两把刀子，要将奴千刀万剐一般。

"他沉着嗓子问：'你听见什么了？'奴心虚气短，自是摇头，说什么也没听到。当时奴吓得跪伏在地，侯爷一把揪住奴的衣领，喝问奴：'老实说，你听见什么了？'奴又惊又怕，只哭着说：'侯爷，奴刚刚过来，什么也没听见。'谁知……"

她说到这里，白皙的半边面庞骤然一紧，声音竟也颤抖起来："谁知侯爷根本不信，还痛骂奴不守规矩，偷听主人谈话。他把奴揪到榻前，劈头盖脸就是一通毒打，奴连连求饶，但侯爷哪里肯听？还变本加厉，扯下腰带痛打不休。过了许久，其中一位客人才出声劝止，说奴不像有意偷听，否则不会闹出这么多动静。另一位客人则一言不发，仿佛一座冰山也似。

"侯爷许是打得累了，喘着粗气，用力一推，奴稳不住身子，就跌倒在榻上。脸……脸正好砸在火盆里，将火盆都打翻了。"

众人纷纷向她脸上望去，一道道目光仿佛透过面纱，落在另一边的脸庞上。

赵顼也暗自惋惜，转头看了高士毅一眼，不自觉多了一丝厌恶。

"奴这半边脸……就是那次被毁的。侯爷送走了客人，收拾完床榻，再看奴的时候，满脸都是嫌弃。"世间女子，不论高贵贫贱，无不对自己的容貌视若珍宝。雪柳提起将近一年前的旧事，依旧忍不住哽咽。

"剩下的我来说吧。"云济道，"雪柳姑娘容貌被毁，烫伤难愈。寿光侯态度大变，于是又寻到胡安国，把她退了回去，将当时买妾的钱讨了回来。"

赵顼只觉匪夷所思："还有这等事？"

石得一上前一步，小声道："官家，确有其事。寿光侯天性吝啬，去年皇城司曾听说过这桩趣闻，说寿光侯买了个侍妾，因醉酒将她推倒烫伤了脸，就将其退了回去。现在看来，那名被退回去的侍妾便是雪柳姑娘了。"

赵顼听罢，目光中的同情浓厚了几分。群臣窃窃私语，无不在小声咒骂。文臣和外戚向来不对付，自命不凡的君子自是不齿高士毅的为人。

高士毅跪倒在地，涕泪横流："官家，云教授带这贱婢前来，在您面前扮出一副可怜相，分明是要陷害臣哪！您是不知这贱婢的脾性，她本是臣房里人，却背地里勾引犬子，被发现后还挑拨父子关系，以致臣父子失和。臣之所以将她退回原主，实是有不得已的委屈，却被以讹传讹，成了尽人皆知的笑柄。"

他说到此处，肥肉横生的脸上堆满愤懑和憋屈，瞪着雪柳："贱婢，当着官家和诸位官人的面，你且说来，你不久前所生的孽种，究竟是谁的？"

雪柳一时无言以对。

"官家，臣被逼至此，不得不豁出一张老脸，自爆家丑。这贱婢不仅勾引犬子私通，被臣的大儿媳撞破后，她还和犬子串通，反而诬陷臣的大儿媳，在臣家中挑拨是非，兴风作浪。贱婢，你敢不承认？"

雪柳面色惨白："奴……奴是被人逼迫，并非有意诬陷吴大娘子。"

钟鼓楼下，众皆哗然。

不仅赵顼面露犹疑，群臣望向雪柳的目光也纷纷变了味。雪柳如芒在背，慌张无助之下，扭头望向云济，眼眶已是通红。

云济自是不能让雪柳承受这等指责，狄钟更是热血冲头，抢先挺身而出："雪柳姑娘在高家种种遭遇，都是身不由己……"

他话说一半，就被高士毅打断："官家！这贱婢仗着有几分姿色，搅得高家鸡飞狗跳，臣这才烫伤了她的脸。她怀孕后悄悄生下孽种，妄图拿捏臣不成，居然撒这等弥天大谎，拿伪造盐钞来诬陷栽赃，恨不能致臣于死地！"

看着高士毅"泣血申诉"，云济深吸一口冷气，暗暗自省，还是小看了这胖子。

眼见局势不利，这厮立马自揭其短，故意出乖弄丑，把家丑外扬，生生将局势反转。刚才还人人怜惜的雪柳，转眼成了千夫所指。

高士毅膝行匍匐，伸手扯住赵顼衮冕的裳角，拉开嗓子哭将起来："官家明鉴！这贱婢和臣、和臣的儿媳吴氏均有大仇，难道一介低贱婢女的一面之词，就能给臣一个侯爵定罪吗？"

赵顼面色难看，将裳角从他手中扯开，沉声道："你且先起来。"

高士毅哪里肯起，兀自掩面哭泣："太后娘娘，罪臣被逼无奈，把这等丑事抖搂出来，给高家丢人了！不，不……臣把高家的脸都丢光了，臣是高家的罪人！"

此言一出，浑然将他陈留高家丢的脸，变成了整个亳州高家丢的脸，又将高家丢的脸和高太后的脸面混为一谈。狄钟、鲁千手等人皆神色一变。

"官家！"群臣中有一人越众而出，双膝跪地，将头上戴着的展脚幞头摘下，恭敬地放在地上，"臣吴成化深受圣恩，掌管京师榷货务已有三年，去年年初才改迁他任。这三年来夙兴夜寐，不敢有丝毫懈怠，对于云教授和雪柳的妄加指责，臣实不敢认。雪柳在寿光侯府兴风作浪，和舍妹结仇，故而迁怒于臣，诬臣以破家灭族的大罪。既然云教授风闻奏事，弹劾臣伙同粮商私造盐钞，还指使婢女出面作证。臣自请停职挂印，请御史台、大理寺严加排查，还臣清白！"

吴成化这番话听起来充满了委屈，实则夹枪带棒，当面还击。云济本是在讲解案情，吴成化却说他是"风闻奏事"。而风闻奏事本是台鉴官的特权，其他人岂能捕风捉影，随意构陷他人？

"你且平身。"赵顼伸手虚抬，吴成化顺势起身，双目灼灼地看着云济。

"官家！罪臣也有事秉奏！"刘轶本已匍匐在地，这时也高声叫嚷起来，"延丰仓账册作假一事，臣确实罪不可赦。但云教授指责臣和粮商串通，私收伪钞……臣以项上头颅为誓，绝无此等丧心病狂之事！"

延丰仓夺粮案、郭闻志账本案，云济有理有据，刘轶几乎被彻底击溃。但私造盐钞的罪名一旦落实，和前两件案子串联起来，不仅自己死无葬身之地，只怕还要祸及三族。刘轶眼见高士毅和吴成化扭转局势，也紧随其后，反戈一击。

枢密副使吴充冷冷道："私造盐钞，非同小可，岂能妄加猜测？这婢女和寿光侯本就有纠葛，她的证词不足为信！"

蔡确也随后开口："云教授，要想弹劾大臣，需有凭有据，不可肆意攻讦。"

众人目光齐齐向云济看去，高士毅、吴成化、刘轶等人虎视眈眈。却见这年轻人笑着摇了摇头，朗声道："我既敢在官家面前下此定论，这案子自然铁证如山。"

"铁证如山？"高士毅道，"只有一介婢女为人证，算得什么铁证如山？"

"物证当然也有。"

吴成化和高士毅对视一眼，均看到对方眸中深藏的疑惧之色，云济一副胸有成竹的模样，难道真的拿到了什么铁证？

眼见所有目光都聚拢到自己身上，等着自己掏出什么证物来。云济不由哑然失笑："物证不在我这里，我已经托雪柳姑娘带来了。"

此言一出，众人均是神色怪异，雪柳两手空空，她带来的证物又在哪里？

"官家，奴……奴失礼啦！"雪柳凄然一笑，将一只纤纤素手伸到鬓角，轻轻解下黑色面纱，露出另外一半脸来。

天地肃杀，猎猎北风吹过树梢，轻轻撞击着夕阳下的铜钟，阵阵寒意被击成碎片，如碎琼乱玉般的飞雪，翩然洒向安济坊的每一个角落。

赵顼冷哼一声，声音低沉，但听在高士毅等人耳中，却仿佛从天而降的惊雷。

王安石、王韶、吴充等重臣一个个面无表情，眸中还是不住流露出一丝震惊。大貔珰石得一艰难地咽了口唾沫，距离最近的重臣如同受到了传染，一个接一个干咽着。

外圈的群臣离得太远，根本看不清楚，一个个面色茫然，想问却不敢问。

高士毅两腿一软，"扑通"一声跪倒在地。吴成化如受五雷轰顶，面色如土，双唇紫青。刘轶惨然一笑，转头看向云济，就仿佛看到了鬼魅，又是痛恨，又是恐惧。

"原来证据一直在一名婢女的脸上。好！好！好！"邱远不顾自己被绑住了手脚，纵声狂笑。

雪柳左边半张脸白嫩细腻，如娇花照水。右半边脸严重烫伤，脸颊上的疤痕形状规则，一圈祥云纹衬着茶、盐等流通货物，横排的文字款识赫然是"官盐发票"四字。

近处的众人一眼认出，她脸上这块烫伤的疤痕，分明和前两年印发的盐钞一模一样！除此之外，雪柳额头上还有一个较小的疤痕。那是一方官印留下的，印文只能看清一半，依稀是"京师榷货"四个字。

云济朗声道："诸位都看到了吧？雪柳姑娘脸上的烫伤印记，正是盐钞钞版留下来的。她额头上这块小疤，是榷货务都盐场的朱记！"

盐钞是以铜制钞版来印刷图案花纹的。为了防伪，另有多种密码花押，印制时朱墨间错，绝非寻常人能够伪造。除此之外，还要官府的铜官印加盖朱记，印文是"京师榷货务都盐场朱记"这几个字。

云济接着道："雪柳不慎听到寿光侯、吴提举等人密谋。寿光侯心虚之下，把铜钞版和铜官印推进了火盆。雪柳遭受一顿毒打后，又被推到火盆上，这铜钞版便印到了她的脸上……寿光侯，这即是铁证！"

"不！不！怎么可能？"高士毅厉声尖叫道，"这是你伪造的！是你伪造的！"

眼见他歇斯底里，云济摇头叹道："寿光侯，雪柳姑娘脸上的疤痕是被你烫出来的，不仅皇城司知道得清清楚楚，在开封府都成了众口相传的笑话，你抵赖不了的！"

高士毅失魂落魄道："她被烫伤后，我见过她的脸，跟一地烂泥一样，看着就叫人恶心，根本看不到字！否则我岂会将她退给胡安国？"

"是啊，她容貌一毁，立刻遭你厌恶，你甚至没想着请大夫为她治伤！她被退回胡家之后，胡安国却花了重金，请最好的大夫，调制最好的烫伤药。当然，想让这张脸恢复如初绝无可能，但烫伤还是好了许多。当伤势愈合，这些纹路便像烙印一般显现出来。"

"好一个胡安国！"高士毅面孔扭曲，咬牙切齿地咒骂，"姓胡的害我！这厮天生反骨，我对他恩重如山，他却为这贱婢治伤，早想好了有一天算计老夫！"

"你之所以敢将她退给胡安国，一是不怕她胡乱说话，二是因为胡安国也是那十四家粮商之一，和你是一根绳上的蚂蚱。既然如此，他又怎会处心积虑去害你？"云济话头一转，反问道，"寿光侯，倘若你真不信雪柳脸上的伤疤会暴露真相，为何还要雇人取她头颅呢？"

高士毅脸色一僵，又是苦涩又是不甘："还不是胡安国那厮奸诈狠毒，托了人帮忙传话，说什么'寿光侯府发生的事，雪柳再想忘却，她那张被烫伤的脸，都会替她记住'。还说'请寿光侯看在雪柳的脸面上，帮胡家一把'。这话阴阳怪气，怎能不让人起疑？我虽不信，也总得确认一番吧？如今看来，这厮果然不安好心。"

云济摇了摇头，继续道："胡安国是没有根底的泥腿子出身，你身为外戚，再怎么精明，也不可能明白他的处世之道。雪柳根本不敢将当日听到的秘闻告诉别人，胡安国为她求医问药的时候，也不知道她的脸上藏着惊天动地的秘密。起初，他只是想和你拉关系，这点儿花费对他而言，只是行商的本钱而已。到后来，他先是发现雪柳已有身孕，又发现她脸上烙印的秘密，这才悄悄为自己留了后手。"

"后手？哈哈！胡安国误我，胡安国误我！"

云济和狄钟相视一眼，都看出对方眼中的感慨——当罪行败露时，这人最痛悔的不是自己不该犯法，而是责怪胡安国没将这"证据"销毁干净。

"灯魁案是一桩人命官司，只要查出真凶，胡安国就能脱险。当时所有迹象都指向胡家，胡安国生怕官府拿他问罪，就想求助于你，又生怕你坐视不管。所以他有意将雪柳牵扯进来，好让你不得不出手帮他。可惜……你根本没想过替他洗冤，只打算先除掉雪柳，然后利用胡安国的家人，让他不敢吐露实情。"

听完云济的话，赵顼看向高士毅等人，终于忍不住怒斥道："利欲熏心，狗胆包天！"

王安石拱手道："官家，不如先将涉案之人下狱审问，着御史台、大理寺查办此案。"

"可。"

"且慢！"赵顼刚刚点头，云济却再度出声，"官家，这里面还有一桩案子！"

"还有一桩案子？"

"凡惊天密谋，知情人定是越少越好。伪造假账、盗窃存粮、私印盐钞……这样的滔天罪孽，一旦案发，便是毁家灭门的大祸，怎么会串联这么多粮行？"云济指了指高士毅，"寿光侯和胡安国只是其中的两家，已有这么多钩心斗角的事。那么这十四家商行之间，还会有多少龌龊之事？十四家粮行能将生意做到这么大，每一家背后肯定都牵涉达官显贵。这样的十四个蚂蚱，怎可能齐心协力往一个方向蹦？究竟谁有这样通天的能耐，能用一根绳将他们串起来？"

第二十二章
新桃旧符

云济一番话，将所有人都问得发愣。

这等弥天大案，确实不宜太多人参与谋划。商贾之间相互扯后腿再寻常不过，高士毅和胡安国就是现成的例子。可这次竟有十四家粮行参与此事，倘若有一家是虚与委蛇的内鬼。内探虚实，外报官府，他们将尽皆死无葬身之地。

王安石问道："寿光侯，你们究竟是如何确保合作的？"

高士毅喘着粗气，红着眼睛，失魂落魄地瘫坐在地，什么也没有回答。

"相公，此事绕了一大圈，最终还是要回到安济坊中来。"云济道，"下官曾经在寿光侯和胡安国家，各见到一尊塑像。这两尊塑像有三点相同，一是都有佛堂来专门安置，且佛堂中藏着密室。二是塑像腹内中空，能够藏人。三是塑像皆是从安济坊请回来的，由同一位工匠所造。"

众人恍然间，想起那尊被邱远带回寺里的后土圣母像，神像腹中藏着仁阳伯家的宗女。邱远当众揭发安济坊拐卖女子，但砸碎了安济坊几乎所有的神像，也没有任何发现。

云济继续道："十多天前，我们在陈留高家破获珠宝被盗案。同时揭穿了高家大娘子被吓得一病不起，是因为在佛堂撞见了第二个雪柳。就种种迹象来看，那顶替雪柳身份的，正是安定郡王府被拐走的真珠郡主！"

"可是……真珠郡主十多天前刚刚被人在东京城外发现，已经被送回王府了啊！"说话的是执掌皇城司的石得一。

云济点头道："没错，那都是狄九娘的功劳。她将安定郡王府丢了郡主的事情公之于众，高士毅眼见大事不妙，就将郡主送了回去。当然，他绝不敢直接将真珠送回王府，只能把她丢在东京城外，同时设法让开封府和皇城司能够及时发现她。"

高士毅原本抵死顽抗的心思全然崩溃，对此没有丝毫辩驳。倒是石得一问了一句："可是……根据真珠郡主所说，她只是被人牙子拐走，后来被一个富户买下。那富户得知她的身份后，惊骇欲绝，又悄悄将她送回了城外。"

云济道："郡主和仁阳伯家的宗女一样，被人下了药。现在神志不清，心智宛如六七岁孩童，你们得到的那番说辞，并非她的真实经历。郡主本也是个聪慧女子，当她神志清醒的时候，肯定想过种种办法自救，但终究没有成功。这帮匪徒必然用足了手段，威胁她，恐吓她，用药迷惑她的心神，用谎言摧残她的神志，让她分不清幻觉还是现实……被送回来的郡主，已经如行尸走肉一般。"

真珠是赵顼的堂侄女，赵顼听了这番话，满腔怒意直冲心头，沉声问道："她是被寿光侯拐走的吗？"

"她就是邱远所说的神胎女！"

"神胎女？"

"没错，神胎女就是那条串蚂蚱的绳子，是粮商及其背后权贵入伙的投名状。"云济点头道，"那十四家粮行，每一家都曾从安济坊请回一尊神像。弥心先生，你说是也不是？"

弥心叹道："云教授，邱远已经逼迫本坊将所有神像都砸了。大庭广众之下，都看得清清楚楚，安济坊的神像没什么问题。"

"不过是你们早有准备，以防万一罢了。"云济冷笑一声，"但有两件事，你只怕解释不了。"

"什么事？"

"第一，我曾让人查探寿光侯家大衙内高公洁的行踪，发现他二十日到了东京城，然后便进了安济坊。不日官家决定来安济坊举行雩祭，殿前司和开封府连夜封了安济坊，高公洁再也没有出来过，那么他现在人在何处？"

弥心动了动嘴唇，一时说不出话。

"第二，二十一日夜里，也就是杨昭'证道成圣'的那一日。狄九娘来到贵坊打探情况，随后离奇失踪，她人在何处？"

弥心面露惊奇神色，摇头道："云教授记错了吧，鄙坊没人见过她，老拙也曾派人带你们找过了。"

"若没人见过她，那日的天降惊雷又是从何处来的？"

弥心脸色顿时一肃："那雷……"

云济从怀中掏出一枚"悄悄话"，一边把玩一边道："这便是当日炸响的惊雷，它叫作'悄悄话'，是我给狄九娘的防身之物。倘若遭遇危险，只需将它用力掷出，便可平地起惊雷，让方圆数里都听到她的'悄悄话'。"

说到这里，云济的声音中充满了惭愧和自责："只恨我当时仅仅怀疑安济坊有问题，却没想到这里是狼窝虎穴。狄九娘向我呼救，可我远在十里之外，没有听到她的'悄悄话'。"

"'悄悄话'？原来如此！"弥心长叹一声，"云教授，和你相比，老拙那徒儿邱远，真是白费了老拙一片苦心！老拙言传身教，耳提面命，也只教出一个只知小打小闹的蠢材。这蠢材费尽了心思，搞出貔貅刑来，居然只知道堵粮商的腚眼子，真是可悲可笑！"

邱远听到这话，顿时怒不可遏，刚想破口大骂，就被身边的班直打了一巴掌。他咬牙切齿，对弥心怒目而视，眸中却闪过一丝不解和迷惘。

弥心对邱远置之不理，反而目光灼灼地望着云济，脸上满是赞许神色："老拙没想到……还有你这样一个大变数。你年纪轻轻，看人清晰透彻，做事老谋深算，胜过孽徒十倍，老拙着实佩服。既然你笃定安济坊中还有秘密，那你能寻到那秘密藏在何处吗？"

蔡确斥骂道："老贼，你杀害吴医仙、杨昭之事，自有大理寺和开封府彻查！不论安济坊还有什么秘密，只需将你坊内的福道门徒拿下一一盘问，迟早查得清清楚楚！"

弥心对蔡确的话置若罔闻，饶有兴趣地看着云济，仿佛在等他回答。

"若我所料不错，安济坊内定然还有密室，位置多半就在先贤堂和药园子附近。"云济躬身道，"官家，能否依臣所说，派人去药园附近勘察一番？"

赵项诧然问道："你怎知其位置？"

"第一，我曾在药园附近寻到'悄悄话'的锦囊残片，狄九娘应是在那里遇险。第二，我拜会过真珠郡主，她说话颠来倒去，神志都不太清楚。但王太妃念到《妙法莲华经·药王菩萨本事品》时，她却面露恐惧，惊声尖叫，仿佛碰到了什么可怖事物。"

"《妙法莲华经》？这又有甚怪异处？"

"安济坊药园里种植的药材十分珍贵，而且还有一个规矩，每日要为药园里的药材念经说法。"

王安石道："各地的名山古刹，为药材、果蔬、稻谷念经的为数不少，安济坊这规矩也不算太过稀奇。"

"但那小药童所念的经文，正是《妙法莲华经·药王菩萨本事品》。所以我猜想真珠郡主曾在药园里遇到过什么恐怖之事，尽管后来神志混乱，对这段经文还记忆犹新。"

众人面面相觑。赵顼沉声道："走，咱们去看看！"

此时天色昏暗，一队班直当先开路，内侍打起灯笼围在御驾前后。众人绕过先贤堂，转过一扇拱形小门，来到药园。

初春时节，已有几种药材长出枝叶，尤其田垄旁，一根根尖尖的药材探出头，仿佛刚冒出土的竹笋。一湾碧水横陈在药园中间，倒映着天边晚霞。几座大小不同的水车错落有致，仿佛水池边尽忠职守的侍卫，守护着整片药园。

最大的水车旁边，另有一座小水池，约莫两丈方圆，池水清澈如许。水底飘舞着柔嫩的水草，叶子下窄上宽，一丛挨着一丛，正是能够使人浑身麻痹的木鸡草。

小药童恒鱼站在水车边，怔怔看着突然闯进来的众人，有些不知所措。

皇城司和殿前司的人一起搜查，将整座先贤堂和药园几乎快翻过来了，却没有半点收获。弥心一个劲地摇头，脸上露出几分讥诮神色。

天色渐黑，云济心忧狄依依的安危，终于忍不住问道："弥心先生，狄九娘到底在哪里？此时弃恶从善，改过自新，尚有亡羊补牢的机会。"

弥心看着他，闭目摇了摇头。

晚霞散尽，天色归于黑暗。内侍点起一盏盏宫灯，将药园照得一片通亮。石得一在赵顼身旁道："官家，天色已晚，夜冷霜寒，不如先摆驾回宫。奴先让人将安济坊的福道徒都押入大牢，改日再审……"

"慢不得！"云济急道，"狄九娘失踪已有三四日，今日若找不出来，不知还会有什么变数。"

石得一脸色一变，怒道："放肆！"

皇帝已经劳累了整整一日，且一直不曾用膳，加之夜间寒冷，若是受了寒，谁都担待不起。而且伴驾的群臣足有上千人，皇帝不回宫，群臣也只能在外面饿着肚子陪同。

王安石念及天子的身体，叹道："官家，摆驾回宫吧！"

宰相的话分量自然是极重，云济满面黯然，咬牙跪倒在地："官家，相公，此事耽误不得啊！"狄钟见状，也急忙随他拜倒。

御史台的邓绾、蔡确相视一眼，正准备站出来呵责。却见赵顼摆了摆手，若有深意地看着云济："卿悉知天文，算学通神，实在难得。永国公年齿尚小，待他大些，还要劳烦卿教他算学天文。"说罢抬起目光，在群臣面上缓缓扫过。

赵顼长子和次子早夭，三子赵俊上元节后刚刚被封为永国公，赵顼对他寄予厚望，是未来帝王之选。其实赵俊不足一岁，远不到请老师的时候，且云济没有进士身份，也无资格为太子师，但赵顼还是突兀开口了。左近的大臣都知道皇帝虽然年轻，但权术极深，天威极重，绝非兴之所起，就轻易开口给永国公挑选老师。

听到赵顼这话，沈括、王旭两人均是面露喜色。云济揭穿这等弥天大案，虽说立了大功，实则满朝树敌，即便有王旭担着责任，也免不了遭人嫉恨。延丰仓和十四家粮商背后，不知有多少权贵的身影，一个个必会将他视为肉中之刺。

可有了九五之尊这一番话，云济便是未来的潜邸属官，意味他官职虽小，但皇帝会记着他。这等同于给了他一领护甲，今后他若发生什么意外，皇帝绝不会善罢甘休。

然而云济无心关注自己的事，满心惦念着狄依依的安危："谢官家垂爱，不过狄九娘陷于安济坊，已然耽误了三四日，若不能及时救出，只恐……"

话到此处，忽听得一个怯生生的声音道："官人，您可是在找那位放出惊雷的小娘子？"

众人齐刷刷转头望去，说话的是看守药园的小药童。

云济眼睛一亮："是！恒鱼小师父，你见过她？"

小药童看了弥心一眼，不由露出一丝惧色。

云济察觉到他的神色变化，正想宽慰两句，却见恒鱼咬了咬嘴唇，转身走向那座小池。小池边架着一部水车，可以由人力推动。水车一端设有脚拐，两根方木呈十字形穿轴排列，上端各装有木拐。小药童双臂伏在一根横杆上，双脚依次踩动四只木拐，水车立马转动起来。

"哗哗"水声响起，在一盏盏宫灯的照耀下，水池中的水不断被盛出，顺着沟渠流向四处的药田。

云济顿时醒悟过来："我来帮你！"急忙去踩池边的另一架水车，几名班直也前来帮忙。

水车分两班运转，歇人不歇车。过不多久，水池中的水就被排出大半。池底的木鸡草没了支撑，软趴趴耷拉在池底。没了木鸡草的遮掩，池中赫然露出一扇门户来。

"在这里！"狄钟欣喜若狂，也不管池底还有半尺来深的水，纵身跳了下去。

"且慢！"云济急忙出声制止，却迟了一步。

狄钟双脚踩在池底淤泥里，愕然回头："怎么了？"他迈步往前走，发觉下肢逐渐发麻。刚走两步，两只脚已不听使唤，"扑通"一声栽倒在池子里。

云济苦笑解释："这种水草叫木鸡草，是上佳的麻药。"

众人顿时明白过来，木鸡草种在这池子里，是为一举两得，一来遮掩了密道洞口，二来可以守卫门户。纵然有人坠入池中，也立马被麻翻了，发现不了池中的秘密。

内侍们将浑身麻痹的狄钟打捞上来，排尽池底的积水，这才看到有专门供人落脚的石阶。两名班直打头阵，先进了密道。云济早已迫不及待，提了一盏羊角灯紧随其后。

"罢了！"弥心长呼一声，"既然已敲开这扇是非门，官家，相公，随老拙进来一观吧！"

石得一道："官家万金之躯，岂能涉险？这等地方，还是奴替官家去看看。"

王安石也道："不错，官家莫去！"

当下内侍簇拥赵顼到罗汉殿中暂歇，群臣伴驾在侧，等待内侍和班直查探情况。不久，石得一遣人来报，说是密道连通了一座地下大殿，没有什么危险。但大殿中的情形，却不宜当众禀报。

赵顼和几位宰辅商议一番，由宰相王安石替天子巡视，枢密副使吴充相陪。

密道先向下，又折而向上，巧妙避过池水的浸淹。大约走了数十丈，来到一座大殿。殿内灯火通明，数百盏酥油灯参差排列，搭起一座七层灯塔。几个福道徒围坐在最外层，鼓瑟吹笙，奏乐抚琴。

大殿中间一座巨大水池，池外灯烛环绕，池心立着一尊巨大的九天玄女立像。玄女金衣玉带，彩袖长裾，面如莲萼，皓齿明眸，脚踩团团祥云，手捧八卦玉盘，天然一副不染尘埃的仙容道韵。池内喷泉如注，水流潺潺，热气腾腾，烟雾缭绕。

九天玄女被笼罩在袅袅水汽中，仿佛刚刚出浴，眼神中别有一丝媚意，端庄威严的圣貌仙容泛出别样风情。身临其境的两位宰执齐齐避开双眸，生怕多看一眼，一闪而逝的私隐杂念便会亵渎了神圣。

池边玉盘珍馐、金樽美酒罗列。十多名衣衫不整的男子被唤到一处，高公洁赫然在其中。他蹲在地上，羞愧欲死，不敢抬头，更不敢起身。另有诸多年轻女子，身披轻纱，头戴珠玉，或是捧着果子蜜饯，或是端着玉液琼浆，茫然站在不远处，神情透出几分呆滞。

"我就知道……我就知道……"高公洁衣袖掩面，苦笑不已。在来到安济坊前，他对高士毅所做的事并不完全了解，还以为有转圜余地，心里对父亲颇为看不起。自从稀里糊涂地被带到这里，得知高家深涉滔天大罪，难免自暴自弃，又被这些人引诱，他便忍不住做出荒唐事来，并没有比高士毅好上多少。

石得一小声道："相公、枢副，这些人……有的是开封府的粮商，有的是功臣勋贵。果真如云教授所说，牵涉的人极广极多。"

王安石脸色很是难看，这些人他甚至能认出一小半，在藏龙卧虎的东京城，算得上是有头有脸的人物。论及他们背后的势力，更是非同小可。

"这些女子呢？"

"这……"石得一迟疑道，"拿着酒壶的那个，是前任白马县知县李升的遗女。他家虽然破落了，终究也是士族人家。端着葡萄的那个，是熙宁二年进士张智的遗孀。张智命运多舛，得了进士出身后，还没领到差遣，便痨病而死，不过他娶的娘子却姿色不俗。"

"真是胆大包天，耸人听闻！"

自古以来，士农工商，贵贱有别。二甲进士也好，知县也罢，都是重衣冠的士大夫。士人家的妻女，竟然被当作窑子里的姐儿，王安石岂能不怒？

池中腾腾热气渐渐稀薄，众人这才看清，那温泉池中居然漂浮着一座座木制莲台。每座莲台上，皆款款坐着一名妙龄女子。头上珠玉琳琅，身上却只着片缕轻纱，隐隐遮住羞处。她们或是豆蔻少女，或是娇媚少妇，不仅容色上佳，气质也绝非寻常女儿家可比。

"相公，此处名为功德堂，只有为安济坊做了大贡献、立了大功德的善人，才有资格进来。这十多名神胎女，都是替神佛接引苦难众生的接引使。相比岸边的诸女，身份更为尊贵，老拙为您介绍一番。"弥心放下伪善的面孔，指着池水中漂浮的一座莲台道，"这位文殊奴是南阳县主，去年刚得了封号；旁边那位太乙奴是肃国公家的庶女，年方二八，还没有出阁；右边的文昌奴是栖霞县主，夫婿早亡，尚无子嗣……"

"放肆！"王安石怒喝一声，脸上肌肉忍不住抽搐。邱远的话竟丝毫不错，弥心做了坊主之后，将好好一座安济坊搞得乌烟瘴气，连宗室女都敢染指。

"放肆的不是老拙，是人心！"弥心坦然道，"功德堂的客人无一不是大富大贵之人，什么样的女人得不到？是姿色绝佳的美人吗？显然不是。貌美的女子如过江之鲫，以他们的身份地位，大可呼之即来挥之即去。这些神胎女，不见得比东京城的花魁更漂亮，偏偏能让他们神魂颠倒！"

"神魂颠倒？我看是让他们人头落地吧！"王安石此言一出，被押到一处的勋贵不由浑身一抖，一个个心胆俱寒，丑态毕露。

"相公难道看不穿吗？人心就是如此，越是不能做的事，越是想做。越是身份尊贵的女子，越是想要亵渎。有了郡主、县主的名头，姿色再怎么寻常，也能勾起男人的欲望……这就是串起十四只蚂蚱的那根绳子！"

云济点头道："果然如此！你偷偷拐来这些宗室女、士族女，又造这样一座功德堂。赴会的人一旦掺和进来，染指了这些郡主、县主，把柄便被你捏在手中。他们就此泥足深陷，再也无法自拔。"

"云教授，大可不必说得这么义愤。老拙只是提供了一处可以直面心魔的所在。任何人在这里都可以释放心底最私密的想法，畅所欲言，无拘无束！说起来，老拙最多只是一个牵线搭桥的人罢了。什么囤货居奇，什么私造伪钞，统统是他们自己一拍即合。老拙从来只是旁观，做个公正而已！"

"这些宗室女、士族女呢？她们身份尊贵，岂能甘当玩物，受人奴役欺辱？定是你用了什么药物，害得她们失去了神志！"

"老拙痴迷医术药理，钻研岐黄之术数十年。安济坊这几亩药田，实是老拙倾尽心血栽培而成。"说起用药，弥心脸上不禁露出得意神色。

云济早已听不下去，心急火燎道："狄九娘呢，怎么不见她？你将她怎么样了？"

自进入功德堂，云济一直在寻狄依依。但这里二十多名女子，从宗室女到士族女,他一一打量过了,依旧没有看到狄依依。

"莫要着急,老拙带她出来!"

弥心说罢,爬上一座漂浮在水中的莲花台,跟殿内的两个福道徒挥了挥手。两人跳入池中,拉动一根细长的铁锁链。池水正中的九天玄女像缓缓升起,全身露出水面,肚子忽而像门户一样裂开,一个曼妙身影显露在众人面前。

那女子穿一身淡黄衣衫,精赤一双白皙玉足,不戴珠玉,不施粉黛,只静静坐在那里,就如磁铁般吸住了众人目光。

众多神胎女无不是貌美如花,百里挑一。但这女子一出来,余者顿时如庸脂俗粉一般,好似皓月横空,群星瞬间失去光华。

云济失声惊呼:"九娘!"

他不曾见过狄依依这般娴雅文静的模样。寻常见她的时候,不是在大大咧咧地喝酒,就是在迷迷糊糊地昏睡。这是第一次,他接触到一种动人心魄的美。吊胆悬心数日,终于见到她,却愈发心急如焚。

"这九天玄女奴是三代将门出身,姿色更是冠绝群芳,是老拙特地为这次法会准备的绝品,还不曾接引贵客呢!"弥心一边阴阳怪气地说着话,一边将他那莲花台上的神胎女推下水。莲花台受到反推之力,往池心的神像漂去。

神胎女落水后挣扎不止,云济不敢靠近,班直不待他催促,纷纷跳水去救。

水池中漂浮着的一座座莲花台,其实是一艘艘莲花形状的小船,供宾客在上面玩乐。而正中的九天玄女像娉娉袅娜,其足下的祥云由白石雕琢而成,足有两丈见圆,底端石柱直通水底。

"弥心,你想劫持人质吗?"云济十分警惕,纵身跳入池中,向弥心追去。

趁班直忙着搭救落水的神胎女,弥心乘着身下的莲花台,划水靠上中央的九天玄女像。他爬上神像脚下的祥云底座,在第三片祥云上踹了一脚。那祥云向下一翻,水池中突然"咕嘟嘟"喷射出十多股深黄色浓液,这些浓液漂浮在水面,一转眼的工夫就蔓延到整个水池。

此时,云济已经游了大半,突然闻到异味,惊呼道:"油!这是油!"

他心知不好,奋力往前游去。班直们已经将落水的神胎女救上岸,立即掏出飞爪钩索,勾住池面上其他莲花台,将上面的神胎女连人带船往岸边拉。

"云教授,你聪慧过人,可愿随老拙一起涅槃飞升?"一阵狂笑声中,弥心将祥云底座边的两盏灯踢了下去。水池中顿时火焰翻飞,顺着池面上的油蔓延开来，转眼间肆掠十多丈，整个水池化作一片火海。

就在火油被烧着的一刻，云济爬上了巨大的祥云底座，但狄依依中了迷药，呆坐着无法动弹。

云济焦急万分，奋力压下心中恐惧，口中念着："红粉骷髅，骷髅红粉！都是皮肉包白骨，她是白骨！她是白骨！"他脱去身上沾满油的衣物，也不敢看狄依依，只两手一环，浑身战栗地将她抱起，跳上弥心刚才所乘坐的那艘莲花台。脚在祥云底座上一蹬，身下的莲花台往池边缓缓漂去。

云济抱着狄依依，如同抱着一团炽热的烈火，她的身躯比莲花台下的火海还要滚烫灼人。他有一万个冲动想将她推开，只能不断以心中正念将这番冲动强行压制，强忍着被狄依依的娇躯烧灼。

回头一看，弥心却钻进九天玄女的肚子里。也不知他按了什么机关，九天玄女像竟重新合拢，将他封入腹中，整尊神像缓缓沉入池水。池面上虽已成火海，但隔着九天玄女像，根本烧不到弥心。

众人眼睁睁看着神像继续下沉，最终沉入池底。池底下显然藏着密道，弥心为恶多年，狡兔三窟，在自己老巢之中，早备有未雨绸缪的手段，即使在陷入绝境之后，还能逃出生天。

此时身在绝境的，反倒成了云济自己！

水池径长超过十丈，云济脚下的莲花台是杨木制成的，边缘处也快被烧着了。他无桨无帆，一时竟想不出办法将船送到岸边。

其他几座莲花台离岸很近，一个接一个被班直用钩索拉到岸边，上面的神胎女也一一获救。可是班直所用的钩索是由铁钩、绳索穿制而成，绳索在救人的途中纷纷被烈火烧断。此时此刻竟没有钩索可以用。

"三杯倒……"云济正焦头烂额，忽觉有人扯住自己的衣领。低头一看，狄依依不知何时清醒了过来。她眉宇若蹙，双眸如星："三杯倒……我被下了药，浑身动弹不得。你自己逃命吧……别管我啦！"

云济呼吸急促，苦笑道："这池子里都是火，怎么逃？"

"若游得快，没准能在被烧死前，捡回一条命……"

云济神色一动，若有所思地点了点头："倒也只能如此了。"他说完这话，将狄依依丢在这座被烧着的莲花台上，"扑通"一声，纵身跳入池水之中。

狄依依僵坐在莲花台上，眼看着四周不停跳跃的火焰，感受着阵阵灼人的热浪,仿佛被无边的孤寂包围。几日来,她被人囚禁,又被迫服下迷药,周身动弹不得,却从不曾放弃希望。因为有人说过,一旦到了危急关头,只需丢出"悄悄话",他立马就会赶到。

她度日如年般煎熬了这么久,"悄悄话"终于有了回响。云济出现在她面前时,若不是浑身麻痹,她早已热泪盈眶。

"臭不要脸的……良心是用酒喂大的,没有酒量的家伙,果然也没心肝,还真自己逃命去了……唉,临死前都没酒喝,真是死不瞑目!"狄依依在心里痛骂云济,一转念又担心起来,"这厮手无缚鸡之力,别还没游上岸,就……就被烧死了吧……"

她思绪万千,心中正颠来倒去翻涌着种种念头,突然感觉不对:"怎么……这莲花座在动?好像……真的在动!"

莲花台的花瓣上跳跃着火焰,不知为何渐渐开始向池边移动,仿佛火神送嫁的车驾,在一片火焰丛林里穿行。

半丈,一丈,两丈……莲花台徐徐前行,缓慢而坚定。

原来云济想到,油浮于水面,烈火应只在水面上燃烧。狄依依一提跳水,他转念间,便已算明白——以祥云底座中所能容纳的油,最多不过三千二百斗,铺在整座水池上,不会超过半寸厚,若能迅速潜入水底,应该能躲过烈火烧灼。此处距池边只有五丈多远,以他游水的本事,托着这座莲花台,憋着气能往前游三丈远,届时对岸若能接应,狄依依或许能够得救。

云济便决定冒险一试。果然水池中只有最上面半寸是油,下面都是温水。

云济水性甚佳,从水下潜至莲花台底,他双足刚好触及池底,双手奋力推着莲花台往前走。可惜他本就文弱,推着莲花台前行了两丈多,终于精疲力竭,连浮出水面的力气都消失殆尽。

"怎么回事?"狄依依正自恍惚,却见班直推动岸边的莲花台,一座接一座搭成浮桥,终于和她身下的莲花台相接,手忙脚乱地将她救上了岸。

"云教授!云教授!"

"他还在水底,快救人!"

"用长枪叉上来!"

……

一片兵荒马乱后,云济被拉出水面。他手臂和头发多处烧伤,已经脱力昏迷。

狄依依只听见一片乱七八糟的叫嚷，有人喊灭火，有人喊救人。种种声音如乱麻一般，将她束缚在其中，只有眼泪如决堤的洪水，无声涌出了眼眶。

岁月如流，乌飞兔走，不觉过了一月有余，已是谷雨时节。

该是春润大地的时候，千里赤地却依旧滴雨未落。

夜色悄然降临，云济身上烧伤尚未完好，尤其是两条胳膊，仍裹着层层膏药。他坐在庭院里，抬头看着天上群星："《孝经援神契》有云：'清明后十五日，斗指辰，为谷雨，三月中，言雨生百谷清净明洁也。'眼见都快到四月了，这旱情何时才能到头！"

狄依依懒得听他长吁短叹，伸手端起案几上的碗，往云济嘴里喂："喝药！"

"咳咳……这是酒！你要灌醉我吗？"

眼见云济被呛得眼泪直流，狄依依对着碗一闻，反咬一口道："好你个三杯倒，居然骗姑娘的酒喝，喝你的药吧！"说罢放下酒碗，端了旁边的药碗，粗鲁地往云济嘴里灌，苦得云济直翻白眼。

待他喝完药，狄依依提起一块抹布，胡乱在他嘴上擦了两下。云济两手被烫伤，动弹不得，只能任她施为，被擦得欲哭无泪。此时狄依依早已近身到他三尺之内，但他伤势未愈，无力抗拒，虽然浑身发烫，也只得强自忍受。

门"吱呀"一声被推开，郑侠风风火火闯了进来。看见院子里这等情形，他不由调笑道："红袖添香，佳人侍药。知白，你倒是过得好一阵逍遥日子。"

云济忍着满嘴药味抱怨道："我情愿去观天象，修历法。"

"天象？倒也是你的本职，可瞧出什么了？"

"今夜观星，有'月离于毕'的天象。蔡邕《独断》曰：'雨师神，毕星也。其象在天，能兴雨。'若真依其言，过不了十天，就会有大雨……"

话刚说一半，郑侠又惊又喜道："当真？当真要下雨了？"

云济苦笑道："介夫兄，靠看天象来预测吉凶祸福，并不十分可信。天上有云如寻，确实是将雨之兆。但根据司天监多年记录，这种征兆能够灵验的，不过十之三四罢了。"

"大旱弥久，能有十之三四的准信，已经难能可贵。"郑侠脸上喜色不减，"郑某一心盼着大宋国泰民安，天下风调雨顺，终于有希望了吗？"

"风调雨顺全靠天，哪里算得准？国泰民安靠的是明君贤臣，我倒还有几分期待。"

郑侠正色道："知白，从大雩之日到今天，已经过了一个多月。那几桩案子明明真相大白，案情再清楚不过，为何大理寺只定了粮商的罪？这些粮商做的恶事，抄家灭族也不为过，怎么才判了十几个斩刑？他们背后的人呢，就这么算了？"

"哪有那么简单？这十四家粮商，看似富可敌国，实则不过是权贵们摆在明面的钱袋子。平日里手伸进钱袋子里掏钱，出了事将钱袋子甩出去扛祸，岂会把自己牵扯进去？再说当今官家虽然精明强干，却并非乾纲独断的铁腕君主，未必狠得下心来刮骨疗毒，这事儿……我看悬！"

郑侠满面怒容："这帮奸商是可杀，但他们背后的人，难道不是更加可恨？"

"百姓最关心的，是自己的活命之粮。延丰仓案一破，十多位富商巨贾被判斩刑，十四家粮行被查抄，抄没的存粮甚至超过了延丰仓丢失的粮食。京师的百姓无不欢欣鼓舞，哪里还记得追究粮商背后的权贵？"

"知白！你怎能说得如此轻描淡写？京师的百姓无不欢欣鼓舞？笑话！京师之外的百姓怎么办？你自己活得逍遥，有佳人侍奉汤药，哪里知道城外灾民的悲惨？我身为安上门门监，每天都能看到食不果腹的灾民被冻死饿死。鬻儿卖女只是等闲，就连易子而食的惨状也时有发生，这些……你都见过吗？"

云济坐直了身体，叹气道："破解貔貅夺粮案，助朝廷从粮商手中找回粮食，我问心无愧。至于其他，咱们虽然有心，可你我一个守城门的小官，一个修历法的教授，又做得了什么？"

"知白，你的聪明才智胜愚兄十倍，但有一点，愚兄还是要告诫与你！范文正公有言：'居庙堂之高则忧其民，处江湖之远则忧其君。'你我虽然人微言轻，但吃的是朝廷俸禄，怎能忘了忧国忧民的本分？愚兄就算只是一介守门小吏，也要为大宋万民尽一份心力！"

云济肃然起身："介夫兄志存高远，弟远不能及，请受小弟一拜。"

郑侠苦笑着将他扶起："这番话，愚兄也曾对杨九郎说过。可他只想着求仙问道，埋首于佛经道藏之中。什么万众苍生，什么圣君朝政，统统置之不理，白白辜负了肚子里的万卷圣人书。"

"杨九郎……确实可惜了。"云济点点头，迟疑道，"他恐怕怎么也想不到，自己崇拜得五体投地的安济坊坊主，竟是个招摇撞骗的大恶人。"

弥心逃走之后，开封府和皇城司全力搜捕，依旧一无所获。倒是将弥心原本的身份查清楚了，正如邱远所说，他果然是当年在鹿鸣宴上毒死三名举子的章光年。

郑侠叹息道："遥想当年，王相公在江宁府为母守丧，曾多次在明伦堂讲论圣人文章。去听课的儒生数不胜数，愚兄便是在那里和杨九郎相识的。当时的杨九郎向相公请教，和同窗辩论，发扬蹈厉，挥斥方遒，风采实在令人折服。治平三年时，他年仅十八，就在解试中一举夺魁，何等意气风发……"

"且住！"云济突然皱眉道，"介夫兄，你说杨九郎是江宁府治平三年的解元郎？"

郑侠点了点头："是啊！当时都在猜，他会不会如冯当世①一般连中三元呢。"

"不对……不对！"云济猛地起身，"难道是……"

"你发什么疯？"狄依依刚端起一碗美酒佳酿，被云济起身一撞，酒碗顿时打翻在地，惹得她怒目而视。

"不成！此事有问题，咱们……咱们得去一趟王相公府上！介夫兄，跟我们同去吧！"

郑侠一听到云济请他去王安石的府邸，立马连连摇头："愚兄和王相公早已无话可说，你自去便是！"

王安石提着一只手炉，想着朝中政事，正自忧心忡忡。

王雱从身后走过来，呈上驱寒的热汤饮子，询问道："爹，有一位故友前来拜会，被门子挡在外面。他托家仆寻了儿子，说是有急事，您……是否一见？"

"谁啊？"王安石啜了一口饮子。

"司天监的司历云济和狄咏狄知州的女儿狄依依。正月大雾那日揭发延丰仓案的便是云济。"

"是他们？快请进来！"

宰相府向来门庭若市，车马盈街。前来拜会的官员不计其数，不知有多少人天不亮就来府前守门墩，拜帖早就堆成了山。幸亏云济和王雱相识，加上那日揭发案情，让人记忆犹新。否则以他的品秩，排上一个月都不一定能见到王安石。

云济和狄依依进了客堂，周全了礼数后，云济迫不及待地道："相公，下官记

---

① 冯京，字当世，仁宗朝进士，连中解元、会元、状元。宋神宗时曾为参知政事，后因反对变法被贬。

得您是治平四年就任江宁知府的。那治平三年江宁府的鹿鸣宴，您可曾参加过？"

王安石一怔，摇头道："老夫当时为母守丧，各类宴请一概不去。"

"那就是了。"云济顿了一顿，"弥心的案子，并非那么简单。下官担心他还有更大的图谋，是冲着相公您来的！"

"冲着老夫来的？"

"没错！记得元泽兄说过两年前的一桩往事。熙宁五年夏，京城内曾闹过旱魃，就发生在云机园的瓦舍中。这戏班子和弥心牵扯极多，旱魃一事必是他们搞出来的。以此影射相公，攻讦新法，实在居心叵测！"

王雱拍案道："我早知旱魃有蹊跷，但开封府和皇城司都没查出什么，只能不了了之。"

"要演一出旱魃降世，对这个戏班子而言并不算难。戏班的班主鬼手儿，以及他儿子木娃儿，都玩的一手好傀儡。再加上精通口技的巧舌儿，擅弄幻术的灯芯儿，当然变得一出好戏法……"

话刚说一半，一名长随来到客堂，低声道："相公，有个戴斗笠的人来访，被门子拦下了。他给了一样物事，让呈递给相公，还说相公见了此物，必然会见他。"说罢伸出手掌，掌心中是一块玉佩，镂作松鹤福寿的图案。

王安石一见之下，脸色陡然一变。王雱更是叫出声来："快领进来！"

这枚玉佩，正是杨昭的随身之物！

过不多久，一名披着斗篷、戴着斗笠的人走进客堂。他微微佝偻着身子，斜挎着一只黑布包裹。

王安石的元随手持兵刃，满脸警惕地看着他。那人摘下斗笠，露出一张端庄慈祥的面庞，冲王安石笑道："一别多日，相公别来无恙？"

"是你！"王雱和狄依依皆勃然色变。

这人赫然便是云济刚刚提到的逃犯弥心！

这张脸虽一派慈眉善目，却曾投下遮天蔽日的阴影，狄依依一见之下，脸上顿时闪过一丝惊惧神色。

失陷在安济坊的那几日，狄依依身中麻药，被封入玄女像中，睁眼所见一片黑暗。外面每每传来轻微的响动，无不让她心惊肉跳。这种身不由己、任人宰割的无力感，就算她因在胡家印制的书里做手脚、触犯天颜时，都不曾有过。

狄依依从小到大何曾受到过这等屈辱？此时再度见到弥心，一时又惊又怒，恨不得将弥心撕成碎片，碍于王安石在侧，只得强行忍耐。

云济也惊愕不已，弥心早已成了逃犯，开封府张贴了通缉告示，四处派人搜索，都一无所获。谁想到他如此胆大包天，竟敢自投罗网，来了宰相府邸！

"相公不必惊慌，老拙是来助您一臂之力的。"弥心打量了一遍众人脸色，却不紧不慢，镇定自若。

"一臂之力？"王雱嗤笑道，"知白刚说你另有图谋，你倒自己送上门来！当年旱魃出世，闹得京城人心惶惶，是不是你搞的鬼？"

弥心微微一怔，看了云济一眼："不错！那年春夏少雨，天上无云。老拙看出要闹大旱，这才指使云机园搞了一出'旱魃出世'。坠入铁瓮中的娃娃，其实是个傀儡娃娃，只不过操纵那傀儡的，是扮演司马十二的木娃儿。他已十多岁，却长得跟六七岁孩童一般高矮，能将傀儡耍得出神入化。一群真娃娃中间混着一个假娃娃，看客哪里分得出来？"

"原来如此。"云济恍然道："我虽断定旱魃之事是一出戏，却没参透那娃娃的细节，原来是鱼目混珠。如果只有一个傀儡娃娃，观看者自能分辨出真伪，但童子戏有一群孩童，其中混着个十分逼真的傀儡娃娃，就极为难辨了。尤其操纵这傀儡娃娃掉入瓮中的，正是扮演司马端明的木娃儿，戏都在他身上，看客们只顾看他，哪里会注意到他身旁的傀儡娃娃？"

"可是那娃娃坠入铁瓮后，瓮中的水突然不烧而沸。等水煮干后，娃娃也变成了旱魃。"王雱奇道。

云济道："元泽兄埋首苦读圣贤书，做的是大学问，怕是不知民间戏法'下油锅'的小门道。那'油锅'用的是醋，煮沸时远不如油那般滚热。"

"云教授说得不错，那铁瓮中也是一样，装的是醋。"弥心笑道。

云济蹙眉道："应该不止如此！我曾在云机园看过那口铁瓮，瓮底除了一层灰，还有极厚的白色水垢，这绝非一朝一夕能够累积成的。若我所料不错，水瓮中的醋并不多，那木傀儡肚子里应该装满了石灰粉，一坠入水瓮，立马受潮发热。瓮中另有硼砂，一经受热就会像开水一样翻滚，过不多久就将里面的醋水蒸干了。木傀儡受热之后，也变了模样，萎缩到一尺来长。等它到了班主鬼手儿手中，他一双鬼手神不知鬼不觉，给那木傀儡重新穿上提线，操纵它睁开眼睛、飞身上树、翻越墙头。别人只当是好端端的娃娃，尸化成了旱魃。"

"厉害！"弥心赞道，"云教授果然聪明，老拙只提了两句，你就对当日案情洞若观火，宛如亲见一般，佩服，佩服！"

王雱一脸呆滞："就这么简单？开封府怎么就查不出来呢？皇城司又是干什么吃的？"

王安石道："老夫有一事不解，那旱魃跳上树梢，脚在树上一踩，树叶瞬间变黄，还纷纷脱落，这是什么缘故？"

"树叶本来就是黄色的，只不过上面撒了荧粉。树枝上又挂了不少绿油油的小灯笼，照得那树梢发绿。傀儡一跳上树，树下站着的灯芯儿便将树一晃，那些小灯笼内置机关，一晃即灭。树叶也立马显露本来颜色，并被摇落在地。而树叶上的荧粉半日间就会变质，是以开封府发现不了。"

王雱怒骂道："好个处心积虑的老贼，原来早在那时，你就开始兴风作浪，造谣生事，诽谤新法了！"

狄依依深以为然，心有戚戚道："不错，这腌臜老泼才就不是个好东西，面上道貌岸然，却整日耍弄阴谋诡计，早就在算计人了！"

"只怕还不止。"云济补充道，"正月十六，延丰仓闹出貔貅夺粮的怪事后，才过了半日，便谣言四起，都说是因为相公推行新法，搜刮万民血汗，导致天怒人怨，引得上苍降下天罚。这些谣言，只怕也跟弥心先生有关吧？"

"岂止是谣传？那日在垂拱殿里，吴充、吕公著群起而攻，公然说天下大旱，都是因为宰相谗佞专权，新法误国误民！嘿，一帮鼠辈，只会造谣生事，乘机攻讦实干的能臣！"王雱气呼呼道。

"的确如此。"弥心并不否认，反而点头道，"京师藏龙卧虎，伺机潜伏的人数不胜数。一有灾变，自然有人想要兴风作浪。老拙不过是推波助澜，为他们出谋划策而已。"

"你这老贼，果然是冲着父亲来的！还好知白察觉得早。"

云济苦笑道："我发现不对，还是因为杨九郎的事情。"

"杨昭？"王雱道，"和他有什么关系？"

"治平三年，杨九郎在江宁府州试时中了解元。弥心当时名叫章光年，也是同年中举。还在当年州试后的鹿鸣宴上，毒死了三名新科举子。"

弥心满脸讥诮："他们算得什么新科举子？"

他毫不避讳地将当年那桩毒杀案和盘托出。

死者三人都是官宦子弟，早在秋试第三试的前一夜，他们就已经在纵酒庆祝，狂妄自称必能登榜，半夜在青楼喝得烂醉。最后一场策论试前，他们的亲随寻到章光年，来求解酒药，只因他们醉酒过头，眼看要入考场，却连站都站不稳。

章光年那时医术已小有名气，闻言给了他们几丸解酒药，并一再说明，这药见效极快，但是会导致腹泻。那三人吃完药立即进了考场，果然很快清醒过来，侥幸应付了考试。

然而是药三分毒，越是猛药，毒性也越强，那三人考试中接连大恭七八趟，下考场后，就得了"恭桶三霸"的雅号，在群生面前抬不起头。

秋试之后，那三人不仅不感激章光年的救急之恩，反倒怀恨在心。之后，他们三人和章光年齐齐中举，皆赴鹿鸣宴。章光年自是又欢喜又紧张，中途上了趟茅房，不想被人暗中推倒，跌进茅坑，原本崭新的衣衫变得污臭不堪。

羞耻难堪之下，章光年本想离开宴会，却被他们三人半途拦住，非要拉他到席间敬酒，以表达秋试当日赠药之恩。那三人字字句句无不讥讽，还说他一个年近半百的穷郎中，能和他们这帮天之骄子同列一席，算是耗尽了祖宗十代积的福。

章光年在鹿鸣宴上，顶着一身污秽，受尽冷嘲热讽，岂能不恨？愤愤不平之下，暗中下毒，三人在鹿鸣宴结束时毒发，没能活着回家。而章光年自知闯了大祸，立刻隐姓埋名遁出江州，化身游方郎中，辗转来到东京，多年后竟成了安济坊坊主弥心。凭他逃脱这等大案，还能改头换面，混迹于帝辇之下，属实神通广大。

众人听弥心讲完这段旧事，心中均是百味杂陈。

弥心面色冰冷："这帮官宦子弟，根本不把布衣草民放在眼里，他们自矜身份，高高在上，把我们这等草芥视为垫脚之物。一旦草民发了迹，和他们并肩而立，他们就万般不自在，耍弄起满腹鼠肚鸡肠，恨不得把人踩进泥里——这等畜生，难道不该死吗？"

云济一时默然，无法作答。

弥心道："你提起当年的鹿鸣宴，是想替他们问罪于老拙？"

"小生想说的是，你和杨昭早在那场鹿鸣宴上，就见过面了。"云济摇了摇头，"试想一下，杨昭年仅十八便大放异彩，一举夺魁；你则平平无奇，四十多岁方才中举，在举子中毫不起眼。身为解元的杨九郎不认识章光年再正常不过，但若说章光年认不出解元，却绝不可能！"

弥心点点头："杨九郎当年大放异彩，老拙想忘都忘不了。"

"你既然认识他，必定早就知道他是宰相门徒，是资政殿学士的内侄，那你怎会逼他证道成圣，还带着天子和群臣，去祖师殿瞻仰这位大圣的遗蜕，岂非自投罗网？"

王雳听罢，如梦初醒。

弥心脸上竟露出一丝讥诮神色："老拙最瞧不起空有一身才华，却不思做一番事业的蠢人。杨九郎出身显赫，饱读诗书，却不用在正道。有宰相和资政殿学士看重，却只想着寻仙问道，空掷一生。这样的蠢货，于家于国，可有半点用处？"

这话竟将王雳问得哑口无言。杨昭痴迷长生之法，他也不以为然，却不曾想过这些。

"哼！大好机会不知珍惜。他既然一心想要超凡脱俗，那老拙便成全他，让他得偿所愿，证道成圣！"

云济看着弥心满脸戾气，忽觉自己从不曾真正认识这老狐狸，摇头道："杨九郎虽无用于国，但他正心正德，是真洒脱；你虽悬壶济世，却一肚子歪门邪道，是假慈悲！"

"说得好！"狄依依终于忍耐不住，怒道，"别人是贤也好，是愚也罢，你凭什么判他生死？你这烂了心的老狐狸，杀人放火，恶事干尽，等着下十八层地狱吧！"

弥心哑然失笑："下地狱于我何惧哉？老拙杀人放火，就是为了求无上大道！"他环视一圈，声音陡然拔高，"老拙将杨昭那具圣体遗蜕摆在祖师殿，就是为了有朝一日，相公率领群臣，发现这安济坊的秘密。"

"这……这是何故？"这正是云济百思不得其解的地方。

弥心笑道："云教授，这几桩大案，哪一件背后不是牵扯数不清的大人物？若没有你，只怕永远都揭不开真相。邱远的心性倒是不错，有一查到底的勇气，可惜没有一查到底的本事。所以老拙故意留个破绽，将杨九郎的遗蜕放在祖师殿，就是为了让官府顺藤摸瓜，把东京城最肮脏丑恶的罪孽翻出来，让所有人都看个清清楚楚！"

说到这里，弥心看着云济，啧啧称赞道："没想到蹦出个云司历，竟将这一件件案子，剖解得肉是肉、骨是骨，老拙真是小觑了天下俊才。"

云济等人愈发迷惑，王雳急问道："你本来打算自揭真相？这是为何？"

"因为老拙要让高高在上的官家、相公，和俯首乡野的黔首、牛马都睁大眼睛看个清楚，真正的貔狌刑降临，会是何等滋味！"

"真正的貔狌刑？"狄依依诧然，"难道胡安国和高士毅所中的不是貔狌刑？"

"你说那帮粮商所害的怪病？不过是邱远小儿所玩的把戏罢了。"弥心面带不屑，竟是一脸恨铁不成钢的表情，"几年前，安济坊的唱卖会上丢了一只墨玉貔狐。老拙当时还纳闷，猜不透是哪家对头来捣乱。去年听闻太齐粮行的齐三患了怪病，被称作貔狐刑。老拙仔细追查一番，就知晓是那劣徒的把戏。在他还没被逐出师门的时候，老拙已经在参详貔狐刑，几度在他面前提起这字眼，只是不曾详加点拨。没想到他悟性有限，未明白其中真谛。几年过去，这劣徒的手段倒是毒辣了几分，可惜还是目光如豆，只能吹毛数睫罢了。"

　　狄依依越发不解，倒是云济若有所思。

　　"邱远小儿受老拙多年教导，却只想着惩戒这些囤粮居奇的粮商，着实令人失望。老拙见他接连算计了好多商贾，居然没半点长进，于是小试身手，亲自摆一出貔狐刑，开一开他的眼界。"

　　王雱疑惑道："除了那些粮商，还有谁中了貔狐刑？是枢密院还是政事堂？"他眼界甚高，只有两府宰执才放在眼里。

　　却见弥心笑而不语，倒是云济开口道："弥心先生这一出貔狐刑，指的是降罚给这座东京城吧？"

　　弥心讶然看向云济："云教授说说看。"

　　云济向庭外极目远眺，仿佛置身于百里之上，于云端俯瞰这座雄城："东京城浩穰繁盛，成千宗室国戚，数万官宦走吏，上有圣皇临朝，下有黎民百万。世间繁华，造极于此城；天下富丽，登峰于皇宫。若说大宋地位最高、最为重要的城池，莫过于东京。但在这座城里生活的人，或许碌碌一生，都身在此山中，不曾真正窥尽全貌。我也是从貔狐夺粮发生之后，才放眼去看它的贪婪、它的自私、它的脆弱。

　　"八方食货咸集于此，四海珍奇尽汇于斯。天下赋税，从沿海到边州，都交由帝都调用；各路粮食，从江南到湖广，都运至京城供享。可以说是汲取天下血肉，才供养出这么一座煌煌天都。可它又给了天下什么？是给百姓派役加税，还是派出官僚，放牧诸州？

　　"东京地处中原，有金城汤池，却无山川之险，实乃四战之地。于是四邻郡县，第一使命就是拱卫帝都。每当遭遇险情，不论天灾还是兵祸，周边郡县立马化作壁垒汤池，把敌人挡在城外，把灾民挡在城外，只为锁住这一城歌舞升平。

　　"延丰仓的粮食丢了，京城顿时人心惶惶，仿佛无根的空中楼阁，朝堂诸公尽皆想着从京郊州县调粮，全然不顾周边郡县也在忍饥挨饿……"

说得兴起，他一时忘了身在宰相府邸，"朝堂诸公"实以王安石为首，如今却当着他的面，放肆地抱怨了一通。不过王安石的表情如深渊之水，不见半点波澜动荡，倒是王雱的脸色变得难看起来。

"邱远说那些粮商贪得无厌，是只进不出的貔貅。可与这座东京城相比，粮商也不过小巫见大巫罢了。"云济道，"听高士毅说，中了貔貅刑后，简直就是一半儿撑死，一半儿饿死——下腹部鼓胀欲裂，几乎要被撑死；上腹部空空如也，饿得头晕眼花。延丰仓丢了粮食后，东京城也是如此——名门望族粮仓堆积如山，却不肯平价粜米；老百姓缺食少粮，却买不起粮。整个东京城几乎陷入死局，若不能及时解决，这座雄城就得撑着肚子饿死，岂不和貔貅刑一模一样？"

云济说罢，弥心连连鼓掌："云教授年纪轻轻，竟有如此远见卓识，比邱远那劣徒胜出百倍，老拙真是相见恨晚！"

见他如此激动，便知被云济说中了。狄侬侬挺胸拔背，莫名觉得与有荣焉，酒囊在手中翻跕翻转，面上平添了几分荣光。

弥心又道："不过老拙这出貔貅刑，终究只是人为，能被云教授轻松破解。但真正的貔貅刑，绝不是这么简单就解得开的。"

此言一出，众皆愕然。

王雱道："真正的貔貅刑？云教授所说的，还不算真正的貔貅刑？"

弥心摇头道："真正的貔貅刑是天降刑罚，不是这等人为的把戏。"

众人面面相觑。王雱渐生怒意，在自己面前装腔作势也就罢了，在他父亲面前，居然也敢如此故弄玄虚，若是寻常人，王雱早就忍不住叫人将他轰出去了。

"诸位不妨将目光再放远一些，看看这天下！"弥心也不卖关子，坦然道，"大宋从立国起，已经种下祸根。只不过太祖武德充沛，太宗胸有韬略，他们在位时，大宋如小伙子一般精气腾腾、体魄强盛，自然看不出问题。但这祸根越来越深，到真庙、仁庙[①]时初现端倪，凡有识之士，都有所察觉，于是就有治世能臣，以忧天下为己任。"

他言至于此，王安石父子和云济已然明白他意有所指。

[①] 宋朝人以"真庙""仁庙"等称呼代指"真宗""仁宗"等皇帝。

狄依依对弥心怨念重重，对他的话也满心偏见，加上她醉心于兵法，于政事不甚敏锐，一时没想到关节，茫然道："什么祸根？"

"貔貅刑的祸根，当然是只吞不泄！"弥心道，"自始皇帝统一寰宇以来，只有本朝文彦博当着官家的面，说出一句实话：'与士大夫治天下，非与百姓治天下也！'归根结底，大宋只有两种人，一种是士，一种是民。士所有吃穿用度，都取之于民。而士为牧人，民只是牲畜，大宋就好比一座鱼塘，从这鱼塘建成以来，不过是在竭泽而渔。"

狄依依皱紧眉头，不明白弥心为何说士是只吃不泄，竭泽而渔。

"我朝最根本的三条规矩，已定死了士必会只吞不泄。"

众人侧目望去，却是云济突然开口，双眸望向窗外，仿佛穿透千家万户，穿越千山万水，直达四海八荒。

自目睹东京城缺粮时的景象以来，他深受触动，一直都在思考，总觉心中有千头万绪，却始终不得要领。方才弥心再度提起貔貅刑，他念头一闪，原本已思考了千万遍的问题，豁然贯通。

"其一，士不用交税纳粮。只要考中进士，或者做了官，自然就免了税赋。士族拥有的土地只会越来越多，而且不用交税，自然就会继续吞并田地，让真正能纳税的土地越来越少。

"其二，士能够恩荫子孙。当官的有了功绩，就能恩荫子孙，甚至许多大臣，子孙生下来就有了官职，可说是一代为官，则世代为官。

"其三，太祖遗训不可杀士。本朝不仅刑不上大夫，就连大臣犯了重罪，也不过是贬官去职，很少有直接处死的。当官的到了一定地位，很难被论及死罪，少了死刑威慑，难免横行无忌，不顾后果。就像这一出貔貅夺粮案，商贾出身的粮商死了十多个，背后真正的祸首士族权贵，可曾被拿下问罪？"

云济将这三条说罢，狄依依不由倒吸一口凉气。她出身显赫，生来就是金枝玉叶，对士人庶民之别早就习以为常，从未想过士族享有特权，竟有这许多害处。

弥心耸然动容，盯着云济，上上下下打量了一遍，双目中露出不曾有过的惊喜神色，激动得连连拍手："好，好！到了现在，老拙还是小瞧你了。可惜……老拙若能收你为徒，真是死而无憾！接着说，接着说！"

云济继续道："祸根已然深种，照这样下去，不出百年，全国土地将有七成落入士族之手，让这帮达官显贵一个个吃得脑满肠肥；与之相对，庶民没了土地，苦不堪言，朝廷没了赋税，无能为力。这就到貔貅刑降世的时候了——士族富得流油，吃得撑死都不吐骨头；国家一穷二白，百姓饥肠辘辘。整个大宋从腰腹间裂成两半，一半撑得肚胀如鼓，一半饿得头晕眼花，最终落得个撑着饿死的下场。"

听他描绘貔貅刑天降大宋的景象，狄依依不由打了个寒战。

王家父子相视一眼，均露出几分异色，这等末日景象，其实他们也已经预见过了。

云济他将办案时的领悟和貔貅刑的症状相印证，如饮醍醐般道："对于天下而言，能够流通的钱财才是钱财，殷富之家的金银，或被陪葬地底，或被藏于私库，导致钱荒；对于国家而言，能够纳税的田地才是田地，士绅之家盗取国家的田，使天下之田越来越少，导致地荒；对于百姓而言，吃得起的粮食才是粮食，一遇天灾人祸，便有人囤粮居奇，浑然不顾祸乱天下，导致粮荒。长此以往，三荒并发……真不知会是怎样的末世景象。"

"是啊！"弥心拍腿问道，"所以我们现在怎么办？真要等到貔貅刑降世吗？到那时，要么庶民被逼到极处，不得不揭竿而起，杀入东京，来一个'内库烧为锦绣灰，天街踏尽公卿骨'，要么被外族伺机杀入中原，破碎了山河，覆灭了邦国！"

狄依依抿了抿嘴唇："那怎么办？这出貔貅刑怎么解？"

弥心笑着转头，向王安石望去，眸中却满是狂热和崇拜。

"九娘莫急。"云济也望向王安石，"我华夏传承数千年，大宋更是钟灵毓秀之沃野，向来能人辈出，英才济济。自然早有放眼天下的伟人，独步于天外，俯瞰风云变幻。他心忧天下，不仅对症下药，给出了破解之法，还耗尽心力，一针一药，不辞劳苦，扛着大宋的万里病躯，和貔貅刑奋力一搏。"

狄依依虽对政事不敏锐，但也明白过来："你们说的是变法？"

云济点头："你可记得高士毅所受的貔貅刑，邱远教了他何种解法？"

"高士毅？邱远教了他两个法子，其一，逼迫这吝啬鬼出血，每日施粥放粮给灾民；其二，是教他嫁祸于人，将墨玉貔貅这个祸害转给外人。"

"不错，你不觉得，这两种法子，和王相公这些年所主持的变法，颇有相通之处吗？"

狄依依经他点拨，恍然道："是了，也不外乎这两个法子。其一，也是逼迫士族、权贵割肉放血，让利于百姓。王相公颁布的青苗法、市易法，本意都是与富者争利。其二，便是将激烈的矛盾向外转移，王相公支持王韶河湟开边，收复六州，拓地两千里，兵锋直指西夏，并非好大喜功，穷兵黩武，而是为了弥合矛盾，一致对外。这么说来，破解貔貅刑，所用的手段果然相通。"

这次云济却摇了摇头："虽是相通，其间实有天壤之别！邱远终究气魄不足，只能在一介病患身上动手脚，乃是小术。而王相公是为国家治病，为天下除患，乃是大道。其中的艰难险阻，其中的风波险恶，只有王相公一肩担当，别说邱远的雕虫小技不及其万一，就连我一个外人，都觉高山仰止，望峰息心。"

狄依依心中暗道："原来三杯倒拍起马屁来，也这般口若悬河。不过……王相公这等人物，百年难得一见，确实配得上这番夸赞。"

王安石苦笑道："云司历谬赞了，老夫受之有愧！青苗法、保甲法、市易法等新法，虽有革新天地气象的雄心，但……你所说的那三条，乃是士人立身之本，老夫的新法虽然与士人争利，但最根本的这三条，依旧没敢触碰。"

"足够了。这出貔貅刑已不能根治，但若能得到缓解，大宋可延寿百年，这不异于补天之功。"弥心向王安石一揖，"相公，您果然不记得学生了。当年您在江宁守丧时曾著书讲学，陈述法政弊端。每次讲学，学生都在座下认真聆听，简直振聋发聩，直击我心。学生恨不得自己有一只擎天之手，能够助您澄清寰宇，扫净乾坤！"

弥心忽然自称"学生"，让王安石好生愕然。他在江宁讲学时，来求学听讲的挨山塞海，座无虚席。如今记得最清楚的，也只有郑侠和杨昭等寥寥数人罢了。对弥心，他毫无印象。

弥心脸上露出一丝遗憾，苦笑道："学生本来也想考进士、做官、为民请命，谁知……鹿鸣宴上，竟被几个世家子弟当面羞辱！学生是寒门出身，最瞧不惯他们高高在上的模样。一气之下投毒杀人，自此亡命天涯，再也无法以真面目见人。

"学生改头换面，隐姓埋名，逃到安济坊当了福道门徒。后来相公被召回京师，先做了翰林，又升了参政，常平新法终于推行天下。学生当时欢欣鼓舞，激动不已，跑去寻吴医仙，说百姓的好日子要来了。谁知那老顽固却视新法为洪水猛兽，还说新法不切实际，必然失败……哼，这老顽固懂什么，这等迂腐朽物，还不如去做了圣体遗蜕，被供起来才好！

"熙宁四年，开封府有农人为了逃避保甲，竟自断手腕。一时不知有多少官宦上书言事，指责相公新法害民，就连官家也被蛊惑得犹疑起来。施行新政本就困难重重，士大夫尚且争议纷纷，百姓更容易受到蛊惑。那帮权贵为什么如此厌恶新法？真的是怕新法害苦了升斗小民？他们害怕的，是自家私利受损！

"司马十二说什么'天下之财有定数'，都是狗屁！世家望族囤地、囤盐、囤粮食、囤金银、囤珠宝……就像一只只貔貅一般，只吃不泄。自己吃得脑满肠肥，却不顾百姓饿死冻死。他们对新法百般阻挠，指责青苗法逼迫贫民借钱。实际上呢，青苗法推行之前，贫民最大的债主正是他们自己。相州韩家、洛阳富家，哪一家不是家财巨万？哪一家不是坐拥万亩良田？别说做官和经商，仅靠收租放贷，就能吃得膘肥钵满！"相州韩家、洛阳富家，云济也有所耳闻，其家主韩琦、富弼均为大宋三朝元老，虽已宰相卸任，但旗帜鲜明地反对变法。

王雱身为新党的得力干将，向来对这些元老视如仇寇，弥心这番话简直说到了他的心坎上，他一时狂悖，竟脱口而出："枭韩琦、富弼的头颅于市，新法才可畅通无阻！"

"放肆！"王安石勃然大怒，"真是胡说八道！"

被父亲当众训斥，王雱怏怏不乐，恭顺地退后几步。然而万千念头如亿万蚁民在苛政压榨下的哀号声，在心间此起彼伏，掀起一股又一股澎湃的心潮。

弥心却道："王待制此言倒是深合我心。敢问相公，新法最大的阻力是什么？不正是这些自命不凡的愚昧老臣吗？他们口口声声为国为民，私下里生怕朝廷改了规矩，自家的土地金银就保不住了。百姓为了逃避保甲法自残自伤，究竟是被新法逼迫，还是有人从中作梗？熙宁四年那件事之后，我已看得清清楚楚，要想新法顺利推行，就得将这帮拦路虎一扫而空。"

云济隐隐明白过来，颤声道："怎么个一扫而空？"

"犯案的十四家粮行究竟是什么背景，相公应该一清二楚吧？和这些粮商有牵连的，有韩琦的孙婿，有富弼的姻侄，有司马光的学生……他们的背后，都是阻挠新法的罪魁祸首。这些奸商私造盐钞，盗窃百姓活命之粮，奴役士族妻女，淫辱宗室族姬……犯下这种种大罪，想这么简单就了结了？"

"可他们做这些事，不都是你在其中牵线搭桥吗？所以……你是有意为之？"

弥心笑得又是得意，又是心酸："可是……朝廷居然只判了十几名粮商！"

狄依依不忿道："这案子还未完结，粮商背后的权贵，未必就能全身而退！"

"只怕是难！"弥心摇头道，"以现在的形势来看，粮食既然找回来了，可谓皆大欢喜。十四家粮行，明面上的管事人被问罪，足以应付天下悠悠之口。至于背后的显贵，只怕不了了之。这样的结果，你们觉得甘心吗？"

狄依依愤懑不已，要杀粮商，自然少不了胡安国一份。可明明其他人更加该死！粮商固然日进斗金，但就从胡家来看，只怕大半所得都得双手奉上，交给他们背后的恩主。

弥心不慌不忙道："学生今日来到相府，就是为了献刀。"

"献刀？"

弥心取下背着的包裹，从中拿出一只木盒，盒中是七八封书信："这两年间，来功德堂放浪形骸的，远不止那十四家粮商，还有不少真正的权贵。他们之间种种见不得人的勾当，我记得一清二楚。还有他们和勋戚贵胄往来的信件，也被我偷偷截留了一半。可以说，这个包裹里，装满了那帮人的罪证。这就是砍他们的刀！

"第一，熙宁五年六月，捏造旱魃出世的异象，散播流言，以天将降大旱攻讦新法。

"第二，熙宁七年正月，假造貔貅夺粮，制造恐慌，煽动骚乱。还在朝会上群起而攻，指斥是宰相执政不当，才引来灾祸。

"第三，串联粮商囤货居奇，制造粮荒。反诬陛下不修德政，中伤新法与民夺利。

"这三条罪证呈上去，足以让官家、让万民看清楚他们的嘴脸。究竟是谁在妖言惑众？究竟是谁在诬蔑造谣？"

弥心的声音愈发高亢，王雱听得热血沸腾，心中好不激动。转头一看，却见王安石眉头紧蹙，云济也是面无表情。

狄依依一脸不以为然，毫不忌讳道："老狐狸，这些事都是你参与了的，你在里头推波助澜、出谋划策，起码也要算个主谋吧？只凭这些证物，就想扳倒那么多达官显贵？"

"老拙既是罪犯，也是人证，这样才能将魑魅魍魉一个个揪到烈日之下。只要能荡涤乾坤，为新法扫除障碍，老拙何惜此身？纵使粉身碎骨，又有何妨？"弥心坦然一笑，向王安石躬身为礼，"请相公派人将学生押送大理寺，学生自用这颗项上头颅，换一片朗朗乾坤！"

这番话说得大义凛然，王雱惊醒过来。自父亲拜相以来，他为新法出谋划策，却总被这些顽固守旧的老家伙阻拦。每夜入睡时，他无不在幻想着将这帮政敌一扫而空。没想到弥心如妖魔一般横空出世，他千百次的幻想竟似要成真了！王雱浑身战栗，一种荒诞的振奋感游走在经络和血脉里，汹涌着，激荡着，久久不息。

他想要说什么，但见王安石沉着一张脸，终究没有开口。

云济只觉脊背发凉。且不说弥心的图谋能不能够成功，这老疯子的所作所为，就已经让人心底发寒。他究竟是老谋深算，还是丧心病狂？云济双眸转了数次，终于忍不住道："你觉得自己这样的谋划，就能将反对新法的重臣尽数拔除？赵家天子最爱'异论相搅'，官家虽然支持新法，但绝不想看到相公一方独大。"

弥心"哈哈"一笑，扬声道："只需相公在文德殿上，告知天子和百官天下大旱，不是因为推行新法，而是因为有妖魔鬼怪在阻碍新法。只要扫除妖孽，荡清寰宇，十日之内，必降大雨！"

"十日之内，必降大雨？"不仅王雱惊奇不已，就连王安石也终于动容。

云济摇头道："若是乡野村夫口出狂言，跟别人赌一赌何时下雨，倒也无伤大雅。可相公何等身份，这话如何说得？"

"老拙倒是忘了，云教授是司天监的官儿。看风云气象，本是你的拿手好戏。"弥心又从包裹中掏出一只灰色的汝窑瓷盆，里面装着黑色沙土，种着一株枯萎的药草。

云济恍然记起，这株枯草一直被弥心带在身边，他已经见过数次。而且弥心曾说过，这盆枯草就是他所要悟的道。

"这药草唤作'逢春草'。别看它枝叶枯萎，似乎已经干死。但只要感受到春雨的气息，它便能焕发生机，如枯木逢春，再生新芽。"

弥心一边说，一边轻轻拨开逢春草的枝叶。果然在枯黄的草叶间，探出一截细小的嫩芽。仿佛焦枯的黑色大地上，一点新绿破土而出，悄然吐出一丝盎然生机。

"十三年前，老拙曾碰上一场地动。而早在地动之前，老鼠惊恐不安，飞禽四下乱飞，黄狗放声狂吠……都说人乃万物之灵，其实与飞禽走兽相比，人对于天变最为迟钝。这逢春草是老拙从西域荒漠中得来的，这东西耐干旱，却能预知降雨。每当它从枯叶之中萌发新芽，十日之内，必然天降甘霖！"

说到这里，弥心已是热泪盈眶："老拙盼星星盼月亮，终于盼来这一日。一看到它发芽，便知时日已到，这才匆匆赶到相府。相公，弥心以头颅保证，十日之内，必降大雨。"

他声音并不大，却如同雷音一般，响彻相府客堂。

一时间，王雱满脸希冀，看向王安石。云济和狄依依面面相觑，胸口如沙场战鼓，跳跃烛光好似声声鼓点，越来越密集地落向他们心头。

过得许久，王安石肃然摇头："不成！"

王雱急道："爹！"

"相公！"弥心又是震惊，又是不解，"难道您不信学生所说？只要您启奏官家，要想天降甘霖，就需旌别忠奸，罢黜阻挠新法的佞臣，清查他们的罪状，在文德殿外立一座奸党碑，铭刻这帮奸臣名籍，让他们遗臭万年，永为万世臣子之戒。"

王安石再次摇头："不成！"

弥心只觉五雷轰顶，面色陡然煞白一片，失魂落魄道："为……为什么？"

"第一，先诱人犯法，再检举揭发其罪，这等龌龊之事，岂是儒臣所为？岂是我王安石所为？倘若人人这般诱害同僚，必然人人自危。大宋朝堂之上，谁还能安心为官？"

弥心急道："相公岂能如此妇人之仁？学生宣扬福道，犯下这么多恶行，不就是为此吗？须知成大事者不拘小节，行大善者不吝小恶啊！"

"小恶？"王安石面露怒容，神目如电，"拐走无辜女子，让一群畜生肆意践踏淫辱，这是小恶？勾结官员，串联粮商，贪污百姓活命之粮，置群黎百姓的生死于不顾，这是小恶？"

"可是，和推行新法相比，这些都是小事而已。阻碍新法推行，坐视国家沉疴不治的旧党，才是大恶！"

"什么'成大事者不拘小节，行大善者不吝小恶'？都是谬论！我辈儒门后生，应该时刻牢记的，是汉昭烈帝'勿以恶小而为之，勿以善小而不为'的叮嘱！"

王安石训斥他一顿，又看了眼儿子王雱，冷哼道："你们瞧不起韩琦，瞧不起富弼，还瞧不起司马光吗？真当他们老眼昏花，看不清国家大患？告诉你们，老夫忙碌半生，引以为平生知己的，便是司马十二！引以为平生之敌的，也是司马十二！"

王雱一时愕然："父亲……"

"早在被召回东京之前，老夫就和司马十二相交甚笃。老夫是什么脾性，司马十二岂能不知？老夫既然力主变法，岂是别人劝得了的？司马十二为何还要做这等无用功，连写三封信来劝我？"

云济听着这番话，若有所悟。

王雱却不以为然，小声念叨："还不是为了卖弄文采？三封信写得天下皆知，若非为了沽名钓誉，还能是为什么？"

"因为那是告诫，是警示！"王安石瞪了他一眼，"正因为有了那三封信，老夫无时无刻不在自省自纠。治大国如烹小鲜，稍有不慎，便会流毒无穷。这些年来，每一条法规，每一道新政，老夫都反复思量，命属官一遍遍考究论证，不敢稍有大意。即便如此，这些自以为思虑万全的新法，还是有不少疏漏为人所用，在某些州县，反而成了害民之政。"

王安石掷地有声道："老夫最庆幸的就是，在洛阳的地窖里，还有一双锐利无比的眼睛，能够穿透千年，能够跨越万里，化为一面宝鉴，无时无刻不在照着大宋朝堂！你们谬赞老夫'独步于九天之外，俯瞰风云变幻'，那司马十二便是'隐匿于九幽之下，洞察世间百态'。"

至此，王雱垂下头颅，一时不敢辩驳。

"熙宁三年，官家和老夫几经探讨，共定国是，为的就是排除异论，变法的大政大策由此而定。司马十二要争国是，就写信给天下人看；老夫要定国是，也是靠回信一一反驳。国是乃诸政之根，涉及大是大非的问题，必须堂堂正正。你这等邪路招数，从一开始就落了下乘，岂非让司马十二耻笑？"

王安石说到此处，已是怒意外露，双目炯炯地望向弥心："老夫最厌恶以天变攻讦他人。哪怕政见相悖，也绝不能不择手段地将对手置之死地。此例一开，异论之争就成了没有底线的针锋相对，只分立场，不分错对。党争一起，便会无休无止——这样的朝局，岂是老夫想要的？"

弥心费尽心机，觉得自己算无遗策，才来相府"自投罗网"。本以为守得云开见月明，终于要扬眉吐气了，可他万万没料到，王安石居然会是这样的态度。

他当即跪倒在地，不甘道："相公！千载难逢的良机，怎能就此错过？对付这帮奸邪，用点非常手段……也无伤大雅！"

王雱也是心急如焚，满怀期待地看着王安石："爹，儿子觉得……还是莫要坐失良机……"

王安石再次摇头："老夫既已决定，不必再多说了！别人指责老夫脾气倔，唤老夫为'拗相公'，你难道不知吗？"

身为王安石的儿子，王雱怎能不知父亲的脾气？王安石决定的事情，别说是他和弥心，就算是当今官家，也休想劝得动。

王雱心中万分不甘，他深知绝不能跟父亲硬顶着来，只能来一出缓兵之计，先将父亲稳住，再私下寻弥心另做打算。

"莫要动歪脑筋！"知子莫若父，王雱一不吱声，王安石就知他的心思，冷然瞪了儿子一眼。

王雱只觉被冷水浇头，在这一瞥眼的重压下，纵有满腹心思，竟也掀不起波澜。

王安石招呼左右道："把弥心带下去，先好生招待一夜，算是敬他推崇新法，有改天换日之心。明日再将他送交有司审问。"

弥心知道大势已去，一时间涕泪交流："相公，变法之路劫难重重，失此良机，新法必败啊！我……可怜我机关算尽，到头来竟功亏一篑吗？千门万户曈曈日，谁把新桃换旧符？谁把新桃换旧符啊！"

云济望着这位貌不惊人的宰相，心中一股敬意油然而生。他向王家父子告辞，和狄依依离开相府。两人漫步在京城的街巷里，万家灯火和漫天星光遥遥相对，每一道干渴已久的亮光，都在满怀期盼地等待着。

尾声一

翌日。

向来勤政的赵顼忽然罢朝一日。时近午时，王安石到垂拱殿探望，却见赵顼埋首于案前，不知是否睡着了。

侍茶奉墨的宫女噤若寒蝉，内侍连大气都不敢出，殿内仿佛寒冷冰窟，和往常颇为不同。

石得一悄然走近，将缘由跟王安石说了一遍。

原来安上门门监郑侠苦心孤诣，画了一幅《流民图》，并写了篇《论新法进流民图疏》。他自知图和奏疏如果直送到阁门，肯定会被打回，竟然假称是边关军报，把图疏送入了通进银台司。

执掌通进银台司的是翰林学士承旨韩维，他见文书上特意留字："奏为密急事。所有侠擅发马递之罪，仍乞奏勘，甘伏重罪不辞。"[1]也不知是着急还是有意，他不曾详加甄别，便直呈到御前。

赵顼看过图疏之后，顿时连朝会都不愿再开，反复观览，长吁短叹，震惊不已。

王安石听得暗暗心惊，郑侠向来反对新法，为驳斥自己上奏疏给官家，并不

---

[1] 郑侠《西塘先生文集》卷第一《三月二十六日以后所行事目》。

奇怪。但他的图疏究竟画了什么，写了什么，竟让官家连朝都不上了？

他上前一步，见赵顼身下压着一幅图，只露了半截在外面。那画上是一片悲凉凄惨，屋舍塌坏，江河绝流，赤地千里，民不聊生。满山遍野都是倒地的饿殍，触目可及皆是流离的灾民。有丈夫痛心典卖妻子，妻子一边哭号，一边叮咛丈夫照顾好幼子；有父亲鬻儿卖女，儿女抱着父亲大腿，母亲在旁抽泣不已。

王安石陡然看见此图，不由倒吸一口凉气。自唐至宋，每逢大旱之年，易子相食的惨状屡见不鲜。但文字所记远不如图画让人震撼，当今官家长于深宫，哪里见过这图上的惨状？

赵顼听见动静，抬起头来："王卿来了？这图中所画，可是实情？"

王安石稍一迟疑："官家，大旱连年，灾民流离失所，实不可免。政事堂早已发文给各地，允许灾民随丰就食……"

话说到一半，便被赵顼打断："饿殍之民，是朕的子民；流离之民，也是朕的子民！每每论及旱情，总说是天灾，非人力可以阻挡。但天灾又是因何而来？难道卿与朕，当真没有半点过错吗？"

"官家！大宋幅员万里，天灾在所难免。当政者只能设法赈济灾民，全力应对灾荒。只要各州府上下齐心戮力，自能使灾祸的损害降到最低。"

面前的这位官家，向来都是一个需要鼓励和安慰的君主。这番话王安石已经数次陈述过，每次都能让摇摆的皇帝坚定信心。但这一次，效用显然微乎其微。

赵顼拣起一册奏疏，丢给石得一："石伴伴，最后一段，念！"

旁边伺候的石得一慌忙接过奏疏，细细念了起来。讲的大体是灾情之严重、灾民之凄惨，并将这些统统归咎于新法，并要求皇帝废除新法，罢黜宰相，言辞甚是激烈。

王安石脸色越来越黑，到后来，只听石得一念道："……如陛下观图，行臣之言，十日不雨，乞即斩臣宣德门外，以正欺君谩天之罪！如稍有所济，亦乞正臣越分言事之刑，甘俟诛戮，干冒冕旒！"

石得一声音甚是沉稳，但听在王安石耳中，却仿如晴空霹雳——十日不雨，乞即斩臣宣德门外，以正欺君谩天之罪！

"官家！苍天是否下雨，岂能拿军国重事作赌注？"

"那人头可以作注吗？"

王安石一滞。朝中对新法的攻击，他曾一一批驳，甚至和司马光你来我往，寄信论战，寸步不让。唯独赵顼这一句，锋芒并不凌厉，却让他辩驳不得。

他望着这二十多岁的天子，看着他脸上的犹疑和痛悔，心中一片冰凉。

翌日，皇帝终于拿定决心，下旨发递中书——命京畿路府、县向各行民众发放勒派的免行钱，三司纠察市易法执行情况，司农寺组织各地常平仓开仓放粮；命受灾诸路统计离乡流民数，河内诸路上报就食灾民数；诏令灾区青苗贷、免役钱暂不上缴；直接罢除方田法、保甲法。

民间顿时欢呼相贺。

又隔五日，皇帝下《责躬诏》，自陈数年来的施政之过。

再三日，邱远脚戴铁镣，身披长枷，在公人押解下，踏上被流放庆州之路。他误杀郭闻志，先后大闹宣德门和安济坊，竟侥幸未判死刑，也不知是不是赵顼亲自过问，才得了法外开恩。

行至开封府市南，眼见乌压压围了一片人。邱远身形极高，如鹤立鸡群，隔着人群看见，原来是刑场正在行刑。貔貅刑等案尘埃落定，包括弥心在内，共十八名罪犯于今日问斩。

粮商的哭号中，夹杂着一段铮铮誓词，穿透嘈杂的人群，传入邱远耳中："苦难如海，浩瀚无涯。我愿不娶妻妾，不延子嗣，不求功名，不图富贵，奉以生命，纵死不休……"

只听得人群齐齐一声惊呼，誓词至此，戛然而止。

邱远长吸一口气，转过身来，跟着公人踉跄前行，恍然想起少时随弥心诵读福道誓词的场景。他闭上双目，吐气发声，接住了即将轰然落地的誓词："我要走废百只脚，我要磨破万双鞋，我要踏平世间苦难，走穿通天福道。我要焚我血肉筋骨，烧尽众生苦痛。我要燃我精气魂魄，点亮无尽光明。"

当日下午，王雱来到王安石书房，见他正埋首伏案，挥毫奋笔，凑近一看，不由惊道："爹，您要上表辞相？"

"老夫岂是贪念权位，恋栈不去之人？心已灰，意已冷，难道真等着龙王爷行云布雨不成？"

"那些人苦盼着您罢相去职，若就此辞相，岂不是让他们称心如意了？"

"我朝冗官冗兵，沉疴近百年，疠痈之深，积弊之重，已非温暾保守之补药可治。所以变法图强，势在必行！官家年事渐长，对此早已心知肚明，即便一时动摇犹疑，也终究会明白这条路非走不可。新法大势已成，承继变法之志的有识之士渐居高位，纵使老夫不在朝中，也不是一帮不自量力的蚍蜉能够撼动的！"

"可是方田法、保甲法已废，那帮贼子对青苗法、市易法虎视眈眈，若无父亲持国秉政，新法……"

"轰！"

王雱话未说完，只听得一声雷响，天地一阵轰鸣。来到窗前一看，阴郁的天空中划过一道雪白电光。纠结了两年多的大雨，在东京城上空盘桓十日，终于轰然落下。

放下手中的笔，王安石推门而出，迎着从天而降的雨珠来到街头。东京城的大街小巷里，已是一片欢腾。

他长叹一声，举目望去。沉云万里，怒雨横空。道道闪电斜掠碧虚，仿佛撕裂天堤。不知有多少天河水倾洒而下，化作人间的无尽苦恨，在长街短巷里涓滴成河，泥泞了脚下的漫漫长路。

尾声二

新雨过后,春暖大地。

疙瘩巷里,一间被火烧过的残屋吱吱呀呀开了门。一名窈窕少女背着半人高的箱笼从屋内走出,回头嘱咐道:"胡小胖,照顾好娘亲,不许再收云教授和九娘的钱!"屋里随即传来一声不情不愿的应和。

天色初亮,穿行在东京城的街巷里,处处指指点点的目光,胡惜雪用轻纱裹了脸,径直往城外行去。

几桩大案落下帷幕,胡家万贯家财一朝散尽,胡安国还是没能逃过一死。偌大一个胡家如今只剩下三人,胡夫人缠绵病榻,几乎难以起身。反倒是胡惜雪,原本娇弱温柔的大家闺秀,遭遇这等大厦倾颓的变故后,一肩扛起重担,为父亲处理后事、举家搬迁到疙瘩巷、为母亲治病休养、行医卖药维持生计。剥离了娇滴滴羞答答的外壳,骨子里隐藏着的坚韧和要强,便从满地狼藉的泥泞里,撑起这一片晴朗和美好。

胡惜雪跟弥心学过几年医术,本拟行医为生,但她生得又美,年纪又轻,难以取信于人,来看病者寥寥可数,登徒子倒是络绎不绝。没过两日,她被人认出奸商之女的身份,顿时人憎狗嫌,几度受到驱逐打骂。若非狄钟时不时前来护持,真不知会遭到什么欺辱。

狄家兄妹离家日久,狄依依留在东京照护云济,狄钟则受到父亲狄咏召唤,不日前已经离京。胡惜雪不愿麻烦狄依依和云济，在城内又寻不到活计，只能背着膏药针石，赶往城外行医。

辗转来到东水门外，昔日人来人往的安济坊，短短数月间已然败落。医者、福道徒纷纷散尽，病患也将这里当作魔窟狼穴，避之唯恐不及。坊中财物被尽数搬空，各殿各院被贴了封条，就连"安济坊"三字牌匾，也被拆卸下来，不知去向。

胡惜雪在破落的坊墙边摆开小摊，支起一杆写着"悬壶济世"的布幡，强忍着羞臊，放声叫卖起膏帖汤药来。

然而过路的行人只顾盯着她的身段瞅个不停，无人上前求医。到得午时，终于有人停在摊前发问："小娘子，不是俺不信你，你年纪轻轻，何处学来的医术？"

胡惜雪迟疑许久，终于低声道："奴家数年前曾在安济坊帮工，得弥心坊主亲自传授岐黄之术。"

"好家伙！果真是安济坊余孽！"那人扯着嗓子喊出声来，周边一片哗然。

道道目光落在她身上，痛恨的、漠然的、鄙夷的、猥琐的……不怀好意者越来越多，甚至有人狞笑道："安济坊的神胎女可是大名鼎鼎，那弥心老贼教出来的女弟子，啧啧！"

"安济坊出来的女娃，岂有干净的？"

"哼！又是狗皮膏药，又是醒神香囊，只怕都是赃物！"

……

污言秽语如潮而至，胡惜雪后背发冷，耳根发烫，急忙起身收拾，想要远远避开。却听有人道："还想卷了赃物就跑！"紧接着一只手伸来，抓起两服膏药就往怀里揣。另有恶汉一拥而上，转眼将膏贴、香囊、药材一抢而光。胡惜雪被挤了个趔趄，将立在旁边的布幡也撞倒了。

几个怠懒汉子更是眼冒绿光，贼手就要往胡惜雪身上摸，忽听得一声暴喝："住手！"

却见一名二十余岁的儒生疾步走来，他身着锦衣，器宇轩昂，眉宇间溢散一股勃勃英气，身后跟着一名随从，替他牵着马。

儒生目光如电，在人群中扫过，冷冰冰道出一个"滚"字。闲人无一不被他英气所慑，一个个噤若寒蝉，再见给他牵马坠镫的随从穿着驿卒的皂衣，知他必有官身，怠懒汉子们也不敢再放肆，立时一哄而散。

胡惜雪看着满地狼藉，强忍心中难受，两手合于襟前，向这年轻官员道了万福，谢他出手搭救。

年轻官员躬身还礼:"多年未见,小娘子别来无恙?"

胡惜雪愣了愣,细细看过他的面庞,惊喜道:"你……你是五年前……"

年轻官员哈哈一笑:"终于想起蔡某啦!当年承蒙小娘子搭救,蔡某才捡回一条小命。"

原来五年前,胡惜雪出门游玩,路遇一名赶考举子突然发病,倒在路旁。胡惜雪生性善良,命家丁将举子扶上车,送至安济坊就医,她也因此和安济坊结缘。她不知道的是,这位蔡姓举子次年高中,调任钱塘尉,当了几年地方官,如今得迁起居郎,回京时正好和她相逢。

两人畅叙别情,一时间无限感慨。眼见当年兴盛至极的安济坊已成明日黄花,蔡姓官员唏嘘不已。

胡惜雪望着这段陈旧的坊墙,回忆当年在安济坊帮工的情景,一时竟有些痴了:"虽说弥心师父做了不少恶,但安济坊终究救护过那么多人。当年的安济坊,再也见不到了……"

"能见到!"

"什么?"胡惜雪愕然不解。

抬头望去,却见年轻的官员正昂着头,微风跨过坊墙,轻轻吹拂他的短须:"能见到!终有一日,安济坊会重现世间,每一州、每一县,都会建起这么一座庇护寒苦病患的所在,施医赠药,扶危济困,让世间再无看不起大夫的贫病之人!"

胡惜雪的目光穿过他坚毅的面庞,仿佛真的看到一座座安济坊如春笋般破土而出,如参天巨木般矗立在每一州、每一县,令每一个贫苦病患沐浴温暖药香,令希望在困苦倥偬的岁月中熠熠生辉。

后记
大宋的人间烟火

  华夏的历史长河，于上古传说的泉眼中发源，在三皇五帝的雨露浇灌下汇涓成溪；流过孤寂神秘的夏商，于东周鼓荡起百家争鸣的离散涛声；至秦骤然一统成急促湍流，澎湃中怒流出蓬勃两汉；又裂成魏蜀吴三道飞瀑，迸溅无数刀光剑影，却齐齐沉入晋的深渊，被南北朝的两岸连山劈砍得曲曲折折；崎岖跋涉了不知多远，经历过隋的波澜，才汹涌成唐的瑰丽壮阔……

  在涤尽了五代十国的浊浪后，终于流淌出一段风正潮平的慵懒岁月，每一叶船帆里都卷着儒雅的酒气书香，每一道涛声里皆酿满温热的人间烟火。

  这就是宋。

  从《水浒传》《三侠五义》到《天龙八部》《射雕英雄传》，从《杨家将》《包青天》到《少年包青天》《大宋提刑官》，我是在这些文学、影视作品的熏陶下长大的，很难不对宋朝产生兴趣。

  后来我接触了不少历史书籍，尤其是吴钩老师的"说宋"系列，让我发觉历史上的宋朝和文学作品中的宋朝有很大差异。我发自内心地尊敬和感谢这些宋史研究者，他们的著作和研究成果让我的寻宋之旅变得平坦了许多。这段历史是诸位宋史专家耕作和收获的田野，而我是个玩心极重的顽童，无法像他们一样专注于田野里一茬茬的麦穗，我的注意力总被突然蹦出的兔子或蚂蚱吸引，以至于没收获多少正儿八经的麦子，但得到了很多稀奇古怪的体验。

有时候，我会觉得自己前世是一名说书人，像拾荒者一样穿行在历史夹缝里。在无人注意的历史角落，总会碰到让我感到稀奇的人和事。我很珍惜这样的相逢，并执着于把它们编成故事，讲给别人听。

宋，是一个可敬而又可惜的朝代。

可敬之处，在于它是中国最重经济文化的王朝，商业繁荣，文化昌盛，甚至有了十分健全的福利制度，比后世的明清两朝更接近于近现代的社会风貌。

例如，宵禁制度。中国早在周朝前就有了宵禁，对夜间出行的人实行严厉的处罚，这本身就代表了对百姓自由的禁锢。而到了宋朝，随着商业繁荣，这种束缚有了明显的放松。

先是宋太宗时期仿照武则天时的旧例，解除上元节宵禁，到宋仁宗时进一步放开，明定开放宵禁的时间放宽到冬至日起，而其他时段的宵禁也一度废弛，使得东京城成为中国历史上第一座真正意义上的"不夜城"。

与此同时，坊和市的束缚被打破。东京城的坊墙被拆除，市场也不再限制开放时间和地点，取而代之的是街巷的繁荣，城市化进程飞速发展，其城市化率也胜过明清。

宋朝的城市化发展体现在诸多方面，本文中提及的"潜火队""望火楼"，就是宋朝消防设施的缩影。而猫、狗等宠物在宋朝也极为流行，给宠物制作、穿戴衣物，更是司空见惯。餐饮方面，东京七十二家正店不仅有官方认证，其菜品和服务更堪称古代"五星级"标准。几乎每一家正店都有招牌名酒，且把广告打得全国知名。

我觉得正是宋朝的城市化进程和自由开放的程度，让《三侠五义》《天龙八部》等武侠故事有了立足的土壤。如果一到晚上就开始宵禁，一座座坊、市成为封闭的堡垒，市井之地又怎能连成一整片江湖？再跳脱的侠客，在一片死水里也闯不出精彩的传说。

我在本文最想刻画的，是宋朝福利制度的萌芽时期。

神宗时期东京城外有九厢十四坊，而本文中的"安济坊"乃是杜撰，非官方设置。历史上的安济坊、慈幼局（慈幼院），本都是宋朝的慈善机构。本文中由医馆发展而成的"安济坊"，属于民间自发组织的慈善机构，是后世安济坊的前身。

宋时的福利制度覆盖了方方面面。第一是鼓励生育，抚养幼童，凡孤儿或者父母生了孩子弃养的,有官办慈幼局照料;第二是医疗保障,若无钱看病,或者孤老无依,则有安济坊治疗收养;第三是公墓义冢,若亡故后无人收尸,抑或逃难的灾民倒毙于异乡,则有漏泽园可以安葬。

然而健全的福利制度也带来了巨大的财政负担,极大损耗了变法取得的经济成果,加上许多地方流于形式,最终令一个封建王朝负重累累、国力大损。但无论如何,宋朝早在近千年前,已经面对过"福利社会"的一些难题。

徽宗和蔡京大力推行福利制度,也许有沽名钓誉的成分,但我相信在福利制度的萌芽期,总有那么一批年轻人,满怀赤忱之心,以他人的苦难为自己的伤痛,以他人的安稳为自己的责任,进而将慈善救济当作终生事业,亲力亲为,去实践那一句:"安得广厦千万间,大庇天下寒士俱欢颜!"

除了社会制度的先进,宋对人的个性宣扬也值得关注。

我经常因为喜欢某个历史人物,就痴迷于查询和他相关的各种资料。比如新旧两党的旗帜人物王安石和司马光,对他们好奇的初级阶段,是根据他们在不同时期所做的事和所说的话,去构建他们在我心中的形象。后来发现这两位大佬对宋朝的影响从北宋持续到南宋,他们的历史形象也随着新旧两党在朝中地位的变化而变化。从古至今有太多人评论他们,然而大多评论者的倾向性却十分明显。如果能够建一个粉丝群,把这两位大佬的历代狂热粉和黑粉都拉进来,场面一定会比世界杯决赛还要热闹。

我自己也会把个人好恶有意无意地带入文字,但我并不讳言这一点。作为一名功底浅薄的历史爱好者,我自知无力评述这两人在政治上的对错,但不论他们执政时的功过如何,从私德和才华来讲,两人无疑绽放出了耀眼的光辉,足以照耀千古。

宋朝对人的尊重,尤其对文人的尊重足以让现代人刮目相看。郑侠在大旱之年上《流民图》,用自己的头颅为注,要求罢免王安石,这在当时也是前无古人的大事件。以郑侠的私人身份而言,是"背刺"了自己的老师。作为王安石第一次罢相"名义上的元凶",郑侠所遭到的报复,也仅仅是被贬英州十二年——如此"温和"的政治报复,放在其他朝代几乎难以想象,在宋朝却比比皆是。

当然,宋朝也有许多可惜、可悲之处。

除了军事上的羸弱,宋对于反叛和起义也表现出了明显的"软弱性"和"妥协性"。两宋发生农民起义次数之多可谓空前绝后,一方面在于宋朝贫富差距大,士族对庶民的剥削十分严重，这才有许多人被"逼上梁山"；另一方面在于宋对于起义的态度较为软弱，"招安"成为官府应对匪患的常见处理方式，在一定程度上是对造反的纵容。

此外，宋朝其他犯罪行为也极为猖狂，人口拐卖更是司空见惯。连宗王的女儿和枢密副使的儿子都有被拐的记录，可见人贩何等猖獗。

本文"郡主失踪案"改编自一则历史传闻，宋代洪迈编撰的《夷坚志》记载了一则逸事：宣和六年上元节，一名宗王家的族姬真珠在宣德门前被拐，第二年三月，有都人春游时，在郊外发现一顶破轿，真珠在轿中哭泣。原来真珠被拐走后，先遭痛打，被关在密室里养了月余的伤，又遭奸污，并被卖给一家富户为妾。那富户后来得知了她的身份，生怕官府追究，趁晚上将她弃于郊野，她这才侥幸保住了性命。

这宗骇人听闻的拐卖案在明朝凌濛初的《二刻拍案惊奇》中也有描述，见于卷之五《襄敏公元宵失子，十三郎五岁朝天》中，其情节和《夷坚志》基本相同，不过故事发生的时间被放在了神宗朝。

本文也沿用《二刻拍案惊奇》的说法，将时间放在神宗朝，并将真珠设定为安定郡王之女。但根据《二刻拍案惊奇》中的文字描述，基本可以判断故事取材于《夷坚志》，发生时间在徽宗朝的可能性也更大。因为《二刻拍案惊奇》中将真珠称为"真珠姬"。宋朝是从徽宗朝开始，公主改称"帝姬"，郡主改称"宗姬"，宗室女改称"族姬"。如果故事发生于神宗朝，真珠不会被称为"真珠姬"。

按照宋朝爵位制度，亲王、郡王家的女儿一般只能被封为县主，本文中真珠为郡主，是为了提高其身份的重要性和敏感性，并对应《夷坚志》中的"真珠族姬"，可以视为特例。

《襄敏公元宵失子，十三郎五岁朝天》中还讲了神宗时另一桩拐卖案。主人公是枢密副使王韶家的十三郎王寀，元宵节夜里他随家人去看花灯，却不慎被贼人掳走。结果，他不仅借宦官之手成功自救，还面见当朝天子，并留下线索抓住贼人。

"十三郎五岁朝天"取材于南宋《桯史》中的"南陔脱帽"。《桯史》是岳飞之孙岳珂所作的朝野见闻杂记，而"南陔"是王寀的号。本文也参考了这段史料逸闻，并将"十三郎五岁朝天"事件放到了熙宁七年。《桯史》对该事件发生的时间描述不详，仅说是"神宗朝"。若按照其他史料，则这段典故的发生时间有矛盾之处——王寀出生于元丰元年（公元1078年），他五岁时为元丰六年（公元1083年），其父亲王韶于熙宁九年（公元1076年）被贬出东京,且于元丰四年（公元1081年）去世。如果王寀生年记载正确的话，"十三郎五岁朝天"的故事根本不可能发生。

按照另一种说法，若王寀的生年是熙宁元年（公元1068年）到熙宁三年之间，则"十三郎五岁朝天"就很可能真实发生过，而发生时间只能是熙宁七年到熙宁九年（公元1074–1076年）之间，这段时间王韶在东京任职。

这个案子震撼到我的，除了宋朝人贩子的猖狂，还有宋朝神童的聪慧。这样的奇事真的是五岁的孩子干得出来的？

《大宋悬疑录》系列刚动笔的时候，我家的小皮猴还在妈妈肚子里，如今《貔貅刑》出版在即，小皮猴已经五岁，和当年的王寀一样大，带他外出游玩时，我得用一大半精力防着他自己跑丢，并给他配备了防丢定位神器。

我把"十三郎五岁朝天"的故事讲给小皮猴听，他的听后感是："如果我被人拐走了，就把定位器粘在人贩子身上，带警察叔叔去抓他。"我问他："被人贩子抓走了你怎么跑出来？"他对此十分疑惑："人贩子看娃比爸爸还厉害吗？"我被他问得哭笑不得，毕竟是我千叮万嘱告诫他不能乱跑，否则很容易跑丢。很显然，他对自己在大人的看管下跑丢的本事十分自信。

这让我愈发觉得"十三郎五岁朝天"不够真实，倒不是我不信世上有如此聪慧的神童，而是我不信世上能有如此从容不迫的父亲。我和家人带孩子外出时，一刻都不敢让他脱离自己的视线，我家小皮猴仅有的两次跑丢的经历，都是在自家小区内玩闹时发生的，立刻惹得全家出动，十分钟内把他寻了回来。我根本不敢想象如果他是在某个人山人海的景区跑丢，作为父亲会着急成什么样子。然而《桯史》中却记载："襄敏（王韶谥号）讶其反之亟，问知其为南陔也，曰：'他子当遂访，若吾十三，必能自归。'怡然不复求。"

我认为这不是一个父亲会有的反应，即便王韶是经历了大风大浪的帅臣，即便他知道自己的儿子聪明神异，也不可能在丢了儿子后如此镇定。我只能将这段描述，当作《桯史》为了体现王韶运筹帷幄的大将风度而做的文学加工，并在本文中，把王韶得知儿子丢失而没有报官的行为，解释为他深思熟虑后所行的权宜之计，在他人面前强装镇定，私下却派人在全城搜寻。

本文中的"雪柳烧伤案"亦有原型。宋朝的社会制度相比前朝有很大进步，奴婢已经不被当作牲畜一样对待，但其人权还是没有得到充分的保障。

关于买卖奴婢妾侍的纠纷，《宋史·王安礼传》中讲述过这么一段故事：

> 宗室令鵬以数十万钱买妾，久而斥归之，诉府督元直。安礼视妾，既火败其面矣，即奏言：妾之所以直数十万者，以姿首也，今灸败之，则不复可鬻，此与炮烙之刑何异。请勿理其直而加厚谴，以为戒。诏从之，仍夺令鵬俸。

王安礼是王安石的弟弟，他在权知开封府任上时，曾碰上这样一桩荒唐案子：一名宗室花费数十万钱买了个妾，后来又把妾赶回去，并且向官府上诉，要求追回买妾的花费。王安礼见妾侍的脸被火灼伤，就上奏说，这名妾侍之所以值数十万，就是因为姿色出众，现在被烫伤毁容，无法再卖，跟炮烙有什么区别？不仅不能答应其非分要求，还应该严加惩戒。皇帝听从了他的上奏，并夺了该宗室的俸禄。这桩案子也反映出当时奴婢的"商品属性"或者"财产属性"。

这位宗室葛朗台式的作为让人啼笑皆非，但从侧面也说明宋朝已经有了类似三包的交易保障条例，但这名宗室的诉求，就算是当今奉行"七天无理由退货"的各大电商平台都接受不了。我之所以把它写进《貔貅刑》，并非为了凸显这位身份高贵的宗室所做的荒唐事，而是为了那位被烫伤的姬妾。

这桩案子原告是买方，被告是卖方，官府断案的基本准绳是商品价值在退货期受到损毁……本案从头至尾，事事都和那美姬相关，又事事都和她无关。所以我忍不住会想，这名受人摆布的美姬，在整个事件中经历了怎样的苦痛和挣扎？她是否有心中所爱的人？她是否也是别人求而不得的白月光？

我终究是同情这位女子的，不忍放任她在命运中沉沦，给了她在绝境中反戈一击的机会（她破釜沉舟的反击，也可能出于我的强行干涉）。《貔貅刑》中另外一名婢女飞荷的命运，才是我顺其自然的结果——她的死亡虽有人在意，却无人负责。

宋仁宗年间，宰相陈执中家中一个月连死三名婢女，立马受到殿中侍御史赵抃的弹劾："凡一月之内，残忍事发者三名，前后幽冤，闻固不少。"仁宗久拖不决，还为陈执中遮掩，引起众多官员的强烈抗议，要求严查此案。后证人供述三名婢女是陈执中的宠妾打死的，但陈执中为保住爱妾，自己承担罪名："执中自以婢不恪，笞之死，非嬖妾杀之。"因为当时奴婢犯错，主人惩罚奴婢致死，是不会被问重罪的。而这桩案子最终的处理结果是陈执中被罢相，贬为"镇海军节度使、同平章事、判亳州"。

由这个案子可以看出，宋朝对文臣，特别是对宰执级别的重臣十分优待，三条人命也只是贬官而已，陈执中丧失了中枢的地位和权力，但名义身份还是"同平章事"。本文中寿光侯府婢女飞荷被杀案，对于身为皇亲国戚的高家来说，只能算一桩麻烦事，高家以"中邪"之说搪塞父母官，又用释放被拐婢女为条件做交易，应该比较符合当时豪门打死奴婢的处理方式。

就我个人而言，创作历史悬疑小说的过程，就像在字里行间插入一根竹管，一头洞穿时空，伸向千年之前，并用一桩桩案件打通一道道竹节，另一头供读者去窥视那个古老的年代。可惜，受限于作者的笔力和史学功底，读者从竹管中窥得的斑点，不足以呈现出真实的历史。

每一个朝代，皆如一束绽放于千百年前的烟火，它的余烬簌簌落下，化作故纸堆里一篇篇零散的文字。我捧着这些余烬来搭建新的故事，不是妄图复现千百年前它盛放时的瑰丽和绚烂，而是想点燃心中浓烈的表达欲，烧出一堆小小篝火，让靠近的人都感受到人间烟火的温热。

《大宋悬疑录：包拯局》出版预告

包拯局，是一场活神探与死神探之间，跨越阴阳两界的探案对决。

　　北宋嘉祐七年（公元1062年），千古神探包拯星坠长空，与世长辞，灵柩由女婿护送回老家泸州入葬。为防止仇家和盗墓贼，二十一口真假棺材从七门抬出，然而包拯墓仍旧被盗。诡异的是，八个盗墓贼一年之内相继死于非命，死者脖子上出现首尾环接的血痕，像被铡刀铡过一般。此事经说书人传扬天下，尽人皆知。

　　十二年后的熙宁七年（公元1074年），一次宋辽的外交盛宴上，辽国国书在众目睽睽之下变为一封冥界国书，宣称十二年来，人间冤假错案浩如烟海，致使冥界神怒鬼怨，新任阎君包拯忍无可忍，决定插手人间刑狱之事，还民以朗朗天坤。矛头所指，便是近期京畿发生的一桩罕人听闻的连环弑母案。开封府急忙求助各方，就在府衙翻案重审之际，冥界刑罚降临公堂，以一口狗头铡刀公然行刑处决了犯案元凶。

　　紧随其后，一封封幽冥国书相继而来，一口口铡刀接踵而至，使得一桩桩悬案顿生波澜。迷局层层铺开，官府稍迟一步，凶手即被阴司判决、行刑，开封府乃至整个大宋官府都受到空前挑战。阴阳颠倒，生死错乱的关头，司天监小官云济挺身而出，和阎君包拯展开了一场跨越阴阳两界的探案对决。这场隔空对决究竟谁胜谁败，幕后藏有怎样的惊天迷局？

中国文化悬疑小说警世之作《大宋悬疑录：包拯局》即将出版，扫码回复"大宋2"，抢先试读。

主要参考资料

[1] 脱脱，阿鲁图.宋史[M].北京：中华书局，1977.

[2] 脱脱，阿鲁图.宋史宰辅表[M].北京：中华书局，1977（《宋史》附录）.

[3] 洪迈.夷坚志[M].北京：中华书局，1981.

[4] 岳珂.桯史[M].北京：中华书局，1981.

[5] 窦仪.宋刑统[M].台北：文海出版社，1963.

[6] 张能臣.酒名录[M].台北：台湾印书馆.

[7] 孟元老.东京梦华录[M].北京：中华书局，1982.

[8] 沈括.梦溪笔谈[M].北京：中华书局，2016.

[9] 司马光.资治通鉴[M].北京：中华书局，2009.

[10] 李焘.续资治通鉴长编[M].北京：中华书局，2004.

[11] 洪遵.泉志[M].上海：上海书店出版社，2018.

[12] 李时珍.本草纲目[M].北京：中华书局，2021.

[13] 佚名.京本通俗小说·清平山堂话本·大宋宣和遗事[M].长沙：岳麓书社，1993.

[14] 宗赜，刘洋.禅苑清规[M].上海：上海古籍出版社，2020.

[15] 陆游.老学庵笔记[M].北京：中华书局，2019.

[16] 凌濛初.二刻拍案惊奇[M].北京：人民文学出版社，1996.

[17] 凌濛初.拍案惊奇[M].北京：人民文学出版社，1991.

[18] 黄汉，王初桐.猫苑猫乘[M].杭州：浙江人民美术出版社，2016.

[19] 宋慈.洗冤集录[M].北京：中华书局，2023.

[20] 马端临.文献通考[M].长春：吉林出版集团，2005.

[21] 赵令畤，彭乘.侯鲭录.墨客挥犀.续墨客挥犀[M].北京：中华书局，2002.

[22] 郑侠.西塘先生文集[M].北京：全国图书馆文献缩微中心：明万历年间刻本.

1609.

[23] 徐松. 宋会要辑稿 [M]. 北京：中华书局，1957.

[24] 吴钩. 风雅颂：看得见的大宋文明 [M]. 桂林：广西师范大学出版社，2018.

[25] 吴钩. 知宋：写给女儿的大宋历史 [M]. 桂林：广西师范大学出版社，2019.

[26] 吴钩. 宋：现代的拂晓时辰 [M]. 桂林：广西师范大学出版社，2015.

[27] 吴钩. 宋仁宗：共治时代 [M]. 桂林：广西师范大学出版社，2020.

[28] 吴钩. 宋潮：变革中的大宋文明 [M]. 桂林：广西师范大学出版社，2021.

[29] 吴钩. 变法时代：宋神宗与王安石 [M]. 桂林：广西师范大学出版社，2023.

[30] 张驭寰. 北宋东京城建筑复原研究 [M]. 杭州：浙江工商大学出版社，2011.

[31] 龚延明. 宋代官制辞典 [M]. 北京：中华书局，1997.

[32] 王曾瑜. 宋朝阶级结构 [M]. 北京：中国人民大学出版社，2010.

[33] 高天流云. 如果这是宋史 [M]. 杭州：浙江人民出版社，2021.

[34] 赵冬梅. 大宋之变，1063-1086[M]. 桂林：广西师范大学出版社，2020.

[35] 艾公子. 文治帝国 [M]. 北京：北京联合出版公司，2021.

[36] 王水照，崔铭. 苏轼传 [M]. 北京：人民文学出版社，2019.

[37] 梁启超. 王安石传 [M]. 西安：陕西师范大学出版社，2010.

[38] 国家粮食和物资储备局宣传教育中心中国粮食经济学会课题组，肖春阳，穆中杰. 宋代常平仓制度若干问题的研究（一）[J]. 中国粮食经济（10），2022.

[39] 国家粮食和物资储备局宣传教育中心中国粮食经济学会课题组，肖春阳，穆中杰. 宋代常平仓制度若干问题的研究（二）[J]. 中国粮食经济（11），2022.

[40] 许玲. 宦官与宋神宗哲宗两朝政治研究 [D]. 山东：山东大学,2016.

[41] 肖红兵. 居洛士宦与北宋神哲朝政 [D]. 上海：上海师范大学,2011.

[42] 曾雄生. 北宋熙宁七年的天人之际——社会生态史的一个案例 [N]. 南开学报,2008-03-20（02）.

[43] 王楠. 宋代祈雨考 [N]. 河南广播电视大学学报,2010-07-16（03）.

部分资料来源于网络，未详尽列出。